Der Hafen der Kaiser

Früh, wenn es dir leidtut, schon aufgewacht zu sein, sage dir gleich, du seist erwacht, um dich menschlich zu betätigen. Um der Tätigkeit willen bist du geboren und in die Welt gekommen, und da willst du verdrießlich sein, dass du ans Werk gehen sollst? Oder bist du geschaffen, dich in den Federn liegend zu pflegen? Dies ist wohl angenehmer; aber bist du denn um des Vergnügens willen da oder vielmehr, um etwas zu schaffen und dich anzustrengen?

MARCUS AURELIUS V I

Sie saß nicht weit vom Leuchtturm, das Gesicht zum Meer, und wartete auf den Jungen mit dem Kormoran. Aber es war spät, viel später als gewöhnlich. Das kleine Boot lag an der gewohnten Stelle; vielleicht war er längst ausgefahren und heimgekehrt, oder er wollte heute nicht aufs Meer. Vielleicht hatte er sie gesehen, sagte sie sich, und blieb deshalb fort. Sechzig Tage, seit sie zuletzt am Hafen gewesen war – viel Zeit, um eine misstrauische Freundschaft verfallen zu lassen.

Sie hatte nicht eher kommen können, nicht in den vergangenen Monden und nicht an diesem Tag. In den stickigen Zeiten des Sommers verließen alle, die es sich leisten konnten, die Stadt und zogen sich auf Landgüter zurück. Alle, die es sich leisten konnten, waren genau jene, die sich hin und wieder die »Mimen des Mopsos« leisten mochten. Die Truppe war den Reichen gefolgt, hatte in kleinen Städten der Albaner Berge gespielt, in den Höfen der Landgüter, für die Herren und ihre Sippen, für die Diener und

Sklaven, manchmal auch für die einfachen Leute der Ortschaften. Beifall, Münzen, Brot, ein Nachtlager … nicht viel, aber genug zum Leben.

Dann kam der Herbst, und die Leute kehrten zurück nach Rom. Manche wollten vielleicht hören, wie sich der Krieg gegen die Parther entwickelte oder welche neuen Anordnungen der Kaiser in den leeren Sommertagen ausgeheckt hatte. Die meisten würden sich wieder den Geschäften widmen, dem Brot, und fast alle warteten auf die Spiele.

Im Sommer zogen regelmäßig Kundschafter der Pferdezüchter und der Wettgemeinschaften durch die Lande, gingen Gerüchten über besonders gute Tiere nach und beobachteten auf den Rennbahnen der Provinzstädte Wagenlenker. Pferde und Männer, die in Massilia, Athen, Alexandria, Tarraco oder anderswo auf sich aufmerksam gemacht hatten, wurden gekauft oder angeheuert. Auch die Herren der Kampfspiele, immer auf der Suche nach Gladiatoren, waren entweder selbst unterwegs oder ließen ihre »Augen« genannten Leute schweifen.

Für die Mimen gab es im Frühherbst wenig zu tun; bei Stadtteilfesten auf den Plätzen und in Hinterhöfen konnten sie Neues erproben oder Altes wieder aufnehmen, zur Bewahrung der Beweglichkeit und für die wenigen kleinen Münzen, die die einfachen Leute in den Topf warfen. Andere Schauspieltruppen mochten, wie Mopsos sagte, »die Provinz verheeren, um von den Alpen bis Sizilien festzustellen, dass im Sommer und Herbst auch dort nichts läuft«. Richtige Auftritte für gutes Geld würde es, in der Provinz wie in Rom, erst wieder geben, wenn die Wohlhabenden zurückgekehrt waren. Reiche Kunstliebhaber und jene, die Gäste zu unterhalten hatten.

Eigentlich war dies die beste Zeit, um abgenutzte Gewänder zu flicken oder Masken zu erneuern. Mopsos hatte bei einem der billigen Buchhändler am Südrand des Forums zerlesene, fleckige Rollen gefunden: zwei Stücke des Puniers Terentius, eines von Herondas, eine *Antigone*. Also machten sie sich ans Abschreiben, damit jeder eine Rolle hatte, ehe die gekauften endgültig zerfielen. Korinna schrieb schnell und leserlich, Mopsos langsam und gründlich, Thesion so, dass er später selbst rätseln musste; die Zeichen von Markos und Bagoas brachten alle anderen zum Weinen. Myrina und Sulpicius, vor allem für Gaukelei und Musik zuständig, schrieben gar nicht.

Korinna verbrachte drei stickige Tage damit, die Stücke für sich abzuschreiben. In dem verfallenden Haus, dessen Besitzer auf bessere Kaufangebote wartete und die Schauspieler so lange gegen wenig Geld dort hausen ließ, suchte sie sich einen möglichst schattigen Winkel. Es gelang ihr, Tinte und Schweiß nicht allzu innig zu mischen und auf dem billigsten Papyrus – Pergament konnten sie sich nicht leisten – mehr Zeichen als Kleckse zu erzeugen.

Seit sie sich in Rom aufhielten, kauften die Mimen des Mopsos ihren Fisch bei Manlius. Er verlangte keine höheren Preise als andere, hatte sein Haus samt Laden gleich neben dem halb verfallenen Obdach der Schauspieler, und seine Tiere waren meistens frisch. Oder beinahe frisch. Zweimal hatten die Mimen für ihn und seinen Haushalt – Frau, Kinder, Sklaven – etwas aufgeführt und dafür je fünf Tage lang Fisch und Brot bekommen.

Vor zwei Tagen hatte Manlius mit einem Reichen verhandelt, ihn »Herr« genannt und sich vor ihm beim Feilschen immer wieder verbeugt. Es ging wohl um eine größere Feier; allerdings war Korinna, die in der Nähe gesessen und gedöst hatte, ein wenig erstaunt gewesen, dass ein Mann mit den breiten Purpurstreifen des Senators an der Toga selbst mit einem Fischhändler sprach, statt derlei niedrige Dinge seinen Abhängigen zu überlassen. Jedenfalls sollte Manlius Fisch, *garum* und andere Dinge liefern, und als er später an seinem Karren herumkratzte und etwas über eine Fahrt nach Portus murmelte, hatte Korinna sich schnell entschlossen und ihn gebeten, sie mitzunehmen.

So waren sie an diesem Tag, da sie sich nicht sechsundzwanzig, sondern zweiundfünfzig Jahre alt fühlte, über die verstopfte Via Portuensis von Rom zum Hafen der Kaiser gefahren.

Auch der Hafen war verstopft. Ein paar Tage vor dem Äquinoktium drängelten sich die Schiffe, um ihre Fracht zu löschen, ehe die Herbststürme begannen. Nur wenige Seeleute würden dann noch aufs Meer fahren, und wer Güter für Rom zu liefern hatte, musste zusehen, dass er sie beizeiten an Land brachte. Sie sah Getreidefrachter aus Hispanien und Ägypten, die gewöhnlich Puteoli anliefen, aber der größte Kornhafen des Reichs war vermutlich ebenso voll wie Portus Augusti, sodass die Kapitäne in falscher Hoffnung nach Norden gefahren waren.

Die knielange, ärmellose Tunika war besudelt. Vor einer Fischbraterei war Korinna mit einem eiligen Esser zusammengestoßen, und bei einer anderen Garküche hatte jemand sich im Gedränge die von einer bräunlichen Tunke verschmierten Finger an ihrem Gewand abgewischt. Ein junger Mann, eher Händler als Matrose, und er hatte gelacht, als sie ihn beschimpfte.

»Nichts Arges, o Holde«, hatte er gesagt. »Nur Flüssigkeit von einem köstlichen Braten. Ich würde bei dir gern andere Flüssigkeiten lassen, aber die Eile, o ihr Götter, diese Eile!«

Dann war er grinsend in der Menge verschwunden, zwischen Stauern, Händlern, Arbeitern. Sie hatte ein paar Augenblicke vor einem Stand mit gebratenem Geflügel gezögert und an die kleine Ausbeulung gefasst, wo unter dem Gewand, am Gurt des Leibschurzes, der Beutel hing. Münzen, genug Münzen, um großen Hunger billig zu stillen, aber längst nicht ausreichend, um der Lust nachzugeben und einen Hühnerschenkel zu kaufen. Vielleicht konnte sie sich an dem Geruch sättigen, den Hände und Dünste in dem Wollstoff zurückgelassen hatten. Aber sie wusste zu gut, dass der Duft den Hunger vermehren würde.

Fisch, Tunke, Schweiß. Sie rümpfte die Nase und lockerte den Gürtel, mit dem sie die Tunika hochgebunden hatte. Der Fischfleck war kaum eine Handbreit weiter von ihrer Nase entfernt, als sie das Gewand nach unten gezupft hatte, aber sie bildete sich ein, dass nun alles nicht mehr so streng röche. So streng und so hungrig.

Etwas stimmte nicht – etwas, das sie aus den Augenwinkeln sah. Erneut zupfte sie an der Tunika. Da gab es noch einen Fleck, an einer gewöhnlich für sie nicht sichtbaren Stelle des Gewands, hinter der linken Hüfte. Sie zog den Stoff weiter nach vorn.

»Gah«, sagte sie leise. Es war Blut, geronnen oder fast geronnen. Und – Haare? Mit spitzen Fingern fasste sie danach.

Es sah aus wie Menschenhaar mit einem Klümpchen geronnenen Bluts. Aber das konnte nicht sein. Natürlich konnte es nicht sein. Oder doch? Und wenn – wo? Korinna schloss die Augen und versuchte, sich an jeden Schritt des Wegs zu erinnern.

Manlius hatte den Karren neben einer Schenke auf dem kleinen Platz angehalten, der nur wenige Schritte östlich des »Hexagon« genannten sechseckigen Hafenbeckens lag. Zur einen Seite erstreckten sich die Reihen der Verkaufsstände und Garküchen, auf der anderen begann das Labyrinth der Schuppen und Werkstätten. Am Geländer vor der Schenke, an das man Pferde binden konnte, lehnten drei Männer. Einer hatte ein schmieriges Tuch um den Schopf gewickelt, und als er den Mund verzog, sah Korinna, dass ihm die beiden oberen Schneidezähne fehlten. Der Zweite war schwarz, vielleicht ein Nubier oder Angehöriger eines Volks im südlichen Mauretanien. Der Dritte trug eine fast handtellergroße Silberschlange im linken Ohr. Sie schienen – wirklich alle drei? – Blicke mit Manlius zu wechseln, bewegten sich aber nicht, solange Korinna sie sehen konnte. Ein paar Schritte auf dem Kai, dann hatte sie sich umgedreht, und die drei Männer waren hinter dem langsam nach Norden fahrenden Karren des Fischhändlers hergegangen.

Nun fragte sie sich, warum sie die Männer so gründlich betrachtet hatte. Aber eigentlich hatte sie gar nicht bewusst beobachtet; es war wohl nur die Gewohnheit der Schauspielerin, Menschen wahrzunehmen, um sie besser darstellen zu können, und die Gewohnheit der Schreibenden, alles aufzufangen, was irgendwann einmal verwendet werden könnte.

Weiter. Die Garküchen. Brotstände. Obst. Das Gedränge der Leute. Der flüchtige Gruß – eine Art Winken – der Herrin eines

Standes, an dem süßes Gebäck feilgeboten wurde. Die Männer, die ein großes Schiff verließen, dessen Tau am Steinring auf dem Kai mit einer großen Schleife festgebunden war, fast wie ein Schmetterling. Männer mit Augen, die zu viel Weite gesehen hatten, Augen der Ferne, wie sie es bei sich nannte; zwei von ihnen hatten schmale Augen, wie geschlitzt, in denen sie nicht lesen konnte, und gelbliche Haut. Mehr Gedränge. Der Mann mit den schmierigen Fingern. Eine nicht genau gesehene Bewegung von links – andere Männer, die etwas trugen? Die vielleicht einen Betrunkenen stützten? Der Mann war getorkelt, gefallen; konnte es sein, dass er mit dem Kopf ihre Hüfte berührt hatte? Aber warum sollte ein Betrunkener Haare und Blut verlieren?

Sie erinnerte sich an andere Rempeleien auf dem langen Weg, den sie an der Südseite des Hexagons zurückgelegt hatte, und auch am äußeren Hafen, auf der südlichen Mole. Ein Arm, der ins Meer griff und nach Norden bog, wie angewinkelt, um dann im Leuchtturm zu enden. Viele Arme, die gefuchtelt und sich erhoben hatten und gereckt waren und wieder fielen. Aber kein blutiges Rinderviertel, kein geschlachtetes Schaf, nicht einmal ein abgezogener Hase. Und die Haare sahen nach Mensch aus, nicht nach einem beliebigen Tier.

Was immer es war: Korinna zupfte es von der Tunika; mit gerümpfter Nase musterte sie es ein paar Atemzüge lang. Dann warf sie es zwischen die Steine und schaute aufs Meer hinaus.

Zum zehnten Mal zählte sie die Schiffe, die darauf warteten, ins große vordere Becken einfahren zu können. Vierundfünfzig. Zwei weniger, dann wären es so viele, wie sie heute an Jahren zu schleppen glaubte. So viele Schiffe, Wellen, Möwen, Tage.

Sie versuchte, sich zu erinnern, wie oft sie hier gesessen und gewartet hatte. Meistens mit dem Rücken zum Meer, um sich an den Schiffen im großen Hafen sattzusehen.

Auf dem milden Seewind ruderten Möwen. Zerstreut betrachtete sie einen Vogel, der sich bewegte, als wolle er sich gleich auf den Rücken drehen.

Sie gluckste leise. Mit den Zehen rupfte sie einen Halm aus, der im Zement der Mole gesprossen war. Die Zehen, fand sie, sahen jünger aus, als sie sich fühlte. Vielleicht war der Junge mit dem Kormoran nicht weggeblieben, weil sie ihm zu alt war – falls er sie überhaupt gesehen hatte. Vielleicht war er krank, oder er war so viel früher hinausgefahren, wie sie später gekommen war. Wenn sie so viel später gekommen war, wie sie sich zu alt fühlte, mochte er so viel früher hinausgefahren sein, wie er jünger war. Sie lachte leise über die wirren Gedanken und beschloss, dass sie wohl müde sei.

Müde von sechzig Tagen des Herumziehens, von Musik und Liedern und anstrengendem Unsinn, von neu verknüpften Fetzen alter Komödien und vom Seiltanz und anderen Einlagen zwischen den Mimus-Teilen. Von der Hitze, von den mühsam abgewiesenen Männern, die alle Schauspielerinnen für Dirnen hielten und alle Schauspieler für Lustknaben …

Einen hatte es gegeben, mit dem sie nicht ungern im Gesträuch verschwunden wäre, aber die Dörfler hatten sie gewarnt: Er sei der Sohn eines Senators, und der Senator sei von altertümlicher Tugendhaftigkeit, ein wahrer Cato. Man wusste nie, ob solch ein Mann sein Missfallen nicht durch das Erwirken eines Auftrittsverbots bekunden würde, deshalb hatte sie dem jungen Mann zu regem Gebrauch der eigenen (gepflegten) Hände geraten.

Als sie Schritte hörte, wandte sie sich vom Meer dem äußeren Hafenbecken zu. Aber es war nicht der Junge mit dem Kormoran, sondern einer der Soldaten, die auf den Molen für Ordnung sorgen sollten und den Leuchtturm bewachen und bedienen mussten. Er musterte sie, dann lächelte er und hob die Schultern. Mit einem zahnbesetzten Stift öffnete er den Riegel des Gittertors vor dem brückenähnlichen Steg, der zur künstlichen Insel und dem Leuchtturm führte.

»Wenn du«, sagte er über die Schulter, »nichts Besseres zu tun hast – ah, sagen wir, nichts Schlechteres –, darfst du mir gern beim Drehen der Spiegelflächen helfen.«

»O tapferer Krieger, ich habe anderes zu tun. Aber welche seltsamen Körperteile plagen dich so, dass ich dir helfen soll, sie zu drehen?«

Er lachte. »Zapfen, die sich in Drehgelenke schmiegen möchten, aber was soll ich dir erzählen? Du kennst das doch alles.«

»Die Annehmlichkeiten ebenso wie das andere. Aber sag mir, da du dich hier auskennst: Hast du den Jungen mit dem Kormoran gesehen?«

»Den kleinen Schuft? Bist du seine ältere Schwester?«

»Nein; warum?«

Der Mann schüttelte den Kopf; etwas wie milder Tadel lag in seiner Stimme, als er sagte: »Der Junge sollte jeden Tag mindestens dreimal geprügelt werden, damit er nicht immer jene Fremden bestiehlt, die dann den lautesten Ärger machen.«

»Ich will es ihm sagen, wenn ich ihn sehe – aber hast du ihn heute gesehen?«

»Heute früh.«

»Ah, gut; ich hatte schon Angst, er könnte krank sein.«

»Angst? Für mich wäre es lustvolle Hoffnung.«

»Dann ist also nicht nur dein Tun, sondern auch dein Hoffen auf Lust gerichtet.«

Der Krieger steckte den gezahnten Stift in den Beutel an seinem Gürtel und kam zu ihr. »Ist deine Zunge auch bei anderen Verrichtungen so flink? Hübsch bist du, muss ich sagen; willst du mir wirklich nicht helfen, den Turm zum Schwanken zu bringen?«

Sie erhob sich, die Sandalen in der linken Hand, und lachte ihm ins Gesicht.

»Verwegener Krieger – Centurio – Tribun – Hüter des nächtlichen Leuchtens – ich hätte Angst, dass der Turm kippt.«

»Das Schiff da unten« – er stampfte auf den Boden – »ist gut gefüllt, beschwert und verankert; es wird nicht kippen.« Er streckte die Hand aus und berührte ihre Wange.

»Schiff? Wieso Schiff?« Sie kannte die Geschichte, aber da er nun ihren Arm festhielt, wollte sie ihn ablenken.

»Das Schiff, mit dem Caligula – die Herren der Unterwelt mögen ihm erlesene Qualen bereiten, aber wahrscheinlich ehren sie ihn als ihresgleichen –, also, mit dem Caligula einen Obelisken, größeres wiewohl minderes Abbild seines göttlichen Phallus, aus Ägypten holen ließ. Claudius hat es später mit Zement füllen und hier versenken lassen, an der Nordspitze der Mole, als Sockel für den Leuchtturm.« Er hielt noch immer ihren Arm fest, mit kräftigem Griff, und zog sie näher.

»Kluger Krieger«, sagte sie halblaut; dabei betrachtete sie sein Gesicht. Ein junges, offenes, helles Gesicht mit Augen, die gern zwinkerten und in denen Spott leuchtete. »Für einen einfachen Krieger redest du zu gut.«

»Es gibt andere Dinge, die ich auch beherrsche. Der einfache Krieger ist ein Befehlshaber und heißt Gaius Pacuvius.«

Der Griff war fest, nicht schmerzhaft, und sie fand weder die Berührung noch die Nähe unangenehm. Trotzdem, sagte sie sich, ist eine Nacht im Leuchtturm nicht das Ziel dieser Reise …

»Was macht Pacuvius der Befehlshaber auf dem Turm am Hafen der Kaiser?«, sagte sie mit übertrieben weicher Stimme und einem Augenaufschlag.

»Pacuvius will auf gewisse Dinge achten, die den gewöhnlichen Leuchtturmwärter überfordern könnten. Allzu viele Schiffe, zum Beispiel. Und …«

»Und dabei sollte ich das Verbrechen begehen, dich abzulenken?«

»Manche Verbrechen ergänzen die Pflichterfüllung vortrefflich. Außerdem wird der Leuchtturmwärter wie üblich das lodernde Feuer entzünden; nicht alle Aufmerksamkeit geht von mir aus.«

»Wird er nicht bittere Tränen weinen, wenn du während seiner Arbeitszeit ersprießliche Dinge begehst?«

»Wen kümmern die Tränen eines Türmers? Ist nicht die Lust des Befehlshabers mehr als …«

Sie sah an ihm vorbei, zum offenen Gitter vor dem Steg, und unterbrach ihn. »He, du darfst da nicht rein!«

Pacuvius fuhr herum; dabei ließ er sie beinahe los. Sie riss den Arm ganz aus seinem Griff und lief leichtfüßig über die Mole nach Süden.

»Ein schäbiger Scherz«, rief er hinter ihr her, aber er klang eher belustigt denn erbost.

Sie blieb kurz stehen, wandte sich halb um, lachte und sagte: »Gaius ist ein Dummkopf.« Dann ging sie weiter.

Zwei Jahre zuvor hatte sie den Jungen mit dem Kormoran zum ersten Mal gesehen. Die Mimen des Mopsos waren nach Ostia gekommen, um den Reichen, die sich in der verlandeten Hafenstadt an Seewind und Mücken erbauten, ein wenig Zerstreuung zu bieten. Ablenkung von der mühseligen Beaufsichtigung der Sklaven, die in den Salinen arbeiteten, Ablenkung vom kargen Leben in ärmlichen Palästen. Ostia war Sommerfrische und Zuflucht, nah bei Rom und doch fernab, als Ort der Genesung und des Ausheilens empfohlen von Ärzten, die sich auf Krankheiten der Wohlhabenden verstanden.

Jemand hatte damals die Truppe angeheuert, um »die Öde des Provinzlebens durch den Trübsinn der Kunst zu vertiefen«. Für den Mann – sie erinnerte sich an das Gesicht, konnte sich aber nicht auf den Namen besinnen – und seine Sippe sowie Nachbarn und sonstige Schaulustige hatten sie Teile aus mehreren Plautus-Stücken aufgeführt, einen halben Menandros, laute derbe Volksszenen nach Art der atellischen Komödie, unterbrochen oder verbunden durch Lieder und Gaukelei.

Ein greiser Händler wünschte sich *Die Vögel* des Aristophanes auf Griechisch. Mopsos besaß eine Rolle; nach zwei Tagen flüchtigen Probens zwischen anderen Aufführungen brachten sie das Stück eher schlecht als recht zustande. An diesem dritten Abend, kurz bevor der Sonnenuntergang die Darbietungen beendete, war Korinna in der Maske des Wiedehopfs von der behelfsmäßigen Bühne gegangen – ein paar bemalte Bretter vor einer Hauswand – und hatte gemeint, im Beutel eines Zuschauers eine Schlange verschwinden zu sehen. Später, als die Haushaltssklaven des greisen Händlers Mimen und Gäste mit Brot, Fisch und Wein versorgten, hörte sie den Mann mit dem Beutel das Verschwinden von Geldstücken beklagen und »Diebsgesindel und Mimen« beschimpfen.

Mit dem Rest des gerollten Fladens und einer Lederflasche ging sie zum Flussufer, um sich vom Lärm und von der Arbeit zu erholen. Neben einer Anlegestelle, die wenige Schritte in den Tiber ragte, fand sie den Jungen. Er nestelte gerade an der winzigen Öse, um den Schlangenhals des Kormorans vom Ring zu befreien. Im Zwielicht nach Sonnenuntergang konnte sie die Bewegungen nicht sehen, nur ahnen; es war ihr auch nicht möglich zu sagen, ob der Hals des Vogels an den Seiten weiße oder graue Federn hatte.

»Gibt man geflügelten Räubern Namen?«

Der Junge verzog keine Miene – oder wenn, dann so geringfügig, dass die zunehmende Dunkelheit alles verbarg.

»Epulo«, sagte er.

»Der Fresser?« Sie lachte leise. »Wie treffend. Hat er genug gefressen?«

»Nicht von euch. Das wäre … ehrlos.«

Schweigend biss sie in die gefüllte Fladenrolle. Sie war erstaunt über dieses Wort im Mund eines kaum Achtjährigen; und sie sagte sich, dass diese mutmaßliche Ehre etwas mit der Zugehörigkeit zur gleichen Zunft zu tun haben musste – Räuber, Dirnen, Schauspieler. Und Kormorane.

»Hast du Hunger?«

Als der Junge nickte, gab sie ihm den Rest des Fladens. Sie wartete, bis alles vertilgt war, dann reichte sie ihm die Lederflasche, die verdünnten Wein enthielt; dabei sagte sie: »Und du? Hast du auch einen Namen?«

Er trank, wischte sich den Mund und schaute auf den dunklen Fluss hinaus, wo Epulo badete, fischte oder andere Dinge tat. Sie wusste nicht, was Kormorane nachts trieben und ob sie im Dunkel sehen konnten.

»Batrax.«

»Batrax? Was für ein Name ist das?«

»Die ihn mir gab, war eine Griechin. In Portus.« Er wies über den Fluss, nach Norden; dann stand er auf und gab ihr die Lederflasche zurück. Er trug nur einen Leibschurz mit einer grob aufgenähten Tasche, in der etwas klirrte, als er sich bewegte. Sogar im zunehmenden Dunkel bildete sie sich ein, seine Rippen zählen zu können, und als er ihr den Rücken zuwandte, sah sie die Spur einer Wunde auf der linken Schulter. Es mochte ein schlecht verheilter Peitschenhieb sein.

»Deine Mutter?«

Er antwortete nicht; mit einer fließenden Bewegung glitt er in den Tiber und verschwand in der Nacht. Sie hörte einen seltsamen Pfiff – Klagelaut einer liebeskranken Sirene, sagte sie sich – und ein Plätschern, dann nichts mehr.

Sie grübelte ein wenig, bis sie eine Erklärung für den Namen fand. Wenn »die ihn mir gab« Griechin gewesen war, mochte es sich um eine Abwandlung von *batrakos* handeln, Frosch, ein Kosename, wie man ihn kleinen Kindern gab. Und sicher angenehmer zu tragen als die lateinische Entsprechung *rana*. Die außerdem hier, wo immer noch viele Etrusker lebten, als etruskischer Mädchenname einem Jungen das Leben schwer machen konnte.

Sie hatte ihn fast vergessen, als sie drei Monate danach, im Winter, eines Morgens Rom verließ, um die fünfzehn Meilen zum Hafen der Kaiser zurückzulegen. Sie wollte ans Meer, salzige Luft atmen und Wellen sehen, und in den nächsten sechs Tagen gab es für die Mimen nichts zu tun. Es war schon fast Abend, als sie die Stadt erreichte und bald wieder verließ, um nächtlichen Dieben und Totschlägern zu entgehen. Sie verbrachte die Nacht hinter einem der zahllosen Schuppen am Kanal, durch den Kaiser Traianus das auf seinen Befehl angelegte innere Hafenbecken mit dem Tiber hatte verbinden lassen. Am folgenden Morgen wanderte sie durch die besseren Straßen, an denen Wohn- und Handelshäuser standen, bewunderte das sechseckige Hafenbecken und die für den Winter oder jedenfalls für die nächsten Tage vertäuten Schiffe.

Bei einem Stand kaufte sie für ein paar As Brot und Fisch; dann setzte sie sich auf die Kaimauer, ließ die Beine baumeln und aß. Plötzlich sagte hinter ihr eine Stimme: »Nicht meine Mutter. Sie hat mich irgendwo gefunden und aufgezogen. Vor zwei Jahren ist sie gestorben.«

Epulo hockte auf der Schulter von Batrax, der auch an diesem kühlen Tag nichts außer dem Leibschurz trug. Allerdings hatte der Junge eine zusammengerollte grobe Wolldecke unter dem Arm.

»Hast du Hunger?« Korinna war beinahe froh, Brot und Fisch mit dem Jungen teilen zu können; sie hätte nicht gewusst, wie sie auf die Wiederaufnahme des Dialogs antworten sollte.

Batrax schüttelte den Kopf. »Man sollte nicht öfter als einmal am Tag essen. Man gewöhnt sich sonst daran.«

»Hast du schon gegessen?«

»Nein. Es ist noch zu früh.«

»Wo und wie lebst du denn, seit die Griechin gestorben ist?«

Der Junge legte einen Finger an den Schnabel des Kormorans. Epulo wackelte mit dem Kopf und stieß ein Geräusch aus, das Korinna nur als »Schnaufen« bezeichnen konnte.

»Wir fangen Fische«, sagte Batrax. Er berührte den Ring am Hals des Vogels.

»Und wo?«

»Ah, hier und da. Soll ich es dir zeigen?«

Und er zeigte ihr Portus, vom Kanal des Traianus im Süden bis zu den Salinen weit nördlich, jenseits der Strandhütten der armen Fischerfamilien. Er führte sie durch das Labyrinth der Schuppen und Lagerhäuser, zeigte ihr die besten Schenken und die weniger guten, deren Preise erschwinglicher waren; er machte sie bekannt mit einem blinden Freigelassenen, der davon lebte, dass er eine Art Harfe spielte und dazu zotige Verse sang, und mit einer Menge von Stauern, Hafendirnen, Fischern, Segelmachern und Schanksklavinnen. Sie alle schienen irgendwie mit ihm verwandt zu sein. Er zeigte ihr die üppigen Häuser der Reichen, der großen Händler und Schiffseigner östlich des inneren Hafens, und erklärte ihr, wie die Hebebäume bedient wurden, die auf dem Kai und weiter draußen, am Außenhafen, auf den beiden Molen standen.

Natürlich nicht alles auf einmal; es dauerte viele Monate und zahlreiche Besuche. Korinna kam immer wieder zum Hafen, meistens zu Fuß, manchmal mit dem Karren des einen oder anderen Händlers aus Rom. Nach und nach erfuhr sie mehr über das bisherige Leben des Jungen, ohne je sagen zu können, wieso ihr an ihm überhaupt etwas lag. Vielleicht war es die verblasste Erinnerung an die beiden jüngeren Brüder.

Batrax war wortkarg und geschwätzig, mürrisch und witzig, grob und sanft, je nach dem Stand des Mondes, der Richtung des Windes oder der Laune der Fische. Nach Korinnas Geschichte fragte er nie, vielleicht aus Scheu, vielleicht weil er selbst so verschlossen war und nur Auskünfte gab, wenn Korinna bohrte. Falls überhaupt.

Einmal war er ein wenig gesprächiger; so erfuhr sie mehr über seine Kindheit. Nicht viel, aber immerhin. Die Griechin, sagte er, habe ihn ausgesetzt in Rom gefunden, wenige Tage nach dem Tod ihres eigenen einzigen Kinds, und sie habe ihn mitgenommen. Eine Freigelassene, vielleicht aber auch Entflohene, die eine Weile mit einem Fischer in einer der Schilfhütten nördlich des Hafens lebte und nach dessen Tod ihren Körper an die fremden Seeleute verkaufte. Einer der Männer, ein bärtiger Hispanier, hatte ihm nach einer lauten Nacht in der Hütte den jungen Kormoran geschenkt. Oder er war froh gewesen, ein nutzloses Tier abgeben zu können. Bald darauf kam die Frau bei einem nächtlichen Handgemenge ums Leben.

»Und seitdem?«

»Seitdem all das.« Batrax machte eine Armbewegung, die den Hafen und die Stadt und das Hinterland einschloss.

Einer der besten Schlafplätze, die der Junge ihr gezeigt hatte, befand sich zwischen zwei großen Lagerhäusern am Kanal. Dort gab es eine mit weichem Gras bestandene Senke, einen winzigen, aber sauberen Wasserlauf, verwilderte Obstbäume und kriechendes Gesträuch mit allerlei essbaren Beeren. Und es gab die beiden Gebäude, die den Seewind abhielten.

Aber an diesem Abend, als sie den Mann namens Gaius Pacuvius am Leuchtturm zurückließ und den Jungen mit dem Kormoran nicht finden konnte, war die Senke belegt. Mindestens drei Paare tummelten sich dort; Korinna verzog sich geräuschlos und suchte im Gewirr der Werkstätten und Schuppen am inneren Hafen die Hütte des Etruskers mit dem unhandlichen Namen Larth, an dem sie sich in Gedanken entweder die Zunge verknäuelte oder den Rachen aufriss. Der Fischhändler, der sie mitgenommen hatte, kannte den alten Segelmacher und hatte ihr gesagt, wenn sie seinen Namen erwähnte, werde Larth sie ohne Zweifel auf einem Haufen Tuchfetzen schlafen lassen.

Sie brauchte nicht viel zu reden. Der Segelmacher musste an die sechzig Jahre alt sein und saß gründlich betrunken vor seinem Schuppen, wo er die Sterne am Boden einer Amphore zu zählen und den Nachthimmel leer zu trinken beabsichtigte, wie er sagte. Sie erwähnte Manlius, und Larth ließ sie aus dem Gefäß trinken. Plötzlich fiel er um und begann zu schnarchen.

Korinna deckte ihn mit ein paar Segelfetzen zu, trug dann weitere alte, löchrige, nach Fisch und Pech stinkende Tücher zur Rückseite des Schuppens und kroch in den Haufen aus Lumpen. Eigentlich wollte sie denken, drei oder vier würzige Reden, die sie am Hafen gehört hatte, in eine Art Versform bringen und zu einem Dialog erweitern, aber dann schlief sie ein, ehe sie auch nur zur Hälfte der Gedanken gediehen war.

Sie hatte Häfen immer geliebt. Vielleicht, weil Häfen überall gleich riechen und ebenso verlorene Heimat sind wie lockende Fremde. Vielleicht, weil sie sich mit ihrer Hilfe in den kleinen Hafen zurückdenken konnte, in dem sie so oft den Vater verabschiedet und erwartet hatte – bis das Schiff mit ihm und den anderen eines Tages nicht heimkehrte.

»Vielleicht«, dachte sie, »höre ich jetzt auf, Unsinn zu träumen, und erwache«. Die alten Segelfetzen, die als Decke und Lager gedient hatten, kratzten und stanken, und hinter dem Schuppen stieg die Sonne; die Schattenkante erreichte schon ihre Füße.

Aber sie schloss die Augen wieder und blieb liegen. Ein paar Atemzüge lang, sagte sie sich; lang genug, um die Erleichterung zu genießen und den lebhaften Traum zu bewahren. Das Lächeln des Vaters, der mit den vier anderen zum Fischen hinausfuhr. Der Geruch des kleinen rhodischen Hafens. Die seltsame Erleichterung, in diesem Teil des Traums erwacht zu sein.

Etwas musste sie geweckt haben, denn gewöhnlich – drei- oder viermal im Jahr – schloss der Traum anders. Mit dem wahren Ende.

Das Boot, das nicht zurückkam. Die Familien der verschwundenen, zweifellos toten Fischer. Das neue Boot, noch nicht abbezahlt.

Bei den anderen gab es mehr Verwandte; irgendwie gelang es den Familien, die Schulden zu tilgen, indem Onkel und Großeltern und Vettern dritten Grades und Freunde ihrerseits Schulden machten oder Besitztümer verkauften … Aber Korinnas Eltern kamen aus Miletos, und auf Rhodos hatten sie keine Verwandten.

Das Boot war in einer kleinen Werft gebaut worden; an der Werft beteiligt waren zwei Tempel und eine Bank. Der Schiffbauer trat seine Ansprüche an die Bank ab, da er nicht in die Versklavung von Schuldnern verwickelt werden wollte. Korinnas Mutter wurde von einem samischen Händler gekauft, die beiden kleinen Brüder nahm ein Ägypter, und ein Römer erwarb Korinna. Das Letzte, was sie von einem der Brüder sah, dem Vierjährigen, war das später im Traum immer riesenhaft vergrößerte Mal auf der linken Hinterbacke. Etwas in der Form einer großen Muschel. Die Brüder hatten es, der Großvater hatte es gehabt – aber den hatte sie nicht gekannt – und ebenso der Vater. Es kam wohl nur bei den Männern der Familie vor, denn sie hatte es nicht. Und der Vater hatte dies Muschelmal den Fischen und Muscheln zurückerstattet.

Mit verquerer Befriedigung stellte sie fest, dass es ihr gelungen war, die Erleichterung über das Erwachen durch beflissenes

Erinnern in Trübsinn zu verwandeln. Den sie bald weiter verfinstern würde durch die Schreie der Mutter bei der Trennung und die Scheußlichkeiten, denen der Römer die Neunjährige unterzog – bis sie dreizehn war und er sie einem anderen verkaufte, der nicht nur mit Kindern –

Sie setzte sich auf, als der Lärm sie erreichte. Ein ungeheuerliches Schnaufen, Grunzen und Splittern; als ob der Minotaurus wütend die Kiste zerbeißen wollte, in der er ein schmackhaftes athenisches Mädchen vermutete. Der Lärm, der sie aus den peinigenden Erinnerungen riss, wie er sie zuvor aus dem Traum geholt hatte. Sie nahm dies jedenfalls an; denn nicht einmal der Hafen der Kaiser war groß genug für zwei verschiedene Arten solch unsäglichen Lärms.

Ihr Magen knurrte – nicht sehr laut, aber ausreichend, um sie zu einem schnellen Kichern zu bringen. Vielleicht hatte das Ungeheuer – der Minotaurus – ja gar nicht gebrüllt, sondern war nur hungrig.

Sie bedachte ihre gestrigen Speisen. Morgens ein wenig Obst und warmes verdünntes Bier, dann ein zwei Tage alter Brotfladen, an dem sie auf der langen Fahrt über die Via Portuensis geknabbert hatte – nicht mehr? Aber hier stank alles nach Fisch und Pech; wahrscheinlich hatte der jeden Gedanken an Speise tötende Ruch dafür gesorgt, dass sie nicht längst vor Hunger erwacht war.

War ihr – ein kurzer, unbehaglicher Gedanke, der gleich wieder verging – Hunger tötend das Menschenblut mit Haaren in den Schlummer gesickert? Ob sie die Erinnerung an Gerüche mitgenommen hatte in den Schlaf? Oder hatten die Gerüche sie in den Traum gezerrt? Ob es so etwas wie das Echo eines Geruchs gab? Ohne wirklich wach zu sein, konnte sie nicht zielgerichtet denken, aber sie bemerkte, dass etwas – irgendein Es – in ihr dachte, werkelte; der nie ganz zu betäubende Teil entwarf einen Dialog zwischen einem Duftmischer und einem Kitharisten, die von Stimmungen und Widerhall, von Duftsaiten und stinkenden Klängen sprachen. Und vom Geräusch geronnenen Bluts mit Haaren.

Wieder dieser Lärm. Nein, kein Minotaurus. Knirschen und Splittern und Getrampel, kein Knurren oder Gebrüll, irgendetwas dazwischen. Als habe ein trunkener oder brünstiger Elefant die Füße durch Tritte gegen eine Lagerwand entstaubt und dabei versucht, den Chor der *Frösche* des Aristophanes zu furzen. Und ein brüchiges Hebegerät zu besteigen, als Ersatz für eine Elefantenkuh. Dann Gejohle und Stimmengewirr; offenbar hatte das Ungeheuer Zuschauer.

Sie rieb sich die Augen und atmete tief. Salz, nasses Salz, Wasser; und erbärmlich stinkender Fisch. Morgengedanken, zähflüssig wie Fischsud; sie sagte sich, dass sie sich von den Fetzen des Nachtlagers entfernen und erst dann die Nase öffnen sollte. Nasenlider und die Feststellung des Mangels.

Sie ging zur Vorderseite des Schuppens, um dem Segelmacher zu danken, aber Larth war nirgends zu finden. Die Segelfetzen, auf und unter denen er geruht hatte, waren verschwunden, die Tür des Schuppens mit einem großen Schloss versperrt.

Alles roch nach altem Fisch. Greiser Fisch, in unruhigem Totenstand befindlich und immer noch nicht begraben. Was hatte Manlius gesagt? Unterwegs, als er von den Schwierigkeiten erzählte, in Rom gute Geschäfte mit schlechtem Fisch zu machen, und sie ihn mit Geschichten über misslungene Aufführungen tröstete – »Es gibt also kaum einen Unterschied zwischen dem Versuch, ein albernes Stück vor Leuten aufzuführen, die zufällig ernst gestimmt sind, und dem Versuch, alten Aal zu verkaufen, wenn der Käufer frischen Barsch möchte«. Sie hatte leise gelacht und gesagt: »Ich werde darüber nachdenken, ob Menandros ranziger Aal ist und Plautus duftender Schwertfisch.«

»Vielleicht sind beide – die ich nicht kenne – beides; jeder ist alles für den, der genau das sucht. Für die anderen ist alles nichts. Oder *garum*. Wie man aus Teilen aller Fische die scharfe Tunke zusammenkochen kann, lässt sich doch sicher auch mit Dramatikern verfahren.«

Der Fischhändler mochte, ohne es zu wissen, etwas sehr Kluges gesagt haben. Vielleicht war Korinna zum Hafen gefahren, um

Bilder und Wörter und Gerüche für eine Mimus-Tunke zu finden. Aber Tunke war Beigabe; eigentlich suchte sie das wirkliche Essen.

Sie hob die Schultern; dann sagte sie leise »au«. Das linke Gelenk schmerzte immer noch, seit dem Sturz vor zehn Tagen, als sie bei einem Überschlag vom Seil gerutscht war.

Wieder schwappte wie eine mehrfach gebrochene Brandung der ungeheuerliche Lärm über die Gassen und Schuppen. Aber je weiter sie ging, desto stiller schien die unmittelbare Umgebung zu sein. Sie fürchtete schon, sich verirrt zu haben im Gewirr der Gebäude und herumliegenden Gerätschaften. Irgendwie erschien es geziemend, wenn nicht gar unabdingbar, dass der wichtigste Hafen der wichtigsten Stadt des bewohnbaren Erdkreises ein Labyrinth sei; aber dann erreichte sie endlich den kleinen Platz, an dem Manlius sie am Vortag abgesetzt hatte.

Vor der Schenke war es ebenso still wie zwischen den Schuppen. Sie begann, sich zu fragen, ob es vielleicht doch viel früher sei als angenommen; aber da hörte sie erneut das unbeschreibliche Tosen des Lärms, diesmal gefolgt von Gejohle und vielen Stimmen, die offenbar Meinungen äußerten oder jemanden – etwas? – anfeuerten.

Unter dem Geländer des *Schwertfisch,* wo gestern die seltsamen Männer gelehnt hatten, mit denen Manlius wohl verabredet gewesen war, kauerte ein kleines Mädchen mit einem winzigen Tier in der Hand. Bilch, Haselmaus, Lurch?

Korinna überlegte noch, ob das winzige Tier in einer anderen Gegenwart, einer fantastischen Reisegeschichte nach Art des großen Lukianos, Mittelpunkt des Labyrinths und Quell des fürchterlichen Lärms sein könnte, als sie das Hexagon des inneren Hafens erreichte. Wo die beiden für sie nächsten Seiten des Beckens zusammenstießen, stand ein Pfosten; manchmal brachten dort Leute, die etwas zu verkaufen hatten oder jemanden suchten, Schrifttäfelchen an. Dort blieb sie stehen.

Der Himmel über dem Hafen und dem Meer war blau; vermutlich hatte ein kräftiger Morgenwind alle Wolken landeinwärts geweht, als sie noch schlief. Nun ging nur eine leichte Brise, die an den wenigen nicht gerefften Segeln der Schiffe im Becken rupfte. Hier und da knirschten wahrscheinlich Bordwände aneinander, aber im Hexagon blieb kaum Platz für Bewegungen oder gar Zusammenstöße. Die Schiffe lagen so eng, dass man von einer Seite des Hafens zur anderen hätte gehen können, ohne nasse Füße zu bekommen.

Sie sah Boote mit Marmorblöcken aus den Steinbrüchen an der Küste im Norden Etruriens und mindestens zwei Schiffe, deren eingerollte Segel rötlich waren und deren Bugverzierungen sie als Besitz eines hispanischen Großhändlers auswiesen, der Weizen und Oliven nach Rom lieferte. Sie sah Schiffe, die Krieger irgendeiner fernen Legion für den Winter heim ans italische Gestade gebracht hatten und noch nicht anlegen konnten, weil die Kais voll waren. Sie sah Berge von Käfigen, zu ihrer Linken aufgetürmt zwischen einer Garküche und dem festgemachten Frachtschiff, und in den Käfigen saßen oder zappelten bunte Vögel und kleine Affen. Daneben lag ein Schiff, aus dem kleine spitzbödige Gefäße zu Gestellen getragen wurden, die auf niedrigen Karren standen – Duftwässer vielleicht oder kostbare Öle. Ungläubig sah sie mehrere Dutzend kleiner Krokodile mit Lederkragen, an denen dünne Ketten befestigt waren; die halb nackten Männer, die mit Geschrei und Gefuchtel für die Tiere einen Weg durch die Menge bahnten, mussten wärmeren Gegenden entstammen und froren wahrscheinlich. Sie sah Bottiche mit Seewasser, in dem vielfarbige Fische schwammen, für die Gartenbecken der Reichen bestimmt oder für Kästen aus Glas, die sie in ihren Häusern aufstellten. Sie sah Körbe mit Bernstein und Amphoren, in denen stinkendes Steinöl aus den Ödländern Arabiens zur Verbrennung nach Rom gebracht wurde. An einer der Seiten des Hexagons sah sie Männer der Wachkohorte, die mit gesenkten Speeren ein Schiff am Festmachen hinderten, und sie sagte sich, dass man dort wahrscheinlich einen Gesandten oder hohen Offizier erwartete, für den dieser Abschnitt frei gehalten werden sollte. (»Vorgestern einer aus Syrien, gestern der Legat aus Narbo, heute der Statthalter der Baetica, morgen ein hochmögendes Tier aus Numidien«, sagte einer der Männer laut, als jemand fragte.) Sie sah wippende bräunliche Flecken an Bord eines Frachters, der im Gedränge mitten im Becken steckte, und es dauerte einige Atemzüge, bis sie aus den sichtbaren Umrissen auf Kamele schloss, deren restliche Körper durch Bordwände und Aufbauten verdeckt waren.

Sie hörte die Stimmen der Tausende, die befahlen und forderten, Waren feilboten, fluchten, fragten oder sich möglichst laut unterhielten. Sie hörte das Geschrei der Möwen, knirschendes Holz, schwappendes leckendes Wasser, vom anderen Ende des Beckens den rhythmischen Arbeitsgesang einer Gruppe von Seeleuten, die schwere Lasten aus einem Schiffsrumpf hievten, das Singen und Peitschen eines allzu straffen Taus, das belastet und berührt wurde und riss.

Sie roch sardischen Schafskäse und korsischen Honig, getrocknete Feigen und Datteln aus Afrika, den Essig eines gebrochenen Gefäßes und den Wein einer berstenden Amphore, das säuerliche Gemenge, das entstand, als die beiden Flüssigkeiten sich vermählten, den süßlichen Hauch eines nicht ausreichend verstöpselten Krugs mit Sesamöl, den Schweiß und das Salz und die Abfälle im brackigen Wasser, die seltsame Ausdünstung der jungen Krokodile, den stechenden Ruch eines Panthers, den sechs Männer mit seinem Käfig auf einen Wagen stemmten, Melonen, frischen Fisch, Salzfisch, Bratensaft aus einer Garküche, in der Rinderviertel sich über glimmenden Buchenscheiten drehten, und den Hauch von Bratfisch aus einer anderen Stube, vermengt und verschwistert und verzahnt mit dem steilen, düsteren Duft vom Bäckerstand daneben, dessen Besitzer einige Fladen hatte anbrennen lassen.

Und während sie dort stand und die halb nackten Lastträger sah und den roten Helmbusch eines Offiziers, der zu den wartenden Kriegern ging und auf etwas im Becken deutete, und die Dirne mit hochgebundener weißer Tunika, roter Hüftschärpe und fast bläulich schimmerndem schwarzen Haar, erblickte sie plötzlich die dicht gedrängte Gruppe von Schaulustigen vor einem großen

Frachtschiff weiter rechts und sagte sich, dass dort vielleicht das Ungeheuer lauerte, auf dessen nächstes Getöse sie wartete.

Es war ein riesiges Frachtschiff, das dort am Hauptkai lag, mit seltsamen Aufbauten und einer Brücke am Bug. Nein, keine Brücke, dachte sie, als sie näher kam und auf einen Befestigungsblock stieg, um über die gaffenden, johlenden Männer hinwegsehen zu können. Es war eher eine große Klappe; offenbar ließ sich der ganze Bug oberhalb der Wasserlinie öffnen, indem man mit Seilwinden das Oberteil anhob. Darunter führte eine Art Brücke aus Holz auf den Kai; und über diese Brücke sollte das Tier gehen. Das Tier, das schnaubte und grunzte und rechts wie links gegen die Schiffsplanken trat. Ein mächtiges, gepanzertes Tier mit zwei Hörnern auf der Nase.

Sie hatte Bilder gesehen und den Namen gehört; sie wusste, dass hin und wieder solch ein Ungeheuer in eine der Arenen des Kaisers gebracht wurde, um dort langwierige und blutige Kämpfe mit berauschten Elefanten oder todgeweihten Gladiatoren auszutragen. Aber gesehen hatte sie noch keines dieser Tiere, die man Rhinozeros nannte; und eigentlich war sie überzeugt davon, dass es sich doch um den Minotaurus handelte. Oder dass der Minotaurus der Geschichten ein Rhinozeros gewesen sein musste. Was war schon eine Missgeburt, Ergebnis der Kreuzung eines – vielleicht nicht einmal göttlichen – Stiers und einer beklagenswerten Frau, verglichen mit diesem Erzeugnis einer wüsten, gleichzeitig epischen und wahnsinnigen Natur?

Seeleute oder Tierpfleger – falls man ein Ungeheuer pflegen konnte – versuchten mit langen Stangen, Speeren, Knüppeln und Geschrei, das Rhinozeros aus dem Schiff an Land zu treiben. Aber das Tier regte sich nicht, oder jedenfalls nicht nach vorn. Seitlich, ja, und immer wieder ein wenig zurück; dorthin, wo noch Holz war, das splittern konnte, wo es Männer gab, die schreiend zurückwichen oder an Tauen und Planken emporkletterten. Nur nicht vorwärts. Als ob das Schiff (und Korinna stellte sich vor, mit welcher Mühe das Tier vom festen Land ins Schiff getrieben worden war) einzige vorstellbare Heimat sei, als ob das Rhinozeros beschlossen hätte, nie wieder langweiliges, festes, trockenes Land zu betreten, das nicht schaukelte und wo es nichts zu zertrümmern gab.

Einer der Seeleute war über die hochgeklappte Bugöffnung auf den Kai geklommen; nun stand er dort und fuchtelte mit etwas. Ein Brot? Eine große Frucht? Korinna war nicht nah genug, um es genau sehen zu können; es musste sich aber um etwas handeln, das das Tier schätzte. Oder vielleicht auch etwas, das es hasste, auf das es gleich brüllend losgehen würde. Was mochte es dort, wo es herkam, gegessen haben, und wie musste es für die Seeleute sein, endlose Tage an Bord eines Schiffes mit einem Nashorn, einem Elefanten oder einem Dutzend kleiner Krokodile zu verbringen, sie zu füttern, ihre Gehege zu reinigen und ihre Ausdünstungen zu atmen? Und: Wer hatte das Tier bestellt, wohin sollte es gebracht werden, wie wollte man das Ungeheuer auf dem Land befördern?

Aus der Menge der Zuschauer schälte sich ein Gesicht heraus; das breite Grinsen, sagte sie sich, schien von den Zügen losgelöst, gleichsam als gehe oder schwebe es dem Gesicht voraus. Der Mann, der dem Grinsen folgte und dabei heftig winkte, nannte sich Titus Iulius Catulus, behauptete, sowohl der iulischen als auch der catulischen Familie zu entstammen – »Nebenlinien, natürlich, sonst dürfte ich ja nicht spielen; aber immerhin« –, und leitete eine wandernde Mimengruppe. Die »Mimystiker« waren nicht schlecht, aber für Korinnas Geschmack ein wenig zu sehr auf derbe, volkstümliche Aufführungen bedacht. Die *Antigone* durfte man bei ihnen nicht erwarten. Catulus hatte schon einige Male versucht, Korinna zu seiner Truppe zu holen, und im Geiste suchte sie sich zu wappnen.

»Fürstin der Schreibenden!«, schrie er, als er noch gut zwanzig Schritte entfernt war. »Herrliche Mimin! Welch ein göttliches Gnadengeschenk, dich hier zu treffen!«

»Edler Mimystagoge – was treibt dich nach Portus?«

»Die Geschäfte, und die Neugier. Ein kleiner Auftritt im Haus eines Reichen.« Er rieb sich die Hände und strahlte Korinna an.

»Nettes Tierchen, nicht wahr? Ich frage mich nur, was Marcus Aurelius damit anfangen will. Reiten, vielleicht?«

»Ach, ist das Nashorn für den Kaiser?«

»Beinahe. Es ist für Marcus Aurelius den Pontifex Maximus, und er wird es wohl in den alten Gärten Caesars unterbringen – du weißt schon, am Hang des Ianiculum. Die Gärten des Pontifex. Er hält da auch Löwen und Kamele.«

»Du scheinst schon länger hier zu sein und dich gründlich umgehört zu haben, nicht wahr?«

»Was bleibt mir anderes übrig?« Er reckte die Arme gen Himmel, und sein Gesicht wurde zu einer tragischen Maske. »Wir können nicht spielen, wir haben unseren Besten verloren. Arkesilaos ist nicht mehr.«

Korinna dachte an den großen fetten Mann, einen Sikelioten aus Syrakus, der unter seinen Wülsten eine bemerkenswerte Gabe verbarg: Er konnte die Stimmen, die Gebärden, den Gang aller Großen nachahmen, vom Kaiser über Senatoren bis zum Verwalter der jeweiligen Stadt oder Befehlshaber des nächsten Kriegerlagers. Man sagte, wenn er ein wenig abnähme, werde er Cicero ähneln, wenn er viel abnähme, dem Marcus Aurelius, und wenn er sich dem Hungern ergäbe, könnte er sogar den Gaius Iulius Caesar spielen.

»Ach, das tut mir leid. Wie ist es denn geschehen? Ist er geplatzt?«

Catulus blies die Wangen auf. »Schlimmer. Er hat sich kaufen lassen.«

»Ah. Dann lebt er also noch.«

»Nein, er ist gestorben – für mich, für uns. Und ...«

»Wer hat ihn denn gekauft?«

»Das ist es ja.« Er schüttelte langsam den Kopf, ein Leidtragender, vergrämt und untröstlich. »Wenn es denn eine gute Truppe wäre, aber ausgerechnet die Bande von Tolmides!«

»Die Agoraphonier?« Korinna verzog den Mund. Ein bunter Haufen aus schlechten Musikern, Gauklern, Stelzenläufern und Deklamierern. »Ich wusste gar nicht, dass die genug Geld haben, um ihn abzuwerben.«

»Die wollen sogar einen ruhmreichen ehemaligen Gladiator und andere Schwertkämpfer anheuern, um Schaukämpfe auf Bühnen und Plätzen zu machen. Und sie haben einen neuen Mann dabei, der den Zuschauern in die Augen schaut und sie in Schlaf versetzt. Oder eine Art Schlaf, und dabei tun sie dann scheußliche oder zotige Dinge, und hinterher erinnern sie sich nicht daran. Ein Ägypter, glaube ich; wahrscheinlich bringt er die Leute dazu, ihr ganzes Geld an Tolmides zu verschenken. Aber da wir gerade von Geld reden …« Er setzte ein gewinnendes Lächeln auf.

Korinna seufzte lautlos. Catulus konnte innerhalb weniger Lidschläge tragisch und heiter und hysterisch und gescheit und versonnen blicken und noch ein Dutzend andere Ausdrücke aufsetzen, alle gleich überzeugend; was geschäftliche Besprechungen mit ihm schwierig machte, da man nie wissen konnte, wie ernst er etwas meinte und wie zuverlässig seine Angebote waren. »Ja?«, sagte sie, eher aus Neugier, wobei sie sich bemühte, ihm nicht durch Haltung oder Miene zu zeigen, dass sie nichts glauben und nichts annehmen würde. Was immer er bieten mochte – Mopsos zahlte zweifellos weniger, gab ihr aber mehr Möglichkeiten des Spielens und Schreibens.

»Was zahlt Mopsos dir? Euch?«

»Das Leben, die Unterkunft und ein paar Münzen, wenn wir etwas brauchen.«

»Karg, wie?« Catulus stülpte die Lippen vor. »Und das für eine Künstlerin, die nicht nur wunderbar spielt, sondern auch turnt und tanzt und schreibt?« Er zwinkerte. »Was hältst du von … eh, sagen wir, vier Sesterzen am Tag? Und Verteilung des Überschusses am Ende des Jahres? Leben und Unterkunft sowieso.«

Verlockend. Wenn sie ehrlich war, sogar sehr verlockend. Einen Sesterz und ein paar halbe und Viertel-As hatte sie im Beutel, und mehr als höchstens zwei Sesterzen hatte sie von Mopsos nie bekommen. Aber … die Truppe war Familie, und bei Mopsos konnte sie Antigone und Deianeira und Medea sein und Bauerntrampel und Sklavin und Magd; bei Catulus …

»Du ehrst mich«, sagte sie. »Aber die Treue, weißt du? Ich habe Mopsos und den anderen versprochen, sie mindestens noch ein Jahr zu verstärken. Oder zu schwächen, wie man's nimmt.«

Catulus ächzte theatralisch. »Sechs Sesterzen – eineinhalb Denare am Tag?«

»Wenn ich demnächst hungern muss, werde ich mich daran erinnern, dass ich dein großmütiges Angebot abgelehnt habe; und dann werde ich weinen.«

Catulus hob die Hände, schüttelte den Kopf und wandte sich zum Gehen. Über die Schulter sagte er mit gehässiger Stimme: »Wenn du auf ein besseres Angebot versessen bist – die Agoraphonier samt Arkesilaos und diesem Schwertfuchtler Philippus sind nicht weit weg, auf einem Gut irgendwo in den Hügeln zwischen hier und Rom. Wenn du Tolmides morgens und abends einen lutschst, lässt er dich wahrscheinlich zwischen den Vorführungen auf Händen gehen. Für ein paar As. Aber erwarte nie wieder etwas von mir. Bah.«

Korinna stand eine Weile da und schaute blicklos auf den Hafen und in die Menge, die immer noch auf einen Wutanfall des Rhinozeros zu warten schien. Sie versuchte, nicht an Münzen zu denken. An Catulus, der bei der nächsten Begegnung wieder Angebote machen würde, oder an die Truppe des Tolmides. Ägyptische Zauberer? Arkesilaos? Der gerühmte Philippus? Angeblich Spross einer edlen Familie, der Ruhm als Wagenlenker und größeren Ruhm als Schwertkämpfer errungen hatte und nun zweierlei Ruhm zu verlieren bemüht war, indem er das Theater verheerte … Was für eine Art Truppe stellte Tolmides da zusammen? Aber dann sagte sie sich, dass nichts Vernünftiges herauskommen konnte, solange Tolmides dabei war.

Plötzlich spürte sie an der rechten Hand eine beinahe zaghafte Berührung und hörte Batrax sagen: »Außerdem hatte ich gestern keine Lust.«

Sie brauchte nicht zu fragen, was der erste Grund neben Unlust gewesen war; die Stimme des Jungen war die eines Kranken, die

Hand war heiß, und seine Stirn glühte. Der Kormoran hockte auf der linken Schulter und blickte drein, als ob er sagen wollte: Tu etwas; wenn es ihm nicht bald besser geht, geht es mir bald schlechter.

»Komm.« Sie hielt die Hand des Jungen fest und zog ihn vom Kai zu den Ständen. Es gab wichtigere Dinge als die Reise- und Essgewohnheiten von Nashörnern oder die Münzen von Catulus.

Batrax machte keinen Versuch, sich ihr zu entziehen. So lange, wie sie ihn nun an der Hand hielt, hatte sie ihn noch nie berührt. »Misstrauische Freundschaft«, dachte sie, »kein Streicheln. Er muss wirklich krank sein.«

Abgesehen von diesem einen ersten Satz schwieg er. Widerspruchslos ließ er sich von Korinna zum Stand einer jungen Obstbäuerin bringen, mit der sie gelegentlich ein paar Scherzworte gewechselt hatte. Die Frauen betteten ihn hinter dem Stand auf den Umhang der Verkäuferin und breiteten eine Wolldecke über ihn.

»Ich werde ihm ein wenig Kräutersud beschaffen – aber was soll später aus ihm werden?«

Korinna überlegte nicht lange. »Am Nachmittag fahre ich mit einem Händlerkarren zurück nach Rom. Ich nehme ihn mit. Jemand muss sich um ihn kümmern.«

Die Bäuerin lachte. »Wie ich ihn kenne, lässt er das nur zu, wenn er ganz schwach ist. Und das sieht nicht wie ein gewöhnliches Herbstfieber aus. Kannst du dich denn um ihn kümmern?«

Korinna nickte. »Ich werde ihn einfach als meinen wiedergefundenen Sohn ausgeben. Die anderen werden mir nicht glauben, aber nichts dagegen tun.«

»Ich achte so lange auf ihn.« Sie wandte sich zu Batrax um. »Hörst du, kleiner Schurke? Ah, er schläft schon. Das ist wohl das Beste.«

Der Kormoran hockte neben dem Kopf des Jungen und trippelte ein wenig. Korinna beugte sich zu dem Tier hinab. Vorsichtig, um nicht gebissen zu werden – »auch dies misstrauische Freundschaft«, sagte sie sich –, löste sie die Öse des Halsrings. Epulo schnaufte leise, schüttelte sich und verschwand im Getümmel.

»Was, wenn er nicht zurückkommt?«, sagte die Bäuerin.

»Er kommt zurück.«

Als sie sicher war, Batrax bis zum Nachmittag dort lassen zu können, erinnerte sich Korinna an den eigenen Hunger. Im Geiste zählte sie ihre Münzen, verdrängte die Erinnerung an Catulus und beschloss, einen Tag der verantwortungslosen Üppigkeit einzulegen – vielleicht als Vorsorge gegen die Kargheit, die in der nächsten Zeit auf sie wartete, und zur Stärkung, falls Batrax länger Hilfe brauchen sollte.

Sie wanderte ein wenig an den Ständen vorbei und entschied sich schließlich für einen Napf mit säuerlich eingelegtem Lauch, auf den sie an einem anderen Stand einige Brocken Bratfisch legen ließ. Schließlich kaufte sie noch zwei Fladen Brot und sah sich nach einer guten Sitzgelegenheit um.

Dort, wo zwischen Hexagon und äußerem Becken der Kanal des Traianus abzweigte, befand sich eine Art Terrasse, ursprünglich wohl Aushub vom Kanalbau. Hier betrieb ein geschäftstüchtiger Wirt eine Schenke für jene, die gern mehr für ihr Essen bezahlten, wenn sie beim Verzehr aufs Meer und die Häfen schauen konnten. Es war ein flaches Holzgebäude mit rötlicher Bedeckung, die zu Kanal und Hafen hin so weit vorgezogen war, dass sie Tische, Bänke und Schemel auf der Terrasse beschirmte.

Unterhalb des Geländers ließ Korinna sich auf dem sandigen Boden nieder, aß und blickte auf den äußeren Hafen. Mit halbem Ohr lauschte sie den Rinnsalen der Gespräche, die von oben zu ihr herabrieselten. Ehe sie sich setzte, hatte sie gesehen, dass unter den Gästen jene Weitgereisten waren, von denen zwei solche seltsam schrägen Augen hatten. Die Männer unterhielten sich auf Griechisch über Geschäfte, aber auch über Belangloses; dem Tonfall entnahm sie, dass die Händler aus einer der asiatischen Provinzen kamen, vielleicht Kappadokien. Zwischendurch wechselten sie in eine andere Sprache, vermutlich die der Schrägäugigen; vergeblich versuchte Korinna, etwas davon zu erfassen. Es war eine Sprache mit vielen Tonhöhen, und sie schien nur aus kurzen Wörtern zu bestehen. Sie hatte derlei nie zuvor gehört und verstand nichts.

Dann setzten sich zwei andere Männer nah an den Rand der Terrasse, unmittelbar über ihr. Nachdem sie bei der Schankdienerin Braten, Brot und teuren Wein bestellt hatten, sagte einer von ihnen: »Wenn der Stadtpräfekt uns schon so weit reisen lässt, könnte er auch dafür sorgen, dass wir nicht bis zum Greisenalter hier sitzen und auf einen Wagen warten müssen.«

Es war eine kraftvolle, tiefe Stimme – die Stimme eines geübten Redners oder Vorträgers mit beinahe edler Aussprache. Der Mann musste, schätzte sie, um die vierzig sein; sein Griechisch war nicht die gewöhnliche *koine,* mit der man überall im östlichen Reich zurechtkam, sondern erlesenes Attisch ohne jeden hörbaren Ortseinschlag. Nicht das Attisch der Athener Märkte, sondern das der Akademie oder der alten Bühne.

Sein Gefährte besaß ebenfalls eine geschulte Stimme, wenn sie auch nicht so klangvoll war wie die des anderen.

»Ich staune immer noch über den Zufall, der uns beide gleichzeitig mit verschiedenen Schiffen hergebracht hat.«

Auch er sprach Attisch, aber da war ein seltsamer Nebenklang. Korinna bemühte sich, in allen ihr bekannten Sprachen nach ähnlichen Lauten zu suchen. Konnte der zweite Mann, der etwas jünger schien, aus Afrika stammen und gewöhnlich entweder Latein oder Punisch verwenden?

»Dieser Zufall«, sagte der Ältere, »ist nicht Gespinst der Olympier, sondern die römische Sorgfalt. Der Krieg gegen die Parther ist noch nicht zu Ende, aber sie machen sich schon Gedanken über den Triumph. Bis dahin?« Er kicherte leise. »Bis dahin fällt uns vielleicht etwas ein. Oder hast du dir etwa schon Gedanken gemacht, wie Lucius Verus und seine Unterfeldherren zu feiern sind?«

»Ich habe andere Dinge zu tun. Bessere. Aber wahrscheinlich wird auch Marcus Aurelius triumphieren; der Krieg wird ja in seinem Auftrag geführt. – Sag, ist diese Panthea wirklich so hinreißend, wie du sie beschrieben hast? So, als ob alle gebildeten Hetären der Vorzeit in ihr wiedergeboren wären?«

Korinna hätte beinahe den noch nicht ganz geleerten Napf fallen lassen. Zwei Männer, beide sprachen das Attisch der besten Dichter, einer hatte über die Beischläferin des Mitkaisers und Feldherrn Lucius Verus geschrieben ... Nur einer hatte das getan, soweit sie wusste. Konnte es wirklich sein, dass sie hier zu Füßen des schon zu Lebzeiten unsterblichen Lukianos aus Samosata saß? Und wer war der andere?

»Sie ist klug und schön und zweifellos ein überwältigendes Erlebnis. Auch, wie ich annehme, zwischen den Decken; Verus schien oft übernächtigt.« Lukianos – wenn er es war – lachte flüchtig. »Aber du weißt ja, wie so etwas kommt. Warum man dies und das schreibt.«

»Hat man dir Geld geboten? Für diese Prosahymne auf eine schöne Frau?«

»Ah, wenn es das wäre, hätte ich kein Wort geschrieben. Nein, sie wollten, dass ich Lucius Verus preise. Er ist kein Mann, den ich zu preisen wünsche. Weder als Stratege – er überlässt alles seinen Leuten – noch als Mitkaiser oder als, nun ja, eben einfach als Mann.«

Nun lachte der andere. »Und da du nicht ablehnen kannst, ohne dich mit der Ungnade des Imperiums zu belasten, hast du beschlossen, nicht ihn unmittelbar, sondern die von ihm für sein Nachtlager Erwählte zu preisen. Und damit auch ihn, denn ihre Pracht lässt ihn glänzen, da er sie erwählt hat. War es so?«

»So war es, und es war ... teuer. Sehr teuer. Vor allem, da sie sich zierlich gewehrt hat und ich eine zweite Schrift absondern musste. Doppelt teuer.«

»Und zu allem auch noch die gründlich bezahlte Reise nach Rom. Soll ich sagen, dass ich dich beneide?«

»Armer Mann!« Lukianos schnalzte. »Nachdem du dich bei den Isis-Verehrern so beliebt gemacht hast, wirst auch du nicht gerade hungern.«

»Jedenfalls – ein glücklicher Zufall, wenn es auch Fügung des *praefectus urbanus* ist. Ah, da kommt unser Wein.«

»Wohl gesprochen, mein Freund. Nach all den Jahren und

Briefen endlich das Gesicht zu sehen und die gerühmte Stimme zu hören.«

»Und zu erfahren, dass du mir wirklich nicht zürnst, weil ich deinen Esel … gestohlen und neu gesattelt habe.«

Apuleius. Fast hätte Korinna den Namen gerufen. Apuleius aus Madaura: Verfasser der wundersamen und wunderlichen *Metamorphosen,* eines Buchs, das auch *Der goldene Esel* genannt wurde; scharfsinniger und witziger Prozessredner, der nicht nur eine Anklage wegen finsterer Magie überstanden, sondern die Ankläger auch noch vor der gesamten Oikumene lächerlich gemacht hatte. Und sie saß da, ungesehen, zu Füßen der größten Dichter – sie, kleine Schauspielerin, die hin und wieder zu schreiben wagte. Sollte sie aufstehen und sich als Angehörige der gleichen Zunft vorstellen? Ach, undenkbar.

Lukianos sagte eben: »Jetzt kann ich dich auch endlich fragen, ob du weißt, warum sie deine *Metamorphosen* auch *Der goldene Esel* nennen? Ich habe es zu ergründen versucht, bin aber zu keinem Schluss gekommen. Außer, natürlich, zu dem offensichtlichen, von dem ich aber nicht weiß, ob er stimmt.«

Apuleius klang zugleich erwartungsvoll und erheitert. »Was ist denn der für dich offensichtliche Schluss?«

»Am Ende ist der brave Knabe eingeweiht in die Mysterien der Isis. Die erste, zweite und dritte Stufe, allesamt teuer. Er hat, gewissermaßen, den Tempel vergoldet, ist aber immer noch der gleiche Esel. Oder, nein – er hat nicht mehr die Gestalt des Esels, ist aber als Mensch noch dümmer.«

Apuleius klatschte. »Gut, aber – bitte sag es keinem, hörst du? Vor allem keinem von den Isisleuten.«

»Was soll schon geschehen? Sie würden es nicht glauben. Du weißt, Überzeugte sind gegen jede Skepsis gefeit, und Spott erkennen sie nicht einmal.«

Die Schankdienerin brachte das Essen, und die Männer schienen ausreichend hungrig zu sein, um jeden Gedanken an Unterhaltung aufzugeben.

Korinna blieb noch ein paar Atemzüge sitzen. Obwohl die beiden Spötter gewiss nichts Jenseitiges an sich hatten, war ihr, als habe der Hauch des Göttlichen sie gestreift. Lukianos und Apuleius … Wie, dachte sie, wäre wohl einem kleinen Kritzler zumute gewesen, der Vergilius und Horatius hätte lauschen dürfen – Aischylos und Sophokles oder, warum nicht gar, Homeros und Hesiodos?

Mit einem lautlosen Seufzer stand sie auf. Im Fortgehen versuchte sie, einen Blick auf die Gesichter zu werfen, aber einer wandte den Rücken zum Geländer der Terrasse, der andere trank eben aus einem großen Becher, der das Gesicht verdeckte. Wenn sie nach Rom geladen waren, würde sich dort sicher irgendwann die Gelegenheit ergeben, die Gesichter zu sehen, die Antlitze der Unsterblichen, sich am Anblick der größten Meister des scharfen Stifts zu ergötzen. Und während sie den Napf zur Garküche zurückbrachte, bedachte sie, dass das, was nun auf sie wartete, keineswegs eine Ergötzung war.

Die Frauen und Mädchen hockten nebeneinander oder in Halbkreisen am Strand. Mit kleinen scharfen Messern ähnlich denen, die man benutzte, um Weintrauben von den Stöcken zu lösen, schnitten sie Fischbäuche auf, warfen die ausgenommenen Tiere in Körbe und ließen das stinkende Gekröse in breite Schüsseln gleiten. Der Seewind verteilte die Düfte im fast unbewohnten, sumpfigen Hinterland. Schweifende Gerüche mochten unter den Vordächern der Fischerhütten lungern, die zwischen Strand und Schilfgürtel standen, aber dort war man daran gewöhnt. Und man lebte davon – von Fisch, vor allem von *garum*. Fischgekröse, kleine Fische, Kräuter, Salz, alles zusammen in große Gefäße gelegt, zwei Monate von der Sonne vergoren; geseiht, verdünnt, nachgewürzt, dann in versiegelten Krügen oder schlanken Amphoren nach Rom gebracht. Iberisches oder kretisches *garum* war teurer, es gab Liebhaber besonders milder oder durchdringend ranziger, fauliger Mischungen, und Korinna hätte einiges dafür gegeben, irgendwo im Schatten sitzen zu können, Fladenbrot in *garum* zu tunken und alles mit Wein hinunterzuspülen.

Aber Manlius hatte sie auf seinem Karren mitgenommen, würde sie mit zurücknehmen, und als Gegenleistung hatte sie versprechen müssen, Fischbäuche zu schlitzen und Körbe zu füllen und Krüge zu schleppen. Nicht zu reden von dem zusätzlichen Fahrgast, von dem Manlius noch nichts wusste. Nun hockte sie zwischen den Frauen und Töchtern der Fischer, lauschte dem Spott und den hin und her fliegenden Scherzen und bemühte sich, den Tonfall der Küste und besondere Wendungen zu behalten.

Eigentlich hätte es keiner Mühe bedurft; sie fing Sprachen, Wörter, Gesten auf und hielt sie fest, wie das Wintervlies des Widders Goldkörner hält. Aber da am Strand hockend, mit schmerzendem Rücken, kam Korinna sich vor wie eine alte Haushaltssklavin ohne Kenntnis auch nur der eigenen Sprache. Als ob die Arbeit und, vorher, das Gespräch zwischen Lukianos und Apuleius sie hätte inwendig verstummen lassen. Ihr einziger Wunsch war, dass Manlius endlich zurückkam, seine Geschäfte beendete und sie auf den Karren winkte. Was auch immer seine Geschäfte sein mochten.

Etrusker, Latiner, Griechen, Sarden, Sizilier; eine Frau hatte Großeltern aus Bruttium erwähnt. Sie alle verbunden durch Jahrhunderte des Friedens nach Jahrhunderten des Kriegs, verwandt durch Arbeit, verschwistert durch Armut, und alle mit den gleichen täglichen Sorgen behaftet. Das Küstenlatein, ein Gemenge aus allen Zungen des Reichs, und die gewohnten Bürden machten sie gleich; aber alle waren verschieden. Geschichten aus den Familien wurden ausgetauscht. Eine ältere Frau erzählte von ihrer Nichte, »dusseliges Ding«, die als Dienerin im Haus eines Senators mit republikanischen Neigungen arbeitete – »er hält nichts von Sklaven, sagt sie, und nichts vom Kaiser, der alle zu Sklaven macht; also, reicher Senator *und* Sklave möchte ich auch sein« – und von einem seiner Gäste geschwängert worden war. »Sobald der dicke Bauch zu sehen ist, wird sie rausfliegen, weil der hohe Herr keine Bälger durchfüttern will, für Senat und Volk.« Ein Mädchen wollte sich mit einem Vorarbeiter aus den Salinen vermählen, aber »dieser dumme Etrusker« musste erst noch irgendein Tier auftreiben und opfern, damit der *haruspex* seines Dorfs die Leber untersuchen und Heil oder Unheil verheißen konnte, »und so ein *husili* ist nicht billig; sind Opfer ja nie«. Eine Frau beschimpfte den Bruder ihres Mannes, »städtischer Streuner, Faulenzer und hochnäsig dazu«, der im Circus Maximus nach einem zuverlässigen Hinweis – »ah bah, zuverlässig, was? Zuverlässig wie ein Mann oder wie Wolken?« – sein gesamtes Vermögen auf den Sieg der Grünen gesetzt hatte, aber ein Gespann der aristokratischen Blauen gewann – »und jetzt dürfen wir ihn durchfüttern, während der Lümmel sich den Städterkopf zerbricht, ob es im Hafen wohl eine Arbeit gibt, die seine feinen Hände nicht abraspelt«.

Korinna saß da und biss sich auf die Lippen, weil Salz und die stinkenden Flüssigkeiten der Fische in die Schnittwunde an ihrem Finger bissen. Ein Biss hob jedoch den anderen nicht auf. Sie lutschte am wehen Finger, machte leise Würgegeräusche und spuckte aus. Besser der Schmerz als der Geschmack. Die Frau neben ihr kicherte.

»Gut? Ah, du solltest erst mal meinen Mann schmecken, abends. Fischgedärm ist nichts dagegen.«

Korinna blickte hinüber zu der kleinen Strandtaverne. Es war nur ein Schilfdach auf Pfosten, nach drei Seiten offen und zum Land hin von Schweineställen begrenzt, aber dort auf einem Schemel sitzen, den Rücken an die halb mannshohe Binnenwand gelehnt, auf der Töpfe und Näpfe und Becher standen … Ein paar greise Fischer hockten dort, tranken einen vermutlich kaum genießbaren Wein (einige verdünnten ihn mit Meerwasser) und schauten schweigend auf die See hinaus.

Hinter dem windigen Gebäude rumpelten Karrenräder; bald darauf erschien Manlius. Er blieb stehen, kratzte sich den Hinterkopf, grinste flüchtig und winkte ihr.

»Komm, Geschmeidige«, rief er. »Es ist gut.«

Erleichtert ließ Korinna das scharfe Messer fallen; mit wehen Knochen ging sie zu ihm. »Hast du deine Geschäfte abgeschlossen?«

Der Fischhändler rümpfte die Nase. »Nicht ganz zufrieden«, knurrte er, »aber … für deine Hilfe haben sie mir einen gewissen Nachlass gewährt. Willst du mit zurückfahren?«

»Ich nehme an, du hast Fisch und *garum* geladen, oder? Dann sollte ich nicht fahren, sondern gehen.«

Manlius gluckste. »Die Köstlichkeit des Atmens, wie?« Er ging zu seinem Karren.

Korinna folgte ihm. Eines der beiden Maultiere betrachtete sie – missmutig? »Wenn das ein Mensch wäre«, dachte sie, »würde ich es eine abfällige Grimasse nennen.«

»Herr der schmackhaften Seebewohner«, sagte sie.

Manlius kniff die Augen zusammen. »Das beginnt, als ob es eine teure Bitte werden soll.«

»Nicht teuer, aber eine Bitte. Es gibt da einen Jungen, den ich mitnehmen möchte. Er ist krank und muss gepflegt werden. Hast du noch Raum auf deinem Wagen?«

Er knurrte. »Ein Junge? Hast du noch mehr Familie?«

Sie war erleichtert, weil Manlius sofort ans Nächstliegende dachte. »Nicht hier. Wahrscheinlich gar nicht. Nicht mehr, jedenfalls habe ich seit … siebzehn Jahren nichts gehört.«

»Nun gut. Einer mehr oder weniger …«

Am kleinen Platz nahe dem Hexagon hielten sie kurz, und Korinna holte den immer noch fieberglühenden Batrax mitsamt dem Kormoran. Manlius bat sich lediglich aus, dass der Vogel nicht in den Fischen herumstöbere. Sie bettete Batrax zwischen Körben und Gefäßen auf der Ladefläche und nahm Epulo zu sich nach vorn. Der Vogel wehrte sich nicht; offenbar hatte er beschlossen, dass Korinna zur Familie gehöre. Zur Bruderschaft der Räuber, Kormorane, Dirnen und Schauspieler. Vielleicht auch der wandernden Bettler und Philosophen, wie der weißbärtige Mann mit Stab und Bündel, den sie außerhalb von Portus überholten. Er winkte und rief etwas, aber Korinna verstand nichts, und Manlius hob nur die Schultern.

Als sie in Rom den Jungen, der bewusstlos war oder unglaublich tief schlief, vom Wagen hob, war es bereits kurz vor Sonnenuntergang. Der Abend färbte alles rötlich; deshalb begriff sie nicht gleich, dass die Farbkruste an der Wolldecke, auf der Batrax gelegen hatte, geronnenes Blut war. Blut, zwischen den Fischkörben und *garum*-Gefäßen – Blut, das keiner Wunde des Jungen entstammte.

Nachtgeschichten

Wenn mich jemand überzeugen und mir beweisen kann, dass meine Ansicht oder meine Handlungsweise nicht die richtige ist, will ich sie mit Freuden ändern. Denn ich suche die Wahrheit: sie, die niemandem Schaden zufügt. Wohl aber nimmt jener Schaden, der auf seinem Irrtum und seiner Unwissenheit beharrt.

MARCUS AURELIUS VI 21

Gaius Pacuvius empfand neben Erheiterung durchaus eine Art Bedauern. Die Frau, die ihn mit einer der ältesten Ablenkungen der Welt gefoppt hatte – Deukalion musste lange vor der Überschwemmung damit vertraut gewesen sein –, hatte ihn mit ihrem schnellen Witz und munteren Gesicht angezogen. Gern wäre er mit ihr vom Anziehen zum Ausziehen gelangt, um im Leuchtturm ein paar Stunden der nächsten Großen Flut zu verbringen, allerdings ohne Deukalions Alter und Gebrechen.

Aber. Das Leben bestand zurzeit aus sehr viel Aber, ein wenig Trotzdem, reichlich Keineswegs und ein paar Anfällen von Wielange-noch. Diese Wörter, die seine Tage bestimmten, bildeten eine misstönende Folge, eine ungeschlachte Reihe in seinem Kopf. *Sed – tamen – nequaquam – quousque tandem.* Es ließ sich weder deklamieren noch singen, und tanzen konnte man erst recht nicht dazu. Danach. Nur arbeiten und nicht verzweifeln.

Wie lange noch? Bis es dem Kaiser, seinem Stadtpräfekten Iunius Rusticus und dem Präfekten der Wachkohorten, Lucilius Varro, gefiel, die Dinge anders zu gestalten. Seit wann? Seit ebenjener Iunius

Rusticus, vielleicht aber auch Varro, beschlossen hatte – zweifellos mit Billigung des Marcus Aurelius –, die für die Bewachung des Hafens zuständigen Leute zu verstärken. Köstliche Arbeit, fürwahr, und da der Kaiser weiter nördlich an der Küste in seinem Sommerpalast weilte, hätten ja die Leute des Sonderdienstes nichts zu tun gehabt. Also erging ein Befehl an Umbricius, den Leiter des geheimen Sonderdienstes, und Umbricius schickte Pacuvius und ein paar andere nach Portus.

Es gab Gerüchte, natürlich – angeblich waren gedungene Mörder im Auftrag des Partherkönigs Vologaeses unterwegs, um den Kriegsgegner in Rom gewissermaßen zu enthaupten; angeblich wollten die vor kaum einem Jahrzehnt blutig niedergeschlagenen Fürsten im Hinterland Mauretaniens sich rächen und einen neuen Aufstand mit einer verwegenen Tat im Herzen des Reichs beginnen; angeblich hatte sich dieser Provinzverwalter mit jenem Legionsführer abgesprochen, zu gegenseitigem Nutzen und allgemeinem Schaden. Andere Gründe mochten in der nicht nur kriegsbedingten Geldnot des Reichs liegen: schärfere Überwachung der Häfen zur besseren Erfassung und Verzollung der Güter …

Die eigentlichen Gründe, die Umbricius ihm genannt hatte, waren andere. Ein Mann ohne Namen, mit einem – von Umbricius genau beschriebenen – Ring an der linken Hand, sollte in Portus ankommen, aus Olbia; und dieser namenlose Ringträger würde Einzelheiten einer Verschwörung übermitteln, in die ranghohe Männer und mindestens ein etruskischer Eingeweidebeschauer verwickelt seien. Darüber, so hatte Umbricius gesagt, habe Pacuvius aber zu schweigen, auch seinem Stellvertreter Alcimus und allen anderen gegenüber; nicht einmal Varro und Rusticus, vom Kaiser nicht zu reden, wüssten etwas davon, und der Mann sei sofort abzuschirmen und zu Umbricius zu bringen und solle mit niemandem sprechen, auch nicht mit Pacuvius. Ferner erwarte man eine Menge bedeutender Männer – Legaten, Statthalter, hohe Beamte, Strategen, Festungsherren aus allen Teilen des Reichs; da könne es nicht schaden, einige scharfe Augen zusätzlich in Portus zu haben, zum Schutz der edlen Gäste und zum Nutzen der mit dem Sammeln von Kenntnissen befassten Dienste.

Verschwörung? Pacuvius glaubte nicht an Verschwörungen; wer alle paar Tage etwas über Verschwörungen hört, verliert den Glauben daran, dass jemand es ernst meinen könnte. Und die edlen Gäste … Wozu sollten hochrangige Männer jetzt, im Herbst, nach Rom kommen, da nichts Wichtiges vorgesehen war? Wollten sie mit dem Kaiser, sobald dieser aus Alsium zurückgekehrt war, den Beginn des Winters feiern und danach heimreisen? Unsinn. Aber – tatsächlich waren wichtige Männer angekommen, die eigentlich den Winter über ihre Provinzen verwalten sollten, statt sich in Rom zu vergnügen. Prokuratoren, Legaten, andere hohe Beamte. Wozu?

Was und warum auch immer, er hatte zu gehorchen. Stattdessen, sagte sich Pacuvius, könnte er nun auch mit den siegreichen Kriegern jenseits des Euphrates vorrücken, armenische Städte plündern, parthische Fürsten von allzu aufdringlichem Goldschmuck befreien oder in den armenischen Bergen im kommenden Winter die Köstlichkeiten des Schnees und die Wonne erfrorener Zehen genießen, wenn nicht gar die Vorzüge eines Massengrabs von innen untersuchen.

»Bah«, sagte er leise. Einer der Militärsklaven, die Holz, Öl und Pech auf den Leuchtturm schleppen mussten, ließ eine Ladung von Scheiten polternd fallen, stemmte die Hände in die Hüften und sah ihn an.

»Herr?«

»Heißt du Bah?«, sagte Pacuvius. »Wenn du Bah heißt, versichere ich dir, dass ich dich nur zufällig angerufen habe. Wenn du nicht Bah heißt, geht es dich nichts an. Mach weiter.«

»Herr!« Der Sklave kniete neben der gemauerten Plattform nieder, auf der abends das Feuer entzündet wurde, und begann mit der Verfertigung der Brandsätze.

Pacuvius schaute eine kurze Weile zu, wie Holz und Pechklumpen zusammengebunden und durch das Drehen von Knebeln in den Schnüren gepresst wurden. Einige Brandsätze – die zum

Entzünden vorgesehen waren – tränkte der Sklave mit einem Schuss des stinkenden Naphtha.

Der zweite Sklave hatte die letzten Aschereste über die Kante der Brüstung ins Meer geschüttet und blickte Pacuvius fragend an. Als dieser nickte, legte der Mann – Germane oder vielleicht Daker – die rechte Hand an die Brust und ging zur steinernen Treppe, die sich innen an den Wänden des Turms emporschlängelte.

Mit einem groben Wolltuch beseitigte Pacuvius selbst ein paar Schmutzflecken von der drehbaren, spiegelnden Silberfläche. Als er eben den zweiten Sklaven entließ, tauchte aus dem Inneren des Turms Mucius auf, der »Hüter des Feuers«. Auch dies eine Neuerung der letzten Zeit; eigentlich überließ man derlei Arbeiten ebenfalls Sklaven, aber Rusticus, Varro und Umbricius – oder ihre Untergebenen – hatten in ihrer Weisheit beschlossen, damit vorübergehend einen emeritierten Centurio zu betrauen.

Der alte Mann keuchte, als er die Plattform erreicht hatte. Er setzte den eisernen Feuertopf ab und wischte sich mit dem Handrücken die Stirn.

»Noch ein Jahr«, knurrte er, »oder zwei; danach muss das ein anderer machen. Wenn es denn so lange dauern sollte. Oder man muss mich in einen Korb setzen und hochziehen. Bedeutende Neuigkeiten?«

»Nichts.«

»Nun denn. Ei uh.« Mucius schob den Topf, in dem er glimmende Holzkohlen mitgebracht hatte, ein wenig weiter, lehnte das Gesäß an die Kante der Brennplattform und holte eine Lederflasche aus seinem Beutel. Danach, in ein schmieriges Tuch gewickelt, Weintrauben; es folgten ein Stück Hinterschinken, mehrere Stockfische, drei Würste und ein wuchtiges Stück Käse, alles zusammen in einer mehrschichtigen Wickelung aus Brotfladen. Zum Schluss kam eine zweite Flasche; wie die erste enthielt sie Bier, das – Mucius hatte ausgiebig davon berichtet – die edle Gemahlin des alten Centurio immer reichlich zubereitete. »Doppelter Vorzug«, hatte Mucius am ersten Abend der gemeinsamen Wachen gesagt; »wenn ich genug davon trinke, sehe ich sie nicht mehr so deutlich, und wenn ich genug davon getrunken habe, sagt sie, ist sie vor unerfreulichen Zudringlichkeiten meinerseits sicher. Denn, wie du ja vielleicht auch in deinem Alter schon weißt, es mag das Begehren mehren, aber es nimmt die Fähigkeit. Beides ist ohnehin kaum noch der Rede wert.«

»Wozu trinkst du denn dann?«

»Ebendarum. Um mich nicht zu deutlich zu erinnern.«

»Sed tamen nequaquam quousque tandem«, dachte Pacuvius. *»Eben darum* ist eigentlich eine prächtige Begründung für alles.*«*

Mucius kniff die Augen zusammen und schaute nach Westen, über das Tyrrhenische Meer. »In Sardinien sind sie jetzt noch geblendet«, sagte er. »Geschieht ihnen recht. Wir haben noch ein wenig Zeit. Hast du die Frau wiedergesehen?«

Pacuvius seufzte unterdrückt. Es war ein Fehler gewesen, Mucius von der flüchtigen Begegnung unterhalb des Leuchtturms zu erzählen. Er hatte gleich gewusst, dass es ein Fehler war, aber da waren die Worte schon dem allzu durchlässigen Pferch des Mundes entflohen. Andererseits bereicherte es die Gespräche in der Nacht. Gerede über Essen, Trinken, die Gegenden, die Mucius gesehen, die Kämpfe, die er gefochten hatte, die großen Männer, denen er begegnet war. Pacuvius hatte wenig gesagt, nichts von sich preisgegeben, bis auf die Bemerkung über eine hübsche Frau am Leuchtturm. Und Mucius hatte über Frauen geredet, Mädchen, Dirnen, Großmütter, seine Gemahlin, deren Schwestern. Bereicherung? Vielfalt der Gesprächsstoffe? Jedenfalls hatte es in der vergangenen Nacht so gewirkt; wenn denn nun aber in jeder der weiteren Nächte …

»Nein. Übrigens hat auch niemand diesen Bengel gesehen, den mit dem Kormoran.«

»Ah. Batrax. Richtig, nach dem hatte sie dich ja gefragt.« Mucius kratzte sich den Kopf. »Stimmt; jetzt, da du es sagst … Man sieht ihn sonst jeden Tag hier oder da, besonders auch dort.« Er stieß ein meckerndes Lachen aus. »Also keine Neuigkeiten?«

Pacuvius runzelte die Stirn. »Deine Stimme klingt so, als ob du gleich sagen wolltest, dass ich in meiner Dummheit zwar nichts Neues weiß, du aber dafür umso mehr.«

Mucius grinste; dabei entblößte er die vollständige Reihe verfärbter Zähne. »Wie recht du hast, Herr. Soll ich es dir gleich ganz erzählen, oder wollen wir es in kleinen Stückchen im Lauf der Nacht genießen?«

»Ist es denn ein Genuss?«

»Mehr als das – ein Leckerbissen.« Mucius schmatzte.

Pacuvius ging zur Hafenseite und stützte die verschränkten Arme auf die Brüstung. »Sprich«, sagte er über die Schulter. »Sprich schnell und jetzt, dass mir nicht deine Leckerbissen später den Hunger rauben.«

Er hörte ein leises *plopp,* dann ein Gurgeln und ein befriedigtes Seufzen; der immer noch milde Westwind barg plötzlich einen Hauch von Bier.

»Ah ha ua«, sagte Mucius. »Nun ja, um es kurz zu machen: Im Hafen wird erzählt, ein paar Männer hätten gestern einen Betrunkenen von einem eben angekommenen Schiff geholt.«

»Wie aufregend.«

»Nicht wahr? Sie haben ihn, sagt man, durch die Menge – nein, nicht getragen, sondern gestützt und geschoben, verstehst du?«

»Auch ich war schon einmal in Arkadien.«

»Wird da so viel getrunken? Gleichviel. Gestützt und geschoben, sagte ich, und im Gedränge will jemand bemerkt haben, dass der Mann gar nicht betrunken, sondern vielmehr verwundet war.«

Pacuvius drehte sich um, starrte ins Gesicht des alten Centurio und suchte dort nach Hohn oder etwas Ähnlichem, sah aber nur ein mildes Zwinkern und – Neugier? Den Drang zu erzählen?

»Weiter?«

»Sprich weiter. Ich bitte dich, leg deiner Zunge keine hemmenden Zügel an, o Mucius.«

»Ich wusste doch, es würde dich reizen. Verwundet, heißt es, und zwar am Kopf. Eine schlimme Wunde, wie von einem schweren

Sturz. Oder …« Mucius schob die Unterlippe vor und nickte gewichtig.

»Oder was?«

»Oder vom Schlag mit einem schweren Gegenstand.«

»Soll vorkommen«, sagte Pacuvius. »Beides. Auf Schiffen ist es eng, ein wenig Seegang, vielleicht zu viel Wein – uh, Bier – und ein kleiner Streit unter Reisegefährten …« Er sprach nicht weiter.

»Schon recht. Aber man denkt sich so seinen Teil.«

»Magst du, nur so, zu meiner Erbauung, laut denken? Und vielleicht ein wenig schneller?«

»Ah, die Nacht ist lang, und jetzt könntest du ohnehin nichts tun. Wenn es denn etwas zu tun gäbe.«

»Was sollte ich tun? Tun wollen?«

»Nach Spuren suchen.« Mucius wackelte mit dem Kopf. »Das ist aber nicht sehr aussichtsreich; das Schiff, von dem der Mann geholt worden ist, liegt nicht mehr im Hafen.«

»Abgesegelt?«

»Sofort. Angelegt, ein paar Dinge entladen, gleich wieder aufgebrochen. Oder wie immer man das bei Schiffen nennt.«

Halblaut, mit beinahe weinerlicher Stimme sagte Pacuvius: »Könntest du es übers Herz bringen, die Wissbegier eines hilflosen Knaben nicht länger zappeln zu lassen wie den Fisch, der nicht vom Haken loskommt, aber auch nicht an Land geholt wird?«

Mucius kicherte. »Da du es *so* sagst … Also: Das Schiff kam aus Olbia.«

»Sardinien?«

»Sardinien. Es hatte Häute geladen, Leder, wie man sagt – nicht unbedingt die Ladung, an der man sich den Kopf zerschlagen kann. Aber Schiffe haben ja auch harte Teile. Holz, zum Beispiel. Also, Leder und … ah ja, Käse. Ziegenkäse, vermute ich. Nach dem Entladen ist es, ohne neue Ladung, sofort wieder ausgelaufen.«

Pacuvius knurrte leise. »Weiter!«, sagte er dann.

Mucius schnalzte. »Ah, die Sonne sinkt; wir sollten das große Licht entzünden, nicht wahr?«

»Du solltest vor allem schneller reden.«

»Ich wüsste etwas anderes.«

»Was denn?«

»Ich mache Feuer, und in dieser Zeit kannst du dir überlegen, wie viel du mir erzählen magst. Neugier gegen Neugier.«

Pacuvius stieß sich von der Brüstung ab und ging zur Brandplattform. »Neugier gegen Neugier? Was meinst … Wie soll ich das verstehen?«

»Das ist ganz einfach. Ich bin ein dummer alter Krieger – du bist ein kluger junger Krieger. Ich habe im Lauf der Jahre an Feldzügen in Mauretanien, in Britannien und in Germanien teilgenommen und weiß, wie das Imperium arbeitet. Verstehst du? Ich weiß zum Beispiel, dass ein Offizier der Kaiserwache, der nicht zu den Prätorianern gehört, eigentlich nichts auf einem Leuchtturm zu suchen hat. Es sei denn, er hätte dort etwas zu suchen.«

Mucius blinzelte; er verstöpselte seine Flasche, legte sie auf den Beutel und kniete neben den Brandsätzen nieder. Überaus bedächtig begann er auszuwählen; als ob die Frage, welcher der gleichartigen Brandsätze zuerst angezündet werden sollte, von ungeheurer Bedeutung sei.

Pacuvius verschränkte die Arme vor der Brust und sah zu, wie Mucius einen der mit Naphtha getränkten Brandsätze in die Mitte der Brandplattform legte; danach schichtete er Bündel ohne Steinöl um und über das erste, brachte an der Spitze des entstandenen Stapels ein weiteres ölgetränktes Bündel an und zog den Feuertopf näher. Aus einem Korb nahm er eine Handvoll dürres Laub, Bruchstücke ausgedörrter Zweige und Papyrusfetzen, legte alles in die frei gelassene Öffnung zwischen zwei der untersten Bündel, kippte ein paar glimmende Holzkohlen aus dem Feuertopf darüber und begann zu blasen. Als die ersten Flammen emporleckten, schob er mit einem kleinen Eisenspachtel die Lohe in den Stapel, zog schnell den Arm zurück und stand auf.

Das naphthagetränkte innere Bündel knatterte und spie Flammen aufwärts; nach wenigen Atemzügen brannte der ganze Stapel.

Mucius lächelte, als habe er ein wundersames Meisterstück vollbracht, bückte sich nach der Flasche, nahm einen Schluck und hielt sie Pacuvius hin.

»Vor dem Wein kannst du Bier genießen; danach, sagt man, ist es nicht ratsam.«

Pacuvius trank einen Schluck. Er fand das säuerliche Gebräu widerwärtig – es schmeckte, als ob alle Mäuse des Hauses sich darin entleert hätten –, hielt es aber für angebracht, auf den alten Mann einzugehen. Den er, wie er sich zugeben musste, offenbar unterschätzt hatte.

»Nun?«, sagte Mucius.

»Was willst du wissen?«

Der alte Centurio breitete die Arme aus; im grellen Licht von Feuer und Spiegel erinnerte er Pacuvius an irgendein Wandgemälde, das er einmal gesehen und nicht genau behalten hatte – ein wohlig erschlaffter Satyr, der bereits die nächste Ziegenhirtin mustert, oder vielleicht Gott Vulcanus, der sich anschickt, mit einem listigen Lächeln zum Beilager zu hinken, auf dem eine olympische Besucherin jene Zahlung zu entrichten bereit ist, die Gegenleistung für Erfüllung eines Auftrags sein soll.

Als habe er Pacuvius' Gedanken erraten, keckerte Mucius plötzlich und sagte: »Keine Angst, mein Sohn, dein Arsch ist mir arg widerstehlich. Sag mir, ob du einen Mann suchst, der zum Beispiel aus Olbia kommen könnte? Und, da es ohnehin eine lange Nacht wird, erzähl mir ein wenig mehr von dir.«

»Nur Neugier?«

»Neugier – die aber auch mich betrifft. Warum ist plötzlich die über allen Zweifel erhabene Treue eines alten Centurio nötig für das Anzünden des Feuers auf einem Leuchtturm? Auf einem Leuchtturm, der bisher von Sklaven versorgt wurde?«

Pacuvius seufzte, löste die Verschränkung der Arme und ließ sich auf seinem zusammengeknäuelten Umhang nieder. Es gefiel ihm nicht, dass er nach den Abenden und Nächten unbedeutender Anekdoten plötzlich Auskunft über sich geben sollte, was er so sorgsam vermieden hatte. Immerhin mochte etwas dabei herauskommen; und man konnte ja vorsichtig reden …

»Nun denn – beginnen wir die lange Nacht der Geschichten«, sagte er. »Ich bin neunundzwanzig Jahre alt. Mein Vater ist … war der Sohn eines Freigelassenen in Bononia; dort wurde ich geboren. Der Großvater hatte vor der Freilassung für einen Gerber gearbeitet und hat, als er frei war, mit der Verfertigung von Lederzeug begonnen. Lederschmuck, vor allem – Ziergürtel, mit eingefassten Steinen besetzte Armbänder, besonders kunstfertiges Zaumzeug für die Lieblingspferde reicher Männer, verzierte Lederpolster für die Liegen im Speisesaal der Wohlhabenden, derlei. Mein Vater hat dieses Handwerk fortgeführt und dabei genug verdient, um ein behagliches Haus und gute Lehrer für seine Söhne bezahlen zu können. Seine Töchter übrigens auch – er fand, es könne nicht schaden, wenn auch Frauen lesen und schreiben.«

»Üppige Schwelgerei.« Mucius setzte sich mit untereinandergeschlagenen Beinen auf den Boden und machte eine rudernde Armbewegung. »Weiter, gebildeter Sohn eines erlesenen Sattlers.«

»Als ich vierzehn war, wurde ich mit der Tochter eines reichen Viehhändlers verheiratet. Sie … wir haben zwei Kinder, die mit ihrer Mutter im Haus von deren Eltern wohnen.«

»In Bononia?« Mucius lächelte beinahe traurig. »Du hast also die Pflicht, dem Imperium Kinder zu zeugen, erfüllt und kannst dich nun fern von ihnen und der Frau ganz der Arbeit und dem Vergnügen widmen? Ah ja.« Er schüttelte den Kopf und kniff ein Auge zu; mit dem anderen schaute er in seine Flasche, als ob er dem von seiner Frau gebrauten Bier etwas über häusliche Gefühle und ihre mangelnde Notwendigkeit mitteilen wollte.

Pacuvius fand, dass er dazu nichts sagen müsse, und fuhr in seinem Bericht fort. Ein Teil seines Verstands trennte sich dabei von allem, was zum Berichten nötig war; er hörte sich aus wachsender Entfernung zu, wie er von der Scheidung sprach, die es ihm erlaubte, Krieger zu werden, vom Eintritt in eine bononianische Ausbildungskohorte, vom Entsetzen des Vaters über den Ältesten, der gegen alles Herkommen keinen Hang zum väterlichen Handwerk verspürte, von der Arbeit mit einem Bautrupp westlich von Lugdunum in Gallien, vom Dienst in einer Legion in Mauretanien, von Märschen und Kämpfen und der Auswahl für höhere Aufgaben in Rom. Und während er Namen und Dinge und Vorgänge nannte, wanderte der andere Teil seines Geistes ein Stückchen zurück in der Zeit – nicht dorthin, wo und wann sich all das zutrug, was den Bericht ausmachte, sondern nur bis zum Vortag, bis zu der schnellzüngigen, kraushaarigen Frau neben dem Leuchtturm.

Er hatte ihr seinen Namen genannt, aber nicht nach ihrem gefragt; er wusste, dass sie an dem seltsamen Jungen Batrax hing, der einen zum Stehlen abgerichteten Kormoran besaß; er hatte ihrer Redeweise entnommen, dass sie nicht ungebildet war. Mehr wusste er nicht; und nun, da er mit dem alten Centurio auf dem Turm saß, stellte er fest, dass er lieber mit ihr neben dem Turm gesessen hätte. Vielleicht noch lieber gelegen, aber schon sitzen und reden wäre ihm sehr lieb gewesen.

Wann hatte er zuletzt mit einer Frau *geredet?* Wirklich geredet, nicht Beiläufigkeiten ausgetauscht, den beiläufigen Austausch von Körperflüssigkeiten einzuleiten oder zu beenden?

Er erinnerte sich an einige, wenige, Abende mit seiner jungen Frau (dann verbesserte er sich: Sie waren sich damals beide so alt vorgekommen, und auch er war sehr jung gewesen – mit seiner frischen Frau vielleicht?) daheim, in Bononia; Abende, an denen er so etwas wie Wärme gespürt hatte, eine Art Vertrauen, vorsichtiges Vertrauen, das nichts oder nur wenig mit dem Zweck der Vermählung zu tun hatte, der Erzeugung von Enkeln für die geschäftlichen Anliegen der beiden Familien, der Erzeugung von Arbeitern oder Kriegern oder Verwaltern oder Gebärenden für das Reich. Zu früh, zu wenig, zu selten; wenn man ihn heute nach dem Namen seiner Frau gefragt hätte, wäre es nötig gewesen, sich ein paar Atemzüge zu besinnen. Lagerdirnen, Dirnen in den Städten, hier und da flüchtige Verbindungen mit Schankmägden oder den sehr anwesenden Gemahlinnen sehr abwesender Männer. Nicht zu vergessen (aber nicht zu bereden, da niemand etwas wissen durfte) jene Frau in Rom, hastiges Feuer und gewisse dienstliche Gespräche ... Aber wirklich *geredet?* Worüber sollte man schon reden, wenn nicht über die gleichen Dinge, die man mit Männern beredete, mit Freunden oder Gefährten? Und wenn es die gleichen Dinge waren, wozu sie dann mit Ungleichen bereden? Wegen der ungleichen Art des Redens?

Aber er hatte immer etwas vermisst; etwas, das vielleicht mit Dauer und Vertrauen zu tun hatte und anders war als jene Art des Vertrauens, die zwischen Waffengefährten oder Trinkfreunden herrscht.

Etwas war anders gewesen bei dieser Frau am Fuß des Leuchtturms. Er wusste nicht, was es war, und während er von der Zeit in Rom sprach, von den drei Jahren in der Umgebung des Kaisers und von der Arbeit in der Stadt oder auf den Straßen, wenn Marcus Aurelius reiste, versuchte er, sich an das Gesicht zu erinnern.

Dunkle Augen, dessen war er sicher, aber nicht, ob sie schwarz oder braun oder dunkelgrau waren. Eine gerade, nicht zu lange Nase über Lippen, die vergrößert und gespannt den Bogenschützen der leichten Truppen teuer wären. Die Zeit und die Umstände hatten Spuren hinterlassen, um den Mund und um die Augen; und die Art der Spuren schien ihm darauf zu weisen, dass es keine leichte Zeit und oft unangenehme Umstände gewesen sein mussten.

Vielleicht war es das, sagte er sich plötzlich: Etwas Eigenständiges war in diesem Gesicht, in der Haltung, in den Bewegungen und im Sprechen gewesen. Zweifellos war die Frau Teil von etwas Größerem, wie die Gemahlin Teil der Familie des Mannes ist oder der Krieger Teil der Kohorte. Aber anders als der Krieger oder die Gemahlin, die beide außerhalb ihres jeweiligen Verbundes gewissermaßen verkleinert oder vermindert sind, hatte die Frau etwas an sich, das es beinahe unnötig machte, zu wissen, welcher Art der größere Körper war, dem sie vielleicht angehörte. Und das hatte nichts mit dem Schwung der Brauen, dem sahnegesättigten Olivton der Haut oder der Anmut ihrer Bewegungen zu tun.

Trotz aller Zerstreutheit war er sicher, nicht zu viel gesagt zu haben; die in den Jahren des Dienstes erworbene Fähigkeit, Lücken zu lassen, die nicht als Lücken erschienen, musste ihm geholfen haben, die Neugier des alten Centurio zu befriedigen, ohne wirklich etwas preiszugeben.

Jedenfalls schien Mucius nicht unzufrieden. Als Pacuvius verstummte, hob der alte Mann wieder die Lederflasche, nahm einen kräftigen Schluck zu sich, rülpste leise und sagte: »Es ist sechzehn – ah, nein, siebzehn Jahre her, dass ich meine fünfundzwanzig Jahre bei den Legionen beendet habe. Wenn ich noch Centurio wäre, müsste ich dem Offizier Achtung bezeugen. Aber« – er kicherte – »kein Centurio, der den Namen verdient, scheidet je ganz aus dem Dienst. Wenn ich also nicht aufstehe, o Pacuvius, und wenn ich nicht die Faust an die Brust lege, so ist das nicht mangelnde Achtung; schreib es meinem Alter und der Müdigkeit der Knochen zu.«

Pacuvius lächelte. »Auch durch solche Tänze zur Seite kriegst du von mir nicht mehr über meinen Rang heraus.«

»Ach, was soll es denn?« Mucius machte eine wischende Bewegung mit der Rechten. »Zu den Wachkohorten gehörst du nicht; das sind ja noch immer größtenteils Freigelassene. Stadtkohorten oder Prätorianer? Beide werden es anders sehen, aber sie sind so gut wie gleich.«

»Das sehen beide anders, ja. Wer dem Kaiser untersteht, ist in höherem Maße auserlesen als die, die dem Präfekten der Stadtkohorten gehorchen. Sagen die Prätorianer.«

Mucius wackelte mit dem Kopf. »Ich habe beide im Kampf gesehen, und ich sage dir, beide sind die Härtesten der Harten. Als Gegner des Imperiums möchte ich gegen beide nicht antreten, als Centurio einer gewöhnlichen Kohorte habe ich sie gern im Kampf neben mir; als richtiger Krieger?« Er spuckte aus. »Als richtiger Krieger schätze ich beide nicht. Sie werden zu gut bezahlt, haben im Frieden ein viel zu feines Leben und allzu viel Zeit, sich den Kopf über die Vorzüge jener zu zerbrechen, die Kaiser sind oder es werden sollten. Nein, keine große Liebe.«

»Nachdem ich nun von deiner Verachtung vernommen habe …«

Mucius unterbrach. »Verachtung? Nein, Herr; nicht Verachtung dir gegenüber als … als Mann und Leuchtturmwächter. Und was deinen Rang angeht?« Er hob die Schultern. »Für einen einfachen *miles* bist du zu gebildet, sprichst du zu gut. Für einen Tribun fehlt dir die wichtigste Voraussetzung: Dein Vater ist kein Ritter. Und Aufstieg aus den Mannschaften? Dazu bist du noch zu jung. Also, was wirst du sein? Centurio, wie ich; aber dann auch wieder nicht wie ich. Ein Centurio der Prätorianer gilt mehr als ein gewöhnlicher. Er verdient ja auch mehr.«

»Das Dreifache«, sagte Pacuvius. »Nachdem ich also von deiner dreifachen Verachtung weiß, lass mich an den geheimnisvollen Dingen teilhaben, die du weißt und gesehen oder gehört hast.«

»Du unterschätzt das Maß meiner Verachtung. Aber wir wollen nicht über den höheren Sold der Prätorianer und den viel höheren ihrer Centurionen sprechen, nicht wahr?«

»Wir wollten über das sprechen, was man angeblich im Hafen gesehen hat.«

»Ich nehme an« – Mucius sprach nun leiser und gedehnt –, »dass du zu den Spähern gehörst. Dass du hier spähen sollst, weil jemand oder etwas erwartet wird. Es kann nur etwas Wichtiges sein. Zum Beispiel einer, der wichtige Botschaften bringt. Etwa ein Mann, der aus Olbia erwartet wird?«

»Wenn in Olbia etwas Wichtiges geschähe oder geschehen wäre …«

»… oder hätte geschehen sein können«, sagte Mucius mit einem leicht verärgerten Unterton, »oder sich würde ereignet haben können, oder möglicherweise nicht zu verhindern gewesen sein möchte. Ich wollte von dir nicht im Gebrauch aller Annahmeformen unterrichtet werden. Die ich durchaus beherrsche, wie du hörst.«

»Zwei gebildete Centurionen also; ob der Turm das trägt? Aber bleiben wir halbwegs ernst. Angenommen, ich wartete auf einen Mann aus Olbia; was dann?«

»Dann kann es sich nur um einen handeln, der zuvor woanders war, denn in Olbia geschieht, wie wir wissen, nichts Wichtiges.«

»Aha.«

»Ein weit gereister Mann, der zuletzt in Olbia war. Entweder kennst du ihn, oder er kann sich ausweisen, oder er hat bestimmte Kennzeichen, an denen du ihn erkennst. Du und andere, die auf ihn warten. Einen – Ring, zum Beispiel?« Mucius blinzelte; im lodernden Licht des Feuers warf seine scharfe Nase tanzende Schatten über die Züge.

»Zum Beispiel einen Ring.« Pacuvius begann, sich unbehaglich zu fühlen. »Was ist mit diesem Ring?«

»Der Mann, den man gestern gesehen hat – der gestützt und geschoben und getragen wurde –, hatte keinen Ring.«

Pacuvius stieß die unwillkürlich angehaltene Luft aus. »Dann wäre er nicht der, auf den ich warten müsste, wenn ich auf einen zu warten hätte …«

»… der möglicherweise einen Ring würde getragen haben, sofern nicht anders. Lass uns mit diesem Kinderspiel aufhören. Hat der, auf den du wartest, einen Namen? Und wo sollte der Mann den Ring tragen? An welchem Finger?«

»Er hat keinen Namen; den Ring sollte er am kleinen Finger der Linken tragen«, sagte Pacuvius durch die Zähne. »Und jetzt sprich schnell, ehe meine Geduld sich erschöpft.«

Mucius hob den rechten Arm zu einem spöttischen Gruß. »Wie du befiehlst, Herr. Der Mann, gestern, hatte keinen Ring am kleinen Finger der Linken.« Er beugte sich vor. »Er hatte nämlich, wie mir versichert wurde, keinen kleinen Finger an der linken Hand, sondern eine Wunde, aus der Blut rann.«

»Was?«

»Wenn der Ring das Zeichen ist, und das Zeichen ist nicht anders zu entfernen, dann muss man den Finger abschneiden. Die Wunde war frisch. Wie die auf dem Kopf.«

»Was hat man mit ihm gemacht?«

Mucius schob die Unterlippe vor. »Ich weiß es nicht. Man hat ihn durchs Gedränge getragen und vom Hexagon weggebracht, zur Stadt. Dort hat vielleicht ein Karren gewartet, oder man hat den Mann in eines der tausend Häuser von Portus geschleppt. Oder, oder, oder.«

Pacuvius stand auf. »Wer könnte mir mehr sagen?«

Dann bemerkte er das erheiterte Lächeln, das flüchtig um Mucius' Mund zuckte, und setzte sich wieder.

»Wenn du wirklich nicht zu den *speculatores* gehörst«, sagte Mucius, »bist du erstaunlich erregbar.«

Pacuvius knurrte leise, verärgert über seine unbedachte Bewegung. »Kein *speculator,* aber so etwas Ähnliches. Und vor allem für die Ordnung zuständig; vorübergehend jedenfalls. Stimmst du mir zu, dass ein zerschlagener Mann, dem man vielleicht einen Finger abgeschnitten hat, nicht zu den ordentlichen Vorgängen gehört?«

Mucius schnitt eine Fratze. »Wenn ich den Zustand der Welt bedenke, staune ich, dass nicht mehr Verstümmelte und Tote herumliegen. Was ist ordentlich? Nennst du es ordentlich, dass jemand einen Siegelring, aber keinen Namen hat?«

»Wer kann mir mehr über diese Dinge sagen?«

»Ich habe es hier und da gehört.« Der alte Centurio hob die Schultern. »Hundert Leute haben dies und das gesehen und tuscheln oder machen Witze. Kennst du den *Schwertfisch?*«

Pacuvius nickte. Die schmierige Taverne lag an dem kleinen Platz östlich des Hexagon, meistbenutzter Durchgang zwischen Hafen und Stadt. Vor der Schenke gab es ein langes Geländer zum Anbinden der Pferde, und darunter verlief ein Trog. An besonders belebten Tagen bildete sich nach und nach ein Wall aus Pferdeäpfeln.

»Da sind immer ein paar Männer, die nicht viel zu tun haben. Eifrig wie Prätorianer, könnte man sagen.« Mucius gluckste. »Von denen könnte einer etwas gesehen haben.«

Während er sich durch die Dunkelheit der vier Stockwerke des Leuchtturms nach unten tastete, sagte sich Pacuvius, dass er vielleicht auch eine andere Ausrede oder Begründung genutzt haben würde, Mucius und das Feuer und den großen Spiegel zurückzulassen. Es war nicht unbedingt nötig, dass er sich dort oben bei dem alten Centurio aufhielt. Seit man ihn nach Portus geschickt hatte, war er in etlichen Nächten auf dem Turm gewesen, aber längst nicht in allen. Er hatte Mucius geholfen, das bewegliche Bronzegerüst als Dach über dem Feuer zu errichten, wenn es regnete; er hatte in nebligen Nächten den Spiegel gedreht, der ansonsten lediglich zur Verstärkung des Lichts diente; er hatte Ausschau gehalten nach Lichtern auf See, die vielleicht Mitteilungen für jemanden an Land sein könnten. Aber nichts von alledem war nötig.

Andererseits – was war nötig oder sinnvoll? Die gewöhnliche Ordnung am Hafen aufrechtzuerhalten? Dazu gab es die Wächter. Einen Boten abzupassen, von dem nicht sicher war, wann er mit welchem Schiff kommen würde? Bei der Menge von Schiffen, die vor Beginn der Herbststürme und des Winters in den Hafen drängten, gab es keinerlei Gewissheit, dass er (oder ein anderer) nicht gerade an der Nordostecke des Hexagons stand, wenn der Gesuchte an der Südwestecke ein Boot verließ, das vielleicht gar nicht aus Olbia kam, sondern aus einem anderen sardischen Hafen.

Und als er das Gittertor am Fuß des Leuchtturms wieder hinter sich verschloss, sagte er sich zum hundertsten Mal, dass all dies auch in Rom bekannt sein musste; dass die Leute, die ihn hergeschickt hatten, damit nur eine bleiche Hoffnung, keinesfalls eine leuchtende Zuversicht verbanden. Der Schutz der edlen anreisenden Statthalter und Legaten hätte nicht der Leute des Sonderdienstes bedurft.

Auf der langen Südmole, die das eigentliche Hafengelände dort berührte, wo der Verbindungskanal zum Tiber begann, musste er immer wieder über Ballen, Kisten und Schläfer steigen. In der klaren Nacht gaben Mond und Sterne genug Licht, und als sich seine Augen darauf eingestellt hatten, trat er nur noch zweimal auf herumliegende Seeleute, die kaum von Erdhaufen zu unterscheiden und außerdem so betrunken waren, dass sie nichts bemerkten.

Je näher er dem Festland kam, desto schwieriger wurde der Weg, da seine Augen nun mit den Fackeln und Lichtern zu kämpfen hatten, die in den Schenken und auf Schiffen im Hexagon brannten oder von Nachtschweifern getragen wurden. Er überlegte eben zerstreut, warum die Schiffe draußen, an den beiden langen Molen, auf jede Form von Beleuchtung verzichteten, während im Becken Lampen in allen denkbaren Farben glühten, als er über ein ungesehenes Hindernis stolperte. Und von kräftigen Armen aufgefangen wurde …

»Schlecht, wenn der Herr der Wächter fällt«, sagte eine vertraute Stimme.

»Hüter meines Rückens«, sagte Pacuvius. »Und meines Gesichts. Danke, Alcanor. Was treibt dich durch die Nacht?«

»Also, was dein Gesicht angeht, könnte ein neues nicht schaden.« Der junge Mann mit dem etwas unförmigen Namen Alcanor Alcimus Albus kicherte leise. »Aber das gilt für alle. Und was mich treibt? Die Suche nach dir.«

»Ärger?«

»Gröblicher Ärger, könnte man sagen. Gut, dass ich nicht bis zum Leuchtturm wandern muss. Komm.«

»Was ist los?«

»Unter anderem ein Stechen in einer Schenke. Wir haben ein paar Männer mitgenommen, die daran beteiligt waren«, sagte Alcimus, während sie schnell über den schwach von Schenkenfackeln beleuchteten Kai am Hexagon gingen. »Zwei, die behaupten, wichtig zu sein, aber keiner unserer Leute kennt sie.«

»Mhm.« Pacuvius überlegte. »Wie wichtig? Ritter? Kaufherren? Vestalinnen können es ja nicht sein; dem stünde das Geschlecht im Wege.«

»Es stünde nicht; jetzt baumelt es höchstens.« Alcimus hüstelte. »Einer will der Sohn eines Ritters sein. Der andere ist angeblich ein bedeutender Handelsherr.«

»Was haben sie getan?«

»Komm, da drüben.« Alcimus zog Pacuvius nach rechts, in den schmalen finsteren Durchgang zwischen zwei Verkaufsständen. »Lass uns die Abkürzung nehmen. Getan? Der Sohn des Ritters, wenn er einer ist, hat einen anderen Gast in der Schenke abgestochen. Und der edle Handelsherr scheint die Tochter des Wirts für eine Dirne gehalten zu haben.«

Pacuvius seufzte. »Na schön. Wo habt ihr sie hingebracht?«

»In das Haus am Kanal.«

Die Verbindung zum Tiber, die vom Hexagon zunächst südöstlich verlief, bog außerhalb der Stadt genau nach Osten. Lagerhäuser, Bootsschuppen, einige Werkstätten, wenige Wohnhäuser, dann war der Stadtrand erreicht; zwischen diesem Punkt und dem Tiber standen noch einige alte, halb verfallene Häuser, in denen manchmal herumziehende Leute ohne Behausung sich aufhielten. Eines dieser Gebäude, notdürftig ausgebessert, war eine der Wachstuben der Ordner von Portus; Pacuvius hatte es zur Unterkunft der mit ihm aus Rom geschickten Männer bestimmt. Was auch immer anfallen mochte, während sie den Hafen der Kaiser beobachteten, ließ sich im Zweifel besser außerhalb des Orts und außerhalb der Sichtweite seiner Bewohner regeln.

Die stinkende Gasse, die Alcimus als Abkürzung gewählt hatte, führte zwischen den Hütten der Hafenarbeiter und Sklaven, einigen Gerbereien und ärmlichen Handwerkerhäusern zum Kanal. Am Ufer überraschten sie drei Männer, die sich eben über eine wimmernde Frau hermachen wollten. Zwei von ihnen rannten sofort in die Dunkelheit, als Pacuvius »he!« rief und das kurze Schwert zog. Der Dritte war dabei gewesen, seinen Leibschurz abzustreifen; ehe er ihn wieder hochgezogen hatte, packte Alcimus ihn bei den Haaren und stieß ihn in den Kanal.

»Ich hoffe, du kannst nicht schwimmen«, sagte er.

Aus der Dunkelheit hörten sie ein Gurgeln und Platschen, aber keine Antwort.

»Leider ist es nah am Ufer seicht«, knurrte Pacuvius. Er half der

Frau auf die Beine. »Nicht der Ort und nicht die Zeit für unbegleitete Frauen.«

Sie murmelte etwas, sagte halblaut »danke« und verschwand zwischen zwei Hütten.

»Was hat sie gesagt?«

Alcimus schnaubte. »Wenn ich es richtig verstanden habe, wollte sie schnell ihre Notdurft am Ufer verrichten.«

»Und die drei Männer dann an ihr? Seltsam, die abendlichen Begängnisse.« Pacuvius schob das Schwert wieder in die Scheide. »Wenn wir nicht wüssten, dass so etwas jetzt an zwanzig Stellen in Portus und an tausend in Rom geschieht …«

»Was dann? Wenn du es nicht wusstest, könntest du das Gefühl haben, du hättest die Welt ein wenig verbessert?«

»Kluger Alcanor.«

Einer der Ledervorhänge, mit denen die Fensteröffnungen des Wächterhauses verschlossen waren, ließ einen dünnen gelblichen Lichtstrahl ins Freie fallen.

»Noch mehr Notdurft?«, sagte Alcimus.

»Man könnte jetzt viele schlechte Scherze machen.«

Alcimus lachte leise. »Welchen Körperteil die Wächter darstellen, deren Unterkunft derlei absondert?«

»Ah. Komm rein.«

Der Posten legte die rechte Hand auf die Brust und gab den Weg frei. Pacuvius schob den schweren Ledervorhang beiseite, der als Tür diente, und trat in den Wachraum.

An der Stirnseite, dem Eingang gegenüber, flackerte unter einem röhrenartigen Rauchabzug ein müdes Feuer. Zusammen mit den beiden Fackeln, die in Halterungen an den Seitenwänden steckten, gab es genug Licht für einen flüchtigen Überblick, aber nicht für eingehende Untersuchungen oder gar Tätigkeiten wie Lesen und Schreiben.

Das Erste, was Pacuvius sah, war der bösartig glimmende, rote Stein auf dem niedrigen Tisch: Verzierung am Knauf eines Schwertgriffs. Daneben lag eine zweite, kürzere Waffe. Auf der Steinbank rechts an der Seitenwand, unter einer Fackel, saßen zwei Männer. Man hatte ihnen die Hände auf den Rücken gebunden. Beide trugen schlechte, fleckige Gewänder. Der Ältere, unter dessen Tunika sich ein üppiger Bauch abzeichnete, starrte mit heruntergezogenen Mundwinkeln vor sich auf den Boden; der Jüngere blickte den Eintretenden entgegen. Er konnte kaum älter als zwanzig sein; trotz der Kargheit des Lichts sah Pacuvius die feinen Gesichtszüge und den Ausdruck von Härte, aber auch Zorn. Den Älteren musterte er nicht länger; er kannte ihn, ließ sich dies aber zunächst nicht anmerken.

Fünf Schritte von den Gefangenen entfernt saß auf einem Schemel einer der Wächter, das blanke Schwert auf den Knien und einen Speer griffbereit neben sich. Die rechte Hand lag auf dem Oberschenkel, gleich neben dem Schwertgriff; in der linken hielt er eine Wurst.

»Auf Posten essen?«, sagte Alcimus. »Ist das denn möglich?«

Der Wächter grinste. »Es wäre noch möglicher, wenn die Wurst besser wäre. Aber …« Er hob die Schultern. »Man muss sich mit dem begnügen, was man kriegen kann. Gilt auch für schlechte Gesellschaft.« Mit dem Kinn wies er auf die Gefangenen.

Neben der Feuerstelle öffnete sich ein helles Rechteck in der Wand; aus dem Nebenraum, in dem offenbar mehr Lampen brannten, kam Marullus, Centurio der Wächter von Portus.

»Ich übergebe dir mit Vergnügen diese zeternden Finsterlinge, Herr«, sagte er.

»Was ist geschehen?«

Marullus hob die Brauen. »Hat dir Alcimus noch nicht berichtet?«

»Ich will es von dir hören.«

»Der Ältere dort hat sich an der Tochter eines Wirts vergriffen, und der …«

»Vergriffen?« Der Mann löste die Augen vom Fußboden und blickte zwischen Marullus und Pacuvius hin und her. Die Stimme war belegt und ein wenig heiser – als habe er bis kurz vor der

Erschöpfung gebrüllt. Trotz der Belegtheit war es eine herrische, befehlsgewohnte Stimme. »Was heißt vergriffen? Ich habe ihr einen ganzen Denar angeboten für ihre zweifelhafte Gunst. Vergriffen!«

Marullus nickte. »Das stimmt. Aber du vergisst zweierlei. Die Tochter des Wirts ist erst neun Jahre alt. Und als wir dich aus der Schenke geholt haben, damit der Wirt dich nicht umbringt, hast du unsere Männer getreten und geschlagen.«

»Ah«, sagte Pacuvius. »Ein fetter Mann in schäbiger Kleidung verprügelt die Hüter der Ordnung und will Kinder schänden?«

»Und der andere« – Marullus blickte den Jüngeren an – »hat einen betrunkenen Seemann erstochen, der ihm was weiß ich getan oder gesagt hat, und er war dabei, sich mit den Gefährten des Toten anzulegen.«

Pacuvius verschränkte die Arme vor der Brust. »Haben diese Schandbuben möglicherweise Namen?«

»Nichts, was glaubhaft wäre.« Marullus zog den Inhalt seiner Nase hoch und verzichtete erst im letzten Moment darauf, das Ergebnis auf den Boden der Wachstube zu spucken. »Sehen die beiden so aus, als ob sie Anspruch auf drei Namen und anständige Familien hätten?«

»Wie du wissen solltest«, sagte Pacuvius, »gibt es auch unter den Edlen des Reichs Männer von … sagen wir: verwegenem Geschmack. Manchmal sind sie der sauberen Kleidung und der ehrbaren Familien überdrüssig und mischen sich unter den Bodensatz. Wie ein Schwein sich im Schlamm suhlt.«

Der Jüngere der Gefangenen schnitt eine Grimasse. »Und wenn kein Schlamm zu finden ist, nimmt das Schwein eben vorlieb mit Jauche. Oder der Gesellschaft von Wächtern.«

Pacuvius lachte übertrieben herzhaft. »Hörst du, Marullus? Dieser junge Mann mit gepflegter Aussprache und« – er ging näher zur Bank, schnüffelte lautstark und tat, als ob er erschrocken zurückzucke – »heftigen Duftwässern im Haar hält uns für Jauche. Nun denn, seien wir Jauche. Und wie heißen die Schweine angeblich?«

»Der da« – Marullus wies auf den Älteren – »behauptet, er heißt Quintus Fufius Ripa. Blöder Name, wenn du mich fragst. Der Knabe nennt sich Lucius Septimius Severus.«

Pacuvius schwankte. Marullus hatte ihm die Arbeit erschwert, seit er aus Rom gekommen war. Die halbe Hundertschaft der Wächter von Portus war Teil der Halbkohorte, die den Vierzehnten Bezirk, Trans Tiberim, in Rom hütete, aber man war so daran gewöhnt, im Hafen ohne die Aufsicht der Vorgesetzten zu arbeiten, dass man das Auftauchen von Pacuvius, Alcimus und anderen als Zumutung betrachtete. Nach all den Reibereien der vergangenen Tage – Befehlsgewalt oder nicht, es ist nicht gut, einen erfahrenen Ortskundigen gegen sich zu haben – gab es nun so etwas wie stilles Einverständnis zwischen ihnen, auf Kosten der Gefangenen. Es würde die Arbeit erleichtern, diese Art des Umgangs beizubehalten. Andererseits kannte Pacuvius den Handelsherrn Fufius vom Sehen und bezweifelte nicht, dass der Jüngere mit der scharfen Aussprache seinen richtigen Namen angegeben hatte. Einerseits Marullus und das Vergnügen, hohen Herren, die sich eine Blöße gegeben hatten, auf die Zehen zu treten; andererseits …

Er gab sich einen Ruck und beschloss, das Spiel nicht zu verlängern.

»Quintus Fufius Ripa?«, sagte er mit dem Unterton ungläubigen Staunens. »Der bedeutende Fürst des Handels?« Er näherte sich der Bank wieder, nahm die Fackel aus der Wandhalterung und leuchtete dem Älteren ins Gesicht.

»Kennst du ihn denn?«, sagte Alcimus hinter ihm. »Und muss man ihn kennen?«

»Man sollte«, sagte Pacuvius, »und – er ist es tatsächlich. Trotz allem: wohlgetan, Marullus. Ich lobe dich, und noch mehr werde ich dich preisen, wenn du ihm die Fesseln löst. Aber sag, o edler Fufius: Wie kann es sein, dass ein reicher und mächtiger Mann unter so zweifelhaften Umständen aufgegriffen wird?«

Fufius wartete, bis Marullus ihm die Fesseln gelöst hatte. Er streckte die Arme, reckte sie vor und nach oben, ließ sie sinken, schüttelte sie aus und begann, sie mit der jeweils anderen Hand zu reiben.

»Nach einer langen Reise«, sagte er, »gibt es manchmal Bedürfnisse, die weder im eigenen Haus noch in dem eines vornehmen Gastfreundes zu erledigen sind.«

»Wohnst du nicht zu Hause?«

»Nach langer Abwesenheit ist das Gesicht eines Freundes angenehmer als das der eigenen Sklaven.«

»Weshalb man diesem angenehmen Gesicht entfliehen und sich in scheußlichen *cauponae* herumtreiben muss«, dachte Pacuvius. Laut sagte er: »Bei wem wohnst du?«

»Musst du das wissen?« Fufius klang halb abwehrend, halb bittend. Als wolle er sagen: Es geht dich nichts an, aber leider muss ich antworten, wenn du es mir nicht ersparst. Mir und dem Freund, der nicht erfreut sein wird, wenn sein Name hier in schäbige Mäuler gerät.

»Ich bitte darum – damit meine Männer wissen, wohin sie dich zu geleiten haben. Die Nächte sind unsicher, wie du weißt, und es treibt sich allerlei Gesindel herum. Manchmal müssen wir ja sogar böse Menschen in Gewahrsam nehmen.«

Alcimus gluckste kaum vernehmbar.

Fufius stand auf und schnitt eine Grimasse, durch die Zähne knirschte er den Namen eines wohlhabenden Kaufherrn: Decimus Cornelius Longus.

»Marullus – zwei Mann mit Fackeln, die den edlen Fufius zu seinem Gastfreund bringen«, sagte Pacuvius. »Und – es wird sich möglicherweise nicht vermeiden lassen, hierüber einen Bericht anzufertigen.«

Fufius kaute auf ungesagten Wörtern; schließlich knurrte er: »Ich wäre möglicherweise dankbar, wenn es nicht …«

Pacuvius deutete eine Verneigung an. »Ein sicherer Heimweg und eine erquickliche Nacht seien dir beschieden, Herr.«

Marullus brüllte etwas; aus der anderen Wachstube erschienen zwei halb verschlafene Männer.

Pacuvius wartete, bis sie mit dem Handelsherrn verschwunden waren; dann wandte er sich an den jüngeren Gefangenen.

»Lucius Septimius Severus, sagst du? Woher?«

»Aus Leptis Magna. Mein Vater ist Publius Septimius Geta, Ritter und Freund wichtiger Männer.«

»Kannst du das beweisen?«

»Muss ich das beweisen?« Der junge Mann hob die linke Braue. »Ich glaube, du spielst den Zweifelnden. Nicht sehr gut, übrigens.« Er schüttelte den Kopf. »Und was den Grund angeht – wie du sagtest: Nach einer langen Reise gibt es zuweilen Verirrungen des Geschmacks. Der Seemann war nur halb betrunken, er hatte ein Messer und wollte entweder meinen Beutel oder mein Gedärm. Also.« Er zuckte mit den Schultern.

»Alcimus?« Pacuvius wandte sich halb um. »Was würde ein Rechtsgelehrter sagen?«

»Ich weiß es nicht; einer meiner Onkel würde es wissen, aber den kann ich jetzt nicht fragen.«

»Frag mich doch«, sagte Septimius.

»Ah, bist du ein Rechtsgelehrter? In deinem Alter?«

»Kein Rechtsgelehrter, aber von meinen neunzehn Jahren habe ich zehn über Büchern verbracht.«

»Ungewöhnlich, den Gefangenen zu fragen, was er von seinem Vergehen hält.« Pacuvius breitete die Arme aus. »Aber wen sonst sollte ich fragen? Sprich, o junger Ausbund an Belesenheit.«

Der junge Mann von der nordafrikanischen Küste lächelte nicht; entweder hatte er Pacuvius' Spott nicht bemerkt, oder er beschloss, darüber erhaben zu sein. Oder, sagte sich Pacuvius, er war tatsächlich darüber erhaben und brauchte dies nicht einmal zu beschließen.

»Wenn die Angehörigen des Toten Anklage erheben, werde ich sagen, dass ich mich gegen einen bewaffneten Räuber verteidigen musste. Wenn die Angehörigen keine Anklage erheben, weil sie zu weit entfernt sind oder weil sie fürchten, gegen den Sohn eines Ritters aussichtslos dazustehen, werde ich mich nicht verteidigen. In diesem Fall« – da er die immer noch gefesselten Hände nicht benutzen konnte, deutete er mit dem Kinn nach unten, zu seinem Gürtel – »werde ich Blutgeld zahlen. Hundert Denare erscheint mir als angemessene Summe.«

Alcimus pfiff leise durch die Zähne. »Angemessen? Wem angemessen? Dem Vergehen? Dem Toten?«

»Meiner Selbstachtung.« Septimius klang sehr ernst. Zu ernst, fand Pacuvius, für sein Alter. Zu … streng? Dem dritten Namen angemessen?

»Warum heißt du *Severus?* Weil du schon als Kind streng warst? Warum nicht Geta wie dein Vater?«

»Ich heiße auch Geta. Und Severus nach einem Großonkel. Er war Konsul in dem Jahr, als ich geboren wurde.«

»Wo wohnst du? Und wann bist du nach Portus gekommen?« Pacuvius deutete auf einen Schemel; als Alcimus sich setzte, ließ er sich ebenfalls nieder. Der Junge aus Leptis Magna war gefesselt, zugleich fesselte er ihn. So sehr, dass er für den Augenblick vergaß, weshalb er den Leuchtturm verlassen hatte.

»Ich wohne bei einem Freund meines Vaters. Wie auch meine Sklaven. Und angekommen sind wir heute vormittags.«

»Was treibt den Sohn eines Ritters und Großneffen eines Konsuls …«

»Eines zweimaligen Konsulars.«

»Wie du meinst. Was treibt einen wie dich in eine solche *caupona?*«

»Wenn die Frage ernst gemeint ist«, sagte Septimius, »zweifelst du nicht daran, dass ich der bin, als der ich mich ausgebe. In diesem Fall könntest du meine Fesseln lösen; die Antwort hätte vielleicht mehr Würde. Wenn du aber zweifelst, müsste ich dich bitten, jemanden zum Haus des edlen Asinius zu schicken. Und dann wäre es sinnlos, wenn ich zu antworten beschlösse.«

Pacuvius nickte. Er stand auf, zog den Dolch aus dem Gürtel und zerschnitt die Lederriemen, mit denen man den jungen Mann gefesselt hatte. Wer auch immer es gewesen war, hatte die Riemen sehr fest gezogen; Pacuvius empfand eine gewisse Achtung vor Septimius, der nicht geklagt, nicht einmal versucht hatte, durch Bewegungen der Arme Erleichterung zu suchen. Und der, anders als Fufius Ripa zuvor, nun darauf verzichtete, die zweifellos schmerzenden Gelenke zu reiben. Er legte die Hände ganz ruhig auf seine Oberschenkel.

»Dein Name und dein Rang?«, sagte er. Die junge Stimme war nicht schärfer als bisher, aber etwas wie Macht schwang in ihr – die Gewissheit, einer der Herren des Imperiums zu sein. Oder bald zu einem zu werden.

»Gaius Pacuvius Lentulus. Im Dienst des Kaisers. Der Rang tut nichts zur Sache.«

Septimius kniff die Augen zusammen. »Einer der *speculatores?* Ohne genauen Rang … also vermutlich Centurio im Sonderdienst?«

»Wir waren bei deinen Vergnügungen im Hafen. Wenn ich dich erinnern darf.«

Einen Augenblick lang bleckte Septimius die Zähne. Sie waren weiß und ebenmäßig. »Eine lästige Reise mit widrigen Winden. Nach dem Mahl befiel mich das Verlangen, die Gesellschaft des niedrigen Volks zum letzten Mal aufzusuchen. Ehe ich mich in Rom den Studien widme.«

»Wo wirst du wohnen?«

»In Rom? Im Haus des zweifachen Konsulars Septimius Severus. Dort kannst du mich finden, wenn jemand Anklage erhebt.« Er stand auf. »Noch etwas?«

»Nein. Du kannst gehen.«

Septimius nickte. Er ging zum Tisch und nahm den Dolch auf, der dort noch immer neben dem edelsteinbesetzten Schwert lag. Mit der gleichen gleitenden Bewegung, mit der er die Waffe in die Dolchscheide am Gürtel schob, löste er den dort mit seinen Zugriemen verknoteten Beutel, öffnete ihn und nahm vier Münzen heraus.

Alcimus pfiff wieder leise durch die Zähne; im matten Licht war das warme Gelb der Geldstücke zu erkennen.

»Vier Aurei, also hundert Denare«, sagte Septimius wie nebenher. »Deine Hand, Pacuvius.«

»Wozu?«

»Ich reise morgen nach Rom. Wenn die Angehörigen des Toten sich melden, würde ich dich bitten, ihnen dies zu geben. Wenn nicht?« Er zuckte mit den Schultern.

Pacuvius nahm die Münzen, wog sie auf der Handfläche. »Ich werde den Empfang bestätigen. Alcimus, beschaff uns Schreibzeug, bitte.«

Septimius hob abwehrend die Rechte. »Wenn ich einem Centurio im Sonderdienst des Kaisers nicht vertrauen kann … Hütet die Ordnung und – lebt wohl.« Er ging zur Tür.

»Marullus«, sagte Pacuvius. »Zwei Mann …«

Septimius wandte sich um; ein geringschätziges Lächeln tanzte flüchtig um seine Mundwinkel. »Ich brauche kein Geleit. Ich kann mich wehren.«

Pacuvius schwieg, bis Severus gegangen war. Marullus und der stumme Wächter, der immer noch mit Schwert und Speer auf dem Schemel saß – die Wurst war inzwischen in ein besseres Dasein übergegangen –, starrten auf die vier Goldmünzen. Pacuvius sagte sich, dass nicht viel Menschenkenntnis nötig war, um ihre Mienen zu deuten und ihre Gedanken zu erraten.

Alcimus blinzelte. »Huh«, sagte er dann. »Nachwuchs für den Senat? In zehn Jahren …«

»Früher.« Pacuvius nahm seinen Beutel und ließ die Münzen hineingleiten. »Viel früher. Marullus.«

Der Centurio, in Gedanken wohl noch bei den Aurei, zuckte zusammen. »Deine Befehle?«

»Zuerst Lob.« Pacuvius bemühte sich um ein verbindliches Lächeln. »Du hast recht gehandelt. Ich werde, sobald ich wieder in Rom bin, deinen Namen hier oder da erwähnen.«

»Flüsternd oder halblaut?« Marullus verzog keine Miene, als er das sagte.

Pacuvius gab sich insgeheim zu, dass er von der Frage überrascht war. Diesem Mann, der ihm, so gut es ging, das Leben erschwert hatte, der ihn nicht mochte und den er beinahe verachtete, hätte er derlei nicht zugetraut.

»Ich werde mir überlegen, ob ich vielleicht sogar brülle, wenn du zwei Dinge erledigen kannst.«

Marullus nickte nur.

»Stell fest, warum ein reicher Händler, der mit einem Schiff in den Hafen der Kaiser kommt, nicht gleich nach Rom weiterreist, aber auch nicht in seinem eigenen Haus wohnt. Welche Waren er mitgebracht hat, und ob sie ein Grund dafür sein können, dass er hier verweilen zu müssen meint.«

Marullus runzelte die Stirn. »Wie …«, sagte er; dann grinste er plötzlich. »Ah, ich weiß schon, wie. Und das Zweite?«

»Angeblich wurde gestern ein blutender Mann von einem Schiff im Hexagon ans Land gebracht. Er hatte eine Kopfwunde, und angeblich fehlte ihm ein Finger an der linken Hand. Deine Männer sollen sich umhören – gründlich. Es könnte um viel Geld gehen.«

Pacuvius ließ offen, ob der Verwundete Geld haben könnte oder ob es eine Belohnung gäbe.

Marullus hob die Hand zur Brust, ohne den Lederpanzer zu berühren. »Jetzt gleich?«

»Nachts sind Betrunkene gesprächiger. Und morgen weiß vielleicht niemand mehr etwas.«

Marullus warf einen Blick auf die Wasseruhr, die neben der Steinbank auf einer Art Podest stand. Sie wurde zu Beginn der achtstündigen Schichten aufgefüllt. Der Wasserspiegel im Ablaufbecken hatte fast die VII erreicht. »Eine Stunde bis Mitternacht«, murmelte er, »oder etwas mehr.« Er klatschte.

Aus dem Nebenraum erschienen vier Männer. Der Unterführer gab Anweisungen, nannte die Namen mehrerer Tavernen und sagte den Leuten, worauf besonders zu achten sei.

»Und du« – er wandte sich an den Liebhaber der Würste und des Schweigens – »kommst mit. Du hast lange genug faul auf dem Arsch gesessen.«

Ein weiterer Ordnungshüter, der sich die Augen rieb, wurde aus einer der hinteren Stuben herbeigeholt und mit der Aufsicht über das Haus betraut.

Die Männer gingen, alle mit Brustpanzern und Schwertern sowie langen Messern gerüstet.

»Ob sie was herauskriegen?«, sagte Pacuvius halblaut.

»Du solltest sie nicht unterschätzen.« Alcimus setzte ein schräges Lächeln auf. »Weißt du, wie sie mich nennen?«

»Wie denn?«

»Alter.«

»Und?«

»Na ja, ich bin dein zweiter Mann, also *Der Andere. Alter,* klar? Außerdem« – er gluckste – »bin ich *ter al.*«

»Dreimal *al?*« Pacuvius runzelte die Stirn. »Was soll das?«

»*Al*canor *Al*cimus *Al*bus.«

»Ah.«

»Eben. Das sage ich mir auch. Männer, die mit dem Namen eines Vorgesetzten doppelte Wortspiele machen können, sollte man nicht unterschätzen.«

»Das kommt auf den Vorgesetzten an. Vielleicht ist ein doppeltes Wortspiel alles, was man mit dir machen kann.«

Alcimus machte wedelnde oder fächelnde Bewegungen mit der linken Hand, die schlaff zwischen seinen Knien baumelte.

»Wir beide gehen jetzt in den *Schwertfisch*.«

»O Gaius Pacuvius.« Alcimus richtete sich auf. »Wenn mein Vater gewusst hätte, dass ich nicht nur keine Söhne haben würde …«

»Bis jetzt. Und soweit du weißt.«

»… die im Heer des Aeneas kämpfen könnten, sondern auch noch mit dummen Menschen wie einem gewissen Pacuvius umgehen muss, hätte er mich vielleicht Ulixes genannt. Oder gleich die griechische Form Odysseus genommen.«

Pacuvius grinste. »Warum?«

»Weil ich, wenn ich listenreich wäre, bestimmt eine nicht allzu verletzende Form fände, dich auf ein Versäumnis hinzuweisen.«

»Meinst du das Schwert mit dem roten Stein im Knauf?«

»Ah.«

»Selber ah. Ich habe es keineswegs vergessen, mein Freund. Ich gedenke, es morgen zu nutzen. Je nachdem, was Marullus bei diesem Händler erreicht.«

»Quintus Fufius Ripa«, murmelte Alcimus. »Ein reicher Händler. Bietet einer Neunjährigen einen Denar, wo er doch eine erwachsene Dirne für ein Achtel kriegen könnte. Kommt in Portus an und reist nicht nach Rom weiter, sondern bleibt hier. Wohnt nicht etwa im eigenen Haus, sondern – eh, wie nannte er es? Bei einem Gastfreund. Besitzt ein Schwert mit einem kostbaren …«

»Bist du sicher? Es könnte buntes Glas sein.«

Alcimus ächzte übertrieben. »Mein Freund, der mein Vorgesetzter ist, krankt an etwas, wogegen selbst die Götter machtlos sind. Dummheit. Heftige, verwerfliche, um einen leeren Mittelpunkt, nämlich seinen Geist kreisende Dummheit. Mein Vater hat mit Steinen gehandelt, wie du wissen solltest.«

Pacuvius nickte. »Da ich dich seit meinem zehnten Lebensjahr kenne, habe ich mir oft genug anhören müssen, was du von deinem zu den Göttern und Vätern versammelten Erzeuger ererbt zu haben wähnst. Was ist mit dem Stein?«

»Ein Rubin. Vermutlich aus Indien, aber das ist nicht sicher. Jedenfalls teuer. Warum bricht ein reicher Händler, der ein Schwert mit Rubin im Knauf besitzt, aus der Wachstube der Ordner auf, ohne dieses Schwert mitzunehmen?«

»Weil er dumm ist?«

»Ah, nein. Er ist nicht dumm, sonst wäre er nicht reich. Es gibt dumme Reiche, natürlich, aber die haben den Reichtum geerbt. Wer es selbst zu etwas gebracht hat, wie Fufius, der kann nicht dumm sein. Ungebildet, ja, oder ungeschliffen, von mir aus. Was er aber auch nicht ist. Nein, mein Freund, er ist ein gerissener Händler. Er ist erfolgreich, er ist rücksichtslos, er hat Bedenken nur hinsichtlich der Frage, was ihm dies oder jenes nützt oder schadet. Aber er ist nicht dumm.«

Pacuvius nickte langsam. »Du hast recht. Also ... hat er das teure Schwert vergessen, weil er ungeheuerlich erleichtert war, gehen zu können? Was hieße, er hat etwas zu verbergen.«

»Er ist erleichtert, weil er wegen einer Kleinigkeit festgehalten wurde und hofft, große Dinge verbergen zu können.«

Pacuvius schwieg eine Weile; schließlich sagte er: »Vielleicht findet Marullus etwas. Ich bin gespannt, was ihm dazu einfällt.«

»Du hast ihn gut geködert. Hüte dein holdes Gesäß; am Ende wird Marullus dich lieben.«

»Ich werde mir seinetwegen nicht die Brauen zupfen und nicht die Haare von den Beinen entfernen.«

Alcimus kicherte. »Die haarigen Waden des Gaius Pacuvius Lentulus. Ah, welch ein Genuss. Aber ich glaube, Marullus hat nicht viel für Knaben übrig.«

»Wie dem auch sei ... Jedenfalls will ich sehen, was ich mit dem Schwert anfangen kann. Neben dem, was Marullus anfängt.«

»Freund meiner verschollenen Jugend«, sagte Alcimus; er richtete sich auf und saß auf dem Schemel, auf dem er zuletzt eher gehangen hatte. »Meister der Ränke – lass dies teure Schwert beiseite. Was hat dich vom Leuchtturm herabgetrieben? Die klugen Reden des ruhmreichen Mucius?«

»Die weniger. Aber ...« Pacuvius zögerte.

Alcimus war sein ältester Freund. Er stammte ebenfalls aus Bononia, wo sein Vater mit Edelsteinen gehandelt hatte, und nach dem Tod des Vaters war Alcimus nach Rom gekommen, um ein Auskommen und eine ihn befriedigende Tätigkeit zu suchen. Pacuvius hatte ihn bei den Wächtern der Stadt untergebracht, ein Jahr lang wohlwollend beobachtet und dann in den Sonderdienst geholt. Sollte es je zu einem Gemenge kommen, in dem er darauf angewiesen wäre, seinen Rücken von einem schützen zu lassen, so würde er Alcimus damit betrauen. Aber die geheimen Nachrichten, um die es ging, hatte er bisher für sich behalten. Konnte er sie dem Freund mitteilen? Konnte er, andererseits, Alcimus erfolgreich belügen?

Er gab sich einen Ruck. »Weißt du, warum wir von Rom zum Hafen geschickt wurden?«

Alcimus hob die Brauen. »Kommt jetzt die Enthüllung? Ich dachte, es geht um irgendeine besondere Wachsamkeit, die mit dem Krieg gegen die Parther zu tun hat. Übermittlung von Nachrichten, das Abfangen von gedungenen Meuchelmördern, so etwas.«

»So ähnlich. Edle Herren beaufsichtigen, von denen der eine oder andere ein Meuchelmörder sein könnte. Nebenbei. Aber es geht vor allem darum, einen Mann abzufangen, der etwas weiß. Dieser Mann ist möglicherweise gestern von einem Schiff an Land geschleppt worden ...«

»Mit blutendem Kopf und einem abgeschnittenen Finger? Äh, ohne diesen?«

»Ohne diesen, eben. Mucius, dessen Gesprächigkeit ohne Reiz, wiewohl nicht ohne Gehalt ist, behauptet, dieser Mann sei gestern in dem genannten Zustand am Hexagon gesehen worden.«

»Bedauerlich für ihn. Aber warum suchen wir ihn?«

»Er bringt, heißt es, Nachrichten über eine Verschwörung.«

»Ah bah.« Alcimus schob die Zunge zwischen die Lippen und machte ein Geräusch, das einem Pferdefurz ähnelte. »Verschwörung? Das hatten wir länger nicht. Mindestens, ah, einen Monat.«

»Diesmal ist es ernster. Deswegen werden wir beide, du und ich, gleich aufbrechen und uns noch ein wenig in den übleren Tavernen umtun, zum Beispiel im *Schwertfisch.* Den Marullus keinem seiner Leute zugewiesen hat, nebenbei.«

»*Schwertfisch?*« Alcimus gähnte. »Er wird seine Gründe haben. Es gibt Tavernen, die von Fremden – aus Rom oder woanders – einfach überschätzt werden. Von Fufius Ripa, zum Beispiel.«

»War der im *Schwertfisch?*«

»Auch. Aber der Wirt dort hat eine vierzehnjährige Tochter. Also zu alt. Und?«

»Eine Verschwörung«, sagte Pacuvius, »an der – angeblich – etruskische Priester und ein paar Provinzverwalter beteiligt sind. Männer, die Legionen marschieren lassen können.«

»Gegen wen oder was?«

»Eine Verschwörung gegen das Leben und die Herrschaft des Marcus Aurelius.«

»Nun ja«, murmelte Alcimus. »Gegen wen denn sonst?«

»Eben. Ich habe aber noch eine gute Nachricht.«

»Ha. Nämlich?«

»Sobald der edle Umbricius erfährt, dass der erwartete Bote wahrscheinlich tot oder entführt ist, dürfen wir wohl wieder zurück nach Rom.«

»Auftrag unerledigt abgebrochen?«

»Nehme ich an.«

»Selten habe ich dir so gern zugehört wie jetzt.« Alcimus lächelte. »Ehrlich gesagt mache ich mir nicht viel aus Häfen.«

»Ich wohl, aber … jetzt hielte ich mehr von ein paar Stunden ungestörten Schlummers.«

»Hieron wird zweifellos ein weiches Lager für dich bereitet haben«, sagte Alcimus.

Pacuvius setzte ein halbes Lächeln auf. »Hat er nicht. Er ist nicht da.«

»Nein? Hast du ihn freigelassen, damit er nicht immer an dir herumerzieht?«

»Du weißt doch, wie das mit alten Familiensklaven ist.«

Hieron war inzwischen über fünfzig und hatte schon zum Haushalt gehört, als Pacuvius geboren wurde. Seit Beginn seiner Laufbahn bei den Waffen des Imperiums begleitete Hieron ihn überallhin, hielt den geringfügigen Hausstand in Ordnung und bemühte sich, die »mangelhafte Erziehung des ungebärdigen Knaben« zu bessern.

»Weiß ich.« Alcimus kicherte. »Wozu brauchen wir einen Kaiser, wenn doch unsere alten Sklaven das Reich bestens lenken? Aber wo steckt er?«

»Er steckt nicht, sondern wandert. Das heißt, jetzt wird er wohl unter einem Baum schnarchen. Er wollte einige Tage Zwiesprache mit den Göttern und der Natur halten. Zu Fuß nach Rom.«

»Unterwegs ist aber nicht viel Natur; nicht zu reden von Göttern.«

»Er will durch die Hügel schweifen, hat er gesagt; irgendwo da gibt es einen alten Tempel.«

»Meinst du den Minerva-Schrein?« Alcimus hob die Brauen.

»Ich glaube, ja. Warum? Du klingst ja fast beunruhigt.«

»Ah, nur so. Hoffentlich fällt er nicht unter die Räuber.«

Marcus Aurelius Antoninus, Alsium, an Quintus Iunius Rusticus, Rom –

Gruß und Heil, o Hüter der Stadt, Wahrer der Ordnung und vor allem Freund. Sollte ich dir sagen, wie sehr es mich beruhigt, alles in deinen kräftigen Händen zu wissen? Oder begehrst du etwa zu hören, dass mein Leib, um den Galenos allzu viel Aufhebens macht, Alsiums milder Seeluft keinen Widerstand entgegensetzt, wenn sie ihn pfleglich fördert? Nichts davon; Ersteres weißt du längst, Letzteres ist ohne Bedeutung, also lass uns von den wichtigen Dingen sprechen – deiner beharrlichen Missbilligung und meiner missbilligten Beharrlichkeit. Denn dies ist der Inhalt unserer letzten Schreiben gewesen und wird uns noch eine Weile beschäftigen.

Deine Einwände, guter Freund, bewirken durchaus keinen Grimm – ein Freund ist nicht nur jemand, der einem fehlt, wenn er da ist, sondern dessen Nähe in der Abwesenheit zu spüren, dessen Zuneigung im Widerspruch zu erkennen ist. Da du mich kennst, wirst du zweifellos nicht erwarten, dass ich dich wegen der Missbilligung aus unserer Freundschaft und wegen des Widerspruchs aus dem Dienst als Präfekt der Stadt entlasse. Und wenn du auch zu unterscheiden suchst zwischen dem Inhalt deiner Missbilligung und dem deines Widerspruchs, indem du sagst, dieser richte sich gegen die Veränderung im Staat, jener wiederum gegen meine Geringschätzung meiner selbst, so sind doch Missbilligung und Widerspruch eines. Denn nicht Geringschätzung meiner Person, sondern Zweifel am Amt, an der Einrichtung des Fürsten, lassen mich die Veränderungen im Staat erstreben; ganz unabhängig von der Frage, wer Fürst ist.

Ich entlasse dich also nicht: weder aus dem Dienst noch aus der Freundschaft, noch aus der weiteren Durchführung der Vorbereitungen. Es bleibt beim festgesetzten Tag – wenn nicht gewaltige Umwälzungen oder Schicksalsschläge eine Verschiebung erzwingen; und es soll in den Gärten des Gaius Iulius Caesar stattfinden, der als Einziger sah, was geändert werden müsse, aber die Änderungen nicht mehr durchführen konnte. Wenn es dir gefällt, magst du den Tag mit Spielen oder Theateraufführungen ausgestalten. Hinsichtlich deiner Klage, die begonnenen Vorbereitungen des Triumphs im kommenden Jahr seien dadurch sinnlos geworden, bitte ich dich zu erwägen, dass der Triumph gefeiert werden kann, auch wenn die Personen, denen er gilt, dann andere Ämter bekleiden mögen.

Ein Letztes: Umsicht und Schweigsamkeit legst du mir nahe, so auch ich dir, Freund. Du, die Präfekten der Wächter und der Prätorianer, der Älteste des Senats und ich – und keiner außer uns sollte wissen. Fronto, unser guter alter Lehrer, mag etwas erraten haben, aber er wird schweigen. Und es könnte sein, dass Vel Kuruna Schlüsse aus meinen Fragen nach bestimmten Schriftstücken zieht oder gezogen hat, denn er ist nicht nur klug, sondern auch schlau. Behalte ihn im Auge und mich in deinen Gedanken. Ave atque vale – Marcus Aurelius.

Gründe und Zwecke

Zuerst entstanden die Tragödien, die uns daran erinnern, dass alles, was geschieht, gerade so geschehen muss. Und was uns auf der Bühne erbaut, wollen wir uns doch nicht zum Anstoß gereichen lassen, wenn es uns auf der größeren Bühne widerfährt. Auf die Tragödie folgt die alte Komödie. Ihr Freimut war erzieherisch. Wir wurden durch ihr offenherziges Wesen gemahnt, Prunk und Stolz abzulegen … Dann kam die Komödie der mittleren Zeit und dann die neueste. Sie entartete bald zu künstlicher Nachahmerei. Und wenn wir auch nicht verkennen, dass sie manch Treffliches enthält, frage ich doch, welchen Zweck eigentlich diese ganze dramatische Poesie verfolgt?
MARCUS AURELIUS XI 6

Zwei Tage lang war Batrax mehr oder minder bewusstlos; jedenfalls redete er nicht, trank Brühe und Kräuteraufgüsse, wenn Korinna sie ihm fast unter Zwang einflößte, ließ sich von ihr zweimal auf den Eimer der Notdurft heben und schlief.

Das Getöse von draußen, das vor allem abends einer sturmgepeitschten Brandung ähnelte, schien er nicht wahrzunehmen. Obwohl der Lärm nicht aus der Straße stammte, an der das Haus lag, kam es Korinna doch oft so vor, als ob die Fuhrwerke, die durch die nahe Porta Aurelia ratterten, mit wenigstens einem Rad über das einstürzende Dach führen. Zum Glück, sagte sie sich, war Manlius nach Sonnenuntergang mit ihnen in der Stadt eingetroffen; vorher hätte er mit dem Wagen nicht nach Rom hineinfahren dürfen, und

Batrax war zwar schmächtig und leicht, aber die ganze Strecke von der Porta Portuensis bis zum Haus nahe der Porta Aurelia hätte sie ihn nicht tragen mögen. Auch nicht tragen können, wahrscheinlich. Sie fühlte sich nicht besonders wohl, vor allem nicht besonders stark; neben der Pflege des Fiebernden hatte sie auch ein wenig Eigenpflege zu erledigen. Ob die Götter es so eingerichtet hatten, dass sie nur kurz, nachdem sie den Blutfleck auf dem Gewand des Jungen fand, selbst zu bluten begann?

Wenn sie den schlafenden Batrax betrachtete, empfand sie sehr widersprüchliche Dinge. Wärme, Zuneigung und das Bedürfnis, diese Zuneigung weiterzugeben; andererseits wollte sie allein sein, sich keine Verpflichtungen auferlegen. Und dann war da noch das Gesicht des Mannes, den sie einen Dummkopf genannt hatte. Gaius Pacuvius der Leuchtturmwärter, der sicherlich nicht immer Leuchttürme hütete. Wie er selbst gesagt hatte. Das Gesicht, die Hände, der sanfte und doch feste Griff. Nichts davon war ihr unangenehm gewesen, auch nicht sein Atem und seine Worte. Ob sie feststellen konnte, wo er sich gewöhnlich aufhielt, wenn er nicht in Portus das Gitter des Leuchtturms aufsperren musste? Und dann?

Am Morgen des dritten Tages schlug Batrax die Augen auf und sagte: »Das ist gut.«

Korinna beugte sich über ihn und legte die Hand auf seine Stirn. Sie glühte nicht mehr, und die Augen waren klar.

»Nicht gut«, sagte sie, »aber immerhin besser.«

»Ist besser schlechter als gut?«

Sie lachte. »Ich glaube, du bist gesund.«

Batrax richtete sich auf; dann seufzte er und ließ sich auf die Ellenbogen sinken. »Kraftlos«, murmelte er. »Alles dreht sich. Warum?«

»Warum sich alles dreht?«

Er presste die Lippen zu einem Strich. »Nein. Warum hast du das getan?«

»Einfach so.«

»Das reicht nicht.«

»Kann man nicht einfach so etwas tun?«

Er schüttelte den Kopf. »Niemand tut einfach so etwas. Es gibt immer Gründe. Willst du ...« Er räusperte sich. »Willst du mich verkaufen?«

Korinna schwieg ein paar Atemzüge lang. Schließlich sagte sie, mit belegter Stimme: »Für dich würde mir niemand etwas geben, also brauche ich es gar nicht erst zu versuchen.«

Der Junge drehte sich auf die Seite, den Kopf auf die linke Hand gestützt. Er sah ihr ins Gesicht, dann an ihr vorbei. »Wohnst du hier ganz allein?«

»Nein; mit den anderen von der Truppe. Aber die sind alle weg. Ausgeflogen.«

»Wo ist Epulo?«

Sie pfiff. Von draußen hörten sie ein Kratzen und Trippeln, das Geräusch von Flügeln, die sich an etwas Weichem rieben; dann kam der Kormoran durch die unverhängte Türöffnung in den Raum – gewandert? Gegangen? Getanzt? Korinna wusste keine Bezeichnung für die Art, in der sich der Vogel bewegte. Zu ihren Füßen blieb er stehen und legte den Kopf schief.

»Aha«, sagte sie. »Einer ist hier zu viel, wie?« Sie erhob sich von dem Lager aus Strohmatten, einer alten Lederplane und Decken und sah zu, wie Batrax die Hand ausstreckte und der Kormoran etwas tat, was wie ein wuchtiges Schulterzucken aussah und ihn neben den Jungen aufs Lager beförderte.

Die anderen von der Truppe waren nicht da, als sie abends mit dem fiebernden Batrax ankam und den Jungen vom Wagen des Fischhändlers hob. Sie zögerte nicht lange, trug den Jungen in das Zimmer, in dem sie die Nächte zu verbringen pflegte, bettete ihn auf ihr Lager und suchte Wasser. In einem der großen Krüge im hintersten, schattigsten Raum fand sie noch ein wenig, gab dem Jungen zu trinken und befeuchtete ein Tuch, das sie ihm auf die Stirn legte.

Epulo sah dabei zu, und sie hatte den deutlichen Eindruck, dass der Vogel Bemerkungen zu den Vorgängen machen wollte. Vielleicht machte er sie tatsächlich, aber sie war zu dumm, das zu verstehen, was er durch Haltung und leichte Zuckungen und das eine oder andere Geräusch ausdrückte. Oder ausdrücken wollte.

Aristophanes, dachte sie, hätte es verstanden – wahrscheinlich. Und vermutlich hätte er Epulo eine Rolle in *Die Vögel* gegeben – möglicherweise eine Hauptrolle, vielleicht sogar den Kormoran statt des Wiedehopfs eingesetzt. Wahrscheinlich – vermutlich – möglicherweise – vielleicht ... Statt sich unsinnigen Überlegungen hinzugeben, sollte sie zusehen, dass sie zu dieser späten Stunde noch etwas zu essen auftrieb. Sie hatte natürlich damit gerechnet, die anderen vorzufinden, ihnen vielleicht erklären zu müssen, weshalb sie einen fremden Jungen mitbrachte, der auch noch krank war, und dann von einem der Truppe Brot oder Früchte oder etwas anderes zu bekommen.

Aber die Mimen waren fort. So, wie es im Haus aussah, nahm sie an, dass die anderen schon am Vortag aufgebrochen waren. Wohin auch immer. Viele Besitztümer hatten sie alle nicht, und aus dem wenigen, was in den Zimmern herumlag, schloss Korinna, dass die Truppe einen unvorhergesehenen Auftritt irgendwo außerhalb der Stadt ergattert hatte. Die Lagerstätten waren da, aber die meisten Decken fehlten; die beiden Handkarren standen im Innenhof zwischen den Trümmerbrocken, die in den letzten Jahren vom Haus abgefallen waren. Aber ... keine Vorräte, die Rollen nicht zu finden. Ein Auftritt irgendwo, Rollen und Decken mitnehmen, spätestens in zwei oder drei Tagen sind wir wieder hier, und die dämliche Korinna soll sehen, wo sie bleibt. Ihre Schuld; warum ist sie auch einfach verschwunden?

Also hatte sie sich noch einmal zu Manlius begeben, dessen zwei Haussklaven ihre Mutmaßungen bestätigten und sagten, Mopsos habe sie gebeten, ein Auge auf das Haus zu werfen, dass nicht heimatlose Bärenführer, Gaukler oder Bettler sich dort niederließen. Der Ältere, ein Nubier mit dem unglaubwürdigen Namen

Protesilaos, gab ihr Brot und frisches Wasser – Manlius' Haus verfügte über einen eigenen Brunnen – und Reste des Nachtmahls der Familie.

Zwei Tage der Stille. Zwei Tage, in denen sie viele nützliche Dinge hätte tun können. Es gab immer genug zu nähen oder zu flicken; das alte Haus von einer Art, wie man sie längst nicht mehr baute, konnte gründliches Fegen vertragen, oder eine Beseitigung der Trümmer, die von dem, was einmal Dach gewesen war, in die oberen Räume rieselten. Aber die oberen Räume nutzten sie ohnehin nicht, und irgendwann – demnächst – bald würde jemand das Haus kaufen. Wozu also derlei Arbeiten? In einem besseren Viertel, in der eigentlichen Stadt jenseits des Tiber, hätten sich längst tausend Kaufwillige gefunden.

Wenn sie selbst Geld besäße ... Sie hatte sich oft ausgemalt, was sie mit dem Grund anfangen könnte. Ein Haus mit Innenhof, von der Straße durch einen gewölbten Gang zu erreichen – vergeudeter Raum in der engen Riesenstadt. Abreißen, ein neues Haus errichten lassen, kleinere Zimmer statt der sinnlos großen (aber es war gut, viel Platz zu haben); unten Raum für mehrere Handwerker samt zugehörigen Läden, darüber vielleicht eine kleine Schenke, darüber mehrere getrennte Wohnungen. Sie würde in einer der obersten Wohnungen leben, mit Zugang zur Dachterrasse, und alles andere vermieten. Vermieten und von den Einnahmen leben, zwischendurch mit den alten Gefährten die neuen Stücke aufführen, die sie dort oben in geziemender Ruhe schrieb. Eine Dachterrasse mit Blumen; Weinlaub vielleicht, an einem Spalier, das sie vor der Sonne schützte.

Immerhin: Sie hatte die beiden Tage nicht mit Arbeiten erfüllt, sondern sie genossen, den Jungen gepflegt, den Kormoran gefüttert – allerdings war Epulo zwischendurch mehrmals verschwunden und nach Fisch riechend zurückgekommen – und über Aristophanes nachgedacht. Aristophanes und der Kormoran ... Im Geiste begann sie, ein wunderliches neues Stück zu entwerfen. Es müsste da einsetzen, wo die Handlung der *Vögel* endete, oder ein paar Jahre später. Vielleicht sollte es im Wolkenkuckucksheim ein halb zerfallenes Haus geben, wie dieses hier, mit durchlöchertem Dach, durch das die Vögel ein und aus fliegen konnten, mit kahlen Zimmern, in denen nur ein paar Matten und Decken lagen; mit zerbröckelnder Feuerstelle und Wänden, an deren Innenseiten bei Regen das Wasser herunterlief. Mit einem trümmerbesäten Innenhof, dessen Anblick manche zum Weinen brachte und andere dazu, den Wert des Bodens zu berechnen und sich zu fragen, warum der Besitzer nicht längst alles verkauft oder selbst das alte Haus abgerissen und drei neue gebaut hatte. Mit Läden und Werkstätten unten, mit ein paar Verschlägen für billige, aber beflissene Dirnen, und mit Wohnräumen darüber. Wohnräume für den Wiedehopf und den Kormoran, für Möwendirnen und Schwalbendirnen, eine Werkstatt zur Verfertigung von Nachtigallenliedern und Lerchengelächter.

Dann sagte sie sich, sie solle mit diesem sinnlosen und etwas albernen Herumdenken (oder war es ein halbwegs gelenktes Träumen?) aufhören, etwas Nützliches tun. Und ihre andere Hälfte widersprach; sie sagte, es sei ihr Lebensunterhalt, für die Zuschauer bei Mimus und Komödie überzeugende Träume aufzuführen, gelenkte, gegliederte Träume, und daher sei es notwendig und nützlich, derlei Unsinn zu hegen, weil aus der albernen Saat vielleicht nicht der Baum des Dramas würde, aber doch eine Topfpflanze, die andere im Lauf der Jahre auf vielen Marktplätzen mit ihrem Witz und ihrer Energie benetzen könnten. Selbst Lukianos aus Samosata und Apuleius aus Madaura müssten zuerst träumen, um dann den Stoff, den sie aus Träumen gewannen, zu formen.

Etwas an diesen Gedanken störte sie, aber zunächst wusste sie nicht, was es war. Sie verbrachte die beiden Tage ruhig, meist in sich gekehrt, lauschte auf den Atem des kranken Jungen, der nur zwei- oder dreimal im Fieber unverständliche Dinge sagte; und sie dachte oder ließ einen Teil ihres Geistes für sie denken. »Mein Geist denkt, und ich stehe daneben und sehe zu.«

Sie beschaffte frisches Brot und nicht mehr ganz frische, dafür billige Früchte von dem kleinen Markt am Ende der Straße, wo diese sich zu einem Platz weitete; für den Kormoran kaufte sie bei Manlius ein paar Fische. Die kurzen Abwesenheiten während dieser Besorgungen beunruhigten sie: Es konnte ja sein, dass der Junge ausgerechnet dann erwachte, wenn sie nicht da war. Aber immer, wenn sie zum Haus zurückkehrte, lag Batrax genau wie vorher da, fieberte, wimmerte manchmal leise und schien nicht aufwachen zu wollen.

Am ersten Nachmittag saß sie im vorderen Raum, lauschte nach hinten und schaute nach vorn. Auf der Straße war nicht viel los; das würde sich abends ändern, wenn die tagsüber verbotenen Fuhrwerke Waren durch die Stadt karrten und junge Unholde sich mit allzu schnellen Wagen rücksichtslos Wettrennen lieferten. Kaum eine Nacht, in der nicht Pferdewagen zu Bruch gingen und einige Leute starben – überfahren, zerquetscht, zertrampelt; und nicht selten traf es auch die leichtsinnigen Lenker.

Aber es war ungewöhnlich still, fand sie; so, wie sie da saß, im Haus im Schatten, war sie von der Straße aus nicht zu sehen, hatte aber ihrerseits einen guten Überblick. Nicht, dass es viel zu überblicken gegeben hätte. Etwas nagte in ihr, vermutlich das Gefühl, arbeiten zu müssen, etwas Sinnvolles tun zu sollen. Sie wusste nicht, wo die anderen waren; die Sklaven des Fischhändlers hatten lediglich gesagt, sie seien zu irgendeinem Auftritt außerhalb der Stadt gezogen. Das war nicht der Grund für das Nagen; sie wusste sehr gut, dass die Mimen des Mopsos jederzeit auf einen oder auch zwei Mitwirkende verzichten konnten, ohne an Überzeugung oder Unterhaltsamkeit zu verlieren. Ein paar Teile würden anders gespielt oder ganz ausfallen, aber es gab genug Stücke und zusammenzusetzende Stückchen.

Um sich nicht völlig träge und unnütz zu fühlen, suchte sie das Schnitzmesser, den Wetzstein und Holz. Im zweiten Raum fand sie ein armlanges, oberschenkeldickes Stück Fichtenholz, wahrscheinlich für ein Feuer vorgesehen; sie beschloss, es einer besseren oder jedenfalls anderen Verwendung zuzuführen.

Mit dem Schnitzen hatte sie schon als Kind begonnen, als sie noch Sklavin war. Man hatte sie dazu angehalten, Gebrauchsgegenstände für den Haushalt herzustellen. Unter den Sklaven hatte es allerlei handwerkliche Begabungen gegeben. Sie erinnerte sich plötzlich, zum ersten Mal seit Jahren, an einen Libyer namens Zarza (oder so ähnlich), der für die Kinder der Herrin, aber auch für die zahlreichen Bälger der Dienerschaft und der Sklaven wundersame kleine Spielzeuge aus Leder und Tuch verfertigen konnte. Sie hatte zu töpfern versucht, aber die Ergebnisse waren jämmerlich. Nähen und Spinnen mussten ohnehin alle Mädchen und Frauen, das war nichts Besonderes, und irgendwann hatte sie mit einem nicht sehr scharfen Messer begonnen, etwas zu schnitzen, das bei gutem Willen und schlechter Beleuchtung ein Löffel sein mochte. Dann wurden die Löffel besser, feiner; sie lernte, die verschiedenen Eigenschaften der Hölzer zu unterscheiden, die Lagerung und das Maß der Trockenheit zu berechnen, die unterschiedlichen Längen und Stärken der Messer zu nutzen. Und statt nur dort zu sitzen und auf die Straße zu starren und den Atemzügen von Batrax zu lauschen, sagte sie sich, könnte sie ebenso gut Löffel schnitzen oder einen Napf für den Jungen, einen verzierten Holzring für den Hals des Kormorans, irgendetwas. Etwas tun, während sie nichts tat.

So saß sie da, schaute hinaus, sah Leute vorüberhasten oder schlendern oder schleichen, bemerkte die wehe Hinterpfote eines streunenden Köters, der sich bewegte wie ein berauschtes Fischerboot in heftiger Brandung, und zwischendurch sah sie, ohne wirklich zu sehen, nach dem Holz und den Wegen des Messers, das der Maserung folgte und Widerstände umging. Draußen bemühten sich die Menschen, so zu gehen oder auch stehen zu bleiben, dass sie regelmäßige Muster bildeten mit den Öffnungen, Kanten und Farben der Häuser auf der anderen Straßenseite. Zu breit, dachte sie; es kann nicht mehr lange dauern, bis diese ganze Straße verschwindet, bis die Häuser allesamt abgerissen und enger, viel enger wieder aufgebaut werden. Man könnte natürlich, wenn man genug Geld hätte, auch einen kleinen Platz anlegen, mit Marktständen und einem Brunnen vielleicht, mit offenen Schenken und ein paar

Buchläden und, natürlich, einer kleinen Bühne für Musiker und Schauspieler …

Dabei überlegte sie, auf welcher Art von Platz, vor welcher Art von Leuten die anderen jetzt – oder später – eines der Stücke (welches?) aufführen mochten. Im Geiste sah sie Mopsos, das Haupt umgeben von der Krone schütteren grauen Haars und die Glatze dazwischen ein schimmernder See aus Schweiß, wie er die von ihm selbst angefertigte lateinische Fassung des langen Berichts vortrug, den der Bote im letzten Teil der *Medea* des Euripides lieferte, während die anderen ein paar Schritte entfernt das, was er sagte, durch Gebärden und Bewegungen darstellten. Sie sah den langen, dürren Markos in seiner besten Rolle, einer Verhöhnung des Achilles, wie er die hageren Arme hob und sich auf seine gewaltigen Kräfte berief, wie er seinen Heldenmut pries und dabei aus einer unter dem Leibschurz verborgenen Schweinsblase die Flüssigkeit der Angst das Tuch durchtränken und die Beine hinabrinnen ließ. Sie sah Thesion, mit dem Körperbau des immer siegenden Ringers, vor einem Silberspiegel seine Brauen zupfen, Schminke auftragen und dann mit den gezierten Bewegungen des weichen Lustknaben Ciceros Rede gegen Catilina halten, geschickt so verändert, als ob – »wie lange noch, Catilina« – ein weibischer Kinäde seinen überaus standhaften Liebhaber um geringere Standhaftigkeit bäte. Dann hielt er ein Ende des Seils, auf dem die schlanke, eher einem Sperling denn einer Frau ähnelnde Myrina von ihm zu Sulpicius tanzte, und Sulpicius, der das Seil um den Hals gewickelt hatte, tat, als ob er ersticken müsste, um dann, wenn Myrina unmittelbar vor seinem Gesicht war, an einem nahezu unsichtbaren Fädchen zu zupfen, das die Verschlingung löste. Das Seil fiel zu Boden, Myrina landete in seinen Armen, wurde durch die Luft gewirbelt, schlang die Beine um seinen Hals und vergrub die Hände in seinem Schurz, bis Bagoas der Koloss brüllend auftauchte, einen Schlauch mit Ziegenpisse – Wasser, aber Bagoas schrie »Ziegenpisse«, immer wieder, bis die Zuhörer mitschrien – über ihnen entleerte. Das war die Stelle, an der Korinna im Gewand einer Priesterin auftauchen und vollkommen wahnsinnige, dabei aber auch vollkommen zotige Orakelsprüche kreischen sollte. Wahrscheinlich würde Mopsos als greiser Apollon die nämlichen Sprüche zu einer verstimmten Leier grölen.

Das, sagte sie sich, ist das Leben. Auf einer Bühne, einer Bretterschicht, einer Terrasse stehen und den Träumen oder Angstgesichten der Menschen Gestalt geben. Verse oder Dialoge unsterblicher Dichter sprechen – Verse unsterblicher Dichter schänden, indem man sie verdrehte –, eine ausgetüftelte Verwechslungsgeschichte von Plautus noch wahnsinniger machen, indem man alles, was er aus guten Gründen fortgelassen hatte, aus ebenso guten Gründen anbrachte.

Oder *Die Vögel* des göttlichen Aristophanes abwandeln. Wie wäre es denn, wenn statt des listigen, aber nicht besonders aufregenden alten Atheners Peisthetairos der Dichter selbst aufträte? Im ersten Teil könnte man eine schnelle, geraffte Fassung der Handlung geben, wie Aristophanes sie niedergeschrieben hatte; dann könnte jemand – Mopsos, am besten – den alten Aristophanes spielen, der des Gezänks und der Ränke unter Politikern und Dramatikern überdrüssig geworden ist und Athen – oder Rom, zu ersetzen und mit Anspielungen auf jüngste Vorgänge anzureichern – verlässt, um sich im veränderten Reich der Vögel wiederzufinden. Nach einem heftigen Gelage, zum Beispiel, und dem üblichen Gefühl, nicht recht zu wissen, wer man ist und wie man an den Ort gelangt ist, an dem man sich befindet; und die Vögel würden mit einer Fortsetzung, einer kreischend komischen Abwandlung des alten Stücks beginnen, und Aristophanes verbrächte die erste Zeit damit, herauszufinden, was eigentlich geschieht, und später könnte er mit göttlichem Funken Feuer schlagen aus den Dingen, die die anderen in Gang setzten.

Aber. Wieder nagte etwas; etwas, das die ganze Zeit genagt hatte und erst jetzt wieder spürbar wurde. Sie wusste noch immer nicht, was es sein konnte. Ein Einwand des für dramatische Abläufe zuständigen Teils ihres Geistes gegen etwas in den Überlegungen?

Peisthetairos und sein Gefährte Euelpides errichten das Reich in den Wolken und gelangen – wie die Vögel – zu Macht und Herrlichkeit, indem sie die Brandopfer der Menschen für sich behalten: Der Rauch der Altäre, von dem die Götter sich nähren, bleibt im Wolkenkuckucksheim hängen. Warum sollte nicht in einer noch wilderen Fortsetzung Aristophanes selbst dort Schabernack aushecken gegen die Könige oben und die Götter unten?

Gegen den Kaiser Marcus Aurelius beispielsweise, der, wie es hieß, noch immer in der Sommerfrische seines kleinen Palasts zu Alsium verweilte, etwa dreißig Meilen nördlich von Portus an der Küste – den Kaiser, der pflichtgetreu seine Frau Faustina (*faustina lente,* höhnte man in der Stadt) schwängerte und schwängerte und schwängerte, der den Göttern opferte und opferte und opferte, der kaum schlief und wenig aß und keine berauschenden Getränke zu sich nahm und arbeitete und dachte und sich sorgte und philosophierte. Der nichts von Lust hielt, auch nicht von Lüsten, der Theater und andere unnütze Zerstreuungen verschmähte. Ein Gedankenschürfer und Entsager, der Askese hörig, berauscht von Nüchternheit, der strengen Pflicht begehrlicher zugetan als jeder Hurenbock dem eigenen Schwengel – ah, was könnte der göttliche Aristophanes nicht alles im Wolkenreich sagen …

Ob es vielleicht deswegen in der Stadt einigermaßen still war, weil gleich dem Kaiser etliche weitere noch nicht ins stickige Gedränge hatten zurückkehren wollen? Aber dafür waren andere eingetroffen, deren Anwesenheit alles Gedränge und alle Stickigkeit aufwog. Sie stellte sich vor, dass es möglich wäre, den großen Lukianos und auch Apuleius zur Aufführung zu laden und beide durch Gelächter zur Erschöpfung zu bringen. Natürlich könnte Aristophanes – welch eine Rolle für Mopsos! – nicht über den Kaiser reden; vielleicht über den derzeitigen Archon von Athen. Aber alle würden verstehen. Und vielleicht – wenn alle Träume durchführbar waren, warum nicht auch dieser, der keiner war, sondern allenfalls ein erstes Tasten –, vielleicht mochte ein gewisser Leuchtturmwärter einer solchen Aufführung zusehen.

Eine alte Frau humpelte über das unebene Pflaster der Straße; sie stützte sich auf einen Stock, der fast noch zerbrechlicher schien als sie, und murmelte vor sich hin. Zwei Männer kamen ihr entgegen; einer rief ihr einen spöttischen Gruß zu – »Wohin so hurtig, schönes Mädchen? Willst du ihn nicht warten lassen?« – und sagte dann leise etwas zum Zweiten. Dieser trug die senatorische Toga – lästig bei diesem Wetter, überhaupt lästig und nur von Männern zu tragen, die keine körperliche Arbeit zu verrichten hatten, wohl aber der Welt ihre Bedeutung bekunden wollten.

Der Togaträger machte eine Geste; vielleicht deutete er auf etwas, eines der Häuser neben dem der Mimen, oder er wies auf die Rückansicht der Alten. Der Jüngere blickte sich um, streifte den dunklen Eingang, hinter dem Korinna unsichtbar im Schatten saß, mit zusammengekniffenen Augen und ging weiter. Er bewegte sich mit der Geschmeidigkeit eines Tänzers, vielleicht eines vorzüglichen Schwertkämpfers; für einen Mann, sagte Korinna sich, war er zu schön mit seinen ebenmäßigen Zügen und den hohen Wangenknochen.

Ein Mann kam mit einem Esel vorbei, der Wasserschläuche trug; wahrscheinlich hatte der Mann sie am Verteiler des Aquädukts im Norden der Vorstadt gefüllt oder an dem kleinen Brunnen nicht weit entfernt, auf dem nächsten Platz. Ein verdrecktes kleines Mädchen, nackt bis auf die Schmutzschicht. Ein Mann mit leerem Handkarren. Noch eine alte Frau, dann wieder ein Mann mittleren Alters mit Silberschmuck im Ohr. Streunende Hunde. Eine lärmende Schar Gänse, gescheucht von einem halbwüchsigen Knaben. Sie saß und sah und schnitzte, lauschte auf den ruhigen Atem von Batrax, fragte sich, wo der Kormoran sein mochte – das nestartige Lager aus Lumpen, das sie für Epulo im Hof gemacht hatte, war leer –, und dachte an die gehässigen Verse, die sie ihren neuen Aristophanes sprechen lassen wollte.

Plötzlich wusste sie, was da die ganze Zeit in ihr genagt hatte oder gewuselt war wie ein maroder Bilch. Aristophanes. Der göttliche Aristophanes, Verfertiger unsterblicher Komödien, scharfer

Beobachter, gnadenloser Menschenfreund … und wehrloser Dichter. Wie kam sie dazu, sich an seinem Werk zu vergreifen, es weiterzudenken, zu verändern, den Namen »Aristophanes« zu nehmen und den Namen des Stücks, *Die Vögel*, aber dabei an sich, an ihre Ergänzungen zu glauben? Aristophanes, Aischylos, Plautus, Euripides, Menandros, Terentius und die anderen: Sie alle hatten federleichte und doch so gewichtige Gegenstände geschaffen, Gegenstände aus schwebenden, flatternden, tanzenden Wörtern. Aus Wörtern, die sich manchmal nicht mit dem Fliegen begnügen durften, sondern sich verfliegen mussten in die falschen Münder; Wörter, die am Ende der Aufführung verflogen waren. Tote Gebilde auf morschem Papyrus, die nur lebten, wenn Schauspieler ihnen Leben gaben.

Und die leiden mussten, dass jeder Mopsos, jede Korinna sie nach eigenem Gutdünken veränderte. Niemand besäße je die Frechheit, sagte sie sich, ein Werk von Praxiteles, eine Statue des Lysippos, ein Bild von Apelles zu zerstückeln, neu zusammenzusetzen und zu behaupten, dies sei das echte Werk von Praxiteles oder Lysippos oder Apelles. Wer die Verse von Homeros oder Horatius oder Catullus oder Sappho vortrug und dabei veränderte, sagte selbstverständlich, dies sei seine ganz eigene Fassung des jeweiligen Gedichts. Wer dies nicht sagte, hatte kein Recht, etwas zu verändern.

Aber Tragödien, Komödien, alle Bühnenwerke wurden unausgesetzt verändert. Verstümmelt. Erweitert. Und trotzdem hieß es immer, dies sei das Werk des unsterblichen Verfassers. Der Erbauer eines gewaltigen Tempels würde niemals zulassen, dass jemand die Stirnwand nach hinten verlegt, jede zweite Säule herausbricht, nackte Karyatiden bekleidet; der Erbauer einer fein verfugten, vielschichtigen Musik würde niemals dulden, dass einer den Spannungsbogen umkehrt, die Töne aus den Verstrebungen und die Verstrebungen aus den Fugen reißt. Nur bei Schauspielen geschah dies unausgesetzt, unverzüglich, unverschämt und ungestraft. »Was immer der große Aristophanes gedacht haben mag, ich, die bedeutungslose Korinna, darf es besser wissen und anders machen. Wo er einen Speer schütteln will, darf ich einen Schwamm auswringen; wo er einen Schrei und die geballte Faust haben will, darf ich mit verschränkten Armen zahnlos murmeln. Seine räudige Krähe darf ich zu meinem zahmen Spatz machen, seine Aue zu meinem Straßenpflaster.«

Etwas in ihr sagte, dass sie etwas übersehen habe. Oder nicht übersehen, aber nicht geziemend beachtet. Korinna überlegte. War der Mann mit der Toga vielleicht jener Reiche gewesen, der vor einigen Tagen Manlius mit der Beschaffung von Fisch und *garum* beauftragt hatte? Es gab Ähnlichkeiten. Aber was wollte überhaupt ein Togaträger im schäbigen Viertel Trans Tiberim? Was hatte der Reiche bei Manlius zu suchen gehabt, da es doch jenseits des Flusses ebenfalls Fischhändler gab? Und der mittelalte Mann mit dem Silberschmuck im Ohr … eine silberne Schlange? Wo hatte sie solchen Schmuck gesehen? Im Ohr eines der Männer, die vor der kleinen Schenke östlich des Hexagon – *Schwertfisch* hieß sie, richtig – möglicherweise auf Manlius gewartet hatten? Oder hatte sie nur übersehen, dass alle Verfasser von Schauspielen schon beim Niederschreiben wussten, dass man ihr Werk verändern würde, während Baumeister und Bildhauer und Maler und Dichter sicher sein konnten, im Besitz ihrer Werke zu bleiben?

Sie senkte den Blick und betrachtete das, was ihre Hände und das Schnitzmesser getan hatten, während sie gedacht oder gedöst oder geträumt hatte. Sie konnte sich nicht erinnern, auch nur ein einziges Mal das Messer absichtsvoll bewegt, gelenkt zu haben. Das … Ding, wie immer man es sonst nennen wollte, sah scheußlich aus. Zwei längliche Wucherungen schienen das Holz verlassen zu wollen; dahinter gab es eine Krümmung und dann eine gerade Strecke, und vor den Wucherungen …

Plötzlich lachte sie laut auf. Was ihre Finger da begonnen hatten, mochte die Oberseite eines Esels sein, mit Rücken und Hals und Ohren. Der Esel des Lukianos? Der des Apuleius? Ihr eigener, Abbild der vorzüglichen Klugheit, mit der sie in den vergangenen Stunden gedacht hatte?

Sie gluckste leise, legte Holz und Messer beiseite und stand auf, um nach dem Jungen zu sehen. Batrax schlief; er lag auf der Seite und atmete ruhig.

Eine kleine Weile ging sie im Haus umher, trank ein wenig Wasser, sah in die fast leeren Räume, um sich zu vergewissern, dass dort keine Bildhauer, Bettler oder Bären eingefallen waren, während sie nicht einmal auf die eigenen Finger geachtet hatte.

Später ließ sie sich wieder mit dem Holz und dem Messer nahe am Eingang nieder; bis zum Abend, dann wieder am nächsten Tag befasste sie sich damit, alles Holz zu entfernen, das nicht nach Esel aussah, und die Gedanken weiterzudenken, die sie vermutlich demnächst daran hindern würden, mit Freude und Überzeugung vergängliche Gebilde aufzuführen, die andere erdacht hatten, damit sie sie zerstückelte und neu zusammensetzte.

Die Gedanken waren noch ohne Gesicht; sie wusste, dass sie etwas anderes, etwas Neues beginnen wollte – etwas, das nichts Fremdes zerstörte und das kein Fremder verändern konnte, ohne es zu zerstören. Etwas, das mit ihrem Namen verbunden wäre, solange es dauerte. Und auch der Esel, der aus dem Holz herauszudrängen begann, hatte noch kein Gesicht. Sie wollte zuerst den Körper gestalten, vollkommen und dabei albern, in der einem Esel zukommenden Erhabenheit, und dann erwägen, ob er ein Eselsgesicht bekommen sollte oder das eines Gottes.

Nachdem Batrax gegessen hatte, fühlte er sich kräftig genug, um aufzustehen und sich auf den Zuber zu setzen, der als Latrine diente. Epulo begleitete ihn; Korinna sah ihnen nach und suchte wieder nach einem Wort für die Fortbewegungsart des Vogels. Staksen? Trippeln? Tänzeln? Hoppeln?

Als Batrax zurückkam, schaute er sie nicht an; wortlos ging er an ihr vorbei und ließ sich auf das Lager sinken. Er schlug die Beine übereinander, löste sie wieder, zog den rechten Unterschenkel unter das Gesäß, räusperte sich und blickte ihr endlich ins Gesicht.

»Warum?«, sagte er.

Sie setzte sich neben ihn. »Viele Gründe.«

Er verdrehte den Kopf, um sie anzusehen, blickte dann geradeaus und murmelte: »So elend war mir noch nie.«

»Alles geschieht irgendwann zum ersten Mal.«

»Wenn du nun aber nicht da gewesen wärst?«

Sie berührte sein Knie mit der Spitze des Zeigefingers. »Dann hätte sich sonst jemand um dich gekümmert.«

»Du kennst Portus nicht«, sagte er; eine ungewohnte Härte war in der Stimme.

»Wie meinst du das?«

Er schob die rechte Hand in seinen Leibschurz und holte einen kleinen Beutel heraus. »Auf dem Eimer habe ich nachgesehen; es ist alles darin.«

Sie nickte. »Natürlich.«

»Habe ich nicht im Fieber …?« Er sprach nicht weiter.

»Doch, du hast. Zweimal habe ich dich zum Eimer getragen; erinnerst du dich nicht?«

»Und du hast nicht in den Beutel geschaut?«

»Warum sollte ich? Es ist deiner.«

Er schüttelte den Kopf. »In Portus hätte mich vielleicht jemand auf einen Abfallhaufen gebettet. Mit viel Glück – für mich, meine ich – wäre sogar jemand vorbeigekommen, um mir hin und wieder Wasser zu geben. Aber das da« – er klopfte auf den Beutel – »wäre nicht mehr.« Nach kurzem Schweigen setzte er hinzu: »Es könnte auch sein, dass man mir den Hals durchgeschnitten hätte, damit ich nicht wegen des Geldes zetere.«

Sie runzelte die Stirn. »Hätte nicht vielleicht einer der Ordner dich bewacht? Oder mitgenommen?«

Batrax lachte gepresst. »Die Hüter der Ordnung? Die hätten meinen Beutel mitgenommen. Das heißt, vielleicht …«

»Vielleicht was?«

»Da sind ein paar neue Männer, aus Rom; sie wirken … anders.«

»Ich weiß.« Sie lächelte. »Einer heißt Gaius, nicht wahr?«

»Pacuvius. Den meinst du. Ob er Gaius heißt, weiß ich nicht.«

»Noch einmal: warum?«

Korinna ließ sich auf den Rücken fallen und verschränkte die Hände unter dem Hinterkopf. Sie starrte an die Decke, wo eine Spinne eben einen Riss im Verputz überquerte.

»Ich hatte einmal eine Mutter, einen Vater, zwei jüngere Brüder«, sagte sie halblaut. »Weißt du, wo Rhodos ist?«

»Eine Insel?«

»Ja. Zwischen Hellas und Asien, aber näher an Asien. Mein Vater war Fischer; eines Tages ist er mit dem Schiff nicht heimgekehrt. Wahrscheinlich ist er mit den anderen untergegangen, in einem Sturm.«

»Gibt es da nicht auch Seeräuber?«

Sie zögerte. »Ah, ja, die gibt es, aber … das glaube ich nicht. Dann hätten wir etwas gehört. Seeräuber machen Gefangene, damit man sie ihnen abkauft.«

Batrax wandte ihr das Gesicht zu; etwas wie Mitleid sprach aus seinem Blick. »Gibt es nicht Seeräuber, die ein Schiff erbeuten und dann die Leute darauf umbringen, weil sie sehen, dass alle zu arm sind für einen Freikauf? Oder die die Leute versklaven?«

»Das mag sein. Jedenfalls ist er nicht zurückgekommen. Das Boot war neu und noch nicht bezahlt, deshalb wurden wir als Schuldsklaven verkauft.«

»Wie alt warst du da?«

»Neun.«

Er nickte, sagte aber nichts.

»Ich habe die anderen nie wiedergesehen, nichts von ihnen gehört. Ich war Sklavin in Rom, erst bei einem Herrn, dann bei einem anderen. Der Zweite hat mich freigelassen.«

»Warum?«

»Ich weiß es nicht. Unbegreifliche Milde, nennen wir es so. Nein, er ist gestorben, und wie du vielleicht weißt, schreiben manchmal reiche Leute in ihr Testament, dass einige der Sklaven – meistens die, an denen ihnen etwas gelegen hat – freigelassen werden sollen.«

»Hat ihm etwas an dir gelegen?«

»Ich weiß es nicht.« Sie seufzte leise. »Seine Frau war eine Weile vor ihm gestorben, nicht sehr alt. Er übrigens auch nicht. Er hat dann die Nächte mit der einen oder anderen Sklavin verbracht.«

»Auch mit dir?«

»Besonders mit mir. Als ich sechzehn war, habe ich ein Kind bekommen. Einen Jungen.«

»Von ihm?«

Sie hob die Schultern – eine umständliche Bewegung, stellte sie fest, wenn man auf dem Rücken lag und die Hände unterm Kopf verschränkt hatte. »Von ihm oder von einem der anderen Sklaven. Es gab mehrere.«

»Gibt es nicht immer mehrere?«

Sie lachte. »Meistens, ja. Außer für die Frauen vornehmer Herren. Es darf ja nicht sein, dass plötzlich der Besitz nicht nur unter den eigenen Kindern zu teilen ist, sondern auch noch an das Erzeugnis eines Fremden geht.«

Batrax klang irgendwie enttäuscht, als er sagte: »Ich ... ich hatte gedacht, bei den edlen Familien ist die Ehe heilig.«

»Das wird behauptet, aber ich glaube, es hat eher mit Macht und Einfluss und Erbschaft zu tun als mit Heiligkeit, was immer das sein mag.«

Nach einer längeren Pause sagte Batrax: »Und was ist mit deinem Kind geschehen?«

»Sie haben ihn nach der Geburt weggenommen. Getötet. Oder ausgesetzt, was auf das Gleiche hinausläuft.«

Er schaute sie wieder an, diesmal fragend. »Darum?«

Sie setzte sich auf. »Nein, nicht darum. Oder nicht nur darum. Ein bisschen von allem, glaube ich. Von Anfang an habe ich dich gemocht, dich und deinen komischen Vogel. Das; und die Erinnerung an die jüngeren Brüder. Und, wer weiß, vielleicht die Erinnerung an den Sohn, den ich nicht behalten durfte. Von allem etwas.«

Er schaute vor sich, auf den Boden, und nickte langsam.

»Und außerdem«, sagte Korinna, »die Erinnerung daran, dass ich einmal eine Mutter hatte, die mich gepflegt hat, wenn ich krank war, als Kind. Reicht das? Als Begründungen … als Antworten auf dein Warum?«

Er nickte wieder; nach kurzem Schweigen sagte er: »Und jetzt? Wo ich doch wieder gesund bin? Oder fast?«

»Was willst du hören? Geh weg, verschwinde nach Portus? Oder bleib hier?«

»Ich weiß es nicht.« Die Antwort war kaum zu hören.

»Wir müssen das nicht heute entscheiden. Ich weiß nicht, was die anderen sagen werden, der Rest der Truppe, wenn sie wieder hier sind. Ich weiß nicht, was ich morgen denken werde. Weißt du denn eigentlich, was du mit deinem Leben anfangen willst?«

»Was wohl?« Als er sie anschaute, hatte er ein verqueres Lächeln aufgesetzt. »Ein paar Jahre kann ich mich noch so durchschlagen. Mit Epulo, in Portus. Danach?« Er zuckte mit den Schultern. »Seemann, oder Hafenarbeiter. Stauer. Wenn ich ganz erwachsen bin, vielleicht Krieger.«

Am späten Nachmittag hörten sie plötzlich wildes Geschrei und Klagelaute. Korinna ging auf die Straße, um nachzusehen. Vor dem Haus des Fischhändlers Manlius drängten sich Leute, die Bewohner der umliegenden Gebäude; es schien das halbe Viertel zusammengeströmt zu sein. Aus dem Haus hörte man das Wehklagen von Frauen; es waren mehrere Stimmen, und bei dem Gemurmel und den mehr oder minder gedämpften, aber zusammen doch lauten Reden der Menschen auf der Straße konnte Korinna nicht sicher sein, ob die Stimme der Frau von Manlius darunter war.

Sie wandte sich an eine der älteren Nachbarinnen. »Was ist geschehen?«

Die Frau tat, als habe sie Mühe, deutlich zu sprechen, aber die einzige Mühe, die sie offenbar hatte, betraf das Hervorbringen von Tränen und das Zurückhalten der Nachrichten. Beides misslang; weniger von salzigem Wasser als von Worten überquellend, berichtete sie, Manlius sei am Nachmittag des Vortags in Geschäften unterwegs gewesen und seitdem nicht mehr heimgekommen. Vor wenigen Stunden habe man nun seinen Leichnam vor der Stadt gefunden, in einem Graben neben der Straße nach Ostia. Oder nach Portus.

»Wie ist das geschehen?«

»Wenn man es wüsste! Ist es nicht entsetzlich? O furchtbares Verhängnis! Ach, der unauslotbare Wille der Götter!«

»Die Götter werden ihn wohl kaum neben die Straße gelegt haben«, sagte Korinna schärfer als beabsichtigt.

»Nein?« Die Frau sah sie an, als habe sie eben behauptet, Romulus sei nicht von einer Wölfin gesäugt worden.

»Die Götter hätten ihn vielleicht in einen Tempel gelegt«, murmelte Korinna. Dann, lauter, sagte sie: »Oder unter das Meer. Ich meine – wie ist er gestorben? Von Pfeilen durchbohrt? Von Schwertern zerstückelt?«

»Ach, das meinst du!« Nun klang die Nachbarin beinahe enttäuscht; das schien sich weniger auf die Frage zu beziehen als auf die Todesart. »Nein, er hatte das Genick gebrochen. Vielleicht ist er von einem Fuhrwerk erfasst worden.«

Korinna wartete noch eine Weile, aber niemand vom Haushalt des Manlius ließ sich blicken. Sie hätte gern mit Protesilaos ein paar Worte gewechselt, und sei es nur, um zu hören, ob man schon wusste, was mit dem Haus und dem Geschäft werden sollte.

Mitten in der Nacht kamen die Mimen des Mopsos zurück, müde und noch immer ein wenig berauscht.

»Zu viel Wein, zu viel Beifall«, sagte Mopsos schwerfällig. »Beides steigt zuerst in den Kopf, dann fällt es in die Beine, und irgendwann bricht es aus dem Magen hervor. O meine Lesbia, gib mir tausendmal tausend Küsse!« Er spitzte die Lippen.

Korinna wich lachend aus; Mopsos umarmte die Luft im Zimmer, das von einer Fackel erhellt war, und hielt sich an der Wand fest.

Thesion, nicht ganz so betrunken, deutete auf Batrax, der im Durchgang zum hinteren Zimmer stand. »Und wer ist das? Der Bote des Xerxes mit dem Vogel der Unheilsnachricht auf der Schulter?«

»Das ist Batrax«, sagte Korinna.

Markos kicherte. »Das erklärt vieles; den Rest erklär uns doch bitte morgen.«

Aber am nächsten Morgen gab es andere Dinge zu erklären und zu beraten. Nicht lange nach Sonnenaufgang – »eine Lästerung der Götter, die den Menschen gesunden Schlaf geschenkt haben«, sagte Mopsos – erschienen zwei Männer mit vier Sklaven und allerlei Gerätschaften, um das Haus und den Innenhof und alles, was dazugehörte, auszumessen. Der Besitzer war nicht dabei, ließ aber etwas ausrichten. Etwas, das die Mimen befürchtet hatten und ungern hörten: Das Haus sei verkauft worden, und der neue Besitzer, ein Händler namens Longus, habe große Pläne.

»In dreißig Tagen wird hier alles abgerissen«, sagte der Ältere der Vermesser. »Spätestens in neunundzwanzig Tagen müsst ihr verschwinden.«

»Überbringst du gern Todesurteile?«, sagte Thesion. Er blinzelte in den allzu frühen Sonnenschein, rieb sich die Augen und schüttelte immer wieder den Kopf.

»Für Häuser?«

»Für Schauspieler.«

Der Vermesser lachte. »Beschwert euch beim Kaiser. Er liebt ja Schauspiele; vielleicht lässt er euch in der Cloaca Maxima wohnen.«

Aber das war nur die erste Überraschung des Morgens. Die unangenehme. Die zweite ließ die übrigen Mimen kalt, nicht jedoch Korinna. Als sie die Stimme hörte, befand sie sich eben im hintersten Raum, wo sie sich reinigte und Binden wechselte. Sie beeilte sich, fertig zu werden, und huschte nach vorn.

»Die Ordnungshüter des vierzehnten Bezirks«, flüsterte Myrina ihr zu, die mit einer Schale voll Kräuterbrühe in der Hand im vorderen Raum stand. »Wegen Manlius. Angeblich war es kein Unfall.«

»Warum wohnen wir nicht woanders?«, murrte Thesion. »Außerdem waren wir gar nicht da.«

»Es macht nichts, dass ihr nicht anwesend wart; ich muss euch trotzdem befragen«, sagte der Mann mit Lederpanzer und Helm, der vor dem Eingang stand. »Irgendwann in den letzten Monaten werdet ihr ja mit ihm geredet haben.«

»Wir haben Fisch bei ihm gekauft«, sagte Sulpicius, der im Eingang lehnte. »Was ist mit Manlius? Darf man nicht mehr sterben, ohne dass sich die Hüter der Ordnung darum kümmern? Oder hat er am Ende jemanden mit schlechtem Fisch vergiftet und ist deshalb umgebracht worden?«

»Ah«, sagte Gaius Pacuvius, als Korinna neben Sulpicius auftauchte. Er lächelte und schob den Helm ein wenig weiter in den Nacken. »Ein unverhofftes Wiedersehen.«

»Wolltest du nicht länger den Leuchtturm hüten?«

»Wieso Leuchtturm hüten?«, sagte Sulpicius. »Was für ein Leuchtturm?«

»Die Wächter von Portus gehören zur Kohorte, die den vierzehnten Bezirk zu schützen hat«, sagte Pacuvius. »Was ich in Portus zu tun hatte, ist offenbar erledigt. Oder das, was nun hier geschieht, ist den zuständigen Leuten wichtiger. Jedenfalls« – er holte tief Luft und breitete die Arme aus – »bin ich entzückt, auf diese Weise zu erfahren, dass ich über dich zu wachen habe.«

Sulpicius schnaubte. »Über Korinna? Da hast du dir aber einiges vorgenommen.«

Der Weg ins Labyrinth

> Was im einzelnen Organismus die Glieder des Leibes, das sind im Gesamtorganismus die vernunftbegabten Wesen. Auch sie sind zum Zusammenwirken geschaffen. Wenn du dir nur oft genug sagst, du seist ein *Glied* im großen System der Geister, wird dieser Gedanke dich unweigerlich sehr tief berühren. Siehst du dich aber nur als einen *Teil* des Ganzen an – dann liebst du die Menschen noch nicht von Herzen, dann macht es dir nicht von sich aus Freude, Gutes zu tun, dann vollziehst du es nur als eine Pflicht, dann ist es noch keine Wohltat für dich selbst.
>
> MARCUS AURELIUS VII 13

Alcimus hatte an der Rückwand der kargen Wachstube Rollen betrachtet, die wie Abfallhaufen oder Röhrensammlungen ohne erkennbare Folge in einem Regal lagen. Er schaute in den Gang, der zu offenbar ähnlich wirren Wächterunterkünften führte, schüttelte den Kopf und kam nach vorn. Neben dem größeren der beiden Tische blieb er stehen und sah hinaus auf den Hof, den eine Mauer von der Straße trennte. Wieder schüttelte er den Kopf. »Warum die und nicht die anderen?« Er streifte die Festgenommenen mit einem Blick.

Pacuvius löste den Gürtel und legte ihn mit dem Schwert auf den Tisch. Am zweiten, kleineren Tisch saß ein Schreiber der städtischen Wachtruppen, kaute an seinem Halm und starrte auf die Wand, auf deren Putz ein mäßig begabter Maler seine Erinnerungen, Wunsch- oder Angstträume hinterlassen hatte: Reiter im

Gefecht, gestürzte Fußkämpfer mit seltsamen Kopfbedeckungen, im Hintergrund Kampfelefanten mit hohen Türmen. Vielleicht wäre der Künstler lieber mit Alexander gen Indien gezogen, statt auf dem schlechten Ufer des Tiber Wachstuben zu verschönern.

»Denk mal nach«, sagte Pacuvius. Er ging um den Tisch und setzte sich. In den Unterkünften in der Nähe des kaiserlichen Palasts gab es Scherensessel mit geschnitzten Armlehnen und weichen Fellen; hier hatte er sich mit einem Schemel zu begnügen. Er schaute vorbei am Posten neben der Tür und an Alcimus, der das Gesäß gegen die Tischkante lehnte; vor dem Eingang, im Hof des Wachgebäudes, sah er Korinna, den Jungen mit dem Kormoran und den überwältigenden Perser.

»Ich bemühe mich, Ausbund der Weisheit.« Alcimus klang ein wenig bissig. »Wenn du mich fragst, ist das alles Unsinn. Der Junge hat keine Ahnung, der Riese sieht nicht so aus, als ob er auch nur die eigenen Zehen zählen könnte, ohne sich zu verirren, und die Frau? Was soll eine Schauspielerin in diesem wirren Gemenge für eine Rolle spielen, wenn keiner eine für sie geschrieben hat?«

»Du warst schon besser.« Pacuvius legte den rechten Zeigefinger an die Nase. »Dieser … uh, Bagoas, könnte der Dümmste von der Truppe sein, also vielleicht derjenige, der ganz einfach sagt, was er weiß, ohne große Umschweife …«

»Falls er etwas weiß. Die waren doch offenbar alle gar nicht da, in den letzten Tagen.«

»Korinna und der Junge wohl.«

Alcimus grinste. »Korinna? Oh ah. Nach ihrem Namen musst du nicht lange suchen, was? Ist das am Ende die Frau vom Leuchtturm?«

Pacuvius seufzte. »Sie war da; sie hat Manlius gekannt. Vielleicht weiß sie etwas.«

»Außerdem ist sie angenehm zu betrachten.« Alcimus nickte in gespieltem Ernst. »Und wenn man so etwas gern in seiner Nähe hat, warum soll man es dann nicht festnehmen.«

»Sie sind nicht festgenommen.«

»Ach so, natürlich nicht. Soll ich sie hereinbitten? Ihnen Kissen und ein Fußbad anbieten?«

»Du trampelst auf meiner Leber herum. Halt einen Moment das Maul, bitte, und lass mich denken.«

Alcimus grunzte leise. »Denken? Etwa heftig? Oh, da will der dumme alte Alcanor nicht stören.«

»Er könnte ja stattdessen endlich aufbrechen, um die Dinge zu erledigen, die er erledigen wollte.«

Alcimus schnipste mit den Fingern. »Danke, dass du mich daran erinnerst. Die wichtigeren Namen auf den Listen, nicht wahr? Und dann? Kurz vor Sonnenuntergang, in Falcos Bad? Danach etwas Heiteres?«

»Vergiss nicht die unheiteren Wichtigkeiten.«

»Ah bah.« Alcimus wackelte mit dem Kopf, nahm einen der Papyrusstapel und ging hinaus.

Pacuvius runzelte die Stirn und sah ihm nach. Dann ergriff er den zweiten Stapel, an der linken Seite zusammengenähte Papyrusfetzen. Er enthielt die gleichen Namen, von den Torwächtern aufgezeichnet. Die Männer an der Porta Portuensis und an der Aurelia sollten sich nicht um Bauern oder jene Händler kümmern, die täglich die Tore benutzten, wohl aber die Namen aller anderen aufzeichnen, die die Stadt verließen oder aufsuchten. Fünfzehn Tage lang, seit die Anweisung ergangen war, nach bestimmten Männern Ausschau zu halten. Alcimus hatte die Maßnahme, die wohl nichts weiter ergeben würde, zuerst missbilligt und sich dann zu eigen gemacht.

Auf einem der mit sehr krakeligen Zeichen verschmierten Fetzen las er den Namen des Fischhändlers Manlius »& I Frau«. Einen Tag später die gleiche Aufzeichnung, beide Male an der Porta Portuensis. Zwei Tage nach der Rückkehr aus Portus war Manlius tot aufgefunden worden, kaum zwei Meilen außerhalb der Stadt, nahe der Straße zum Hafen. Aber wie war er diesmal dorthin gelangt? Zu Fuß? Im Wagen eines anderen? Sein Name erschien jedenfalls nicht auf der Liste. Man müsste die Posten befragen.

Er überflog, soweit er die Kritzeleien lesen konnte, die Namen. Oder jedenfalls einen Teil; insgesamt waren es an die zweitausend. Einige sagten ihm etwas; Fufius Ripa und Septimius Severus waren darunter, etliche namhafte Senatoren und auch Fufius' »Gastfreund« Cornelius. Die meisten anderen waren ihm unbekannt – kaum überraschend bei dieser Menge –, oder er konnte sie nicht eindeutig entziffern.

»Wer hat das hier geschrieben?«, sagte Pacuvius; er hielt die vernähten Fetzen hoch und blickte den Schreiber an.

»Ich, Herr.«

»Dieses … Gekrakel?«

Der Mann lächelte ein wenig gequält. »Wie du weißt, Herr, ist die Bewachung des vierzehnten Bezirks nicht die allerdringlichste Aufgabe, nach Meinung der hohen Herren. Und der Bezirk Trans Tiberim könnte ebenso gut im Sumpfland versinken, wenn es nach denen da drüben ginge.« Er machte eine Kopfbewegung, die wahrscheinlich allgemein in Richtung Rom deuten sollte – zum richtigen Rom, der Stadt auf dem anderen, dem guten Ufer des Tiber.

»Was hat das mit der Schönheit deiner Schrift zu tun?«

»Die Männer mit guter Schrift werden nicht hierhin geschickt. Und die wirklich guten Wächter auch nicht.«

Pacuvius lachte. »Danke für die Einschätzung. Na gut. Du hast das abgeschrieben?«

»Von scheußlich beschmierten Wachstäfelchen.«

»Wo sind die?«

Der Schreiber hob einen Moment die Brauen. »Abgewischt, Herr, und wieder an die Posten ausgegeben.«

»Kannst du feststellen, wer an bestimmten Tagen die Porta Portuensis bewacht hat?«

»Wie lange her? Voriges Jahr?«

»O du Verweser einer Menge von Klugheit, die nicht einmal einen Schweinefuß füllen würde – in den letzten fünf Tagen!«

Der Schreiber schob die Unterlippe vor. »Ich kann es versuchen.«

Nach kurzer Pause setzte er hinzu: »Eine vollständige Liste aller Wachschichten, Herr?«

»Versuch es. Sofort.«

Der Schreiber erhob sich stöhnend und verließ die Stube. Pacuvius stützte das Kinn auf die verschränkten Finger und blickte ihm nach, sah den Hof und die Wartenden; er grunzte leise. »Zappeln lassen«, sagte er sich.

Aber der persische Koloss stand da wie ein kahler Berg; er sah nicht so aus, als ob er jemals zappelte. Der Junge schien sich mit seinem Kormoran zu unterhalten, und Korinna ließ ihr Gesicht, die Augen geschlossen, von der Sonne streicheln.

Die Arbeit der Sonne übernehmen; dieses Gesicht und einige andere, tiefere Gefilde streicheln – Pacuvius seufzte lautlos und befahl sich, mit den Gedanken bei der Arbeit zu bleiben.

Das war nicht einfach; in letzter Zeit geschahen zu viele widersprüchliche Dinge, und sie geschahen an Orten, für die er eigentlich nicht zuständig war.

Eigentlich … aber was hieß das schon? Er war zuständig für das, was die Vorgesetzten ihm auftrugen. Diesen hatte es gefallen, ihn in Gallien von der Achten Legion, wo er eben vom *miles* zum *immunis* befördert worden war, zu einer Auxiliareinheit zu versetzen. Sie bestand aus Einheimischen – Galliern, für die aber der Name Vercingetorix nicht einmal mehr eine ferne Erinnerung war – aus den wilden Berggebieten westlich von Lugdunum, und der Präfekt wollte ein paar römische Offiziere haben. Dort kam Pacuvius zur Reiterei, wurde vom *immunis* zum *principalis* befördert, dann zum *decurio,* hatte beim Straßenbau die Bautrupps zu schützen, bisweilen zu leiten, Wegelagerer und (selten) Aufwiegler zu bekämpfen. Man war wohl der Meinung gewesen, dass er seine Sache gut machte; jemand empfahl ihn höheren Orts, und als der Befehlshaber, der irgendwann Prätor werden wollte, nach Rom ging, nahm er Pacuvius mit.

In der Stadt gab es dreierlei Truppen mit unterschiedlichen Zuständigkeiten: siebentausend Mann *vigiles,* ursprünglich nur eine

Art Feuerwehr, dann Spitzel und Schnüffler, inzwischen mit der Wahrung der gewöhnlichen Ordnung befasst und dafür mit tausendzweihundert Sesterzen im Jahr entlohnt; dreitausend Kämpfer der *urbanae cohortes,* die für die Unterdrückung ungewöhnlicher Formen von Unordnung zweitausend Sesterzen erhielten; und zehntausend Prätorianer, die sich für die Besten der Besten hielten. Die *vigiles* unterstanden dem Stadtpräfekten, Quintus Iunius Rusticus, die Wachkohorten dem Wächterpräfekten Titus Lucilius Varro, die Prätorianer dem Prätorianerpräfekten Glaucus Aemilius Pictor. Über allen gab es den Kaiser und seine engsten Berater; dann waren da noch altehrwürdige Einrichtungen wie Senat und Richterkollegien und Priester und Zunftobleute und Stadtteilsprecher. Aber eigentlich gab es nur den Kaiser und die drei Präfekten. Marcus Aurelius, Rusticus, Varro, Pictor – alle Macht der Stadt und des Erdkreises.

Es dauerte nicht lange, bis Pacuvius herausfand, dass die Dinge sowohl so einfach als auch viel verwickelter waren. Es gab Abhängigkeiten, Rücksichten, Gefälligkeiten, Einflüsse. Und Geld, viel Geld, alles Geld der Oikumene in Händen weniger Männer, weniger Familien: Händler, Besitzer riesiger Landgüter, die von Sklaven bebaut wurden, Schiffseigner, Herren der Bergwerke, Herren der Mietshäuser, Herren der Welt. Ihrer Macht stand die der Schwerter gegenüber, die dem Kaiser dienten – dem Kaiser Marcus Aurelius, der versuchte, die Gesetze über Geld und Schwert zu stellen. Indem er das Geld, das die Schwerter bezahlte, in die Schranken wies mit den Schwertern, die er durch das Gesetz in die Scheiden zwang.

Manchmal dachte Pacuvius darüber nach, ob das ungeheure Reich, das Labyrinth, nicht anders gelenkt werden könnte. Nicht von dem einen Fürsten, Herrn des Labyrinths, der vielleicht Theseus sein wollte, aber Minotaurus sein musste, sondern vom Gesetz, von gewählten Männern, von beständigen Einrichtungen. Athen … aber wo war Athen heute? Und welche Einrichtungen sollten den Erdkreis leiten können – außer dem Schwert, das er zu führen hatte, und dem Geld, das er dafür bekam?

Und nicht einmal die Dinge des Schwerts waren einfach. Marcus Umbricius Telon, Pacuvius' Vorgesetzter, war ein Mann des Stadtpräfekten Iunius Rusticus, gehörte zu den Hütern der Ordnung des Wächterpräfekten Titus Lucilius Varro und leitete eine Sonderabteilung, die einen Teil der Aufgaben der Prätorianer erfüllte ... Pacuvius tat er keinen Waffendienst, hatte nur selten Streifengänge durch die nächtlichen Straßen zu unternehmen, sondern musste schreiben und reden. Mit Leuten reden und darüber berichten, Kundschafter ausbilden und anleiten, Nachrichten beschaffen: weniger die Sicherheit der Straßen betreffend als die Unsicherheit in politisch wirren Köpfen. Wie die Prätorianer den Leib des Kaisers zu schützen hatten, sollte die von Umbricius geleitete Einheit die Umgebung des Kaisers so sichern, dass möglichst niemand überhaupt in Reichweite des kaiserlichen Leibes gelangte. In diesem »geheimen« Dienst gab es keine Ränge. Gaius Pacuvius blieb in den Soldlisten als oberster Stabscenturio einer nicht existierenden Legion verzeichnet, aber er bekam mehr Geld und musste dafür weniger tun.

Er hatte durchaus Verständnis dafür, dass »richtige« Krieger wie der alte Mucius (dem er nicht hatte sagen dürfen, was genau er tat) die Sonderdienste mit einer Mischung aus Neid und Verachtung betrachteten. Mucius hatte als gewöhnlicher Centurio der untersten Stufe achttausend Sesterzen, also zweitausend Denare, im Jahr erhalten und beim Ausscheiden ein Entlassungsgeld von zwölftausend Sesterzen, dazu eine schäbige Hütte am Rand von Portus. Vielleicht hatte er Rücklagen, vielleicht war alles aufgezehrt. Der gewöhnliche Centurio der Stadtkohorten erhielt zwölftausend Sesterzen, der »erster Klasse« zwanzigtausend im Jahr; und der weder den Unbilden des Kampfs noch denen der nächtlichen Straßen ausgesetzte Pacuvius fühlte sich mit fünfundzwanzigtausend Sesterzen, also 6250 Denaren im Jahr, fast unanständig reich.

Aber nur, solange er nicht an die Prätorianer dachte, an die auch Mucius gedacht hatte. Bei denen bekam der gewöhnliche *miles* schon viertausend Sesterzen im Jahr, die Centurionen bis zu dreißigtausend, der Tribun gar vierzigmal so viel wie der *miles* – hundertsechzigtausend Sesterzen im Jahr ... Wofür? Für den Schutz des Kaisers und gelegentliche Einmischungen in die Politik; und dafür, dass niemand nah genug an den Kaiser herankam und keiner, dem dies nicht zustand, sich in die Politik mischte, erhielt Pacuvius eben, was er erhielt, dazu Zulagen und die Aussicht auf Beförderung sowie die Gelegenheit, sich gründlich Feinde zu machen und die Dolche, denen er an jeder Ecke begegnen mochte, selber zu schärfen.

Vor nicht einmal zwanzig Tagen hatte man ihn aus den Stuben und Unterkünften neben dem Palast nach Portus geschickt, vor zwei Tagen kam dann die Anweisung, Portus zu verlassen, die Wächter des vierzehnten Bezirks zu befehligen und den Tod eines Fischhändlers zu untersuchen ...

Befehle. Keine Erklärungen. Was war an einem toten Fischhändler so wichtig? Wenn dieser Manlius eine bedeutende Rolle gespielt hatte, warum sagte man es ihm nicht? Wenn er unbedeutend gewesen war, warum dann dieser Aufwand?

Er dachte an die letzten Tage und Nächte in Portus, in denen er nichts von all dem hatte ermitteln können, was er ermitteln wollte. Die Geschichte, die Mucius auf dem Leuchtturm abgesondert hatte ... »Nebliges Geschwätz«, sagte er sich, »und im Nebel nichts zu finden.« Niemand – weder unter denen, die Marullus und seine Leute befragt hatten, noch unter den Gästen und Betreibern von Schenken wie dem *Schwertfisch* – hatte etwas gesehen, keiner wusste etwas über verletzte Männer, die man am Hexagon entlang irgendwo hingeschleppt haben könnte, oder Männer ohne kleinen Finger an der Linken.

Und die edlen Herren, die sich in Handgemenge mit dem Abschaum einließen? Der reiche Händler Fufius, der junge Mann aus Leptis Magna, Lucius Septimius Severus ... Fufius Ripa hatte mit einem seiner eigenen Schiffe den Hafen erreicht, das Schiff entladen und die Waren in seinen geräumigen Gebäuden lagern lassen; er selbst war in Portus geblieben, bei einem Gastfreund – warum?

Dass er am Tag nach dem missliebigen Vorfall den Hafen verlassen und sich mit einem seiner Wagen nach Rom begeben hatte, war verständlich; aber warum hatte er das nicht bereits am Vortag getan, statt sich in Hafenschenken herumzutreiben und neunjährige Wirtstöchter zu behelligen? Septimius war ebenfalls am Morgen nach der Festnahme und Freilassung nach Rom gefahren, in einem Reisewagen, der seinem Gastfreund gehörte, zusammen mit den Sklaven und dem Gepäck. Beide waren auf den Listen der Posten verzeichnet, wie es sich gehörte.

Nichts. Nur Nebel. Statt ihn weiter in diesem Küstennebel stochern zu lassen, hatte man ihn jetzt in den mindestens ebenso nebligen und dazu sumpfigen vierzehnten Bezirk geschickt. Trans Tiberim ... für die Bewohner des »richtigen« Rom war vorstellbar, dass man sich freiwillig nach Alexandria oder in Geschäften nach Karthago begab, nach Britannien, an den Rhenus, nach Athen, Byzantium und sogar ins Rote oder Schwarze Meer, aber über den Tiber gehen, in das Gewirr nur teilweise gepflasterter Straßen, Mietshäuser, Blocks, eingeklemmt zwischen dem Hang des Ianiculum und dem Fluss, mit halb fertigen Stadttoren und einem eher symbolischen Wall? Ein paar Tempel, Caesars Gärten, von der Umgebung entwertete, früher einmal stattliche Landhäuser auf dem Ianiculum; und ansonsten ... Abschaum. Wer besuchte Trans Tiberim, wer sollte dort etwas suchen? Zum Beispiel Gründe für das Ableben eines örtlichen Fischhändlers?

Pacuvius löste die Verschränkung der Hände und hob das Kinn. Sinnlos, hier zu sitzen und zu grübeln. Wahrscheinlich war auch das Verhör der drei, die da draußen warteten, völlig sinnlos. Nein, nicht völlig; immerhin hatte der Zufall ihn zu Korinna gebracht, der Frau, deren Gesicht und Rede ihn anzogen, von der er tatsächlich geträumt hatte (gut, dass Alcimus es nicht wusste; der Freund verbrächte die nächsten Monate vermutlich sonst damit, ihn bei jeder Gelegenheit mit Bemerkungen über stumpfe Leuchttürme, feuchte Träume und trockene Frauen zu verspotten), von der er nicht einmal den Namen wüsste, wenn man ihn nicht hierhergeschickt hätte.

Er klatschte in die Hände; der Wächter neben dem Eingang sah ihn an. »Herr?«

»Bring mir diesen Perser herein«, sagte Pacuvius.

Der Mann nickte; etwas wie ein geringschätziges Lächeln zuckte kurz um die Mundwinkel. »Wie in Portus«, dachte Pacuvius; »alle fragen sich, welcher berauschte Hofbeamte auf den Gedanken gekommen ist, mich zu schicken; und alle hassen mich, weil ich die gewöhnlichen Abläufe störe und jenen Befehle gebe, die sonst selber befehlen.« Er lauschte in sich hinein und stellte fest, dass die Abneigung der Männer ihn völlig kaltließ; er wollte von ihnen nicht geliebt werden, er wollte nur, dass sie ihre Arbeit taten. Dabei war ihm aber klar, dass er früher oder später feststellen würde, wie gut oder schlecht der eine oder andere dieser Männer war, und dann würde er von den guten vielleicht doch geliebt werden wollen; und wahrscheinlich würden ihn die Schlechten dann verehren und die Guten ihn schmähen.

»Was soll's?«, murmelte er.

»Eben.« Der riesige Perser stand vor dem Tisch und hatte das Gemurmel gehört.

Pacuvius lehnte sich ein wenig zurück – nicht zu weit, sonst wäre er vom Schemel gefallen – und musterte den Mann mit hochgezogenen Brauen. Bagoas war sicherlich sechseinhalb Fuß groß und wog vermutlich das Doppelte dessen, was ein gewöhnlicher Mann dieser Größe wog. Nichts von den Klüften, Jochen, Gipfeln und Schründen dieses Gebirges von Mann schien Fett zu sein. Er sah mehr oder minder so aus, wie man sich den Eunuchen eines persischen oder parthischen Fürstenhofs vorstellte, aber die Muskeln passten nicht dazu. Eunuchen waren feist und weichlich, jedenfalls in den abends am Feuer erzählten Geschichten oder in albernen Volksstücken. Und … sie waren kahl. Der Muskelberg vor Pacuvius' Tisch hatte einen dichten schwarzen Schopf, Augenbrauen wie Borstenwürmer und einen sauber gestutzten Bart.

»Ich nehme an, du verstehst Latein?«, sagte Pacuvius.

»Zwei, drei Wörter.« Bagoas verzog keine Miene.

»Seit wann bist du bei den, eh, den ›Mimen des Mopsos‹?«

»Vier Jahre.«

»Und vorher?«

Noch immer keine Regung im Gesicht, als der Koloss sagte: »Um das zu beantworten, wären mehr als die zwei, drei Wörter nötig, die einem dummen Riesen nach Meinung römischer Offiziere zustehen.«

Pacuvius grinste leicht. »Na gut, dann sag es mit vier oder fünf Wörtern.«

»Als ich die Heimat verließ, die holde, war ich ein Knabe, ohne Eltern und ohne Ahnen und ohne Gedächtnis. Ich ...«

Pacuvius hob die Hand. »Du kannst darauf verzichten, mir dein Leben in schlechten Hexametern zu erzählen. Mir genügt gewöhnliche Rede.«

Bagoas beugte sich vor und stützte sich mit den Fäusten auf den Tisch. Er trug einen ledernen Leibschurz, darüber eine ärmellose Tunika, die knapp unterm Nabel endete. Die Füße waren nicht zu sehen, da er nah vor dem Tisch stand, aber Pacuvius hatte vorher bemerkt, dass der Mann barfuß ging, mit einer Verfärbung unten an den Füßen, die ebenso gut Dreck sein konnte wie massige Hornhaut. Er stellte ihn sich in der Kampfbahn vor, mit Netz und Dreizack vielleicht, als gefürchteter und viele Male siegreicher Gladiator.

»Ich war Kameltreiber«, sagte der Perser, »und Lagerarbeiter bei einem Händler. Dann Seemann, danach Stauer im Hafen von Alexandria. Eine Frau hat mir Lesen und Schreiben beigebracht, und sie hat mich in eine Aufführung eines Stücks von Menandros mitgenommen. Seitdem ...« Er hob die Schultern. »Seitdem bin ich für das richtige Leben verloren.«

»Im richtigen Leben wohnt man hin und wieder in heruntergekommenen Häusern, neben dem Haus eines Fischhändlers. Was weißt du von Manlius?«

»Nicht viel. Wir haben bei ihm unseren Fisch gekauft und *garum* und abends hin und wieder für ihn und seine Sippe gespielt.

Dann gab es ein paar Tage lang Fisch umsonst. Manchmal auch Brot, wenn einer seiner Nachbarn, ein Bäcker, mit zusehen durfte.«

»Das ist alles?«

»Alles, ja. In den letzten Tagen war ich nicht in Rom – wir hatten einen Auftritt auf einem Landgut an der Straße nach Praeneste. Als wir zurückgekommen sind, war der Fischhändler tot. Das ist alles.«

Pacuvius kniff die Augen zu Schlitzen. »Was würdest du tun, wenn du zufällig etwas hörtest? Zum Beispiel zwei Leute, die sich an einer dunklen Ecke über die erfolgreiche Beseitigung von Fischhändlern aus Trans Tiberim unterhalten?«

Bagoas stieß einen – vermutlich spöttischen – Knurrlaut aus. »Ich würde es für mich behalten, Herr. Was sonst?«

»Du könntest es mir erzählen.«

»Ich bin Schauspieler. Weder Erzähler noch Spitzel.«

»Warte draußen. Vielleicht fällt mir ein, was man mit klobigen Persern anstellen kann, damit sie zum Frieden des Imperiums beitragen, statt ihn nur zu genießen.«

»Genießen?«, sagte Bagoas. »Ah ja. Genießen. Ich werde genussvoll warten.« Er ging hinaus; Pacuvius bildete sich ein, die Hornhaut auf den Fliesen schrappen zu hören.

»Der Junge!«

Der Wächter brachte den Jungen herein, samt Kormoran.

»Wie heißt du?«

»Batrax. Und der da heißt Epulo.«

Pacuvius streifte den Vogel, der auf der linken Schulter des Jungen hockte, mit einem Blick. »Mit ihm wollte ich nicht reden; er wird mir nicht viel sagen können.«

Batrax rümpfte die Nase. »Mehr als Marullus und die anderen jedenfalls.«

»Ah. Was weißt du von Marullus?«

Batrax machte eine wegwerfende Handbewegung. »Er nimmt Geld fürs Wegsehen. Vielleicht nimmt er auch Geld fürs Vergessen von Dingen, die er sieht oder hört.«

»Hast du denn etwas gesehen oder gehört, in den letzten Tagen, was Marullus teuer vergessen haben könnte?«

»Ich war krank.«

Pacuvius musterte ihn; dann nickte er. »Du bist blass; das stimmt. Hat sie dich mitgenommen?«

»Korinna? Ja; sie hat mich gepflegt. Vielleicht wäre ich sonst tot. Wie dein Fischhändler.«

»In Portus«, sagte Pacuvius gedehnt, »hörte ich, du seist ein kleiner Schuft.«

»In Portus«, sagte Batrax gedehnt, »heißt es, die Wächter seien große Schurken.«

»Außerdem hat man mir gesagt, dass du nicht viel redest. Jetzt schweigst du aber nicht so dringlich.«

»Ich bin ja auch nicht in Portus.«

Pacuvius fuhr sich mit der Hand über den Mund, um das Lächeln zu verbergen. »Was willst du tun, wenn du wieder gesund bist?«

Zum ersten Mal glaubte er, im beherrschten Gesicht des Jungen so etwas wie Unsicherheit zu sehen, als er sagte: »Das kommt darauf an.«

»Worauf?«

»Dies und das.« Batrax berührte den Schnabel des Kormorans mit der Fingerspitze. »Wovon soll ein Kormoran in Rom leben? Und wovon einer, der bisher kleine Aufträge für die Leute im Hafen erledigt hat?«

»Nicht zu reden von kleinen Diebstählen bei den Leuten, die nicht im Hafen arbeiten, sondern zu Besuch sind.«

Batrax setzte ein falsches, strahlendes Lächeln auf. »Soll das heißen, dass ich in der Stadt als Dieb besser leben könnte?«

»Wenn du nicht erwischt wirst.«

»Ach, wer soll mich schon erwischen?«

»Jemand, der dich kennt. Ich, zum Beispiel.«

Der Junge schwieg; er schien nach einer möglichst nichtssagenden Antwort zu suchen.

Pacuvius setzte hinzu: »Übrigens könnte ich dich auch in Portus erwischen und an die Fische verfüttern. Wer würde dich vermissen?«

Batrax nickte. »Das stimmt; keiner. Die Fische hätten aber nicht viel davon. Sieh, wie mager ich bin.«

»Man könnte kleine böse Jungen als Sklaven verkaufen.«

»Das würdest du nicht tun.«

Es klang, als sei Batrax vollkommen überzeugt.

Pacuvius beugte sich vor. »Ah, würde ich nicht? Und warum würde ich nicht, o Born der Klugheit?«

»Weil ...« Der Junge zögerte; schließlich sagte er: »Ich habe dich in Portus gesehen.«

»Ist das ein Grund?«

»Nein, aber ... Ich habe gesehen, wie du mit der Alten umgegangen bist. Mit der Frau, die manchmal nachts in einer Gasse liegt.«

Pacuvius hob eine Braue. »Ich erinnere mich nicht daran. Wie bin ich denn mit ihr umgegangen?«

»Du hast sie aufgehoben und an eine weichere Stelle zwischen den Häusern gelegt. Wo sie ihren Rausch ausschlafen kann, ohne von Karren überfahren zu werden.«

»Und?«

»Marullus und die anderen – die Wächter, die immer in Portus sind, meine ich – lassen die Alte liegen. Einfach so. Sie haben sie auch schon getreten.«

»Und deshalb würde ich dich nicht schnappen und verkaufen?«

Batrax grinste plötzlich. »Du würdest mich nur verkaufen, wenn du einen findest, der auch den Kormoran nimmt. Und den gibt es nicht – einen, der uns beide will.«

»Außer Korinna.«

»Ja. Darf ich etwas fragen? Herr?«

»Eigentlich ist das andersherum vorgesehen, aber frag.«

»Gibt es Bettler in Rom?«

»Es gibt eine Art Schattenreich, in dem Bettler und Krüppel und geflohene Sklaven und flüchtige Gladiatoren leben. Mit eigenen

Fürsten und Gesetzen.« Pacuvius machte eine kleine Pause, dann setzte er hinzu: »Und eigenen Strafen.«

»*Regnum obscurum*«, murmelte Batrax. »Das dunkle Reich – oder nennt man es ›Das Dreckige Reich‹?«

»*Regnum obscurum, regnum sordidum, regnum proscriptorum.*«

»Das Reich der Geächteten?«

»Viele Bezeichnungen für etwas, das sich nicht fassen lässt. Warum fragst du?«

»Ah.« Batrax zögerte. »Zwei Gründe. Erstens will ich wissen, ob ich zum Betteln und Stehlen eine Erlaubnis brauche, in Rom, und wer sie mir gibt.«

Pacuvius schnalzte leise. »Das fragst du *mich?*«

»Ich habe gehört, keiner weiß so viel über Verstöße gegen das Gesetz wie einer, der die Gesetze hütet.«

Das Kichern des Jungen beantwortete Pacuvius mit einem Schnauben. »Und der zweite Grund?«, sagte er dann.

»Ich … ich dachte, du weißt es vielleicht nicht. Weil du in Portus nie den Bettlern die Hälfte abverlangt hast. Wie die anderen es tun. Marullus und seine Leute. Und da wollte ich wissen, ob du es wirklich nicht weißt oder den Bettlern nichts abgenommen hast, weil …« Er hob die Schultern.

»Man nennt die untere Gegenwelt auch einfach *Immundus*«, sagte Pacuvius.

»Schmutz?«

»Sich dort zurechtzufinden ist schwierig. Wie man sagt. Du könntest natürlich nach Portus zurückkehren …«

»Das klingt, als ob.«

Er lachte. »Genau. Als ob. Es gibt zwei oder drei Dinge in Portus, die ich herausfinden möchte.«

Batrax blickte plötzlich beinahe hochmütig. »Dinge, die du nicht rauskriegen kannst? Dinge, die rauszukriegen Marullus zu dumm oder zu … unsauber ist? Marullus *immundus?*«

»Dinge, die ein Junge mit Kormoran vielleicht mühelos erfährt, weil niemand daran denkt, sie vor ihm zu verbergen.«

Batrax schwieg. Mit der linken Hand kraulte er den Hals des Kormorans, der immer noch auf seiner Schulter hockte; mit der rechten kratzte er sich den Bauch, unter dem schmierigen Fetzen, der irgendwann einmal eine Art Tunika gewesen sein mochte. Tunika eines verwachsenen Halbwüchsigen? Eines bösartigen Zwergriesen?

Dann deutete er mit dem Hinterkopf nach draußen. »Nur, wenn sie auch mitmacht.«

Pacuvius presste die Lippen zusammen. »Wovon redest du?«

»Du willst Hilfe. Hilfe kostet etwas. Ein Teil von dem Preis, den ich für Hilfe verlange, ist, dass sie mitmacht.«

»Du hast nichts zu verlangen, Kleiner.« Pacuvius stand auf. »Geh. Weit fort, wo ich dich nicht sehe. Sonst …«

Schweigend machte Batrax kehrt und ging hinaus in den Hof. Dort blieb er stehen, drehte sich um, blickte zurück, schien die möglichen Blickwinkel zu erwägen und ging nach links, vorbei an Korinna, bis er aus dem Teil des Hofs verschwunden war, den Pacuvius überschauen konnte.

Korinna sagte etwas; vermutlich antwortete der Junge. Beides konnte Pacuvius jedoch nicht hören. Er kratzte sich den Kopf, sah das verstohlene Lächeln des Postens, seufzte, wies mit dem Kopf nach draußen und sagte: »Die Frau.«

Eigentlich wollte er den Anblick genießen: Korinna kam in die Stube der Wächter. Sie trug Sandalen, eine kurzärmelige Tunika bis knapp oberhalb der Knie, kurzes dunkles Kraushaar und die Andeutung eines Lächelns. Nicht mehr. Genug, vielleicht zu viel. Aber das Lächeln mochte eine Frage sein oder Abwehr. Er sah ihr entgegen, und während ein Teil (Gaius, beschloss er später) von ihm bemerkte, dass sie feine Haare auf den Beinen hatte und einen federnden Gang, und wie der Strick, der als Gürtel diente, um die schlanke, aber kräftige Körpermitte lag, fragte sich der zweite Teil (der zweite Gaius, dachte er; Gaius *alter*), ob sie vielleicht auch an anderen Stellen Haare hätte – an jenen Stellen, die die meisten Frauen rupften, zupften oder schoren. Und der dritte Teil

(Pacuvius) störte die beiden anderen, indem er verdrossen erwog, alles hinzuschmeißen, zum Palast zu gehen und Umbricius zu fragen, ob er ihn nicht lieber entlassen wolle, statt ihn sinnlose Bütteldienste in Portus und Trans Tiberim tun zu lassen.

»Wenn es länger dauert«, sagte Korinna, »würde ich mich gern setzen. Wenn du es gestattest, hochedler Mann. Ich bin ein wenig geschwächt.«

Er war nicht sicher, ob der Unterton, mit dem sie ihn als *nobilissimus* angeredet hatte, spöttisch war oder beißend. Er stellte fest, dass Hohn nicht zu seinem Bild von ihr passte; und dass es in der Wachstube außer dem Schemel, den der Schreiber angewärmt hatte, keine Sitzgelegenheiten gab.

»Nimm dir den Schemel da«, sagte er.

Sie ging zum Tisch des Schreibers und holte das unbequeme Gerät herbei. Pacuvius betrachtete ihre Bewegungen und sah das ersprießliche Wogen unter der Tunika, als sie sich mit dem Schemel wieder seinem Tisch näherte. Wenn sie sich die Brüste nicht schnürte, war sie vielleicht tatsächlich unter Tunika und Schurz behaart; aber was sollte er aus ihrem Unterton schließen?

»Wenn ich«, sagte sie, als sie sich setzte und die Unterarme auf seinen Tisch legte, »deinen Gesichtsausdruck und deine Haltung annehme, in einer Aufführung, dann tue ich das, um Ratlosigkeit und Unsicherheit auszudrücken.«

»Ah.« Mehr brachte er zunächst nicht heraus; er glaubte, oder hoffte wenigstens, die Mischung aus Verblüffung und Empörung nicht allzu deutlich durch seine Miene zu zeigen. Er blickte an Korinna vorbei zum Posten, der wieder neben dem Eingang stand und offenbar versuchte, seine Erheiterung unter einer Maske zu verbergen, die in einer schlechten Komödie »Grimm« hätte wiedergeben können.

»Geh und bewach ein wenig den Hof«, sagte Pacuvius. »Schütz uns vor Löwen, Senatoren und anderem Ungemach. Los.«

Als der Posten verschwunden war, sagte Korinna halblaut: »Gut. Jetzt können wir ungestört reden.«

Pacuvius musterte die dunklen, fast schwarzen Augen, in denen Spott steckte, kein Hohn; dessen war er plötzlich sicher. Die schmale Nase war ein wenig gekräuselt, nicht gerümpft, und um die Lippen zuckte etwas. Spott, wiederholte er stumm, kein Hohn. Dann sagte er sich: »Und was solls eigentlich?«

»Was kannst du mir von Manlius erzählen?«

Sie schüttelte ganz leicht den Kopf. »Warum sollte ich dir überhaupt etwas von Manlius erzählen? Er hat mit Fisch gehandelt und ist tot. Gibt es mehr zu sagen?«

»Mach es doch nicht unnötig schwer. Ich könnte dich zwingen, alles zu sagen, was du weißt.«

»Sag mir, warum du es wissen willst; dann sage ich dir, was ich weiß.«

Er stöhnte leise und hob die Hände. »Man hat mich angewiesen, bestimmte Dinge in Portus zu erledigen. Zum Beispiel, einen Mann zu suchen oder in Empfang zu nehmen, wenn er eintrifft. Nun sagt man, dieser Mann sei längst eingetroffen, aber man habe ihn entführt oder vielleicht sogar getötet. Deshalb untersuchen wir alle Karren, die in der fraglichen Zeit zwischen Portus und Rom unterwegs waren. Manlius und sein Karren waren dabei. Und bevor ich Manlius befragen kann, ist er plötzlich tot. Genügt das?«

Die Nase glättete sich; der Spott war aus den Augen verschwunden, und die Lippen wurden zu einem Strich. »An dem Tag, als wir uns am Leuchtturm gesehen haben«, sagte sie langsam, »bin ich im Gedränge am Hexagon mit Leuten zusammengestoßen. Ohne zu sehen, wer oder was es war – aber hinterher hatte ich Blut und ein paar Haare an der Tunika.« Sie zupfte an ihrem Gewand.

»Blut? Und – bist du sicher, dass es Menschenhaare waren?«

»Ich kann Menschenhaare von Schweineborsten unterscheiden.«

»Ist das noch zu sehen?« Er beugte sich vor.

»Arme Schauspieler haben zwar meistens nur eine Tunika, aber sie mögen nicht lange mit Blutflecken herumlaufen. Ich habe sie gewaschen.«

»Am Hexagon, sagst du? Nachmittags?«

»Kurz bevor wir uns begegnet sind. Auf dem Weg zur Mole und zum Leuchtturm. Und …«

Pacuvius sah, dass sie zögerte; als ob sie, dachte er, etwas zu überprüfen habe. Ob sie jemandem schaden konnte, indem sie das sagte, was ihr offenbar durch den Kopf ging. Er zwang sich, ruhig zu sitzen und keine Frage zu stellen. Zunächst jedenfalls.

Nach einer kleinen Pause setzte sie plötzlich ein seltsames, irgendwie verqueres Lächeln auf. »Was tut's denn dazu«, sagte sie, »er ist ohnehin tot, also … verletze ich keine Ungesetze, indem ich mit dem Gesetz spreche. Am nächsten Tag bin ich mit Batrax zusammen in Manlius' Karren zurück nach Rom gefahren. Batrax war vor Fieber mehr oder weniger bewusstlos. Als ich ihn aus dem Karren gehoben habe, hatte er Blut an der Decke, in die er gewickelt war. Und da er keine Verletzungen hatte …«

»… muss das Blut auf dem Karren gewesen sein. Willst du das sagen?«

Sie nickte.

»Was hatte er geladen? Außer euch?«

»Körbe mit Fisch, und ein paar Gefäße mit *garum.*«

»Fisch und *garum* sehen anders aus als Blut. Ich meine, das, was sie absondern.«

Nun lächelte sie wieder spöttisch. »Kluger Mann«, sagte sie. »Ich überlege, ob ich dich bewundern soll.«

Pacuvius blinzelte theatralisch. »Ich würde gern von dir bewundert und will das auch gern erwidern; ich weiß nur nicht, ob ich Ersteres verdiene und mir Letzteres leisten kann.«

Jetzt lachte sie beinahe fröhlich. »Wenn es nach Verdienst ginge, würde niemand bewundert, sondern jeder gepeitscht. Und – leisten? Ich weiß nicht, was du dir leisten kannst.«

Einen Augenblick lang rang er mit der Versuchung, etwas über Dinge zu sagen, die er sich leisten könnte, aber nicht leisten mochte, und über anderes, das er sich gern geleistet hätte, aber nicht leisten durfte. Oder sich nicht zu leisten wagte. Dann war die Versuchung verschwunden, verdrängt durch etwas anderes: die plötzliche Erkenntnis, dass er diese Frau begehrte. Nicht, wie er sie schon am Leuchtturm gewollt hatte, sondern anders, umfassender, tiefer. Bei ihr liegen, natürlich, aber nicht nur in den Körper, auch in den Geist eindringen, sie erfassen, sich von ihr erfassen lassen, reden, in den warmen Wellen ihrer Stimme baden. Er schloss die Augen; ihn schwindelte vor Gier.

»Ich könnte es mir leisten«, sagte er heiser, »dem einen oder anderen höheren Rang eine bestimmte Schauspieltruppe zu empfehlen. Für Feste, auf denen Gäste mit Geld unterhalten werden wollen. Ich könnte es mir aber auch leisten, hergelaufene Mimen in den Kerker werfen zu lassen, weil sie gemeinsame Sache mit den Feinden des Kaisers machen. Oder dafür sorgen, dass sie aus der Stadt gejagt werden.«

Sie setzte die Fäuste aufeinander, dass sie einen Turm bildeten, stützte das Kinn darauf und sah ihn von unten an. »Du hast dich gerade gegen etwas … anderes und für deine Pflicht entschieden, nicht wahr?«

Vielleicht täuschte er sich, aber er bildete sich ein, ihre Stimme habe nun weicher geklungen. Weil er ihr mit etwas gedroht hatte? Oder wegen dessen, was sie Entscheidung für die Pflicht nannte?

»Was meinst du damit?«, sagte er; seine Stimme war nicht mehr belegt.

»Was ich gesagt habe.«

»Ich glaube, wir könnten sehr lange sehr gut aneinander vorbeireden.« Er versuchte ein flüchtiges Lächeln und schüttelte dabei den Kopf. »Ziemlich anstrengend.«

»Vielleicht aber auch lohnend. Oder gar lustvoll. Reden, weißt du, können Schauspieler besonders gut. Ich wusste nur bisher nicht, dass es auch zu den Fähigkeiten von Offizieren der Kaiserwache gehört.«

Pacuvius hob die Brauen. »Wie kommst du auf die Kaiserwache?«

»Ein schlichter Büttel hütet nicht an einem Tag den Leuchtturm von Portus und ein paar Tage später die Wachstube hier. Ein einfacher Hüter der städtischen Ordnung kennt keine höheren

Männer mit Geld für teure Feste, und er kommt nicht auf den Gedanken, jemand könnte gemeinsame Sache mit den Feinden des Kaisers machen.«

»Was schließt du daraus?«

»Du gehörst zu einer besonderen Gruppe, die wie die Prätorianer mehr um den Kaiser als um die Ordnung auf den Straßen besorgt ist. Du hast dort einen Rang, der es dir erlaubt, einem Kohortenführer der Stadtwächter Befehle zu erteilen.«

»Hm.«

Korinna fuhr sich mit der Zunge über die Lippen. »Mächtiger Mann«, sagte sie mit weicher, schmeichelnder Stimme, »wichtiger Hüter des kaiserlichen Friedens – was, wenn diese Schauspielerin von deinem Anblick so hingerissen wäre, dass sie nur noch an die Wonne zu denken vermöchte, die deine Lenden ihr geben könnten? An die Lust, deinen zweifellos beträchtlichen Sold mit dir gemeinsam zu genießen?«

Pacuvius holte tief Luft. »Was soll das nun wieder?«

»Du solltest mir nicht drohen.« Ihre Stimme war plötzlich hart, fast metallisch. Während sie weitersprach, stand sie auf und schaute auf ihn herab. »Natürlich kannst du mich in ein Verlies werfen – aber was hättest du davon? Du würdest nie wissen, ob die kleine Schauspielerin, die dir unter Zwang etwas sagt, gerade Medea spielt oder Aphrodite oder Antigone. Oder Lysistrate, oder die Fürstin der Amazonen.«

»Melanippe?«, knurrte er. »Oder Penthesilea?«

»Deine Bildung wird dir vermutlich noch mehr Namen eingeben. Ich sage dir, was ich weiß. Manlius hatte Besuch von einem hohen Herrn – einem jener Sorte, wie man sie im Senat findet, aber nicht in Trans Tiberim. Dieser Mann hat ihm etwas gesagt, und Manlius behauptete später, er solle für ihn Fisch und *garum* aus Portus beschaffen, für ein Fest. An dem Tag, an dem Manlius wahrscheinlich gestorben ist, kam dieser Mann noch einmal durch unsere Straße, und bald danach einer, der in Portus vor dem *Schwertfisch* gestanden hat, als ich mit Manlius dort ankam. Mehr weiß ich nicht, und jetzt werde ich gehen. Ich habe keine Lust, mich von einem aufgeblasenen Tropf misshandeln zu lassen.« Sie wandte sich um und ging zum Hof.

»Bleib«, sagte er. »Bitte.«

Sie blieb stehen, schaute über die Schulter zurück, drehte sich aber nicht um. »Oh, er kann ›bitte‹ sagen.«

Pacuvius erhob sich und stützte sich auf den Tisch; mit beinahe – aber nicht ganz – gesenktem Kopf sagte er: »Er kann nicht nur ›bitte‹ sagen, er könnte dir auch einen Schluck Wein anbieten.«

Sie nickte, ohne ihre Körperhaltung zu ändern. »Könnte er neben Wein und honigtriefenden Reden, wie am Leuchtturm, auch ein paar Antworten auf Fragen absondern?«

»Was für Fragen?«

»Wenn ich denn schon zur Sicherheit des Imperiums beitragen soll, möchte ich wenigstens wissen, worum es eigentlich geht. Vielleicht fiele mir dabei etwas ein. Und – schick die anderen weg; sie müssen ja nicht ewig draußen warten, oder?«

Als Korinna ging, hatten sie so etwas wie ein vorsichtiges Einvernehmen erarbeitet. Sie würde sich in der Umgebung umhören, vor allem versuchen, etwas aus den Angehörigen und Sklaven des Manlius herauszubekommen. Protesilaos, sagte sie, werde ihr möglicherweise mehr sagen, als er Pacuvius mitgeteilt hatte. Wozu nicht viel gehörte, denn Pacuvius hatte von dem großen Nubier überhaupt nichts erfahren.

Der Schreiber kam zurück, als Pacuvius aufbrechen wollte.

»Die Liste der Posten in den letzten zehn Tagen, Herr«, sagte er. Dabei ließ er eine Papyrusrolle auf den Tisch fallen. Dem Gesicht des Mannes war zu entnehmen, dass er die Rolle am liebsten auf den Tisch geknallt hätte.

»Danke, mein treuer Gefährte. Eifer, verbunden mit Freundlichkeit, könnte dich noch weit bringen.«

Ohne sich weiter um die Miene und das unübersehbare, aber nicht vernehmliche Schnauben des Schreibers zu kümmern, stopfte

Pacuvius die Rolle in den Beutel zu den anderen Papyri mit den allzu vielen Namen und verließ die Wachstube.

Auf dem Weg zu Falcos Bad in der Nähe des Forums zerbrach er sich den Kopf über Korinna. Und darüber, ob er ihr nicht doch zu viel gesagt hatte. Weniger wäre besser gewesen, aber dann hätte sie nicht genug gewusst, um sinnvoll in ihrer Umgebung zu stöbern. Wahrscheinlich hätte sie ihn auch nicht angelächelt, am Schluss, wenn sie das Gefühl gehabt hätte, hingehalten zu werden. Für ihr Lächeln, sagte er sich, wäre er gern bereit gewesen, gefährliche Geheimnisse zu verraten. Ein Geheimnis – ein Lächeln? Wie viele Geheimnisse wögen dann wohl anderes auf? Zehn Verschwörungen – ein Beilager? Und es war angenehm gewesen, mit der Schauspielerin zu reden. Eine kluge, selbstständige Frau mit Witz. Witz und Wärme.

Dann dachte er an Die Andere: Hitze und Eis, manchmal Witz, aber niemals Wärme. Die Frau, die er am Abend sehen würde, unter Umständen, von denen niemand erfahren durfte, nicht einmal sein bester Freund, Alcimus. Niemand außer Umbricius und den Sklaven, die ohnehin Bescheid wussten.

Sie Rema zu nennen, war eine der letzten kühnen Taten ihres Vaters, ehe er unter der Herrschaft des Kaisers Antoninus Pius entmündigt wurde. Entmündigt werden sollte, genauer gesagt; in einem lichten Augenblick stürzte er sich ins Schwert, um dem Los zu entgehen, das man über ihn geworfen hatte. Das die ganze Familie verfinstert hätte – Flavier wie die Kaiser Vespasianus und Titus, und über seine Mutter, eine Ulpia, auch mit Traianus verwandt. Sein verwitweter Bruder, Senator und früherer Konsul, nahm sich der Schwägerin und ihrer Kinder Rema und Romulus an. Er hätte der angenommenen Tochter einen anderen Namen geben können, aber er duldete, dass man sie Roma, Remula oder Romula nannte oder auch Mora, »Die Verzögerung«, oder Mera, »die Unvermischte«, oder, später, Amer, »Ich möchte geliebt werden«. Alle Namen trafen irgendwann auf sie zu, wie jeder Name früher oder später jedem wie angemessen passt, der sich mit den Jahren ändert. Sie schien das Erwachsen hinauszuzögern, mischte sich kaum in Spiele oder Vergnügungen gleichaltriger Mädchen und genoss nicht besonders viel Zuneigung. Mit siebzehn wurde sie dem edlen Marcus Umbricius Telon zur Frau gegeben, zweimal kinderlos verwitwet, bei der Vermählung bereits zweiundfünfzig Jahre alt und ein wichtiger Mann. Inzwischen war er zweiundsechzig, noch wichtiger als zuvor und ebenso kinderlos.

Pacuvius dachte an eines der sonderbarsten Gespräche, die er je geführt hatte. Das heißt, geführt hatte Umbricius; Pacuvius hatte in unregelmäßigen Abständen verblüffte Geräusche gemacht und knappe Antworten gegeben. »Zwei Jahre«, dachte er; »erst oder schon oder ganze zwei Jahre?« Umbricius hatte ihn zu einem kleinen Fest geladen, an dem lediglich ein paar Offiziere sowie drei kaiserliche Berater mit ihren Gemahlinnen teilnahmen. Und Rema.

»Du gefällst ihr«, hatte Umbricius gesagt, als die anderen gegangen waren und er Pacuvius noch kurz in einen seiner Arbeitsräume bat, um dienstliche Dinge zu besprechen. »Und wenn ich deine Blicke richtig gelesen habe, hättest du sie gern ohne Rücksicht auf alle anderen Anwesenden entkleidet, um dich zwischen den Klinen mit ihr zu vergnügen.«

»Uh.« Mehr als dies hatte er nicht herausgebracht; was soll ein junger Offizier denn auch sagen, wenn ein Vorgesetzter etwas bemerkt und dieses Bemerken in völlig ungebührliche Worte kleidet?

»Ach ja, das heiße Blut der Jugend. Und abermals ach, das kalte Blut eines alten Mannes.«

Er erinnerte sich, dass er auf Entfernung aus Rom gefasst gewesen war, auf eine Strafversetzung, auf Vorwürfe wegen unbeherrschter Blicke. Und er hatte tapfer geschwiegen.

»Sie ist hinreißend, nicht wahr? Ihr verschwundener Bruder soll auch sehr schön sein. Manchmal frage ich mich, ob wirklich dieser alte vertrocknete Trottel von einem Ulpier die beiden gezeugt hat, oder vielleicht ein zu Besuch befindlicher phönizischer Händler, ein Pirat von der Küste Asiens, ein griechischer Tänzer und

Athlet … Aber vielleicht ist es das Blut der Mutter, die einer alten etruskischen Sippe entstammt. Nun ja. Hast du, während du in ihren Augen ertrunken bist, den Schwung ihrer Lippen bemerkt? Die geschmeidige Zunge?«

»Mmmmmm. Eh.«

»Das dachte ich mir. Es gibt, wie alle Krieger wissen, bei den Legionen immer Bedürfnisse, die über das hinausgehen, was die für Nachschub zuständigen Abteilungen gerade liefern können. Mancher Offizier versucht, derlei mit Gewalt zu unterbinden; andere und, wie ich meine, Klügere nutzen es, um Kenntnisse zu erlangen und die Truppe bei Laune zu halten. Es ist doch ohne jeden Zweifel förderlich, zu wissen, woher die Männer ihren … nun ja, Nachschub bekommen; und sicher zu sein, dass die Lieferungen von guter Qualität sind, nicht wahr?«

»Eh. – Ja. Gewiss, Herr.«

»Es freut mich, dass wir uns so mühelos verstehen.«

»Hnnn. Eh.«

»Natürlich ist immer darauf zu achten, dass derlei nicht von losen Mäulern zerredet wird. Aber … weißt du, wie ersprießlich es ist, eine kluge Frau an seiner Seite zu haben? Eine, die mit allen Feinheiten und Tücken vertraut ist, die zu Beginn eines Unternehmens bereits weiß, worauf später zu achten sein wird? Die sich mit allen Ränken ebenso auskennt wie mit, sagen wir, der Kunst, eine greise Wange zu streicheln? Angemessen zu streicheln, meine ich? Eine, vor der man keine Geheimnisse haben muss, nicht einmal, wenn es um Geheimnisse geht?«

»Uh.«

»Ein Jammer nur, dass mir die Götter offenbar versagt haben, dieses kostbare und köstliche Gefäß geziemend zu … füllen. Ich habe schon oft überlegt, ob ich nicht einen Sohn, sagen wir, den Sohn eines vertrauenswürdigen Vaters, als meinen eigenen annehmen soll. Es wäre doch ein beklagenswerter Umstand, zu den Göttern und Ahnen versammelt zu werden, ohne jemanden zu hinterlassen, der die Altäre pflegt und das Haus bestellt, nicht wahr?«

»Sehr beklagenswert, fürwahr, Herr.«

»Gut, gut. Ich sehe, wir verstehen uns. Nun denn; ich will dich nicht länger aufhalten. Solltest du die eine oder andere dringende Mitteilung zu machen haben, etwa zu einem Zeitpunkt, da ich bedauerlicherweise nicht erreichbar bin, magst du sie unbesorgt meiner edlen Gemahlin anvertrauen. Wie du wohl weißt, bin ich zuweilen geschäftlich unterwegs. Der Kaiser und andere Pflichten bringen es mit sich, dass ich ... sagen wir, einmal in zehn Tagen nicht in meinem Haus anzutreffen bin. Manchmal auch öfter. Oder seltener. Je nachdem.«

»Je nachdem, Herr? Ja.«

»Das könnte die richtige Antwort zur falschen Zeit gewesen sein, Pacuvius.«

»Ah.«

Er fand nie heraus, was der richtige Zeitpunkt gewesen wäre; dafür fielen ihm nach und nach viele falsche Antworten ein. Auf jeden Fall erschien es ihm geziemend, die Untertöne und Nebenbedeutungen zunächst unenträtselt zu lassen, während er dem dienstlichen Befehl gehorchte.

Dann fragte er sich eine ganze Weile überhaupt nicht mehr, es gab Angenehmeres zu tun. Vor allem dies: zu genießen, dass der dienstliche Befehl zweitrangig war, verglichen mit der freiwilligen Wonne, ihm zu gehorchen. Er hatte mit Rema Blicke gewechselt, getauscht, ausgetauscht; er hatte ihre Blicke bei sich behalten und stellte fest, dass sie die seinen aufbewahrt haben musste. Sie verbrachten eine alberne halbe Stunde damit, sich Behältnisse für Blicke auszudenken, Kästchen zur Hege der Erinnerung an Blicke, Dosen zur Aufbewahrung der Erinnerung an Erinnerungen, Listen mit Verzeichnissen der Blicke und Erinnerungen und Zweit-Erinnerungen ...

Neben dem, was sie austauschten, hatten beide noch ihre eigenen Horte. Jedenfalls nahm Pacuvius dies von Rema an, weil er es von sich wusste. Horte des Erinnerns, ungreifbare Truhen voller Kostbarkeiten: die ersten unbeholfenen Worte (peinlich im Mund, schmerzlich im Ohr, köstlich im Gedenken), die Berührung der Lippen an einem heißen Tag, da beide kühles Wasser mit wenig Wein getrunken hatten und einander Tropfen davon gaben; das Schaben und Gleiten von Leinen auf erregter Haut, an einem jener Tage, da Dringlichkeit Remas teure Gewänder fallen ließ, noch ehe die Sklavin den Raum verlassen hatte; der Duft ihres Geschlechts, der Geschmack ihres Nektars auf seiner Zunge; der bergende Ring ihrer Lippen; die vielen namenlosen Arten des Berstens; Gischt sein auf einer Woge flüssigen Feuers. Manchmal träumte er wachen Auges davon, ein Bild zu malen, das für die Ewigkeit nicht nur den gedämpften Sonnenstrahl eines bestimmten Spätnachmittags auf ihrer Brust bewahren würde und die Schattenkuppe auf dem Laken, sondern auch den Ruch und das Seufzen und den Wunsch, aus Meilen reibender und geriebener Haut zu bestehen. Aber es fehlte ihm die Fähigkeit, die Ausführung eines solchen Bildes auch nur zu ahnen.

Und noch etwas fehlte: Zeit für Worte. Von Anfang an machte sie ihm klar, dass einige – sicher die Sklavin, wahrscheinlich Azumu – im Haus eingeweiht seien, die anderen tunlichst nichts erfahren sollten, damit der Ruf des Herrn nicht besudelt werde. Deshalb durften die Besuche nie lange währen: nicht länger, als dies zur Erstattung eines für Umbricius bestimmten Berichts und den Austausch der gewöhnlichen Höflichkeiten nötig war. Den zweiten Grund für die Beschränkung der Dauer nannte sie beim dritten Beisammensein, als er neben ihr lag und sie sich halb aufrichtete, um ihrem Finger zuzusehen, der die Linien seines erschöpften Mundes nachzog. »So ist es gut«, murmelte sie. »Lauteres Fleisch; wenn auch etruskische *haruspices,* gewisse Priester oder die Hüterinnen des Feuers sagen würden, dass Fleisch nicht lauter sein kann. Ich will dich atmen und trinken und in mir spüren, aber du darfst nicht meine Seele berühren, hörst du? Lust, aber keine Liebe. Du weißt, wem ich gehöre.«

Er wusste, und er wusste auch, dass zur Berührung der Seelen der Austausch inniger Kenntnisse gehörte, Wörter und Gedanken und Erinnerungen und die Welt. Er ahnte, dass Umbricius mehrere

Zwecke sinnvoll zu verbinden suchte. Einer war sicherlich in den Worten enthalten, die ein älterer Mann in einem Stück von Plautus zum Vergnügen der Zuschauer gesagt hatte: »Wenn ich weiß, mit wem meine Frau schläft, brauche ich mich nicht zu fragen, mit wem sie schlafen könnte.« Der zweite Zweck war, eine schöne junge Frau bei Laune zu halten. Der dritte? Gaius Pacuvius zu fesseln, verfügbar und gefügig zu machen. Er ließ es sich gern gefallen – so gern, dass er darauf verzichtete, sich (oder gar Rema) zu fragen, ob Umbricius noch andere Mitarbeiter zu dieser Form von Erstattung geheimer Berichte anhielt.

Etwas von der bitteren Süße, die ihre erlesenen Salben und Öle dem Körper gaben und die sie auf dem Lager verströmte, war immer in seinen Gedanken, wenn er sich mit ihr beschäftigte. Auch nun, da er einen kleinen Umweg machen wollte, um den Beutel mit den Namenslisten in seiner Unterkunft zu verstauen. Vielleicht war es weniger die Süße als die Bitternis, die ihn dazu brachte, plötzlich seine Pläne zu ändern, nicht die Unterkunft aufzusuchen, sondern die Listen mit in Falcos Bad zu nehmen.

Alcimus war noch nicht da. Pacuvius stieg hinauf zu den Räumen des Besitzers, der ihm einige Gefallen schuldete, und bat ihn, »gewisse Dinge« für ihn aufzubewahren. Falco stellte keine Fragen; er nahm den Beutel, blinzelte schnell, öffnete eine Truhe, schüttelte den Kopf und stellte den Beutel neben die Truhe auf den Boden.

»Wenn jeder ihn sehen kann«, sagte er, »hält niemand ihn für wichtig.«

»Er ist nicht wichtig«, sagte Pacuvius.

Falco grinste. »Sowieso. Ein Schluck Wein vor dem Bad?«

Sie sprachen über das Wetter und den ersehnten Beginn der Wagenrennen nach der Sommerpause. Pacuvius trank einen halben Becher mit Wasser und Wein, wünschte Falco gedeihliche Geschäfte und ging hinunter in die Badehalle.

Von dem riesigen, muskelbepackten Badesklaven ließ er sich die schmutzigen Gewänder abnehmen und begab sich kurz in die Schwitzkammer. Danach säuberte der Sklave ihn mit Schwamm,

Bürste und Striegel, wobei sie ein paar Worte wechselten. Wenn Alcimus schon da gewesen wäre, hätten sie einander gestriegelt und Geld gespart; aber eigentlich kam es darauf nicht an. Außerdem war Pacuvius in Gedanken unterwegs von Korinna zu Rema und zurück. Und während er zuerst ins lauwarme Wasser, dann wohlig ächzend ins heiße Becken stieg, entwarf Pacuvius ein paar Fragen, die jemand in Portus stellen sollte. Batrax?

Draußen sank die Sonne bereits; der Sklave entzündete ein halbes Dutzend Fackeln, als endlich Alcimus erschien. Nach kurzem Reiben und Striegeln glitt er zu Pacuvius ins Becken.

»Haben dir die Götter einen erträglichen Tag beschieden?«, sagte er.

»Nicht ganz.«

Alcimus musterte ihn mit schmalen Augen. Plötzlich lachte er. »So, wie du aussiehst, wollte die schöne wilde Frau nicht mit dir wild sein, oder sie unterzog sich gerade der flüssigen Unberührbarkeit. Die Schauspielerin … Stimmts?«

Pacuvius grinste matt. »Freunde sind eine üppige Schwelgerei, die man sich nur leisten kann, wenn man nichts zu verbergen hat. Erzähl. Was hast du herausbekommen?«

Alcimus tauchte ganz im heißen Wasser unter, bis Pacuvius nach dem dunklen Fleck langte, der unter den Kräuselwellen waberte, und den Freund am Haar hochzog. »Reden sollst du, nicht dich ertränken.«

Alcimus rieb sich die Augen frei. »Wenn ich mich eines Tages ertränke«, sagte er versonnen, »dann bestimmt nicht in Wasser, in dem du die Wonne längeren Verweilens genossen hast. Falerner sollte es schon sein, oder ein mindestens drei Jahre alter Wein aus Rhodos.«

»Und abgesehen davon?«

»Nicht viel. Wir haben noch einmal alle Namen überprüft. Nicht besonders aussichtsreich, aber was soll man sonst tun? Abgesehen vom toten Manlius und anderen Händlern gab es ein paar kostbare oder anstößige Namen, aber nichts, was uns weiterhelfen könnte.«

»Was meinst du mit kostbar und anstößig?«

Alcimus versuchte, sich ein paar Atemzüge lang auf dem Rücken treiben zu lassen. »Ach«, sagte er, »ein Fisch müsste man sein, mit kräftigem Schwanz.«

»Verwechselst du da nicht etwas?«

»Mag sein.« Alcimus gluckste. »Also, die kostbaren Namen. Der Krieg ist ja noch nicht zu Ende, aber die Waffen des Imperiums haben so gut wie gesiegt. Im Winter werden die Unterhändler damit beschäftigt sein, all das, was die Parther uns nicht geben wollen, mit dem abzugleichen, was wir den Parthern nicht lassen mögen. Und im späten Frühjahr oder frühen Sommer kommen Lucius Verus und seine edlen Feldherren her, und dann gibt es einen doppelten Triumph.«

»Ich lausche. Was ist daran neu?«

»Wart ein Weilchen. Geduld, mein Freund. Doppelter Triumph, sagte ich, weil der Mit-Kaiser natürlich nicht allein triumphieren kann. Lucius Verus hat den Krieg für Marcus Aurelius geführt, also wird Marcus Aurelius ebenfalls triumphieren.«

Pacuvius schloss die Augen; beinahe weinerlich sagte er: »In Wahrheit hat sich Lucius Verus im Bett dieser, wie heißt sie noch, Panthea gesuhlt, während die Legaten Statius Priscus und Avidius Cassius die Adler zum Sieg führten. Das weiß ich. Was ist neu und wesentlich? Was hast du heute herausgefunden? Oder sind das nur Reden, die verdecken sollen, dass du nichts gefunden, eh, nichts getan hast?«

Alcimus schob die Unterlippe vor. »Du zerzaust mein feines Gemüt.«

»Wenn gleich unter Wasser etwas nach deinen Bällchen greift und sie verdreht, solltest du nicht klagen.«

»Ei, grober Mann. Nun denn, lausche. Da der Krieg so gut wie gewonnen und mehr oder minder beendet ist, brauchen wir vermutlich nicht nach gedungenen Mördern im Auftrag des großen Vologaeses zu suchen. Das ist die gute Überlegung. Die schlechte ist: Wir suchen weiter nach Meuchelmördern, ohne zu ahnen, wer sie geschickt haben könnte. In diesem Zusammenhang müssen wir die Namen abermals durchgehen. Und gewisse bedeutende oder unbedeutende, kostbare oder anstößige Namen ausscheiden.«

»Ah. Kommt es jetzt endlich?«

»Wem?« Alcimus kicherte schrill. »Er kann nicht warten, der Kleine, wie? Zu den Gästen, die in den vergangenen Tagen vom Hafen zur Stadt gefahren sind ...«

»Gäste? All die Politiker und Verwalter, oder wer?«

»Der Präfekt, Iunius Rusticus, ist ein vorbedächtiger Mann. Er hat sich gesagt, wenn es denn im Frühjahr einen Doppeltriumph gibt, sollte man im Herbst mit den Vorbereitungen beginnen. Deshalb hat er bedeutende Männer eingeladen. Den Historiker Appianos aus Alexandria, zum Beispiel, der wohl eine Preisrede halten soll, in der Marcus Aurelius und Lucius Verus den Helden der heroischen Jahre gleichgestellt werden. Du weißt schon, Scipio und Fabius und Mucius Scaevola und wahrscheinlich Themistokles, wenn nicht gar Achilles.«

»Schlimme Vorstellung. Wer noch?«

»Herodes Atticus und Alkiphron aus Athen. Lukianos aus Samosata. Apuleius aus Madaura. Vielleicht kommt sogar noch der alte, ruhmreiche Kartograf Ptolemaios aus Alexandria.«

»Alles, was gut und teuer ist, wie? Und die sind alle gekommen?«

»Herodes und Alkiphron fehlen wohl noch; sie werden aber wohl nicht über Portus kommen, sondern von der anderen Seite – Brundisium, und ab da über Land. Ferner ...«

Alcimus spuckte eine längere Reihe von Namen aus: bedeutende Musiker, große Tänzer, herrliche Athleten, Ärzte, Baumeister, Sänger ... Schließlich sagte er: »Die meisten sind schon da und werden den Winter über miteinander streiten und mit den von Rusticus für die Triumphspiele Beauftragten zanken. Es sind aber auch andere gekommen, die nicht in den edlen Unterkünften für Gäste von Volk und Senat wohnen werden.«

»Sag es, teurer Freund, dass ich es endlich wisse.«

»Britannische, germanische und mauretanische Fürsten, die

beim Kaiser Klage gegen diesen und jenen Provinzverwalter führen wollen. Und« – Alcimus verzog den Mund – »ein paar von den Unduldsamen.«

»Ah.« Pacuvius nickte. »Unsere besonderen Freunde.«

»Genau. Jene, die sich nicht damit begnügen, ihren Gott zu preisen, der den anderen Göttern vermutlich nicht überlegen ist, sondern die seine Bedeutung dadurch mehren zu müssen meinen, dass sie Iuppiter und Venus und die Vestalinnen, Teutates und Kybele und Isis und alle anderen herabsetzen.«

»Und du meinst ...?«

Alcimus wandte sich ab und näherte sich den Stufen, die zum Übergang Richtung Kaltwasserbecken führten. »Komm. Ich weiß nicht, ob ich meine; aber wenn die Parther als Meuchelmörder ausfallen, wären doch die Christen die beste zweite Wahl, oder?«

»Ist jemand dabei, von dem wir etwas wissen?«

»Iustinus.«

»Ist er lebensmüde? Er weiß doch, dass man ihn sucht.«

»Brrrr.« Alcimus schüttelte sich, als er ins kalte Wasser glitt. »Es belebt, aber – brrr. Iustinus dagegen ... nur brrr. Ich glaube, die sind alle verrückt. Von ihrem Gott behaust wahrscheinlich. Sie bilden sich ein, wenn sie wegen ihres Glaubens sterben, kommen sie schneller in die elysischen Gefilde, oder was immer dem bei ihnen entspricht.« Dann kicherte er. »Sie sind gegen Tieropfer, und um das zu bekräftigen, opfern sie Menschen. Sich selbst. Falls man sie als Menschen bezeichnen kann. Oder sind sie doch Tiere?«

»Also Iustinus ...«

»Nicht voreilig sein.« Alcimus hob die Hand. »Was immer unsere hohen Herren denken – ich glaube, Iustinus und seinesgleichen sind zu ... ja, zu was? Zu dumm? Zu stur? Also, jedenfalls kann ich mir nicht vorstellen, dass sie sich etwas davon versprechen, den Kaiser zu töten. Ich glaube, ihnen liegt mehr daran, selbst möglichst schnell getötet zu werden, um ein Zeichen zu setzen und zu ihrem Gott zu gelangen.«

»Was für ein Zeichen?«

Alcimus breitete die Arme aus, ließ sie dann sinken und patschte mit beiden Händen aufs Wasser. »Ich weiß es nicht. Vielleicht wollen sie eine Fackel sein, die weithin sichtbar lodert, zum Ruhm ihres Gottes und als Ratschlag für alle, die schnell aus dem Leben gehen wollen, aber zu feige sind, sich ins Schwert zu stürzen. Sie brauchen ja nur diesen seltsamen Glauben anzunehmen und durch Unduldsamkeit den Frieden des Reichs zu stören, dann erledigen wir alles Weitere.«

Pacuvius stieg aus dem Becken. Der muskulöse Badesklave näherte sich mit Tüchern und einem Brett, auf dem er Töpfchen und Tiegel trug.

»Was hast du dem da gesagt?«

Alcimus legte ihm die Hand auf die Schulter. »Ich habe ihm gesagt, dass der edle Herr Pacuvius gut riechen möchte, weil er sich unter hohe Herren, zwischen ihre Gäste und auf ihre Frauen begeben will.«

»Habe ich dir schon gesagt, dass du unmöglich bist?«

»Heute noch nicht. Und wie war dein Tag?«

Während der Sklave und ein weiterer, weniger kräftiger Mann sie abrieben, salbten, betupften und ihnen in frische Gewänder halfen, berichtete Pacuvius von den eher unergiebigen Stunden in Trans Tiberim, von der Liste mit sämtlichen Posten, die an den beiden Toren Dienst getan hatten und anhand derer man vielleicht würde feststellen können, wer wann bei welchem Vorfall gegen Geld weggeschaut hatte.

»Immerhin, ich habe diese Schauspielerin wiedergefunden«, sagte er zum Schluss. »Und den Jungen mit dem Kormoran. Er wollte zuerst freche Forderungen stellen; nachher hat sie mit ihm geredet, und jetzt ist er bereit, für ein paar Sesterzen noch einmal die Unterseite von Portus zu betrachten.«

»Da wir von Sesterzen reden – heute bist du mit dem Bezahlen dran.«

Der riesige Sklave kritzelte auf einem Wachstäfelchen herum; dabei murmelte er: »Zweimal Eintritt – zwei halbe As. Zweimal Öl und

Salbe und Behandlung – zwei Sesterzen. Zweimal Schurz und Tunika reinigen – zehn Sesterzen. Zwölf Sesterzen und ein As, Herr.«

Pacuvius gab ihm viereinhalb Denare – vierzehn Sesterzen – und bat ihn, die heutigen Gewänder ebenfalls zu reinigen.

Alcimus schwieg, bis sie das Bad verlassen hatten und auf der dunklen Straße nicht weit südlich des Forums standen. »Also, Manlius hatte hohen Besuch?«, sagte er dann. »Und dieser hohe Herr war in Trans Tiberim, an dem Tag, an dem der Fischhändler gestorben ist?«

»Oder am Tag davor – je nachdem, wann er …«

»Ah, ich vergaß zu erwähnen, dass Manlius sich nicht bei einem Unfall den Hals gebrochen hat.«

Pacuvius hielt den Freund am Arm fest und versuchte, im Dunkeln die Miene zu lesen. »Was willst du damit sagen?«

»Er hatte Würgemale am Hals.«

»Was heißt …«

Alcimus antwortete nicht sofort. Über die von Mond, Sternen und wenigen beleuchteten Fensteröffnungen kaum erhellte Straße rasten zwei zweispännige Wagen; die vermutlich jungen Lenker ließen Peitschen knallen und schrien einander Aufmunterungen oder Herausforderungen zu.

Pacuvius und Alcimus brachten sich mit hastigen Schritten in Sicherheit. Pacuvius schnalzte leise.

»Halsbrecherisch«, knurrte er.

»Genau.« Alcimus lachte. »Was heißt, dass jemand Manlius den Hals gebrochen hat. Mit Absicht und, nun ja, Schwung.«

»Das will bedacht sein.« Pacuvius kaute ein paar Atemzüge lang unschlüssig auf der Unterlippe. Dann hob er die Schultern. »Es muss aber nicht sofort bedacht werden. Kommst du mit?« Er steckte zwei Finger in den Mund und stieß einen schrillen Pfiff aus.

»Wohin?«

An der nächsten Ecke lungerten ein paar Straßenjungen; nach kurzem Gebalge setzte einer sich gegen die anderen durch und kam keuchend angerannt.

»Die Herren?«

»Die Herren wünschen Licht.« Pacuvius kramte in der Börse, die am Gürtel hing. »Eine Fackel. Geld gibt's am Ziel.«

Der Junge verzog das Gesicht, soweit im Dunkel und unter der Schmutzschicht, die ihn zierte, etwas zu sehen war.

»Ja, Herr. Sofort.«

Er lief zurück zu den anderen. Offenbar galten die Männer nun, da er sich einmal durchgesetzt hatte, als seine Beute; jedenfalls gab es kein weiteres Balgen. Mit einem langen Gegenstand in der Hand verschwand er in einer der zahlreichen Garküchen und erschien sofort wieder mit einer glimmenden Fackel, die schnell aufloderte, als er sie hin und her schwenkte.

»Wohin?«

Pacuvius nannte ihm eine Straße am Nordhang des Quirinalis; dann wandte er sich an Alcimus.

»Umbricius hat Gäste; wenn es etwas zu berichten gäbe, sollte ich ihn aufsuchen und kurze Zeit stören.«

Alcimus schnaubte. »Hast du vor, ihn zu stören? Oder eine der edlen Frauen dort?«

»Beides.«

»Was war mit deiner Schauspielerin?«

»Eben.«

»Hah. Erregt, aber ergebnislos, sodass jetzt ein anderes Ziel gesucht werden muss?«

»Was heißt hier Ziel?« Pacuvius legte den Finger an die Lippen; mit der anderen Hand deutete er auf den jungen Fackelträger, der ein paar Schritte vor ihnen ging.

Alcimus trällerte eine dürre Melodie; als ihm die Töne ausgingen, räusperte er sich. »Also, was Ziele angeht – der Knabe wühlt sich dann demnächst durch den Dreck von Portus, richtig? Und die Frau?«

»Wühlt nicht.«

»Lässt sie sich denn … eh, zerwühlen?«

»Das wird, fürchte ich, eine lange Belagerung.«

»Belagerung?« Alcimus schnalzte. »Einst wird kommen der Tag, da das heilige Troja hinsinkt; oder so ähnlich. Vielleicht kannst du ja den Jungen mit dem Kormoran als Widder nutzen, Tore einrammen, so etwas.«

»Trojanischer Kormoran?«

»Ei, fürwahr, und vergiss nicht die Form des Schnabels.«

Pacuvius schnippte mit Daumen und Zeigefinger. »Ehe ich das vergesse – eigentlich wollte ich Korinna und den Jungen selbst nach Portus bringen; ich werde aber vielleicht nicht können, je nachdem, was hier heute Abend zu bereden ist. Je länger ich darüber nachdenke, mag ich sie aber nicht irgendwem anvertrauen.«

»Ich sehe schon, worauf es hinausläuft. Teurer Freund Alcimus – alter Trottel Alcimus – schnapp dir einen Wagen und fahr hinaus, ja?«

»Genau. Sperr die Ohren auf; ich sage dir jetzt ein paar Fragen, die in Portus gestellt werden sollten.«

Marcus Umbricius Telon lag noch mit einigen edleren Gästen zu Tisch, als die beiden jungen Männer eintrafen. Sklaven empfingen sie an der Tür mit einem Begrüßungstrunk, zwei Bechern heißen, gewürzten Weins, nahmen ihnen die Umhänge und Sandalen ab, baten sie, in Becken mit duftendem Wasser die Füße zu erfrischen, gaben ihnen weiche Haussandalen und führten sie dann über dicke Matten in die von Menschen und Licht überfüllten Räume.

Die silbernen Spiegel und der helle Marmor der Wände blendeten sie zunächst, nach dem Gang durch die dunkle, von Karren und schnellen Wagen verheerte Stadt. Fackeln und Öllampen, kleinere Lichter in allen Nischen, ein loderndes Feuer im zweiten Innenhof: Überall glomm, glitzerte und glänzte es, und im Gewirr der Stimmen von weit mehr als hundert Gästen gingen die Mühen einiger Musiker unter.

Alcimus und Pacuvius verständigten sich mit Blicken. Um das Wasserbecken im dritten Innenhof saßen einige Männer aus dem Stab der Prätorianer; Alcimus blinzelte und begab sich zu ihnen, während Pacuvius sich an Umbricius' obersten Sklaven Azumu wandte.

»Der Ehrwürdige erwartet mich.« Er musste es beinahe brüllen, um den Lärm der Gäste, Musiker und Gaukler zu übertönen.

Der riesige Nubier kratzte sich den Kopf. Die Lippen kaum eine Handbreit von Pacuvius' Ohr entfernt, sagte er: »Umbricius Telon Venerabilis befindet sich noch bei den Hauptspeisen; und er hat gewichtige Gäste.«

Pacuvius lächelte. »*Gewichtige* Gäste?« Er kannte den Nubier lange genug, um zu wissen, dass solche Wendungen keineswegs sprachlicher Unbeholfenheit zu danken waren. »Haben sie zu viel gegessen, oder sind sie satt von Einfluss?«

»Feiste Wölfe.« Der Nubier schmatzte. »Und ruhmreiche Namen. Sehr schlecht zu stören, junger Pacuvius.«

»Nenn mir einige der Namen, damit ich weiß, wem ich meine Zeit opfere. Ach, nebenbei, ist es eine besondere Feier?«

»Die neue Besitznahme des Hauses nach langen Tagen der Abwesenheit. Und ...«

»Aber er ist doch schon lange wieder zurück.«

»Er, ja, aber die meisten Gäste nicht; deshalb hat er beschlossen, so zu tun. Du weißt, wer den Sommer in der Stadt verbringt, hat entweder schlechte Gründe oder kein Geld. Beides würde dazu führen, dass man ihn nicht länger als Venerabilis betrachtet.«

Pacuvius nickte, ohne eine Miene zu verziehen.

Azumu nannte einige Namen; Statthalter, Legaten und Senatoren waren dabei, Quintus Avidius Cassius, der Bruder des gegen die Parther kämpfenden Unterfeldherrn des Mit-Kaisers, ein Septimius »mit einem jungen Verwandten« – Pacuvius schaute sich um, sah den Mann aus Leptis aber nirgends –, Berater des Kaisers, zwei Ehrwürdige aus dem Kollegium der *haruspices,* der Stadtpräfekt Iunius Rusticus und einige Gäste, die dieser mitgebracht hatte, darunter die gepriesenen Dichter Lukianos und Apuleius. Später werde ferner eine Mimentruppe, die Agoraphonier, die Gäste zu betrüben suchen.

»Ich sehe ein, dass ich mich nicht in einen solchen Kreis drängen darf.« Pacuvius tat, als müsse er überlegen. »Dann will ich der Herrin des Hauses meine Grüße entbieten – wenn sie nicht auch unter Dringlichkeiten schmachtet.«

Azumu fuhr sich mit der Hand über den Mund. »Ihr Schmachten erlitte vermutlich gern eine Unterbrechung.« Er winkte einer vorübereilenden Sklavin. »Sie wird dich zu ihr geleiten. Sollte ich, vielleicht nach Ablauf einer längeren Weile, dem Herrn etwas über dringliche Nachrichten ins Ohr flüstern?«

»Flüstre, o edler Azumu; und flüstre auch, dass es ebenfalls den Präfekten fesseln könnte, das zu vernehmen, was ich zu sagen habe.«

Etwas von der bitteren Süße des Körpers und der Gedanken schwebte in Remas Raum, wie eine ferne Spur, vielleicht eher ein Gerücht als ein Geruch. Pacuvius setzte sich in einen Scherenstuhl, streifte die Haussandalen ab und ließ die Zehen im dicken, flauschigen Teppich schwelgen. Das Geschenk eines arabischen Händlers an Umbricius für die Vermittlung eines guten Geschäfts, hatte sie erzählt.

Schwere Vorhänge verschlossen die Fensteröffnungen zum Garten, und ein kaum spürbarer Luftzug, der aus dem Gang kommen musste, ließ die Flammen der beiden kleinen Öllichter tanzen. Schatten wie aus winterlicher Trägheit aufgeschreckte Schlangen.

Die Herrin weile bei den edlen Gästen, hatte die Sklavin gesagt; Pacuvius möge sich ein wenig gedulden. Er geduldete sich, indem er an die Schauspielerin dachte. Und daran, dass er mit ihr im Verlauf der beiden kurzen Begegnungen mehr geredet zu haben meinte als mit Rema in zwei Jahren. Unsinn, dachte er, als er sich bei der Überlegung überraschte, Korinna habe vielleicht ihren Körper ganz dem Mimus hingegeben, sodass für ihn nichts als Worte bleiben könnten. Eine Frau nur Körper, die andere nur Rede. Ob sie eine andere Bitternis besaß, eine andere Süße?

Dann hörte er Schritte auf dem Gang, aber es waren nicht die leichten, fast einem Vogelflug ähnelnden Bewegungen der Frau.

Umbricius trat ins Zimmer, erfasste mit einem schnellen Blick die nackten Zehen und den Teppich und die abgestellten Sandalen und das breite, mit losen Decken belegte Bett wenige Schritte rechts von Pacuvius; er nickte, als habe man ihm etwas bestätigt, und winkte ab, als Pacuvius aufsprang und die Hand an die Brust legte.

»Bleib sitzen«, sagte er. »Und bald wird es für deine Hände eine bessere Brust geben.«

Wieder empfand Pacuvius sprachlose Ratlosigkeit; wie damals, wie fast immer, wenn Umbricius von Rema sprach. Er verzichtete darauf, den Mund zu einer Antwort zu öffnen, die ihm ohnehin erst in zwei Stunden einfallen würde.

»Was hast du zu berichten? Schnell; ich mag die Gäste nicht warten lassen. Die Einzelheiten sag ihr, später.«

»Ja, Herr.« Pacuvius räusperte sich. Mit nackten Füßen auf dem Teppich kam er sich lächerlich vor. Einen Atemzug lang war er versucht, mit den Zehen nach den Sandalen zu tasten; dann drängte er diese Versuchung beiseite, da ein derartiges Gehampel noch lächerlicher gewesen wäre.

»Eine Mitteilung für den Präfekten«, sagte er mit etwas rauher Stimme. »Der Christ Iustinus ist zurückgekehrt.«

Umbricius fuhr sich mit der Hand über den kahlen, von grauen Borsten umzingelten Schädel. »Ah. Der unduldsame Aufwiegler. Weiß er denn nicht, was ihn erwartet? Doch, er wird es wohl wissen, aber … nun ja. Weiter.«

Pacuvius gab einen knappen Bericht über seine Tätigkeiten in den vergangenen Tagen; schließlich sagte er: »Wenn du gestattest, Herr …«

»Ich gestatte; wenn es schnell geht.« Umbricius zupfte an der Toga, die über dem linken Arm lag wie ein gefrorener Wasserfall. »Lästiges Zeug. Sprich.«

»Warum all das?«

»Warum was?«

»Warum schickst du mich nach Portus und jetzt nach Trans Tiberim? Edle Reisende schützen können auch andere. Nur wegen eines Fischhändlers? Nichts, was ich dort finde, ist uns wirklich neu; alles, was ich herausgefunden habe, hätte ich auch von hier aus ermitteln können.«

Umbricius schnaubte. »Du irrst, Knabe. Vielleicht hättest du – mithilfe von Alcimus und anderen – alle Einzelheiten, die du weißt, in Erfahrung bringen können. Und sie sind eher karg, nicht wahr? Du wirst noch ein wenig wühlen müssen. Aber« – er deutete mit dem rechten Zeigefinger auf Pacuvius' Brust – »du und ich, wir wissen nun etwas, sogar einiges, was wir sonst nicht gewusst hätten.«

»Was denn?«

»Dass dieser, wie heißt er, Marullus? Dass Marullus bestechlich ist und Bettler und Betrunkene ausplündert. Dass dieser alte Centurio im Leuchtturm mehr weiß, als man erwarten sollte. Dass die Wächter in Portus und auch in Trans Tiberim nicht so arbeiten, wie sie sollten.«

»Dann bin ich …«

»Genau, du bist.« Umbricius deutete ein Lächeln an. »Du bist dazu da, Dinge zu ermitteln und gleichzeitig festzustellen, wie es mit der Wachsamkeit und Tugendhaftigkeit unserer Leute steht. Wenn alles vorbei ist, werden einige nicht mehr das tun, was sie bisher getan haben.«

»Was werde ich dann tun, Herr?«

»Was du bisher so trefflich getan hast. Oder etwas Neues.« Umbricius schloss die Augen halb. »Seit mehr als einem Jahr versuche ich, von Rusticus und dem Kaiser die Zustimmung zu einem großen Säubern zu erhalten. Die Unterwelt, weißt du – die scheußliche Welt der unterirdischen Kanäle, in denen der Abschaum aller Verbrecher haust.«

»Ich weiß. Rema hat davon gesprochen. Sie schien … scheint sich bedroht zu fühlen.«

Umbricius nickte. »Ein Nebenkanal der großen Cloaca verläuft nicht weit von hier, und manchmal steigt nachts das Gesindel heraus und plündert Gärten oder überfällt Häuser. Nun denn.« Er legte den Finger an die Nase. »Ich werde mit Iunius Rusticus über dies und das und den Aufwiegler Iustinus sprechen … Rema unterhält sich eben mit ihm; vielleicht bringt sie dir gleich schon Anweisungen. Alles andere soll weitergehen wie bisher.«

Mit einem knappen Nicken verschwand er wieder im Gang.

Pacuvius ließ sich auf den Scherenstuhl sinken. »Eigentlich«, sagte er sich, »hätte ich mit so etwas rechnen müssen. Dass er die Ermittlungen gleichzeitig zur Überprüfung der Ordner und Wächter nutzt. Aber von ihm nichts Neues über den Kaiser? Nicht einmal, ob er noch immer in Alsium weilt?«

Endlich. Die hurtigen, leichten, den Boden eher liebkosenden Schritte. Dann trat Rema durch die offenen Vorhänge vom Gang ein; mit ein paar gemurmelten Worten – Etruskisch, soweit Pacuvius etwas hören konnte – wies sie die Dienerin wahrscheinlich an, die Vorhänge zuzuziehen und dafür zu sorgen, dass niemand sie störte. Dann kam sie zu ihm, und noch ehe er hatte feststellen können, ob ihr Lidschatten wirklich von jenem leuchtenden Blau war, das manche ägyptischen Gefäße zeigten, verschwand ihr Kopf in der mit Goldfäden durchwirkten Tunika, die sie nach oben abstreifte. Als sie ihn erreichte, ließ sie das Obergewand bereits fallen, legte die Hände an seine Hüften und streifte seinen Mund mit den Lippen.

»Du«, sagte sie halblaut. »Endlich. Du siehst besorgt aus.« Sie trat einen halben Schritt zurück und musterte sein Gesicht.

Er versuchte, in ihren dunklen Augen zu lesen; darüber vergaß er die Lidschatten. Er sah die schmale Nase, die sich in einem Lächeln kräuselte, den Mund, der sich im gleichen Lächeln glättete, und er roch die bittere Süße irgendwo oder überall unter den gekreuzten Tuchstreifen, die die Brüste verbargen und den schmalen weißen Leibschurz hielten. Sie hob die Arme, um die goldene Spange zu lösen, mit der die Streifen im Nacken aneinander befestigt waren, und er sah das halbmondförmige Mal unter der linken Brust und die enthaarten Achseln und fragte sich, ob Korinna …

Aber dann fragte er sich nicht mehr, denn Rema war nackt und schlank und die Göttin aller Gier. Sie half ihm, die Tunika über den Kopf zu ziehen; dabei sagte er undeutlich: »Nicht besorgt, nur ein wenig ratlos.«

»Ich habe Rat für dich.« Sie legte die Hände auf seine Schultern und drückte ihn ganz leicht nach unten.

Er kniete vor ihr, auf dem dicken Teppich, nur noch mit dem Schurz bekleidet; sie stellte den linken Fuß auf einen kniehohen Schemel aus schwarzem Holz; er legte die Hände an ein Knie, einen Knöchel, mit Lippen und Zunge folgte er dem abgespreizten Oberschenkel langsam, langsam hin zum Quell all der bitteren Süße, und sie vergrub die Finger in seinem Schopf und sagte: »Ah, gut. So lange her. Wir müssen vorsichtig sein.«

Es gelang ihm, ein fragendes Geräusch zu machen.

»Meine Haare sollten nicht zu unordentlich sein, danach.«

Schwach erinnerte er sich an einen aufgesteckten, durch Spangen und Schleifen gezierten härenen Turm, während er sie sagen hörte: »Iunius Rusticus sagt – ein bisschen fester –, er wird seine *vigiles* anweisen – uh, anweisen –, diesen Iustinus und seine Gefährten zu verhaften. Hmmmm. Wenn du Iustinus zufällig siehst, sollst du – gut so, weiter – ihn festnehmen und zu ihm bringen.«

Eine halbe Ewigkeit oder zehn Atemzüge später schob sie ihn, indem sie an seinen Haaren zog, ein wenig von sich. »Komm, du sollst reden.«

Taumelnd kam er auf die Beine und ließ sich von ihr zum Bett ziehen. Während der wenigen Schritte bedachte er, dass ihn diese Vermengung von Bericht und Begierde anfangs beinahe abgestoßen hatte und inzwischen so sehr Teil seiner selbst geworden war, dass er ein stummes Beilager als unvollständig empfand.

Er ließ sich auf das Bett fallen und begann zu sprechen; sie kauerte zwischen seinen Beinen, beugte sich vor, kitzelte mit der Zungenspitze seinen Nabel und zog ihm den Leibschurz aus. Er schloss die Augen, berichtete von seinen Taten und Wanderungen der letzten Tage und folgte mit zunehmender Atemnot den Wanderungen und Taten ihres Mundes.

Bald glitt sie wie ein kühler Schatten auf ihn, stützte sich mit den Händen auf seine Brust, sagte etwas wie »die Wonnen der Eile«, lachte und stülpte sich über sein pochendes Glied. Ihr Becken begann zu kreisen; dabei murmelte sie, immer wieder unterbrochen von tiefen Knurrtönen und Keuchen, dass der Kaiser mit dem Leibarzt Galenos und dem übrigen Gefolge am nächsten Tag aus Alsium zurückerwartet werde, und dass besondere Vorkehrungen für seine Sicherheit … aber diesen Satz beendete sie nicht.

Als beide wieder zu Atem gekommen waren, widerstand er dem Drang, ihre aufgetürmten Haare zu verwüsten. Sie hatte das Kinn auf seine Brust gelegt; nun hob sie den Kopf und sagte: »Komm; wir wollen uns anziehen, ich muss zurück zu den Gästen.«

Pacuvius lauschte dem Nachhall eines verdächtigen Untertons; er sah ihr zu, wie sie vom Bett rutschte und zu ihren Kleidern ging, setzte sich auf und sagte: »Was war mit meiner Besorgnis? Du hast da vorhin …«

Sie hob die Hand. »Deine Besorgnis? Sie ist begründet.«

Langsam stand er auf, stieg in seinen Leibschurz, verwarf zehn elegante Formulierungen einer Frage und sagte schließlich nur: »Warum?«

»Du fragst dich, was das alles soll? Deine Arbeit in Portus und Trans Tiberim?«

»Ja.«

»Hat er dir seine Gründe genannt?«

»Er hat, aber sie sind nur halb überzeugend.«

»Das dachte ich. Es gibt zwei weitere Gründe.«

»Und zwar?«

»Erstens scheint es in Trans Tiberim Leute zu geben … eine Verbindung zwischen Roms Unterwelt, dem Dreck der Cloaca, und undurchsichtigen Vorgängen in Portus.«

»Das ist neu, aber … Gut. Man wird sehen. Und zweitens?«

»Du weißt, dass der Kaiser ermordet werden soll. Umbricius hat mir nichts Genaues gesagt, aber ich weiß, dass er weiß, warum; und auch, wer ihn ermorden will.«

»Ah.«

»Genau – ›ah‹. Und dich will er am Rand der Ereignisse lassen, bis … bis der Anschlag erfolgt.«

»Was heißt ›bis‹? Bis vorher, bis danach?«

»Bis zum Anschlag. Dann wirst du dabei sein.«

»Kannst du mir das genauer sagen?«

Sie streifte ihn mit einem Blick, in dem er so etwas wie Bedauern zu lesen glaubte. Oder Mitleid?

»Wahrscheinlich wirst du dann töten müssen. Oder getötet werden.«

»Dazu sind Krieger doch da.«

»Du verstehst mich nicht.« Sie hatte die Tuchstreifen wieder mit der Spange befestigt und streifte sie über den Kopf; während sie sich nach der Tunika bückte, sagte sie: »Du, Gaius Pacuvius, wirst der Mann sein, der den Kaiser tötet. Und du wirst nichts dagegen unternehmen können. Und nichts dagegen tun wollen.«

Er starrte sie sprachlos an, mit offenem Mund.

Sie hatte sich angezogen und ging zur Tür; die Sklavin öffnete von außen die Vorhänge. Rema wandte noch einmal den Kopf; ein Fuß war schon auf dem Gang, als sie sagte: »Übrigens hätte ich vor zwölf Tagen anfangen müssen zu bluten. Es ist dein Kind, Pacuvius.«

Eine Membran aus dem Archiv (I)

Nicht mehr lange. Aber keine Ungeduld. Wann hat zuletzt einer unserer Priester ein husili *vorgenommen? Das echte Opfer, das wahre, das heiligste – den Willen der Götter erforscht in den Toren, Bögen, Erkern, Pforten, Windungen einer Menschenleber? Der Leber eines Menschen, den die Götter, das Schicksal oder der Zufall – der vielleicht nichts ist als der Name des Unbekannten Gottes – für das Höchste ausgewählt haben, damit auch für das Heiligste? Was sind schon die wenigen Tage gezügelter Ungeduld, verglichen mit den Jahrhunderten, die verstreichen konnten, verstreichen mussten, seit …?*

Es ist kühl hier in der Tiefe der Dinge und des Wissens, an jenem heiligen Ort, da schon vor tausend Jahren die Ahnen, die Könige ihr Wissen horteten und hegten. Die jungen Männer, eifrig und beflissen, helfen, ohne von der Hilfe zu wissen; und sie wissen, ohne ihr Wissen zu ahnen. Dabei waren sie so nahe daran, als er herkam, um die Schätze zu sichten; so nahe daran, zu begreifen und zu erschrecken. Besser so; es hätte sie vernichtet. Es; oder ich. Denn keiner darf wissen, außer denen, die handelnder Teil der Zeremonie sein werden. Die leidenden Teile? Nun ja, auch sie werden wissen: später, zu spät. Früh genug für mich und jene, die das neue alte Reich zu begründen suchen, aber zu spät für … die anderen.

Der plumpe, törichte Riesenleib soll ein neues Haupt erhalten und neue Glieder, die beweglicher und den Aufgaben besser angemessen sind. Einer hätte es tun können, hat es tun wollen, wie seine geheimen Aufzeichnungen verraten, aber man hat ihn geopfert, ohne unsere Mitwirkung, nicht als husili. *Wir hätten ihn nicht geopfert, sondern geehrt. Vorbei; zwei Jahrhunderte her – und nutzlos, darüber zu weinen. Vor allem, da nun alles in Reichweite ist.*

Und sie, deren Wahrer Name, deren Geheimer Name Tanaquil ist, hat Besonnenheit befohlen. Nicht mir; ich bin besonnen, mir brauchte sie nichts zu befehlen, wiewohl ich gehorcht haben würde. Besonnenheit als Tugend ihrer Werkzeuge, aber auch als mühsame Tugend jenes, dessen Wahrer Name Tarquinius ist. Mühsam, denn er ist ungestüm, und in den langen Jahren seines anderen Lebens hat er sich so verändert, dass ich ihn nur erkannte, weil Tanaquil ihn zu mir brachte – ihn, der als Knabe mein gelehrigster Schüler war und die besonderen Zeichen, die Kürzel, die Eigenheiten der alten Schriftsteller schneller begriff als alle antiquarii! *Sie beide, die das Blut der alten Könige und der neuen Kaiser bergen für den nötigen kurzen Übergang, für die Hoffnung der Welt, die noch nichts weiß.*

Geziemend, diese Gedanken auf Menschenhaut zu schreiben; was wäre würdiger?

Misstrauen und Fragen

Ein gesundes Auge muss jeden Anblick ertragen können und darf nicht immer nur Grünes sehen wollen. Gesunde Ohren, gesunde Nasen sind auf jeden Klang und Geruch gefasst. Ein gesunder Magen verhält sich jeder Speise gegenüber gleich: wie die Mühle alles mahlt, was zu mahlen ist. So muss auch eine gesunde Seele für jedes Schicksal bereit sein. Wer aber sagt: »Meine Kinder müssen am Leben bleiben« oder: »Die Menschen sollen immer gutheißen, was ich tue« – dessen Seele gleicht Augen, die nur Grünes, oder Zähnen, die nur Weiches wollen.
MARCUS AURELIUS X 35

Alcimus wirkte nicht besonders munter. Er war unrasiert und hatte sich in einen schmierigen Umhang gewickelt; auf dem Wagen lagen ein paar Hacken, Körbe und Stricke.

»Sehe ich aus wie ein Krieger oder Wächter?«, knurrte er. »Nein, wie ein Bauernlump. Damit man mich nicht erkennt und euch nicht gleich verdächtigt. Bah.« Er schnalzte; das Gespann nahm den Laut als Aufforderung, langsamer zu gehen.

»Du riechst aber nicht wie ein Bauer.« Korinna warf ihm einen scheelen Blick zu; dann schaute sie wieder geradeaus. Vor der Porta Portuensis staute sich der Morgenverkehr: Karren, Handkarren, Wagen mit einem oder zwei Pferden, Ochsenkarren, einzelne bepackte Maultiere, Esel und Ochsen mit ihren Treibern oder Besitzern. Händler waren dabei, ganze Bauernfamilien, die in der Stadt wohnten und hinaus zu den Marktgärten wollten, zur Arbeit.

Wahrscheinlich sah es an der Außenseite des Tors ähnlich aus. Die Wächter schienen gründlich zu prüfen, Namen auf ihre Wachstafeln zu schreiben, Karrenladungen zu untersuchen.

»Nein? Wie rieche ich denn?« Alcimus ließ die Zügel hängen; sie hatten den Stau erreicht und mussten warten.

»Du riechst, als ob die Frau, an der du dich gerieben hast, genug Geld für Duftwässer besäße. Und einen schäbigen Geschmack.«

Alcimus grunzte leise. »Nicht ganz falsch. Und immer dieses eilige Gefummel unter Torbögen, während der edle Gemahl zwanzig Schritte entfernt Geschäfte bespricht. Glitschige Sache.«

Korinna warf einen Blick auf die Ladefläche, wo Batrax sich zusammengerollt hatte und eingeschlummert war. Der Kormoran pickte an einem der Körbe herum.

»Glitschig?«, sagte sie. »Hast du es lieber trocken?«

»Unsinn. Ich meine das da.«

Sie sah nach vorn. Aus dem vorspringenden Obergeschoss eines der Häuser an der rechten Seite, kurz vor dem Tor, hatte offenbar eben jemand ein Nachtgeschirr geleert. Der Mann auf dem Bock des Wagens, der unmittelbar vor dem Haus stand, musterte Spritzer auf seinem Obergewand und brüllte unverständliche Verwünschungen hinauf.

Ob aus Anteilnahme der Umstehenden oder aus Zufall, flaute der Stimmenlärm ein wenig ab, sodass man hören konnte, was die Alte sagte, die oben den Kopf aus der Fensteröffnung reckte: »Soll ich runterkommen und dir zur Entschädigung zwischen die Beine greifen?« Dabei bleckte sie zahnlose Gaumen.

Der besprenkelte Mann schüttelte sich. »Ah nein, dann lieber noch einen Topf Pisse.«

»Komm morgen früh wieder.« Die Alte keckerte und verschwand.

»Wieso eigentlich du?«, sagte Korinna. »Es sollte doch ein anderer mit uns fahren.«

Alcimus stöhnte übertrieben. »Pacuvius hat seine Pläne geändert und mich angewiesen, die Reise zu unternehmen.«

»Ich stelle mir vor«, sagte sie beinahe genießerisch, »wie ihr zwei euch unter Torbögen vergnügt und dabei den nächsten Tag beredet.«

»Das mit dem Torbogen war später, und da war Gaius nicht anwesend.« Alcimus grinste breit. »Ich werde ihm aber von deinen Überlegungen berichten.«

Korinna schwieg.

»Er wird es gern hören, dass du dich nach seinen Nächten erkundigst. Die er, wenn ich ihn richtig verstanden habe, sehr gern mit dir verbrächte, aber nicht unter einem Torbogen, sondern auf erhabenem Pfühl.«

»O die geflügelten Worte im Gehege deiner Zähne«, sagte sie. »Aber warum diese Änderung?« Ein wenig verärgert über den eigenen Körper, stellte sie fest, dass ihr Herz schneller schlug, und sie nahm an, dass die Oberkanten ihrer Ohrmuscheln sich färbten. »Gut, dass ich nicht nach einem ablenkenden Gespräch suchen muss«, dachte sie; dann tat sie den ablenkenden Griff in ihren großen Tragbeutel und nahm das Messer und die begonnene Schnitzerei heraus.

»Warum? Ich weiß es nicht; er hat mir keinen Grund genannt.«

»Kennt ihr euch gut?«

»Wie Brüder.« Er lachte leise. »Stiefzwillinge aus Bononia, die es nach Rom verschlagen hat. Er ist mein ältester Freund.«

Sie zögerte. Alcimus hatte in der Wachstube des vierzehnten Bezirks auf sie und Batrax gewartet; am Vortag hatte sie ihn dort gesehen und Fetzen des Gesprächs zwischen ihm und Pacuvius gehört. Spöttischer Austausch zwischen alten Freunden … Es mochte so sein. Andererseits war Alcimus vielleicht doch nur ein Mitarbeiter, der jetzt die Freundschaft erfand, um sie in Sicherheit zu wiegen, ihr Dinge zu entlocken. Sie dachte an die vergangenen Tage, an die Vorgänge, Gerüchte und Andeutungen; dann sagte sie sich, dass ihr diese Art des Misstrauens eigentlich fremd sei – Vorsicht, Umsicht, Zweifel ja, aber das Bedürfnis, hinter jedem Wort einen Dolch zu suchen und erst weiterzusprechen, wenn sie sicher sein konnte, dass es keinen Dolch gab? Abgesehen von dem Schnitzmesser, das wie selbstständig begonnen hatte, in dem Holzstück nach Einzelheiten eines Esels zu suchen. Sollte sie Alcimus berichten, was ihr in der vergangenen Nacht Protesilaos, der nubische Sklave des toten Manlius, erzählt hatte? Dass ein Mann namens Cornelius Longus nicht nur das Haus gekauft hatte, in dem die Mimen noch ein paar Tage würden leben können, sondern gleich auch das des Manlius nebenan? Das Haus, das Manlius – Protesilaos zufolge – vor ein paar Tagen noch um keinen Preis hatte verkaufen wollen?

Sie plagte sich mit ihrem Misstrauen und dem Wunsch, Alcimus so zu nehmen, wie er offenbar war, bis sie das Tor erreicht hatten. Rechts und links des gemauerten Bogens erstreckte sich Trans Tiberims Befestigung: ein Erdwall mit Palisaden, von den ersten Häusern durch einen schmalen Weg getrennt, auf dem bestenfalls ein Karren fahren konnte.

Der Posten schien Alcimus zu kennen, aber der junge Offizier verkündete (nach heftigem Zwinkern), er sei der Bauer Lucius Macrobius und wolle mit Frau und Sohn auf den Acker fahren. Der Posten schrieb etwas auf seine Wachstafel und winkte.

»Weiterfahren. Und munteres Hacken!«

Jenseits des Tors trieb Alcimus die Pferde an und jagte das Gespann durch einige Nebengassen der Vorstadt, um die auf der richtigen Straße langsam dahinrollenden Wagen zu überholen. Vor dem Mauerwerk mit Toren, hinter denen die Gärten des Gaius Iulius Caesar lagen, reihte er sich wieder in die Prozession der Karren ein.

»Was war das?« Korinna deutete auf die Mauern. Dahinter war zwischen Wipfeln das Dach eines Palasts zu erkennen.

»Was denn?«

»Das Geräusch.«

Alcimus hob die Schultern. »Ich habe nichts gehört. Aber da drin gibt es Löwen – vielleicht hat einer gebrüllt.« Er lenkte sein Gefährt unter den Flüchen etlicher Bauern über zwei Felder, überholte weitere Wagen und steuerte das Gefährt schließlich unter

Rumpeln und Schlingern wieder in die Rillen der Via Portuensis nach Westen.

»Oi«, sagte Batrax. Der Junge war bei dem Geholper aufgewacht und klammerte sich an den Karrenrand, um nicht hin und her geschleudert zu werden. »Fährst du immer so?«

»Nur, wenn es auch anders ginge.« Alcimus wandte den Kopf und lächelte. »Jetzt geht es nicht mehr anders – vorläufig jedenfalls. Schlaf weiter.«

Batrax murmelte irgendetwas; der Kormoran hüpfte auf den Rand eines Korbs, der nicht umgefallen war, torkelte und verschwand in der Tiefe. Batrax zupfte an der Schnur, die sein Handgelenk mit Epulos Hals verband; aus dem Korb erklang ein giftiges Geräusch, etwas zwischen Schnattern und Zischen.

»Hast du dich entschlossen?«, sagte Alcimus, ohne Korinna anzusehen.

»Wozu?«

»Mir halbwegs zu vertrauen.«

Sie seufzte. »Halbwegs entschlossen, dir zu einem Viertel zu vertrauen.«

»Für Rom ist das schon weit über dem Durchschnitt.«

Er spähte voraus; ein paar Hundert Schritte weiter verbreiterte sich die Straße. Dort kamen Feldwege von kleineren Gehöften zusammen. Da es keinen bedeutenden Gegenverkehr gab, setzte Alcimus wieder zu einem halsbrecherischen Überholen an.

»Vorsicht«, sagte er. »Pass auf mit deinem Messer.«

»Oi«, sagte Korinna, als sie mehrere Dutzend langsamer Karren hinter sich gelassen hatten und ein größeres Stück freier Strecke vor ihnen lag. »Ist es eilig?«

»Wenn es möglich ist, sollen wir nachts wieder in der Stadt sein. Anweisung des befehlenden Herrn.«

»Wenn auch du dich entschlossen hättest, mir zu einem Fünftel zu vertrauen, könntest du mir sagen, warum?«

Alcimus pfiff misstönend vor sich hin; dann sagte er: »So lausche und vernimm denn, o Tochter des Thespis. Gestern Abend waren wir bei einem … ach, sagen wir, vornehmen Herrn, dem wir Gehorsam schulden. Ich habe mit Männern von der Prätorianerkohorte gesprochen, die auch dort waren, und Gaius hat mit gewissen höheren Menschen geredet. Ich weiß nicht, was dabei beredet wurde, aber hinterher war er verwirrt? Bedrückt? Niedergeschlagen? Ich weiß es nicht. Er wollte mir auch nicht sagen, was vorgefallen ist. Er hatte aber vorher schon beschlossen, dass es besser wäre, wenn statt seiner oder eines beliebigen anderen Wächters der dumme Alcanor Alcimus dich begleitete und über dich und den Jungen wachte.«

»Was macht er heute?«

»Pacuvius? Der wird vielleicht einen lästigen Aufwiegler festnehmen und beim Präfekten der Stadt abliefern. Das ist aber nicht der Grund für seinen Trübsinn.«

Korinna schaute geradeaus, wo eben ein paar kriechende Karren eine Gruppe von Fußgängern überholten, die am Straßenrand gingen. Ein Stückchen weiter zweigte die Nebenstraße ab, die in die Hügel und zu einem kleinen Heiligtum führte und später wieder auf die Via Portuensis stieß. Blasse Wolken unterbrachen das milde Blau des Himmels, und darunter erstreckte sich das grüne Ackerland. Wo das andere Grün begann, das der Baumgruppen und der bewaldeten Hügel, sah sie bunte Punkte – Bauern wahrscheinlich, die ihre erste kleine Morgenrast einlegten.

»Gestern«, sagte sie, »war er … anders als draußen am Leuchtturm. Verwirrt? Ich weiß nicht; er kam mir eher ein wenig ratlos vor.«

Alcimus klackte mit der Zunge. »Die Ratlosigkeit des Knaben Pacuvius gegenüber einer schönen Frau, die er begehrt?«

»Unsinn. Dass er vielleicht zwischen meinen Beinen etwas suchen will, was er nie verloren hat und dort kaum finden kann, macht mich nicht zur schönen Frau. Nein, das hatte nichts mit mir zu tun. Ich glaube eher, dass er nicht weiß, was er wirklich für eine Aufgabe hat. Oder nicht wusste – vielleicht weiß er es ja jetzt und war deswegen niedergeschlagen oder betrübt, in der Nacht.«

Alcimus blickte sie von der Seite an; dabei ließ er die Zügel hängen, und die Pferde wurden sofort langsamer. Er sah wieder nach vorn, ruckte an den Zügeln und sagte: »Nein, du hast das nicht gesagt, damit ich jetzt bekräftige, dass du ersprießlich zu betrachten und lieblich gelegen bist. Eine kluge Frau mit kluger Rede. Ich kann Pacuvius verstehen. Aber – du könntest recht haben. Es muss gestern Abend etwas geschehen sein. Und ihm liegt an deiner Sicherheit.«

»Das heißt, er hat etwas erfahren, was ihn daran zweifeln lässt, dass Batrax und ich unbehelligt in Portus herumschnüffeln können.«

»So sieht es wohl aus.«

»Und deshalb auch die schnelle Rückkehr?«

Alcimus hob die Schultern. »Ich weiß es nicht. Vielleicht meint er, dass die Nächte in Portus von Dolchen starren. Es kann aber auch sein, dass in Rom die Dinge in Bewegung geraten.«

»Kommt der Kaiser zurück?«

»Man erwartet ihn heute, gegen Abend.«

»Das heißt«, sagte sie langsam, »dass jene, die Marcus Aurelius ermorden wollen, nicht länger auf ihn warten müssen.«

Alcimus ächzte. »Sie hätten ihn ja auch in Alsium … Aber da ist er sehr gut bewacht, nicht so viele Menschen wie in der Stadt. Und nirgends kann man sich besser verstecken als unter einigen Hunderttausend Leuten.«

Korinna schwieg. Manchmal schaute sie von der Schnitzerei auf, senkte dann wieder den Blick und versuchte zu ergründen, ob das, was die Messerspitze gerade zum Vorschein bringen wollte, irgendwann einmal das linke Vorderbein des Esels werden konnte.

Alcimus räusperte sich. »Schauspielerin und Schnitzerin?«, sagte er. »Viele Begabungen.«

»Es gibt Leute, die nicht damit zufrieden sind, nur auf einem Gebiet zu versagen.«

Er lachte. »Und was soll das werden?«

Sie hielt das Holz hoch. »Wahrscheinlich ein Esel.«

»Ein Esel? Bildnis des Gaius Pacuvius Lentulus?«

Sie trödelten hinter einer langen Karrenreihe her. Plötzlich stieß Alcimus eine Verwünschung aus und lenkte den Wagen nach rechts, auf die Nebenstraße in die Hügel.

»Ein Umweg«, knurrte er, »aber vielleicht weniger befahren. Manchmal sind die langen Wege kürzer.«

»Ob sie, wer auch immer ›sie‹ sind, den Anschlag auf den Kaiser nicht in Alsium, sondern in Rom planen, weil es ja nicht genügt, den Kaiser zu töten?«

Er runzelte die Stirn. »Hm.«

»Was heißt ›hm‹ in diesem Fall?«

»Ich überlege.«

Korinna wartete. Die Straße durch die Hügel schien tatsächlich frei zu sein, jedenfalls sah sie keine Karren und nur wenige Wanderer.

»Du meinst«, sagte Alcimus nach einer Weile, »wer den Kaiser tötet, muss auch die Berater und Vertrauten töten, weil sich sonst nichts ändert?«

»Die Berater und all jene, die wichtige Stellen einnehmen. Aber warum?«

Alcimus nickte. »Das fragen wir uns auch. Es gibt nur wenige Gründe. Man hasst den Kaiser und will ihn loswerden. Oder man will ihn, ob man ihn hasst oder nicht, durch einen anderen ersetzen, von dem man sich mehr verspricht. Oder … man will selbst Kaiser werden.«

»Wer hätte Grund, Marcus Aurelius zu hassen?«

»Niemand, außer denen, die unter Rom leiden. Parther, Mauretanier, der eine oder andere Germanenfürst, ein paar Daker … Aber so, wie die Dinge liegen, scheint es sich nicht um einen Angriff von außen zu handeln. Eher um eine innere Sache. Eine Verschwörung.«

»Und Daker oder Germanen scheiden aus?«

»Vermutlich.« Er schüttelte den Kopf. »Wir wissen jedenfalls nichts von Barbarenherrschern, die so gute Beziehungen innerhalb des Imperiums hätten, dass sie in der Stadt eine Verschwörung anzetteln könnten.«

Korinna schloss die Augen halb, bis die Landschaft verschwamm. Sie bildete sich ein, so klarer nach innen schauen zu können. »Das hieße, es müsste jemand aus den wichtigeren Kreisen der Stadt sein. Aber wer könnte den Kaiser hassen? Ausreichend hassen, um solch ein Wagnis einzugehen?«

»Marcus Aurelius Antoninus«, sagte Alcimus langsam, »hat so viele gute Eigenschaften, dass jeder, dem diese fehlen, sein Feind ist.«

»Was sind gute Eigenschaften?«

»Frömmigkeit. Zuverlässigkeit. Bescheidenheit. Fleiß. Gesetzestreue. Gerechtigkeit.«

Korinna rieb den rechten Handrücken mit ihrer Nasenspitze. »Manche werden zweifellos sagen, es handle sich um schlechte Eigenschaften. Die du gut nennst. Und umgekehrt.«

»Wie meinst du das?«

»Er hält, soviel ich weiß, nichts von den Schauspielen in der Arena, im Zirkus, auf der Rennbahn. Auch nicht vom Theater. Er ist … ernst? Nennen wir es so. Vielleicht hat er angedeutet, dass er die Gladiatorenspiele verbieten will; dann sind alle gegen ihn, die bei den Gladiatorenkämpfen etwas zu verlieren oder zu gewinnen haben. Vielleicht will er das Colosseum den Vestalinnen schenken.«

Alcimus lachte laut. »Fürwahr, ein trefflicher Gedanke. Die Hüterinnen des keuschen Feuers …«

Nach kurzem Überlegen sagte Korinna: »Wahrung der Gesetze schadet den Gesetzlosen, Frömmigkeit den Unfrommen. Keuschheit belästigt die Sinnlichen. Wenn Marcus Aurelius ein sehr guter Mensch ist, hassen ihn alle schlechten.«

»Das ist die Mehrheit.« Alcimus schnaubte. »Aber ich sehe, worauf du hinauswillst. Wir suchen nicht gründlich genug.«

»Ich dachte, die Spitzel des Imperiums seien überall.«

»Ja und nein.« Er klang beinahe nachdenklich. »Wenn es so wäre – wenn es *noch* so wäre, hätte ich wohl eine andere Arbeit. Pacuvius auch.«

»Bist du sicher, dass es nicht mehr so ist wie früher? Und bist du so sicher, was euch beide angeht?«

»Du wohlgeformtes Gefäß des Misstrauens!« Er lachte. »Das sage ich Pacuvius! Ah, warte bitte ein kleines Weilchen. Entwässerung. Noch jemand? Nein? Gut.«

Die Straße führte über die bewaldeten Hügel. An der Stelle, die sie eben erreicht hatten, zweigte eine Art Waldweg ab. Alcimus lenkte den Wagen an die Seite, gab Korinna die Zügel und verschwand im Gebüsch. Von irgendwo tauchte auf dem Waldweg ein bewaffneter Posten auf, der den Wagen misstrauisch beobachtete. Als Alcimus seine Geschäfte im Gesträuch erledigt hatte, ging er zu dem Mann, wechselte leise einige Worte mit ihm und kam schließlich zurück.

»Weiter!«, sagte er, als er die Pferde antrieb. »Wir waren eben bei den Spitzeln, oder?«

»War das da einer?«

»Ah, nein, der hütet nur den Zugang zum Tempel und zu einigen Landgütern – die misstrauischen Reichen, weißt du. Was wolltest du sagen?«

Sie begann, Geschichten wiederzugeben und Verse zu zitieren: über die Spitzel der Kaiser, die jedes Wort hören; über Krieger in Alltagskleidern, die sich neben einen Bürger setzen und im Gespräch, das sich entwickelt, den Kaiser lästern, um dann jedes Nicken oder sogar ein Schweigen als Zustimmung zu nehmen und den Bürger Schergen auszuliefern; über die alles durchdringende Bespitzelung und die Unmöglichkeit, in Rom einen freien Gedanken zu denken oder gar ein freies Wort zu sagen.

Alcimus widersprach. Dies sei, sagte er, unter früheren Kaisern so gewesen, besonders schlimm unter Nero und Domitianus, aber auch noch unter Traianus und Hadrianus; Antoninus Pius habe die geheimen Dienste verkleinert und vor allem das System des Belohnens abgeschafft, damit Spitzel und Verräter keinen Anreiz mehr hätten, Lügen auszuhecken, um jemanden ins Unheil zu stürzen, der nichts Unziemliches getan habe. Marcus Aurelius, sagte er, habe zwar überall Augen und Ohren – Augen namens Pacuvius, Ohren namens Alcimus, zum Beispiel –, aber diese seien nicht dazu da, Nase zu werden und gewöhnliche Bürger zu beschnüffeln. Für das öffentliche Wohl sei es unerheblich, ob jemand einen guten Witz mache, den Kaiser einen Trottel nenne oder mit der falschen Frau schlafe. Nur das, was die Sicherheit des Kaisers, seiner Berater und ganz allgemein des Reichs bedrohe: derlei zu ermitteln und die Durchführung entsprechender Pläne zu verhindern, sei die Aufgabe der guten Männer, für die Begriffe wie Spitzel oder Schnüffler Beleidigungen seien.

Korinna beschloss, ihm vorläufig zu glauben oder jedenfalls davon auszugehen, dass er und Pacuvius von der Rechtschaffenheit ihres Dienstes überzeugt seien. Alcimus stellte ein paar Fragen über das Leben mit einer reisenden Schauspieltruppe und erzählte seinerseits vom Leben im Palast und in den Unterkünften der Kaiserwächter. Eigentlich, sagte er, habe er in der Nacht, als die schwierige Arbeit unter dem Torbogen getan war, dorthin zurückkehren wollen, sich dann aber gesagt, dass es besser sei, gleich den Tiber zu überqueren. Morgens, schon vor Sonnenaufgang, »noch bevor sie ihren Morgenschiss erledigt haben«, drängten sich alle, gleich ob mit Rang oder ohne Namen, in Toga und Anmaßung gewickelt, um das Atrium bedeutender Männer zu füllen, Bitten vorzubringen, Schmeicheleien abzusondern, das Gefolge der jeweiligen Herren aufschwellen zu lassen oder ganz einfach die mehr oder minder schäbigen Gesichter zu zeigen. Es sei dann ein langwieriges Unterfangen, die Stadt zu durchqueren.

Korinna hätte gern ein paar Fragen über Pacuvius gestellt, unterließ dies aber, um sich keine Blöße zu geben. Allerdings hatte sie das Gefühl, dass Alcimus ohnehin alles durchschaute, was sie an Maske oder Tarnung aufwand. Er plauderte scheinbar ziellos über gemeinsame Erlebnisse aus den letzten Jahren. Keine Heldentaten, sondern vor allem alltägliche Arbeit, hin und wieder unterbrochen von witzigen Geschichten. Am Ende hatte sie den Eindruck, Alcimus sei ein anständiger junger Offizier, der seine Kräfte und seinen nicht unbeträchtlichen Scharfsinn dem Wohl von Volk, Senat und Kaiser weihte. Und Pacuvius – nun, Pacuvius war ein Gefäß makellosen Edelmuts, ein Bündel von Tugenden und Vortrefflichkeit, und vermutlich wäre er unerträglich, wenn ihn nicht seine Neigung zu einer gewissen Schauspielerin und der eine oder andere Scherz daran hinderten, den Göttern gleich die Welt anzuöden. Sie sagte sich, dass dieses Bild hier und da angenehm besudelter Lauterkeit sie reizte, dass Alcimus vermutlich genau dies beabsichtigte, und dass sie ihm kein Wort glauben sollte.

Ein seltsamer Anblick zerriss den Faden ihrer Gedanken; Alcimus war gezwungen, den Karren von der Straße über ein besonders unebenes Stück Feld zu lenken. Eine Gruppe von Männern, mit Stangen und Lanzen bewaffnet, kam ihnen entgegen; ein Karren fuhr vorneweg, zwei weitere folgten den Leuten und dem anderen Gefährt, das sie begleiteten: ein großer Käfig aus Balken und Eisenstangen, der auf kleinen Rädern dahinrollte, gezogen von Maultieren. Im Käfig ging das Rhinozeros. Korinna nahm an, dass es manchmal stehen blieb oder grimme Lust verspürte, zur Seite zu schlendern; dann würden die Männer Stangen und Lanzen einsetzen. Auf den Karren standen große Behälter, die wohl Futter enthielten, außerdem alles, was die Männer und die Reit- und Zugtiere brauchten. Das Rhinozeros warf dem Karren einen schrägen Blick zu und reckte dann den Kopf wie eine Fürstin, die sich von Gesindel beobachtet fühlt.

Kurz bevor sie den Hafen erreichten, sprachen sie noch einmal über die geheimnisvolle Verschwörung.

»Es ist angenehm, mit dir Mutmaßungen anzustellen«, sagte Alcimus. »Aber klüger sind wir dadurch nicht geworden.«

»Immerhin wissen wir eines.«

»Was denn?«

»Wer auch immer den Kaiser beseitigen will, braucht dazu, wenn er es gründlich erledigen möchte, ungeheure Hilfsmittel, wie sie nur *einem* Mann verfügbar sind.«

»Wen meinst du?« Alcimus blickte sie von der Seite an.

Sie lachte. »Der Einzige, der über die nötigen Leute verfügt, ist – der Kaiser.«

»Weißt du was?« Alcimus schnaubte. »Ich glaube, du bist verrückt. Oder du hast recht.«

»Oder beides.«

Es war kurz vor Mittag, als sie die wichtigsten Dinge besprochen hatten und sich trennten. Batrax musste versprechen, keine der ausgetüftelten Fragen zu vergessen und immer in Sichtweite Korinnas zu bleiben, die wiederum zusagte, keine unüberlegten Schritte zu tun und sowohl Batrax als auch Alcimus im Auge zu behalten. Korinna und der Junge warteten zwischen den ersten Häusern, bis sie sahen, wie Alcimus mit drei Wächtern aus dem Haus am Kanal kam, wo er den Wagen ließ.

Irgendwie kam Korinna die Luft freier vor als in Rom. Sie nahm an, dass es sich dabei um eine Illusion handelte, gezeugt von dem Gerede über Spitzel und die Schnüffeldienste.

Der Junge überraschte sie: Er hielt sich wirklich an die Absprachen. Mit dem Kormoran auf der Schulter – abgesehen von einer Pause, in der Epulo zum Fischen freigelassen wurde – schlenderte er durch das Gedränge, begrüßte alte Freunde, die ihn nicht vermisst hatten, und stellte eine Reihe unverfänglicher Fragen.

Zu einem Stauer: »Sag mal, du kennst doch Fufius. Der will mich in sein Haus holen, kannst du dir das vorstellen? Ob der einen Lustknaben sucht? Womit handelt er eigentlich?«

Zu einem Schmuckverkäufer: »Hör mal, ein Freund hat einen teuren Ring gefunden. Jedenfalls nimmt er an, dass er teuer ist. Ich finde, er sieht teuer aus. Kann er ihn dir mal zeigen?«

Zu einem Trödler: »Ich soll dich von Vel fragen, ob du jemanden weißt, der Finger oder vollständige Fingernägel sammelt.«

Zu einem Seilschläger im *Schwertfisch*: »Du, ich war ein paar Tage krank. Deshalb hab ich einen Onkel verpasst, der aus Elba oder Sardinien kommen wollte. Hast du den zufällig gesehen? Kräftig, Halbglatze, und normalerweise hat er einen Ring am linken kleinen Finger. Nein? Na ja, macht nichts.«

Zum Hüter der Latrinen hinter dem *Schwertfisch:* »Du, Fufius hat wieder was zu erledigen, will aber zur Abwechslung mal nicht Marullus nehmen. Meinst du, Mucius könnte das machen?«

Zur Schankmagd im *Schwertfisch:* »Wieso treiben sich in letzter Zeit eigentlich so viele Reiche hier herum?«

Korinna hielt sich immer so weit zurück, dass sie manchmal die Fragen und Antworten hören, ansonsten wenigstens die Mundbewegungen von Batrax sehen konnte. Zwischendurch plauderte sie mit der jungen Frau, die am Hexagon Hühner briet und verkaufte. Bei ihr aß und trank sie auch ein wenig; danach schlenderte sie bis zu jener Schenke, in der vor ein paar Tagen Lukianos und Apuleius gesessen hatten.

Die ganze Zeit war Alcimus mit den drei Wächtern in der Nähe, manchmal hinter dem nächsten Verkaufsstand verborgen, manchmal unmittelbar neben ihr oder dem Jungen. Dann hielten die Wächter Abstand, und tatsächlich gelang es Alcimus in seinem schmutzigen Zeug, mit unrasierten Wangen und stoppliger Sprache, sich als Bauer auszugeben und zwei- oder dreimal an einem Gespräch teilzunehmen. Weder Batrax noch Korinna gerieten in Bedrängnis, sodass die immer ausreichend weit entfernten Wächter nie eingreifen mussten.

Etwa zwei Stunden vor Sonnenuntergang stiegen Korinna und der Junge westlich des Hauses am Kanal auf den Karren des unrasierten Mannes, der zufällig vorbeikam.

»Man könnte meinen, die Fragen, die Pacuvius ausgeheckt hat, seien nicht völlig dämlich gewesen.« Alcimus schnalzte, um die Pferde zu schnellerem Gang zu bringen.

»Vielleicht sollten wir die kluge Art preisen, in der Batrax diese dummen Fragen gestellt hat«, sagte Korinna.

Der Junge saß hinter ihnen auf der Ladefläche, den Rücken an den Bock gelehnt; er blickte zurück auf die dämmerige Straße. Der Kormoran kaute auf einem Stück Tintenfisch herum, als wolle er seine Kopfmuskeln stärken und zugleich den Schnabel abstumpfen.

»So dumm waren die Fragen nicht«, sagte Batrax. »Aber meint ihr wirklich, Pacuvius kann mit den Antworten etwas anfangen?«

Alcimus zählte die einzelnen Punkte an den Fingern der linken Hand ab, ohne die Zügel loszulassen. »Erstens Fufius. Wir wissen jetzt, dass er einen Hang zu flaumhaarigen arabischen Lustknaben hat, daneben auch Mädchen mit üppiger Körperbehaarung mag, mit beidem handelt, und dass er seltsame Dinge mitgebracht hat – eine ganze Schiffsladung seltsamer Dinge. Außerdem hatte er Gäste, als er selbst bei einem Gastfreund geblieben ist. Zweitens: Offenbar gibt es in Portus und in Rom mehrere Dutzend ... wie soll man sie nennen? Verdrehte Schweine? Leute, die Geld für abgeschnittene Körperteile von Menschen ausgeben. Drittens hat entweder niemand diesen Mann gesehen, dem angeblich ein Finger fehlt, oder es gibt ihn nicht, oder man hat verabredet, ihn nicht gesehen haben zu wollen. Viertens: Niemand war im Geringsten überrascht davon, dass Fufius den Herren der Wächter des Hafens gelegentlich für gewisse Erledigungen bezahlt. Fünftens: Mucius hat nicht unbedingt den Ruf, den ein ehrenwerter Centurio haben sollte; man traut ihm einiges zu. Und sechstens: Man sollte wohl die schmierigen Sonderdienste einmal untersuchen, die der *Schwertfisch* reichen Kunden bietet.«

Korinna schüttelte den Kopf. »Ich weiß nicht, ob ich das so genau wissen möchte.«

»Ich wohl.« Batrax kicherte. »Man könnte da etwas lernen.«

»Du solltest besser lesen und schreiben lernen als bisher«, sagte Korinna; »und rechnen, aber von dem, was im *Schwertfisch* vor sich geht, weißt du ohnehin zu viel.«

Die Straße war kaum noch befahren; sie kamen gut voran. Alcimus schaute meistens mit zusammengekniffenen Augen geradeaus – nur einmal nicht; das war, als sie unterhalb eines Hügels entlangfuhren und am Hang, vielleicht fünfzig Schritte entfernt, den beweglichen Käfig sahen und die Männer, die ihr Nachtlager aufschlugen. Das Rhinozeros stieß merkwürdige Schnaufer und Quäklaute aus.

Alcimus schüttelte den Kopf, schwieg aber weiter. Ein beinahe heftiges Schweigen, fand Korinna, und fragte sich, ob der Offizier vielleicht die Schritte der Pferde zählte oder eine Schätzung vornahm, die Anzahl der Haare in den Mähnen betreffend, vielleicht, um nicht an gewisse andere Dinge zu denken oder um besser an andere Dinge denken zu können. Und während sie derlei Mutmaßungen anstellte, arbeiteten ihre Hände weiter an der Schnitzerei.

Irgendwann sagte er: »Außerdem wüsste ich doch gern, was Fufius mit diesen sonderbaren Waren anfangen will – ein Leibschurz von Mithradates, ein Stein von Hannibals Grab, die abgeschnittene Nase eines parthischen Satrapen, der Becher, aus dem Sokrates seinen Schierling getrunken hat … Was für ein Unfug!«

»Hast du je von diesem Markt der Träume gehört?«, sagte Korinna.

»Rom ist ein Labyrinth, in dem sogar Daedalus sich verirrt hätte«, sagte Alcimus. »Warum soll es nicht auch einen Markt für Träume geben?«

»Aber wo?«

Er hob die Schultern. »Im Mittelpunkt des Labyrinths? Oder darunter? Wohin gehen die Leute, wenn sie träumen wollen? Oder für Albträume der besonderen Art?«

»Also weißt du es nicht.«

»Ich habe nie etwas davon gehört. Aber das heißt nichts.«

Vor dem Tor gab es das übliche abendliche Gedränge; bis sie die Wachstube erreichten, war die Sonne seit mehr als einer Stunde untergegangen. Auf den Straßen des Viertels waren nicht allzu viele Leute unterwegs.

In der Wachstube erwartete sie eine eilige Botschaft.

»Kurz nach Sonnenuntergang, Herr, von einem Läufer des Präfekten«, sagte der Posten.

Alcimus las halblaut: »Alcimus und Korinna sofort zum Palast, mit Schwert, aber ohne Batrax – Gaius Pacuvius.« Er knurrte etwas; dann sagte er: »Welcher Präfekt? Welcher Palast?«

»Der Präfekt der Stadt.« Der Posten runzelte die Stirn. »Welcher Palast? Das weiß ich nicht.«

»Welches Schwert?«, sagte Korinna.

Alcimus gluckste. »Das weiß ich. Und wenn es der Stadtpräfekt ist, weiß ich auch, um welchen Palast es geht. Aber ich muss suchen.« Er klatschte in die Hände. »Ein schnellerer Wagen, frische Pferde! Los, los!«

Korinna berührte seinen Ellenbogen. »Kann ich den Jungen eben heimbringen?«

»Es wird ein wenig dauern, bis ich das Schwert gefunden habe. Ich fahre dann bei euch vor, aber beeil dich.«

»Kleidung? Duft? Von wegen Palast ...«

Alcimus hob die Hände. »Wenn es um Schwerter und Eile geht ...« Er grinste. »Kleidung ja. Das, was du trägst.«

Korinna und Batrax legten den Weg zum Haus der Mimen zunächst im Laufschritt zurück. Der Junge war vom langen Tag und dem eben erst überstandenen Fieber geschwächt; Korinna bemerkte, dass er zu keuchen begann, und ging langsamer.

»Werden sie mich ohne dich im Haus dulden?«

»Das hoffe ich – für sie. Sonst werde ich zetern.«

»Kannst du das? Zetern, meine ich?«

Korinna lachte. »Du solltest mich hören, wenn ich eine tobende Dienerin oder eine zürnende Fürstin zu spielen habe.«

Als sie den leeren, dunklen Vorderraum des Hauses betraten, hörten sie aus einem der hinteren Zimmer leise Stimmen. Es roch nach Wein und Fisch, und schwächlich zuckendes Licht schien wie ein wehender Vorhang in der Türöffnung zu hängen.

»Die Abtrünnige, die Treulose.« Mopsos blickte ihnen entgegen; er brachte es fertig, sich gleichzeitig die Finger zu lecken und die Mundwinkel herabzuziehen. Als er weitersprach, benutzte er die Stimme des grollenden Königs.

»Schmählich hat sie das Lager der sorgenden Sippe verlassen, spottete wohl in der Ferne unserer prasselnden Zähren; kehret nun heim in nichtiger Nacht mit windigem Sprosse, Nahrung erheischend und Schutz, Willkommen und ha-ja-ba-dah. – Was bildest du dir eigentlich ein?«

Aus einem der anderen Räume war ein zweistimmiges Stöhnen zu hören, das noch des Steigerns und der Besiegelung harrte. Markos und Thesion saßen auf niedrigen Schemeln am Tisch, Sulpicius hatte sich auf dem Boden niedergelassen, den Rücken an eine Wand gelehnt, und Mopsos hockte auf einem viel zu hohen Stapel aus gefalteten Decken. Offenbar hatten sich der Riese Bagoas und die schmächtige Myrina zu einem ihrer verwickelten Beilager zurückgezogen; nun bildete Korinna sich ein, die Stimmen zu erkennen – falls man von Stimmen reden konnte. Batrax stand ganz ruhig neben ihr, nur Epulo bewegte sich auf der Schulter des Jungen, als ob er gleich abfliegen wolle, um nebenan Augenzeuge zu spielen.

»Ich bilde mir ein, dass ich gleich wieder gehen und den Jungen in freundlicher Gesellschaft zurücklassen werde.«

Mopsos knallte die Holzplatte so auf den Tisch, dass einige Fisch- und Brotreste hüpften, herunterkullerten und am Fuß eines Kruges eine Art Abfallhaufen bildeten.

»Am besten bleibst du gleich ganz weg«, schrie er, diesmal mit der Stimme des von seiner Herrin enttäuschten Dieners. »Sie treibt sich herum, während wir fasten und arbeiten; sie fehlt bei unseren Auftritten, und dann sollen wir uns auch noch um diesen hergelaufenen Sohn eines Windgottes kümmern!«

»Genau. Er heißt Batrax. Ich brauche ein paar Münzen.«

Markos und Thesion tauschten ein Zwinkern aus; Sulpicius gähnte, wie um zu sagen: »Erzähl uns mal etwas Neues.«

Mopsos klopfte auf den Deckenstapel; und Korinna begriff, dass dieser deswegen so hoch schien, weil Mopsos darunter die Eisenkiste verbarg, die das Geld der Truppe enthielt.

»Münzen?« Er reckte die Arme und rang die Hände in der Luft. »Sie lässt uns im Stich, aber dann will sie Münzen!«

Korinna seufzte. »Herr der Komödien, Sklave des Mimus – es ist eilig. Die Hüter der Ordnung werden mich in den Kerker werfen, wenn ich den Befehl nicht befolge.«

»Die Hüter der Ordnung? Nicht vielleicht ein bestimmter Hüter mit Namen – wie hieß er noch gleich?«

Von der Straße her hörte sie Alcimus' Stimme, die ihren Namen rief. Sulpicius stand auf, schob sich an Korinna und dem Jungen vorbei und ging nach vorn.

»Kommt sofort«, sagte er.

Als er wieder zu ihnen kam, schüttelte er den Kopf, streifte Korinna mit einem Blick und wandte sich an Mopsos.

»Es ist ein anderer.«

»Auch das noch! Willst du es mit sämtlichen Hütern der Ordnung von Rom treiben? Und was ist mit mir?«

»Was soll mit dir sein?«

Wieder hob er die Hände. »Eine abtrünnige Schauspielerin, die Truppe unvollständig, mein Lager kalt, mein Glied ungehegt – ach wenn es doch börste!«

Korinna lachte. »Deine geschmeidigen Hände werden Abhilfe schaffen. Aber bevor sie völlig verklebt sind, gib mir ein paar Münzen!«

Mopsos nestelte an seinem Gürtel, öffnete das Geldsäckchen, nahm ein paar Münzen heraus und warf sie ihr zu.

Korinna zählte – vier Sesterzen – und verneigte sich spöttisch. »Deine Großzügigkeit in dieser Sache lässt mich hoffen, dass es auch unserem jungen Gast an nichts fehlen wird. Gebt ihm zu essen und zu trinken; morgen früh bin ich hoffentlich wieder da.«

»Halt! Morgen Abend, bei Sonnenuntergang, haben wir einen teuren Auftritt. Alle. Denk daran!«

Alcimus rief wieder nach ihr; diesmal klang er ungeduldig. Sie berührte die Wange des Jungen und lief hinaus.

Ein schneller Wagen, vor dem zwei Pferde stampften und schnaubten – vermutlich waren auch sie ungeduldig –, stand vor dem Haus. Im matten Licht, das aus einigen Häusern auf die Straße fiel, sah sie Alcimus und einen anderen Mann, der die Zügel hielt.

»Komm endlich«, sagte Alcimus. Er reichte ihr die Hand und zog sie in den engen Wagenkorb.

Sie stieß einen Laut der Überraschung aus, als sie mit den Füßen etwas Weiches berührte.

»Du stehst auf deinem Beutel; den hattest du vergessen.« Alcimus wandte sich an den Fahrer. »Los, schnell, zum Palast! Wir wollen doch die Hinrichtung nicht versäumen.«

»Was für eine Hinrichtung?«

Er grinste. »Irgendeine. Mal sehen. Es wird sich schon etwas finden.«

»Ist das dein Ernst?«

»Iunius Rusticus hält manchmal abends Gerichtsverhandlungen ab, zuweilen mit Gästen, um ihnen die Wirksamkeit der römischen Gesetze zu zeigen. Dabei gibt es oft etwas zu trinken. Ich nehme nicht an, dass Pacuvius dich und mich und das Schwert haben will, um die Klinge in Wein zu tauchen.«

Lose Fäden

Heute, sagst du, bin ich all meinen Plagen entronnen. Sag doch besser: Heute habe ich all meine Plagen abgeworfen. Denn sie waren nur in dir, in deiner Vorstellung, nicht außer dir.

MARCUS AURELIUS IX 13

Zuerst versuchte er, alles als üblen Scherz zu betrachten; aber Rema neigte nicht zu derart schwarzem Witz.

Rema. Festliches Fleisch, köstliche Gier, unentbehrliche Erinnerungen. Mehr? Nein, nicht mehr, keine tiefere Wärme; aber, Götter, welche Feste, welch wiederkehrendes Begängnis! War es vorstellbar, dass sie sich verplappert hatte? Die Mitteilung, dass er den Kaiser töten würde, nicht als Mutmaßung, sondern als Gewissheit vorgebracht, für Pacuvius dramatischer Höhepunkt, für Rema offenbar weniger wichtig als das Kind, das Umbricius als sein eigenes annehmen würde.

Warum, warum, warum? Ein Kind gezeugt und überflüssig geworden, zum Kaisermord gezwungen – wie? – und dabei von anderen Kaiserwächtern niedergehauen? Eine Warnung? »Armer Pacuvius, sieh dich vor …« Aber Warnungen klingen anders als unwiderrufliche Verurteilungen. Wer sollte dafür sorgen, dass er Marcus Aurelius tötete?

Wer, wenn nicht Umbricius? Wie? Wie auch immer. Wäre es denkbar, dass Rema ihm dies ohne Umbricius' Wissen, gegen dessen Willen gesagt hatte? Und … Rema. Sie trug sein Kind, das Umbricius adoptieren würde. Besser für den Vater, wenn der wirkliche

Vater nicht mehr lebt? Besser für die Mutter? Für das Kind? Er hatte zwei Kinder, im Norden, in Bononia – nicht vergessen, aber zu lange nicht gesehen; die Möglichkeit, ein weiteres Kind gezeugt zu haben, bekümmerte ihn nicht. Nicht sehr. Für Rema schien es anders zu sein. Wie er sie kannte, würde sie ihm von zwei Nachrichten immer zuerst die minder bedeutende erzählen. Zum Beispiel, dass er Marcus Aurelius töten sollte, töten würde, töten müsste. Dann erst die wichtige: das Kind im Leib.

Wenn es tatsächlich ein Kind gab. Wenn er tatsächlich den Kaiser töten sollte. Wusste Umbricius davon – vom einen wie vom anderen? Und was, wenn … wenn alles erfunden war? Das Kind, der Mord, die Verschwörung, die Bedrohung?

Bis er gegen Mitternacht in die Nähe der Unterkünfte gelangt war, hatte er viele wirre Gedanken gedacht, aus Denkfetzen, Bruchbildern und Missklängen ungenießbare und sinnlose Gebilde verfugt und wieder verworfen.

Undeutlich erinnerte er sich daran, ein paar Worte mit Alcimus gewechselt zu haben. Er hatte ihm noch zwei Fragen genannt, für die Fahrt nach Portus am nächsten Morgen. Fragen, die ihm jählings wichtig erschienen waren; vielleicht würden sie ihm wieder einfallen. Aber es war nicht sicher, dass Alcimus ausreichend bei der Sache gewesen war, sich die Fragen zu merken. Er hatte im Atrium des Hauses mit einer offenbar nachlässig verheirateten Frau Dringlichkeiten erörtert.

Sinnlos, an Schlaf auch nur zu denken. Wach liegen, dem Huftrappeln der Gedankenreiterei lauschen, die seinen Kopf verheerte? Aber was Tacitus über die Grundzüge der römischen Politik gesagt, »sie schaffen eine Wüste und nennen es Friede«, wäre von diesen Reitern nicht zu erwarten. Eine Wüste im Gemüt, aber keinesfalls Friede.

Er wusste, dass harte Arbeit die beste Betäubung war; außerdem könnte sich bei gründlichem Arbeiten etwas finden lassen. Etwas, das er bisher übersehen hatte. Er musste etwas übersehen haben, oder vieles. Die Dinge konnten nicht so aussichtslos verwickelt sein, wie sie schienen. »Menschen machen Fehler«, sagte er sich; »vielleicht habe ich Fehler gemacht, und wenn ich diese behebe, wird alles durchschaubar. Vielleicht haben aber auch sie, die anderen, wer immer das sein mag, Fehler gemacht; es hat nie ein vollkommenes Verbrechen gegeben, nie eine Verschwörung, die unbemerkt und unbeweisbar geblieben wäre. Meine Fehler oder deren Fehler – ich werde Fehler suchen und dann weitersehen.«

Er wechselte ein paar Worte mit dem Wachtposten; dann begab er sich zu seiner Unterkunft in einem der tausend Flügel, Anbauten und Nebengebäude des Palasts. Hieron hätte inzwischen eingetroffen sein müssen, aber die kleine Kammer des Sklaven neben Pacuvius' größerem Gemach war leer, seit Tagen unberührt.

Ein paar Atemzüge lang überlegte er, ob Hierons Abwesenheit ein Anlass zur Sorge sei. Auf dem Weg von Portus durch die Hügel nach Rom konnte ihm etwas zugestoßen sein. Räuber oder Wegelagerer gab es nicht, so nah bei der Stadt; aber ein lockerer Stein, eine unbemerkte Wurzel, ein Stolpern … Im Geiste sah er den Sklaven, der ihm eigentlich eher als eine Art Onkel erschien, mit gebrochenem Bein in irgendeinem Gesträuch liegen. Aber in den Hügeln gab es ein paar ältere Landhäuser, dauernd waren Leute unterwegs, Bauern und Händler und andere. Schließlich handelte es sich um die Umgebung von Rom, nicht um ferne Einöden.

Pacuvius schüttelte den Kopf und versuchte, die Gedanken auf das zu richten, was nun nötig war. Frische Kleidung, Geld, vielleicht Waffen? Er erwog, eines der kurzen Stichschwerter mitzunehmen, entschied sich dann aber für den krummen Dolch. Die *sica* mit zwei Schneiden und scharfer Spitze wäre im Fall eines städtischen Handgemenges zweifellos nützlicher.

In einem anderen Gebäudeflügel fand er sieben *vigiles,* die Bereitschaftsdienst hatten – falls jemand einen Brand oder größere Auseinandersetzungen meldete. Zwei wachten, die Übrigen schliefen auf Bänken an den Wänden der Wachstube. Bei seinem Eintreten richteten sie sich auf. Vier der Männer kannte er vom Sehen.

»Wer hilft mir bei einem Einbruch?«, sagte er.

Einer der Wachenden lachte. »Ein seltenes Vorrecht, Herr. Willst du Tempelschätze entwenden?«

»Ich will in Falcos Bad etwas holen, was ich heute dort vergessen habe. Los, zwei von euch kommen mit, mit Fackeln und Waffen, damit es nach etwas aussieht. Sonst schreit jemand nach den *vigiles.*«

Auf dem kurzen Weg zum Bad änderte er stillschweigend seine Pläne. Die beiden Sklaven, die Falcos Gebäude und Besitz vor nächtlicher Unbill hüteten, verzichteten beim Anblick der Waffen und Helme auf jedes Geschrei; Pacuvius dankte den *vigiles,* schickte sie zurück, nahm eine der Fackeln an sich und ließ sich von einem der Sklaven in Falcos Arbeitsstube bringen. Er gab dem Mann einen Sesterz – »für kundige und geräuschlose Führung« –, entzündete eine weitere Fackel an der Wand und eine Ölleuchte auf dem Schreibtisch und nahm seinen Beutel, der immer noch neben der Truhe lag.

»Dein Herr weiß Bescheid; er kennt mich«, sagte er.

Der Sklave nickte und unterdrückte ein Gähnen.

»Du darfst mir einen Krug Wein bringen, Wasser und einen Becher; danach kannst du unbesorgt weiterschlafen.«

»Ja, Herr.« Mit einem flüchtigen Grinsen setzte der Mann hinzu: »Umso unbesorgter, als das Haus nun vom Fürsten aller Nachtwächter gehütet wird.«

Bis kurz vor Sonnenaufgang arbeitete sich Pacuvius durch die Listen. Er wusste sehr wohl, dass ihm zwangsläufig vieles entgehen würde, da er keinesfalls alle zweitausend Namen kannte. Auf Falcos Papyrus, von dem er freimütig Gebrauch machte, notierte er jene Namen, die ihm wichtig oder unpassend schienen. Unpassend, weil die betreffenden Leute keinen unmittelbar ersichtlichen Grund hatten, zwischen Rom und Portus unterwegs zu sein; dazu gehörten mehrere Senatoren, von denen er wusste, dass sie Landhäuser bei Tusculum oder Praeneste hatten und also gewöhnlich landeinwärts, nicht zum Hafen reisen würden. Wichtig waren ihm alle auswärtigen Würdenträger, Legaten, Statthalter oder Männer wie jener christliche Aufwiegler Iustinus.

Der schwerste Teil der Arbeit war nicht der Zwang zu schnellem Lesen oder das Abwägen von Wichtigkeiten, sondern die immer wieder neu nötige Bündelung der Gedanken. Aber als er eine Dankesbekundung für Falco kritzelte, einen Fetzen mit Namen einsteckte und das Übrige wieder im Beutel neben die Truhe legte, war er sicher, etwas gefunden zu haben. Keine Antworten, sagte er sich, aber immerhin ein paar Anlässe für gezielte Fragen.

In einer *caupona* am Ostende der Sublicius-Brücke trank er einen Becher heiße Brühe; von frühen Händlern erstand er Brotfladen und ein wenig Obst. Kauend und grübelnd ging er durch die sich langsam mit Menschen füllenden Straßen von Trans Tiberim zu den Wächterhütten nahe der Porta Portuensis. Zwei der Männer, die er befragen wollte, hatten Morgendienst am Tor.

»Edle Bewahrer der Unordnung«, sagte er; »ich bitte um zweieinhalb Auskünfte.« Er zwang sich zu einem scherzhaften Ton, denn auf dem letzten Teil des Weges hatten ihn die wüsten Gedanken wieder angefallen.

Es gab noch nicht viel zu tun, sodass die Posten gleichzeitig wachen, lauschen und antworten konnten.

Pacuvius fragte zunächst nach dem Tag, an dem man den Fischhändler tot aufgefunden hatte. Beide Männer behaupteten, Manlius gekannt, aber an diesem Tag nicht gesehen zu haben. Zu der Zeit, da Manlius vermutlich die Stadt verlassen hatte, waren beide am Tor gewesen.

»Auch nicht zu Fuß?«, sagte Pacuvius. »Vielleicht habt ihr ja nur auf Karren geachtet.«

»Wir kennen ihn; er hatte immer einen zotigen Scherz übrig«, sagte einer der Männer. »Wir hätten ihn bestimmt nicht übersehen, selbst wenn er ausnahmsweise ernst und schweigsam gewesen wäre.«

»Gut.« Pacuvius hielt den Papyrusfetzen hoch, auf dem er Namen und Fragen notiert hatte. »Dieser hier, Marsyas, in einem Wagen zusammen mit dem Senator Fabricius Balbus.«

Der zweite Posten lachte. »Ein sehr fetter Mann, ziemlich alt.

Sah nicht so aus, als ob er mit Apollo Musik machen könnte. Ich glaube, für die Flöte braucht man schlankere Finger. Aber wer ihn danach häutet, kriegt reichlich Fell.«

»Fett und alt. Hm. Sonst etwas? Besondere Kennzeichen?«

»Nein, Herr. Nur ...« Der erste Posten runzelte die Stirn. »Als er diesen Namen nannte, hat der Senator das Gesicht verzogen. Und ihn schräg angeschaut.«

Pacuvius fragte nach weiteren Leuten auf der Liste, ohne wesentliche Auskünfte zu erhalten. Schließlich räusperte er sich, kniff die Brauen zusammen und versuchte, möglichst finster zu blicken.

»Und nun verratet mir, ihr Säumigen, wie viele Leute ihr vergessen oder fortgelassen habt.«

Die Männer sahen einander an, dann Pacuvius; beide wirkten ehrlich überrascht.

»Wir haben alles aufgezeichnet, Herr«, sagte der zweite Posten. »Wieso ...«

Pacuvius ließ ihn nicht ausreden. »Habt ihr nicht«, sagte er scharf. »Mich, zum Beispiel, habt ihr nicht auf der Liste. Alcimus auch nicht.«

»Ah.«

»Nur ›ah‹?«

»Wir haben alle aufgeschrieben, die nicht zu uns gehören.«

»Wer ist das, ›die zu uns gehören‹?«

»Du natürlich«, sagte der erste Posten. »Alcimus. Die anderen, die mit euch nach Portus gegangen sind. Männer von der Kohorte hier. Und alle Vorgesetzten und andere, die wir kennen.«

»Männer von den Stadtkohorten? Prätorianer? Leute, die zu den *vigiles* gehören?«

»Ja, Herr. Und die Offiziere. Die Präfekten sowieso.«

»Haben das eure Kameraden auch so gemacht?«

»Das nehme ich an, Herr.«

»Dann sagt mir jetzt, an wen ihr euch erinnert, von unseren Leuten – wann, wer, in welcher Gesellschaft, alles.«

Nachdem er die beiden Männer ebenso gründlich wie grimmig befragt hatte, begab er sich zu den Unterkünften, die nicht weit vom Tor hinter dem Wall lagen. Ohne besondere Freundlichkeit nahm er sich die wachen Kämpfer vor, dann ließ er sie die Schlafenden wecken.

Etwa eineinhalb Stunden nach Sonnenaufgang ließ er sich von einem der Leute ein Pferd besorgen. Er führte es am Zügel zum Tor, wo er von den Posten hörte, inzwischen sei Alcimus mit einer Frau und einem Jungen hinausgefahren, habe aber den Namen Lucius Macrobius angegeben; außerdem hätten Umbricius Telon und seine Frau mit einer weiteren Person in einem Reisewagen die Stadt verlassen.

»Was heißt Person? Mann, Frau, jung, alt?«

»Wir wissen es nicht, Herr. Groß und schlank, eine Gestalt ganz ähnlich jener der Herrin. Mit einem dunklen Schleier.« Der Posten hob die Schultern. »Vielleicht ein schlanker, kräftiger Mann, der nicht gesehen werden will, oder eine trauernde Frau.«

»Habt ihr nicht nach dem Namen gefragt?«

»Doch nicht bei Marcus Umbricius!«

»Wer hat den Wagen gelenkt?«

»Ich weiß es nicht, Herr.«

Pacuvius knirschte einen Fluch durch die Zähne und ritt zurück zur Stadt. Umbricius, Rema und eine Person mit Schleier? Wohin unterwegs? Nach Portus? Auf dem Weg über ungepflasterte, dafür nicht übervolle Straßen ging er die Ergebnisse seiner Morgenforschungen durch. Nicht viel, sagte er sich; vor allem nichts, was unmittelbar ersichtliche Bedeutung hatte.

Sklaven gab es in der Wahrnehmung der Posten offenbar nicht. Neben Umbricius, Rema und der verschleierten Person mochten ein Lenker, drei Sklaven und sechs Dienerinnen im Wagen gewesen oder nebenhergelaufen sein. Er musste davon ausgehen, dass es sich bei den anderen Fahrten ähnlich verhielt. Manlius mochte als Sklave neben einem Fahrer gesessen haben, oder vielleicht war er schon in der Stadt getötet und als regloses Bündel auf der Ladefläche eines Karrens hinausgebracht worden. Umbricius hatte vor wenigen Tagen schon einmal die Stadt verlassen, mit Rema, und war am nächsten Tag zurückgekehrt. Der Präfekt der Stadtkohorten, Titus Lucilius Varro, war ebenfalls – angeblich ohne Begleitung – Richtung Portus gefahren und einen Tag später heimgekommen. Der berühmte frühere Wagenlenker und Gladiator Philippus, der Präfekt der Prätorianer Aemilius Pictor, Fabricius Balbus und »Marsyas«, Septimius Severus, Fufius Ripa, dessen Gastfreund Cornelius Longus, die neunköpfige Mimen- und Tänzertruppe der Agoraphonier, die am Vorabend das Fest bei Umbricius mitgestaltet hatte, etliche Offiziere der Wachkohorten und der Prätorianer ...

Nichts Greifbares, viele Namen, aber nichts Ungewöhnliches und, wenn er ehrlich war, nicht einmal der Hauch eines Verdachts. Lediglich das undeutliche Gefühl, bestimmten Zusammenhängen nachgehen zu sollen, hatte ihn dazu gebracht, das Pferd statt der eigenen Beine zu benutzen. Wenn er alle Fragen, die er vielleicht stellen sollte, an die zuständigen Stellen richten wollte, würde er kreuz und quer durch Rom gehen müssen – besser reiten, sagte er sich: bequemer und notfalls ein wenig schneller. Offiziere mit besonderen Anliegen durften auch in der Stadt reiten, aber es gab nicht viele Galoppstrecken.

Sein erstes Ziel war der Tempel des Saturnus am Hang des Capitolium. In den alten Zeiten der Republik hatte man dort die Archive des Staats bewahrt und Steuern, Abgaben, Beutegelder, kurz die Einkünfte im Tempelschatz gehortet. Zuständig war dafür jeweils ein Quaestor gewesen, der wiederum dem Senat unterstand. Inzwischen deckte das *aerarium saturni* nur noch den Geldbedarf der Stadt – falls es ihn decken konnte –, während die Finanzen des Imperiums größtenteils dem Kaiser unterstanden. Grundsteuern, die Abgaben auf Auktionen, die beim Verkauf oder der Freilassung von Sklaven fälligen Beträge und einige andere Vorgänge wurden aber immer noch vom *aerarium saturni* verwaltet.

Pacuvius nahm an, dass Teile der alten Archive inzwischen ebenfalls beim Kaiser oder in anderen Bibliotheken untergebracht waren, hoffte aber, einige Hinweise auf Vermögen, Familien und Grundstücke zu finden. Unterlagen über Erbgänge wären möglicherweise erhellender gewesen; das Aufkommen aus der von römischen Bürgern zu entrichtenden Erbschaftssteuer ging jedoch ans *aerarium militare,* und wie bei den anderen Bereichen, die dem Kaiser und seinen labyrinthisch verzweigten Beraterstäben unterstanden, konnte Pacuvius nicht mit Entgegenkommen rechnen. Es sei denn, er hätte einen amtlich besiegelten, am besten vom Kaiser selbst erteilten Forschungsauftrag vorzuweisen.

Im Geiste ging er noch einmal die Anlaufstellen durch. Das *aerarium* am Capitolium, das Hauptlager der Stadtkohorten unweit des Marsfelds im Norden, die Behausung eines alten etruskischen Heilers – vielleicht wäre »Giftmischer« die treffendere Bezeichnung – östlich der Stadt, an der Straße nach Praeneste, der Waffenmeister Rutilius im Süden, in den Gewölben des »Colosseum« genannten flavischen Amphitheaters. Noch jemand? Ah, ja, vielleicht wäre es nicht ganz dumm, einen der Herren der römischen Unterwelt zu befragen. Und möglicherweise würde es nicht schaden, einen anderen Bekannten aufzusuchen, einen Centurio der Prätorianer. Ebenfalls im Osten der Stadt.

Pacuvius versuchte, sich eine halbwegs sinnvolle Strecke zurechtzulegen; dann seufzte er und trieb das Pferd vorwärts.

Bis zum mittleren Nachmittag war er schweißgebadet, ausgehungert, durstig; und einigermaßen zufrieden. Der für das *aerarium saturni* zuständige Quaestor hielt sich nicht im Tempel auf, und sein Schreiber wagte keinesfalls, die Bedrohlichkeit der Lage und die Berechtigung des Offiziers Gaius Pacuvius Lentulus zu bezweifeln.

»Räuber, die die Wege durch die Hügel nach Portus beschmutzen und dort im Tempel der Minerva Zuflucht suchen? Wahrlich, Herr – würdelose Zeiten, nicht wahr? Aber ich hatte schon Gerüchte gehört ... Wie? Nicht darüber reden? Die Stadt ist geschwätzig, aber ich werde schweigen, Herr! Also, die Besitzer der Landgüter in den Hügeln, nicht wahr? Damit man sie unauffällig schützen kann, ohne gewaltiges Gezeter zu bewirken? Natürlich, natürlich; es ist mir eine Ehre, dabei zu helfen. Nicht zu reden von Pflicht.«

So erfuhr Pacuvius aus den Archiven, dass eines der alten Güter einem Lucius Annaeus Ulpius Flavius Glabro gehört hatte, der es testamentarisch seinen Kindern Romulus Anaius Ulpius Flavius Glabro und Rema Anaia Ulpia Flavia vermachte, ehe er sich das Leben nahm. Im vergangenen Jahrzehnt waren alle fälligen Abgaben, Wegegelder, Steuern auf Erwerb von Haushaltssklaven und dergleichen entrichtet worden von Marcus Umbricius Telon, dem Gemahl der Rema Anaia Ulpia Flavia.

Es gab mehrere Dutzend Güter und Landhäuser in den Hügeln, aber die anderen gehörten Leuten, deren Namen Pacuvius nichts sagten. Er notierte sie alle und war am Ende froh, nicht auch noch die Vorfahren und die gesamte Sippengeschichte des gesprächigen Schreibers aufzeichnen zu müssen.

Anaius/Annaeus und die weibliche Form Anaia – Remas Familie hatte offenbar neben ulpischem und flavischen auch altes etruskisches Blut. Was die Geläufigkeit erklärte, mit der Rema ihrer Dienerin Anweisungen auf Etruskisch geben konnte. Umbricius und Rema hatten also vollkommen gewöhnliche und nicht zu bezweifelnde Gründe, sich in den Hügeln aufzuhalten. Umbricius besaß, wie Pacuvius wusste, ein Landgut bei Tusculum – zu weit entfernt für kurze Aufenthalte.

In der Castra der Stadtkohorten erfuhr er durch geschickte Fragen von einigen Wachoffizieren, dass der Präfekt Lucilius Varro sich vor ein paar Tagen zu Umbricius »aufs Land« begeben habe; einen Anlass dafür wusste niemand. Allerdings benötigte man weder viel Einbildungskraft noch Argwohn, um sich einen Besuch des Präfekten beim Leiter des geheimen Sonderdienstes zu erklären.

Tyllus, der alte kräuterkundige Heiler und Giftmischer, zog diese Schreibweise der gewöhnlichen vor. »Tullius« war, wie er fand, inzwischen von zu vielen Römern abgenutzt und passte nicht recht zu geheimnisvollen Tränken und hilfreichen Aufgüssen. Pacuvius weckte ihn aus einem mittäglichen Schlummer im Schatten einer

Ulme hinter der Hütte. Aber der alte Mann hatte nicht viel beizutragen. Von einem *haruspex,* der in eine Verschwörung gegen den Kaiser verstrickt sein könnte, wisse er nichts, halte dies auch für unwahrscheinlich. »Wir sind doch alle Römer«, sagte er. »Vor vier Jahrhunderten gab es gelegentlich noch Ärger, aber das ist so lange her.« Er nannte ein paar Namen: wichtige Eingeweidebeschauer, Mitglieder des sechzigköpfigen Collegiums der etruskischen *haruspices* der Stadt, alle über jeden Zweifel erhaben.

»Gibt es so etwas wie einen Sprecher oder Obmann? Anführer der Zunft?«

Tyllus bohrte gründlich in der Nase, musterte das Ergebnis des Schürfens und schnipste es gegen den Stamm der Ulme. »Nein«, sagte er dann. »Sie sind gleich. Angeblich ist vor Jahren einer ausgeschieden, weil er andere Dinge zu tun hat, und weil er besonders gut war, fragen sie ihn gelegentlich um Rat.«

»Wie heißt er? Und weißt du, was er tut?«

Tyllus lachte. »Er hütet Schriften, mein Freund, und er ist zu alt und zu fett für Verschwörungen. Vel Kuruna, so heißt er – sein gewöhnlicher Name. Den anderen weiß ich nicht; den weiß wahrscheinlich keiner außer ihm.«

»Was ist das für eine Geschichte? Habt ihr geheime Namen?«

»Nicht alle. Manche, vor allem aus alten Priesterfamilien, kriegen bei der Geburt einen ›Wahren Namen‹, wenn man sie einem bestimmten Gott oder einer besonderen Aufgabe weihen will. Was nicht heißt, dass sie später diese Aufgabe tatsächlich erfüllen.«

»Hast du so einen Wahren Namen?«

Tyllus nickte.

»Darf man ihn erfahren?«

»Nein.« Der alte Mann verzog das Gesicht. »Darf man nicht. Außerdem – eigentlich habe ich ihn nicht mehr. Man hat ihn mir genommen, als ich wegen Giftmischerei und, eh, anderer Dinge von den *haruspices* ausgestoßen wurde.«

Pacuvius' Verbindungsmann bei den Prätorianern, ein Centurio namens Sergius, wusste nichts von Verschwörungen. Er hatte auch nichts von Ausflügen seines Präfekten Richtung Portus gehört – was nichts bedeutete, wie Pacuvius sich abermals sagen musste. Der Kaiser war schon aus der Sommerfrische in Alsium zurückgekehrt oder wurde für die nächsten Tage erwartet; da durfte es niemanden verwundern, wenn die für seine Sicherheit zuständigen Leute sich wo auch immer zu einer Besprechung trafen.

»Sehen wir uns heute Abend?« Sergius kniff ein Auge zu und richtete seine gebogene, scharfe Nase auf Pacuvius.

»Heute Abend? Was gibt es?«

»Das übliche kleine Gemenge mit nachfolgendem Gelage beim Präfekten der Stadt.«

»Richtig, Rusticus hält Gericht, mit Gästen. Aber ich bin nicht geladen – und was willst du da?«

»Kam eben.« Sergius griff mit spitzen Fingern nach einem Papyrus und wedelte damit. »Sie haben diesen Iustinus festgenommen; und ein paar andere von den Aufwieglern. Rusticus wird sich heute Abend mit ihnen befassen. Und weil nicht auszuschließen ist, dass sie … na ja, unflätig werden, will er neben seinen Feuerwehrleuten und ein paar von euch Nachtwächtern auch richtige Krieger dabeihaben.«

»Danke für die freundlichen Worte, mein Lieber. Ich will sehen, ob ich noch eine Einladung ergattern kann.«

Auf dem Weg von der Festung der Prätorianer in die Subura, wo er Duilius aufsuchen wollte, den Herrn des Glücksspiels und der zwielichtigen Schenken, kam ihm ein ungeheuerlicher Einfall. Einen Augenblick lang war er versucht zu brüllen; er zügelte das Pferd, starrte in den hellen heißen Herbsthimmel und grinste breit.

»Lose Fäden?«, dachte er. »Und was, wenn man sie falsch verknotet? Oder richtig? Hauptsache, ein Knoten entsteht, an dem dann andere zupfen. An der Art des Zupfens könnte man auf jeden Fall erkennen, wer an den Fäden ziehen will. Oder an ihnen hängt. Und wer nur herumspielt.«

Etwas lenkte ihn ab. Auf dem kleinen Platz, bestaunt von

Prätorianern außer Dienst und Bewohnern des Viertels, führten die Agoraphonier etwas auf: Seiltänze, atemberaubende Verrenkungen, menschliche Pyramiden, ein kleiner, nicht besonders überzeugender Schaukampf mit Schwertern. Jemand in der Kleidung und mit der Haartracht eines altägyptischen Fürsten hatte einen der Zuschauer in eine Art Schlaf mit offenen Augen versetzt und ließ ihn über ein paar Feuerbecken gehen. Barfuß, aber die Füße zeigten keine Wunden.

Pacuvius riss sich zusammen. Er war nicht hier, um die Mimen zu bewundern. Fast wie selbsttätig zählte er sie durch – acht Frauen und Männer. Hatte der Posten am Stadttor nicht von neun gesprochen? Nun ja, einer hielt sich wohl anderswo auf.

Er trieb das Pferd wieder an. Nicht in die Subura, wo er Duilius zu suchen hätte, sondern auf dem schnellsten Weg zur Mitte der Stadt, zu den Palästen und Verwaltungsgebäuden. Vielleicht konnte er später Duilius und den Waffenmeister Rutilius noch aufsuchen, aber zunächst gab es Wichtigeres.

Unterwegs wischte er immer wieder sein Grinsen weg, während er die Einzelheiten des Einfalls und seiner Durchführung erwog, ordnete, befragte, ergänzte. Gern hätte er alles mit Alcimus besprochen, aber der Freund war in Portus, mit Korinna und dem Jungen, oder vielleicht schon auf dem Rückweg. Ihn und Korinna würde er brauchen – aber brauchte er Korinna wirklich? Oder wollte er sie nur in der Nähe haben?

Und … alles mit Alcimus besprechen? Nicht alles, oder jedenfalls nicht ganz offen. Nicht Rema.

Rema Anaia Ulpia Flavia, aus alter Etruskersippe, verwandt mit flavischen und ulpischen Kaisern. Gemahlin des Marcus Umbricius Telon, der den geheimen Sonderdienst leitete. Der den Kaiser schützen sollte. Umbricius hatte Pacuvius gegenüber von einer Verschwörung gegen Marcus Aurelius gesprochen, gegen das Leben des Kaisers, und ihn nach Portus geschickt, um eintreffende Gäste zu schützen und vor allem einen rätselhaften Boten aus Sardinien zu empfangen. Angeblich war jemand – vielleicht der Bote, vielleicht ein anderer, vielleicht niemand – blutend verschleppt worden; ein Fischhändler, der vielleicht nichts mit alledem zu tun hatte, war gestorben, ermordet worden, und ehe Pacuvius, zu diesem Zweck in Portus, den sardischen Boten (oder dessen Leichnam) gefunden hatte, schickte Umbricius ihn und Alcimus nach Trans Tiberim, um das Schicksal des Fischhändlers zu klären? Rema hatte gesagt, Pacuvius werde den Kaiser töten – wie? Wer wollte ihn wie dazu zwingen? Und wer hätte etwas davon, den Kaiser zu töten? Nur einer, der ihn selbst ersetzen wollte. Oder der für jemanden arbeitete, der an die Stelle von Marcus Aurelius träte. Nur einer, mit anderen Worten, der hoch genug stand, um überhaupt in die Nähe des Throns zu gelangen. Der mächtige und wichtige Helfer hatte. Der sich auf die Prätorianer stützen konnte – denn ohne diese war so etwas in Rom nicht möglich. Es sei denn, zehntausend kaisertreue Prätorianer würden von mindestens drei Legionen niedergerungen.

In ganz Italien stand, alle Ausbildungslager und Flottenstützpunkte zusammengerechnet, nicht einmal eine halbe Legion. Nein, die Prätorianer mussten mit im Spiel sein, vielleicht auch die Stadtkohorten beziehungsweise deren Präfekten. Beide, Lucilius Varro und Aemilius Pictor, waren in den letzten Tagen zu den Hügeln gefahren, in denen Umbricius – eigentlich Rema, aber das kam aufs Gleiche hinaus – ein Landgut besaß. Umbricius, Leiter des geheimen Sonderdienstes …

Wer käme denn müheloser in die Nähe des Kaisers als er? Wer könnte, gestützt auf die Prätorianer, die Wachkohorten und beide Präfekten, besser den Kaiser stürzen und sich selbst oder einen anderen an die Macht bringen? Wer wäre listig genug, in den letzten Tagen der Vorbereitung wichtige Leute des Dienstes, zum Beispiel Pacuvius und Alcimus, mit schwachsinnigen Aufträgen aus der Stadt zu schicken, damit nicht die eigenen Leute den Anschlag verhinderten? In den letzten Tagen der Vorbereitung, während aus dem ganzen Imperium wichtige Männer anreisten, die den neuen Kaiser möglicherweise gleich bestätigen sollten, damit nicht die Legionen marschierten? Wer – wenn nicht Umbricius?

Undenkbar, dass Umbricius nicht wusste, was Rema wusste.

Aber warum hatte sie geredet? Um Pacuvius zu warnen? Ihr Name durfte jedenfalls nicht genannt werden.

Und wenn alles ganz anders wäre? Wenn das, was er sich da ausrechnete, nichts war als der Kot einer Chimäre, die sich über seinem Gehirn entleert hatte?

Dann, so sagte er sich, war er Gaius Pacuvius der Pflichtbewusste, der einem furchtbaren Verdacht nachging und mit Jubel und Entzücken und Erleichterung feststellte, dass der Kaiser doch nicht in Gefahr und der unmittelbare Vorgesetzte ein edler Mann sei. Es konnte, wenn man ihn ausreden ließ, keinen Fehlschlag geben; er war sicher, dass er sich aus allen guten oder schlechten Möglichkeiten herauswinden konnte. Und dass des Kaisers enger, alter Freund Rusticus, vielleicht als Einziger über alle Zweifel erhaben, für ihn eine gewisse Sicherheit war, dass er überleben würde.

Aber noch fehlte einiges. Antworten aus Portus. Und abends, beim Stadtpräfekten, sollten bestimmte Männer anwesend sein, die Rusticus wahrscheinlich nicht geladen hatte.

Natürlich war es für einen Offizier des Sonderdiensts nicht schwierig, den mit der Vorbereitung des Abends betrauten Schreibern des Stadtpräfekten gewisse vordringliche Dinge nahezulegen. Läufer wurden losgeschickt, um den Senator Fabricius Balbus, den Händler Fufius Ripa und den jungen Ritterssohn Septimius Severus einzuladen.

»Vorzuladen?«, dachte Pacuvius. »Vielleicht.«

Umbricius, den er eigentlich von allen am dringendsten zu laden wünschte, würde ohnehin kommen, wie die Schreiber sagten, desgleichen Varro, Präfekt der Stadtkohorten. Der Herr der Prätorianer dagegen befinde sich nicht in der Stadt; er sei dem Kaiser entgegengeritten, um ihn nach Rom zu geleiten.

Weitere Boten sollten Alcimus und Korinna sowie den Waffenmeister Rutilius zum Palast holen. Der Älteste der Schreiber notierte außerdem ein paar Zeilen für den Präfekten der Stadt, mit denen Pacuvius darum bat, während der Gerichtssitzung am Abend einige zusätzlich geladene Personen in einer wichtigen Angelegenheit befragen zu dürfen.

Er trank einen Schluck lauwarmen Wassers und überlegte, ob er etwas oder jemanden vergessen habe. Da ihm nichts einfiel, ließ er sich ein frisches Pferd beschaffen und ritt in die Subura, fand aber Duilius nicht. Bei einem der Handlanger des Fürsten der Finsternis ließ er einen Papyrusfetzen zurück.

Die Sonne sank bereits, als er den Palast wieder erreichte. Noch kein Alcimus und keine Korinna; warten. Pacuvius wechselte ein paar Worte mit den Posten, die den Zugang sicherten und alle Eintreffenden in einer Liste verzeichneten.

»Ich fürchte, mit dem Fest wird es nicht viel«, sagte der Mann. »Zu viel zu verhandeln, vermutlich.«

»Habt ihr diese Christen erwischt?«

»Ja. Haben sich auch noch eine neue Ruhestörung geleistet; als ob das, was ansteht, nicht schon ausreichte.«

Pacuvius nickte. Er hatte nichts übrig für Menschen, die aus Gründen eines absonderlichen Glaubens die Befolgung der Gesetze verweigerten, durch Unduldsamkeit gegen die tausend anderen Religionen des Reichs immer wieder Streit und Unruhen auslösten. Der Stadtpräfekt, sagte er sich, würde gerechtes Gericht halten.

Und er war sicher, dass auch er Gehör finden würde.

Dann dachte er an Rema und stellte fest, dass seine Hände und Knie zitterten.

Lucius Septimius Severus, Rom, an Septimius Geta, Leptis –

Gruß, Heil und die gebührende Ehrfurcht des Sohnes zu deinen Füßen, o mein Vater. Dein älterer Bruder, mein gestrenger Onkel, befindet sich wohl; wenn es seinem Wesen entspräche, ließe er zweifellos Grüße übermitteln.

Wiewohl ich nur hoffen darf, dass der Brief aus Portus dich erreicht haben möge, will ich nicht alles wiederholen, was ich dir von dort schrieb, sondern fortfahren.

Aber wie sollte ich fortfahren, ohne von Rom zu schreiben? Und wie soll ich von Rom schreiben, da du es kennst? Es ist gewaltig, und doch ist es so winzig. Die Mitte des bewohnten Kosmos, der Nabel aller Macht; die Behausungen der Götter und Fürsten, Tempel und Paläste und schäbige, von Ameisenmenschen wimmelnde Häuserhaufen; die Ehrwürdigkeit der alten Einrichtungen und enge stinkende Gassen dazwischen. Alexandria ist prächtiger, Antiochia schöner, Leptis behaglicher, Karthago gesünder. Roms Bürger, soweit ich sie in den ersten wenigen Tagen gesehen habe, sind arm, stolz, aufsässig, unreinlich, unterwürfig, reich, verständig, wahnsinnig, fromm, ruchlos; wie der Tiber Quellwasser, Blüten, Abfall, Badende und Jauche enthält, so birgt auch die Stadt alles, und von allem das Gegenteil. Vielleicht ist, wie einer meiner alten Lehrer sagte, der Kosmos ein Labyrinth, von den Göttern zur Verwirrung der Menschen eingerichtet; dann ist Rom ein minderes Labyrinth, von den Menschen zur Widerlegung der Götter gestaltet, und es enthält den Kosmos, der es enthält.

Gestern Abend durfte ich, unwerter Knabe, dem Gespräch des edlen Onkels mit dem Ältesten des Senats lauschen, den du wohl noch aus früheren Tagen kennst: Publius Sempronius Cornelianus Nasica, Spross einerseits der Sempronier und durch Adoption zugleich Cornelier. Man pries des Kaisers Achtung vor dem Senat und anderen Herkömmlichkeiten, tauschte sich über Gerüchte aus (angeblich redet das Volk von einem Sklavenaufstand und wartet auf einen neuen Spartacus) und erörterte Schwieriges: die zunehmende Verarmung der Bauern, die nicht von den gleichen Preisen leben können wie die Herren der großen Sklavengüter, und die daraus sich ergebende Entvölkerung weiter Landstriche; ähnliche Ärgernisse der städtischen Handwerker, deren Erzeugnisse in Preis und Güte weit unterboten werden von Einfuhren oder Waren, die andere Sklavenbesitzer fertigen lassen; die langen Verbindungswege des Reichs, die Gedanken daran aufkommen lassen, ob mehr Eigenständigkeit der Provinzen sinnvoll sein möchte, deren Leitung vielleicht besser bei dort gewählten statt bei hier in Rom ernannten Männern liegen sollte, bis hin zu – höre und staune! – eigenen kleinen Heeren der Provinzen; man nannte auch einen Senator namens Balbus, der mit anderen Gesinnungsgenossen die Republik wieder einführen möchte, aber für alle im Reich, nicht nur für Rom und Italien! Nun ja, das müßige Gerede ehrwürdiger wiewohl arg alter Männer.

Da es also nichts Neues zu berichten gibt, außer den erwähnten Müßigkeiten, erlaube mir, o mein Vater, das Schreiben hier zu beenden. Dir und dem übrigen Haus jederzeit Gesundheit und die Gnade der Götter!

Das Verfahren des Iunius Rusticus

Ruhe nicht, bis du es dazu gebracht hast, dass ein der menschlichen Bestimmung entsprechendes Handeln dir in jedem Einzelfall dasselbe gilt wie ein Leben in Herrlichkeit und Wonne für die Genusssüchtigen. Denn du musst es eben als einen Genuss auffassen, wenn es dir möglich ist, deiner Natur gemäß zu leben … Darum solltest du nichts so lebendig vor Augen haben wie diese Leichtigkeit, mit der die Vernunft sich durchsetzen kann … Überhaupt bedenke, dass dem Bürger nichts schadet, was dem Staat nicht schadet, und ebenso wenig dem Staat, was dem Gesetz nicht schadet.

MARCUS AURELIUS X 33

Sie folgten der innerstädtischen Via Portuensis bis zum Pons Sublicius; auf der anderen, guten Seite des Flusses herrschte mehr Verkehr. Lastkarren, die Waren und vor allem Lebensmittel lieferten, hielten die schnelleren Wagen auf. Korinna klammerte sich an den Rand des Wagenkorbes, als der Fahrer – nach einem kaum verständlichen Austausch von Wortfetzen mit Alcimus – die Pferde in schnellem Trab durch Nebenstraßen südlich des Palatinus jagte, vorbei an hell erleuchteten Garküchen und zahlreichen Hauseingängen, in denen mehr oder minder unbekleidete Mädchen neben lodernden Fackeln lehnten oder mit Kunden feilschten.

Sie hielten vor einem Gebäude am Hang des Hügels, neben dem

Ostflügel des Palastes, den Tiberius hatte erbauen lassen. Alcimus wechselte ein paar Worte mit den Posten, sprang aus dem Wagen und half Korinna herunter.

»Hier sind wir richtig, wie ich es mir gedacht hatte.« Er nahm Korinnas Beutel und ein umwickeltes Bündel aus dem Wagenkorb, runzelte die Stirn, schien zu überlegen und sagte dann: »Du brauchst nicht auf uns zu warten. Fahr zurück.«

Korinna hängte sich den Beutel über die Schulter. »Wie kommen wir nach Hause?«

Im Licht der Fackel in einem Ständer neben dem rechten Wachtposten sah sie das verquere Grinsen auf dem Gesicht des jungen Offiziers.

»Ich bin eigentlich hier zu Hause«, sagte Alcimus. »Und was dich angeht, so wird sich alles finden. Es könnte dauern.«

»Was?«

»Was immer Pacuvius hier mit uns vorhat.«

Sie durchquerten einen düsteren Innenhof, dessen Finsternis durch Lichtschimmer aus einzelnen Räumen des Gebäudes eher noch vertieft wurde. Im Durchgang zum zweiten Innenhof standen weitere Posten und ein weiterer Fackelständer.

»Wo vertreibt sich der befehlende Herr Pacuvius die Zeit?«, sagte Alcimus.

Einer der beiden Wächter legte die Hand an die Brust. »Er hat viele liebe Gäste, die ihm Gesellschaft leisten; im zweiten Saal.«

Alcimus knurrte. »Nun denn«, sagte er; »dann wollen wir uns zu ihnen gesellen.«

»Um Vergebung, Herr – wer ist die Frau? Wir müssen alle Namen aufzeichnen.«

»Die Schauspielerin Korinna, von den ›Mimen des Mopsos‹; und mich kennt ihr ja.« Dann klackte er mit der Zunge. »Habt ihr die anderen Namen? Damit meine Überraschung sich in Grenzen hält.«

Der zweite Wächter langte hinter sich; aus einer Nische im Gemäuer nahm er eine große Wachstafel und reichte sie Alcimus. Das Licht der Fackel genügte zum Lesen.

»Bedeutende Namen«, sagte Alcimus. »Sind das alle?«

»Nein, Herr. Es gab ein Handgemenge auf der Straße, und man hat viele Männer festgenommen. Die haben wir nicht alle einzeln aufgeschrieben.«

»Die nicht? Wozu dann mich?«, sagte Korinna.

Der Wächter lächelte. »Es ist immer gut, den Namen einer schönen Frau zu wissen.«

Alcimus gab ihm die Tafel zurück. »Das klingt wie ein Spruch aus den Weisheiten deines Großvaters. Ehre die Ahnen – und sei wachsam.«

Im zweiten Innenhof brannten etliche Fackeln; sie beleuchteten das Standbild eines berittenen Kriegers, und ihr Licht bewahrte Korinna davor, über unebene Bodenplatten zu stolpern.

»Wer sind denn die bedeutenden Gäste?«, sagte sie, als sie sich den drei Stufen näherten, die zu einem erleuchteten Gang im Untergeschoss führten.

»Christen, Händler und anderer Abschaum; ein paar Dichter sind auch dabei.«

Korinna verkniff sich die Frage, welche Vertreter welcher Berufsgruppen Alcimus ansonsten zu Abschaum zählte.

Zwei Wächter in voller Rüstung standen in dem gefliesten Gang, den Fackeln in Wandhalterungen und zwei Öllampen auf einem Tisch erhellten. Die Männer hüteten eine verschlossene Tür aus dunklem Holz, verstärkt von Eisenstäben.

»Da drin?«, sagte Alcimus.

»Und zwar heftig, edler Alcanor Alcimus Albus.« Einer der Posten griff nach dem Knauf des Riegels.

»Dann wollen wir uns an den Lustbarkeiten beteiligen. Mach auf.«

Der Mann öffnete die Tür, und wie eine Brandungswelle schlug der Lärm erregter Stimmen über Korinna zusammen. Es mussten sich mindestens hundert Leute in dem Saal aufhalten, und die meisten von ihnen redeten durcheinander.

Pacuvius hockte nicht weit von der Tür an einem langen, niedrigen Tisch, der sich unter Tafeln, Papyrus, Stiften, Schreibhalmen, Tinte, Bechern, Krügen und Lampen zu biegen schien. Neben ihm saßen zwei Schreiber; vor dem Tisch, eingerahmt von Bewaffneten der städtischen Kohorte, standen drei Männer, die offenbar gleichzeitig aufeinander und auf Pacuvius einredeten.

Auf dem Boden und auf Bänken, die an den Längsseiten, aber auch kreuz und quer im Raum standen, drängten sich fuchtelnde, redende, schimpfende und wenige schweigende Männer. Korinna sah gut und weniger gut Gekleidete, einige Leichtverletzte, gepflegte Männer mit hellen Gewändern und gestutzten Bärten, Männer mit strähnigen Haaren und schmierigen grauen Umhängen, dazwischen überall weitere bewaffnete Wächter, die aber offensichtlich nicht die Anweisung hatten, gezückte Stimmen zu bekämpfen, und gezückte Waffen waren nicht zu sehen.

Weiter rechts, vor einer der Fensteröffnungen, saßen die beiden fremden Händler mit geschlitzten Augen, die sie in Portus gesehen hatte, und bei ihnen zwei weitere Männer, vielleicht die Händler, mit denen sie aus dem Osten gekommen waren. Aber die gewöhnlichen Gesichter dieser nicht so ungewöhnlichen Kaufleute hatte Korinna sich nicht gemerkt.

Neben der nächsten Fensteröffnung standen zwei Zweiergruppen in getrennten, offenbar ruhigen Gesprächen: ein sehr junger, schlanker Mann mit einem älteren, recht verfetteten und verlebten, und ein paar Schritte von ihnen entfernt die beiden, die sie nicht genau gesehen hatte, aber sofort wiedererkannte – Lukianos und Apuleius.

Am Kopfende des von zahllosen Fackeln, Lampen und versilberten Spiegelflächen erhellten Saals sah sie eine kleinere Tür, und neben dieser, gleichsam um einen Altar mit glimmendem Opferbecken gruppiert, ein gutes Dutzend Statuen und Büsten. Korinna glaubte, neben Iuppiter, Caesar und Augustus die Köpfe der Kaiser Hadrianus, Traianus und Antoninus Pius zu erblicken.

Die kleinere Tür öffnete sich, und in einer Gruppe von Bewaffneten traten zwei gewichtig wirkende Männer ein; gleichzeitig erhob sich Pacuvius, der sie offenbar gesehen hatte, und ging um den Tisch herum, ihnen entgegen. Dabei streifte er Korinna mit einem Blick und deutete ein Lächeln an.

Sie erschrak, als sie sein Gesicht sah. Innerhalb eines Tages schien er um Jahrzehnte gealtert zu sein, und etwas an seiner Miene sagte ihr, dass er aufgewühlt oder verstört war. Aber er hatte dringende Dinge zu tun, legte vermutlich nun keinen Wert auf Trost – abgesehen davon, dass die einzige Form des Trostes, die sie ihm hier geben könnte, wohl kaum die wäre, die ihn wirklich trösten würde. Und was andere Formen von Trost anging … Später, demnächst, vielleicht; außerdem ging ihre Blutzeit zwar zu Ende, aber eigentlich brauchte sie frische Binden. Noch.

Sie berührte Alcimus' Arm. »Die beiden am Fenster.«

»Wer? Ach, die. Der Dicke heißt Fufius, ein Händler, und der Jüngere ist Septimius.«

»Die meine ich nicht. Die beiden anderen. Sind das Lukianos und Apuleius?«

Alcimus nickte. »Was ist mit ihnen?«

»Kannst du mich ihnen vorstellen?«

»Als was?« Er blinzelte kurz. »Als Korinna? Als Schauspielerin? Als Schnitzerin? Was hast du vor?«

»Stell mich als Schauspielerin und Theaterschreiberin vor.«

Alcimus hob die Schultern. »Ich glaube, ich werde gerade nicht gebraucht. Komm.« Er nahm ihren Arm.

In diesem Augenblick trat Pacuvius zu ihnen. Mit ein wenig heiserer Stimme sagte er: »Ihr Trefflichen – habt ihr alles erledigt?«

Korinna nickte nur; Alcimus reckte das Kinn in die Luft und sagte: »Gehorsame Personen tun immer, was man ihnen befiehlt. Was wird das hier, wenn alles fertig ist?«

»Später, später. Sagt mir, was bei den Fragen herausgekommen ist.«

Schnell, halblaut, im Stimmengewirr das Saals kaum weiter als einen halben Schritt zu hören, berichtete Alcimus; zwei- oder dreimal ergänzte Korinna etwas.

»Also Marullus arbeitet hin und wieder für Fufius?«, knurrte Pacuvius. »Gutes Theater haben die uns vorgespielt, was? Angeblich hat Marullus ihm doch seinen Namen nicht geglaubt. Und – seltsame Dinge für den Markt der Träume? Na ja.«

Ein Wächter zupfte Alcimus am Arm, um etwas zu fragen; als der junge Offizier sich abwandte, flüsterte Korinna – ohne zu wissen, warum sie dies nicht längst Alcimus mitgeteilt hatte – in Pacuvius' Ohr: »Ein Mann namens Longus hat unser Haus gekauft; ich meine das, in dem die Mimen des Mopsos hausen. Und gleich auch das Nebenhaus, das von Manlius. Angeblich hat er darüber mit Manlius verhandelt, und der wollte angeblich nicht verkaufen. Sagt dir das etwas?«

»Longus?« Pacuvius runzelte die Stirn. »Müsste sich feststellen lassen. Wenn es ein Cornelius Longus ist …«

Alcimus wandte sich ihnen wieder zu. »Hört auf zu schmusen«, sagte er; »du wirst gewünscht, Junge.«

Pacuvius versuchte ein nicht eben überzeugendes Lächeln und ging zurück zum Tisch.

»Und jetzt zu den Dichtern? Komm.«

Auf dem Weg durch das Gedränge lauschte sie den Erläuterungen von Alcimus. So erfuhr sie, dass einer der Männer mit strähnigem Haar und schäbiger Kleidung der berüchtigte (von anderen gerühmte) Iustinus sei, andere seine Gefolgsleute, wieder andere seine Gegner; oder, genauer, nicht seine Gegner, sondern Verehrer anderer Götter, von ihm und seinen Gefährten beleidigt oder angegriffen.

»Weißt du, warum diese fremden Händler hier sind?«

Alcimus warf einen Blick auf die Männer mit den seltsamen Augen. »Ich nehme an, sie sind, wie deine Poeten und ein paar andere, einfach von Rusticus zu einem Empfang geladen. An seinen Gerichtstagen macht er das so – Gericht und Gelage.«

Als sie die beiden Dichter erreicht hatten, legte Alcimus die rechte Hand an seine Brust. »O ihr ehrenwerten Söhne des göttlichen Homeros«, sagte er, »ich bin Alcimus, Offizier der Wächter.

Darf ich euch bitten, solange das unerfreuliche Schauspiel währt, diese Verfasserin erfreulicherer Schauspiele, in denen sie mitwirkt, ein wenig zu hüten? Ihr wisst ja, dass Frauen leicht verloren gehen, vor allem zwischen Männern.«

Lukianos nickte; Apuleius setzte ein strahlendes Lächeln auf.

»Willkommen, Zunftschwester«, sagte er. »Hast du einen Namen, den man nennen oder gar kennen könnte?«

»Korinna.« Sie räusperte sich und erwiderte das Lächeln. »Kennen werdet ihr mich nicht; ich gehöre einer Truppe an, die sich ›Mimen des Mopsos‹ nennt. Aber natürlich kenne und verehre ich eure Namen.«

Sie blickte zwischen beiden hin und her. Apuleius, den sie am Hafen von der Stimme her für den Jüngeren gehalten hatte, wirkte aus der Nähe keineswegs jünger als Lukianos. Beide mochten um die fünfundvierzig Jahre alt sein. Beide trugen die einfache Tunika und Sandalen; schlichte Umhänge, die hinter ihnen auf dem Fenstersims lagen, verrieten, dass sie nach Sonnenuntergang unterwegs gewesen sein mussten, ehe sie in was auch immer gerieten. Lukianos hatte scharfe, dunkelgraue Augen und eine Nase, an der ein Falke seinen Schnabel hätte wetzen können; Apuleius war ein wenig fleischiger, aber keineswegs dick, und seine Augen – schwarz mit einem bräunlichen Schimmer – wirkten sanfter. »Satire gegen Dichtung«, dachte sie; aber dann verbesserte sie sich in Gedanken, denn *Der goldene Esel* war kaum weniger scharf als die spöttischen Schriften des anderen.

»Was führt dich her? Bist du auch zum Umtrunk geladen?«, sagte Lukianos.

»Ich weiß es nicht. Pacuvius – der Mann da drüben, am Tisch – hat mich herbestellt; wahrscheinlich verspricht er sich etwas davon. Aber was?«

Apuleius lachte unterdrückt. »Vielleicht verspricht er sich, dass irgendeine Amtshandlung, die er vorzunehmen hat, dich gebührend beeindruckt und deine Neigung mehrt, andere Handlungen, die er vornehmen könnte, zu billigen.«

Lukianos zuckte mit einem Nasenflügel. »Ah bah«, machte er. »Sag uns lieber, was du schreibst.«

»Zweierlei.« Sie zögerte, raffte sich dann zu einer Wahrheit und einer Lüge auf. »Zurzeit versuche ich, eine Art Weiterführung oder Fortsetzung der *Vögel* des großen Aristophanes zu schreiben; eine Geschichte, in der Aristophanes selbst in einem Luftreich auftaucht, das nicht über dem alten Athen schwebt, sondern über dem heutigen Rom. Und das Zweite ist der Versuch, aus deinem Dialog *Der Lügenfreund* eine Abfolge von Szenen zu machen.« Sie blickte Apuleius an. »Ich hoffe, du fühlst dich nicht zurückgesetzt, und du« – an Lukianos gewandt – »mögest es nicht als boshaften Zugriff auf dein Eigentum betrachten.«

Sie sah, dass Lukianos zu einer Antwort ansetzte, dann aber an ihr vorbei in den Saal schaute, wo der Lärm, der etwas abgeflaut war, wieder hochschäumte. Während sie sich umwandte, sagte sie sich, dass sie sich eigentlich seltsam fühlen müsste – als »Schwester in der Zunft«, gleichsam unter Gleichen, bei den ruhmreichen Lieblingen der Götter und Musen zu stehen, kam ihr unglaubwürdig und dabei doch vertraut vor; sie hatte es sich gewünscht, ohne es wirklich zu erwarten, und nun …

»So betrachte ich es nicht«, sagte Lukianos neben ihrem Ohr. »Aber warum machst du nicht eine absurde Komödie aus diesen Vorgängen hier?«

Sie musste genau hinhören, um ihn zu verstehen; am liebsten hätte sie sich die Ohren zugehalten. Der Lärm, der immer weiter zunahm, füllte ihren Kopf mit tanzenden Stachelbällen und würde zweifellos gleich die Decke des Saales herabstürzen lassen.

Dutzende drängten sich um die beiden Männer und Pacuvius, ziemlich genau in der Saalmitte; sie brüllten, fuchtelten mit den Armen, rangen die Hände, versuchten, einander beiseitezustoßen und die Aufmerksamkeit der Togaträger dadurch zu gewinnen, dass sie an deren Kleidung oder Armen zerrten.

In dem Getümmel – einige der schäbig gekleideten Christen waren dabei, darunter, wie sie nun erst sah, eine Frau – bewegte sich etwas. Fast wirkte es wie ein alberner Reigen, bei dem die Leute im Mittelpunkt der Gruppe linksherum und die am Rande nach rechts tanzen wollten. Vielleicht versuchte jemand, Befehle zu geben, oder Pacuvius reckte die Arme, um seine Männer herbeizuholen.

Mit Erleichterung sah sie Alcimus – Erleichterung wie beim unverhofften Anblick eines alten Freundes –, der mit knappen Gebärden, vielleicht auch mit unhörbaren Worten einigen Bewaffneten Anweisungen erteilte. Die Wächter drehten ihre Speere um, bildeten einen Keil, stießen mit den stumpfen Enden der Schäfte voran in das Gewirr, sprengten die Gruppe und befreiten Pacuvius und die beiden höheren Herren. Unter das Gezeter und Gebrüll mischten sich Schmerzensschreie, was den Lärm nicht wesentlich mehrte oder minderte.

»Wisst ihr zufällig, um was es hier geht?«

Lukianos sagte etwas, hustete dann und schwieg; Apuleius, mit der mächtigen Stimme des geübten Redners, übernahm die Erklärung, während die Männer der städtischen Wachkohorte die Menge zurückdrängten.

»Wir haben den Anfang zufällig miterlebt, in der Nähe des Forums. Auf einem kleinen Platz, ein wenig südöstlich, mit vielen Garküchen und Tischen im Freien, wollten wir etwas trinken. Es gab dort eine Art – nun, sagen wir Disputation, am Rand des Platzes; ich glaube, ein paar Pannonier waren dabei, ihren Stammesgöttern ein Lied zum Sonnenuntergang zu singen …«

»Zu brüllen«, sagte Lukianos.

»Ein Bärenführer, dessen Tier unruhig wurde bei dieser Musik, die ich eher zu den unangenehmen Geräuschen zählen würde, hat sie aufgefordert, das zu unterlassen. Ich habe es nicht genau hören können, aber ich glaube, er hat ihnen vorgeschlagen, sich andere Götter zu suchen, und zwar solche, die nicht einen mangelnden Sinn für Schönheit mit dem zweifelhaften Vorzug der Taubheit verbinden. Die Pannonier fanden das nicht unbedingt witzig; dann haben sich andere eingemischt, und plötzlich waren diese Christen mitten dabei und haben begonnen, von den Vorzügen ihres Gottes zu sprechen. Das wollte aber keiner hören. Es gab ein kleines Handgemenge, und dabei ist irgendein Altar umgefallen, oder ein Opferbecken wurde zertrümmert. Jedenfalls tauchten plötzlich Wächter auf – *vigiles,* glaube ich; sie hatten aber wohl ohnehin nach den Christen gesucht.«

Der Lärm im Saal begann sich zu legen; immer mehr Leute richteten ihre Aufmerksamkeit auf das, was vorn am Tisch geschah. Oder gleich geschehen würde; einer der Togaträger hob die Arme, und ein Unteroffizier der Wächter brüllte: »Ruhe!«

Lukianos seufzte. »Statt langen Verhandlungen beizuwohnen, würde ich lieber mit euch Wein trinken. Wenn ihr mögt.«

Apuleius schnaubte. »Wie du weißt, trinke ich nie Wein, es sei denn, ich wäre allein oder in Gesellschaft.«

»Es wäre mir ein Vergnügen«, sagte Korinna. »Aber ich fürchte, wir werden damit warten müssen. Wisst ihr, wer die beiden mit Toga sind?«

»Die Präfekten. Der, der sich gerade setzt, ist Lucilius Varro, Präfekt der Stadtkohorten, wie man uns sagte; der andere, der offenbar reden will, ist der Stadtpräfekt. Mit ihm hatten wir schon einmal kurz das Vergnügen.« Lukianos machte ein Geräusch mit der Zunge, etwas zwischen Schnalzen und Klicken. »Hoffentlich wird das nachher auch vergnüglich.«

Der Togaträger lehnte das Gesäß an die Kante des langen Tischs. Wieder hob er die Arme; als es endlich völlig still war, sagte er: »Ich bin Quintus Iunius Rusticus, Präfekt der Stadt. Wir werden eine kleine formlose Gerichtsverhandlung abhalten. Die geehrten Gäste, die ich später, und zwar hoffentlich bald, mit Roms besten Weinen bewirten will, bitte ich, sich in den Reisemantel der Geduld zu hüllen und zu setzen.«

Er musste weit über sechzig Jahre alt sein; seine Stimme war die eines jüngeren, kräftigen Mannes. Korinna hatte ihn noch nie gesehen, aber sie wusste, dass er die üblichen Ämter bekleidet hatte und zu den wichtigsten Philosophen von Rom zählte. Als der Kaiser ihn zum Präfekten machte, war Rusticus Haupt der römischen Stoa gewesen; sie wusste nicht, ob er dies noch immer war. Sie betrachtete das kantige Gesicht und fragte sich, ob sie gern von diesem Mann beurteilt oder verurteilt würde.

Lukianos berührte ihren Arm. »Wir könnten uns in die Fensteröffnung setzen«, sagte er leise.

Apuleius ergänzte: »Dort wäre es zweifellos bequemer als auf dem Boden.«

Zwei Wächter schleppten einen hohen Stuhl mit Polstern und geschmückten Armlehnen herein; sie stellten ihn mit dem Rücken zum Tisch. Der Stadtpräfekt, dem man offensichtlich bereits alles berichtet hatte, setzte sich und begann mit einer Zusammenfassung der Vorgänge; sie deckte sich im Wesentlichen mit dem, was Apuleius und Lukianos gesagt hatten. Allerdings flocht er einige Adjektive ein, denen Korinna entnahm, dass die Christen nicht die ihm liebsten Bewohner der Stadt und des Erdkreises waren.

Lukianos und Apuleius breiteten ihre Reiseumhänge so über den Sims, dass sie zu dritt, Korinna in der Mitte, einigermaßen bequem sitzen konnten. Ob es an der Anspannung lag, an der Länge des vergangenen Tages, an ihrem Monatsbefinden oder an der Nähe der beiden berühmten Männer, wusste sie nicht; jedenfalls bemerkte sie plötzlich, dass ihre Hände zitterten. Zuerst steckte sie sie unter die Achseln, dann holte sie die unfertige Schnitzerei und das Messer aus dem Beutel. Ein wenig zu ihrer eigenen Überraschung beruhigte der Griff des Schnitzmessers die rechte Hand ebenso wie die Berührung des Holzes, das Esel werden sollte, die linke. Ihre beiden Nachbarn, noch immer weniger Zunftbrüder denn ferne Sterne, deren Nähe nur eine Sinnestäuschung sein konnte, warfen Blicke auf Hände, Schoß, Holz und Messer, bekundeten aber keinerlei Verblüffung; »wahrscheinlich«, sagte sich Korinna, »sind sie an viel verrücktere Dinge gewöhnt.« Irgendwann fing sie ein Lächeln von Alcimus auf. Pacuvius, an dessen Lächeln ihr mehr gelegen hätte, stand am Tisch in einer Traube von Schreibern und Wächtern; sein Gesicht konnte sie nicht sehen.

Bis der Präfekt seine Darstellung der Vorgänge abgeschlossen hatte, beobachtete Korinna ihn, die lauschende Menge, die Boten, die mit rätselhaften Anweisungen aus dem Saal gingen oder hereingehuscht kamen; und während sie beobachtete und zuhörte, machten sich ihre Hände selbstständig daran, mehr Eselessenz aus dem Holz zu schneiden.

Sie fand, dass Rusticus eine angereicherte Fassung dessen erzählte, was sie von Lukianos und Apuleius gehört hatte. Die zahlreichen zusätzlichen Einzelheiten erschienen ihr nicht besonders ergiebig; allerdings kannte sie sich nicht mit den Feinheiten der Gesetze aus und wusste nicht, ob für das, was der Präfekt zu tun beabsichtigte, diese Ausführlichkeit nötig war.

Irgendwann murmelte Apuleius, der als junger Mann – wie sie sich plötzlich entsann – in Rom zum Studium des Rechts geweilt hatte: »Was macht er denn? Man könnte fast meinen, er will Zeit gewinnen – aber wozu?«

Lukianos sagte: »Psst.« Er legte einen Finger an die Lippen; dann lächelte er. »Vielleicht lässt er sich so viel Zeit, weil er Korinna die Gelegenheit geben will, ihr Kunstwerk zu beenden. Was wird das? Ein Esel?«

»Ja. Ich weiß aber noch nicht, ob es dein Lucius wird oder der goldene von Apuleius.«

Lukianos bückte sich, betrachtete den Kopf der Holzfigur und zwinkerte Apuleius zu. »Ich glaube, das wird meiner; für deinen Helden sieht er nicht ausreichend dumm aus.«

Plötzlich entstand an beiden Eingängen zum Saal Unruhe; mehrere Männer – bewaffnete ebenso wie Togaträger – traten ein, suchten sich Plätze, wechselten Blicke und flüsterten mit Leuten im Saal. Korinna sah, dass Pacuvius sich aus der Gruppe der Schreiber und Wächter hinter dem Tisch löste, zu Alcimus ging, dem er etwas ins Ohr sagte, und sich dann einem der Neuankömmlinge näherte, einem Offizier in voller Rüstung. Iunius Rusticus hörte ein paar Atemzüge lang auf zu sprechen, schien aber weder erstaunt noch verärgert; der andere Präfekt dagegen wirkte zumindest verblüfft.

Die Bewaffneten unter den neu Eingetroffenen verteilten sich in regelmäßigen Abständen im Saal, als hätten sie den Befehl erhalten, alle anderen – einschließlich der Kämpfer der städtischen Wachkohorten – zu beaufsichtigen.

Lukianos warf Apuleius einen Blick zu. »Du kennst dich doch hier aus«, murmelte er. »Die Neuen – sind das Prätorianer?«

»Sieht so aus – aber was soll das werden?«

Abermals öffnete sich die Tür, durch die Korinna mit Alcimus gekommen war, und weitere Krieger traten ein, möglicherweise ebenfalls Prätorianer. Aber sie trugen neben den gewöhnlichen Waffen die scheußlichen Peitschen aus mehreren Lederriemen, verflochten mit kleinen Klingen.

Pacuvius beendete sein geflüstertes Gespräch mit dem Offizier der Prätorianer und ging zurück zum langen Tisch; Korinna hatte den Eindruck, dass er zugleich erleichterter und angespannter aussah als vorher.

Der Stadtpräfekt klatschte mehrmals erstaunlich laut und betrachtete danach die eigenen Hände, als sei er verblüfft über die Lautstärke.

»Nachdem nun alle wieder aufmerksam sind«, sagte er, »wollen wir zum Ende kommen. Es haben sich also einige Männer aus dem fernen Pannonien damit ergötzt, die Ordnung durch Lärm zu stören. Es handelt sich um ein minderes Vergehen, weiter gemildert dadurch, dass ihre Absicht nicht Lärm war, sondern Frömmigkeit. So weit, nehme ich an, stimmen sie mir zu, nicht wahr?«

Er blickte zu mehreren bärtigen Männern, die mitten im Saal auf dem Boden saßen und Korinna bisher nicht aufgefallen waren, weil sie, abgesehen von den Bärten, keineswegs wie wilde Barbaren von der Nordostgrenze des Imperiums aussahen. Sie trugen gewöhnliche Kleidung und wirkten wie gewöhnliche Bürger. Einer der Männer stand auf, verneigte sich und sagte laut: »Edler Iunius Rusticus, wir stimmen dir zu.«

Sein Latein war sauber, bis auf einen kaum störenden kehligen Tonfall.

Der Stadtpräfekt lächelte breit. »Sehr gut, mein Freund. Die Störung der Ordnung bedarf einer gewissen Strafe, um andere, die sonst ebenfalls stören könnten, abzuschrecken; ich hoffe, auch dies seht ihr ein.«

Der Pannonier deutete ein widerstrebendes Nicken an.

»Deshalb werdet ihr die Nacht ohne Schlaf verbringen, in Gesellschaft der Wachkohorte. Man wird euch zu essen geben und vor allem reichlich zu trinken.«

Diesmal nickte der Pannonier nachdrücklich; dabei grinste er.

»Ich weiß, dass ihr gern würfelt. Damit ihr euch wirklich wie zu Hause fühlt, habe ich die Wächter angewiesen, euch mit Würfeln zu versehen, die aus den Knochen eines pannonischen Rehs geschnitzt sind. Damit werdet ihr bis zum Morgen würfeln und, wie gesagt, essen und trinken. Ihr werdet um gewöhnliche Einsätze spielen. Alle Münzen, die dabei gewonnen werden, fallen morgen früh an den Tempel eines Gottes eurer Wahl. Vorsicht!«

Rusticus hob die rechte Hand, als wolle er die Pannonier an verfrühtem Jubel hindern.

»Strafe, sagte ich, muss sein. Der von euch, der gewinnt oder der am wenigsten verliert, wird im Morgengrauen ausgepeitscht.«

Hier und da lachte jemand, andere murmelten; die Pannonier sahen einander an, schienen aber nichts mehr sagen zu wollen. Sie wirkten einigermaßen gefasst oder – Korinna mochte es kaum glauben – sogar erheitert. Wahrscheinlich, sagte sie sich, gab es in den Wäldern und Steppen im Nordosten schlimmere Strafen für leichtere Vergehen.

»Zum Zeichen der Frömmigkeit, der Achtung des Gesetzes und der Verehrung des Fürsten werdet ihr ein kleines Opfer auf dem Altar dort oben ablegen. Bringt sie weg.«

Ein paar Männer der Wachkohorte führten die Pannonier ab. Sie gingen zum Kopfende des Saals, wo die Büsten und Statuen um den Altar und das Opferbecken standen. Sie berieten sich; dann zog einer der Pannonier einen möglicherweise kostbaren Dolch und legte ihn auf den Altar. Die anderen griffen in die bereitstehende Schüssel und streuten Weihrauch auf das glimmende Becken.

Als sie den Saal verlassen hatten, wartete Rusticus vergebens auf Stille; schließlich nickte er dem Unteroffizier mit der lauten Stimme zu, der wieder »RUHE!« brüllte.

»Nun zu den eigentlichen Übeltätern«, sagte der Präfekt. »Aller Schaden an Besitz und Körpern und überhaupt der wirkliche Aufruhr sind Schuld der Christen.« Er blickte zu den strähnigen, ungepflegten Männern und der einen Frau, die sich nun, von den Schäften einiger Wächter gezwungen, langsam erhoben.

»Was eine halbwegs freundliche Zankerei um Lärm gewesen wäre, wurde durch eure Unduldsamkeit zum Aufruhr. Ihr wart nicht zufrieden damit, wie alle anderen den jeweils eigenen Göttern zu huldigen und allzu laute Frömmigkeit anderer lediglich zu tadeln – o nein, ihr habt es für angebracht gehalten, alle andere Frommen zu schmähen, ihre Götter zu lästern, Roms Götter zu leugnen und Altäre zu stürzen.«

Rusticus machte eine kleine Pause, in der er die sieben Übeltäter finster anstarrte. Dann räusperte er sich.

»Es ist dies nichts Neues. Einen von euch, den Mann namens Iustinus, suchen wir schon länger wegen desselben Verbrechens. Ich weiß nicht, ob ich es einen glücklichen Zufall nennen soll, dass er heute dabei war. Ich würde ihm aber sogar zutrauen, dass er sich gewissermaßen absichtlich in unsere Hände begeben hat, um seinem absonderlichen Glauben mehr Aufsehen zu verschaffen. Nun, wie dem auch sei – tritt vor, Iustinus.«

Einer der Männer – Korinna hielt ihn für den Ältesten und Ungewaschensten der Gruppe – trat vor und sah Rusticus mit erhobenem Kopf an. Die Übrigen blieben dicht hinter ihm, als ob sie durch Geschlossenheit Stärke erringen könnten.

»Du bist Iustinus?«

»Der bin ich.«

»Zuerst einmal sollst du den Göttern gehorchen und den Kaisern Folge leisten.«

Iustinus verdrehte den Kopf und musterte die Büsten und Statuen, den Altar und das Opferbecken. Dann wandte er sich wieder an den Präfekten.

»Es ist weder tadelnswert noch verwerflich«, sagte er, »den Geboten zu gehorchen, die von unserem Heiland Jesus Christus gegeben worden sind.«

Rusticus seufzte. »Danach habe ich nicht gefragt. Ich fordere dich auf, deine Achtung vor Roms Gesetzen, Roms Göttern und Roms Kaisern zu bezeugen, indem du eine Handvoll Weihrauch über das Opferbecken streust.«

Iustinus rührte sich nicht.

»Mit welchen philosophischen Lehren befasst du dich?«

Iustinus sagte: »Ich habe mich bemüht, alle philosophischen Lehren kennenzulernen, habe mich dann aber den wahren Lehren der Christen angeschlossen, auch wenn sie denen, die falsche Lehrmeinungen vertreten, nicht gefallen.«

»Von Britannien bis zum Euphrates gilt ein Gesetz. Das Gesetz Roms. Es wird symbolisch dargestellt durch die Bilder der Götter und der Kaiser. Unter diesem Gesetz sind alle gleich, genießen den Schutz unserer Waffen, können reisen und jene Vorzüge genießen, die mit guten Straßen, ausreichender Wasserversorgung und jederzeit verfügbarer Nahrung verbunden sind. Dieses Gesetz, diese Vorzüge und auch die Freiheit, jedem beliebigen Gott zu dienen, solange dieser Dienst nicht die Götter der anderen schändet und die Ordnung des Lebens stört … all das gilt dir als ›falsche Lehrmeinung‹?«

Iustinus hob nur die Schultern.

»Die Lehren der Christen aber gefallen dir, Erbärmlicher?«

Iustinus sagte: »Ja, denn ich folge ihnen aufgrund eines wahren Glaubenssatzes.«

»Was wahr und was unwahr ist, entscheidest also du? Nun denn – was ist das für ein Glaubenssatz?«

»Er lautet: ›Wir verehren den Gott der Christen. Wir glauben, dass er der einzige Gott ist, Schöpfer der sichtbaren und der unsichtbaren Welt von Anfang an. Wir verehren Jesus Christus, Kind Gottes, als unseren Herrn, der – so wurde es von den Propheten verkündet – zum Menschengeschlecht herabkommen wird als Bote des Heils und Lehrer schöner Wahrheiten‹.« Iustinus holte tief Luft und sprach lauter. »Ich bin zwar nur ein Mensch, und was ich sagen kann, ist unbedeutend, verglichen mit seiner unermesslichen Gottheit, aber ich bekenne mich zu einer prophetischen Macht, weil schon lange vorher über ihn verkündet worden ist, dass er, wie ich gerade sagte, der Sohn Gottes ist. Denn du sollst wissen, dass in früheren Zeiten die Propheten seine Ankunft bei den Menschen vorhergesagt haben.«

»Ach, haben sie das? Haben sie nicht eher einen jüdischen König angekündigt?«

Iustinus rümpfte die Nase; mit einem Blick, in dem Abscheu und Ekel lagen, streifte er eine andere Gruppe Sitzender. Vermutlich waren es Juden, aber Korinna konnte sie nicht sehen.

»So könnte man es auslegen, aber das wäre ein Missverständnis.«

Der Präfekt schüttelte den Kopf. »Du verwirrst mich. Soviel ich weiß, verehrt ihr einige der jüdischen Propheten und habt gewisse Dinge … sagen wir, fast alles von den Juden übernommen. Da gibt es doch in den jüdischen Schriften zum Beispiel zehn Gesetze, oder waren es elf?«

»Zehn.«

»Danke. Lautet nicht eines davon etwa: ›Ich bin der Herr, dein Gott; du sollst keine anderen Götter neben mir anbeten.‹ Oder so ähnlich?«

Iustinus nickte; mit kaum verhohlenem Triumph in der Stimme sagte er: »Da du es selbst sagst …«

»Da ist aber nicht die Rede von einem Sohn.«

»Er ist später dazugekommen.«

Rusticus lachte. »Und das hat dein allwissender Gott damals noch nicht gewusst? Sonst hätte er ihn doch in diesem Gebot vorsichtshalber schon erwähnt.«

Iustinus schwieg.

»Ferner möchte ich dich darauf aufmerksam machen«, sagte Rusticus mit harter Stimme, »dass es in diesem Gebot nicht heißt, dass es keine anderen Götter gibt – nur, dass sie keine anderen außer ihm anbeten sollen. Stimmt das?«

Iustinus knurrte etwas; als einer der Wächter ihn mit dem Schaft anstieß, sagte er kaum vernehmbar: »Ja.«

»Es ist also ein eifersüchtiger Gott, der sagt, es gibt durchaus andere Götter, aber ihr sollt nur mich anbeten. Und diesem winselnden neidischen Göttlein gehorcht ihr? Sind denn nicht Roms Götter erhabener, die da sagen: Ihr dürft verehren, wen immer ihr verehren wollt?«

Diesmal schwieg Iustinus trotz mehrerer Schaftstöße.

»Dann sag mir doch etwas anderes. Hat nicht euer absonderlicher Gottessohn gesagt, ihr sollt dem Kaiser geben, was des Kaisers, und Gott, was Gottes ist?«

»Das hat er gesagt.«

»Warum gehorcht ihr ihm denn nicht, indem ihr dem Kaiser opfert und gehorcht und ansonsten eurem Gott dient, wie es euch und ihm gefällt?«

»Als er dies sagte, wusste er nicht, dass euer Kaiser zu einem falschen Gott gemacht worden ist.«

»Ihr dachtet, er sei allwissend.« Rusticus wartete scheinbar gelassen, bis sich das Gemurmel wieder gelegt hatte. Dann sagte er: »Ihr befolgt also dieses Gebot, jenes andere aber nicht. Ihr sucht euch aus, was ihr glauben wollt, nennt es aber die einzige Wahrheit einer unermesslichen Gottheit. So einzig, dass ihr auswählt – so unermesslich, dass kleinlicher Neid Bedeutung hat? Und so jüdisch, dass ihr die Juden verflucht, damit man nicht merkt, dass ihr nichts seid als eine abtrünnige jüdische Sekte?«

Iustinus holte Luft, stöhnte aber nur und schwieg.

»Nun gut; eine andere Frage«, sagte Rusticus. »Wo versammelt ihr euch?«

»Da, wo es jedem gerade angenehm oder möglich ist. Du meinst wohl, dass wir uns alle am gleichen Ort versammeln; aber das stimmt nicht, denn unser Gott wird nicht durch einen Ort eingeschränkt, sondern er ist unsichtbar und erfüllt den Himmel und die Erde und wird überall von den Gläubigen verehrt und gepriesen.«

»Nun sag schon, wo kommt ihr zusammen? An welchem Ort versammelst du deine Schüler?«

»In der ganzen Zeit meines jetzigen zweiten Aufenthaltes in Rom wohne ich im oberen Stockwerk der Thermen von Martinus, Sohn des Timiotinus. Ich kenne keinen anderen Versammlungsort. Und wenn jemand in meine Wohnung kommen wollte, würde ich ihm dort die Lehren der Wahrheit mitteilen.«

»Dann bist du also ein Christ?«

»Ja, ich bin ein Christ.«

Rusticus wandte sich an den Mann hinter Iustinus.

»Tritt vor und sag deinen Namen.«

»Ich bin Chariton und ein Christ, weil Gott es wünscht.«

Als Nächste war die Frau an der Reihe; sie hieß Charito.

Rusticus sagte: »Was hast du zu verkünden, Charito?«

»Ich bin eine Christin durch Gottes Gnade.«

Der Nächste hieß Euelpistus. Rusticus musterte ihn mit noch mehr Missfallen als die anderen.

»Was bist denn du, Euelpistus?«

»Auch ich bin ein Christ. Ich war ein kaiserlicher Sklave; zu einem Freien bin ich von Christus gemacht worden und teile dieselbe Hoffnung durch die Gnade Christi.«

Rusticus nickte. »Das denke ich mir. Du da; was ist mit dir? Bist auch du ein Christ?«

»Ich heiße Hierax. Ja, ich bin ein Christ, denn ich verehre und bete denselben Gott an.«

»Hat Iustinus euch zu Christen gemacht?«

Hierax sagte: »Ich war Christ und werde es auch bleiben.«

Der Mann neben Hierax sagte: »Ich heiße Paion. Auch ich bin ein Christ.«

»Wer war dein Lehrer?«

»Von unseren Eltern haben wir dieses Bekenntnis gelernt.«

Euelpistus sagte: »Den Ausführungen des Iustinus habe ich zwar gern zugehört, aber schon von meinen Eltern habe auch ich gelernt, ein Christ zu sein.«

»Wo sind deine Eltern?«

Euelpistus sagte: »In Kappadokien.«

»Und deine Eltern, Hierax, wo sind die?«

»Unser wahrer Vater ist Christus, unsere Mutter der Glaube an ihn; meine irdischen Eltern sind tot, und ich bin von Iconium in Phrygien vertrieben worden und hierhergekommen.«

Der letzte Mann hieß Liberianus. Rusticus rieb sich die Schläfen, als habe er Kopfschmerzen, und wandte sich an ihn.

»Und was hast du zu sagen? Bist du ein Christ? Bist auch du nicht gottesfürchtig?«

Liberianus sagte: »Auch ich bin ein Christ. Denn ich verehre den einzigen wahren Gott und bete ihn an.«

Rusticus winkte den Wächtern; sie drängten die fünf Männer und die Frau zurück, bis Iustinus wieder allein vor dem Präfekten stand.

»Hör zu«, sagte Rusticus; nun klang er müde, fast bekümmert. »Du giltst ja als ein Weiser, der glaubt, die wahre Lehre zu kennen. Wenn du ausgepeitscht und enthauptet wirst, glaubst du, dass du dann in den Himmel aufsteigst?«

»Ich hoffe, dass ich bei Gott wohnen werde, wenn ich dies auf mich nehme. Ich weiß aber, dass für alle, die ein solches Leben führen, das göttliche Gnadengeschenk aufbewahrt bleibt bis zum Brand der ganzen Welt.«

»Du bildest dir also ein, dass du zu den Himmeln aufsteigen wirst, um wertvolle Belohnungen zu erhalten?«

»Ich bilde mir das nicht ein, sondern ich weiß es genau und bin ganz davon erfüllt.«

Rusticus sagte: »Dann wollen wir zur Sache kommen; die Angelegenheit ist notwendig und dringend. Tretet vor und opfert einmütig den Göttern!«

Iustinus schüttelte den Kopf. Er klang beinahe stolz, als er sagte: »Kein vernünftiger Mensch fällt ab von der Frömmigkeit zur Gottlosigkeit.«

»Wenn ihr nicht gehorcht, werdet ihr ohne Erbarmen bestraft.«

Iustinus richtete sich hoch auf; seine Stimme hallte durch den Saal. »Es ist ja gerade unser Wunsch, dass man uns bestraft und wir dann durch Christus unseren Herrn gerettet werden, denn dies wird unsere Rettung und unsere Zuversicht sein vor dem Richterstuhl unseres Herrn und Heilands, der über die ganze Welt ein furchtbares Gericht halten wird.«

Charito riss sich aus dem Griff ihres Wächters los und schrie: »Tu, was du willst; wir sind Christen und opfern den Götzenbildern nicht.«

Rusticus schloss die Augen; mit müder, fast mürber Stimme sagte er: »Und wenn ihr die Bildwerke als Symbole nähmt, Sinnbilder für Roms Gesetz?«

»Nein.«

»Eine Handvoll Weihrauch, dem Kaiser zu geben, was des Kaisers ist, und Achtung der Gesetze?«

Alle schwiegen.

Rusticus öffnete die Augen wieder. »Dann sei es. Diejenigen, die den Göttern nicht opfern und sich dem Edikt des Kaisers nicht fügen wollen, sollen ausgepeitscht und abgeführt werden; sie werden mit der Enthauptung bestraft, wie die Gesetze es vorschreiben.«

Nachdem der Präfekt geendet hatte, trieben die Wachen die Verurteilten zusammen und führten sie hinaus. Im Saal herrschte Schweigen. Dann wurde hier und da gemurmelt, und irgendwo hörte man eine halblaute Stimme sagen: »Als ob das ihren Gott gelästert hätte, sich zu den Gesetzen des Imperiums zu bekennen ...«

Rusticus hatte einen Ellenbogen auf die Lehne des Sessels und das Kinn auf die Hand gestützt; sie verbarg den Mund, und Korinna konnte seinen Gesichtsausdruck nicht sehen. Sie wusste nicht, ob er litt oder lächelte.

»Die Sturheit der Fanatiker …«, murmelte Lukianos.

Apuleius seufzte. »Er hat ihnen goldene Brücken gebaut, aber …«

»Und er hat es gut gemacht, ein rechtschaffener Mann.« Lukianos schüttelte den Kopf. »Aber es gefällt mir nicht.«

»Was?«

»Die Macht und das Recht in einer Hand. Ankläger, Richter und gewissermaßen Vollstrecker. Kein Verteidiger – nicht, dass bei diesen Wahnsinnigen viel zu verteidigen wäre. Aber sollten sie nicht einem gewöhnlichen Verfahren unterzogen werden? Mit einem unabhängigen Richter, der …«

Apuleius schnaubte. »Sie lästern das Reich. Das Reich ist der Kaiser. Rusticus ist sein Stellvertreter, hier und heute. Und? Was ist daran falsch?«

»Vielleicht«, sagte Lukianos langsam, »sollte das Reich die Gesamtheit seiner Bewohner sein, nicht der Kaiser, und das Gesetz sein Wesen.«

»Republikaner, was? Sieh dich vor; es sind schon bessere Männer als du für weniger hingerichtet worden.«

»Na ja. Und jetzt?« Lukianos berührte Korinnas Ellenbogen; sie wusste nicht, ob sein gesenkter Blick ihrer Schnitzerei galt, der Tunika oder dem Schoß darunter. Vielleicht der platonischen Idee eines verfügbaren Schoßes.

»Ich weiß nicht, was nun vorgesehen ist; ich nehme an, Pacuvius hat noch Fragen an mich.« Sie betrachtete den noch immer nicht ganz fertigen Esel; er hatte ein beinahe menschliches Gesicht bekommen, fand sie – das Gesicht eines listigen Satyrs, dem es aus unerfindlichen Gründen gefiel, vorübergehend als Esel üppigen Schabernack zu treiben.

»Wirst du dieses göttliche Wesen verkaufen? Verschenken? Behalten?«, sagte Apuleius.

Korinna hob die Schultern. »Mal sehen, wie es behandelt werden will, wenn es fertig ist.«

Sie steckte Holz und Messer in den Beutel und blickte in den Saal. Der Stadtpräfekt, noch immer auf seinem hohen Sitz, sprach mit einem der Schreiber. Pacuvius und Alcimus hatten sich abgesondert; Alcimus redete, untermalte seine Worte mit großen Gebärden, und Pacuvius lauschte.

Hier und da standen Leute auf, unterhielten sich mit anderen, blickten wie suchend zum Stadtpräfekten; einige schienen gehen zu wollen, dann aber doch zu zögern.

Wieder suchte sie das Gesicht von Gaius Pacuvius. Wenn man ihr gesagt hätte, er fiebere, hätte sie es geglaubt. Seine Wangen waren gerötet, in unregelmäßigen Flecken, und seine Augen glänzten. Aber es war ein ungesunder Glanz. Was mochte nur mit ihm geschehen sein?

Der Stadtpräfekt klatschte in die Hände. »Es gibt noch etwas zu verhandeln«, sagte er. »Das betrifft aber nur wenige. All jene, die in diesen Christenaufruhr verwickelt waren, können eigentlich gehen. Es sei denn, jemand wäre so sehr zu Schaden gekommen, dass er nun um eine Form von Ersatz klagen möchte.«

Wieder Gemurmel, das einige Stimmen zu übertönen versuchten. Rusticus hob beide Hände und senkte sie langsam, als wolle er den Lärm gewissermaßen zu Boden drücken. Er wartete, bis es stiller geworden war; dann rief er: »Ihr solltet schweigen und lauschen! – So ist es besser. Der Ersatz müsste geleistet werden aus dem Besitz der Verurteilten; bis deren Habe beschlagnahmt ist und verteilt werden kann, wird allerdings einige Zeit vergehen. Zeit, die man mit sinnlosem Geschreibe vergeuden oder besser nutzen kann. Erwägt dies, und wenn ihr meinen Rat hören wollt, geht heim! Wenn ihr aber eure Zeit vergeuden und die Zeit unserer Schreiber missbrauchen wollt, wendet euch an diesen Mann hier.« Er wies auf den Schreiber, der noch immer neben ihm stand.

Ein paar Männer aus dem Saal näherten sich zögernd. Korinna blickte nach links, vorbei an Apuleius, und sah, dass einer der Begleiter der Fremden mit den seltsamen Augen offenbar für sie übersetzte oder ihnen etwas erklärte.

»Nach dieser Einleitung« – Lukianos kicherte – »würde ich mich nicht um Ersatz bemühen.«

»Es gibt«, fuhr Rusticus laut fort, »noch etwas anderes zu verhandeln. Damit die geehrten Gäste nicht länger auf ihre Erfrischungen warten müssen, habe ich nebenan etwas vorbereiten lassen. Sie mögen sich dorthin begeben, geleitet von meinen getreuen Dienern, und mit dem Trinken beginnen. Ich will mich bald zu ihnen gesellen.«

Lukianos ließ sich vom Sims gleiten. »Mich dürstet. Oder legst du, o Holde, großen Wert darauf, unseren hilflosen Schutz wider die Unbilden römischen Gerichts zu genießen?«

Korinna lachte. »Ich glaube nicht, dass ich Schutz brauche. Falls dies hier nicht mehr allzu lange dauert, könnte mich aber auch dürsten. Wo fände man euch in einem solchen Falle?«

»Nebenan. Und danach?« Lukianos blickte Apuleius an. »Vorschläge?«

Apuleius deutete mit dem Daumen nach links. »Ich wüsste gern mehr über diese Männer mit den geschlitzten Augen. Sie haben bestimmt gute Geschichten zu erzählen. Weißt du, wo sie wohnen?«

»Nein; aber das lässt sich ändern.«

Lukianos lächelte Korinna an und ging zu den Fremden und ihren Begleitern hinüber.

Alcimus sah sich suchend um, entdeckte Korinna und winkte ihr.

»Ich fürchte, man will etwas von mir. Wo seid ihr untergebracht?«

»Im Gästehaus des Präfekten.« Apuleius neigte den Kopf in einer angedeuteten Verbeugung. »Wir würden uns freuen, die flüchtige Bekanntschaft vertiefen zu können. Wo wohnst du?«

»Auf der schlechten Seite.« Korinna beschrieb ihm das Haus, in dem die Mimen noch bis kurz vor dem Ende des Oktober leben würden. Dann sagte sie: »Morgen Abend haben wir einen Auftritt; aber habt ihr für übermorgen schon Pläne?«

Apuleius wartete, bis Lukianos wieder bei ihnen war. »Was ist übermorgen?«

»Übermorgen? Da sind wir, glaube ich, mit diesem Archivar verabredet. Wie heißt er noch gleich?«

»Vel Kuruna.«

Lukianos schnipste. »Genau, so heißt er. Wir wollten uns am Forum treffen, drei Stunden nach Sonnenaufgang. Magst du mitkommen?«

»Gern, aber ich will nicht stören.«

»Als ob eine liebenswerte Zunftschwester stören könnte!« Lukianos lächelte sie an; dann deutete er auf die seltsamen Fremden, die sich eben anschickten, den Saal durch den Ausgang bei den Götterbildern zu verlassen. »Sie wollen, wenn sie nach dem Umtrunk mit dem Präfekten noch gehen können, in dieses schäbige Viertel gehen, die Subura, und in der Garküche eines Inders die halbe Nacht verbringen. Sollen wir uns anschließen?«

»Ein Inder? Mit oder ohne Kriegselefanten?«

»Ich weiß nicht, wer dort kocht; vielleicht gibt es einen Elefanten zum Spülen.« Lukianos wandte sich an Korinna. »Der Inder in der Subura heißt Azim, oder so ähnlich. Falls du allein oder in Begleitung nachkommen möchtest. Es war ein Vergnügen, dich zu treffen; ich würde es gern wiederholen.«

»Wie soll ich große Männer preisen?«, sagte Korinna. »Indem ich sie nach Herzenslust belästige.«

Plötzlich stand Alcimus neben ihr. »Um Vergebung, die Herren – Korinna wird benötigt. Eure Nacht sei angenehm.«

Rusticus gab zwei Wächtern Zeichen; sie packten seinen prächtigen Sessel und drehten ihn so, dass der Stadtpräfekt, sobald er sich wieder setzte, den Tisch und zugleich große Teile des Saals überblicken konnte.

Als er sie vom Fenster holte, hatte Alcimus Korinna die Namen oder Ämter der übrigen Verbliebenen genannt. Ein älterer, grauhaariger Mann mit einer gewissen Leibesfülle und leicht mürrischem Gesicht, der sich weiter links auf den Tisch setzte, war der unmittelbare Vorgesetzte von Pacuvius und Alcimus, Umbricius. Was der Händler namens Fufius und der junge Mann aus Leptis, Severus, mit den Übrigen zu schaffen hatten, war ihr unklar. Dann gab es da noch Schreiber oder Boten; und an die drei Dutzend Wächter und Prätorianer.

»Es gibt, wie ich dir vorhin andeutete, noch eine wichtige Kleinigkeit zu regeln.« Pacuvius fuhr sich mit dem Handrücken über die Stirn; das Lächeln, das er Korinna zu widmen suchte, wirkte gequält.

Sie musterte ihn – besorgt, wie sie sich beinahe widerwillig zugab. Er sah aus, fand sie, wie ein verzweifelter Held, der gleich eine große Tat vollbringen und dabei untergehen wollte.

»Sprich. Wichtige Kleinigkeiten soll man erledigen, bevor sie sich als große Nichtigkeit herausstellen.« Rusticus lächelte flüchtig. Als er sich wieder in den Sessel sinken ließ, wandte er sich an einen der Schreiber. »Sei so gut, beschaff uns ein wenig Wein und Wasser. Trotz allem, was die Christen sagen mögen, mag ich meinen Durst nicht mit ihrem Blut löschen.«

Umbricius stieß einen Würgelaut aus. »Widerliche Vorstellung.«

Der Schreiber gab den Befehl einem Boten weiter, der den Saal zum Gang hin verließ.

»Diese Frau, Korinna, ist Schauspielerin; sie gehört zu den ›Mimen des Mopsos‹, und sie hat in Portus zufällig einige Dinge gesehen. Heute war sie mit meinem Vertreter, Alcanor Alcimus« – Pacuvius wies auf den jungen Mann, der sich mit einem Lächeln vor dem Präfekten verbeugte –, »und einem Straßenjungen wieder dort, um unauffällig ein paar Fragen zu stellen.«

»Was sind das für Fragen, und welchen Zweck hatte das Ganze?«

Pacuvius wartete mit der Antwort, bis der zurückgekehrte Bote und zwei Sklaven, die ihn begleiteten, schlichte Becher mit Wein und Wasser gefüllt und verteilt hatten. Alle tranken, auch Korinna; über den Rand des Bechers betrachtete sie wieder das Gesicht von Gaius Pacuvius.

Als er weitersprechen wollte, hinderte Rusticus ihn mit einer Handbewegung daran und befahl den Sklaven, auch die Bewaffneten zu versorgen.

»Weiter«, sagte er dann.

Pacuvius schloss die Augen. Ein wenig monoton berichtete er von den Sondereinsätzen, zu denen Umbricius ihn befohlen hatte: Portus und Trans Tiberim; von dem angeblich geplanten Anschlag auf den Kaiser; vom Warten auf einen hochrangigen Boten aus Sardinien, einen Mann mit einem besonderen Ring am kleinen Finger der linken Hand; von dem alten Centurio auf dem Leuchtturm und seinem Gerede über genau so einen Mann, wiewohl ohne kleinen Finger, den man mit Gewalt von einem Schiff an Land gebracht und verschleppt habe; von der ergebnislosen Suche nach Spuren; von bestechlichen Wächtern und seltsamen Waren; von edlen Herren in schäbigen Schenken; von einem toten Fischhändler, der von wiederum anderen edlen Herren Aufträge erhalten und ausgeführt hatte und auf dessen Karren sich an dem Tag, an dem möglicherweise der Mann aus Sardinien verschleppt worden war, Blut gefunden habe, für das es keine Erklärung gebe …

Während er sprach, versuchte Korinna, unauffällig die Mienen der anderen zu lesen. Rusticus lauschte ohne erkennbare Regung; Umbricius schien lediglich gelangweilt; Varro, der Präfekt der Stadtkohorten, hatte die Stirn gerunzelt; der Händler Fufius blickte abwechselnd zu Boden, zu den Fackeln, zu den Göttern, als sei ihm dies alles peinlich; der junge Septimius Severus wirkte gefesselt wie von einer tragischen Geschichte, in der er lieber mitwirken würde, statt nur zu lauschen.

»Nun stellen sich gewisse Fragen«, sagte Pacuvius; er öffnete die Augen und sah Rusticus an.

»Wohl wahr«, knurrte der Präfekt. »Zum Beispiel die, warum du uns dies alles erzählst. Siehst du Zusammenhänge, die wir nicht sehen?«

Pacuvius nahm einen Schluck aus dem Becher; Korinna kam es so vor, als ob er sich am Trinkgefäß festhielte.

»Wir, damit meine ich die Wächter«, sagte er, »haben keine Spur eines verschleppten Mannes finden können, dessen kleiner Finger – abgeschnitten oder nicht – einen Ring trägt. Auch Alcimus, Korinna und der Junge konnten nichts ermitteln. Ich …«

»Sag uns doch bitte, ehe wir weitermachen, wozu du diese beiden Männer dort hast herbitten lassen.« Mit dem Kinn wies Rusticus auf den dicken Händler und Septimius.

»Es gab noch zwei, die ich herbitten wollte«, sagte Pacuvius, »die aber nicht erschienen sind.«

»Wer ist das?«

»Der Senator Fabricius Balbus. Und ein Waffenmeister des großen Amphitheaters.«

»Sie werden Besseres zu tun haben. Wer sind diese da?«

»Die beiden edlen Herren sind im Hexagon an dem Tag angekommen, an dem möglicherweise der Bote aus Sardinien verschleppt wurde. Gewisse Auskünfte, die sie einem unbedeutenden Wächter wie mir nicht erteilen mögen, könnten sie vielleicht dem Präfekten der Stadt geben.«

»Welche Auskünfte?«

»Erstens: Ob sie am Hexagon etwas gesehen haben, was zur Klärung dieser Sache beitragen könnte.«

Rusticus winkte den beiden Männern; als sie zum Tisch gekommen waren, sagte er: »Die Namen, bitte.«

»Der Händler Quintus Fufius Ripa aus Rom. Der künftige Rechtsgelehrte Lucius Septimius Severus aus Leptis Magna«, sagte Pacuvius.

Der Stadtpräfekt nickte. »Um Vergebung, Fufius – es ist lange her; trotzdem hätte ich dich erkennen müssen. Hast du etwas bemerkt, was uns weiterhelfen könnte?«

Der Händler räusperte sich. »Nichts zu vergeben, edler Rusticus; es ist wirklich lange her. Und – nein, ich habe nichts bemerkt.«

»Und du, junger Mann? Bist du mit dem Konsular Severus verwandt?«

»Er ist mein Oheim. Und auch ich habe nichts bemerkt.«

Korinna hatte den Eindruck, dass Septimius gern etwas bemerkt haben würde; vielleicht irrte sie sich, aber es kam ihr so vor, als ob er ohne Worte, nur mit einem Blick Pacuvius etwas mitteilen wollte.

»Du bist also gerade erst angekommen? Um in Rom die übliche Laufbahn der Ehren zu beginnen?«

»So ist es, Hüter der Stadt.«

»Der Konsular ist ein alter Freund.« Rusticus fuhr sich mit dem Zeigefinger über die Nase. »Du solltest an einem der nächsten Tage zu mir kommen, am besten mittags; da wollen wir einige Worte über die Beschleunigung deiner Zukunft wechseln. – Was war die zweite Frage, Pacuvius?«

Pacuvius legte die Hand auf das Bündel, das Alcimus ihm längst überreicht hatte, und sagte: »Ich wüsste gern, warum die edlen Herren Kostbarkeiten in einer Wachstube zurücklassen. Ich bäte dich, sie zu fragen, ob der Grund dafür vielleicht ist, dass sie sehr eilig verschwinden wollten, damit keine weiteren Fragen gestellt werden.«

Rusticus hob eine Braue. »Was sind das für Kostbarkeiten?«

»Septimius hat einen Mann, der ihn überfallen wollte, in gerechter Notwehr getötet und unaufgefordert hundert Denare als Blutgeld oder Sühne zurückgelassen.«

»Es erschien mir angemessen«, sagte Septimius.

»Eine ausreichende Antwort.« Rusticus lächelte. »Was ist mit dem Geld geschehen?«

»Nichts; ich verwahre es, um es Septimius zurückzugeben, wenn ich nicht innerhalb des nächsten Monats Verwandte des Toten finde, die darauf Anspruch erheben.«

»Gut. Und welche Kostbarkeit hat Fufius vergessen?«

»Dieses.« Pacuvius öffnete das Bündel. Er hob das Schwert, sodass Rusticus den Edelstein im Knauf sehen konnte.

Der Stadtpräfekt pfiff leise. »Entweder ist es Glas, oder es ist wirklich wertvoll.«

Fufius lächelte ein wenig mühsam. »Es gehört mir nicht«, sagte er. »Ich hatte es gefunden und wollte es den Wächtern übergeben.«

Korinna sah das ungläubige Staunen auf dem Gesicht von Pacuvius und hörte Alcimus schnaufen.

»Wohlan denn«, sagte Rusticus. »Können die beiden nun gehen, oder hast du weitere Fragen an sie?«

Pacuvius schüttelte stumm den Kopf.

Fufius verneigte sich vor dem Präfekten, blickte einmal in die Runde und ging zum Ausgang. Korinna glaubte, gesehen zu haben, dass er jemandem zugezwinkert habe; sie war aber weder sicher, dass dies so war, noch konnte sie sagen, wem es gegolten haben könnte.

»Wenn es denn darum geht, den göttlichen Marcus Aurelius davor zu bewahren, allzu früh zu den anderen Göttern versammelt zu werden, würde ich gern helfen, wenn es möglich ist«, sagte Septimius.

Rusticus kratzte sich den Nacken. »Wenn ich die Andeutungen von Pacuvius richtig verstanden habe, beginnen jetzt die unangenehmen Dinge. Zu unangenehm wahrscheinlich für Männer außerhalb unseres Dienstes. Wir wissen jedoch deine Bereitschaft zu würdigen und werden dich gern zur Hilfe auffordern, sobald es sich ergibt. Deine Nacht sei ersprießlich.«

Als auch Septimius den Saal verlassen hatte, streifte Rusticus Korinna mit einem Blick. »Die Mimen des Mopsos«, sagte er. »Ich habe Gutes über euch gehört. Für die langen Tage des Winters und gewisse Feste kann man nicht genug gute Schauspieltruppen haben. Sag Mopsos, dass ich ihn in drei Tagen, sagen wir vier Stunden nach Sonnenaufgang, bei mir erwarte.«

Korinna verbeugte sich. »Ich sage dir großen Dank, Herr.«

»Eigentlich«, sagte sie sich, »müsste mir schwindlig werden. Zuerst mit Lukianos und Apuleius wie mit Gleichen reden, und nun vielleicht ein Auftritt vor dem Präfekten!« Aber ihr wurde nicht schwindlig, sie war nur müde und zugleich gespannt auf das, was nun noch kommen mochte.

»Sie sollte aber noch bleiben, Herr«, sagte Pacuvius. »Sie hat fast alles gesehen und ist in dieser Sache gewissermaßen Teil des Dienstes.«

Rusticus blinzelte. »Wenn du meinst …« Es klang bestenfalls gleichgültig, eher unwirsch. »Wie lange willst du uns noch hier festhalten?«

»Nur für eine Frage.«

»Dann stell sie.«

Pacuvius nickte. »Sofort, Herr.« Er blickte zu Umbricius, der ihn ausdruckslos anstarrte. »Nach und nach beschlichen mich Zweifel an der Weisheit gewisser Befehle. Ich habe mir gesagt, dass andere Männer – jene nämlich, die sich dort auskennen – besser geeignet sind als ich, das Hexagon zu überwachen oder in Trans Tiberim nach den Spuren eines toten Fischhändlers zu suchen.«

Umbricius stöhnte. »Ich habe dir doch gesagt, dass ich nicht nur einen guten Mann am richtigen Platz haben, sondern gleichzeitig die Arbeit der einzelnen Dienste prüfen wollte.«

»Das hat mich nur halb überzeugt – verzeih bitte. Gestern Abend, in deinem Haus, hörte ich das Gespräch einiger Gäste, die in der Dunkelheit deines Atriums standen. Ich habe ihre Gesichter nicht gesehen und kenne ihre Stimmen nicht.«

»Und was haben diese geheimnisvollen Männer gesagt?« Rusticus klang nun so, als sei er der ganzen Angelegenheit gründlich überdrüssig.

»Bevor ich dies wiedergebe, muss ich noch einen Gedanken beenden. Was meine Zweifel angeht. Ich habe mir gesagt, dass der edle Umbricius, der immer an viele Dinge zugleich denkt, etwas anderes gedacht haben könnte. Und zwar dies: Pacuvius ist vielleicht ein guter Mann, vielleicht ein Trottel, und in beiden Eigenschaften soll er sich um tote Fischhändler und bestechliche Wächter kümmern und um einen geheimnisvollen Boten.« Pacuvius beugte sich vor und sprach lauter. »Einen geheimnisvollen Boten, dem kein Ring samt Finger abgenommen wurde – weil er nämlich erfunden ist. Diesen Mann hat es nie gegeben. Sonst hätte ihn irgendjemand in Portus sehen müssen.«

»Wenn es diesen Mann nie gegeben hat«, sagte Umbricius, »wäre das doch ein wichtiges Ergebnis.«

»Ich glaube aber«, sagte Pacuvius, »dass du gewusst hast, dass es diesen Mann nicht gibt. Du hast mich mit nebensächlichen Aufgaben betraut, damit ich – wenn ich denn ein guter Mann bin – bestimmte Dinge in Rom nicht sehe.«

Rusticus erhob sich aus dem Sessel und stemmte beide Fäuste auf die Tischplatte. »Du willst sagen, Umbricius habe dich sozusagen aus dem Weg schaffen wollen? Wozu? Was sind diese bestimmten Dinge?«

»Jene, von denen die Männer im Atrium geredet haben.« Pacuvius holte tief Luft. »Sie sagten, der Tod des Marcus Aurelius sei für Roms Zukunft unabdingbar, und man habe Vorkehrungen getroffen, um ihn von einem gewissen Pacuvius umbringen zu lassen. Einem Pacuvius, der nichts davon weiß.«

Der Stadtpräfekt schwieg; unter zusammengekniffenen Brauen starrte er Pacuvius an, dann Umbricius, dann den Präfekten der Stadtwächter.

Umbricius lachte. Für Korinnas Ohren klang es echt, aber in dieser Stunde traute sie weder ihren Ohren noch ihren Augen.

»Wenn ich richtig verstehe«, sagte Umbricius, »habe ich dich weggeschickt, damit du mir nicht bei der Vorbereitung eines Anschlags auf den Kaiser zusiehst. Netter Gedanke.«

Lucilius Varro, Präfekt der Stadtkohorten, hatte bisher geschwiegen; nun hob er die Hände und sagte: »O ihr Götter! Marcus Umbricius als Verschwörer gegen den Kaiser? Was denn noch? Ich vielleicht auch?«

Der Stadtpräfekt wandte sich an Umbricius. »Was hast du dazu zu sagen?«

»Nur dies.« Umbricius nickte einem Schreiber zu. »Ein Gast, der nach langer Reise der Ruhe bedurfte, sollte inzwischen eingetroffen sein.«

Der Schreiber ging zur Tür, die auf den Gang führte, öffnete sie, sagte etwas Unverständliches, öffnete sie noch weiter und ließ einen Mann ein, der an den Tisch trat, die rechte Faust auf die Brust legte und sagte: »Ave Iunius Rusticus.«

Dann lächelte er Umbricius an, wandte sich an Pacuvius und streckte seine linke Hand aus.

Am kleinen Finger trug er einen schweren Siegelring.

»Es war nämlich nicht sicher, auf welchem Weg er von Sardinien herkommen würde. Deshalb mussten wir alle fraglichen Häfen überwachen und alle Straßen, die von ihnen nach Rom führen«, sagte Umbricius.

Pacuvius öffnete den Mund und schloss ihn wieder, ohne etwas zu sagen.

»Mancher Gedankenflug endet mit einem Sturz.« Umbricius schüttelte den Kopf. »Leider bist du nur halb so gut, wie du meinst, und doppelt so schlecht, wie ich befürchtet hatte. Eine Stunde nach Sonnenaufgang, in meiner Schreibstube!«

»Dein Befehl!« Pacuvius legte die Faust auf die Brust. »Allerdings war der Mann in Portus nur eine Nebensache. Die eigentlich wichtigen Dinge ...«

Rusticus hob die rechte Hand. »Schweig, du Narr! Ich will nichts mehr hören!«

Umbricius lächelte. »Lass ihn doch reden; vielleicht erfahren wir erheiternde Einzelheiten.«

»Nein.« Rusticus seufzte. »Ein sinnlos vergeudeter Abend«, sagte er dann. »Nein, nicht ganz vergeudet; immerhin habe ich ein sinnvolles Urteil gefällt und einen Severus sowie eine Schauspielerin kennengelernt. Was dieser Bote aus Sardinien zu berichten hat, wirst du mir morgen melden, Umbricius.« Er warf Pacuvius einen Blick zu, machte eine wegwerfende Handbewegung und wandte sich zum Gehen.

Korinna sah in das Gesicht von Gaius Pacuvius. Es war das Gesicht eines Mannes, der Hab und Gut und Familie an Bord eines Schiffes weiß, dessen Untergang ihm eben gemeldet wurde und der sich nun nur noch in sein Schwert stürzen kann. Sie wollte ihm das Schwert entreißen, wenn es nur sichtbar und zu greifen wäre; und am liebsten hätte sie geweint.

In der Unterwelt

Hüte dich davor, ein Tyrann zu werden; es ist etwas Ansteckendes in dieser Hofluft. Bewahre dir deine Einfalt, Tugend, Lauterkeit, Würde, deine Natürlichkeit, Gottesfurcht, Gerechtigkeitsliebe, deine Liebe und Güte und deinen Eifer bei der Erfüllung der Pflicht. Strebe danach, so zu bleiben, wie die Philosophie dich haben will. Ehre die Götter und sorge für das Heil der Menschen! Das Leben ist kurz.

MARCUS AURELIUS VI 30

Für die Zeit hinterher, Herr«, sagte der Mann, der die Tür bewachte. »Nicht, dass ich etwa auf Posten …«

»Hat niemand behauptet. Ich habe ja nicht mal gefragt.« Pacuvius hatte den großen Becher zum zweiten Mal geleert und hielt ihn hin; der Posten füllte nach. »Danke, Freund; das habe ich gebraucht.« Er nestelte im Ledertäschchen unter seinem Gürtel und zog zwei As heraus. »Reicht das?«

»Mehr als genug.«

Alcimus warf einen Blick in die Endlichkeit des bewölkten Himmels: kein Stern, nicht einmal matter Mondschimmer.

»Ungefähr eine Stunde bis Mitternacht, Herr«, sagte einer der beiden Posten im Durchgang zum vorderen Hof.

»Woher weißt du das?«

Der Mann lachte leise. »Meine Blase sagt mir, dass ich in etwa einer Stunde abgelöst werde.«

Pacuvius folgte dem Austausch, ohne ihn wirklich zu hören. Er stand da und hätte nicht einmal gewusst, wie er einen Fuß vor den anderen setzen sollte. Er sah Fackeln, die Posten, den Rücken von Alcimus, weiter vorn im Tümpel des Lichts, das von den Fackeln troff, ein paar Fliesen, deren Ritzen ein Netz aus Schatten waren, Werk der ungeheuren Nachtspinne, die außerhalb des Lichtkreises darauf wartete, ihn zu verzehren. Aber wahrscheinlich würde sie ihn verschmähen, in dieser Nacht, nach diesem Abend. Vielleicht zog sie Futter vor, das sich nicht gerade vorher mit dem schweren, unverdünnten Wein der Truppe abgefüllt hatte. Man sollte etwas essen.

Die Haare im Nacken und an seinen Armen richteten sich auf – tausend widerliche Fühler, oder nein, nicht alle widerlich, denn einige berührten den Arm von Korinna, rechts neben ihm. Aber er war nicht sicher, ob er sie neben sich haben wollte, Zeugin seiner Schmach.

Einen ewigen Atemzug lang bohrte er die Blicke in den Rücken von Alcimus. Wie Haken, an denen er sich festhalten wollte mit Greifgliedern, die ihm erst noch wachsen müssten. »Rema«, dachte er; »Rema – Rema – Rema …« Vielleicht war dies das Schlimmste: Was immer Umbricius mit ihm machen würde, was immer sich aus dieser Katastrophe an Folgen ergäbe – niemandem, nicht seinem besten Freund Alcimus, nicht Korinna, schon gar nicht Umbricius würde er erklären können, was wirklich vorgefallen war, was ihn verstört und aufgewühlt und zu diesem Schritt bewogen hatte. Einem Schritt in den Abgrund. Wenn Rusticus ihn nur zu Ende angehört hätte! Alles durfte geschehen, nur dies nicht. Warum hatte der Präfekt ihn nicht ausreden lassen?

»Nun kommt schon, oder wollt ihr dort anwachsen?« Alcimus winkte.

Pacuvius zuckte zusammen, als Korinna seine Hand nahm. Aber er entzog sie ihr nicht.

Ohne zu sprechen, durchquerten sie den Hof, den nächsten Durchgang, verließen das Gebäude und gingen in den Hang hinab zur Straße, die am Fuß des Hügels verlief.

Alcimus blieb stehen. »Und jetzt?«

»Umbricius wird mir morgen früh den Kopf abreißen; kein Grund, dafür nüchtern zu bleiben.« Pacuvius lauschte den eigenen Worten mit gleichsam aufgestellten Ohren, wie ein Blinder Größe und Flugrichtung eines Vogelschwarms zu ermitteln versuchen mag. Er kannte die Stimme nicht, die da gesprochen hatte.

»Durch heldenhaftes Zertrümmern von Bechern wird nichts besser oder schlechter.« Alcimus machte klackende Geräusche mit der Zunge.

»Wie schlimm kann es denn werden?«, sagte Korinna.

Pacuvius schwieg; Alcimus hob die Hände, als ob er den unsichtbaren Mond fangen wolle.

»Kommt drauf an«, murmelte er. »Wenn der Alte gut gelaunt ist, wird er ihn anbrüllen, ein bisschen in der Luft zerreißen, vielleicht eine halbe Stunde mit dem Kopf nach unten in eine Latrine hängen.«

»Und wenn er schlecht gelaunt ist?«

»Gibt es wahrscheinlich einen Centurio weniger auf der Soldliste und einen einfachen Wächter mehr.«

»Es sind schon …« Pacuvius hustete, um seine Stimme von einem Belag zu befreien, der sich anfühlte wie verflochtene Algen und schmeckte wie Schlick. »Es sind schon Männer für weniger bei lebendigem Leibe gehäutet worden.«

»Wenn es dazu kommt, werde ich sehen, dass ich die Haut kriege und zu einem Gerber bringe«, sagte Alcimus. »Danach könnte man sie Lukianos geben, damit er darauf einen bissigen Dialog über die Dummheit schreibt.«

Pacuvius lauschte in sich hinein; fast war es, als habe der Freund ihn durch dieses Geschwätz wieder geweckt. Oder erweckt. »Danke, teurer Alcanor«, sagte er. »Es tut wahrlich gut, zu wissen, dass einer da ist, auf den man sich verlassen kann.« Dann spürte er, wie eine wortlose Mitteilung, einen leichten Druck von Korinnas Fingern und bemerkte, dass sie noch immer seine Hand hielt.

»Na gut, er will offenbar sumpfen.« Alcimus wandte sich an

Korinna; in der lichtlosen Nacht sah Pacuvius das Gesicht des anderen als einen Klecks, in dem er nichts lesen konnte. »Aber was machen wir mit dir? Ich nehme an, du möchtest in Trans Tiberim übernachten.«

Pacuvius bemerkte, dass die Nacht schwül war, stickig, ohne einen Hauch. Sein Körper, bisher ein Eiszapfen, an dem allein die Haare lebendig gewesen waren (ob es Eiszapfen mit Haaren gab?), begann aufzutauen durch die Wärme, die von Korinnas Hand in seine floss und sich von dort ausbreitete.

Wieder hustete er; dann sagte er, zu seiner eigenen Überraschung: »Bitte bleib.«

Das Getrappel von Pferdehufen kam näher, von Osten, aus Subura. Ein leichter Wagen sauste vorüber; gleich darauf näherten sich von Nordwesten zwei glimmende Fackeln und harte Schritte: die beschlagenen Sandalen von Kriegern.

Es waren fünf Männer der Stadtkohorte, ein Unteroffizier und vier *milites.* Im Fackellicht war zu sehen, dass alle volle Rüstung trugen. Sie schienen vorüberhasten zu wollen, aber der Unteroffizier sah Alcimus und Pacuvius und rief: »Halt!«

»Wir sind Männer des Umbricius«, sagte Alcimus; »falls ihr jemanden zum Verhaften sucht.«

»Ich weiß – die Herren Pacuvius und Alcimus.« Die Stimme des Unteroffiziers klang erleichtert. »Ein Glück, euch zu sehen; aber es ist eilig.«

»Eiliges Glück?«

»Es hat ein Mord stattgefunden«, sagte der Unteroffizier. »Am Fuß des Capitolium, am Rande des Forums.«

»Wer ist der Mörder, wer der Ermordete?«

»Drei Männer haben den Senator Marcus Fabricius Balbus überfallen und getötet; sie sind in den unterirdischen Gängen beim Forum verschwunden.«

Pacuvius fühlte, wie sein Blut wieder zu fließen begann. Er brauchte sich nicht zu räuspern, aber als er sprach, ließ er Korinnas Hand nicht los.

»Wann ist das geschehen?«

»Eben erst.«

Dem knappen, schnellen Bericht des Unteroffiziers zufolge hatte einer der capitolinischen Nachtwächter den Senator zum Forum hinabgehen sehen, gleich darauf das Klirren von Waffen und einen erstickten Schrei gehört und war hinabgerannt. Er hatte drei schattige Gestalten weglaufen sehen, die Lanze geschleudert und einen der Männer getroffen, der taumelte und die Lanze (wahrscheinlich) aus der Schulter zog; dann war der Wächter über etwas gestolpert: die Leiche des Senators.

»Wieso ...« Pacuvius unterbrach sich; die Fragen, die er jetzt stellen wollte – was wollte der Senator nachts auf dem Capitolium, warum begab er sich nachts aufs Forum, statt einer dringenden Ladung zum Präfekten der Stadt zu folgen, wieso ging er allein, wie hatte der Wächter ihn im Dunkel erkannt –, mussten warten. Es gab eiligere Dinge.

»Wohin wollt ihr?«

»Wir haben ein paar Männer in die Gänge unter dem Forum geschickt; weiter drüben gibt es einen besseren Einstieg. Vielleicht können wir die Mörder noch abfangen.«

Alcimus stöhnte. »Da suchen sie eilig nach Mördern und verschwenden einen halben Tag mit einem umständlichen Bericht. Mann!« Mit dem Zeigefinger tippte er gegen die Brust von Pacuvius. »Du scheinst ja wieder zu leben; sind wir im Dienst?«

»Das fürchte ich.«

Pacuvius überlegte schnell. Er und Alcimus trugen den üblichen leichten Brustschutz; Alcimus hatte ein Schwert im Gürtel, er dagegen war unbewaffnet. Und Korinna ...

Etwas störte ihn; dann begriff er, dass es das teure Schwert mit dem verzierten Knauf war. Er konnte sich nicht erinnern, es an sich genommen zu haben, aber es steckte in seinem Gürtel, immer noch von dem Tuch umwickelt. Und noch immer hielt Korinna seine Hand.

»Was machen wir mit dir?«

Sie zögerte höchstens einen halben Atemzug lang. »Ich komme mit. Sonst müsste ich dich ja loslassen.«

»Aber …«

»Wenn es gefährlich wird, verstecke ich mich hinter dir.«

Pacuvius hörte ein vermutlich missbilligendes Grunzen von Alcimus; er schwankte, sagte sich dann aber, dass höchste Eile geboten sei und er nun nicht die Zeit habe, Korinna gegen ihren Willen irgendwo hinzubringen. Hinbringen zu lassen.

Er wandte sich an den Unteroffizier. »Ich übernehme. Du und einer deiner Männer, seht zu, ob ihr noch ein paar andere auftreiben könnt.« Er deutete hangaufwärts, zum Palast des Stadtpräfekten. »Da sind wohl noch an die zwei Dutzend Wächter und Prätorianer; es kann sein, dass euer Präfekt und Umbricius ebenfalls noch da sind. Wenn ihr gemeldet habt, kommt mit Verstärkung nach.«

Natürlich war es einfacher, nicht Hand in Hand zu laufen. Außerdem gehörte es sich nicht für einen Offizier im Einsatz, etwas anderes in der Hand zu halten als eine Waffe oder ein Feldzeichen. Nicht zu reden von scheelen Blicken der Wächter, die vermutlich ohnehin damit rechneten, neben der sonstigen Arbeit, die in der Unterwelt auf sie warten mochte, auch noch eine Frau verteidigen zu müssen. Und überhaupt nicht zu reden von den spöttischen Bemerkungen, die Alcimus in den nächsten Tagen absondern würde. Aber.

Etwas fehlte ihm. Die Wärme, die von Korinnas Hand ausgegangen war und ihn belebt hatte. Pacuvius zwang sich, nicht an die Kälte und erst recht nicht an das zu denken, was der Kälte vorausgegangen war. Warum hatte der Präfekt ihm befohlen zu schweigen? Hätte er ihn doch ausreden lassen … Morgen früh, eine Stunde nach Sonnenaufgang. Bis dahin gab es anderes zu tun, und was immer Umbricius dann mit ihm anstellen mochte, war im Augenblick bedeutungslos.

Ihre Schritte hallten von den Hauswänden wider. Seltsam, dass diese Gegend der Stadt jetzt so tot war. Eigentlich sollten die üblichen Jugendbanden unterwegs sein, ein paar Diebe, Einbrecher, Totschläger und die ihnen im Geiste verwandten feinen jungen Reichen, die mit mörderischen Geschwindigkeiten ihre unbeleuchteten Wagen durch die Nacht lenkten. Während sie ein gerades Straßenstück hinabliefen und sich den fernen Lichtflecken näherten, die von Suburas tausend billigen Schenken, Garküchen und Lusthäusern ausgehend die Nacht besudelten, sagte er sich, dass wahrscheinlich noch viele Römer auf dem Land weilten. Das richtige Leben – was immer man darunter verstehen mochte – würde erst im Lauf des nächsten Monats wieder beginnen; bis Ende Oktober waren ja nicht einmal die öffentlichen Schulen in Betrieb.

Plötzlich kann er sich sehr alt vor; er nahm an, dass der Gedanke an Schulen dieses Gefühl ausgelöst hatte. Etwas wie eine Woge aus Unwirklichkeit erfasste ihn und schien über ihm zusammenzuschlagen, sodass er nach Luft schnappte. Er sah das Gesicht des alten Gnaeus vor sich, den er seit Jahren erfolgreich vergessen hatte. Gnaeus, den er gehasst hatte, samt seinem scheußlichen Mundgeruch, den Speicheltropfen, die er beim Sprechen versprühte, dem Geräusch der Weidengerten, mit denen er die Hände der Mädchen und die Hintern der Knaben zu prügeln pflegte. Merkwürdig, dass er sich eher an das Geräusch erinnerte als an den Schmerz. Das Zelt auf dem kleinen Platz in Bononia … Solche Zelte gab es auch auf dem Forum und auf vielen kleinen Plätzen in Rom; es gab aber für die Jungen und Mädchen zwischen sieben und zwölf auch Schulen in Häusern, ähnlich wie Läden, halb offen, unmittelbar neben einer belebten Straße. Ob die Lehrer immer noch einen Sesterz pro Schüler pro Monat bekamen, nichts in den Ferien von Juli bis Oktober? Und warum dachte er ausgerechnet jetzt an Schulen? Korinnas Hand – seine Hand in der Hand der Mutter – Sehnsucht nach der Geborgenheit, die das Gefühl, dem scheußlichen Gnaeus ausgeliefert zu sein, trotz allem barg? Diese Nacht verlassen, die Stadt verlassen, zurückgehen weit vor die Katastrophe des Abends?

Der nächste – und sicherste – Zugang zum verzweigten System der unterirdischen Gänge, Kanäle, Verliese, Behausungen und Katakomben unter großen Teilen Roms befand sich in einem Haus am Westrand der Subura. Es gab dort eine kleine Werkstatt; der Waffenschmied, der sie betrieb und mit seiner Familie im oberen Stockwerk wohnte, arbeitete für die Wächterkohorte. Wenn in dem schäbigen Viertel Feste, Umzüge oder andere Ereignisse stattfanden, die Aufruhr verhießen, war das Haus ein hilfreicher Stützpunkt; in den Räumen, im Innenhof und im Keller konnte man notfalls eine halbe *centuria* unterbringen.

»Was machen wir hier?«, sagte Korinna.

»Hier steigen wir in die Unterwelt.« Alcimus stemmte sich gegen die schwere Tür.

Einer der Wächter sagte: »Um Vergebung, Herr.« Er schob Alcimus beiseite und klopfte dreimal mit kurzen, dreimal mit längeren Pausen auf die Tür.

»Wer schreitet so spät durch die Nacht ohne Wind?« Die spröde Stimme, die seltsam zu knistern schien, kam von oben.

»Nächtliche Windhunde«, sagte Alcimus. »Und zwar eilige.«

»Habt ihr den Stift nicht, für den Riegel?«

»Wir waren nicht darauf gefasst, hier eindringen zu müssen.«

»Ich komme.«

Nach wenigen Lidschlägen hörte sie Schritte; der Riegel wurde zurückgeschoben, und ein breitschultriger Mann, nur mit Leibschurz bekleidet, stand vor ihnen.

»Können wir jetzt?«, sagte Alcimus; als der Mann nickte, ging Alcimus schnell an ihm vorüber. Die Fackeln erhellten einen mit Bohlen ausgelegten Gang, von dem rechts und links je eine Tür abging. Die dritte Tür, am Ende des Gangs, führte auf den Innenhof.

Alcimus wandte sich um. »Kommt, ehe uns die Mordbuben entgehen. Herr der Ambosse, leg dich wieder auf die Frau oder unter den Hammer. Die Hüter der Stadt wollen die Cloaca säubern.«

»Mögen die Götter euch geleiten; hoffentlich habt ihr immer Finger frei, um die Nasen zuzuhalten. Kommt noch jemand?«

»Das könnte sein.«

Der Waffenschmied stöhnte. »Dann muss ich, statt die Frau mit dem einen Hammer zu beglücken, wohl mit dem anderen Wache stehen. Hier, nehmt das mit; es könnte euch Türen öffnen.« Er gab Alcimus einen großen Metallstift.

Als alle den Innenhof erreicht hatten, berührte Korinna Pacuvius' Arm. »Kommen wir wieder hierhin zurück?«

»Ich weiß es nicht.«

»Trotzdem.« Sie hob den Beutel. »Ich werde ihn hierlassen; er könnte mich behindern.«

Der Waffenschmied streckte die Hand aus; während er den Ledersack entgegennahm, streifte er die Männer mit scheinbar flüchtigen Blicken.

»Nett«, sagte er. »Darf ich mal sehen?« Mit der freien Hand wies er auf den glimmenden Knauf des Schwerts.

Pacuvius zog es aus dem Gürtel und reichte es ihm.

Zwei der Männer hatten inzwischen eine weitere Tür entriegelt; dahinter führten steinerne Stufen in die Tiefe.

»Beeilt euch; wir haben keine Zeit«, sagte Alcimus.

Der Schmied hielt die Waffe so, dass Fackellicht auf die Klinge fiel. Er zwinkerte. »Nette Arbeit. Da.«

Pacuvius schob das Schwert wieder in den Gürtel. Er folgte den anderen, die bereits mit dem Abstieg begonnen hatten. Die Stufen waren glitschig und ausgetreten. Pacuvius hielt sich an dem klammen Tau fest, das durch Eisenringe an der linken Wand geführt war.

Am Fuß der Treppe mussten sie eine weitere Tür öffnen, um durch einen stinkenden, feuchten Gang zur *Via Cacata* zu gelangen, wie die Wächter die unterirdische »Hauptstraße« nannten. Einer der größten Nebenstränge der Cloaca Maxima verlief hier zwischen zwei erhöhten, dammartigen Wegen. Im Licht der einzigen Fackel sah man die schmierige, träge Brühe, auf deren Anblick Pacuvius gern verzichtet hätte, wenn er sie nur nicht hätte riechen müssen.

Alcimus und einer der Wächter berieten sich flüsternd.

»Links?«, sagte Alcimus.

»Vielleicht besser rechts, Herr; da kommen wir zu einem größeren Platz.«

»Ein überwölbter Haufen Scheiße«, sagte Alcimus, »und das nennt ihr Platz?«

Der Wächter lachte. »So, wie wir einen mit einer Toga umwickelten Haufen Scheiße manchmal Senator nennen.«

Korinna trat neben Pacuvius. Sie rümpfte die Nase.

»Ich bin das nicht«, sagte er.

Korinna gluckste; mit zwei Fingern der linken Hand hielt sie sich die Nase zu, mit der rechten berührte sie Pacuvius' Arm. »Kannst du wieder Scherze machen?«

»Mühsam.« Er klatschte in die Hände. »Weiter, nach rechts.«

Niemand schien die Wände berühren zu wollen; hintereinander folgten sie dem glatten, besudelten Weg. Manchmal huschten kleine Tiere um ihre Füße, und Pacuvius gab sich der Hoffnung hin, nicht in ein Vipernnest zu treten.

»Was wissen wir über die Nattern der Cloaca?«, sagte Korinna, einen halben Schritt hinter ihm.

»Kannst du meine Gedanken lesen?«

Alcimus, der weiter vorn ging, schien es gehört zu haben; mit einem unterdrückten Kichern sagte er: »Was für Gedanken soll man hier unten schon denken?«

Der erste Fackelträger blieb plötzlich stehen. »Da ist eine Brücke«, sagte er.

Pacuvius hielt sich die Nase zu; der Geruch schien immer drängelnder zu werden. »Kennt sich jemand aus?«

Alcimus hob den rechten Arm; eine Schattenschlange zuckte durch die breiige Luft.

»Ich war mal hier, aber … Was meinst du?«

Der Wächter, der von einem Platz gesprochen hatte, zögerte kurz; dann sagte er: »Wenn wir über die Brücke gehen, müsste gleich links ein kleiner Durchgang kommen, zum Platz.«

»Brücke?«, murmelte Korinna; sie trat dicht an die Kante des Wegs und starrte ins Halbdunkel. »Ein paar Bretter ... Eigentlich sollte es in der Unterwelt einen Fährmann geben.«

Der zweite Fackelträger, der die Reihe beschloss, stand schräg hinter Pacuvius. Er lachte halblaut; als Pacuvius sich zu ihm umdrehte, sagte er: »Meint ihr etwa, Charon könnte es in dem Gestank hier aushalten? Wahrscheinlich sind das keine Brückenbretter, sondern Reste seines Kahns.«

Jemand lachte; Pacuvius wusste nicht, wer es war. Er wusste nur, dass er nichts hätte trinken sollen. Als er sich zum zweiten Fackelträger umgedreht hatte, waren für einen oder zwei Lidschläge die Wände und Gestalten zu Schlieren geworden. Er sagte sich, dass er zweifellos nichts getrunken hätte, wenn ihm klar gewesen wäre, dass er nach der Katastrophe im Palast des Präfekten nicht etwa würde abstürzen dürfen, sondern in der Unterwelt von Rom Mörder jagen sollte. Aber dieser tröstliche Gedanke entleerte sich jeglichen Trostes, denn – wer hatte gesagt, dass die Formen des Konjunktivs der Vergangenheit nicht zur Schaffung von Realität verwendbar sind? Irgendwer; und irgendwer weiter vorn äußerte etwas, eine Art Warnung, die Brückenbretter betreffend, aber mit einer seltsam zerfasernden Stimme. Nein, nicht zerfasernd, zerlaufend, wie ein Klumpen Butter, den man auf einen heißen Stein gelegt hat.

Er schüttelte den Kopf, holte tief Luft und biss die Zähne zusammen.

»Was ist los?« Korinnas Stimme, gleich neben ihm, klang wie immer, beinahe vertraut. Sein Herz wurde warm, als er sich sagte, dass er die Frau seit mindestens ganz lange kannte. Wie lange eigentlich?

»Ich hätte keinen Wein trinken sollen«, sagte er schwach.

»War es denn so viel?«

»Zu viel. Und vorher nichts gegessen.«

»Das kann doch einen römischen Krieger nicht erschüttern.«

Er wollte »hah« sagen, als etwas in seinem Magen einen Purzelbaum schlug. Vielleicht hatte er eine besonders feiste Haselmaus verschluckt, die jetzt einen Ausweg suchte. Gleich würde sie zu nagen beginnen. Ob Haselmäuse in Wein schwimmen konnten?

Vorsichtig, einer nach dem anderen, gingen sie über die Bretter, die sich zum widerlichen Rinnsal hinabbogen. Pacuvius hatte Mühe, das Gleichgewicht zu halten.

Alcimus sah sich um und pfiff durch die Zähne. »Verleiht Bacchus dir Schwingen, oder war das nur ein Ausrutscher?«

»Beides.« Pacuvius blinzelte; das Gesicht des alten Freundes schien sich zu verformen.

»Das fehlt noch. Willst du zurückgehen?«

»Unsinn. Weiter.«

Er wartete, bis die anderen in dem engen Durchgang verschwunden waren, der zum »Platz« führen sollte; dann winkte er dem zweiten Fackelträger, ebenfalls voranzugehen. Im plötzlich hereingebrochenen Dunkel kniete er am Rand des Abwasserkanals, beugte sich vor und schob den Zeigefinger in den Hals. Der Gedanke an hierzu sonst verwendete Flamingofedern machte alles nicht leichter, auch nicht schmackhafter. Der Magen hatte den Wein zu einer Art Lava verwandelt, die mit hohem Druck ins Freie schoss.

Taumelnd und keuchend kam er wieder auf die Beine. Er fühlte sich keineswegs besser, hoffte aber, den Rest der Nacht nun besser zu überstehen.

Der »Platz« war eine Art Grotte oder Halle, von drei Feuern und etlichen Fackeln erhellt. Die Decke schien nach oben zurückzuweichen und eine Kuppel zu bilden. Pacuvius blinzelte abermals, um Schlieren zu vertreiben. Als er klarer sah, schätzte er den Durchmesser dieser unterirdischen Halle auf mindestens hundert Schritte. An den Feuern und zwischen den Fackeln saßen Leute; falls es keine Dämonen der Unterwelt waren.

Alcimus hatte sich zur nächstsitzenden Gruppe begeben; drei Männer standen dort auf und kamen ihm entgegen, mit abwehrend erhobenen Händen. Auch an den anderen Feuern bewegten sich Leute, mindestens ein Dutzend schattige Gestalten näherten sich Alcimus. Im ungewissen Licht der Feuer und Fackeln blitzte hier und da etwas; Pacuvius hörte Metall klirren, und Korinna stieß einen dumpfen Laut aus.

»Keine Sorge, wir wollen nichts von euch.« Aber noch während er dies rief, zog er das Schwert. Die beiden Fackelträger und der dritte Wächter hielten ebenfalls plötzlich Waffen in der Hand und liefen zu Alcimus.

»Was …« Korinna hob die linke Hand, um auf etwas zu deuten.

»Bleib hinter mir«, sagte Pacuvius; er machte ein paar schnelle Schritte.

Dann begriff er, was Korinna gemeint hatte. Die Leute – er war nicht sicher, ob es nur Männer waren –, die Alcimus einzukreisen begannen, bewegten sich sehr seltsam. Nicht alle, vielleicht nicht einmal die meisten. Aber einige schienen zu schweben, zu hinken, zu hüpfen; zwei waren dabei, die den großen, schlanken Alcimus bei Weitem überragten, und neben diesen beiden Riesen gab es mindestens drei Zwerge.

Alcimus' spöttische Stimme sagte etwas; Pacuvius hörte den Klang, ohne Wörter zu verstehen. Es war, als ob die Steine, die Feuer oder die Luft dieser Unterwelt Teile des Schalls aufsögen und nur unbrauchbare Reste weitertrügen.

Als er die nächsten Schritte machte, hatte er das Gefühl, durch einen Sumpf zu waten. Er verfluchte den Wein und sich; dabei lief es ihm plötzlich kalt den Rücken hinab. Ausgerechnet jetzt, da sie – fünf Bewaffnete und eine waffenlose Frau – sich einer mehrfachen Übermacht von Leuten gegenübersahen, von denen etliche bewaffnet zu sein schienen, war er nicht ganz beieinander. Und warum hatte er außer den merkwürdigen Geräuschen von Alcimus, seiner eigenen Stimme, der von Korinna und dem Klirren nichts gehört? Waren diese Bewohner der Unterwelt, wühlende Tiere in den Gedärmen Roms, am Ende alle stumm?

Endlich erreichte er die anderen, stand neben den drei Bewaffneten, und durch den Rauch der Feuer und Fackeln – oder durch Nebelschleier, Weindunst – sah er, wie die verschwommenen Gestalten, die Alcimus umringt hatten, beiseitetraten, den Kreis öffneten. Er hörte ein Knurren, ein Keuchen, einen Laut der Überraschung von einem der Fackelträger, und von Korinna, die ihm gefolgt war, etwas wie ein Stöhnen. Verblüffung? Entsetzen?

Gleich links von ihm stand ein Mann, der keine Kleidung brauchte, denn er war am ganzen Körper behaart wie ein Bär. Er hatte nur ein Auge; die rechte Augenhöhle und die Wange darunter waren ein Krater, Lappen und Kämme und Fetzen schlecht verheilten Fleischs, das der Prankenhieb eines Raubtiers vor langer Zeit so zugerichtet haben mochte. Um seinen Hals ringelte sich eine Natter, die Pacuvius den Kopf entgegenreckte. Auch der lange dürre Mann neben dem ersten war nackt, aber kahl; er hielt einen blanken Krummsäbel in der Hand, und wo einmal Glied und Hodensack gewesen waren, baumelte etwas wie ein verknoteter Strohhalm. Daneben ein Zwerg – er reichte dem anderen kaum bis zum Nabel – ohne Ohrmuscheln, bewaffnet mit einer überlangen Lanze. Ein Einbeiniger mit Krücke und Dolch. Eine riesige Frau, zwei Köpfe größer als Pacuvius und doppelt so breit; sie trug zusammengenähte Tierfelle, und in ihrer linken Armbeuge schien der bösartige Kopf einer Streitaxt zu schlummern. Ein schmächtiges Mädchen mit drei Augen. Eine dunkelhäutige Frau mit der Gestalt einer nubischen Liebesgöttin; in ihrem offenen Mund sah Pacuvius weder Zähne noch Zunge. Ein Dutzend Gestalten oder mehr, die auf den ersten Blick gewöhnlich wirkten. Dann ein Riese, der vielleicht einmal Gladiator mit Netz und Dreizack gewesen war, als er noch Arme hatte. Eine stämmige Frau mit Pfeil und Bogen, der die rechte Brust fehlte.

Und in der Mitte, Alcimus gegenüber, ein Mann in purpurn gestreifter Toga; er trug eine Vogelmaske und ließ ein Schwert sinken. Es mochte eben noch die Kehle von Alcimus bedroht haben, der die Arme verschränkt hielt und offenbar nicht einmal versucht hatte, sein Schwert zu ziehen.

»Wenn ihr nichts von uns wollt, warum seid ihr dann gekommen?« Die Stimme des Maskenträgers klang dumpf und zugleich schrill.

»Auf dem Forum wurde ein Senator ermordet; die Mörder, drei Männer, sind in die Unterwelt geflüchtet. Einer müsste von einer Lanze verwundet worden sein.«

Ein Wispern, seltsame Knurrlaute, zuckende Gesichtsmuskeln: Austausch von Meinungen, zufällige Äußerungen in der Runde? Wieder schaute Pacuvius sich im Kreis um; einige, so die Schwarze ohne Zunge, konnten vermutlich nicht sprechen, aber was war mit den Übrigen?

»Ein Senator? Drei Mörder? Nichts, was uns berührt.«

»Wo könnten wir sie finden?«

Der Mann mit der Vogelmaske stieß ein hohles Keuchen aus, vielleicht eine Art Gelächter. »Hier nicht, vielleicht da, eher dort. Es hat keine Bedeutung.«

Alcimus drehte sich um; mit den Augen suchte er Pacuvius. »Was meinst du?«

Pacuvius bewegte mühsam die Zunge. »Wie könnte man euch dazu bewegen, uns zu helfen?«

»Was haben wir mit euch zu schaffen? Warum sollten wir euch helfen?«

»Weil wir so nett sind«, sagte Alcimus.

Wieder Wispern und Knurren, hier und da auch Geräusche, die sieches Echo fernen Gelächters sein konnten.

»Weil auch ihr Rom seid«, sagte Pacuvius.

Der Mann mit der Vogelmaske hob das Schwert; es wirkte wie die Verlängerung seines Arms.

»Rom? Rom ist da oben. Wir haben keinen Anteil an Rom. Rom hat uns geschändet, enterbt, ausgestoßen.«

»Womit speist ihr eure Feuer?«

»Mit Holz – von oben.« Der Mann ließ das Schwert wieder sinken. »Dass wir Holz und Brot und Wörter haben, die von oben stammen, macht uns nicht zu einem Teil dessen, wofür ihr kämpft.«

Pacuvius hörte alles wie durch eine Suppe, eine Mehlsuppe, die in seinen Ohren schwappte. »Irgendwie«, dachte er, »muss das hier ein Traum sein. Aber wenn es ein Traum ist, woher kommen dann diese Albtraumgestalten? Und wenn es ein Albtraum ist, warum fühle ich mich dann nicht bedroht?«

»Wir kämpfen dafür, dass jeder leben kann«, sagte Alcimus.

»Leben? Wir?« Der Maskierte ließ wieder dies hohle Keuchen hören. »Ausgestoßene, Ungeheuer, Verstümmelte – leben? Kaiser und Senat würden uns töten lassen, wenn sie von uns wüssten; die einfachen Leute da oben, in der Subura, dulden uns in den Dämmerungen, hetzen uns bei Tag und überlassen uns die Nacht. Die Herren des Schattenreichs, die Fürsten des Abschaums wollen uns zu Sklaven machen, damit sie sich wie echte Römer fühlen können. Dafür kämpft ihr?«

Pacuvius stöhnte; er steckte das Schwert in den Gürtel und wandte sich ab.

»Lass uns gehen«, sagte er; »es hat keinen Zweck. Wir suchen woanders.«

Aus den Augenwinkeln sah er die jähe Armbewegung des Mannes mit der Vogelmaske. Und er bemerkte, dass sich plötzlich all die seltsamen, zerstörten, rätselhaften, unwahrscheinlichen Gesichter auf ihn richteten. Oder nicht auf ihn, sondern auf seine linke Hüfte.

Langsam wandte er sich wieder den Bewohnern dieser grässlichen Unterwelt zu. Alle, gleich ob mit einem oder mit drei Augen, schienen auf das Schwert zu starren. Der Maskierte ließ den ausgestreckten Arm fallen, wie entkräftet.

»Das Schwert«, sagte er dumpf. »Das Schwert des Spartacus.«

Pacuvius schloss einen Moment die Augen. Er sagte sich, dass die Klinge der Waffe sich nicht von der anderer Schwerter unterschied, und dass diese Leute den Griff, den Knauf, den Stein nicht hatten sehen können, solange das Schwert in seiner Hand gewesen war. Was hatte der Schmied gesagt? Nette Arbeit?

»Was für ein Schwert?«, sagte Alcimus; seine Stimme troff förmlich von Ungläubigkeit.

Pacuvius beobachtete die anderen, den Kreis der Ausgestoßenen. Soweit sie bewaffnet waren, hatten sie nun die Waffen sinken lassen. Auf einigen Gesichtern, auch auf den entstellten, glaubte er, Staunen oder gar Ehrfurcht zu lesen.

»*Mein* Schwert«, sagte er. »Was ist damit?«

»Es mag deines sein, aber es hat einmal Spartacus gehört«, sagte der Maskierte.

»Bist du sicher?«

»Unter dem Heft, wo die Klinge beginnt, ist ein *beta* in den Stahl gekratzt, daneben eine Kralle – eine Adlerkralle. Wenn es das richtige Schwert ist.«

Pacuvius zog die Waffe wieder aus dem Gürtel; mit zusammengekniffenen Augen untersuchte er die Klinge. Auf der einen Seite war nichts, auf der anderen ein wenig Schmutz. Es mochte verkrustetes Blut sein. Er kratzte es mit dem Daumennagel ab, dann sah er das griechische Zeichen und eine Art Haken, möglicherweise die Kralle eines Adlers.

Er räusperte sich. »Wofür steht das *beta?*« Er hielt dem Maskierten das Schwert hin.

»Für *basileus;* König.« Beinahe scheu berührte der Mann die Klinge mit der Fingerspitze.

Alcimus hatte die Brauen gehoben; Pacuvius konnte sehen, dass es ihn Mühe kostete, irgendeine spöttische oder gehässige Bemerkung zu verschlucken.

Korinna legte die Hand auf den Schwertgriff. »Spartacus, König der aufständischen Sklaven und Gladiatoren«, sagte sie leise. »Sie haben ihn gekreuzigt. Was bedeutet das Schwert für euch?«

Der Mann mit der Vogelmaske schien im Kreis seiner Genossen – Gefährten? Untertanen? – nach etwas zu suchen. Mit dem Kinn deutete er auf eine Zwergin mit schweren Brüsten.

Sie trat einen halben Schritt vor. Als sie sprach, füllte ihre tiefe, dröhnende Stimme die Halle.

»Was Spartacus für jene bedeutet, die Rom ausgestoßen hat, kannst du dir denken. Und das Schwert? Da gibt es ein Gerücht, vielleicht eine Prophezeiung. Das Schwert des Spartacus in der Hand eines Gerechten soll bald unser Los bessern.«

»Bist du ein Gerechter?«, sagte jemand in der Runde; Pacuvius konnte nicht sehen, wer es war.

Er rang mit einer Versuchung, und während er noch rang, sagte er sich, dass er ziemlich betrunken sein musste – bei klarem Geiste hätte er nicht ringen müssen, und die Versuchung wäre ihm als bloße Albernheit erschienen.

»Wer ist schon gerecht?«, sagte er.

»Woher hast du die Waffe?«, sagte die Zwergin.

Pacuvius beschloss, ein wenig zu lügen. »Von einem toten Bettler, in Portus. Ich weiß aber nicht, woher er sie hatte.«

Der Maskierte nickte; es war eine vorsichtige Kopfbewegung, behutsam, als könne die Maske bei einer heftigen Gebärde abfallen. Pacuvius sah genauer hin. Er war nicht sicher, bildete sich aber ein, dass sie Nase und Oberlippe ersetzte und irgendwie mit dem übrigen Fleisch verbunden war. Vernäht?

»Vor Kurzem«, sagte der Mann, »gab es ein Gerücht, oben, dass das Schwert auf dem Markt der Träume angeboten werden würde. Einer der Händler, die für so etwas infrage kommen, war ein paar Tage später tot. Jemand hatte ihm die Kehle zerschnitten. Vom Schwert war nie wieder die Rede.«

Pacuvius schob die Waffe wieder in den Gürtel. Einen Moment wurde ihm schwarz vor Augen; eine eisige Faust schien seinen Magen zu packen – eine Faust, die mit kalten Nägeln beschlagen war.

Er spürte, dass ihn eine Hand an seinem Arm wärmte und stützte, und er nahm an, dass es Korinnas Hand war. Undeutlich hörte er, wie Alcimus und der Mann mit der Maske um etwas feilschten; ein leises Klirren, eher von Münzen als von Waffen, beendete die Verhandlung – Verhandlung worüber?

Geräusche, die ineinanderflossen; Stimmen, die einen hörbaren Teppich bildeten; eine Dunkelheit, die aus schwerem Stoff zu sein schien, der die Haut zerkratzte, wenn man sich bewegte; Fackeln, die Löcher in die Dunkelheit fraßen, aber der schwarze kratzende Stoff lebte und wucherte, bis die Löcher sich wieder schlossen.

Gestalten, ungewisse senkrechte Pfützen, die zweifellos gleich wieder Teil eines stinkenden Rinnsals werden mussten. Und eine Hand, die ihn durch die Unterwelt leitete.

Die Unterwelt, die ein Labyrinth war, in dem er sich vielleicht besser zurechtgefunden hätte, wenn es ihm beizeiten eingefallen wäre – als er sich in den Styx übergab –, dem Fährmann eine Münze zu opfern. Aber was hatte Charon mit einem Labyrinth zu tun? Und wenn Korinna Ariadne war, wo steckte dann der Minotaurus?

Es gab Gänge, die sich hoben und senkten, die unter seinen Füßen bockten und ihn abschütteln wollten und sich vor ihm zu wabernden Schläuchen verwandelten, durch die er zu einem Lichtpunkt kriechen sollte, der sich beharrlich entfernte; stinkende Ströme, die Strudel bildeten, aus denen scheußliche Dämonen nach ihm winkten, und Jauchekatarakte, in denen die gepeinigten Geister seiner Ahnen um Hilfe und Erlösung wimmerten. Er sah einen Altar, vor dem ein rot glühender Priester einen Stier kehlte, und einen rot glühenden Altar, auf den mit Schlangen ein kreischender Mann gebunden war, in dessen Eingeweiden ein stierköpfiger Priester nach der Leber wühlte. Er kam vorüber an einer Nische, in der weiß gekleidete, duftende Menschen einen pochenden Phallus verehrten, indem sie eine geknebelte Frau auf ihm pfählten; und er kroch den Rand einer staubigen Halle entlang, wo mit Kot beschmierte Frauen und Männer sich vor einem Gekreuzigten erniedrigten, während römische Krieger sie geißelten.

Endlose Gänge, endlose Hallen; Säulenhöfe, in denen es keinen Boden gab, nur ein marmorgesäumtes, pulsierendes Nichts; Bogengänge, hinter denen Bogengänge lagen, hinter denen Bogengänge lagen; Wendeltreppen, in sich selbst gedreht, deren oberste Absätze an der niedrigsten Stufe endeten; eine Springflut von Ratten, deren Gischtkamm aus Skorpionen bestand, auf denen Taranteln ritten; ein Garten voll übel riechender Pilze, deren bloßes Aussehen böse war – ein Garten, in dem Pfade sich verzweigten und immer weiter verzweigten, und an jeder Gabelung stand ein Bildnis des Fufius. Fufius, der mit seltsamen Gegenständen handelte und das Schwert des Spartacus schwenkte, während Septimius Severus Urnen öffnete und die Asche vor eine Büste des Marcus Aurelius schüttete.

Die dröhnende Stimme der Zwergin, die sie führte, weil der Mann mit der Vogelmaske es so angeordnet hatte. Die kichernden Fackeln, getragen von blakenden Wächtern. Alcimus, auf dessen Rücken Blutegel saßen, die keine Blutegel waren, sondern Stielaugen mit Saugfüßen. Wieso redete er mit der Zwergin über einen Markt der Träume – *den* Markt der Träume? Wozu brauchte man einen Markt, wenn Pacuvius – Gaius Pacuvius Lentulus – irgendjemand musste doch so heißen – alle Träume hortete, unverkäufliche Träume, Träume ohne Preis; wenn er durch Träume watete? Vielleicht war er selbst ein Albtraum. In dem es nichts gab als Wirrnis.

Und Korinnas Hand. Korinnas Stimme, die ihn trug, das Schleppnetz ihrer Blicke, die redselige Wärme der Hand. Ariadnes Fadenhand.

Die anderen, Umrisse wie aus Schleim, blieben plötzlich stehen und beugten sich über etwas. Er hörte Stimmen – möglicherweise nur eine Stimme, die von Alcimus, gebrochen und von einem hallenden Sumpf zurückgeworfen.

»Das könnte er sein. Das muss er sein. Aber …«

Eine andere Stimme: »Schlimme Speerwunde. Ah, der Hals. Wahrscheinlich haben die anderen ihn zuerst mitgeschleppt und ihm dann die Kehle durchgeschnitten. Damit er sie nicht aufhält.«

»Ihr zwei«, sagte Alcimus, »nehmt ihn auf. Vielleicht kennt jemand ihn. Gib mir die Fackel.«

Irgendwann nahmen die Dinge wieder ihre gewöhnlichen Formen an, aber da hatten sie schon fast das Ende ihres Wegs erreicht. Andere Wächter kamen ihnen entgegen. Sie hatten keine weiteren Spuren von den Mördern gefunden und nahmen den erschöpften Kameraden den Leichnam ab.

Die Zwergin verschwand, wie von Schatten verschlungen. Pacuvius ließ Korinnas Hand los und rieb sich die Augen. Ein Stück voraus sickerte graues Tageslicht in die Tiefe; aber vielleicht waren sie ja gar nicht mehr in der Tiefe.

»Geht es dir besser?« Korinnas Stimme klang müde und besorgt.

Er wandte sich zu ihr, und die Bewegung ließ keine Gestalten verschwimmen, löste Korinnas Gesicht nicht auf, wühlte nicht in seinem Magen.

»Ich glaube, ich bin wieder Pacuvius.«

»Gut, aber wer warst du zwischendurch?«

»Einer, den die Götter vergessen hatten. Einer, den es nicht mehr gibt, an den ich mich ungern erinnere.«

Korinna lächelte; er streichelte ihr müdes Gesicht mit Blicken, dann hob er die rechte Hand, die das Werk seiner Augen fortsetzte.

»Wie kann ich dir je danken?«

Sie bewegte den Kopf. Er wusste nicht, ob sie den Kopf schüttelte oder die Wange in seine Hand schmiegte. »Ich werde mir etwas einfallen lassen«, sagte sie.

Er näherte seinen Mund ihrem Ohr. »Für die erste Nacht, die wir gemeinsam verbringen, hätte ich mir andere Dinge gewünscht.« Mit der Zunge berührte er ihr Ohrläppchen.

Sie kicherte. »Was denn? Vorher ein Bad, ein leichtes Mahl, so etwas?« Sie lehnte sich einen Moment gegen ihn, trat dann einen Schritt zurück, als Alcimus zu ihnen kam.

»Gut; ich sehe, dass du wieder unter uns weilst.« Er lächelte Korinna zu, dann bohrte er den Zeigefinger in Pacuvius' Brust. »Die anderen haben unterm Forum eine Blutspur gefunden und sind ihr nachgegangen, bis zu uns. Sonst nichts.«

»Wie weit bis zum Forum?«

»Gleich da vorn.«

»Lass uns hinaufgehen; hier unten finden wir wohl nichts mehr, und ich muss mich bei Umbricius melden.«

Alcimus seufzte, drehte sich auf dem Absatz um und ging voran, zu einer von grauem Licht bespülten Treppe.

Als sie auf dem Forum standen, sah Pacuvius, dass die Sonne schon mindestens eine Stunde alt war. Der Tag und die Geschäfte hatten begonnen. Das Forum war zwar noch nicht belebt, aber die ersten Männer, die handeln, über Politik sprechen oder Freunde treffen wollten, gingen bereits auf und ab.

Eine Gruppe von Wächtern stand vor der Curia. Dort hatte man den Leichnam des Senators auf die Stufen gelegt.

Der Arzt, der den Leichnam untersucht hatte, richtete sich eben auf, als Korinna, Alcimus und Pacuvius die Curia erreichten.

»Die Vorschriften, o die Heiligkeit der Vorschriften«, murmelte er. »Wahrscheinlich zwei Messer, vielleicht ein Messer und ein Schwert. Ihr könnt ihn wegbringen. Hättet ihr eigentlich längst gekonnt, aber die Heiligkeit der Dings.«

»Können wir nicht«, sagte der Unteroffizier der Wächter. »Marcus Fabricius Balbus ist … war einer vom alten Schlag.«

»O ihr Götter.« Der Arzt hob die Hände. »Habt ihr die *libitinarii* gerufen?«

»Wie es sich geziemt. Dahinten kommen sie. Schon. Endlich.«

»Ich gehe.« Der Arzt griff nach seinem Beutel. »Ehe sie mich langen Reinigungszeremonien aussetzen. Seht euch vor; ihr habt die Leiche ja auch angefasst.«

»Wir werden uns wehren.« Der Wächter grinste.

Mit großen Schritten näherte sich der Priester der Todesgöttin Libitina; seinen langstieligen Hammer trug er wie ein Feldzeichen in der Rechten. Ein geisterhafter Zug folgte ihm: Männer mit roten Tuniken, hohen Schnürstiefeln, Spitzbärten, breitkrempigen Hüten und langen falschen Ohren.

Korinna gluckste leise, als sie sah, dass gesetzte, reiche, mächtige Männer dem Zug auswichen; einige zogen tatsächlich Phallus-Amulette aus den Gewändern und deuten damit auf die *libitinarii.*

»Bei Tageslicht«, sagte sie, »ist das alles ganz putzig, aber nachts möchte ich denen nicht begegnen.«

Der Priester berührte die Leiche des Senators mit dem Hammer. Damit war der Tote der Göttin übergeben. Einer der Begleiter brachte ein Kästchen und öffnete es, während der Priester zu singen begann. Aus dem Kästchen nahm er dabei immer wieder

Pulver oder Fläschchen und ließ Staub oder Tropfen auf die Leiche niedergehen.

Pacuvius wollte Korinna eben erklären, dass die alte Zeremonie des *lustrum* vermutlich etruskischen Ursprungs sei, als die *libitinarii* den Leichnam auf den Rücken drehten.

Korinna stieß einen Laut der Überraschung aus. »Der Tote«, sagte sie.

Der Priester blickte auf. »Wer gibt eine Münze für den Fährmann?«, sagte er laut.

Fünf Bewaffnete – ein Unteroffizier der Prätorianer, zwei *vigiles* und zwei Männer der Stadtkohorten – näherten sich mit schnellen Schritten. Pacuvius blickte ihnen entgegen und zwinkerte ungläubig; eine derartige Mischung verschiedenster Einheiten hatte er nie gesehen. Dann blickte er Korinna an.

»Was ist mit ihm?«, sagte er.

Die *libitinarii* hoben den toten Senator an und legten ihn auf die mitgebrachte Bahre.

Die Krieger blieben neben Pacuvius stehen. Der Unteroffizier sagte: »Gaius Pacuvius Lentulus, wir haben den Auftrag, dich festzunehmen.«

»Das ist der Mann, der in Trans Tiberim mit Manlius gesprochen hat, vor der Fahrt nach Portus«, sagte Korinna. Dann schien sie zu begreifen, was der Unteroffizier gesagt hatte, legte die Hand auf Pacuvius' Arm und sagte leise: »Ach, Gaius.«

Eine Membran aus dem Archiv (II)

… Fürwahr, nichts könnte würdiger sein. Denn diese Membran, so bereitet, wie man dies wohl zuerst in Pergamon pflog, ist kein gewöhnliches Pergament, nicht einmal ungewöhnliches Menschenpergament, sondern in der Ungewöhnlichkeit noch einmal besonders erlesen. Es waren keine Gerber und Pergamenter mit dieser Haut befasst, sondern Ehrwürdige, deren Amt die Erörterung jener göttlichen Weisungen ist, welche in all dem geborgen und verborgen sind, was die Haut zusammenhält. Vor fast zweihundert Jahren haben sie, die das Heer des Antonius begleiteten, die Haut abgezogen und behandelt.

Demut. Ja, Demut umfängt und erfüllt mich, dass ich nach all den Jahren Werkzeug der Vollendung und Gefäß des göttlichen Willens sein darf. Er, der das unendliche Begehren der Vorfahren stillt.

Und welche Fügung von Zufällen – von den Göttern so gefügt, dass sie dem armseligen Blick der Sterblichen Zufälle scheinen! Die Nichte, die sich mit einem Ulpius Flavius vermählt und diesem zwei Kinder gebiert, ehe er in Umnachtung und sein Schwert stürzt – die Gattin, deren Gemahl bestes Werkzeug für einen kühnen Plan ist – der Mann, der selbst einen Plan ausheckt, ohne zu ahnen, dass er bereits Teil eines verwegeneren Vorhabens ist – der Fürst, der selbst durch Wissbegier Teil des Plans, ah nein, Glied des großen erträumten Körpers wird – die Gier des Reichen, der die Waffe in die richtigen Hände legt – der Mann, der bald zu einem vierten Leben aufsteigen wird – der Feiste, der Protagonist zu sein wähnt – und die Haut! Behandelt, gespannt, gerieben, geglättet, gerollt und von meinen Vorgängern gehegt, dass sie eines Tages ihren Zweck erfülle und allem den wahren Sinn gebe. Nur ein Stückchen, das meine demütige Eitelkeit für diese Aufzeichnungen erheischt; das größere Stück wird mit den neuen, alten, den verbesserten und erneuerten Regeln beschrieben sein, wie er sie erdachte und hastig auf ärmliche göttliche Fetzen schrieb. Er, der sie vollendet und durchgeführt hätte, wäre er nicht zu früh gehindert worden. Sein Nachfolger hatte nicht den Geist und den Scharfblick, wirklich für die Menschen und die Ewigkeit zu planen. Was ist das schon, was er hinterließ? Gewaltig, ja, aber unstet und immer gefährdet; ungesicherte monarchische Tyrannei, aufgeputzt mit den alten, ausgehöhlten, ohnmächtigen Einrichtungen.

Die neuen ewigen guten Regeln, für einen starken Bund statt für eine taumelnde Monarchie, Römisches und Athenisches und Etruskisches, das wahre Testament des Gaius Iulius Caesar, von mir ausgefeilt und geschrieben auf die Haut des Marcus Iunius Brutus! Ah, die Götter sind gnädig!

Aber diese Ameisenschrift! Kaum zwei Handflächen Haut, um der Nachwelt und ihren scharfsichtigen Schriftgelehrten meine demütige Eitelkeit zu hinterlassen. Die bedeutungslose Eitelkeit dessen, der durch Erziehung bereitet, altes Wissen gerüstet und den Umgang mit Schriften geübt war, die Gabe, das Geschenk des Zufalls – ein anderer Name der Götter, aller Götter – zu erkennen und zu nutzen. Die kostbare Bürde des Zufalls, vor zwei Jahren von einem zerstreuten, zielstrebigen oder boshaften Gott auf dem Markt der Träume hinterlegt an einem jener Tage, da ich wie so oft dort alle Fetzen betrachtete, immer auf der Suche nach einem vergessenen Schatz: Papyri, die zum Einwickeln ältlicher Fische verwendet wurden, Membranen entwürdigt zu Wischlappen, Stapel zerlesener und besudelter Schriften, von unbegabten Schülern zur Übung mit unlesbaren Zeichen überfüllt. Die Krüppel der Unterwelt, die Abfall sammeln und zu verkaufen trachten, um vom Erlös ihr wertloses Leben zu festigen und zu verlängern; ah, welch großartige Ironie der Götter, diese Gabe einem von ihnen zu überlassen, dass ich sie fände …

Schwerter und Bilche

Meine Erzieher … lehrten mich Mühen ertragen, wenige Bedürfnisse haben, selbst Hand anlegen, mich wenig kümmern um anderer Leute Angelegenheiten; und Widerwillen gegen jede Schmeichelei … Dem Rusticus verdanke ich, dass es mir einfiel, in sittlicher Hinsicht für mich zu sorgen …; dass ich frei blieb vom Ehrgeiz der Sophisten; dass ich keine Abhandlungen schrieb über abstrakte Dinge noch Reden hielt zum Zweck der Erbauung … An meinem Bruder Severus konnte ich häuslichen Sinn, Wahrheits- und Gerechtigkeitsliebe bewundern. Er … führte mich zum Begriff eines Staats, in dem alle Bürger gleich sind vor dem Gesetz, und einer Regierung, die nichts so hoch hält wie die bürgerliche Freiheit.

MARCUS AURELIUS I 5,7,9

»Weißt du, wohin sie ihn bringen?«

Alcimus betrachtete das seltsame Schwert, das Pacuvius ihm hatte reichen können, ehe die Männer ihn abführten. So übermüdet und verwirrt Korinna auch war, hätte sie doch beinahe gelacht – mit einem ähnlichen Gesichtsausdruck mochte jemand eine gefrorene Schlange mustern, die in seinen Händen auftauchte, wo eben noch ein Stück mit Honig getränkten Brotes gewesen war.

»Nein, ich weiß es nicht; und ich weiß auch nicht, was ich mit diesem Unfug anfangen soll. Das Schwert des Spartacus – so ein Blödsinn!«

»Könnte es nicht sein …?«

Alcimus schüttelte energisch den Kopf. »Woher sollte denn nach all der Zeit diese Waffe auftauchen? Immerhin sind das an die zweihundertdreißig Jahre.«

Korinna rieb sich die Augen. Ohne Anteilnahme sah sie, wie die Wächter den toten Senator wegtrugen, vermutlich zur Kurie; man hätte meinen können, dachte sie, dass Träger und Leiche unter Wahrung eines ehrenden oder ehrlosen Abstands Pacuvius und seine Bewacher zu begleiten hatten, die in die gleiche Richtung gegangen waren. Dann gab sie sich zu, dass sie bei aller Müdigkeit – und bei aller Sorge um Gaius – doch eine gewisse Anteilnahme empfand: nicht am Schicksal des Senators, sondern an dem, was er in den vergangenen Tagen getan hatte. Eher Neugier denn Anteilnahme, sagte sie sich. Was hatte dieser Mann, zweifellos einer der edelsten Männer des Reichs, mit einem Fischhändler in Trans Tiberim zu bereden? Mit Manlius, der angeblich Fische und *garum* für ihn aus Portus beschaffen sollte, für irgendeine Feier – welcher Senator kümmerte sich selbst um derlei Kleinigkeiten? –, die zweifellos nicht in Trans Tiberim auszurichten war, die zweifellos besser von anderen Zulieferern beschickt werden konnte? Von Händlern, die näher am Haus des Senators wohnten. Dann war Manlius gestorben, wahrscheinlich umgebracht; und nun der Senator. Alles Zufall? Gab es eine Verbindung? Und wenn es eine gäbe, wie könnte sie beschaffen sein?

»He, ich rede mit dir!« Alcimus berührte ihren Arm.

»Meine Gedanken, hurtige Vögel mit schweifenden Schwingen«, murmelte sie, »ungebärdig zerrten sie mich durch schwankenden Schlummer.«

»Von wem ist das?«

»Von keinem; das ist einfach so.«

Alcimus seufzte. »Irgendwann könnte es mich reizen, zu erfahren, wie viele Verse eine Schauspielerin zu allen passenden und unpassenden Gelegenheiten absondern kann. Aber nicht jetzt. Pacuvius, das unsinnige Schwert, der Senator, der Tag und du – um was soll ich mich kümmern, und in welcher Reihenfolge?«

»Das unsinnige Schwert … Könnte es nicht sein, dass es wirklich das Schwert des Spartacus ist?«

»Meinst du nicht, dass man in den letzten Jahrhunderten davon gesprochen hätte?«

»Warum? Er war ein Feind der Republik, man hat ihn gekreuzigt, es gab keinen Grund, Dinge aufzuheben, die an ihn erinnern. Außer vielleicht für jemanden, dem an dieser Erinnerung lag.« Sie hob die Schultern. »Ein besonderer Freund, ein besonderer Feind – ein Verehrer des Spartacus oder einer der Krieger, die ihn hingerichtet haben. Vielleicht war es all die Jahre im Besitz von Nachkommen dessen, der es damals an sich genommen hat. Kein Grund, viel darüber zu sprechen.«

Alcimus betrachtete sie; sie kam sich vor wie ein merkwürdiger Gegenstand, dessen Wert oder Wertlosigkeit erst nach gründlicher Prüfung festgesetzt werden kann. Schließlich sagte er: »Und dann geht einer hin und verkauft es? Aber wer würde so etwas kaufen?«

Korinna unterdrückte ein kleines Gähnen, musste dann aber einem größeren nachgeben.

»Müde?«

»Nein, ich könnte johlen vor Frische. Was das Kaufen angeht – denk an die Dinge, die dieser Fufius mitgebracht hat. Wer einen Steinsplitter von Hannibals Grab kauft …«

Alcimus schnitt eine Grimasse; wieder betrachtete er das Schwert, dann schob er es neben sein eigenes in den Gürtel.

»Was denn noch? Die Leber des Prometheus? Einen Popel aus Kleopatras Nase? Ein Schamhaar von Helena? Einen Fetzen von Caesars blutiger Toga?«

»Was auch immer.«

»Der Markt der Träume«, murmelte Alcimus. »Wenn man dem Fürsten der Unterwelt glaubt … Ist das dein Ernst?«

»Ich bin zu müde für Ernst oder für Spaß. Heute Abend …«

»Ich weiß. Ihr habt einen Auftritt. Komm; einer unserer Leute wird dich nach Trans Tiberim bringen. Karren sind tagsüber verboten, aber Pferde nicht unbedingt; du wirst hinter ihm aufsitzen können.«

»Und du?«

»Ich? Schlafen wäre nicht schlecht, aber ich will versuchen, etwas über diese Festnahme herauszukriegen. Wer das veranlasst hat, warum, wohin sie ihn bringen und wie lange wer auch immer ihn festhalten will.«

Korinna nickte. »Tu das. Aber … ich gehe zu Fuß; ich muss ohnehin noch meinen Beutel bei dem Waffenschmied abholen. Bist du – kommst du auch wieder auf die andere Seite?«

»Wenn ich deine müde Stimme richtig verstehe, plagt dich die Sorge um einen gewissen Mann. Ich weiß nicht, womit er das verdient, aber sobald ich etwas weiß, wirst du es erfahren. Entweder komme ich vorbei oder schicke dir eine Nachricht.«

In südwestlicher Richtung ging sie das Forum hinab. Inzwischen hatte der Tag auch für jene begonnen, die sich nicht schon vor dem Morgengrauen in Kloaken herumtrieben. Hier und da standen Gruppen von Männern, die Mangel an Würde durch teure Gewänder und fehlende Trauer durch lautes Reden wettzumachen suchten. Während sie an ihnen vorüberging, fing sie hier und da Bruchstücke der Unterhaltungen auf – »gutes Ende nach schlechtem Anfang«, »wer das Schwein geschlachtet hat, sollte zum Ehrenmitglied der Metzgerzunft gemacht werden«, »aus republikanischen Angstträumen zur tröstlichen Wirklichkeit des Todes erwacht«, »ob dem stinkenden Gehege seiner Zähne letzte Worte entfleucht sind, deren Unsäglichkeit nun die Gefilde des Vergessens besudelt?« Ein paar Atemzüge lang erwog sie, ob hier Winzige einen Großen schmähten, der sie nicht mehr ertragen musste, oder ob Rechtschaffene sich eines Verschwindens ergötzten, durch das Rom bewohnbarer wurde. Aber dann sagte sie sich, dass man über die Toten nur gut reden sollte; dass ein Toter, über den es nichts Gutes zu sagen gab, zu Lebzeiten seine Nachbarn angesteckt haben musste, sodass sie jenen Schmutz, mit dem er sie befleckt hatte, nun über ihn deckten; und dass sie eigentlich viel zu müde sei, um derlei verwickelte Gedanken zu denken.

Am Ende des Forums pries ein Mann mit wallendem Bart die Vorzüge der Ewigen Isis. Er hatte die Tunika so geschürzt, dass man seine Knie sehen konnte, die mit umeinandergeschlungenen roten und blauen Schlangen bemalt waren; damit man ihn besser hörte, war er auf einen Schemel gestiegen, und als er in einer emphatischen Gebärde die Arme abspreizte, sah Korinna, dass Schlangen auch diese verzierten – lebendige. Die vielleicht sechs oder sieben Leute, die ihm lauschten, bogen die Oberkörper zurück oder zur Seite, um einen gewissen Abstand zu wahren.

Wenige Schritte weiter begann die Reihe leichter Handkarren – bewegliche Stände, auf denen Händler alle möglichen Waren feilboten. Und viele unmögliche dazu: speckige, abgegriffene, abgeschabte Schriftrollen, bedeckt mit Zeichen, die auch üppiger Vogelschiss sein mochten und jedenfalls nicht zu enträtseln waren; alten Fisch, den man am besten in die Rollen vom Nebentisch gewickelt und in die Cloaca Maxima geworfen hätte; verdreckte oder zerfetzte Kleidungsstücke; Sandalen, deren Sohlen eine einfallsreiche Zusammenfügung verschiedenartiger Löcher waren ... Aber daneben gab es auch Karren mit köstlich duftenden frischen Pilzen, andere mit Blumen, Früchten, Schinken, mit Wein und Obstsäften in Krügen und Amphoren. Hinter dem Karren einer Frau, die feine Leinentücher verkaufte, entdeckte Korinna einen Stand mit frischem Brot, daneben ein Bratrost auf Rädern: ein Becken, in dem Holzkohle glomm, darüber Metallstangen, darauf Würste.

Die ganze Welt verengte sich plötzlich; sie bestand nur noch aus einem unendlichen, gnadenlosen Hunger, in dem ein geringfügiger Durst um Aufmerksamkeit quäkte. Ein Hauch von Brot und eine wuchtige Ausdünstung von Würsten – wundersame Würste, beseligende Würste, Zauberwürste, umfassende Würste, olympische Würste, Lilienwürste, Thyrsoswürste, Würste wie Phalli oder Schwerter oder Lanzen oder der Stab des Aesculapius, Quellwürste, Qualwürste, Nebelwürste, Nymphenwürste, Würste wie nie zur Prägung erniedrigte Goldstangen, Lichtwürste, Loderwürste, Lockwürste, Labwürste, Lustwürste, berstende, bratende, brütende, bohrende, bittende, berückende, bereite Würste, beredte und jubelnde und in ihrer Verlassenheit jammernde Würste. Wahnwürste.

Für zwei As erstand sie einen Brotfladen, zwei Würste und einen Becher mit wenig Wein und viel Wasser. Fast bestürzt ob der eigenen Gier – aber wann hatte sie zuletzt gegessen und getrunken? –, machte sie sich darüber her, ermahnte sich immer wieder, vor dem Schlucken zu kauen, leckte sich schließlich die Finger, wischte sie an der Tunika ab, seufzte lustvoll und schloss einen Atemzug lang die Augen.

Müdigkeit überfiel sie, sodass sie beinahe taumelte; nur mühsam gelang es ihr, die Augen wieder zu öffnen. Um sie her drängten sich Tausende, aber sie war allein, stand auf der geschliffenen Spitze eines Bergs und würde gleich in die Bodenlosigkeit stürzen. Der Sonnengott – die Achsen seines Wagens quietschten und knirschten in ihrem Schädel – schleuderte Feuerlanzen nach ihren Augen, versengte ihre Gedanken und füllte ihre Lunge mit Natterngift.

Sie riss sich zusammen; ein paar Dutzend Schritte weiter links sah sie den gleißenden Giebel des Tempels der Venus, darunter die Schatten der Verheißung, den Schlund der Kühle. Ehe sie losstolperte, bemerkte sie, wie man einen zusätzlichen Körperteil bemerken würde, den geleerten Becher in ihrer Hand und gab ihn der jungen Frau zurück. Dann zwang sie sich, umzukehren und zu den Karren mit Blumen und Früchten zu gehen. Für ein halbes As kaufte sie Feigen, Datteln und einen Arm voll Blumen; dann drängte sie sich durch das Gewimmel zum Tempel.

Auf dem Weg ins hohe, kühle Innere aß sie eine Feige und eine Dattel; die übrigen waren für die Göttin bestimmt. Im Halbdämmer (flüchtig sagte sie sich, dass sie das gleiche Licht im Tempel des Mars wohl als Zwielicht empfände) des Bogengangs, der jenseits der Eingangshalle zum Altarraum führte, saßen drei ältere Frauen, die sich leise unterhielten. Sie blickten nicht auf, als Korinna an ihnen vorbeiging.

Aus einer hohen Lichtöffnung fiel ein blendend weißer Balken auf den fleischfarbenen Altarstein. Ein Priester, der dreißig oder siebzig Jahre alt oder zeitlos sein mochte, reinigte das neben dem Altar auf einem eisernen Dreifuß stehende Opferbecken. Er trug eine kurze weiße Tunika und ging barfuß. Mit den Zehen berührte er den Spankorb, in den er mit bloßen Händen Asche, ausgeglühte Holzkohle und die Reste von Opfergaben schaufelte; dabei sagte er halblaut: »Wenn du opfern willst, Tochter, musst du warten.«

Korinna wies mit dem Kinn auf den Altar. »Ich will opfern, aber ohne Feuer. Könntest du mir ein Messer leihen?«

Der Priester runzelte die Stirn. »Ein Messer? Nichts Blutiges, hoffe ich.«

»Ich möchte nur diese Früchte schlitzen, damit ihr Duft die Herrin schneller erfreue.«

»Ah, das ist etwas anderes. Es ist gut. Ich will ein Messer holen.« Er wandte sich ab und ging zu einem Vorhang in einer Ecke, hinter dem eine Türöffnung lag.

Bis er zurückkehrte, hatte Korinna die vielfarbigen Blumen auf dem Altarstein zu einer Art Kranz verteilt und die Feigen und Datteln mitten hineingelegt.

Der Priester reichte ihr ein kleines, scharfes Messer, dessen Griff aus Elfenbein geschnitzt war. Dann kümmerte er sich wieder um das Opferbecken, schien sie jedoch aus den Augenwinkeln zu beobachten; sie sagte sich, dass er vermutlich vielerlei Wahnsinn am Altar gesehen habe und notfalls schnell eingreifen wolle, falls sie doch beschlösse, nicht die Früchte, sondern die Adern ihrer Handgelenke zu schlitzen.

Als sie die Früchte geöffnet hatte, gab sie ihm das Messer zurück; dann stand sie einige Zeit mit ausgebreiteten Armen vor dem Altar und bemühte sich, durch den Sumpf der Müdigkeit in ihrem Kopf die richtigen Wörter und Gebete waten zu lassen, dass diese am trockenen Randsaum der Ewigkeit die Göttin erreichen mochten.

Der Priester, ein paar Schritte entfernt, murmelte etwas – dass sie sich einem der Bildnisse der Göttin nähern solle? Korinna hörte nicht genau hin. Im Tempel gab es etliche Darstellungen der Venus: aus Bronze, aus Marmor, geschnitzt aus edlen dunklen Hölzern, groß, klein, hell, erhaben; nach griechischen oder etruskischen Vorbildern ebenso wie vorbildlos vorbildlich. Aber sie brauchte kein Bild. Wer die Götter bittet, erschafft sie.

Sie wusste gar nicht, worum sie bitten wollte; und als sie den Tempel verließ, konnte sie sich bereits nicht mehr erinnern, welche Einzelheiten sie aus dem Brodeln des Sumpfs herausgehoben hatte, vor das mutmaßliche und unfassbare Antlitz der Göttin – aus dem Gemenge von Hunger, Gier, Versen, Kormoranen, Blut, Batrax, Früchten, Verschwörungen, Lukianos, Blumen, Marcus Aurelius, Brot, Wein, fremden Händlern, seltsamen Schwertern, unterirdischen Gängen, Verstümmelten, Pacuvius, Würsten und Phalli … Dann kicherte sie, aber da war sie wieder im Bogengang, und eine der alten Frauen sagte, als sie vorüberging: »Die Göttin liebt die Lachenden. Mit ihnen weint sie am liebsten.«

Als sie ihren Beutel abgeholt hatte, beschloss sie, für den Rückweg die große Straße Argiletum zu nehmen, nicht das Labyrinth der tausend Gassen. Lange her, dachte sie, als sie wieder in Richtung Forum ging; hinter den Häusern zu ihrer Rechten, für sie nicht sichtbar, lag der Viminalis, irgendwo dahinter der Quirinalis, und am Nordhang dieses Hügels gab es das große Haus mit den beiden Innenhöfen und dem Garten, aus dem man das Dach des Tempels der Flora sehen konnte. Hatte sehen können, vielleicht; sie wusste ja nicht, ob nicht inzwischen dort jemand ein höheres Gebäude errichtet hatte. Es erschien ihr allerdings unwahrscheinlich; die Reichen sorgten gewöhnlich dafür, dass man ihnen nicht die Aussicht nahm, sie nicht einmauerte.

Etwas wie eine undeutliche Beklemmung umfing sie. Es war nicht die Müdigkeit – schnelles Gehen hatte sie wieder belebt; der Preis würde größere Müdigkeit sein –, sondern das Erinnern.

Die Räume, die Innenhöfe, der Garten … Und die Gesichter, die plötzlich vor ihr auftauchten, die sich wie Schleier über die Menschen, die Häuser, die Straße legten. Damals, als das Testament sie befreit hatte, war es ihr so vorgekommen, als risse jemand beengende Mauern nieder, als bräche man für sie Breschen – Breschen, durch die sie in die Welt, in die Freiheit gehen konnte, durch die ihr die Freiheit entgegenschwappte wie eine warme Flut, die sie mitreißen und tragen und an den Rand des Imperiums spülen würde, dorthin, wo die Wonne jedem zustand und in ständigem Gebrauch war, ohne sich je abzunutzen, wo Wörter und Vögel und Seelen aufflattern, segeln, fliegen durften.

Lange her. Sie erinnerte sich an einen der ersten Abende, an den jungen Dichter mit der Kithara, der eine Saite fehlte. Unter einem Baum an der Via Flaminia, am Nordrand des Marsfelds, hatten sie gesessen und getrunken und geredet, von Wörtern und Vögeln und Seelen und dem Flattern der Dinge und Menschen; und er hatte gesagt (oder gesungen?), es gebe keine Freiheit – nicht einmal seine Lieder seien frei, Töne befangen in Kehlen, Klänge gefesselt durch Saiten, Wörter im Kerker von Regeln und Satzbau, Seelen im Unterdeck der Galeeren der Gepflogenheiten, Vögel gekettet an das Trugbild des Himmels, selbst der Wind verloren in der Weglosigkeit der Weite. Sie hatte gewollt, dass er sie liebte, in dieser Nacht, der erste freie Mann in ihrem Leben als Freigelassene; aber er war zu betrunken gewesen. Oder schon zu geschwächt von der Krankheit, die ihn wenige Monate später töten würde, wie er ihr am Morgen erzählte, wie sie wenige Monate später von anderen hörte.

Lange her. Alles war lange her, und vor langer Zeit war alles anders gewesen. Argiletum, eine der wichtigsten Straßen der Stadt und des Erdkreises, war einmal ein kleiner schmieriger Weg gewesen, benannt nach der Tongrube, durch die er führte. Sie ging diese Straße hinunter und dachte an einen anderen Toten, den Dichter Martialis und seine Zeilen, gerichtet an einen Mann, der immer seinen Burschen schicken wollte, um das erste Buch der Epigramme vom Dichter zu leihen:

Plag den Knaben doch nicht damit, Lupercus.
Weit ist es bis zur »Birne«, und ich wohne
ziemlich oben, drei Treppen hoch, ganz steile.
Was du suchst, kannst du näher leichter haben.
Sicher nimmst du doch oft die Argiletum –
gegenüber von Caesars Forum gibt es
diesen Laden, die Pfosten vollgeschrieben
wie ein Index, da liest du schnell die Dichter.
Hol mich dort. Den Atrectus – so der Name
des Besitzers – braucht keiner lang zu fragen:
Er gibt dir aus dem ersten oder zweiten
Fach, geglättet mit Bims, in Purpurbindung,
den Martialis für fünf Denare. Sagst du:
»So viel bist du nicht wert«? Wie schlau, Lupercus.

Fünf Denare, zehn bis zwölf Tageslöhne für einen Landarbeiter. Ob Landarbeiter, erschöpft von einem langen harten Tag, abends Martialis lesen wollten? Erschöpft von zwölf langen harten Tagen ... Ob sie ihn lesen können sollten? Ob sie ihn lesen können sollen wollen würden, wenn er billiger oder sie besser bezahlt wären? Es musste ja nicht unbedingt die saubere, mit Bimsstein geglättete Purpurfassung sein, und nicht für jeden eine eigene Rolle; eine halbwegs lesbare Ausgabe aus vierter oder fünfter Hand, von einem erschöpften Feldarbeiter den anderen vorgelesen ... Ob ihre eigenen Zeilen je die Gunst oder Gnade von Abschreibern, Vervielfältigern und Buchhändlern fänden? Wie viel von den fünf Denaren mochte der Dichter erhalten haben? Nichts; möglicherweise hatte ein Händler und Gönner namens Secundus – wie damals Atticus bei Cicero – etwas für die Einwilligung des Martialis bezahlt, die Verse vervielfältigen zu lassen, und die Rollen (oder an einer Seite zusammengenähte Pergamentblätter) an Buchhändler verkauft, die die Werke dann für das Doppelte dessen, was sie bezahlt hatten, in der Welt verteilten. Falls die Welt mehr davon wissen wollte als Lupercus.

Sie betrachtete, ohne genau hinzusehen, die Menschen auf der Straße, die Besucher der Garküchen, der Schenken, die frühen Kunden der Dirnen; sie sah Frauen, die vor Häusern saßen und spannen oder nähten und mit den Nachbarinnen plauderten, den Jungen, der einen schwankenden Stapel Fladenbrote über die Straße trug, sah Lederwerker und Töpfer und Schmiede, sah den Bartschaber, der die Klinge an einem Stein wetzte, und den Hökerer, der in einem Kasten vor seinem Bauch alte Nägel, abgegriffene Schnüre und schäbige Gürtel feilbot. Im Schatten eines Eckhauses auf der linken Seite sah sie den Schreiber, der auf dem Boden saß, das Schreibpult auf den Oberschenkeln, und eben Sand von dem Papyrus blies, den er für einen alten Mann beschrieben hatte – Testament, Eingabe, Botschaft? Wenn es eine Botschaft war, für wen mochte sie bestimmt sein, und wer würde sie dem Empfänger übermitteln?

Müdigkeit. Eine Nacht ohne Schlaf, in der Unterwelt, hatte sie Pacuvius an der Hand geführt, ihn durch wilde Gänge und wüste Säle und seine schlimmen Gesichte gezogen, von denen er manchmal murmelte; sie wünschte, jemand – am liebsten Pacuvius, gesund und frei – zöge sie nun diese Straße hinunter, und Trans Tiberim begönne hinter der nächsten Biegung. Schleier und Schlieren; sie bemerkte kaum, dass sie wieder das Forum überquerte, dem Vicus Tuscus durch Velabrum folgte, rechts abbog, zum Pons Sublicius, über den Tiber und dann den innerstädtischen Teil der Via Portuensis entlang, und die Straße wurde länger, wurde steil, schuf jähe Wölbungen, Verwerfungen, Abgründe, bäumte sich auf und wollte kein Ende nehmen.

Mopsos wanderte im Innenhof auf und ab, wo er Verse kaute und dehnte und schrie und Verwünschungen daruntermischte. Sie galten einem Aufseher und drei Sklaven, die begonnen hatten, den rechten Teil des Hauses auszuräumen und das Dach abzutragen.

»Einst wird kommen der Tag, da das heilige Ilios, und wenn wir diesen Teil auch kaum nutzen, hinsinkt, birst, vergeht, verfault, o

Schutt auf das Haupt jenes Würdelosen, und mögen scheußliche alte Weiber mit betäubendem Mundgeruch und Glassplittergaumen ihn belutschen, aber ohne Ergebnis, ihn, den Strolch, den ruchlosen Stinker, Verwalter des Winselns – wenn der göttliche Sophokles bei ihm in einer Hundehütte hausen müsste, würde er vermutlich diese noch abreißen lassen, wenn ihm jemand für die Reste auch nur ein Viertelas böte …«

Vom Dach hörte man ein leises Kichern, dann krachte ein größerer Stein knapp neben Mopsos auf den Boden, zerplatzte, und ein scharfer Splitter traf Mopsos' Knie.

»Hör auf mit dem Gezeter, alter Mann«, sagte der Aufseher, der sich oben über die Brüstung lehnte. »Ich habe einen Auftrag, und den muss ich erfüllen. Wenn du weiter zetern willst, dann, bitte, wenigstens metrisch einwandfrei.«

Mopsos bückte sich, raffte eine Faust voller Splitter auf und schleuderte diese zum Aufseher empor, der die Augen mit der Hand schützte und in ein wieherndes Gelächter ausbrach.

»Werfen kann er auch nicht. Wie steht's mit Stoßen?«

Mopsos ließ ein wütendes Krächzen vernehmen; er reckte die Arme und trampelte im Hof herum. Dann bemerkte er Korinna, die vom Glanz der Darbietung sowohl geblendet als auch geweckt im Eingang lehnte, und schrie:

»Ah, die Abtrünnige! Die Achtlose! Die ohne Rücksicht!
Wer das Elend der Verräter
mit des feinen Geistes Maßen
messen wollte, ach, der börste
wie ein Krug, der tausend Tropfen
allerbesten teuren Weines
fassen kann, doch hunderttausend
Tropfen widerlicher Pisse
bergen wollte – er zerstöbe! – Wo hast du …«

Vom Dach klang höhnisches Klatschen.

Mopsos hob die geballte Faust, blickte hinauf und rief: »Nicht nur dein Herr, dieser Vertilger bewohnbarer Häuser, gehört auf ein Natternbett gelegt und mit Skorpionen zugedeckt! Auch dir, Verschleuderer jammernder Steine und Erteiler hündischen Beifalls, sollte man einen Trichter mit Zackenrand in den After rammen und nutzen, um dein Gedärm mit flüssigem Feuer zu füllen.«

Korinna hatte das Haus auf dem üblichen Weg betreten, war dann aber zum Innenhof gegangen, um mit Mopsos zu sprechen. Stattdessen hatte sie ihm mit Vergnügen gelauscht; er mochte schlechter Laune sein, aber es war ganz entschieden einer seiner schöpferischen Tage.

Im Haus hörte sie Schritte. Thesion und Markos kamen aus einem der hinteren oder oberen Räume, um der Vorführung ebenfalls beizuwohnen. Thesion legte die Hände an ihre Hüften.

»Brauchst du Hilfe?«, sagte er.

Sie schüttelte den Kopf.

»Andernfalls helfe ich dir gern.«

»Wie soll ich das verstehen?«

»Wie immer du willst.« Seine Hände lagen noch immer an ihren Hüften; er zog sie enger an sich und bewegte sein Becken.

Sie tätschelte seine rechte Hand. »Ist Myrina besetzt? Lass los, ich bin zurzeit unzugänglich.«

»Ein Jammer.«

Mopsos, der unausgesetzt vor sich hin gezetert und gemaunzt hatte, kam zwei Schritte näher.

»Verstärkung? Das wird dir nicht helfen.

Die schwarzen Wolken meines Zorns,
sie bersten über deinem Haupt;
ich will dich nicht mehr sehen, Frau,
dein Handeln bringt uns allen Schmach.«

Gelächter von oben. Korinna blickte auf; der grinsende Aufseher beugte sich über die halb zerstörte Dachmauer und rief: »Er soll aufhören! Ich komme sonst nicht zum Arbeiten!«

»Wer sagt, dass du arbeiten sollst?« Mopsos stampfte auf den Boden. »Du sollst ja eben nicht arbeiten, du sollst das Haus stehen lassen!«

Korinna gähnte. »Wann müssen wir antreten, und wo? Ich möchte bis dahin ein wenig schlafen.«

»Schlafen?« Mopsos starrte sie an; vor lauter Verärgerung schielte er. »Erst treibt sie sich herum, dann will sie schlafen? Du wirst nicht schlafen, hörst du? Du wirst deine Sachen packen und die Truppe verlassen!«

»Schlafen«, sagte sie ruhig. »Weckt mich unmittelbar vor dem Aufbruch. Wo ist Batrax?«

Markos hüstelte, aber bevor er etwas sagen konnte, brüllte Mopsos giftig: »Der Strolch und seine räudige Krähe sind seit heute früh unterwegs. Vielleicht sind die Götter gnädig und knicken einen Baum, der die beiden erschlägt.«

»Übrigens sollst du an einem Tag – wann war es noch mal? – beim Stadtpräfekten erscheinen. Iunius Rusticus will mit dir über einen Auftritt sprechen. Feilschen, nehme ich an.«

Mopsos kratzte sich den Hinterkopf. »Der Stadtpräfekt? Feilschen? Auftritt? O Fürstin unter den Mimen, der ich gern beide Füße und alles dazwischen küssen möchte, wie hast du das gemacht? Und wann soll es genau sein?«

»Wie ich es gemacht habe, verrate ich nicht«, sagte Korinna. »Und wann genau? Das fällt mir vielleicht ein, wenn ich ein wenig ungestört geschlafen habe.«

»Schlafen sollst du, Treffliche; hörst du? Du sollst schlafen, köstlich ruhen, und ich selbst werde das Goldene Vlies deines Schlummers bewachen wie Cerberus die hesperidischen Apfelträume der Lotophagen.«

Die Aufführung fand im weitläufigen Haus eines ebenso wohlhabenden wie gebildeten Händlers am westlichen Hang des Aventinus statt. Es lag gegenüber von Trans Tiberim und war über den Fluss schneller zu erreichen als über die Straßen und Brücken. Mopsos hatte einen der Bewohner des Flussufers dafür bezahlt (schlecht, wie Korinna vermutete), dass er sie abends mit dem Boot aufs linke Ufer brachte, oberhalb der großen Lagerhäuser, und nachts auf ein verabredetes Zeichen hin – zwei Fackeln und drei Pfiffe – wieder abholte.

Sie spielten einige Szenen von Plautus, drei kurze atellische Stücke, eine sehr geraffte Fassung der *Wolken* des Aristophanes; dazwischen gab es ein wenig Gaukeln und Zaubern, Myrina blies den Doppelaulos, und Sulpicius misshandelte die Kithara. Es fiel kaum jemandem auf, da Myrina die Flöte besonders schön und besonders laut spielte.

Korinna hatte nachmittags einige Stunden geschlafen und sich danach mit kaltem Wasser zwar gereinigt, aber nicht wirklich geweckt. Sie stand während der Aufführung eher neben oder hinter sich, war inwendig kaum bei der Sache und ließ sich von der eigenen Erfahrung tragen und retten. Sie versuchte, die Zuschauer zu zählen, gab aber bald auf, da viele hinter Säulen standen, im Schatten saßen oder von anderen verdeckt wurden. Weit über hundert Gäste seien im Haus, hatte eine Sklavin gesagt; ein älterer Diener war überzeugt gewesen, dass Marcus Aurelius, der abends ein Opfer im nicht weit entfernten Tempel der Iuno vornehmen wollte (wie es hieß), sich irgendwann einfinden und unter die Gäste mischen würde, da der Hausherr ein alter Bekannter des Kaisers war, wie dieser ein ehemaliger Schüler des großen Stoikers Fronto.

Sie spielten in einer von zahllosen Fackeln beleuchteten Halle; zwischendurch glaubte sie, den Schlangenhals des Kormorans in aufgenähten Taschen oder allzu locker baumelnden Beuteln verschwinden zu sehen, ohne dass Batrax sich irgendwo gezeigt hätte.

Die besseren Gäste zogen sich nach der mit kräftigem Beifall belohnten Darbietung zurück, um in den Speiseräumen das unterbrochene Gelage fortzusetzen. Für die Mimen, die mit den gewöhnlichen Gästen an Tischen in der Halle oder in einem erhellten Innenhof aßen, gab es Wein, gebratene Hühner, Früchte, Brot und als Leckerbissen je einen in Honig gebackenen und mit Sesamkörnern bestreuten Bilch; der für Korinna bestimmte war allerdings so klein, dass sie ihn eher für eine Haselmaus und eine Art Nachspeise hielt.

Mit dem winzigen Braten in der einen und einem Becher in der anderen Hand lehnte sie am Rand des Innenhofes an einer Säule. Sie sah Thesion mit einer lachenden Sklavin verschwinden und stellte zu ihrer Überraschung fest, dass sie die Szene am Nachmittag beinahe bedauerte. Nicht ernsthaft, außerdem war sie zu müde gewesen und die Ausrede griffig, aber eine Ausrede. Die Tage der Unzugänglichkeit waren vorbei, und wie sie da an der Säule lehnte, wurde ihr klar, dass sie einen Mann wollte. Irgendeinen. Am liebsten Pacuvius; aber sie wusste nicht, noch immer nicht, wohin man ihn gebracht hatte, wann – und ob – sie ihn bald, je, nie wiedersähe und was dann geschehen mochte. Falls etwas geschah. Geschähe. Geschehen würde. Hätte schon etwas geschehen sein können?

Wie immer zu Beginn ihres neuen Mondes waren gewisse Sinneseindrücke schärfer, deutlicher als gewöhnlich. Während ein Teil ihres Geistes sich mit den Formen befasste, die Latein und Griechisch boten, um auszudrücken, dass etwas hätte geschehen sein können, geschehen sein sollte, vielleicht bewirkt worden wäre oder sich demnächst ereignen möge, bemerkten andere Teile, dass sie klarer hörte und mehr roch. Vielleicht, sagte sie sich, war ja auch das Bedürfnis, jetzt mit einem Mann im Garten oder in einer unbenutzten Kammer zu verschwinden, nichts anderes als ein weiterer Teil dieser Dehnung oder Schärfung. Teile, dachte sie, viele Teile – teile und herrsche …

Sie trank einen Schluck und schloss die Augen. Über oder unter dem Gewirr der Stimmen glaubte sie, Thesion und das Mädchen stöhnen zu hören, gleichsam harmonisch begleitet vom Knirschen des Lagers, vom Belfern eines schlaflosen Eichhörnchens und vom

Schaben eines Schnabels – ein Raubvogel, der sich mit einer Nuss oder einer Schildkröte vergnügte? Der Phönix, der den Schnabel an der Pyramide des Gaius Cestius wetzte, statt mit dem Flügel eine ägyptische Pyramide zu streifen? Und wenn die Pyramide dadurch abgetragen war, wäre ein Tausendstel der Ewigkeit vergangen …

Sie hörte Mopsos, der einer Frau das Gedicht vortrug, in dem Catullus die Lieblingsbeschäftigung von Rufus und Rufa aus Bononia erwähnte, und die Frau kicherte und fragte ihn, ob er, wiewohl allzu braun gebrannt, wisse, warum nach Meinung des Martialis Charinus so bleich sei. Sie hörte das Gespräch zweier Männer, beide mittleren Alters; einer klang, als habe er eben eine Spätsommererkältung überwunden. Sie redeten vom Aufenthalt des Kaisers in Alsium und vom langsamen Fortschreiten des Nashorns auf dem Weg durch die Hügel, von Portus nach Rom; dort werde es in zwei oder drei Tagen ankommen, um Caesars Gärten, die des Pontifex Maximus Marcus Aurelius zu zieren, dessen kaiserliche Gärten beim alten Palast des Tiberius zu klein für das Tier seien. Sie hörte Frauen, die über Männer, und Männer, die über Frauen sprachen; Gespräche über die Zubereitung von Zahnbrassen, über die vergnüglichen Darbietungen der Schauspieler, über eine Gerichtsrede, über die Kosten des Festes. Sie hörte drei Männer, die sich über einen besonderen Waffenschmied und die Güte seiner Schwerter stritten; dicht neben ihnen musste ein erbärmlich erzogener Esser sitzen, der mit offenem Mund kaute und dabei durch die Nase summte.

Schwerter und Männer. Wie mochte Spartacus gegessen, wie gerochen haben? Gut oder wenigstens erträglich genug für sie, um ihm beim Ablegen von Schurz und Gurt und Schwert zu helfen und dann sein anderes Schwert in ihrer Scheide zu bergen?

Ein Hauch von Wein, von herbstlichem Laub, der Klang einer achtlos mit dem Fuß berührten oder angestoßenen Kithara – plötzlich roch sie, nach all den Jahren, jene bittersüße Nacht am Rand des Marsfelds, den todgeweihten trunkenen Dichter, sich selbst, die Straße, bildete sich sogar ein, den damaligen Anblick der Sterne zu riechen. Todgeweihte mochten sich in diesem Haus aufhalten, und zweifellos gab es Betrunkene oder solche, die hart arbeiteten, um diesen Zustand bald zu erreichen; aber sie roch keinen Dichter.

Korinna kicherte lautlos, ohne die Augen zu öffnen. Wie roch ein Dichter? Nach Papyrus, Tinte, Schreibhalmen, dem Schweiß metrischer Sesshaftigkeit? Sie erinnerte sich an Dichter, die nach alten Füßen gerochen hatten, nach dem Dunst billiger Dirnen, nach dem, was sie einmal in schlechte Verse gestopft hatte, die sie leider weder vollständig behalten noch ganz vergessen konnte:

> Dichter, sagst du? Und nach der Liebe auf lausigem Lager
> willst du mich, wie mit deinem Saft, auch besudeln mit Kunst?
> Lohn? Oder Dank? Oder Folter? Wenn deine Werke wie du sind,
> schleimiger Versfüße Schweiß, strähniger Strophen Gestrotz …

Und andere nette Dinge; sie wusste noch, dass sie ihm ihre pflegliche Pforte verwehrt und empfohlen hatte, sich einen Ort zu suchen gleich seinem Mund, »arger After«, und in diesem die nächsten Jahrzehnte zu verweilen.

Weiter weg, im Durchgang zum Innenhof, unterhielten sich ein paar Männer über andere Schauspiele, über die harmlose Zahmheit heutiger Mimen; sie erwähnten Darbietungen im Amphitheater, bei denen die Schauspielerin, die Pasiphaë darzustellen hatte, von einem echten Stier begattet wurde, oder ein Orpheus mythenwidrig von einem Bären zerfleischt worden war, und priesen Neros Erlass gegen Erbauer unzuverlässiger Maschinen: Als ein Ikarusdarsteller mitsamt dem Hebegerät, das ihn fliegen lassen sollte, vor dem Kaiser abstürzte und diesen mit Blut und Hirn bespritzte, erging der Befehl, dass für derlei Geräte zuständige Männer sich im Falle des Versagens am nächsten Tag in der Arena einzufinden hätten. Was die Sicherheit, aber auch die Zahmheit vermehrte.

Noch immer stand sie da, den Becher in der einen, die klebrige Maus in der anderen Hand. Der Stier und die Schauspielerin … Sie dachte an jene andere Geschichte, von Lukianos aufbereitet und von Apuleius ergänzt: die Schauspielerin und der Esel, den sie verschmähte, als er zum Menschen zurückverwandelt worden war, denn jene Größe, die den Esel ausgezeichnet hatte, fehlte dem Mann. Ein Esel? Lieber ein Mann.

Die Waffenkundigen sprachen inzwischen von mythischen Dingen, dem Bogen des Odysseus und dem Schwert des Achilles. Korinna atmete den Wein ein und die Nacht, die Sträucher des Gartens, die lungernden Düfte von Braten, Käse, süßem Gebäck und Früchten. Wohl wissend, dass die Gabe des Erkennens durch Geruch wie immer am nächsten Tag vergangen sein würde, versuchte sie, mit der Nase die anderen zu finden. Mopsos und Thesion hatte sie gehört; die beiden brauchte sie nicht zu suchen. Myrina? Keine Spur; die Geschmeidige hatte sich wahrscheinlich, wie gewöhnlich, mit einem oder auch zwei Zuschauern zurückgezogen. Zwei Männer, oder ein Mann und eine Frau. Markos … Markos war unterwegs, um sich zu entleeren; offenbar verfügte das Haus nicht nur über Bottiche, sondern über eigene Latrinen. Sulpicius – Harz und Talg und Schwarte, der Geruch der klebrigen Bälle, die oben an der Brücke der Kithara die Saiten hielten, und jenes stechende Öl (es roch gelblich, fand sie), das er sich in die Körperhaare rieb – saß weiter links, neben einem Gemenge süßlicher Düfte, das wahrscheinlich eine Frau war. Bagoas schließlich …

Plötzlich roch sie etwas anderes. Ein Mann, der kurz vor Beginn des Festes gebadet und frische Kleider angelegt hatte. Teure, aber beinahe verschwiegene Salben und Öle, die jenen Geruch, der sagte *hier ist ein guter Mann,* hervorhoben, statt ihn aufdringlich zu verdecken. Er stand hinter ihr; in seinem Atem waren frische Früchte und ein wenig Wein – guter Wein, besser als der, den man ihr und den anderen »gewöhnlichen« Gästen gereicht hatte. Mit der linken Schulter lehnte Korinna immer noch an der Säule; mit dem Rücken könnte sie sich an diesen Mann lehnen. Sollte sie? Wollte er das? Wollte sie?

»Einen Denar für deine Gedanken, Zunftschwester.«

Sie lachte leise. »Höchstens ein Viertelas, Lukianos. Sie sind langwierig, langweilig und wirr.«

»Erschöpft?«

»Nein, warum?«

»Ihr habt gut gespielt; als Fürstin warst du ebenso überzeugend wie als keifende Dienerin, Lustknabe, schmachtende Geliebte und närrische Alte. Das ist zweifellos anstrengend. Und jetzt stehst du hier, trinkst nicht, isst nicht, hältst die Augen geschlossen.« Er legte die rechte Hand an ihre Hüfte.

»Ich überlege, ob ich für freundliche Worte danken oder mich deiner Hand befleißigen soll, ob die Worte nur Freundlichkeit waren, ob Freundlichkeit zwischen Zunftgeschwistern litte, wenn ich die Einladung deiner Hand annähme.«

Lukianos knurrte; seine Lenden waren nun hinter ihrem Gesäß, und sie lehnte sich gegen seine Brust.

»Herbe Gedanken. Es war nicht nur Freundlichkeit, und sie litte keinesfalls Schaden. Woran hattest du vorher gedacht?«

»An Esel. Und Männer. Und Schwerter.«

»Ei.«

Korinna bewegte das Becken. Es war eher ein fragendes Zappeln denn ein bekräftigendes Kreiseln. Dabei hob sie die Rechte, als ob sie den Inhalt wegwerfen wolle.

Lukianos schien den zweifelhaften Bilch, der vermutlich eine Maus war, zu betrachten und zu wägen.

»Klein, kalt und klebrig; soll das ein Genuss sein?« Korinna warf den schalen Happen von sich; nach kurzem Flug verkroch sich das Tier wie verschämt in einer Topfpflanze.

»Genuss?« Lukianos' linke Hand fasste Korinnas linke Hüfte; er zog sie näher und unterstützte ihre Bewegungen. »Ich wüsste besseren Genuss. Größer, warm und nicht klebrig.« Er schnalzte mit der Zunge. »Noch nicht jedenfalls.«

Korinna spürte seinen Atem an ihrem Hals. Ihre Ohren wurden heiß, die Nackenhaare regten sich, und gern hätte sie die lose Binde über den Brustwarzen gegen feste Hände getauscht. Wie jene Hand, die linke, die nun den rückwärtigen Saum ihrer Tunika lupfte, für die Dauer zweier Lidschläge auf der Hüfte verweilte und dann nach vorn kroch, in den Leibschurz.

Langsam und nachdrücklich ließ sie ihr Becken kreisen, gegen den ersprießenden, ersprießlichen Widerstand. »Größer«, sagte sie. »Fürwahr.« Sie ließ den Kopf nach hinten sinken, bis ihre Wange an seiner lag. Verschwommen, unter halb gesenkten Lidern, sah sie, dass das Leben und Trinken und Reden im Saal weiterging, dass niemand sie beobachtete.

»Zunftschwester«, sagte er ein wenig heiser, »wieso Esel?«

Sie sog Luft zwischen den Schneidezähnen ein, als sein Zeigefinger sich eine Bahn durch ihr Schamhaar grub.

»Ah«, murmelte er, »ich liebe waldige Schluchten. Die Welt siecht ob öder Hänge dahin. Wieso Esel? Nicht stillhalten.«

»Jemand erwähnte eine Schauspielerin.«

»Gute Erwähnung.«

»Als Pasiphaë, mit echtem Stier.«

»Weiter.«

»Da dachte ich.«

»Aaah.«

»Uh. An deinen Esel.«

»Mhm.«

»Ja.«

»Sowieso. Das erklärt.«

»Aah.«

»Esel und Mann.«

»Uh.«

»Aber wieso.«

»Schwert?«

»Schwert – ei.«

Sie schnappte nach Luft, hörte ihn leise seufzen, schloss einen

Moment die Augen. Das Becken. Der Widerstand. Oh, der Widerstand. Ah, der Finger. Der Finger.

Er rieb die Wange an ihrer. »Abermals ei«, sagte er.

Ohne daran zu denken, dass ihre Rechte von dem winzigen, verworfenen Braten beschmiert war, presste sie sie auf die Tunika, über dem Schurz, über seiner Hand, über dem Finger.

»Gut. Ah. Das habe ich gebraucht«, flüsterte sie.

»Fertig?«

Langsam, damit er die Hand zurückziehen konnte, drehte sie sich zu ihm um, streifte seinen Mund mit den Lippen und trat einen halben Schritt zurück. »Fertig, aber nicht erschöpft. Uh. Was mache ich mit dir? Du …«

Mit einem schrägen Lächeln hob er die rechte Hand und legte sie an ihre Wange. »Ich?«, sagte er. »Zu meinem Bedauern – ich hätte gern im Garten weitergemacht, gründlich – bin ich fertig. Klebrig. Du warst sehr … anregend, Zunftschwester.« Er runzelte die Stirn, hob die linke Hand, betrachtete den Zeigefinger wie ein Wesen aus unbekannten Fernen, gluckste und berührte die Kuppe mit der Zungenspitze.

»Ein Jammer.« Sie lachte leise. »Aber die Nacht ist noch lang. Und es gibt viele Nächte.«

»Das macht das Leben erträglich. Aber je mehr Nächte verstreichen, desto weniger bleiben übrig. Die Länge, die zur Kürze wird … und klebrig endet.« Er seufzte und versuchte offenbar, traurig zu schauen, aber seine Augen lächelten. »Ich werde jetzt ein wenig Wein trinken; danach muss ich dem trefflichen Gastgeber und den teuren Gästen etwas vortragen. Danach werde ich viel Wein trinken. Magst du mir helfen?«

»Zum Vortrag bin ich nicht zugelassen; du weißt, was edle Römer von ehrlosen Mimen halten. Worüber willst du sprechen?«

Lukianos lachte; er blickte zu der Topfpflanze hinüber, in der Korinna den flugtüchtigen, aber kaum essbaren Bilch hatte landen lassen. »Du wirst es nicht glauben«, sagte er, »aber sie wollen, dass ich unvorbereitet, gewissermaßen aus der hohlen Hand, über

Bilche spreche. Und da ich Lukianos bin, soll es nicht nur bilchig, sondern auch witzig sein.«

Korinna schüttelte den Kopf. »Ohne Vorbereitung? Bilch und Witz? Das stelle ich mir schwierig vor.«

Er hob die Schultern. »Man wird sehen. Du schuldest mir noch ...«

»Sowieso. Gern.«

»Davon abgesehen. Wieso hast du an Schwerter gedacht?«

»Warum beschäftigt es dich?«

»Wie könnte mich nicht beschäftigen, als Mann und Verfasser dummer Geschichten, woran Frauen vor, während oder nach der Lust denken?«

»Eigentlich denke ich selten an Schwerter.« Korinna lachte. »Vor allem nicht zwischen Nachtisch und Lust. Es wurde nur viel von Schwertern geredet – von einem Waffenschmied, der gute Schwerter herstellt, und vom Schwert des Achilles.« Einer jähen Eingebung gehorchend, setzte sie hinzu: »Und vom Schwert des Spartacus.«

Lukianos kniff die Augen zusammen. »Seltsam.«

»Was ist seltsam? Die Gedanken? Der Zeitpunkt?«

»Das Schwert des Spartacus.«

»Was ist damit?«

»Heute früh, kurz nach Sonnenaufgang, also sagen wir, spät am gestrigen Abend.« Er unterbrach sich und rümpfte die Nase. »Das muss ich Apuleius erzählen.«

»Zunftbruder, würdest du klarer sprechen, wenn es mir gelänge, dir hier einen frischen Leibschurz zu beschaffen? Deine Rede ist klebrig.« Sie gluckste.

»Kein frischer Leibschurz; von angenehmen Erinnerungen soll man sich nicht zu schnell trennen.« Er lächelte sie an. »Aber du hast recht, ich rede wirr. Also: Wir – die Fremden mit den geschlitzten Augen, Apuleius, ich und ein paar andere –, wir waren noch von gestern übrig, irgendwo in der Subura. Wir haben Geschichten erzählt, untereinander, und andere, die zugehört hatten, haben *uns* Geschichten erzählt. Eine, die letzte, betraf das Schwert des Spartacus. Ein alter Mann hat gesagt, das Schwert des Spartacus sei wieder aufgetaucht – keiner von uns wusste, dass Spartacus ein Schwert hatte und dass es verschwunden war – also, es sei aufgetaucht und werde Rom wieder zur Republik machen.«

»Sagt jemand in der Geschichte denn auch, wie das geschehen soll?«

Lukianos zupfte sich am rechten Ohrläppchen; es sah aus, als wolle er damit das Kopfschütteln verstärken, wenn nicht gar bewirken. »Nein. Wie beendet man ein Kaiserreich? Indem man den Fürsten tötet. Vielleicht mit einer Waffe. Oder Gift. Aber sag, wie kommst *du* auf das Schwert?«

Sie zögerte; dann sagte sie leise: »Ich habe es gesehen. Ich weiß, wo es ist. Und es gibt da andere seltsame Gerüchte.«

Ein Sklave erschien, verneigte sich vor Lukianos und sagte: »Mein Herr lässt fragen, ob es möglich wäre, des Redegenusses alsbald teilhaftig zu werden.«

Lukianos lachte. »Glückliches Rom, in dem die Sklaven besser reden können als die Philosophen. Und unglückliche Redner, in Rom versklavt zu werden.«

Der Mann hob die Schultern. »Glücklich nenne ich den, der in Rom, als dichtender Sklave, wohlgenährt überlebt, statt in Athen zu verhungern.«

»Wie wahr. Wie furchtbar und allzu wahr. Schreibst du solche Distichen auch auf, oder sonderst du sie nur ab, wenn du Aufträge zu erledigen hast?«

»Manchmal schreibe ich sie auf. Der edle Plotius hat versprochen, wenn genug für ein gutes Buch zusammengekommen ist, wird er es auf seine Kosten hundertfach abschreiben lassen und mir die Freiheit schenken. Vielleicht ist dieses Versprechen aber eine Drohung; ich schreibe lieber langsam, denn ich fürchte mich vor der Freiheit. Im Übrigen – der edle Plotius wartet.«

Korinna berührte Lukianos' Arm. »Wo wirst du reden? Vielleicht gibt es eine Ritze, durch die ich lauschen könnte.«

»Gibt es eine solche Ritze?«

Der Sklave nickte. Mit einem kaum sichtbaren Lächeln sagte er: »Einer schönen Frau einen Spalt, der Mimin ein Schauspiel und einem Krieger den Kampf zeig ich jederzeit gern. Komm mit.«

Lukianos räusperte sich. »Versprich dir nicht zu viel. Was ich ohne vorherige Überlegung bieten kann, ist keinesfalls mit dem Genuss zu vergleichen, durch den uns die Mimen des Mopsos ergötzt haben.«

Korinna verkniff sich das Lachen. »Ich werde nachsichtig lauschen«, sagte sie, »und dabei bedauern, dass ich dich von gründlicher Vorbereitung abgehalten habe.«

»Ei.« Er grinste. »Dann lass uns hinterher über gründliche Nachbereitung sprechen. Und ich wüsste gern mehr über diese seltsamen Schwertgeschichten.« Er hob die Hand und ging zu den Speiseräumen.

Der Sklave führte Korinna aus der Halle und durch den Innenhof ins Atrium, von dort durch einen schmalen, dunklen Gang zu einer Tür. Vier Stufen, dann standen sie im Garten, und nach etwa zwanzig Schritten kamen sie zu einer Gruppe üppig duftender Stauden. Das matte Licht dahinter fiel durch eine Fensteröffnung aus dem größeren der beiden Speiseräume.

»Hier kannst du unbeobachtet beobachten und unbelauscht lauschen«, sagte der Sklave.

»Ich danke dir; ich will versuchen, kein Aufsehen zu erregen.«

Der Sklave lächelte, murmelte etwas halb Unverständliches über den jammervollen Verzicht darauf, was auch immer zu erregen, und verschwand im Dunkel.

Die Fensteröffnung war innen zur Hälfte mit Leder verhängt. Mit den Ellenbogen stützte Korinna sich auf den Sims und schaute hinein. Sie war sicher, dass aus dem erhellten Raum niemand sie sehen konnte. Außerdem waren die Menschen drinnen mit anderen Dingen beschäftigt. Neun Klinen standen dort, auf denen der Hausherr Plotius, seine Gemahlin und sieben Gäste – Lukianos, vier weitere Männer und zwei Frauen – die besseren Speisen und den erheblich besseren Wein genossen hatten. Sklaven räumten eben die Platten und Schüsseln ab und verrückten die kleinen Tische, um Platz für einige Bänke und Schemel zu schaffen. Sie stellte fest, dass die Fläche, die für den Redner vorgesehen war, so lag, dass sie gut sehen konnte, ohne den Ledervorhang bewegen zu müssen.

Ein Geräusch, wie ein verstohlenes Huschen, dann zupfte jemand an ihrer Tunika. Sie wandte sich um.

»Batrax! Wie kommst du hierher?«

Im Licht der Fackeln und Lampen, das aus dem Raum fiel, blitzten die Zähne des Jungen, als er lächelte. Er berührte mit dem Zeigefinger den Schnabel des Kormorans, der auf seiner Schulter saß, und flüsterte: »Die Sklaven haben mir geglaubt, dass ich zu eurer Truppe gehöre.«

»Hast du gegessen? Getrunken?«

»Ja; Epulo auch.«

»Habe ich also doch richtig gesehen?«

»Was?«

»Epulos Kopf in der einen oder anderen Tasche.«

Batrax machte eine Bewegung; wahrscheinlich klopfte er mit der rechten Hand auf seinen Schurz, in dem vielleicht ein Beutel steckte. Aber all dies lag unterhalb des Simses, unterhalb des Lichts.

»Es war ein guter Fischzug.«

Korinna ächzte leise. »Und man wird wieder sagen, Schauspieler sind Diebe, man darf sie gar nicht erst ins Haus lassen.«

»Keine Sorge. Er nimmt immer nur *eine* Münze; keiner von den Reichen da drinnen wird eine einzelne Münze vermissen, die er ja auch verloren haben könnte. Ah, es geht los.«

Während des geflüsterten Gesprächs hatte sich der Raum gefüllt; in dem Teil, den Korinna überblicken konnte, drängten sich nun mindestens drei Dutzend Männer und Frauen auf den Klinen und sonstigen Sitzen. Lukianos, einen silbernen Pokal in der Hand, stand auf der frei gelassenen Fläche, neben ihm der beleibte Hausherr. Anders als sein Jugendfreund Marcus Aurelius schien er die asketischen Lehren der Stoa ausreichend überwunden zu haben, um nicht nur Schauspiele, sondern auch sättigende Speisen und

Getränke zu schätzen; vielleicht sogar, sagte sich Korinna, ganz allgemein Freude am Leben.

Plotius klatschte in die Hände. Als das Murmeln, Rascheln und Rücken im Raum nachgelassen hatten, sagte er: »Liebe Freunde! Ich hoffe, ihr seid alle so satt, dass die folgende Darbietung nicht durch Magenknurren gestört wird. Auch bäte ich darum, episches Rülpsen ein Weilchen zu unterdrücken. Neben der Hoffnung, euch gesättigt zu haben, erfüllt mich jedoch die Besorgnis, dass manch trefflicher Durst durch heftigen Weingenuss gewissermaßen zum Gegenteil angewachsen sein könnte – betäubendem Undurst. Es wäre dies ein Jammer, denn nach jenem Vergnügen, das uns die Mimen des Mopsos bereitet haben, harret nun unser eine zweifellos köstliche Lust. Die ich besonders gern ankündige, da sie als Dank für Bewirtung und Gesellschaft dargeboten wird und also, anders als die nicht eben billigen Mimen des Mopsos ...«

Jemand rief: »Wie viel? Sie waren gut; ich wüsste gern, ob ich sie mir auch leisten kann.«

Allgemeines Gelächter. Ein Sklave brachte einen Käfig herein und stellte ihn, rechts von Lukianos, auf eines der verschobenen Tischchen. Zwei Bilche waren darin. Korinna sah, dass diese Tierchen vermutlich gemästet waren und etwa die Größe von Eichhörnchen hatten. Ihr Nachtischhappen musste wohl doch eine Maus gewesen sein.

»Dreihundert Denare«, sagte Plotius. »Zu wenig für dich, lieber Ascanius; du kannst es dir nicht leisten, derart billige Lustbarkeiten darzubieten. Es würde deinen Ruf ruinieren.«

Wieder wurde gelacht. Als es ruhig geworden war, fuhr Plotius fort: »Dank, sagte ich, für Bewirtung und Gesellschaft ...«

»Und für diesen wunderbaren Falerner.« Lukianos hob den Pokal. »Gekeltert im ersten Jahr der Alleinregierung des göttlichen Traianus. Ich bin stolz darauf, diesem Trunk in seinem siebenundsechzigsten Jahr den Verfall trüben Greisenalters erspart zu haben.«

»Dank, wie gesagt, für dies und das. Homeros ist tot, ebenso Aristophanes; auch Vergilius, Horatius, Catullus, Martialis weilen nicht mehr unter uns. Aber hier steht jener, dessen Ankunft in den Elysischen Gefilden jene genannten Dichter sehnsüchtig erwarten, um ihn als ihresgleichen zu begrüßen, und dessen Abreise dorthin noch lange auf sich warten lassen möge, damit er uns erhalten bleibt. Liebe Freunde – der größte Dichter dieser Zeit, scharfsinniger und witziger als alle, die seit dem Fortgang von Aristophanes versucht haben, die Trübsal des Lebens durch Gelächter weiter zu verfinstern. Er wird uns nun einen Mund voll Rede über jenen Mund voll Speise bieten, der da zu seiner Rechten – doppelt, zugunsten der Fortpflanzung – im Käfig zappelt. Liebe Freunde: Lukianos aus Samosata!«

Offenbar hatten einige der Gäste nicht gewusst, wer da unter ihnen weilte und sie nun mit einer Rede aus dem Stegreif unterhalten würde. Es gab Rufe des Erstaunens, Raunen, Beifall; Lukianos hob abermals den Pokal, trank Plotius zu und wandte sich an die Versammlung.

»Erwartet nicht zu viel von mir; Aristophanes, Plautus und Martialis in einer Person wären nicht imstande, das einzulösen, was unser über die Maßen zuvorkommender Gastgeber verheißen hat. Nicht einmal dann, wenn sie sich gründlich vorbereitet hätten – und ich armer Fremdling, des Lateinischen arg unkundig, wurde durch unvergleichliche Genüsse an der Vorbereitung gehindert, und zwar mit was? Mit Lust. Da wir aber alle, von Samosata bis Olisipo und von den kalten Einöden der Pikten bis zu den heißen Einöden der Aithiopier, Bewohner des einen Imperiums sind und der Gnade des göttlichen Marcus Aurelius teilhaftig, darf ich mich, wiewohl keineswegs Bürger Roms, doch auch nicht als Fremdling gebärden, sondern als Gast, Mittrinker und Mitesser.

In dieser letzteren Eigenschaft will ich nun von jenem Leckerbissen sprechen, der in Honig gebraten, mit Mohn und Sesam bestreut, uns alle mehr entzückt hat, als jede Rede es könnte; und da das Festmahl in seiner Abfolge und Zusammenstellung vorzüglich geordnet war, will ich den dafür unseres ewigen Dankes gewissen Gastgeber ehren, indem ich mich in der nun folgenden Auslassung minder vorzüglicher Unordnung befleißige sowie, ab sofort, kürzerer Sätze, dass nicht die schäbige Rede länger sei als das zu preisende Mahl.«

Staunend verfolgte Korinna, wie der syrische Hellene Lukianos lateinische Perioden entfaltete, Satzglieder verkettete, gelehrte Zitate zu Wortspielen verdrehte, subtilen Scharfsinn und albernste Zoten miteinander verflocht; all dies so geschickt, dass Beifall, Getrampel und immer wieder aufloderndes Gelächter nie mitten in einen Satz brachen, sondern immer eine Atempause des Redners füllten. Cicero, sagte sie sich, hätte den Stil bewundert, und der gestrenge Cato wäre vermutlich zu sehr mit Lachen beschäftigt gewesen, um Zeit und Gedanken auf Einwände zu vergeuden.

Lukianos begann durchaus ernsthaft, redete über den Bilch, seine Gewohnheiten, seine Namen in allerlei Sprachen. Nach *glis* und *eleios* nannte er den Sieben-Schläfer des kalten Nordens, wo das Tier den sieben Monate langen Winter schlummernd und unter dröhnendem Schnarchen verbringe, was zu stummer Heiserkeit im Wachzustand führe; im Süden Babyloniens hingegen verehre man ihn als nachahmungswürdigen wiewohl unerreichbaren Sieben-Beschläfer, weil der dortige Bilch gewöhnlich sieben Bilchinnen nacheinander begatte. Wie schon von Herodotos erwähnt, gebe es in den baktrischen Bergen den Fettsteißbilch mit einem derart üppigen Schwanz, dass baktrische Bilchmäster den Tieren Rollbretter unter die Schwänze binden müssten, damit sie sich überhaupt bewegen könnten. Was Herodotos allerdings verschwiegen habe, sei die hieraus entstandene Zunft der kleinwüchsigen, feinfingrigen Bilchbrettschreiner und der noch feineren Bilchrollbrettachsenmacher sowie der zwergenhaften Rollenschnitzer, die – gewissermaßen als Abfallprodukt – auch besonders schmucke Ohrlöffel für parthische Fürstentöchter herstellten.

Ihm sei, fuhr er fort, zu Ohren gekommen, dass die schlüpfrigen hispanischen Tänzerinnen aus der Gegend von Gades oft als einziges Kleidungsstück einen Bilch trügen, dort angebracht, wo gepflegte Römerinnen sich zu entbilchen – »um Vergebung: zu enthaaren« – pflegten. Man könne dies zweifellos auf die tausendjährige Herrschaft der Phönizier und Karthager über die gaditanischen Lande zurückführen. Erstens sehe es den Karthagern ähnlich, üppige Behaarung durch üppige Behaarung verbergen zu wollen, Wolle mit Wolle zu verdecken und so der Woll-Lust *(»volanuptas«)* zu huldigen. Zweitens sei ja bekannt, dass die Phönizier – und wohl auch deren karthagische Abkömmlinge – in der Liebe oft den Mund, und zwar sehr voll, genommen hätten. Der karthagischen Dirnen bekannte Aufforderung *beiß mir den Bilch* habe dazu geführt, dass karthagische Politiker Haare auf den Zähnen hatten, und vielleicht sei punische Treulosigkeit nur ein mündlich überliefertes Phänomen.

Aus anderen Weltgegenden habe er andere Dinge über den Bilch vernommen. Händler aus dem Osten, die sich zurzeit in Rom aufhielten, hätten ihm versichert, dass ihr Land, die Heimat der Seide, sich gegen böse Feinde mit einer großen Mauer umgeben habe. Die für das titanische Bauwerk nötigen Steine erhalte man dank der Arbeit besonders gezüchteter Bilche mit mächtigen Kiefern. Der Malmbilch zerkleinere Felsen, und zur Belohnung füttere man ihn bisweilen mit Marmor. Nicht vergessen dürfe man andere Bilche anderer Völker; so gebe es bei den skythischen Holzfällern ein Tier, das zur Beseitigung der Rinde eingesetzt würde, den sogenannten Mulchbilch, und bei den der Mutterschaft abgeneigten Amazonen seien früher anstelle von Ammen besonders üppige Milchbilche in Gebrauch gewesen. Der in älteren Schriften bisweilen erwähnte korsische Moppelbilch sei dagegen, ebenso wie der sizilische Stopfbilch, ein Missverständnis. Es sei bei diesen nämlich nicht darum gegangen, ein den köstlichen Lebern von Stopfgänsen oder Mastenten ähnliches Nahrungsmittel zu erzeugen; vielmehr habe man auf diesen Inseln ahnungslos versucht, eine heilige etruskische Arbeit unheilig nachzuahmen. Der auch von den Römern noch immer zur Deutung des Omens genutzte etruskische *haruspex,* Eingeweidebeschauer, sei ursprünglich ein *gliruspex* gewesen, ein Bilchdeuter; da aber sogar für scharfsichtige Etrusker die winzigen Lebern der Bilche nicht zu entziffern gewesen seien, habe man allein zu Opfer- und Omenzwecken größere, das heißt lesbare Bilche gezüchtet. So seien also die heutigen diesseitigen Genüsse wie der mit Nachtigallenzungen gefüllte Bratbilch den etruskischen Bemühungen um Auskünfte aus dem Jenseits zu verdanken. Auf wilde Fantasien wolle er sich jedoch nicht einlassen; als durch und durch nüchterner Denker weise er bestimmte Thesen weit von sich – etwa die Annahme, Odysseus habe kein Pferd, sondern einen Trojanischen Bilch bauen lassen, oder Ödipus habe ein Bilchrätsel gelöst und danach das Tier gegessen.

Ehe man nun aber zu den Vorzügen der römischen Bilchmäster und Bilchröster komme, wolle er noch von einem besonderen Tier sprechen, das nur auf Sardinien gedeihe. Vermutlich sei auch dies eine Züchtung, entstanden aus der Kreuzung des großen etruskischen Bilchs mit der einheimischen Haselmaus. Diese sei jedoch – anders als alle Haselmäuse der bekannten Welt – ein blutrünstiges, angriffslustiges Tier, das zu Tollwut neige. Wie man wisse, hätten die alten Sardinier beziehungsweise Sardonier über ein besonders abscheuliches Lachen verfügt, nämlich das sardonische Gelächter; dieses sei ursprünglich die letzte Äußerung der Todgeweihten gewesen, die von einer tobsüchtigen, tollwütigen Haselmaus angefallen worden waren. Ergebnis der genannten Kreuzung sei der einzigartige sardische Kampfbilch. Lukianos sagte, sein Gewährsmann habe mit eigenen Augen einer Vorführung beigewohnt. Um die Kämpfe zu Blutfeiern zu machen, würden den Tieren von feinfühligen Zahndrechslern winzige Säbel auf den Eckzähnen befestigt – eine Tat von hoher Kunstfertigkeit. Man schicke immer zwei Kampfbilche in die Arena, und die Zuschauer verwetteten Hab und Gut, nicht selten gar ihre Schwiegermütter oder entfernte Tanten auf den Sieg des einen oder anderen. Den berühmtesten aller Kampfbilche, genannt Herculeddu der Löwenmütige, habe der Gewährsmann selbst in die Arena huschen sehen, mit prangenden Säbelzähnen, leichtfüßig wie ein Lerchenbulle.

Lukianos schloss: »Doch möchte ich nun nicht den Fehler begehen, Menschen, die davon viel mehr wissen als ich, unsinnige

Dinge über den römischen Mastbilch und seine Zubereitung zu erzählen. Lieber bäte ich unseren unübertrefflichen Gastgeber, den edlen Plotius, dass er nun seinen Koch zu uns rufe, der zweifellos erhellende Kunde über diese und jene Befriedigung der Naschhaftigkeit geben kann. Bis er eintrifft – falls er sich äußern mag –, wollen wir uns, nachdem ich geziemenden Dank für euer aller Geduld und Langmut gesagt habe, in ergriffenes, verdauliches Schweigen hüllen.«

»Ziemlich gut«, sagte Batrax, als er und Korinna sich vom Fenster entfernt hatten. Sie brauchten nicht leise zu sein; im Speiseraum tobten die Zuhörer.

»Sie lärmen wie löwenmütige Kampfbilche«, sagte Korinna. »Und das alles schüttet er so aus der hohlen Hand, ohne Vorbereitung?«

Batrax gluckste. »Seine hohle Hand, vorhin, an der Säule, war doch auch ohne große Vorbereitung.«

»Du siehst entschieden zu viel.«

»Mag sein.« Plötzlich gähnte der Junge. »Ein langer Tag nach kurzer Nacht«, murmelte er.

»Was hast du gemacht?«

»Ich habe mich durch Rom getrieben und ein bestimmtes Haus gesucht.«

Korinna klackte mit der Zunge. »Ein bestimmtes Haus in Rom? Vielleicht demnächst eine bestimmte Eule in Athen? Was denn für ein Haus?«

»Das, vor dem diese Frau mich gefunden hat – damals.«

»Und?«

»Ich muss weitersuchen. Morgen.«

»Wo verbringst du die Nacht?«

»Sorg dich nicht um mich.« Batrax berührte ihre Hand, zog dann aber die seine schnell wieder zurück. »Am Fuß des Hügels gibt es ein paar leere Gebäude. Gehören zu den großen Warenlagern. Und du?«

»Ich weiß noch nicht. Ich habe morgen früh eine Verabredung mit fremden Reisenden und einem etruskischen Archivar; da wäre es dumm, zuerst wieder über den Fluss zu gehen.«

Batrax öffnete den Mund halb, schien etwas sagen zu wollen, entschied sich dann aber wohl dagegen. Er hob die Hand; einen Atemzug später war er mit Epulo in die Nacht getaucht.

Mopsos lief zwischen Halle, Innenhof und Atrium umher und suchte die Mitglieder der Truppe zusammen. Korinna sah Thesion aus einer Seitentür auftauchen.

»Dann hätten wir alle«, sagte Mopsos. »Aufbruch, meine Kinder. Beeilt euch, ihr Kleinen.«

»Ich komme nicht mit«, sagte Korinna.

»Die abermals Abtrünnige?« Mopsos stöhnte. »Sehen wir dich je wieder?«

»Morgen Abend. Aber ich brauche Geld.«

Mopsos schlug die Hände über dem Kopf zusammen. »Geld? Schon wieder? Mein Beutel besteht nur aus Löchern.«

Markos knurrte etwas; Bagoas sagte: »Der edle Herr Plotius wird für unsere Darbietungen doch wohl etwas gezahlt haben.«

»Wenig, allzu wenig. Karg ist der Lohn der Kunst.«

»Ich hörte«, sagte Korinna, »wie Plotius und einer der Gäste sich über deinen Preis unterhielten. Es war die Rede von …«

»Reicht ein Denar?«

»Gib mir drei.«

Mopsos seufzte, kramte in seinem Beutel und gab ihr drei Silbermünzen.

Thesion musterte sie mit hochgezogenen Brauen. »Ihr wollt uns doch nichts verschweigen, oder?«

»Dreihundert«, sagte Korinna.

Mopsos jaulte leise.

Thesion und Bagoas wechselten einen Blick; dann nahmen sie Mopsos in die Mitte.

»Ich glaube, wir haben etwas zu besprechen«, sagte Markos.

Der Innenhof leerte sich. Aus den Speiseräumen waren noch Gespräche und Gelächter zu hören. Korinna saß auf einer steinernen Bank, den Rücken an eine Säule gelehnt. Sie sah den dichtenden Sklaven in der Halle; er trug eine Schüssel, Tücher und einen Krug und verschwand in einem Treppenaufgang.

Sie trank aus dem Tonbecher, der Wasser und Saft enthielt, und versuchte, einen Entschluss zu fassen. Zwei Entschlüsse. Was hatte der Sklave gesagt – er fürchte sich vor der Freiheit? Vor der Bindung, dem Zwang, selbst entscheiden zu müssen vielleicht …

Lukianos. Der Mann. Die unmittelbare Gier, die nichts mit Lukianos zu tun gehabt hatte, war erledigt oder gewichen; auch die Überdeutlichkeit der Sinneseindrücke begann zu schwinden. Es wäre zweifellos angenehm, weniger gierig weniger deutliche Eindrücke eines nächtlichen Lukianos zu gewinnen, sich an ihm, seiner Haut, seinem Atem, seinen Worten zu reiben. Zu sehen – hier lachte sie lautlos –, wie es mit seinem klebrigen Bilch stand. Sollte sie? Würde er? Zunftbruder … Und dann das Schwert. Wenn schon Gerüchte umliefen, konnte eigentlich nichts daran geheim sein. Sollte sie ihm davon erzählen? Oder gefährdete sie damit vielleicht etwas – die Suche nach Hintergründen, den augenblicklichen Träger des Schwerts, Alcimus, oder den ohnehin gefährdeten Pacuvius? Pacuvius … Wie wäre es, sich in dieser Nacht an einem freien Pacuvius zu reiben? Sie seufzte.

»Mir fiel ein, dass wir morgen vor Mittag diesen etruskischen Archivar besuchen wollen.« Lukianos hatte sich geräuschlos von hinten genähert und stand neben ihr.

Sie blickte auf, sagte aber nichts.

»Zunftschwester, bist du verstummt?«

»Sprachlos vor Bewunderung, Herr der Bilche. Und ein wenig ratlos.«

Er lächelte; einen Augenblick lang erschien er ihr müde, alt und zugleich zeitlos. Er reichte ihr den silbernen Pokal. »Trink«, sagte er. »Dieser unbezahlbare Wein vertreibt die Bewunderung für alles andere, und vielleicht enthält er Rat.«

Korinna trank. Sie behielt den Wein im Mund, kaute, sog Luft hindurch; dann, beinahe bedauernd, schluckte sie. »Unvergleichlich«, sagte sie leise. »Aber Bewunderung und Ratlosigkeit bleiben.«

Lukianos hockte sich vor ihr auf die Fersen; er sah ihr in die Augen. »Viele schlechte Dichter haben Frauen mit Wein verglichen«, sagte er. »Zunftschwester, dazu bin ich zu alt und nicht schlecht genug. Aber auch dieser köstliche Wein ist da, um getrunken zu werden.«

»Ich weiß. Auch wenn es danach keinen mehr gibt.«

»Ist das der Rat?«

»Vielleicht.«

»Es gibt hier für mich, für diese Nacht, einen Raum, mit einem, wie mir versichert wurde, breiten Bett. Frische Tücher wurden dort bereitgelegt; eine Schüssel mit Wasser, um gewisse Spuren zu tilgen; und einen Krug von diesem Wein hat unser dichtender Freund auch hingebracht. Keinen zweiten Pokal, aber magst du diesen mit mir teilen?«

Korinna zögerte; dann lachte sie. »Magst du mich mit diesem Wein teilen?«

Lukianos stand auf, reichte ihr die Hand und zog sie von der Bank hoch. »Ei ja.«

Der Raum, den man dem Gast verfügbar gemacht hatte, war keineswegs üppig. Ein breites lederbezogenes Bettgestell, Bastmatten und der Tisch, auf dem Schüssel und Krug standen, waren die ganze Einrichtung. Korinna trank köstlichen Wein aus dem Silberpokal und sah zu, wie Lukianos sich auszog und reinigte. Er war kräftig, aber schlank, und er mochte um die fünfundvierzig Jahre alt sein, hatte aber jedenfalls sein Leben nicht damit verbracht, Fett und Falten anzusammeln.

Als er fertig war, ging er zum Bett, hob die Tücher auf, trocknete sich ab und lachte plötzlich.

»Er hat an alles gedacht«, sagte er. »Zwei frische Leibschurze. Ei.«

Korinna streifte ihre Kleidung ab und ging zur Schüssel. Lukianos streckte sich auf dem Bett aus.

»Soll ich dir vom Schwert erzählen?«, sagte sie.

»Wieso erzählen?« Er schaute an sich hinab; sie folgte seinen Blicken mit den Augen und sah den ragenden Phallus.

»Ich glaube«, sagte sie, »wir sollten uns zuerst um das Schwert des Lukianos kümmern. Vom Schwert des Spartacus können wir später reden.«

Er blickte lächelnd zu ihr auf und pfiff dabei leise durch die Zähne. Dann sagte er: »Wir haben etwas nachzuholen. Gründlich.«

»Mit Vergnügen.«

Er streckte die Hand aus, fasste an ihren Oberschenkel und zog sie zum Bett. »Ich glaube«, sagte er, »dein Bilch will gebissen werden.«

»Ei.«

Im Kerker

Vom Schmerz: Wenn er unerträglich ist, führt er auch den Tod herbei; ist er andauernd, lässt er sich auch ertragen. Wenn nur die Seele dabei an sich hält, bewahrt sie auch ihre Ruhe und nimmt keinen Schaden. Die vom Schmerz betroffenen Glieder mögen dann, wenn sie können, sich selbst darüber äußern. – Schau in dein Inneres! Dort ist eine Quelle des Guten, die nie zu sprudeln aufhört, wenn du nur nicht aufhörst, nachzugraben. – Auch der Körper muss eine feste Haltung haben und diese Festigkeit weder in Bewegung noch in Ruhe verleugnen. Denn wie deine Seele auf deinem Gesicht zu lesen ist und gerade deshalb deine Miene zu beherrschen und zu formen vermag, so soll auch der ganze Körper ein Ausdruck der Seele sein. Aber ohne gesuchte Pose!

MARCUS AURELIUS VII 33, 59, 60

Er wusste nicht, wohin sie ihn gebracht hatten. Und vor allem noch immer nicht, warum. Irgendwo östlich vom Forum des Traianus, Gassen nach links, Gassen und zwei Durchgänge nach rechts, Stiegen aufwärts, dann Treppen immer nach unten. Schließlich hatten sie ihm noch die Augen verbunden.

Er nahm an, dass er sich unter einem der von Menschen wimmelnden Wohnblocks befand – westlich des Viminalis, nördlich der Subura. Sehr ungenau, sagte er sich; aber es hatte keine Bedeutung.

Jedenfalls nicht für ihn. Keine Bedeutung mehr. Vielleicht würde nie wieder etwas Bedeutung haben. Die Hände konnte er bewegen, der linke Fuß war angekettet. Die Kette endete in einen Ring in der Wand, und irgendwo zwischen der Wand aus feuchtem Stein, in die andere Gefangene Namen oder Flüche geritzt hatten, und der Tür – offen, aber unerreichbar – musste sich sein Leben befinden. Da er hier war, hielt sich wohl auch sein Leben hier auf. Wo sollte es sonst sein? Er erinnerte sich an die Rede eines Betrunkenen, wie lange her? »Ich sitze auf der Bettkante, und mein Schlaf liegt neben mir und schnarcht.« So ähnlich. Er saß angekettet da, und sein Leben schweifte winselnd zwischen Wand und Tür und Bottich umher.

»Hör auf, dich zu bemitleiden.« Aber er war zu müde, um diesen oder ähnliche Befehle zu befolgen. Dabei zu erregt oder zu beunruhigt, um zu dösen oder gar zu schlafen.

Wieder versuchte er, Schlüsse aus der Umgebung und den Umständen zu ziehen. Der Bottich bewies, dass irgendwann jemand kommen würde, um den Bottich zu leeren, vielleicht auch Wasser und Brot zu bringen. Die Männer hatten nicht viel gesagt, nichts, was ihm einen Hinweis hätte geben können. Aber sie hatten sich schnell und sicher bewegt – als seien sie nicht zum ersten Mal hier unten.

Er war sicher, in seiner Zeit bei den städtischen Kohorten und im Dienst unter Umbricius nie in einem Gebäude gewesen zu sein, das in dieser Gegend lag und unter dem sich dieser Kerker befand. Ein Gang, am Fuß einer steilen Treppe; ein Raum mit Bänken, einem Tisch, Lampen und einem Schacht in einer Ecke, aus dem Licht fiel; und um diesen Raum herum weitere Kammern, vielleicht fünf oder sechs, wahrscheinlich alle wie der, in dem er sich befand. Er und sein Leben.

Zuerst hatte er nichts gesehen, nachdem die Männer mit der Fackel gegangen waren. Eine Fackel, die sie unterwegs, als seine Augen bereits verbunden waren, von jemandem erhalten hatten – am Anfang eines langen, hallenden Gangs, danach noch zwei Durchlässe, mindestens ein weiterer Gang und schließlich die steile Treppe. Sie hatten keine der Lampen auf dem Tisch nebenan entzündet, und es war einige Zeit nötig gewesen, bis er in dem schwächlichen Rest des schwachen Lichts aus dem Schacht etwas zu sehen begann.

Offenbar war er allein. Die anderen Kerkerkammern schienen leer zu sein. Fast leer jedenfalls; hin und wieder bildete er sich ein, etwas huschen zu hören, und er hoffte, dass es Mäuse waren, keine Schlangen.

Die Wand. Der Bottich. Die Tür, durch die Lichtreste fielen – aber sie fielen nicht, sie schlichen bestenfalls. Schlichen, ohne ihn wirklich zu erreichen, und vielleicht war dieses graue Schleichen sein Leben, das sich noch in seiner Nähe aufhielt, ihn aber schon zu verlassen begann.

Was würden sie mit ihm anstellen? Wer waren »sie«? Warum war, von wem auch immer, der Befehl ergangen? Er sah eigentlich nur einen Grund. Genauer: eine Gelegenheit, bei der er mehrere Gründe geliefert haben könnte. Den Abend, vor Iunius Rusticus, dem Stadtpräfekten Varro und Umbricius. Hatte einer dieser drei den Befehl gegeben? Wer sonst? Wer verfügte über Bewaffnete und diesen Keller?

Fufius fiel ihm ein. Der reiche Händler, der ohne Zweifel etliche Häuser besaß, davon die meisten mit Keller, und der sehr wohl eine Truppe bewaffneter Leibwächter unterhalten mochte. Aber konnte Fufius Prätorianer, *vigiles* und Wächter in Gang setzen, um ihn morgens, mit amtlicher Selbstverständlichkeit, auf dem Forum festzunehmen? Und warum, wenn Fufius dahintersteckte, solch ein öffentlicher Aufwand statt eines nächtlichen Dolchs?

Warum überhaupt dieser Aufwand? War der Keller, der Kerker, ein Zwischenlager für einen, der bald hingerichtet werden sollte? Wollte man ihn vorher befragen?

Befragen. Nachdrücklich befragen. So nachdrücklich, dass er schließlich alles sagen würde, was sie wissen wollten. Nichts von alledem hätte etwas mit wirklichen Vorgängen zu tun; er würde tausend Dinge erfinden, die Wünsche der Befrager aus der Art des Fragens zu erraten suchen und das sagen, was sie vielleicht gar nicht erwarteten. Damit sie aufhörten, ihn zu häuten und die Wunden mit Essig zu löschen.

Er dachte an viele Arten, Männer zum Reden zu bringen. Und viele Formen, sie später endgültig schweigen zu lassen. Ans Kreuz schlagen, Nase und Ohren und Gemächt abschneiden, die Augen ausdrücken, die Zunge herausreißen, dann die Knochen der Arme und Beine brechen und den heulenden Rest hängen lassen, bis das Heulen und alles andere endete. Catilinas Totschläger waren nicht die Letzten gewesen, die sich auf diese Weise ergötzt hatten; aber im Fall des Gaius Pacuvius würde kein Cicero darüber berichten. Oder war es gar nicht Cicero gewesen? Und der Tote damals … irgendein Senator?

Senator. Marcus Fabricius Balbus, auf dem Forum ermordet. Warum war er nicht in den Palast des Rusticus gekommen? Was hatte er mitten in der Nacht zuerst auf dem Capitolium und dann auf dem Forum gewollt? Und vorher von Manlius – welcher Senator spricht mit einem Fischhändler, statt derlei seinen Sklaven zu überlassen? Wozu war Balbus mit einem Wagen, in dem ein fetter alter Mann Marsyas zu heißen behauptete, Richtung Portus gefahren?

Wer waren die Mörder? Verbrecher, zufällig nachts die Via Sacra hinauf zum Forum wandernd, die in fromme Gedanken versunken geschworen hatten, den Göttern zum Dank für eine gelungene Tat einen Nachtwanderer zu opfern? Leute, die in der Dunkelheit nicht sehen konnten, ob der Mann, der ihnen da begegnete, einen Beutel bei sich hatte, ihn aber vorsichtshalber erstachen, um sicher zu sein, dass er sich nicht wehren würde, wenn man ihm den Beutel nähme, falls er einen hätte?

Oder konnten sie etwas mit Manlius, mit Portus, mit Trans Tiberim, mit dem angeblichen Marsyas zu tun haben? Mit, warum nicht, Remas Landgut in den Hügeln?

Er bildete sich ein, der Bottich habe sich bewegt. Der Bottich, den er vorläufig nicht brauchen würde. Alles, was er seit dem vorigen Mittag zu sich genommen, hatte er in der Unterwelt einem

Nebenstrang der Cloaca übergeben, Charon geopfert, falls der Dreck da unten der Styx war. Ein Tag, der Abend des Versagens, zu viel Wein – nur Wein? Oder auch Gift? – und Wirrnis, Irrgänge durch die Nacht, das Dunkle Reich der Verstümmelten, furchtbare Gesichte, das Schwert des Spartacus, kein Schlaf, Korinnas Hand. Korinnas Hand.

Plötzlich schlief er ein. Er schlief erschöpft und traumlos, bis ihn ein Fußtritt weckte.

»Steh auf. Du bist nicht zum Schlafen hier.«

»Wozu dann?« Er blinzelte; nach dem langen Halbdunkel und dem Schlaf war die Fackel, die einer der beiden Männer hochhielt, ein Kreischen im Auge.

»Um zuzusehen, damit du etwas lernst.«

Der andere Mann löste mit einem Schlüssel oder Stift die Kette von dem Ring in der Wand und befahl Pacuvius, aufzustehen und die Hände hinter dem Rücken aufeinanderzulegen. Mit dem freien Ende der Kette umwickelte er Hände und Unterarme. Was zwischen den Händen und dem Kettenring am linken Knöchel blieb, reichte nicht für große Schritte.

Aber Pacuvius brauchte keine großen Schritte zu machen, nicht einmal viele kleine. Die Männer brachten ihn in einen der anderen Räume, wo auf einem Ständer bereits eine Fackel loderte. Die zweite kam hinzu; nun war der Kerkerraum ausreichend hell, um zu sehen. Zu hell.

Der dritte Wächter oder Wärter oder Folterer kauerte neben einem Tisch. Er schien dort die Lederriemen überprüft zu haben, mit denen die abgespreizten Arme und Beine eines nackten Gefangenen festgebunden waren. Nun stand er auf, kam zu Pacuvius, hielt ihm die Nase zu und stopfte ihm einen nach Kot stinkenden Lappen in den Mund.

»Damit du besser siehst und hörst, ohne uns zu stören«, sagte er grinsend.

Pacuvius würgte. Er sah zwischen den Oberschenkeln des Gefangenen Messer liegen, eine Zange, eine dünne Säge, wie Ärzte sie nach der Schlacht zum Entfernen zersplitterter Knochen benutzten, und auf dem Boden einen Korb mit Spänen, von denen später einige an einer Fackel angezündet wurden, andere nicht. Er sah die aufgerissenen Augen des Gefangenen, den er erkannte, obwohl der Mann ebenfalls durch einen Knebel entstellt war: Sextus, einer der Männer des Marullus, Wächter in Portus. Er sah immer wieder das Gesicht des Dritten, der die meiste Arbeit tat, ein bärtiges Gesicht mit buschigen Brauen; links fehlte dem Mann das Ohrläppchen. Er sah die beiden Eimer mit Wasser und den Abfluss in der Ecke des Raums, sah, wie sie dem Gefangenen den Knebel abnahmen.

Danach wünschte er, dass es ende, dass sich der Schlund der Erde öffne, der Himmel – oder wenigstens die Decke – herabstürze, dass Sextus endlich das Bewusstsein verliere.

Später, als sie den Toten hinausgeschleppt hatten, als Pacuvius wieder ohne Knebel in seinem Kerkerraum angekettet wurde und jemand – er blickte nicht auf, wollte kein Gesicht sehen – ihm einen Krug Wasser und einen Brotfladen brachte, war er lange Zeit nicht fähig, auch nur den grässlichen Geschmack des Lappens mit Wasser zu bekämpfen. Das graue Licht schwand; es wurde Nacht, irgendwo draußen, falls es ein Draußen gab. Was er hatte sehen und hören müssen, ebenso wie das, was er dem Gehörten entnehmen konnte, hielt ihn lange wach.

Er versuchte, sich von den Bildern und Tönen abzulenken, abzurücken, indem er an grausame Bestrafungen dachte, denen er als Krieger beigewohnt hatte, ohne dieses Entsetzen und den Wunsch nach Ohnmacht. Er erwog, dass Folter und Hinrichtung als vollzogene Gerechtigkeit anders waren, gewissermaßen gewöhnlich und gerechtfertigt und nicht entstellt durch das lustvolle Grinsen des Mannes, dem das linke Ohrläppchen fehlte; dass es eine Sache war, unter freiem Himmel, im Kreis anderer Krieger, beim Vollzug einer gerecht verhängten Strafe zuzusehen, eine ganz andere dagegen, in dumpfer Wehrlosigkeit, gefesselt und geknebelt jene Qualen als Zeuge zu betrachten, die vielleicht einem selbst drohten, und zwar sehr bald. Dann fragte er sich, ob die Furcht vor der möglichen eigenen Zukunft schlimmer sein konnte als die Betrachtung gegenwärtigen Entsetzens, das einen anderen betraf.

Bis aus dem Schacht im mittleren Raum graues Morgenlicht sickerte, befasste Pacuvius sich zunächst mit den Arten der Furcht, die mit den Tugenden des Kriegers vereinbar waren, und sehr lange mit jenen, für die ein Krieger hingerichtet werden sollte. Nach und nach traten jedoch andere Dinge hervor – wie Nadeln, über die man ein Tuch gebreitet hat, ihre Spitzen zeigen, wenn man das Tuch belastet.

Vor allem waren es Namen und Fragen. Was hatte Fabricius Balbus in den letzten Tagen vor seinem Tod getan? Warum hatten Marullus und Fufius in der Wachstube von Portus so getan, als seien sie einander fremd? Um dem dummen, aus der Stadt versetzten Pacuvius das fabelhafte Schwert in die Hände zu spielen? Aber wozu?

Quintus Fufius Ripa, der Händler – ein Mann, der mit vielen Dingen handelte: alte Weine, Sklaven, Handwerksgüter aus fernen Ländern, seltsame Gegenstände mit seltsamer Geschichte. Und ausgerechnet Fufius sollte nichts vom »Schwert des Spartacus« wissen? Ausgerechnet er, der mit so vielem handelte, sollte ein Schwert gefunden und nicht behalten haben, ein auch ohne die Geschichte kostbares, weil mit einem Edelstein besetztes Schwert?

Für wen arbeitete Marullus, Herr der Wächter des Hafens? Was war mit Mucius? War er nur ein alter Centurio, von Marullus ausgewählt, als er aus Rom den Befehl erhielt, für eine gewisse Zeit den Leuchtturm von Portus mit einem zuverlässigen Mann zu besetzen? Zuverlässig wem gegenüber?

Sextus hatte behauptet, dass Mucius von Marullus ausgewählt worden sei und dass Marullus den alten Mann nicht näher kenne. Er hatte dies unter Umständen gesagt, die Zweifel an der Behauptung kaum zuließen. Ebenso wenig wie an seinen anderen Aussagen. Was sie für Pacuvius glaubwürdig, aber nicht durchschaubarer machte.

Natürlich hatten die Wächter bisweilen nicht gewacht, sondern die Augen geschlossen. Wie Alcimus und Korinna ihm berichtet hatten. Die Wächter erledigten für diesen und jenen reichen

Mann kleine Aufträge, schüchterten zum Beispiel Leute ein, von denen sich der jeweilige Auftraggeber gestört fühlte; sie lenkten bestimmte Güter so, dass die Steuereinnehmer nichts von ihnen sahen; sie suchten in einigen Schenken, deren Besitzer gelegentlich zahlten, nicht nach Verbrechern oder flüchtigen Sklaven; wenn in anderen Schenken, die minder freigiebigen Männern gehörten, Witze über den Kaiser erzählt wurden oder kleine Schlägereien zu beenden waren, gab es gelegentlich Schäden an der Einrichtung, oder es wurden Leute festgenommen, obwohl andere sich für deren Unschuld verbürgten.

Marullus schien diese und andere »Arbeiten« zu leiten. Vermutlich verteilte er Aufgaben und Geld einigermaßen gerecht; Pacuvius nahm aber an, dass er weniger Aufgaben selbst erledigte und mehr Geld selbst behielt. Warum hatte er Mucius in den Leuchtturm geschickt? Mit welchen Anweisungen? Man müsste den alten Centurio vielleicht ein wenig zwicken …

Fufius gehörte, Sextus zufolge, zu den wichtigsten Auftraggebern von Marullus. Zu ihren vielen Abkommen schien es zu gehören, dass entflohene Gladiatoren oder Sklaven nicht von Marullus' Leuten nach Rom gebracht, sondern in den weitläufigen, gut gesicherten Gebäuden des Fufius in Portus abgeliefert wurden. Angeblich wurden sie von dort ihren Besitzern übergeben, gegen eine Art »Finderlohn«; angeblich wurde dieser zwischen Fufius und Marullus – beziehungsweise ihren Leuten – geteilt. Wächter, die pflichtgemäß die Rückgabe entwendeten oder entflohenen Besitz zurückgaben, würden dafür nicht besonders entlohnt.

Sextus hatte ferner gesagt, er sei sicher, dass Fufius bisweilen besonders gut verwendbare und entsprechend teure Sklaven oder Gladiatoren lieber nach Alexandria oder Karthago verkaufe, statt sie zurückzugeben. Oder er behielt sie, zur Verstärkung seiner eigenen Truppe: Leibwächter und Güter seines Besitzes. Ein bedeutender Gladiator, dessen Namen er nicht kenne, komme bisweilen zu Fufius, um »Neue« zu prüfen und über ihre Verwendbarkeit in der Arena zu befinden.

Was das Schwert des Spartacus anging, hatte Sextus keine Verbindung zwischen Fufius und der Waffe herstellen können. Aber er hatte eine andere Geschichte erzählt. Kurz bevor Pacuvius nach Portus kam, sei ein junger Mann, fast noch ein Knabe, bei den Wächtern des Hafens aufgetaucht. Er habe gesagt, es gebe da Gerüchte über ein Schwert, das angeblich Spartacus gehört habe; von diesem Schwert werde behauptet, es solle für einen ungeheuren Betrag den Besitzer wechseln, und der neue Besitzer wolle es verwenden, um einen verheerenden Sklavenaufstand zu betreiben. Und diesen dann niederzuschlagen. Es handle sich nämlich um einen der größten Sklavenhalter, der nach dem Aufstand – und der Niederschlagung samt Hinrichtung der Aufständischen – sein größtes Geschäft machen wolle. Der bartlose Knabe habe hundert Denare für »besondere Aufmerksamkeit« zurückgelassen und tausend Denare versprochen für den Fall, dass die Wächter das Schwert oder den Mann fänden, der es zu verwenden beabsichtigte.

Dann hatte es da andere Geschichten gegeben, die nur Portus betrafen: der Sonderdienst einiger von Marullus immer sorgsam ausgewählter Wächter, die in den Hügeln zwischen Portus und Rom einen Tempel und ein paar Häuser von Reichen zu hüten hatten; Flüche über tugendhafte Senatoren, die Geschäfte ihrer Verwandten missbilligten und den Wächtern misstrauten.

Und Gerüchte über eine Verschwörung gegen Marcus Aurelius, hinter der angeblich der Mitkaiser Lucius Verus steckte, der all dies im Feldlager in Mesopotamien oder Armenien ausgeheckt habe, oder wo immer er sich gerade mit den Parthern schlage. Es könne auch diese Frau dahinterstecken, Panthea oder so ähnlich.

Schließlich, neben anderen zusammenhanglosen Fetzen, hatte Sextus etwas über etruskische Priester gekreischt, einen *haruspex,* der den Kaiser hasse und Rom vernichten wolle, mithilfe von Mimen, Sklaven, Krüppeln und Gladiatoren. Irgendwann war er dann gestorben – nachdem er so viel, so wenig gesagt hatte.

Nichts von alledem, fand Pacuvius, war die Qualen und das Leben eines Mannes wert; auch nicht das eines bestechlichen

Wächters. Nichts von alledem war verwendbar. Ein wenig huschendes Licht, das die Finsternis eher vertiefte. Außer, vielleicht, der Tatsache, dass sich offenbar etliche Leute für dieses Schwert interessierten, wem auch immer es irgendwann einmal gehört haben mochte.

Kurz bevor er endlich erschöpft, fröstelnd und voller Ekel einschlief, sagte er sich, dass all dies ohnehin müßig sei. Gaius Pacuvius steckte in einem Kerker; man hatte ihn sicher nicht bei der Folterung zusehen lassen, um ihm demnächst weitere Ermittlungen zu ermöglichen. Selbst wenn er nicht geknebelt gewesen wäre, hätte er unter diesen Umständen kaum »ermittelt«. Oder hätte er Sextus fragen sollen, welcher tugendhafte Senator welche Geschäfte missbilligte? Fabricius Balbus – hatte er Verwandte in Portus gehabt? Oder vielleicht der Älteste des Senats, Sempronius Cornelianus, der vielleicht mit Cornelius Longus verwandt war, Fufius' »Gastfreund«?

Was auch immer mit ihm geschehen mochte, er brauchte sich sicher keine Gedanken mehr um das Schwert des Spartacus, die Geschäfte des Fufius und die Redlichkeit der Wächter von Portus zu machen.

Dann versuchte er, sich mit Erinnerungen und Hoffnungen zu trösten, die er mit Korinna verband. Korinnas Hand, die Wärme, der Tonfall, mit dem sie »Ach, Gaius« gesagt hatte. Aber bevor er damit auch nur halbwegs begonnen hatte, schlief er ein.

Jemand, dessen Gesicht er nicht kannte, brachte Brot und Wasser, warf einen Blick in den Bottich und sagte: »Höchstens ein Drittel; das lohnt sich noch nicht.«

Pacuvius wartete, bis der Mann gegangen war. Dann stand er auf, ging hin und her, soweit die Kette dies erlaubte, machte Kniebeugen und versuchte, wach zu werden. Er aß und trank ein wenig, benutzte den Bottich, überlegte, ob er einige Tropfen des kargen Wassers vergeuden sollte, sich die Hände und das Gesicht zu reinigen.

Dann – nichts. Nur graues Licht, der klamme Raum, Gestank. Und Gedanken. Irgendwie tröstete es ihn, dass es hier keinen Abfluss gab; aber er sagte sich, dass man ihn in den anderen Raum bringen würde, wenn man sich mit ihm beschäftigen wollte. Und wozu sollte man ihn sonst festhalten?

Korinnas Hand fiel ihm ein, ihr Gesicht, ihr Mund. Er erinnerte sich, dass es – vor Tagen? vor Jahren? – wichtig gewesen war, mehr über ihre Behaarung zu erfahren. Zu erfühlen. Jetzt hätte er einen Jahressold dafür gegeben, mit ihr einfach wieder neben dem Leuchtturm zu stehen, mit dem Wind und dem Meer und dem Licht, ohne Kette und notfalls ohne jede Aussicht, auch nur ihr Haupthaar berühren zu dürfen.

Plötzlich hatte er das Gefühl, sich an einen Traum erinnern zu sollen. Hatte er denn geträumt?

Er schloss die Augen; nicht, dass ihn das streunende Licht oder der Bottich hätten ablenken können. Einfach so – vielleicht sah man innen mehr, wenn man außen gar nichts sah.

Er hatte geträumt. Während des letzten Schlafs? Während des vorletzten? Wie lange war er überhaupt schon hier? Wirklich nur einen Tag und eine Nacht? Konnte es sein, dass nun erst der Morgen nach jenem Morgen war, da man ihn auf dem Forum festgenommen hatte?

Er stieß einen dumpfen Seufzer aus. Wie schnell konnte ein gesunder Mann den Verstand verlieren? Verlor man den Verstand, wenn die Zeit nicht mehr messbar war? Hatte man den Verstand bereits verloren, wenn man die Messbarkeit der Zeit für wichtig hielt? Jahre und Jahre ohne Tageslicht, ohne Wind, nur Mauern und Kette, oder lieber Folter und Hinrichtung?

Dann sagte er sich, dass es ein Zeichen beginnender Verwirrung sein mochte, an die Behaarung einer Frau und die Messbarkeit der Zeit zu denken – an streunendes Licht – an die Behaarung der streunenden Zeit, an die streunende Messbarkeit einer Frau –, wenn man eigentlich versuchte, sich an einen Traum zu erinnern, den man vielleicht nie geträumt hatte.

Traum. Trug. Schein. Vielleicht träumte er jetzt; vielleicht war er tatsächlich in Portus, in Trans Tiberim, in Gallien, wo auch immer, schlief dort und träumte einen Mann in einem Keller. Oder es gab ihn gar nicht, und ein anderer träumte ihn.

Ein anderer mochte auch den Traum geträumt haben, an den er sich nicht erinnern konnte. Aber es hatte einen Traum gegeben, und in diesem Traum etwas Wichtiges. Einen Schlüssel? Eine Erklärung?

Er verbrachte Stunden – oder vielleicht nur wenige Atemzüge – mit dem Versuch, die Gedanken zu bündeln, sein Inneres umzugraben. Irgendwo musste die Erinnerung sein, und inzwischen war er ganz sicher, dass sie wichtig war. Er hatte etwas geträumt, das die Erklärung, die schlüssige Erklärung all der wirren Vorgänge enthielt. Aber er konnte sich nur daran erinnern, dass er von drei oder vier Köpfen geträumt hatte, ohne deren Gesichter zu sehen, und von jedem der Köpfe hing eine Haarsträhne, und jemand – wer? – flocht die drei Strähnen zu einem Zopf zusammen.

Irgendwann – am gleichen Tag, am nächsten – hörte er Schritte und Stimmen. Im Gang. Dann im Hauptraum des Kellers. Er hatte das Gefühl, sein Blut gefröre. Seine linke Hand tastete nach dem Fuß, dem Knöchel, der Kette, die ihn wunderbar sicher mit der köstlichen Wand verband, Verheißung von Ruhe, Schutz gegen Messer und Zangen und Späne. Hatte er sich je gewünscht, diesen Raum zu verlassen?

Gaius Pacuvius der Krieger zwang sich, die Hände nicht vor die Augen zu heben, sich nicht wimmernd vor der Fackel zu verstecken und vor denen, die mit der Fackel näher kamen. Dabei fragte er sich, ob Iuppiter eine schützende Kette sein konnte, Mars ein bergender Kellerraum, und wie Menschen imstande waren, lange Gefangenschaft, Wehrlosigkeit, Bedrohung zu überleben, ohne zu zerbrechen. Aber vielleicht zerbrach man gleich zu Beginn und bemerkte es dann nicht mehr.

Drei Männer. Es kostete ihn viel Kraft, ihnen entgegenzusehen. Der Folterer, dem das linke Ohrläppchen fehlte, war nicht dabei. Der Erste, der den Raum betrat, trug die Fackel. Der Zweite bückte sich wortlos und machte sich am Knöchel, an der Kette zu schaffen.

Der Dritte sagte: »Ich kann dich doch nicht hier unten verrecken lassen, bevor du mir die hundert Denare zurückgegeben hast.«

Lucius Septimius Severus wehrte ab, als Pacuvius noch auf der steilen Treppe größere Dankesreden halten wollte.

»Danke nicht mir«, sagte er, »sondern deinem Freund Alcimus.«

»Zuerst danke ich dir. Wenn du mir erzählt hast, warum ich Alcimus danken soll, werde ich ihm die Füße küssen.«

Der junge Mann aus Leptis schnaubte. »Ob das ratsam ist?«

Dann schwiegen sie, bis der Wächter, der sich inzwischen der Fackel entledigt hatte, sie aus dem Labyrinth von Gängen, Treppen, Sälen und weiteren Gängen zu einem Innenhof gebracht hatte und auf eine schmale Gasse wies.

»Dort hinaus und ein Stückchen nach links, zum Vicus Longus«, sagte er. »Ich nehme an, ab dort kennt ihr euch aus.«

Pacuvius wandte sich zu ihm um. »Wie heißt der Mann, dem das linke Ohrläppchen fehlt?«

Der Wächter schüttelte den Kopf. »Seinen Namen weiß ich nicht; gerufen wird er Manus.«

»Die Hand?«, sagte Septimius. »Was hat es mit ihm auf sich?«

Pacuvius atmete tief ein. In dieser Gasse übergaben sich vermutlich jeden Abend zehn Zecher, weitere fünfzehn schlugen ihr Wasser ab, und aus den umliegenden Häusern roch es, als büke man dort einen Kuchen aus Sumpfpflanzen, Mehlwürmern, fauligen Schierlingsstängeln und Leichengekröse – etwas, um es an Germanen zu verfüttern, falls man die Gefilde jenseits des Rhenus mit umgänglichen Personen neu besiedeln wollte. Aber die Luft war köstlich, ohne Kette und Bottich und die Erwartung, in den anderen Raum gebracht zu werden.

»Er ist mit den Händen sehr geschickt.«

»Ein Künstler?«

»Ich möchte ihn lieber nicht so nennen. Andererseits – er hat dort unten einen Mann kunstvoll zu Tode gefoltert.«

Sie hatten die Nebenstraße erreicht; keine hundert Schritte voraus sahen sie den belebten Vicus Longus, der durch das lange Tal zwischen Quirinalis und Viminalis verlief.

»Ach so.« Septimius, der nun rechts von Pacuvius ging, hob die Schultern. »Das gehört dazu. Hat es eine Bedeutung?«

»Nicht für den, der überlebt, ohne es gesehen zu haben.«

Septimius runzelte die Stirn. »Wie du meinst. Hast du gegessen?«

»Zwei Tage Brot und Wasser. Andere Nahrung könnte nicht schaden; und nahrhafte Auskünfte.«

»Ich kenne mich hier nicht so gut aus. Und du hast wahrscheinlich kein Geld, nicht wahr?«

Pacuvius nickte. »Magst du mir einen Denar leihen? Ich lade dich ein und schulde dir hunderteins Denare.«

Septimius löste seinen Beutel von Gürtel, öffnete ihn, nahm eine Münze heraus und reichte sie Pacuvius. »Wenn du darauf bestehst …«

»Eine gewöhnliche Garküche? Oder magst du etwas Ausgefallenes versuchen?«

»Immer.«

Sie gingen den Vicus hinab, nach Südwesten, zur Mitte der Stadt. An der zweiten Querstraße bog Pacuvius links ab und führte Septimius durch ein Gewirr von Gassen zu einem kleinen Platz.

»Weiter links«, sagte er, »beginnt bald der Viminalis; geradeaus kommen wir in die Subura. Und hier wohnt ein Koch aus deiner Heimat mit guten Beziehungen zu Gladiatoren und den Männern, die für das große Amphitheater zuständig sind.«

Sie standen vor einer Reihe schmaler Häuser an der Kopfseite des grob rechteckigen Platzes. Garküchen, Werkstätten, kleine Läden, darüber drei bis vier Geschosse mit Wohnungen; auf dem Platz ein trockener Brunnen, umstanden von staubigen Bäumen, unter denen Kinder spielten. Pacuvius näherte sich dem zweiten Haus von rechts. Mit minderwertigen Ziegeln hatte man versucht, eine

Art Bogengang vor den Häusern zu erschaffen; Geld, Ziegel oder Baudrang hatten nur bis zur Hälfte des dritten Hauses ausgereicht.

Drei Stufen führten hinauf zum engen Durchgang zwischen Hauswand und vorderem Schanktisch, der die Garküche unter den mangelhaften Arkaden und zum Platz hin abschloss. Auf hohen Schemeln hockten fünf Männer so dicht nebeneinander, dass sie an den Ellenbogen zusammengewachsen schienen.

»Schweigsame Kampftrinker«, murmelte Pacuvius. »In den Bechern ist wahrscheinlich Bier.«

Der Schanktisch setzte sich nach innen fort, im rechten Winkel. Hier gab es keine Schemel, die den Durchgang nach hinten, zum Schankraum und zur Küche, behindert hätten. Töpfe, Näpfe, Teller, Schüsseln, Becher und Krüge standen auf der Theke und auf Borden an der Wand dahinter. Nur zwei der acht Tische waren besetzt; insgesamt fünf Esser – gewöhnlich für diese frühe Stunde des Tages, fand Pacuvius.

Am Ende des Schankraums führte etwas, das eher Leiter denn Treppe war, zum nächsten Stockwerk hinauf; eine zweite Leiter, schräg dahinter, schien im Boden zu versinken, wo in einer Art Halbkeller Bottiche zur Erleichterung der Gäste standen, unter durchlöcherten Sitzbrettern. Neben den Leitern lag, hinter einer unverputzten Ziegelmauer, die wie ein angewinkelter Arm in den Raum ragte, die Küche, aus der zwei streitende Stimmen zu hören waren: eine schrill, die andere tief und knarrend.

»Ach ja.« Der Seufzer, den Septimius ausstieß, klang beinahe bedauernd.

Pacuvius klatschte in die Hände. »Baiton«, rief er. Dann wandte er sich an Septimius. »Was heißt ›Ach ja‹ in diesem Fall?«

»Es heißt, dass ich gewissermaßen bedaure, solche Orte nicht mehr oft aufsuchen zu können. Die Laufbahn, du weißt.«

Aus der Küche quoll ein dunkelbrauner Fleischberg. Der Mann war mindestens einen Kopf größer als Pacuvius und mehr als doppelt so breit. Winzige stechende Augen klemmten zwischen wulstigen Brauen und aufgedunsenen Wangen. Eine Pranke, deren Hieb vermutlich einen germanischen Wisentbullen gefällt hätte, krachte auf die Theke.

»Der schmächtige Hüter der Ordnung! Lange her, mein Kleiner. Willst du Essen oder Ärger?«

»Wann hätte ich je gewagt, dich zu verärgern? Hunger und Verzweiflung treiben mich her. Und diesen hier auch.«

Baiton musterte Septimius; eine Mischung aus Vorsicht und Abneigung kroch über sein Gesicht. »Ein edler Herr, der irgendwann Senator sein wird? Aber … die Züge erinnern mich an etwas.«

»Was immer es ist«, sagte Pacuvius, »muss warten, bis wir gegessen haben.«

»Wenn es eilig ist, könnte ich ein Stückchen besonderes Fleisch bieten«, sagte Baiton, mit einem fragenden Unterton, der sich sowohl auf das Fleisch als auch auf Septimius beziehen konnte. »Gehackt, gebraten, gewürzt und in Brot gewickelt. Es ist fertig; ihr könnt es sofort haben.«

»Was ist daran besonders?«

Baiton wackelte mit dem Kopf. »Sage ich dir, wenn du mir sagst, woran mich das Gesicht deines Freundes erinnert.«

»Hinterher.« Pacuvius blickte Septimius an; als dieser nickte, sagte er: »Also zweimal dieses gehackte Fleisch, Wein und Wasser – bitte, Fürst der Genüsse.«

Sie ließen sich an einem der vorderen Tische nieder. Ehe sie beginnen konnten, über die Vorgänge der vergangenen eineinhalb Tage zu sprechen, brachte Baiton Krüge mit Wasser und Wein und zwei Becher; dann watschelte er zur Küche und kam fast sofort mit zwei Holzplatten zurück, auf denen große gefüllte Brotrollen und Messer lagen.

»Es möge munden«, sagte Baiton. »Kein Gift; ihr könnt unbesorgt essen, und ich brauche keine Sorge zu haben, dass tote Gäste etwa nicht bezahlen.«

»Wie viel, nebenbei?«

Der Wirt rümpfte die Nase. »Etwas Besonderes, wie gesagt; also nicht ganz billig. Zweieinhalb Sesterzen, mit dem Wein.«

»Und wenn es uns nicht schmeckt?«

Baiton lachte dröhnend. »Dann dreieinhalb – als Strafe für schlechten Geschmack.«

Er ging zu den beiden anderen Tischen, an denen nicht mehr gegessen wurde, räumte ab, verschwand in der Küche.

»Bin ich mutig genug«, sagte Septimius, »um unbekannte Dinge zu essen, die teurer sind, wenn man sie nicht mag?«

»Fühl dich mutig – wenn du willst; ich fühle mich ausgehungert. Auch, was Nachrichten angeht.« Pacuvius zerschnitt die Brotrolle; der Duft überaus gründlich gewürzten, scharf gebratenen Fleischs stieg ihm in die Nase, und der Speichel in seinem Mund war eine mittlere Flutwelle.

Septimius beobachtete ihn mit einem halben Lächeln. Erst, als Pacuvius das erste Stück in den Mund gestopft hatte, zu kauen begann und dabei lustvoll seufzte, langte auch er zu.

»Gut«, sagte er nach den ersten Bissen. »Sehr gut. Aber – zweieinhalb Sesterzen? Arg teuer. Muss wirklich ein besonders seltenes Fleisch sein. Leber?«

»Könnte sein. Aber von welchem Tier?«

Septimius gluckste. »Vielleicht von thrakischen Gladiatoren. Soll ich beim Essen reden?«

»Ich kann es kaum erwarten.«

»Sag du mir zuerst – wie ist das, angekettet im Kerker zu liegen?«

»Wenn du dir vorstellst, dein Geist hätte Rippen – Knochen – ein Gerüst?«

Septimius nickte.

»Dann stell dir vor, du liegst im Dunkeln und spürst … nein, du hörst die Rippen deines Geistes brechen. Und nachdem du gehört hast, spürst du es. Und du weißt, wenn sie kommen, wirst du ihnen alles sagen, was sie wissen wollen, nur, damit es endet.«

»Nicht, damit sie dich freilassen?«

Pacuvius schüttelte den Kopf.

Der junge Mann aus Leptis nickte abermals. »Gut«, sagte er. »Ich nehme an, genau so soll es wirken. Unangenehm, wenn es einen trifft, der es vielleicht nicht verdient. Verdienst du es?«

»Wenn es nach Verdienst ginge, stünden wir alle neben Tantalos am Felsen; und einige würden zusätzlich gepeitscht.«

Septimius nahm wieder einen großen Bissen, kaute, schluckte, spülte mit Wein und Wasser nach. »Einige empfänden sogar Lust dabei«, sagte er langsam. »Aber zur Sache.«

Alcimus, sagte er, habe ihn am Nachmittag des vorigen Tages aufgesucht.

Pacuvius unterbrach. »Wie hat er dich gefunden? Und wie kam er gerade auf dich?«

Septimius hob eine Braue. Pacuvius bemerkte, dass der junge Mann – fast noch ein Knabe, der allenfalls Flaum hatte, wo Männern der Bart wuchs – viele Gesichter zu haben schien. Das, welches er nun aufsetzte, hätte einem Senator gehören können, der Forderungen eines Plebejers hochmütig abwies.

»Mein Onkel«, sagte er, »ist nicht unbekannt. Ihn zu finden – und damit mich –, bedarf keiner gewaltigen Geistesgaben.«

»Um Vergebung; ich vergesse, mit wem ich rede. Aber sprich weiter – bitte.« Während er dies sagte, war ihm selbst nicht klar, ob er ironisch zu sein versuchte oder ernst. »So wie er haben die Erhabenen immer mit den Erbärmlichen gesprochen«, dachte er, »und so wie ich haben die Erbärmlichen immer geantwortet.« Während er dies dachte, packte plötzlich, aus den Verliesen der allzu frischen Erinnerung, eine Faust nach ihm und schüttelte ihn. Eisige Angst. Er klammerte sich einen Augenblick an die Tischkante.

»Alcimus ist zu uns … zu mir gekommen, am Nachmittag, nachdem seine Leute mich für ihn gefunden hatten. Er hat mich daran erinnert, dass ich am Vorabend, vor dem Präfekten, gesagt hatte, ich würde möglicherweise helfen wollen, Licht in gewisse düstere Vorgänge zu bringen.«

Sie hatten sich unterhalten, im Stadthaus – »Palast« wäre wahrscheinlich ein zu üppiges Wort gewesen; zu üppig für den Sohn und Neffen mehrfacher Konsulare – des ehrenwerten Onkels. Alcimus schien mehr oder minder ausführlich von den Wanderungen in der Unterwelt berichtet zu haben, von der vergeblichen Suche nach den Mördern des Senators Fabricius Balbus, von der plötzlichen Verhaftung auf dem Forum durch Bewaffnete, die sowohl Prätorianer als auch *vigiles* und Angehörige der Stadtkohorten waren und so sicher auftraten, dass keiner an der Berechtigung ihrer Handlungen zweifelte.

»Er war ratlos«, sagte Septimius.

Pacuvius betrachtete das letzte Stückchen der Brotrolle. »Wie ich jetzt. Ich frage mich immer noch, was es ist; und außerdem, ob ich davon noch mehr essen sollte.«

»Marcus Aurelius wäre dagegen. Nahrung muss nicht schmecken; sie soll den Leib – dummes Anhängsel des einzig maßgeblichen Geistes – am Leben halten, damit der Geist weiter denken kann.« Septimius verzog keine Miene, während er dies sagte; er klang geringschätzig und gleichzeitig ernsthaft überzeugt.

»Dann will ich den Ratschluss des Fürsten befolgen«, sagte Pacuvius, »und nur noch einige Tropfen Wasser zu mir nehmen. Und dabei so tun, als wäre kein Wein darin.«

»Recht so. Weiter. Alcimus erinnerte mich an die Dinge, die ich am Vorabend gehört hatte, und erzählte mir all das, was sich ereignet hat, nachdem Iunius Rusticus mich höflich zum Verlassen des Saals aufforderte.«

»Dann weißt du, wie sehr ich mich zum Narren gemacht habe.« Pacuvius sagte es mit einer gewissen Bitterkeit; dabei lauschte er in sich hinein und stellte überrascht fest, dass nun, da er gegessen hatte und trinken konnte und als freier Mann durch Rom gehen durfte, der Kerker schneller verblasste als die Erinnerung an seine Fehler.

»Ich weiß es.« Septimius starrte ihn über den Tisch an, und Pacuvius fühlte sich wie unter den Augen eines strengen Vorgesetzten. »Aber ... nun ja, davon später. Alcimus sagte, es sei ihm weder gelungen, deinen Aufenthaltsort zu ermitteln, noch könne er feststellen, wer den Befehl gegeben hat. Ich habe versprochen, ich würde versuchen, etwas herauszubekommen.«

»Warum ist er zu dir gekommen? Und warum bist du bereit gewesen, etwas zu unternehmen?«

Septimius schien zu zögern; dann gab er sich einen sichtbaren Ruck. »Ich will es dir sagen. Er ist zu mir gekommen, weil er ratlos war und wusste, dass mich die Sache interessiert – das hatte ich ja gesagt. Immerhin war ich in Portus beinahe schon verwickelt, wenn ich auch nicht weiß, worin.« Er lachte verhalten. »Er wusste wohl nicht, an wen er sich sonst wenden konnte. Und – ich habe etwas unternommen, weil mich, wie gesagt, die Vorgänge irgendwie berühren.«

Pacuvius hätte gern nach diesem »irgendwie« gefragt, aber Septimius redete schnell weiter.

»Zunächst konnte ich nicht viel unternehmen – wie du dir wirst denken können. Ich bin ja erst vor ein paar Tagen angekommen, und ganz gleich, wie gut die Beziehungen der Familie sein mögen: Ich selbst kenne erst wenige Leute, und die meisten sind nicht sehr ... bedeutend.«

Pacuvius nickte; was hätte er auch sagen sollen als unbedeutender Mann, der nicht wusste, ob er noch im Kaiserdienst war und nach dem jäh wieder die kalte Furcht griff?

»Ich habe gestern Abend mit meinem Onkel gesprochen – vorsichtig, wie ich dir versichern kann. Was ihn beunruhigte ... nein, das wäre ein zu kräftiges Wort.«

Septimius legte die Hände zusammen und berührte die Nase mit den Fingerspitzen; dabei schielte er zur Theke hinüber, wo Baiton unter misstönendem Summen Gefäße stapelte.

»Sagen wir, was ihn zu Fragen anregte, war die Tatsache, dass ein Trupp von Bewaffneten offenbar sämtlichen Einheiten zugleich angehört, die es in Rom gibt. Und dass keiner dabei ist, den Alcimus kennt – immerhin ist er ein Centurio der Stadtkohorten im, äh, Sonderdienst für den Kaiser.«

Pacuvius unterbrach: »Ich kenne sie auch nicht. Und ich muss dir sagen, dass ich nicht einmal weiß, wo das Gebäude genau liegt, unter dem du mich gefunden hast. Auch nicht, wem es gehört.«

»Wir – mein Onkel und ich und ein vertrauenswürdiger Mann, Freund wiewohl Sklave – haben eine Weile darüber geredet und kamen zu einem Schluss. Nämlich.« Septimius beugte sich vor.

In diesem Augenblick erschien Baiton neben ihnen. »Hat es gemundet?«

»Es war vortrefflich.« Pacuvius bemühte sich um ein möglichst zweideutiges Lächeln. »Damit hast du dir nicht nur die zweieinhalb Sesterzen verdient, sondern außerdem meine Zusage, dass die nächsten unflätigen Taten in deiner Schenke von mir, mit geschlossenen Augen, nicht gesehen werden. Sag, was war es?«

Baiton knurrte leise. »Unflätige Taten? In meiner Schenke? Bah. Ihr werdet den Wein austrinken wollen; bis dahin dürft ihr raten. Ich will nämlich nicht sofort wissen, an welche unangenehmen Gesichter mich dein Begleiter erinnert. Lieber erst nach dem Bezahlen; es könnte sonst teurer werden.«

Septimius verzog das Gesicht, sagte aber nichts, bis Baiton mit den Speisebrettern in der Küche verschwunden war.

»Was ich meinte: Prätorianer«, sagte Septimius. »Vorgestern Abend waren einige im Saal. Männer der Stadtkohorten. Die *vigiles*. Und die Leute des Sonderdienstes für den Kaiser – die Männer, die wie du unter Umbricius arbeiten. Männer, die dreien dieser Truppen angehören, verhaften einen von der vierten Art. Wer kann allen Einheiten Befehle erteilen?«

Pacuvius hob die Schultern. »Der Kaiser?«

Septimius nickte beinahe triumphierend. »Der Kaiser. Oder sein Stellvertreter. Wer befiehlt in Rom, wenn Marcus Aurelius nicht da ist? Wie mein Onkel mir riet, habe ich diesen Mann heute Morgen befragt.«

»Wen?« Dann stutzte Pacuvius. »Heute Morgen? Hatte nicht Iunius Rusticus gesagt, du solltest zu ihm kommen, um über deine Zukunft zu sprechen?«

»Genau. Iunius Rusticus, *praefectus urbanus,* Freund des Kaisers und sein Vertreter. Er war ja dabei, als du deine vermeintlichen Fehler gemacht hast …«

»Vermeintlich? Nur vermeintlich?«

»Später, später. Er hat alles geleitet. Und wir waren uns doch wohl stillschweigend einig, dass alles, was mit dir geschehen ist, mit diesem Abend zusammenhängen muss.«

Pacuvius nickte.

»Varro war da, Präfekt der Stadtkohorten. Umbricius. Der Centurio der Prätorianer. Aber vor allem Rusticus.«

»Und mit ihm hast du über mich gesprochen statt über dich?«

Septimius zog die Mundwinkel nach unten. »Natürlich haben wir auch über mich gesprochen; wofür hältst du mich – wofür hältst du *dich?* Aber … Rusticus hat sofort … nein, nicht zugegeben; er hat nichts zuzugeben oder zu gestehen. Aber er hat sofort gesagt, dass es von ihm ausgesuchte Leute waren, die dich festgenommen haben.«

Pacuvius zwinkerte ungläubig. »Der Stadtpräfekt nimmt nicht seine *vigiles,* sondern sucht Bewaffnete aus allen Truppen zusammen?«

»Tut er. Manchmal, für, ah, sagen wir: besondere Aufträge. Dies war so einer.«

»Aber – warum?«

»Warum sie dich festnehmen sollten?«

»Ja.«

Septimius beugte sich vor. »Er hatte Zweifel.«

»Was für Zweifel? Woran? Oder an wem?«

»Das hat er mir nicht genau gesagt.«

Pacuvius musterte das Gesicht des jungen Mannes. Er war nicht sicher, glaubte aber, eine gewisse Zufriedenheit zu entdecken. Selbstzufriedene Eitelkeit vielleicht? Unter den beherrschten Zügen eines künftigen Praetors oder Legaten oder Senators?

»Gut«, sagte er. »Aber hat er dir vielleicht gesagt, warum er mich hat festnehmen lassen?«

»Ich bin nicht sicher, ob ich das richtig verstanden habe.«

»Ich will dir gern helfen.« Diesmal bemühte Pacuvius sich nicht, den Spott zu unterdrücken. »Immerhin«, setzte er dann mit einem freundlichen Lächeln hinzu, »verdanke ich dir ja einiges, und die Antwort könnte für beide wichtig sein. Oder jedenfalls interessant.«

Septimius rieb sich die Nase; ein wenig zögernd sagte er: »Nun denn; helfen? Versuchen wir es. Wenn ich alles verstanden habe, hast du behauptet, man habe dich mit völlig sinnlosen Aufgaben betraut. Zum Beispiel solltest du nach einem Mann suchen, den es deiner Meinung nach nicht gibt. Nicht gab. Aber Umbricius hat ihn dann in den Saal gebeten und gesagt, man habe einfach nicht gewusst, auf welchem Weg er nach Rom kommen würde. So etwa?«

»So etwa.«

»Und damit hast du, nicht unbedingt wörtlich, Umbricius und ein paar anderen vorgeworfen, dass sie nicht nur bewaffnete Diener des Kaisers für unsinnige Dinge missbrauchen, sondern auch merkwürdige Pläne verfolgen, fast am Rand einer Verschwörung …«

»Ja. Ich hätte es auch, na ja, beinahe jedenfalls beweisen können, wenn Rusticus mir nicht befohlen hätte, den Mund zu halten.«

»Rusticus hatte Zweifel, wie er sagt; und zwar sowohl an deinen Äußerungen als auch an dem, was Umbricius getan und gesagt hat. Natürlich konnte er in Anwesenheit des anderen Präfekten und all der Offiziere und Schreiber diese Zweifel nicht gut äußern.«

»Und deshalb hat er mir befohlen zu schweigen und mich in diesen Keller geworfen, bis seine Zweifel nachlassen?«

»Er hat dich festnehmen lassen, um dich zu schützen.« Septimius sprach ohne besondere Betonung, wie beiläufig.

Pacuvius starrte ihn ungläubig an.

»Schützen, ja. Rusticus hat die halbe Nacht damit verbracht, Erkundigungen einzuziehen, Leute zu wecken und zu befragen, Schreiber auf die Suche nach abgelegten älteren Befehlen zu schicken. Berichte zu suchen, derlei.«

»Und?«

»Nichts.«

Pacuvius pfiff leise durch die Schneidezähne. »Nichts? In Rom, wo jeder Furz verzeichnet wird, den ein Senator beim Baden lässt?«

Septimius runzelte die Stirn. »Du solltest nicht so ohne Achtung über Rom und seine edlen Männer reden.«

»Vergib mir. Ich vergaß deine Familie. Aber – nichts? Es fällt mir schwer, das zu glauben.«

»Auch Rusticus fiel es schwer. Deshalb.«

»Deshalb was? Deshalb hat er mich einsperren lassen?«

Septimius nickte. »Um dich zu schützen, ja. Es ist ihm bis heute nicht gelungen, diesen Mann zu finden, den Umbricius euch vorgeführt und danach offenbar wieder versteckt hat. Natürlich kann er Umbricius nicht fragen; falls etwas an deinem Gerede sein sollte. Und natürlich konnte er nicht zulassen, dass ein Offizier des geheimen Sonderdiensts vor zahlreichen Zeugen seinen Vorgesetzten bezichtigt. Rusticus hat sich gesagt, dass irgendetwas nicht so ist, wie es sein sollte. Vielleicht hast du unrecht, vielleicht hast du deinen Vorgesetzten verleumdet, vielleicht wirst du dafür hingerichtet. Aber vielleicht ist ja etwas an dem, was du gesagt hast; dann besteht die Gefahr, dass jemand – einer, der Grund hätte, bestimmte Dinge zu verbergen –, also, dass jemand dich beseitigt.«

»Und das will Rusticus lieber selbst erledigen? In einem Keller?«

Septimius ließ die Hand klatschend auf die Tischplatte fallen. »Du lästerst!«

»Das ist eine der liebsten Beschäftigungen jener, die nicht zu den Bedeutenden gehören. Aber ... Na gut. Er möchte, dass mir nichts zustößt, weil ich noch gebraucht werden könnte. Falls an dem, was ich gesagt habe, doch etwas ist. Falls er etwas Handfestes findet.« Er beugte sich vor. »Warum lässt er aber jetzt zu, dass du mich befreist? Wofür ich – lass mich das wiederholen – dir bis ans Ende meiner Tage danken werde.«

Septimius leerte seinen Becher. »Es ist mir gelungen, ihn davon zu überzeugen, dass du frei nützlicher bist. Wir müssen nur darauf achten, dass niemand dir mit Gift oder einem Dolch zu nahe kommt.«

»Wir?«

»Du, ich, Alcimus, ein paar andere.«

»Lucius Septimius Severus, ich wiederhole, dass ich dir mehr Dank schulde, als du ahnst und als ich abtragen kann. Aber sag mir: Warum kümmerst du dich um diese Dinge? Um mich?«

Ehe Septimius antworten konnte, kam Baiton zu ihnen.

»Gegessen, getrunken, nun geht es ans Zahlen. Wer …?«

»Ich.« Pacuvius legte den silbernen Denar auf den Tisch; Baiton grunzte, wühlte im Beutel, den er unter der Lederschürze trug, knallte zwei As und zwei halbe Sesterzen auf die Tischplatte, stemmte die Fäuste in die Hüften und starrte Septimius an.

»Ich bin aus Leptis Magna«, sagte er, »und ich habe das Gefühl, dass deine Gesichtszüge mich an jemanden erinnern sollten, der mir dort begegnet ist.«

»Ehe ihr euch über Familiengeschichten streitet«, sagte Pacuvius, »verrate uns doch, was es mit dem Fleisch auf sich hatte.«

Baiton spitzte die Lippen und schmatzte. »Drei Tage hat es in saurer Milch, Wein und Gewürzen geruht, ehe ich es mit diesen meinen zarten Fingerchen und einem Hackmesser in einen anderen Zustand versetzte.« Er hob die Pranken und betrachtete die Finger, aus denen man für gewöhnliche Menschen beinahe Unterarme hätte machen können. »Davor diente es längere Zeit einem jungen Elefantenbullen, der vor vier Tagen im Amphitheater verschied, als Leber.«

Septimius räusperte sich. »Hattest du in Leptis öfter Gelegenheit, Elefantenlebern und ähnliche Genüsse zu bereiten?«

»Strauß – das Fleisch und die Eier. Löwe. Gazelle. Gebratenen Hund in Honigkruste. Wenn die Händler aus Ägypten zuverlässig waren, gab es auch schon mal Krokodilschwanz oder die Lende des Flusspferds. Was ist mit deinem Gesicht?«

»Severus.«

Baiton schloss die Augen; seine Hände hoben sich, mit gekrümmten Fingern, die sich ganz langsam zum Hals des jungen Mannes bewegten.

»Severus aus Leptis.« Die Stimme des Wirts war ein tiefes, böses Grollen. »Aus dem Palast westlich des Hafens?«

»Du sagst es.«

»Dein Vater« – Baiton öffnete die Augen wieder und blickte abwechselnd auf seine Hände und den Kehlkopf von Septimius – »hat gehört, wie mein Vater, dem die gute Schenke gehörte, einen Witz über den Kaiser machte. Antoninus Pius. Er hat ihn in die Arena geschickt. Das Haus wurde abgerissen.«

Septimius stand auf; mit der linken Hand stützte er sich auf die Tischplatte, die rechte hing locker herab. Neben dem Griff des langen Dolchs, dessen Scheide im Gürtel steckte. »Umso besser für Rom«, sagte er. »Wir müssten sonst hier auf deine Kochkunst verzichten. Lebt dein Vater noch?«

»Er wurde nicht in die Arena geschickt, um zu überleben.« Baiton presste die Lippen zu einem schmalen Strich zusammen. »Geh. Geht beide. Ehe ich mich vergesse.«

»Vergiss dich lieber nicht.« Die Stimme des jungen Mannes klang eisig. Plötzlich, ohne dass man eine Bewegung gesehen hätte, hielt er den Dolch in der Hand. »Ich kann damit umgehen. Und …« Er stieß einen schrillen Pfiff aus.

Drei Männer erschienen im Durchgang; es war, als ob sie vor der Schenke gewartet hätten. Sie trugen dunkle Gewänder und hielten kurze Schwerter in den Händen.

»Herr?«, sagte einer von ihnen.

»Es ist gut.« Severus winkte ab. »Wir wollen gehen.«

Pacuvius berührte kurz den Arm des Wirts; er folgte Septimius zum Ausgang und ließ die Münzen auf dem Tisch.

»Woher kommen die Männer?«, sagte er, als sie aus dem Schatten der Arkaden auf den gleißenden Platz traten.

»Sie sind uns gefolgt, seit wir aus der stinkenden Gasse nahe deinem … Keller gekommen sind.«

Pacuvius betrachtete die Gesichter. Es waren harte, von vielen Sonnenjahren verbrannte Züge. »Libyer«, dachte er; »vielleicht auch Maken oder Augilen. Männer der Wüste.« Er wollte fragen, warum Septimius sie so lange draußen hatte stehen lassen. Dann fragte er sich lieber, ob ihn Kerker und Furcht noch so gepackt hielten, dass er nicht bemerkte, wenn man ihm durch Roms Gassen folgte.

»Abermals«, sagte er, »warum bekümmert dich das alles?«

Septimius betrachtete ihn mit hochgezogenen Brauen. »Wenn du die Laufbahn der höheren Ämter antreten wolltest«, sagte er, »könntest du dir dann einen besseren Beginn vorstellen, als dem Präfekten der Stadt bei der Aufklärung einer Verschwörung gegen den Kaiser zu helfen?«

Der Präfekt Iunius Rusticus, Septimius Severus und seine schweigsamen Leibwächter, natürlich Baiton und der eine oder andere Bewohner des Viertels, durch das sie gegangen waren, wussten als Einzige, dass er lebte und frei war. In einem kühnen Traum hätte Pacuvius vielleicht angenommen, Septimius werde ihn bei sich zu Haus, also im Palast seines Onkels unterbringen. Aber die Zeit kühner Träume war vorbei.

Da er nicht wusste, vor wem – wenn überhaupt – er sich zu hüten hatte, schieden alle Unterkünfte der städtischen Kohorten aus, ebenso die Stuben, Arbeitsräume, Schlafgemächer oder Stallungen des Sonderdienstes. Nach kurzer Überlegung ließ Pacuvius sich von zweien der Leibwächter des Septimius zum Amphitheater der Flavier bringen. Er kenne, sagte er, einige ehemalige Krieger, die dort als Waffenmeister, Aufseher oder Tierpfleger arbeiteten, und hoffe, dank ihrer Verschwiegenheit in den Gewölben des riesigen Bauwerks – vom Volk Colosseum genannt – vorübergehend verschwinden zu können.

Septimius und der Dritte seiner Libyer gingen zum Forum, wo der junge Mann versuchen wollte, bei senatorischen und sonstigen Freunden seines Onkels etwas über den ermordeten Fabricius Balbus zu erfahren.

»Wie heißt ihr?«, sagte Pacuvius, als er mit den beiden Afrikanern allein war.

»Sklaven haben keine Namen«, sagte der Mann, der links von ihm ging.

»Wie ruft er euch, wenn ihr keine Namen habt?«

Der andere sagte: »Männer, oder he, oder du da. Oder nach unserer Herkunft.«

»Und woher kommt ihr?«

»Er ist Augile«, sagte der Erste; »also heißt er Augilus. Bei mir ist das nicht so einfach, mich nennt er nur Afer.«

»Afer und Augilus«, wiederholte Pacuvius. »Warum ist es bei dir nicht so einfach?«

Afer stieß ein leises Schnauben aus. »Warum willst du das wissen? Es hat keine Bedeutung.«

»Seid ihr schon lange bei ihm?«

Diesmal übernahm Augilus die Verweigerung einer Antwort: »Das musst du nicht wissen.«

Beide trugen dunkelgraue ärmellose Tuniken, die weit über dem Knie endeten, und fast schwarze Umhänge oder Mäntel; Afer hatte seinen um den Leib geschlungen, und der von Augilus lag wie eine Wurst über der linken Schulter des Mannes. Die Muskeln der Arme und Schenkel waren hart, aber nicht wulstig – herbe Kämpfer, sagte sich Pacuvius, die anders als gewisse Ringer oder manche Wächter der teuren Leiber reicher Frauen ihre Muskeln nicht trugen, um sie zu zeigen. Er hatte nicht den Wunsch, die Härte der Männer zu erproben.

Auch nicht die Härte von Septimius Severus. Da er wusste, wie gute Krieger sich bewegen, hatte ihm die Anmut, mit der Septimius in der Schenke den Dolch zog, genug verraten. Ebenso die Worte. Bis sie das Amphitheater erreichten, blieb ihm genug Zeit, ein paar Gedanken zu Ende zu denken. Die Liste jener Namen zu verlängern, vor deren Trägern er sich vorläufig zu hüten hatte. Und er beschloss, dass es vielleicht sinnvoll sei, auch für Septimius, Augilus, Afer und den Dritten, dessen Namen er nicht kannte, unauffindbar zu sein. Dabei überlegte er, ob er mit sich selbst eine Wette eingehen wollte: Wenn Septimius so *severus* war wie sein Name, konnte er nicht viel leichten Witz haben; dann begönne der Name des dritten Leibwächters vermutlich nicht mit A – oder doch?

Die Männer begleiteten ihn bis zu einem der Nebeneingänge; hinter einem Gitter lagen dort Wachräume, und hinter einem weiteren Gitter führten Treppen hinab in die Gewölbe.

»Ich weiß nicht, wie lange ich hier bleibe«, sagte Pacuvius. »Wenn etwas Dringliches geschieht, werde ich einen Boten zum Haus des edlen Onkels schicken.«

Einen Augenblick lang wirkten beide unsicher; dann hob Afer die Schultern.

»Der Herr hat uns nicht befohlen, bei dir zu bleiben, also …«

»Wenn er dich sehen will?«, sagte Augilus.

»Der alte Waffenmeister Rutilius; bei ihm werde ich hinterlassen, wo ich zu finden bin.«

Wortlos wandten sich die beiden Afrikaner um, überquerten die Straße und schienen am Tempel der Venus und Roma vorbei zum Bogen des Titus und weiter zum Forum gehen zu wollen. Noch ehe sie die andere Straßenseite erreicht hatten, war Pacuvius im Schatten einer Säule verschwunden.

Er sagte sich, dass es für die beiden eigentlich keinen Grund gäbe, ihm zu misstrauen; abgesehen davon, dass gründliches Misstrauen Voraussetzung dafür war, in Rom länger zu überleben. Trotzdem fand er, es sei ratsam, sich einige Zeit reglos und unsichtbar im Schatten aufzuhalten, bis er sicher wäre, dass die Leibwächter des Septimius nicht in der Nähe blieben, um ihn zu beobachten.

Er stand unter den Arkaden am Nordrand des Amphitheaters. Links von ihm lag der Platz, auf dem zwei lange Straßen – der Vicus Patricius von Norden, der innerstädtische Teil der Via Ostiensis von Süden – zusammenkamen und über den Afer und Augilus ihn verlassen hatten. Als die Rücken der Männer im Getriebe verschwunden waren, bedachte Pacuvius seine nächsten Schritte.

Wollte Pacuvius seine nächsten Schritte bedenken, aber jäh umfing ihn wieder eisige Furcht, Erinnerung an eisige Furcht, Erinnerung an Kerker und Folter und Gedanken. Er lehnte die Schulter gegen die Säule, bis das Zittern nachließ, holte tief Luft und versuchte, mit Nase, Augen und Ohren Rom zu trinken, die Hitze und die Farben und die Gerüche und die Klänge, um die Erinnerungen zu überlagern, zu ersticken.

Er sah die hohen Wohnhäuser mit Schenken, Garküchen und kleinen Läden in den unteren Geschossen, davor Stände und Verkaufskarren und zehntausend Menschen – die Bewohner des Viertels, die ihren Geschäften nachgingen, kauften, feilschten, verkauften, mit Nachbarn oder Bekannten plauderten, Neuigkeiten austauschten, stritten; spielende Kinder, krähende Säuglinge ... Neben dem mit Ziegenbälgen überladenen Esel eines Wasserverkäufers (»köstliches Marcia-Wasser, o ihr Durstigen« für alle, die keinen eigenen Anschluss hatten oder denen der nächste kostenlose Verteiler zu weit war) sprachen drei Männer der Stadtkohorten mit einer jungen Frau. Ihr üppiges schwarzes Haar, zu einem langen Zopf geflochten, fiel wie ein Schatten über die fleischfarbene Tunika und die rote Hüftschärpe, die sie als Dirne auswies. Alle vier, die Frau voran, gingen zu der schmalen, steilen Treppe zwischen einer Garküche und der Werkstatt eines Schuhmachers. Vermutlich hatte die Frau, zusammen mit zwei oder drei anderen, ihre »Geschäftsräume« über der Garküche und entrichtete Miete an den Wirt. Dabei zuzusehen, wie sie drei kräftige Männer gleichzeitig abfertigte, mochte belehrend sein; als einer von dreien solcher Belehrung und Abfertigung teilhaftig zu werden, erschien ihm jedoch nicht als besonders erbaulich.

»Zwei Männer sind genug für eine Frau«, dachte er, »zwei Frauen zu viel für einen Mann.« Er wollte sich kraftvoller Erinnerung hingeben oder melancholischer Erwägung von Grenzen, aber Rom drängte sich in seine Wahrnehmungen. Pferdeäpfel und Eselskot, der Geruch des Schattens und der Steine, des heißen Staubs der Straße, ein Hauch von Männerschweiß, vermengt mit den Resten billiger Salben, die Ausdünstungen von frisch gegerbtem Leder, von Früchten, die zu lange in der Sonne gelegen hatten, von Öl und Essig und schalem Wein; Stimmen, helle und dunkle, schrille und tiefe, die einer ruhigen Frau, immer wieder zerschnitten von der eines zänkischen Mannes, Kinderstimmen, Greisenstimmen, ein Sud von nahen und fernen, würzigen und lauen, beißenden und schmeichelnden Stimmen, im Topf der Stadt gegart und vergoren, von Sonne und Erregung zum Kochen gebracht, nicht einmal von Winternächten abzukühlen …

Ein Topf, in dem es den Schuhmacher gab, der den Fuß einer reichen, in Schmuck und unter spangenbewehrtem Haar kaum sichtbaren Frau maß; den Herrn der offenbar fast leeren Garküche, der im Eingang stand, auf den Fußballen wippte und sich unter der Lederschürze kratzte; den Halbwüchsigen, der einer Obstverkäuferin etwas zugerufen hatte und von ihr mit halb faulen Früchten beworfen wurde; die zwei jungen Frauen mit riesigen Ohrringen, denen ein schwarzer Sklave einen Weg durch die Menge bahnte; den kunstvoll blond gelockten Schnösel mit blau gesäumter Toga, der in der Tür des Schriftenladens lehnte und hineinspähte, aber keine Anstalten machte, hineinzugehen, um die Schändlichkeit der Behauptung, dass er zuweilen lese, noch weiter durch die Lüge zu verfinstern, dass ihm an Dichtern liege; die Menschentraube, die unter Gelächter und spöttischen Zurufen dem Wettstreit zweier Redner lauschte, die wohlfeile Sätze über die Bedeutung des Geldes und der Waffen austauschten ….

Er hatte kein Geld und keine Waffe. Beides ließ sich beschaffen, aber wie? Solange er nicht sicher war, dass nicht vielleicht doch Varro oder Umbricius – und wer sonst eigentlich? Wer sonst noch? – ihn vorübergehend oder auf Dauer beseitigen wollten, konnte er weder eine Wachstube noch seine Unterkunft aufsuchen. Geld. Ein Schwert, ein Messer.

Und Hilfe, um zu überleben und die nötigen Kenntnisse zu ergänzen. Alcimus – aber natürlich würden seine Gegner Alcimus beobachten. Man wusste, dass er der beste Freund des Gaius Pacuvius war, der ihn in die Stadt und in den Sonderdienst geholt hatte. Beide im Sonderdienst, beide aus Bononia, beide mit undurchsichtigen Vorgängen befasst – vielleicht auch beide bedroht? Er konnte nur hoffen, dass Alcimus sich vorsah.

Umbricius. Bei dem er sich gestern früh hatte melden sollen. Varro, der wenig gesagt hatte an jenem Abend und mit dem er nie viel zu tun gehabt hatte – ein junger Krieger, einer von vielen, der dann für den Sonderdienst ausgewählt wurde und aus dem Blickfeld des Präfekten verschwand. Was könnte Varro daran liegen, ihn zu beseitigen?

Oder war all das vielleicht nur ein Trugbild, eine Wahnvorstellung von Iunius Rusticus? Hatte der ihn festnehmen lassen, um ihn zu schützen – vor nichts? Aber: Würde sich Severus von derlei anstecken lassen, wenn er alles für grundlos hielte?

Immer noch im Schatten der Arkaden, erwog er die Frage, suchte sie von allen Seiten zu betrachten. Und gab sich schließlich eine unbefriedigende Antwort – Septimius würde alles tun, was seiner Laufbahn nützlich war, ganz gleichgültig, ob es gegen wirkliche oder eingebildete Gegner ging.

Wie lange sollte er hier warten? Bis die Frau mit den drei Männern zurückkam? »Keine Ahnung, was die zu viert machen und wie lange das dauert«, sagte er sich. So lange wie ein gieriges Hasten mit Rema? Dreimal so lange? Oder wie die verweilende Gemächlichkeit, die er mit anderen Frauen erlebt hatte – das sich erneuernde und wiederholende Fest, das er sich mit Korinna vorstellen konnte … vorstellen wollte?

Ach, Gaius. Er sah ihr Gesicht, die untröstliche tröstende Miene, mit der sie das gesagt hatte, dachte an die belebende Wärme der Hand. »Seltsam; gewöhnlich sind Männerhände größer als die von Frauen, und Korinna hat keine Pranken, aber …« Er erinnerte sich an die Wärme, die er gespürt hatte, als seine Hand in ihrer lag. Nicht umgekehrt.

Wenn Alcimus gefährdet war; wenn vielleicht jeder gefährdet war, der etwas (was auch immer) gehört oder gesehen hatte, das anderen wichtig war – was war dann mit Korinna? Mit ihm in Portus und in Trans Tiberim, mit Alcimus in Portus, mit ihm im Saal, an jenem fernen Abend vor zwei Nächten, und in der Unterwelt?

Rema. Er musste mit Rema sprechen, ehe er Umbricius wieder

begegnete. Vor allem anderen musste er mit Rema sprechen. Dazu musste er sich in der Stadt bewegen, ohne gesehen zu werden. Feststellen, ob sie im Haus am Hang des Quirinalis war. Und wenn nicht, musste er die Stadt verlassen, sich zum Landgut in den Hügeln begeben.

Dazu brauchte er Geld. Waffen. Hilfe.

Er löste sich von der Säule, an der er gelehnt hatte. Und erstarrte. Eine Hand berührte ihn. Eine Stimme. Die er kannte.

»Hier steckst du also.«

Pacuvius drehte sich langsam um.

In Höhe seiner Augen befand sich der Kopf des Kormorans; Epulo schien ihn missbilligend zu mustern, ließ etwas wie ein Kormoran-Schnauben hören und blickte zur Seite, zur Säule, die ihn offenbar mehr fesselte. Batrax dagegen schaute ihn an, mit einem halb fragenden, halb spöttischen Lächeln.

»Wo soll ich sonst stecken?«, sagte Pacuvius, als er sich von dem Schrecken erholt hatte.

Batrax hob eine Braue. »Man hört so dies und das. Über verschwundene Männer, zum Beispiel.«

»Man sollte nicht alles glauben, was man hört.«

»Dann hatten sie dich also nicht verhaftet?«

Pacuvius seufzte. »Doch. Man hat mich auch nicht freigelassen; ich laufe einfach so herum, verstecke mich und überlege, was ich als Nächstes tun soll. Wo ist Korinna?«

Batrax deutete mehr oder minder nach Nordosten, ins Meer der Häuser, Hügel und Paläste. »Mit ein paar anderen zu Besuch bei einem Archivar.«

»Wer sind die anderen, und wer ist der Archivar?«

Batrax legte den Kopf auf die nicht von Epulo besetzte Schulter. »Du könntest auch sagen, dass es schön ist, mich zu sehen; oder ›wie geht es dir‹ oder so etwas.«

»Entschuldige.« Pacuvius lachte und berührte den Arm des Jungen. »Ich hatte ein paar Schwierigkeiten – ein Kerker mit Folterkeller und derlei. Es ist schön, dich zu sehen; wie geht es dir? Was macht der Rest von Epulos Familie? Freust du dich auch so über das milde Herbstwetter?«

Batrax nickte. »Besser. Der Archivar heißt Vel Kuruna …«

»Vel Kuruna? Wo ist er zu finden?«

»Keine Ahnung. Irgendwo beim Forum. Warum fragst du?«

»Ich habe etwas über einen Vel Kuruna gehört, der ein wichtiger *haruspex* ist und vielleicht Antworten auf ein paar Fragen weiß.«

»Er hat Lukianos, Apuleius, zwei römische Händler und diese Fremden mit den schrägen Augen eingeladen, und Lukianos hat Korinna, eh, mitgenommen.«

»Mitgenommen? Höre ich da einen Unterton?«

»Doch, das Herbstwetter ist angenehm. Brauchst du Hilfe?«

Pacuvius musterte den Jungen, von dem er, wie er sich zugab, eigentlich nichts wusste. »Hilfe?«, sagte er, um Zeit zum Nachdenken zu gewinnen.

»Wenn du mir hilfst, helfe ich dir.«

»Batrax, willst du wieder feilschen?«

»Ein bisschen.«

»Welche Sorte Hilfe brauchst du?«

Der Junge zögerte. »Ich suche ein Haus. Ein bestimmtes.«

»Ah. Und eine bestimmte Welle im Meer?«

»Ein Haus mit Giebelportal, und auf dem Giebel ist ein Fisch angebracht.«

»Ein Fisch?« Pacuvius schüttelte den Kopf. »Nie gesehen. Warum suchst du es?«

»Die Frau, die mich aufgezogen hat, sagte, sie hätte mich da gefunden. Ich will … ich wollte nur mal nachsehen.«

»Du solltest auf den Hügeln suchen, oder an den Hängen der Hügel. Häuser mit Portal sind hier unten im Gedränge selten.« Er überlegte. »Ich will mich gern umhören – sobald ich wieder mit Wächtern und anderen Leuten reden kann.«

»Welche Hilfe brauchst *du?*«, sagte Batrax. Dann grinste er. »Ich könnte dir vielleicht helfen. Aber nur, wenn du mich mitmachen lässt.«

»Mitmachen wobei?«

»Bei allem, was damit zusammenhängt. Mit der Hilfe und Korinna und dem Folterkeller.«

Pacuvius lachte halblaut. »Schuft. Aber ... gut. Wenn du dich in Gefahr begeben willst.«

»Wer sich nicht in Gefahr begibt, kommt darin um«, sagte Batrax; er klang keineswegs altklug. »Wer zu Hause bleibt, wenn der Kampf beginnt, kämpft für den Feind.«

»Hast du Geld? Oder kannst du welches beschaffen?«

»Hast du keines? Ich dachte, ihr würdet anständig bezahlt.«

»Werden wir, aber ich kann mich nicht da sehen lassen, wo meine Besitztümer und mein Geld sich aufhalten.«

»Wie viel?«

Pacuvius hob die Schultern. »Fünf bis zehn Sesterzen?« Er sagte es ohne Überzeugung.

Batrax nestelte in seinem Schurz; als er Pacuvius die Hand hinhielt, lagen auf der Handfläche zwei Denare, drei Sesterzen und ein paar Asse.

»He! Wie kommst du ...« Dann deutete er mit dem Kinn auf den Kormoran. »Hat er ...?«

»Er hat. Was brauchst du noch?«

»Waffen.«

»Ah.« Batrax blinzelte. »Oder besser: ei. Und dann?«

»Ich wollte mit einem alten Waffenmeister reden. Ihn etwas fragen, was einen bestimmten Gladiator betrifft.« Er wies hinter sich, ins Innere des Amphitheaters. »Aber etwas sagt mir, dass ich näher an diesen Archivar herankommen sollte. Und die anderen, die bei ihm sind. Forum, sagst du? Archive beim Forum ... Vielleicht unter der Bibliothek des Traianus?«

»Und dann?«

Pacuvius lächelte. »Vielleicht sollte ich mit Lukianos über Korinna reden.«

Batrax starrte ihn an; leise sagte er: »Oi.«

Chimären zu satteln

Wie die Heiteren sagen, geht die Sonne
sorglos morgens für alle auf. Die Pferde,
die den Wagen des Gottes ziehen, äpfeln
hesperidisches Gold in Bettlerhände.
Gold – und Freiheit zu gehen und zu bleiben,
ohne Hunger und Furcht sich zu besitzen,
statt besessen zu werden, fremde Ware.
Leih mir bitte ein wenig Geld; ich habe
große Pläne, wir werden beide reich sein.
Ich sah eine Chimäre in den Wolken,
und Chimären zu ködern ist ganz einfach:
etwas Salz auf den Schwanz, schon sind sie fügsam.
Deine Münzen verschaffen uns den Sattel,
und das Zureiten wird nicht lange dauern.
Einen Stall lass uns mieten oder kaufen;
bald schon werden in Scharen reiche Leute
die Chimäre besteigen, reiten wollen,
zwei Sesterzen für einen Ritt bezahlen,
Senatoren und Händler, ihre Frauen
und die Kinder – die zahlen nur die Hälfte.
Der Gewinn wird geteilt, und die Chimäre
magst du, wenn du das möchtest, gern behalten.
Wo ich diese Chimäre sah? Wo sorglos
morgens allen die Sonne lacht: im Westen.
KORINNA

Das Archiv des Etruskers

Frage dich, sobald du morgens aufgestanden bist: Geht es dich etwas an, ob ein anderer tut, was gut und recht ist? Nichts geht es dich an. Hast du vergessen, was das für Leute sind, die immer nur loben und tadeln können? Wie sie es treiben, auf ihrem Lager, bei Tisch, überall, welche Diebe und Räuber sie sind, nicht äußerlich mit Händen und Füßen, sondern innerlich, im kostbarsten Teil ihres Wesens, mit dem sie sich doch, wenn sie nur wollten, Glaube, Ehrfurcht, Wahrheit, Sitte, den guten Geist aneignen könnten.
MARCUS AURELIUS X 13

Sie erwachte sehr früh, vor Sonnenaufgang. »Vielleicht ein lauter Vogel«, dachte sie; »eine Nachtigall im Stimmbruch, eine wütende Lerche?« Lukianos' Vergleich fiel ihr ein, *leichtfüßig wie ein Lerchenbulle;* ob es sich um die Sangesübungen eines sardischen Kampfbilchs handelte? Sie kicherte lautlos und drehte sich auf die Seite.

Im fahlgrauen Licht, das durch die halb geschlossenen Vorhänge rieselte, betrachtete sie den Mann. Zunftbruder, Dichter, Herr der Bilche. Er lag auf dem Rücken und schlief ruhig. Ein sanftes, dabei ein wenig spöttisches Lächeln – ob er träumte? Wovon? Die leichte Decke wölbte sich über seinen Lenden.

Korinna schloss die Augen. Es war angenehm gewesen, hitzig, aber unaufgeregt; ohne Ernst, ohne Wesentliches. Ersprießlich. Wie wäre es, wenn sie nun die Decke wegzöge? Die Hand in seinen Traum schöbe, im Niemandsland zwischen seinem Schlaf und ihrem Wachen die Finger behutsam um seinen Phallus schlösse?

Einen Ausgang schüfe, durch den sich die innere Wirklichkeit seines Traums ergießen könnte in … in was? Äußere Unwirklichkeit des Erwachens? Äußerste Ungewissheit des Lebens? Verträumte Innerlichkeit des Wirkens? Sie fand das notwendige nächste Glied der Satzkette nicht und beschloss, das andere Glied nicht zu suchen; nicht aufzusuchen. Nicht mehr. Nicht nur aus sprachlichen Gründen.

Sorge. Morgensorge. In nächtlicher Gesellschaft war es leichter, nicht an Pacuvius zu denken, aber morgens …

Leise glitt sie vom Lager, zog sich an, nahm die Sandalen in die Hand und verließ den Raum. Draußen zögerte sie. Plotius hatte dem ruhmreichen Dichter die Gastfreundschaft seines Hauses gewährt. Lukianos hatte es gefallen, diese Gastlichkeit auf sie auszudehnen. Ob es auch Plotius gefiele? Eine Schauspielerin, Angehörige der Zunft der *technites,* auf Beschluss der Kaiser (wie vorher schon der ptolemaischen Könige) von Kriegsdienst und Steuern befreit, von den Vornehmen etwa so geehrt wie Diebe, Dirnen und Dolchmänner, sollte dem Herrn des Hauses nicht über den Morgenweg laufen.

Aber als sie diese Gedanken zu Ende gedacht hatte, war sie bereits am Fuß der Treppe. Sie roch den frischen, betauten Garten und lief durch die Halle zum hinteren Ausgang. Auf den feuchten Platten der Terrasse wäre sie beinahe ausgerutscht; dann genoss sie nasses Gras unter den Füßen, Halme zwischen den Zehen, und atmete die tausend Düfte der Blumen und Stauden, Büsche und Bäume. Die Sonne war aufgegangen und überzog alles mit einem unwirklichen Kupferton.

Aus diesem Garten auf dem Aventinus müsste man über die halbe Stadt blicken können, dachte sie. Dann ergänzte sie mit mildem Spott: »und den halben Erdkreis«. Aber sie sah nur Hecken, Beete und Gebüsch. Die Stadt lag im Nordosten; indem sie den hellsten Punkt des sichtbaren Himmels ein wenig rechts … Ehe sie die erhoffte Grenze des Gartens erreicht hatte, stolperte sie über ein Bein.

Batrax setzte sich auf. Der Kormoran, mit der Schnur am Handgelenk des Jungen befestigt, klapperte mit dem Schnabel.

»Ist das sein Morgengruß?« Korinna ließ den Zweig los, nach dem sie gegriffen hatte, um nicht zu stürzen. »Warum bist du nicht mit den anderen zurück nach Trans Tiberim?«

Batrax fuhr mit der Hand über das feuchte Gras und rieb sich die Augen. »Ich will weiter nach diesem Haus suchen«, sagte er. »Da kann ich gleich auf dem richtigen Ufer bleiben.«

»Schläfst du gern im Freien, ohne Decke?«

Er blickte zu ihr auf; ohne jeden Vorwurf in Miene oder Ton sagte er: »Ich bin nicht an Häuser und Decken gewöhnt.«

»Entschuldigung.«

Batrax streifte Epulo mit einem Seitenblick. »Das war so etwas wie ein Morgengruß. Er scheint dich zu mögen.«

Korinna hockte sich auf die Fersen. »Wann willst du los?«

»Gleich. Bald.«

»Wohin?«

»Die südlichen Stadtteile …« Er schüttelte den Kopf. »Einiges habe ich gesehen, aber vielleicht suche ich heute ein wenig in der Mitte. Oder im Norden. Ich weiß es nicht.«

»Ich kenne mich nicht gut aus«, sagte Korinna. »Aber wenn man in diesem Häusermeer ein bestimmtes Haus sucht, sollte man jemanden fragen, der viele Häuser gesehen hat.«

»Einen Baumeister?«

»Baumeister sind wahrscheinlich ausnahmslos edle Römer oder hochbezahlte Griechen; ich weiß nicht, ob sie solchen wie uns Auskünfte geben. Falls man sie überhaupt findet.«

»Dann vielleicht einen Hüter der Stadt?« Batrax machte eine kleine Pause; beinahe zaudernd setzte er hinzu: »So was wie Alcimus? Oder Pacuvius?«

»Einer von denen könnte es wissen. Oder, wenn du ihm das Haus genauer beschreibst, eine Gegend nennen, die wahrscheinlicher ist als andere.«

»Was ist mit Pacuvius?«

Korinna hörte einen Unterton, den sie nicht recht deuten konnte. »Wie meinst du das?«

Batrax blickte zum Haus. »Du und Lukianos«, sagte er.

»Ah.«

Nun lächelte er. »Wie meinst *du* das?«

»Ich meine nur, dass dich das alles überhaupt nichts angeht.«

»Ei«, sagte Batrax.

Korinna lachte. »Habe ich dir schon gesagt, dass du zu viel siehst und zu viel hörst?« Ernster fuhr sie fort: »Pacuvius ist gestern früh festgenommen worden. Ich weiß nicht, von wem der Befehl kam, und auch nicht, wohin man ihn gebracht hat.«

»Weiß Alcimus etwas?«

»Alcimus war bei mir, bei uns, meine ich, und er war genauso überrascht wie ich.« Vielleicht genauso besorgt, dachte sie; oder auch nicht, weil er als Offizier die Verfahren und Verläufe kannte. Vielleicht wusste er, dass der Tod …

»Dann hast du dich mit diesem Verfasser von Bilchgeschichten getröstet?«

»Getröstet? Wir haben uns aneinander gelabt.«

»Gelabt? Das muss etwas Römisches sein. In Portus nennt man das ficken.«

»Hier auch. Aber da gibt es Unterschiede.«

»Es geht mich nichts an, aber – erhelle mich. Wenn du magst.«

»Ich weiß nicht, ob ich mag.« Sie zögerte. »Nun ja … Ich nehme an, du weißt, warum edle Römer sich vermählen?«

Batrax nickte. »Um Kinder zu zeugen – am liebsten Söhne, Krieger für den Kaiser; außerdem sollen sie das Haus, die Sippe, das Vermögen zusammenhalten und fortsetzen.«

»Ungefähr. Ein Mann und eine Frau, möglichst beide aus guten Familien. Das ist edel und erhält den Staat und erfreut die Götter, heißt es. Lust oder Liebe oder wenigstens Zuneigung haben zunächst nichts damit zu tun. Weniger edle Menschen, die geringere Verpflichtungen gegenüber dem Staat haben und den Göttern wenig gelten, können sich Lust oder Liebe eher leisten.«

»Immerhin etwas«, sagte Batrax. »Was können sie sich sonst schon leisten?«

»Wie wahr. Nicht viel. Aber bei dem wenigen, was sie sich leisten können, gibt es viele Abstufungen. Es ist, sagen wir, so ähnlich wie mit dem Essen. Manchmal hat man Hunger und hätte gern gebratenen Thunfisch, es gibt aber nur Brot und *garum*. Dann sättigt man sich, so gut es geht.«

»Und was ist Lukianos? Brot?«

Korinna schüttelte den Kopf. »Labung, sagte ich doch. Thunfisch. Er war da, als ich auch Brot genommen hätte.«

Batrax seufzte leicht. »Furchtbar verwickelt. Ich weiß nicht, ob ich älter werden will. Was wäre denn Pacuvius?«

»Vielleicht Brot, vielleicht Thunfisch – vielleicht Thunfisch, Früchte, Wein und Brot. Ich weiß es nicht; ich habe ihn noch nie … gekostet.«

»Und du? Was bist du?«

Korinna gluckste. »Das kann man selbst nie sagen. Schales Brot? Ranzige Butter?«

»Wenn ich Pacuvius wäre«, sagte Batrax, »und du wärst Thunfisch, würde ich nicht wollen, dass Lukianos dich isst.«

»Dadurch werde ich aber nicht vermindert.«

»Das vielleicht nicht, aber die Christen sagen, du würdest dadurch besudelt.«

»Die Christen haben keine Ahnung vom Fleisch, sie denken immer an Wiesen, auf denen sie nach dem Tod grasen und beten können. Außerdem erzählen sie sehr viel Unsinn.« Korinna stand auf. »Ich will sehen, ob ich etwas zu essen auftreiben kann. Dieses Gerede von Brot und Thunfisch …« Sie blickte auf Batrax hinab, der sich nicht geregt hatte. »Besudelt! Wenn zwei Menschen gemeinsam etwas wollen, ist keiner von ihnen besudelt; du wirst besudelt, wenn jemand dich zu etwas Scheußlichem zwingt.«

»Trotzdem«, sagte Batrax leise. »Ich würde nicht wollen, dass jemand bei dir liegt.«

Korinna beugte sich vor und berührte seinen Schopf mit einer

Fingerspitze. »Wenn man jemanden sehr lieb hat, möchte man nicht, dass andere … mitmachen, teilnehmen, einem etwas wegnehmen. Oder dem anderen etwas geben, was man selber gibt.«

Batrax stand auf und hob den Kormoran auf seine Schulter. »Soll ich Pacuvius etwas sagen, wenn ich ihn sehe? Falls er wieder frei ist?« Er zwinkerte.

»Falls er noch lebt«, dachte sie. Sie schüttelte den Kopf.

»Epulo hat Hunger«, sagte er. »Meinst du, ich kann ihn freilassen? Ob es hier irgendwo Fisch gibt?«

»Und was ist mit dir?«

»Ach, ich finde schon was.«

»Komm mal her.«

»Warum?« Batrax blickte sie misstrauisch an.

»Ich will dich in den Arm nehmen.«

»Wie Lukianos?«

»Nein, ganz anders.«

Der Junge rührte sich nicht von der Stelle.

Korinna betrachtete das verschlossene Gesicht. »Ich hätte nicht gedacht, dass du rot werden kannst.« Sie trat den nötigen halben Schritt vor und zog Batrax an sich. »Armer kleiner Kerl«, dachte sie, »wann hat dich wohl jemand zum letzten Mal gestreichelt?«

Er wehrte sich nicht, stand aber ziemlich steif da – reglos, ratlos. Der Kormoran schlug mit den Flügeln, ganz sanft, als ob er beide liebkosen wolle.

Ein Küchensklave versicherte Korinna, der edle Herr Plotius stehe am Morgen nach einem solchen Fest gewöhnlich spät auf, ohne die Küche mit seinem Besuch zu verheeren. Er gab Batrax einen Teller mit Brotstückchen und Fischresten; der Junge öffnete Haken und Öse am Halsring des Kormorans. Epulo stieß ein leises Keckern aus, wartete beinahe sittsam ab, bis Batrax den Teller auf den Boden gestellt hatte, und machte sich dann darüber her.

»Kaltes Fleisch?«, sagte der Sklave. »Brot, Früchte, warmes Bier?« Er blickte zum Herd, auf dem es aus einem Topf dampfte.

Batrax nickte; dabei schaute er Korinna an. Es war beinahe ein Lächeln und beinahe strahlend, und beinahe hätte sie geweint.

»Gern«, sagte sie.

»Ich bitte auch.«

Es war die Stimme von Lukianos, und sie sah, wie Batrax' Lächeln zerfiel.

»Ich dachte schon, du hättest mich verlassen.« Lukianos trat zu ihnen, legte die Hand an Korinnas Wange, nickte dem Sklaven zu und wandte sich an Batrax. »Es ist mir ein Vergnügen, den Herrn des überaus geschickten Kormorans kennenzulernen.«

Batrax hob die Brauen und starrte ihn an.

»Wie viel habt ihr eingenommen?«

Batrax blieb stumm.

Lukianos lächelte. »Vergib mir! Darüber redet man nicht, nicht wahr?«

»Du bist ein guter Beobachter«, sagte Korinna.

»In meinem ersten Leben, als mein Vater mich zu einem Bildhauer in die Lehre gab, hatte ich einen Raben. Er konnte nicht fliegen; ein Flügel war gebrochen und danach lahm. Ich habe ihm beigebracht, so etwas wie ›uk-uk‹ zu sagen. Das sollte mein Name sein. Und er war ein erstklassiger Dieb.«

Der Küchensklave räusperte sich. »Ein Glück, dass es solche Vögel hier nicht gibt.«

»Ei, fürwahr.« Lukianos grinste.

Sie frühstückten am Küchentisch, auf Schemeln sitzend; dabei erzählte Lukianos, als Korinna ihn darum bat, von Samosata, der Werkstatt des Bildhauers, Steinstaub, brüchigem Werkzeug und den Abenteuern des Raben, den er nach einem alten assyrischen Gott Ninurta genannt hatte.

»Ein Kriegsgott«, sagte er, »aber das hat nichts genützt. Der Rabe war überhaupt nicht kriegerisch. Damals habe ich ihn für einen Feigling gehalten; heute glaube ich, er war klug.«

Ohne Plotius gesehen zu haben, verließen sie das Haus und gingen zwischen Gärten, bescheidenen Palästen und Tempeln bergab zur Stadt. Am Tempel der Ceres zupfte Batrax an Korinnas Tunika, nickte Lukianos zu – mit dem Schatten eines Lächelns –, wandte sich nach rechts und verschwand an der Nordseite des Circus Maximus.

»Er sucht ein bestimmtes Haus«, sagte Korinna; sie blickte dem Jungen nach.

Lukianos pfiff leise durch die Zähne. »In Rom? Da hat er sich etwas vorgenommen. War der Vater auch so verschlossen?«

»Wessen Vater? Der von Batrax?«

Lukianos nickte.

»Woher soll ich das wissen?«

»Nun ja, als Mutter ...«

Korinna blieb stehen; sie hielt Lukianos' Arm fest und starrte ihm verblüfft, beinahe fassungslos ins Gesicht. »Wie kommst du darauf?«

Er hob die Schultern. »Ihr seht euch ähnlich. Ist er denn nicht dein Sohn?«

»Unwahrscheinlich. Fast unmöglich.«

Lukianos zog sie weiter; dabei sagte er: »Fast unmöglich? O du fast unmögliche Mutter eines unwahrscheinlichen Sohnes – magst du das erläutern?«

»Ich war Sklavin«, sagte sie. »Mit fünfzehn hatte ich ein Kind. Man hat es gleich nach der Geburt entfernt. Getötet oder ausgesetzt.«

Er seufzte. »Die Götter haben die Welt und das Leben schlecht eingerichtet. Was uns nicht überraschen sollte, da sie unsere Erfindung sind. Und er?«

»Ihn hat man ausgesetzt gefunden. Eine Griechin aus Portus hat ihn aufgezogen. Ich kenne ihn erst seit Kurzem.«

»Dein Kind – Junge oder Mädchen?«

»Ein Junge. Wie man mir sagte. Ich durfte ihn ja nicht einmal ansehen.«

Er schwieg einige Zeit; plötzlich sagte er: »Hast du deine Eltern gekannt? Geschwister?«

Sie erzählte kurz von Rhodos, der Kindheit am Hafen, dem Vater, der nicht heimkam, dem Beginn der Sklaverei. Schließlich sagte sie: »Warum fragst du?«

»Zunftschwester – du bist eine treffliche Frau und eine erfreuliche Zunftschwester; wie sollte ich da nicht Anteil nehmen an deiner Geschichte? Außerdem … vielleicht gibt es in eurer Familie bestimmte Kennzeichen.«

»Ein Fleck, auf der linken Hinterbacke; nur bei den Männern. Mein Großvater, habe ich gehört; bei meinem Vater und den Brüdern habe ich ihn gesehen.«

»Und Batrax? Hast du dir sein Gesäß angeschaut?«

Sie schüttelte den Kopf.

Lukianos musterte sie von der Seite. »Warum?«

»Keine Gelegenheit.« Sie lächelte. »Ich kann ja nicht einfach alle Jungen seines Alters ausziehen, das könnte zu Missverständnissen führen.«

»Es gibt nette Missverständnisse. Soll ich das übernehmen?«

»Magst du Knaben?«

»Bei Gelegenheit.«

»Ach, lass die Finger von ihm.«

»Und wenn der zufällige Blick sich nie ergibt?«

»Vielleicht will ich es gar nicht wissen.«

Am nordwestlichen Ende des Forums, vor dem Tempel der Concordia, mussten sie nicht lange auf die anderen warten. Apuleius, einer der Fernhändler – er hieß Apollodoros, kam aus Antiochia und sagte, sein Reisegefährte Themistokles fühle sich an diesem Morgen nicht wohl – und die beiden Fremden mit den schrägen Augen trafen kurz nach ihnen ein.

Lukianos übernahm die Vorstellung. »Die Dichterin und Schauspielerin Korinna«, sagte er, »und die beiden weit gereisten Handelsherren Hu und Chi, oder so ähnlich.«

Hu schien etwas älter zu sein als Chi; er war untersetzt, hatte kurzes bläuliches Haar, und die Spitze – falls man davon reden konnte – seiner winzigen Nase hob sich von der Lehmfarbe des Gesichts eher durch einen rötlichen Ton ab als durch ragende Höhe. Er verneigte sich, lächelte und sagte in einer Mischung aus siechem Griechisch und hinfälligem Latein: »Entzückung vielerlei. Langes Warten auf Anblick sehnsüchtig gestillt.«

Korinna verbiss sich ein Lachen. »Ich freue mich sehr, eure Bekanntschaft zu machen.«

Auch Chi verneigte sich. »Krankes Herz endlich wieder hüpfhüpf.«

Lukianos hüstelte. »Das ist, weil sie versuchen, in der Art ihres Landes besonders höflich zu sein. Sobald man sich aneinander gewöhnt hat – zum Beispiel nach reichlich Wein oder einer halben Nacht in einer indischen Schenke von Subura –, können sie fast gut reden.«

Apuleius grinste plötzlich. »Steckt aber an«, sagte er, »diese tollwütige Höflichkeit. Wenn ich wieder in Karthago bin und im Gericht oder im Isistempel große Reden halten muss, werde ich sehen, ob ich nicht das eine oder andere einbauen kann.«

Apollodoros murmelte etwas in der Sprache der Fremden; dann sagte er: »Ich habe ihnen erklärt, dass ihr sie für ihre Sprachkenntnisse und Höflichkeit bewundert. Können wir jetzt gehen?«

»Da drüben.« Apuleius wies auf einen schmalen Torweg, der zu den Arkaden an der Nordseite des Traianus-Forums führte. »Kommt.«

Hu folgte ihm als Erster; Chi blinzelte Apollodoros zu und sagte, an Lukianos und Korinna gewandt: »Ihr uns wegen feine Wendungen verkürbissen? Nichts gegen; wir Mitte-Menschen gern lachen.«

Korinna gluckste; Lukianos knurrte: »Verkürbissen? *Apokolokyntosis,* hah! Aber von euch heißt keiner Clau-Clau-Claudius.«

»Kann werden, möchte sein.« Chi breitete die Arme aus und begann, heftig zu hinken.

»Was meint er?«, sagte Korinna.

Apuleius blickte über die Schulter zurück. »Zunftschwester! Ich bin entzückt, eine Lücke in deiner Bildung zu finden. Was mir bisher nämlich gefehlt hat, war dieses kostbare Gefühl der Überlegenheit, das einem den Aufenthalt unter den Sterblichen erst erträglich macht.«

»Geh schneller«, sagte Lukianos, »dass nicht mein hurtiger Tritt deinen Arsch halbiere.«

Apuleius reckte die Nase in die Luft; sehr geziert sagte er: »Bemüh dich nicht, Syrer; die Spaltung, von der du sprichst, ist bei richtigen Personen angeboren.«

»Bah.« Lukianos hakte sich bei Korinna ein. »Wir haben in der vorletzten Nacht, bei gründlichem Trinken, zu unserem Staunen erfahren, dass die in ihrer Heimat ihre Kaiser zwar nicht für Götter halten, aber dafür verehren. Jedenfalls manchmal. Da haben wir ihnen von Senecas Verhöhnung des Kaisers Claudius erzählt, der angeblich sowohl stotterte – Clau-Clau-Clau – als auch hinkte, und Apuleius hat ihnen klargemacht, dass das zum Namen passt, weil *claudicare* ja hinken bedeutet. Deswegen hinkt Chi jetzt.«

»Und lach«, sagte der Fremde. »Chi-Chi-Chi.«

»Wo ist denn dieses geheimnisvolle Archiv?«, sagte Korinna. »Damit wir etwas anderes als Clau-Clau und Chi-Chi kriegen? Hier, in der Bibliothek der Ulpier?« Sie standen zwischen den beiden Teilen der doppelten Büchersammlung des Hadrianus; Korinna wies auf das linke Gebäude und blickte zum rechten.

»Fast. Lass dich überraschen.« Apuleius zwinkerte. »Und erlaube, dass ich das Füllhorn meiner Kenntnisse über euch ergieße.«

»Solange du dich ansonsten nicht über uns ergießt«, sagte Lukianos.

»Ah, sei du ganz unbesorgt. Was die edle Zunftschwester angeht, hätte ich keinerlei Abneigung zu überwinden, aber …« Apuleius blickte auf Korinnas rechten und Lukianos' linken Arm, die immer noch untereinandergehakt waren. »Ich fürchte, da käme ich zu spät. Also, zu den Bibliotheken der großen Stadt und der Kaiser.«

Von den Händlern und Käufern aus der Basilica Ulpia schwappten wie Brandungswellen die Vermengungen von Stimmen, fallenden oder aneinanderstoßenden Gegenständen und zehntausend Schritten zu ihnen, brachen sich an der Südseite des Traianustempels, umspülten die Säule des Kaisers, der all das hatte anlegen lassen, und verebbten zwischen den beiden Bibliotheken, wo die nächste Welle sie wieder verschluckte und neu ausspie. Korinna betrachtete die Gesichter der beiden Fremden, die hin und her blickten; sie ließen sich nicht anmerken, ob sie beeindruckt waren oder vielleicht gelangweilt. Es mochte aber auch der andersartige Verlauf der Gesichtszüge sein, der Korinna daran hinderte, Empfindungen zu lesen. Die fremden Züge, die fremden Erlebnisse hinter den Zügen, fremde Kindheit und fremde Erziehung unter den Erlebnissen. Was hatten die Männer gelernt, wie gingen sie mit dem um, was ihnen zustieß, was sie hörten und sahen? War der Lärm der Stimmen Schmerz oder Wonne für sie? Empfanden sie die Gebäude aus Stein, mit all den Statuen und Bildern und Farben und Säulen und Bogengängen, als schön oder scheußlich, Meisterwerke menschlicher Baumeister oder Beleidigung von Bodengöttern? Sahen sie möglicherweise nicht Umrisse von Tempeln, Wohnhäusern, Markthallen, Bibliotheken, sondern die Luft dazwischen – Luftskulpturen, gestaltet von den steinernen Begrenzungen?

Sie seufzte lautlos. So viel zu lernen, so wenig Wissen ... Apuleius redete, füllte die Innenräume der Luftskulpturen mit Wörtern – Wolkenbrüche, Wasserfälle von Wörtern, die sich in der Luft stauten, die hierhin und dorthin sprühten, Gischt und Kräuseln und Spritzer; wo die Wörter sich zu Pfützen sammelten, schwammen silbrige Wissensfische in ihnen, vielleicht schlängelten sich unter ihnen, unsichtbar, die tückischen Aale von Hintergedanken. Reden über die Bibliothek griechischer und lateinischer Schriften, die Gaius Iulius Caesar hatte einrichten wollen, die Asinius Pollio wenige Jahre nach Caesars Ermordung schuf, von den Ergänzungen und Erweiterungen und Neubauten unter Augustus, den großen Grammatikern und Bibliothekaren Macer und Hyginus, den römischen Politikern und Feldherren, die von ihren Kriegszügen und als Amtsperioden bezeichneten Ausbeutungen entlegener Provinzen nicht nur Gold und Silber und Sklaven, sondern auch Bilder, Büsten und Bücher mitbrachten; von öffentlichen Bibliotheken, privaten Sammlungen, Schriftenbergen in Tempeln, Rollentürmen in Nebenräumen der Bäder …

»Es gab natürlich«, sagte Apuleius eben, »andere Werke, die nicht für öffentlichen Zugang bestimmt waren. Oder Ausfertigungen von an sich zugänglichen Schriften – besondere Ausfertigungen, die nicht von jedem schmierigen Finger eines hergelaufenen Bauern oder Senators betatscht werden sollten.« Er unterbrach sich und lachte plötzlich. »Welcher Ptolemaios war es? Der zweite, der dritte? Ich weiß es nicht mehr.«

Lukianos nickte. »Du hast zweifellos recht, aber wenn du uns nicht ein wenig einweihst, stehen wir ratlos vor den Mysterien deines Inneren.«

Apollodoros übersetzte oder kommentierte etwas; Hu legte sein Gesicht in möglicherweise ehrfurchtsvolle Falten, und Chi kicherte.

»Was erheitert dich?«, sagte Apuleius.

»Viel Wasser in Stadt hinein«, sagte Chi, »mit, uh, Aquädukte, ja? Trink, verdau, dann in Cloaca. Viel Schrift in Stadt hinein, mit Beute sammeln; das da, Bibliothek, vielleicht Cloaca für Geist etwa?«

»Was war mit Ptolemaios?«, sagte Korinna.

»Irgendwann, als die Athener Getreide brauchten, aber nicht bezahlen konnten, hat er ihnen Korn geliefert und Gold, viel Gold, als Sicherheit oder so etwas dafür, dass sie ihm die eigenhändigen Handschriften von Aischylos, Sophokles und Euripides leihen. Gegen Gold allein hätten sie ihm das nie geliehen, aber er hat ihnen ja aus der Hungersnot geholfen, also … Jedenfalls hat er die Schriften behalten und das Gold verfallen lassen.«

»Eine großartige Geschichte; ich kreische vor Begeisterung«, sagte Lukianos. »Aber was hat das mit Rom und den Bibliotheken zu tun?«

»Nichts. Das macht es ja so reizvoll«, sagte Apuleius.

Hu wies auf die beiden Bibliotheken. »Dort was Handschrift von Dichter?«

»Nein, aber du bist auf dem richtigen Weg. Es hat immer, wie gesagt, Schriften gegeben, die nicht jedem zugänglich sein sollten. Zum Beispiel die echten, ersten, eigenen Ausfertigungen der Verfasser. Wer Caesars Berichte über die Plünderung Galliens lesen will, kann beim Buchhändler Abschriften kaufen – teure, auf Membranen, uh, dünnen Tierhäuten, wie man sie …«

»… ursprünglich in Pergamon hergestellt hat«, sagte Lukianos, »weshalb man sie auch Pergament nennt, was wir alle wissen, und wir danken dir herzhaft für die aufdringliche Verbreitung nutzlosen Wissens.«

Apuleius deutete eine Verbeugung an. »Immer zu Diensten, wenn es darum geht, umnachtete Syrer zu erleuchten.«

»Wie lange sollen wir hier noch stehen?«, sagte Apollodoros. »Irgendjemand, ich glaube, ein Eselsafter aus Madaura, wollte uns zu einem Archiv führen.«

»Es soll geschehen, edler Mann. Ich wollte nur, ehe wir jene Verliese betreten, deren Bedeutung hervorheben. Was ich sagen wollte: Man kann Abschriften kaufen, teuer und fein, billig und unfein, oder zerlesen, beschmiert und sehr billig; man kann sie auch in den Bibliotheken kostenlos lesen. Wer aber Caesars eigene Handschrift lesen will, der folge mir.«

Er wandte sich dem östlichen Bibliotheksgebäude zu. Zwei steinerne Löwen hüteten den Eingang; sie saßen auf den Hinterläufen, fletschten die Zähne und trugen unter der dem Eingang nächsten Schulter Schriftrollen.

»Woher weißt du das?«, sagte Lukianos.

»Eine der Früchte meiner Studienzeit in Rom.«

Die Löwen hockten vor den zierlichen Säulen eines kaum zwei Männer hohen Porticus; drei Stufen führten ins kühle Dunkel des Inneren. Als ihre Augen sich an das Dämmerlicht gewöhnt hatten, sah Korinna den marmornen Apollo in der Mitte der Halle, neben ihm und ebenso groß den göttlichen Traianus, und um die Statuen Gestelle voller Rollen, daneben und dazwischen Tische, an denen im Augenblick etwa ein Dutzend Männer und drei Frauen lasen und schrieben. Rollen, an einer Seite vernähte Pergamentbände, Wachstafeln, Holztafeln, Schiefertafeln lagen auch in den deckenhohen Gestellen an den Wänden, in Nischen, auf Simsen.

Der Lärm hielt sich in Grenzen; offenbar beherrschten die Benutzer der Bibliothek die neuartige Kunst, lautlos zu lesen und dabei allenfalls die Lippen zu bewegen.

Von oben fiel ein wenig Licht in die Halle, in der nicht viele Lampen standen. Korinna legte den Kopf in den Nacken und schaute hinauf. Im oberen Stockwerk schien es Fenster zu geben, die den Tag einließen, und sie glaubte, auch dort oben Gestelle zu sehen, das Rascheln von Papyrus und das Gemurmel von Stimmen zu hören.

Aus einer Kammer links vom Eingang, vor der wie eine halb offene Schranke schräg ein Tisch stand, erschien ein junger Mann. Seine ehemals weiße Tunika war übersät von Tintenflecken. Als er näher trat, sah man, dass auch die Finger seiner Rechten besudelt waren; außerdem schien er mit bemerkenswerter Unerbittlichkeit an Schreibhalmen zu kauen, falls die Flecken in seinem Mundwinkel nicht Folge einer rätselhaften Krankheit waren.

Apuleius nannte seinen Namen und den von Lukianos »und weitere weit gereiste Freunde; wir sind verabredet mit dem *antiquarius* Publius Atilius und dem ehrwürdigen Vel Kuruna.«

Der junge Schreiber verbeugte sich tief; als er sich wieder aufrichtete, versuchte er zu lächeln. Der Fleck in seinem Mundwinkel tanzte ein wenig. Das Lächeln wirkte aber gedämpft oder gehemmt – vielleicht von Trauer oder Ehrfurcht.

»Große Ehre, große Ehre«, murmelte er. »Die beiden größten Dichter der Zeit und des Erdkreises! Wenn ihr mir folgen mögt? Allerdings wage ich kaum, voranzugehen und mich so zu eurem Vorläufer zu machen.«

Er wies hinter sich, drehte sich dann um und ging in den Nebenraum. Sie folgten ihm. Gleich rechts hinter dem Durchgang führte eine Treppe aufwärts, hinter ihr eine andere nach unten. Korinna hatte still mit sich gewettet, dass der Herr der Bibliothek, vermutlich auch Herr des geheimnisvollen Archivs, in den hellen und vermutlich gut belüfteten oberen Räumen weilen und warten würde. Sie verlor. Der Schreiber nahm die abwärtsführende Treppe, die in den Schacht eines Brunnens zu sinken schien – eines Brunnens, aus dem jeden Abend die Nacht zur Verfinsterung der Welt geschöpft wurde.

Nach zwanzig Stufen kamen sie an einer Nische vorüber, in der ein Öllämpchen brannte; nach weiteren vierzig Stufen standen sie wie blind in etwas, das ein Gang sein mochte oder hallendes Gedärm eines Ungeheuers der Unterwelt. Die Biegungen der Treppe, die seitlich vor dem Gang endete, schluckten das karge Licht des Öllämpchens. Korinna roch Lukianos neben sich, Apuleius – Quittenblüten, Rosenwasser, Sesamöl – ein paar Schritte weiter weg, etwas wie Leder und bittersüße Klebepaste (Apollodoros?), zweierlei Fremdartigkeit und ein Huschen von sesshaftem Schweiß, Papyrusstaub und bitterschwarzer Tinte. Dann knarrte eine Tür, schwere Vorhänge – Wolle, eingefasst mit Leder – wurden zurückgeschlagen, und eine gelbliche Mischung aus Tages- und Lampenlicht quoll in den Gang.

Der Schreiber murmelte etwas, vermutlich Namen, und wedelte mit beiden Armen, als seien Korinna und die Übrigen verirrte Tiere, in eine andere Stallung zu scheuchen; nachdem sie den Raum betreten hatten, verschwand er und schloss Vorhänge und Tür.

Es war eher ein Saal als ein Raum; von einer schmucklosen Wand zur anderen durchmaß er sicherlich fünfzig Schritte. Zwei Reihen hellbrauner Säulen trugen die Decke, und es hätten sich drei große Männer aufeinanderstellen müssen, damit der Oberste die Decke berühren konnte. An den Wänden, zwischen den Säulen, wie Gitter quer im Raum wucherten Gestelle; hier und da standen Trittleitern, damit man die Rollen, Tafeln und Pergamentbücher in den oberen Fächern erreichen konnte. Das geringfügige Tageslicht sickerte aus etwa einem Dutzend gelber Glasflächen in der

Decke. Korinna vermutete, dass dieser Saal zwischen dem östlichen Bibliotheksgebäude und dem Tempel des Traianus unter der Erde lag, und nahm sich vor, später dort draußen gläserne Quader im Boden zu suchen.

Dann sagte sie sich: »Wenn ich den Saal beschreiben müsste … Zwischen den Gestellen lungern Tische herum, auf denen Lampen blühen und an denen in welkem Papyrus Schreiber nisten.« Zwei der Männer waren jünger, um die dreißig, das Alter des Dritten ließ sich nicht schätzen – er mochte ebenso gut siebzig wie siebenhundert Jahre alt sein. Einer der beiden Jüngeren erhob sich, kam ihnen entgegen, begrüßte sie mit breitem Lächeln und Verbeugungen (offenbar war er jener Publius Atilius, den Apuleius erwähnt hatte), aber Korinna hatte nur Augen für den alten Mann.

Unendlich langsam stand er von seinem Tisch auf, als kröche eine Schnecke senkrecht aus ihrem Gehäuse in die Luft. Über der Tunika trug er einen gelblichen – vergilbten? – Umhang; dann bewegte er sich, und sie sah, dass es eher ein langärmeliger Kittel war, mit aufgenähten Taschen und Mustern, die vielleicht grüne Blumenranken sein sollten. Er war fett, sein Gesicht eine Schichtung aus hundert Falten und zehn Wülsten. Die buschigen Brauen endeten zu den Schläfen hin in hochgezwirbelten Spitzen: die Fühler der Schnecke. Und seine Stimme schien aus einer Gruft zu kommen, die unter Roms Hügeln bereits unauffindbar gewesen war, ehe Romulus und Remus sich um die Zitzen der Wölfin balgten.

»Willkommen, sehr willkommen. Lasst mich raten.«

Mit kleinen watschelnden Schritten kam er hinter seinem Tisch hervor; Korinna schien es, als wolle er versuchen, das langsame Knarzen einzuholen, das ihm in Form von Wörtern entflohen war. Mit großen Wurstfingern deutete er auf die Person, von der er gerade sprach: »Der Händler, oder besser Handelsherr, Fürst der Tücher und Gewürze, Apollodoros aus Antiochia. Die weit gereisten Herren Hu und Chi – richtig? Ah, umgekehrt – aus dem Lande Sera, das sich das Mittlere Reich nennt, wenn es für uns auch am Ostrand der Welt liegt, Heimat der Seide, verborgen hinter einer gewaltigen Mauer. Apuleius aus Madaura, der mit magischen Worten die Magie widerlegt und mit ungläubigem Handwerk einen gläubigen Esel gezeugt hat. Lukianos aus Samosata, der Redner, der Worten misstraut, Sophist, der den Sophismus bekämpft, Verfasser wahrer Lügengeschichten und Vernichter erlogener Wahrheiten. Korinna, nicht wahr, von den Mimen des Mopsos, früher einmal Sklavin, geboren auf Rhodos? Ah, ja, Rhodos. Setzt euch. Wein? Wasser? Habt ihr Hunger? Später, wenn ihr mögt, wird es oben, ganz oben, ein karges Mahl geben.«

Atilius und der andere Schreiber stellten Scherensessel und Schemel im Halbkreis um einen großen Tisch; aus einem Nebenraum holten sie Becher und Krüge.

Korinna trank und lauschte. Sie war verblüfft und fast ein wenig betäubt, dass dieser alte Etrusker, der offenbar die kostbarsten Schriften Roms hegte und hütete, ihren Namen und ihre Herkunft kannte. Später, sagte sie sich, würde sie ihn fragen, woher seine Kenntnisse stammten; und sie würde darum bitten, diese und jene Rolle oder Tafel sehen, lesen, berühren zu dürfen; zunächst wollte sie nur lauschen.

Allerdings gab es zuerst nicht viel zu hören: Höflichkeiten, Erwähnungen, Dank. Lukianos übernahm es, dem Herrn des Archivs mitzuteilen, welche Ehre es sei, dass hergelaufene und bedeutungslose Personen den Vorzug genössen, vom überall gerühmten Vel Kuruna empfangen zu werden. Der Etrusker wies das mit einem spöttischen Lächeln zurück: Seine Aufgabe als Leiter eines eigentlich geheimen Archivs sei es, überall unbekannt und ungerühmt zu bleiben; in seinem Fall komme Ruhm dem Versagen gleich, und außerdem sei es eine Ehrung des Archivs, von weit gereisten Händlern, einer bedeutenden Schauspielerin und den beiden größten Dichtern des Imperiums besucht zu werden.

Apuleius fühlte sich an dieser Stelle offenbar bewogen, sich für sein Wissen über die Existenz des Archivs gewissermaßen zu entschuldigen. Ein alter Freund und Mitschüler, Sohn eines Senators (die Namen, die er nannte, sagten Korinna nichts), habe ihm bei einem Besuch in Karthago davon erzählt, ohne Geheimhaltung zu verlangen; daher habe er es gewagt, sich nun mit dieser Einrichtung ins Benehmen zu setzen. Er gönnte Publius Atilius ein flüchtiges Lächeln; dann fuhr er fort: »Wie Atilius mir sagte, ist es zwar nicht nötig, wird aber nicht als Beleidigung aufgefasst, wenn Besucher dem Herrn des Archivs – oder dem Archiv insgesamt – ein Geschenk mitbringen. Oder zwei.«

Vel Kuruna hob die Hände. »Keine Beleidigung, aber beinahe eine Kränkung. Ein wenig Wein und Wasser, Zeit und später ein geringes Mahl können keinesfalls wertvolle Geschenke aufwiegen.«

Apuleius setzte ein schräges Grinsen auf; er streifte Lukianos mit einem Seitenblick, dann zog er aus dem Halsausschnitt seiner Tunika zwei Rollen hervor. »Eines der Geschenke ist wertlos, nämlich das von Lukianos. Ich habe es ohne sein Wissen mitgebracht, da er nicht den nötigen Schliff für derlei hat und nicht ahnen konnte, dass er dich besuchen würde.«

Lukianos knurrte. »Hast du mich bestohlen, Barbar?«

»Keineswegs. Ich habe nur beschlossen, mich von lästigen Dingen zu trennen.« Er reichte dem Etrusker die erste Rolle.

Vel Kuruna entrollte den Papyrus. Einige Atemzüge lang las er, dann lachte er und blickte Lukianos an.

»Viel Mühe hast du dir gegeben, ihm Vorschläge zu machen. Aber bis jetzt scheint er sie nicht befolgen zu wollen.«

Apuleius schnaubte. »Wozu denn auch?«

»Ist es das, was ich befürchte?« Lukianos verrenkte den Hals, um einen Blick auf den Papyrus zu werfen. »Ei«, sagte er dann; »meine guten Ratschläge, in der rührenden Geschichte von Amor und Psyche Gefühl durch Witz zu ersetzen? Ich hätte es mir denken können. Und welchen eigenen Abfall enthält deine zweite Rolle?«

Apuleius lachte, wobei er dem Etrusker die andere Rolle reichte. »Abfall, ganz recht«, sagte er. »Das habe ich an einem müßigen Abend geschrieben, als ich dachte, ich sollte deinem Rat folgen.«

Atilius beugte sich vor. »Eine *witzige* Fassung der Geschichte? Amor und Psyche, kichernd?«

»So etwa.«

Vel Kuruna deutete im Sitzen eine Verbeugung an. »Wir danken; es ist dies eine kostbare Bereicherung der Sammlung eurer Handschriften.«

Lukianos und Apuleius sahen einander an; dann sagten sie gleichzeitig: »Unsere Handschriften?«

Vel Kuruna blickte den zweiten Schreiber an. »Sei so gut, Charinus.«

Korinna betrachtete den jungen Mann, der nicht so blass war wie sein Namensvetter im Gedicht des Martialis. Charinus ging zu einem kleinen Tisch, auf dem einige Rollen lagen; er brachte sie dem Etrusker, der sie öffnete.

»Wenn ihr sehen mögt …«

Apuleius und Lukianos standen auf und beugten sich über die Rollen.

»Woher hast du das?« Apuleius deutete auf die dickste der Schriften; er klang beinahe empört.

»Deine Verteidigungsrede gegen den Vorwurf der Magie?« Vel Kuruna gluckste. »Ich nehme an, du hast davon zwei Ausfertigungen gemacht; eine wirst du wohl behalten haben, die andere hast du bei Gericht hinterlegen müssen, nicht wahr? Ein Mitarbeiter des Richters hat sie abschreiben lassen, für die Unterlagen. Er meinte, deine eigenhändige Fassung sei besser bei mir aufgehoben.«

Dann legte er die Hand auf eine weitere, dünnere Rolle. »Und ein paar Briefe, Apuleius, die du einem Freund geschrieben hast, Torquatus Sempronius.«

»Ach ja.« Apuleius schüttelte den Kopf; seine Stimme klang ein wenig schwermütig. »Zu früh dahingegangen. Wen die Götter lieben … Hat er es dir, das heißt dem Archiv, vermacht?«

»So ist es. Schöne Briefe, übrigens.« Vel Kuruna zwinkerte. »Besonders mag ich die scharfen Zeilen über die Anmaßung der Großgrundbesitzer in Africa, die alle Fäden des Lebens zu einem gordischen Knoten gemacht haben, der nur mit einem besonderen Schwert zu lösen wäre.«

Apuleius hob die Schultern. »Da war ich jünger und glaubte noch an Schwerter.«

»Und woran glaubst du heute?«

»Ich weiß es nicht. Räder, vielleicht, oder Spiegel.«

Von Lukianos gab es den Entwurf – »unvollständig, aber wundersam schamlos«, wie Vel Kuruna sagte – eines Dialogs zweier Dirnen, ein Kapitel der *Wahren Geschichte* und eine von ihm mit Ergänzungen und Kommentaren versehene Sammlung milesischer Anekdoten und Gaunergeschichten.

Als Charinus diese Schätze und die beiden neuen Rollen auf dem kleinen Tisch verwahrt hatte, bat Vel Kuruna die Händler um einen Bericht über ihre Reise.

»Denn nichts – abgesehen von heftigem Denken – fördert den Geist so sehr wie die Beschäftigung mit der Fremde: fremde Menschen, fremde Länder, fremde Gebräuche, sagen wir einfach, fremdes heftiges Denken. Ich mag nicht zu viel von euch verlangen, und dieser Tag wäre dazu zu kurz, aber wenn es euch möglich wäre, lange Berichte abzufassen oder zu diktieren, solange ihr in Rom seid … Ich würde euch gern Schreiber zur Verfügung stellen.«

Später sagte sich Korinna, dass sie lange Berichte gern gelesen hätte: den des Apollodoros über die Reise in den fernen Osten und die der beiden Fremden über ihre Heimat, die Begegnung mit den Händlern aus dem Imperium und ihre Reise vom Ostrand der Welt nach Rom. Vieles, was ihr beim Anhören der Erzählungen unverständlich war oder unglaublich schien, wäre beim Lesen oder Wiederlesen vielleicht klar und lichtvoll geworden; andere Vorfälle oder Einzelheiten, die sie entzückten, hätte sie gern zu erneuter Wonne abermals aufgesucht.

Dreieinhalb Jahre sei man unterwegs gewesen, sagte Apollodoros. Er und seine Gefährten, fünf Händler und zehn Sklaven, seien durch das damals noch nicht vom Partherkrieg bedrohte Babylonien ans Persische Meer gereist, um sich in Charax am Unterlauf des Tigris auf das Schiff eines arabischen Händlers zu begeben, der einige Zeit in Antiochia als Gast und Geschäftsfreund im Haus des Apollodoros geweilt hatte.

Da sie nicht recht wussten, welche Waren ihnen von Nutzen sein mochten, nahmen sie vor allem Gold und Silber mit, gemünzt und ungemünzt. An der Westküste Indiens liefen sie mehrere Hafenstädte an; überall fanden sie Niederlassungen von Handelshäusern aus dem Ostteil des Imperiums, aber auch aus Ägypten. Kurz vor Erreichen der Südspitze Indiens verbrachten sie fast zwei Monate im Land Limyrike, dessen Hauptstadt und Haupthafen Musiris Ziel ihres arabischen Freundes war. Einer der fünf Händler beschloss, mit dem Araber zurück nach Babylonien zu fahren; er nahm seine beiden Sklaven mit und eine von allen fünf Händlern erworbene Ladung, die vor allem aus Perlen, Pfeffer und anderen Gewürzen bestand. Die übrigen vier wollten weiterreisen. Da sie zunächst nur Schiffe fanden, mit denen sie den nächsten größeren Hafen, Nelkynda, hätten anlaufen können, man ihnen jedoch versicherte, dass früher oder später andere Schiffe bis zur Insel Taprobane fahren würden, warteten sie. Um nicht untätig zu sein, reisten sie mehrmals tagelang ins Hinterland.

An dieser Stelle begann Korinna, sich in fremdartigen Namen und seltsamen Begebenheiten zu verlieren. Sie hörte Geschichten über indische Völker und vielgestaltige indische Götter, die Affen waren oder acht Arme besaßen oder den Kopf eines Elefanten hatten; über menschenfressende Geistertiger, auf denen göttliche Helden ritten, die bereits mit Dionysos gezecht hatten, als dieser in Indien weilte; über unendliche Wälder und Sümpfe am Fuß steiler Berge; über Riesenschlangen, die ein ganzes Schwein auf einmal verschlingen konnten; über Tempel, in denen Magier unermessliche Schätze hüteten – Magier, die sich vom Boden lösen und schweben konnten oder sich nachts in Wölfe verwandelten (hier fühlte sie sich fast zu Hause, da derlei Geschichten auch im Imperium erzählt wurden); über gottgleiche Herrscher in goldenen Palästen; über sprechende Elefanten und feinstes Schnitzwerk aus Elefantenzähnen, das in der Hand von Dieben zu Giftschlangen wurde, den Räuber tötete und zum rechtmäßigen Besitzer heimkehrte, wo es sich zurückverwandelte …

Auf der Insel Taprobane an Indiens Südspitze, mit dem Festland verbunden durch eine Kette kleinerer Inseln, erwarben die Händler neben einer Vielzahl wüster Geschichten vor allem Edelsteine und Nachrichten über die Länder und Meere weiter im Osten. Zu den wüsten Geschichten gehörte die von einem Überfall durch Räuber, wobei den Händlern ein Einheimischer mit seiner Sippe zu Hilfe kam; er erzählte, seine Vorfahren seien vor vierhundert Jahren als Händler aus dem Westen gekommen und nie heimgekehrt. Er besaß noch einige alte Gegenstände, darunter ein schönes Gefäß, aus einem Straußenei geschnitzt, und einige Münzen, die auf einer Seite entweder ein Pferd oder eine Palme und auf der anderen das Gesicht eines Mannes oder Gottes zeigten: karthagische *sigloi*.

Taprobane war der letzte Name, mit dem Korinna noch etwas anfangen und den sie im Geist auf den Umrissen einer Weltkarte unterbringen konnte; von der weiteren Reise nach Osten behielt sie nur allgemeine Eindrücke: dampfende Wälder, riesige Feuerberge auf kleinen Inseln, Tempel und Paläste und Festungen, Priester und Herrscher und Händler, immer wieder neue Schiffe, neue Häfen, neue Küsten …

Als Apollodoros begann, vom Land Sera zu sprechen und von hölzernen Tempeln, von den Maden oder Raupen, die Fäden ausschieden, aus denen Seide gemacht wurde, vom Zustand der Straßen, von den landesweiten Prüfungen, denen sich Beamte zu unterziehen hätten, und vom langen Weg zur Hauptstadt, zum Palast des Kaisers, fing Atilius den verloren und verzweifelt herumirrenden Blick Korinnas auf. Er erhob sich, kam zu ihr, lächelte und flüsterte: »Magst du dem Labyrinth ferner Namen entfliehen und dich ins Labyrinth naher Schriften begeben?«

Als sie dankbar nickte und aufstand, um mit Atilius von Gestell zu Gestell zu wandern, schlossen sich Apuleius und Lukianos an. Apuleius sagte leise: »Wir haben das schon eine Nacht lang verhandelt.«

»Und viel zugänglicher wird es auch beim zweiten Mal nicht«, murmelte Lukianos. »Zeig uns ein paar schöne Schriften, am liebsten verbotene.«

Atilius führte sie in die der Tür gegenüberliegende Ecke; hier waren sie weit genug von Vel Kuruna und den Händlern entfernt, um nicht mehr flüstern zu müssen.

»Verbotene Schriften? Meinst du, so etwas gäbe es hier?«

»Wo denn sonst?«

»Wenn es so etwas gibt, hat nur der Meister Zugang.«

Apuleius schnalzte leise. »Du willst damit sagen, selbstverständlich gibt es diese Dinge, und wahrscheinlich machen sie die eigentliche Bedeutung des Archivs aus, nicht wahr? Aber du darfst sie uns nicht zeigen, ohne *seine* Einwilligung?«

Atilius antwortete nicht darauf; er deutete auf die Gestelle, vor denen sie standen, und sagte: »Seht doch einmal, ob ihr hier etwas findet, was euch gefällt.«

Korinna berührte eine mit einem Wachspfropfen verschlossene Tonröhre. »Darf man das öffnen?«

»Vorsichtig, ja. In den Röhren ist der Papyrus besser gegen Zeit und Feuchtigkeit geschützt.«

Staunend und stumm, bis auf gelegentliche Seufzer der Lust oder des Neids, öffneten sie Röhren, entrollten Papyri, blätterten Pergamentbände auf, betrachteten Tafeln aus Wachs oder Ton. Das erste der Gestelle, zu denen Atilius sie geführt hatte, enthielt ausnahmslos einzigartige und unersetzliche Stücke aus der Zeit des Krieges gegen Hannibal: die Aufzeichnung des Quintus Fabius Maximus über Verhandlungen in Iberien einschließlich einer Liste jener Köstlichkeiten, mit denen der Karthager Hasdrubal die römische Gesandtschaft bewirtet hatte; Briefe von Publius und Gnaeus Cornelius Scipio aus Iberien; den Brief des jüngeren Publius Cornelius Scipio, des späteren Africanus, diktiert, aber von ihm eigenhändig verbessert, ergänzt und unterschrieben, über die Eroberung von Neu-Karthago; in griechischer Sprache elf Rollen mit der Biografie des Hamilkar Barkas, verfasst von dessen

Chronisten Philinos; ebenfalls auf Griechisch die Aufzeichnungen des Spartaners Sosylos, der jahrelang Hannibal begleitet hatte – versehen mit Anmerkungen, Kommentaren und Hervorhebungen von der Hand des Kaisers Claudius, der das Werk für seine *Geschichte der Karthager* benutzt hatte; ein Brief des Aemilius Paullus an den Senat, geschrieben am Vorabend der Schlacht von Cannae; Schreiben von Minucius und Marcellus, Briefe Hannibals an italische Städte oder einzelne seiner Unterstrategen, teils auf Griechisch, teils auf Punisch, einige auch auf Latein; den von einem römischen Kriegsschiff abgefangenen, von Philipp V. und Hannibal unterzeichneten Vertrag zwischen Karthago und Makedonien; Hannibals griechischer Brief an die Rhodier, römische Verbrechen betreffend, unterfertigt mit *Annibas Karchedonios* und einer Reihe punischer Zeichen …

Im übernächsten Gestell, mit dem Lukianos gerade befasst war, lag die schriftliche Hinterlassenschaft von Gaius Iulius Caesar: Briefe, Reden, die ersten und die endgültigen Fassungen seiner Kriegsberichte, ein paar gekritzelte Bemerkungen über Personen: Cicero (»ehrenhaft, weinerlich, politisch blind«), Pompeius (»altes Weib; er und seine Offiziere sollten Gärtner werden«), Catilina (»wenn er nur verlässlicher wäre«). Einen Papyrus-Abriss hielt Lukianos mit spitzen Fingern hoch; Korinna, die eben zu ihm getreten war, sah und las und pfiff.

»Darüber sollte man sprechen«, flüsterte Lukianos. Er warf einen Blick nach rechts; Atilius und Apuleius beschäftigten sich zehn Schritte entfernt mit anderen Schriften und hatten offenbar nichts bemerkt.

Korinna murmelte: »Vielleicht können wir mit ihm handeln.«

»Wissen gegen Wissen?«

»Ja; und Neugier.«

Lukianos klackte mit der Zunge. »Die geheimen Schriften?«

»Geheimnisse überhaupt.«

Er lächelte. »Magst du mich umarmen?«

»Immer.« Korinna legte die Arme um seinen Hals; mit der

rechten Hand, abgeschirmt durch ihren Oberkörper, schob Lukianos den Papyrusfetzen in den Ausschnitt seiner Tunika.

»He, ihr da«, rief Apuleius halblaut. »Hört auf zu schmusen; seht mal, was wir hier haben.«

Atilius verschränkte die Arme vor der Brust; er lächelte. »Zwischen Männern und Frauen gibt es mehr und reizvollere Dinge als Papyrus.«

Korinna erschrak ein wenig; Papyrus zwischen Männern und Frauen – hatte er doch etwas gesehen?

»Küssen und lesen«, sagte Lukianos, »o meine Lesbia! Was habt ihr da?«

»Etwas, wovon du nichts verstehst«, sagte Apuleius. »Richtige Dichtung.«

Das Einzige, was danach in längerer Zeit gesagt wurde, kam von Korinna: »Man möchte weinen!« In diesem Gestell und denen daneben fanden sich eigenhändige Niederschriften, größtenteils Erträge römischer Beutezüge, von Aristophanes und Menandros, Sappho und Alkman, Briefe von Themistokles (auf Tontafeln), Perikles und Alkibiades (auf Papyrus) – »Briefe gehören nicht hierher; keine Dichtung«, sagte Atilius; »ich bringe sie nach da drüben« –, Kallimachos und Philodemos; dann die Römer: Propertius, Lucilius, die Erstschrift der *Pharsalia,* vollständige Sammlungen, größtenteils eigenhändig oder zumindest von den Dichtern unterschrieben, von Vergilius, Horatius, Tibullus, Catullus, Martialis, Iuvenalis; ein Satz Arbeitsabschriften für die Bühne, von Plautus mit Aufführungsnotizen und Bemerkungen zu einzelnen Schauspielern versehen; und als Korinna eben, fast unter Tränen, die mit punischen Kürzeln durchsetzten Schauspiele des Terentius in der Hand hielt, kam Charinus zu ihnen und sagte: »Es wurde soeben beschlossen, nun zum kärglichen Mahle zu schreiten. Mögt ihr mir bitte folgen?«

Langsam, da Vel Kuruna Meister der Schriften sein mochte, aber keineswegs Meister der Treppensteiger war, und erleuchtet, da Atilius mit einer Lampe in der Hand voranging, begaben sie sich ins Hauptgeschoss, wo Atilius die Lampe zurückließ, und dann ins obere Stockwerk. Dort stand zwischen einem Fenster und einer Zwischenwand aus Gestellen ein breiter Tisch mit gepolsterten Schemeln.

»Ihr müsst vergeben: In der Bibliothek ist kein Raum für Klinen«, sagte Vel Kuruna. »Wir werden im Sitzen speisen.«

Apuleius blickte auf den Tisch und die Schemel. »Mit dir und deinen beiden Helfern sind wir neun«, sagte er. »Da stehen zwölf Sitze.«

Aus einem Nebenraum, hinter dem weitere Räumlichkeiten zu liegen schienen, kamen drei Personen: ein Mann und zwei Frauen. Alle drei waren teuer gewandet, mit purpurgesäumten Tuniken; die Ältere der Frauen hatte ihr Haar mit edelsteinbesetzten Goldspangen als schiefen Turm gestaltet, und die Jüngere trug ein halbes Dutzend seidene Schleifen in ebenso vielen kunstvoll geflochtenen, abstehenden Zöpfen.

»Der Herr der Bibliotheca Ulpiana«, sagte Vel Kuruna. »Claudius Ulpius Cornelius Acer, seine edle Gemahlin Philinna, die Augen verwüstende Tochter Plautina.«

Er nannte die übrigen Namen; nachdem alle einander begrüßt hatten, sagte Ulpius: »Wie ihr meinem Namen entnehmen könnt, bin ich ein entfernter Verwandter der göttlichen Kaiser. Man hat beschlossen, zu meinen Gunsten anzunehmen, dass ich die schriftlichen Schätze, die sie hinterlassen haben, nicht besudeln, sondern durch eigenes Geld hegen und mehren könnte. Der Name und das Geld sind meine einzigen Vorzüge; der eigentliche Herr der Bibliothek ist der ehrwürdige Vel Kuruna, dessen Haushalt auch für die Kosten dieses Mahles aufkommt. Betrachtet ihn also bitte als den Gastgeber, mich als unnützen Mitesser und diese beiden Frauen als beiläufige Zier.«

Es wurde gelacht, aber Korinna bemerkte mit leichter Verblüffung, dass der Etrusker nicht einmal vorgab, aus Höflichkeit widersprechen zu wollen.

Auf dem Tisch standen etliche Krüge, Becher und Teller, die

aus einer Töpferei in der Nähe von Capua stammten. Einige der Krüge enthielten kühles Brunnenwasser, einer die gemischten Säfte verschiedener ausgepresster Früchte, zwei waren mit Wein gefüllt.

»Da wir nicht wissen konnten, ob ihr besondere Vorlieben habt, was Wein angeht, haben wir den besten genommen, auf den sich hoffentlich alle einigen können: Falerner.« Vel Kuruna lächelte breit; dann klatschte er in die Hände und sagte: »Setzen, meine Freunde. – Sklaven!«

Als man sich niederließ, gelang es Korinna, neben Lukianos Platz zu nehmen; rechts von diesem saß die Gemahlin des Ulpius. Apuleius fand sich eingerahmt von Ulpius und der Tochter. »Immerhin«, dachte Korinna, »können Kuruna und die Fremden so ungestört weiterreden.«

Es gab als Vorspeisen Meerigel, rohe Austern mit vier verschiedenen Tunken, zwei Arten von Muscheln, gebratene Drosseln auf Spargel, eine gemästete, ebenfalls gebratene Henne, einen heißen Eintopf aus Austern und Muscheln, schwarze und weiße Maronen, gekochte Muscheln in verschiedenen Tunken, andere Meerestiere mit Feigenschnepfen, Lenden von Rehen und Wildschweinen, Geflügel in einer Teigkruste, Purpurschnecken mit Feigenschnepfen. Die Hauptmahlzeit bestand aus Saueuter, Schweinskopf, gedünsteten Fischen in heller Weintunke, gebratenen Enten, gesottenen Enten, Hasen, Rebhühnern, Fasanen, Brot, einer köstlich gewürzten Mehlspeise, die Wein und Brühe und Honig enthielt. Als Nachspeise – »wahrlich karg, um Vergebung!«, sagte Vel Kuruna – gab es verschiedene Früchte und mit Honig, geriebenen Nüssen und Sesamkörnern vermengten Frischkäse.

Als das Essen beendet war und die Sklaven auch die Näpfe abräumten, in denen die Gäste sich die Finger gereinigt hatten, wurde es draußen bereits dunkel. Ulpius behauptete, sich zu einer politischen Besprechung begeben zu müssen; die Gemahlin und die Tochter schienen versessen darauf, den munter und witzig plaudernden Apuleius für den Abend zu entführen – Lukianos, ebenfalls angefordert, entschuldigte sich wortreich mit einer dringenden

Verabredung –, und Korinna war nicht zum ersten Mal erleichtert, dass sie als minderwertige Angehörige einer minderwertigen Zunft Einladungen in vornehme Häuser gar nicht erst erhielt. Apollodoros, Hu und Chi vereinbarten für den nächsten Tag ein Treffen mit Atilius und Charinus sowie, möglicherweise, weiteren *antiquarii* oder Schreibern, um mit dem ganz langen Bericht zu beginnen.

»Bleib neben mir«, sagte Lukianos, als die Versammlung sich aufzulösen begann.

Korinna nickte; sie sah, dass Vel Kuruna auf seinem Schemel sitzen blieb, als gehe ihn alles nichts an.

»Ein paar Augenblicke. Ich bin sofort wieder da.«

Sie lief zur Treppe, fing Apollodoros ab und sagte leise: »Eine Bitte, Fürst des Handels; es könnte um Leben und Tod gehen.«

Apollodoros lächelte. »Ich habe von den Mimen des Mopsos gehört; man sagt, sie seien sehr ersprießlich. Eine Einladung zu eurem nächsten Auftritt?«

»Ja – und eine eigenhändige Schrift des Lukianos für dich; es geht auch um *sein* Leben.«

»Was soll ich tun?«

Sie sagte es ihm. Apollodoros versprach, alles nur Mögliche zu tun oder notfalls ein eigenes Heer aufzustellen.

Ein wenig erleichtert ging Korinna zurück zu Lukianos. Außer ihm und ihr, den Sklaven und dem Etrusker waren nur noch Atilius und Charinus im Raum. Vel Kuruna winkte seine Helfer zu sich; leise sagte er etwas, die beiden Jüngeren lachten und setzten sich wieder.

Lukianos nahm ihre Hand und zog sie zum Tisch. »Ich nehme an, Ehrwürdiger«, sagte er, »dass du die beiden trefflichen *antiquarii* aufgefordert hast, dir bei der Vertilgung des kostbaren Weines zu helfen, ehe er schlecht wird. Ich hoffe, wir dürfen uns beteiligen.«

Vel Kuruna nickte heftig, lächelte und patschte auf den Tisch. »Setzt euch, setzt euch; habt ihr eure Becher noch?«

»Wir haben; außerdem haben wir einige Fragen.«

Vel Kuruna hob seinen Becher, trank ihnen zu, setzte das Gefäß ab und verschränkte die Arme. »Schwierige Fragen?«

Da Lukianos nicht sofort antwortete, sagte Korinna: »Halb schwierig, Ehrwürdiger, und halb heikel.«

Der Etrusker blinzelte. »Heikel? Ich liebe heikle Fragen. Diese beiden hier« – er deutete auf Atilius und Charinus – »sind nicht nur als *antiquarii* dafür zuständig, alte Schriften zu retten, zu bewahren und auszubessern, sie sind auch mit allem vertraut, was die Schriften an heiklen Fragen enthalten mögen. Fragt also!«

Korinna stieß Lukianos an. »Du bist dran.«

Lukianos nickte. »Gut.« Er holte tief Luft. »Hast du, Ehrwürdiger, diese Mahlzeit zusammenstellen lassen?«

»Das habe ich.«

»Die Folge der Speisen und die einzelnen Gerichte – war das ein Zufall? Nein, Ehrwürdiger, Meister, bei dir gibt es keine Zufälle. Es war ein Zitat, nicht wahr?«

Korinna blickte ihn verblüfft von der Seite an; auch Charinus schien erstaunt, während Atilius flüchtig lächelte.

»Ein Zitat? Sehr klug, Lukianos – magst du mir mehr sagen?«

»Wir waren zwölf. Als diese Mahlzeit zum ersten Mal so zusammengestellt wurde, nahmen dreizehn daran teil. Sechs Priesterinnen und sechs Priester. Und der Pontifex Maximus, zu dessen Einführung ins Amt das Essen stattfand.«

Vel Kuruna nickte.

»Wer war der Pontifex Maximus?«, sagte Korinna.

»Gaius Iulius Caesar«, sagte Lukianos langsam.

Der Etrusker nickte abermals. »Und?«

»Atilius war so freundlich, uns einige eurer Kostbarkeiten zu zeigen. Ein Papyrusfetzen war darunter, den Caesar in Alexandria bekritzelt hat, als die Bibliothek brannte und er einige Dinge retten wollte.«

Charinus blickte noch immer verblüfft drein. Atilius hatte die Brauen gehoben – »als ob er überlegen müsste, wovon Lukianos redet«, dachte Korinna.

Vel Kurunas Gesicht zeigte keine Regung. Allerdings war Korinna nicht sicher, ob sie unter all den Falten und Wülsten Regungen richtig hätte deuten können.

»Das mag so sein«, sagte er. »Ich kann aber nicht jeden Fetzen im Kopf behalten; das Archiv ist weitläufig. Was steht auf dem Fetzen?«

»Eine Anweisung an Tiberius Nero, der Caesars Schiffe befehligte, das mit diesem Fetzen überbrachte Bündel unter allen Umständen zu schützen.«

Der Etrusker spitzte die Lippen, wie zu einem Pfiff oder einem Kuss. »Was war in dem Bündel?«

Lukianos seufzte. »Spiel keine schäbigen Spiele mit uns, Ehrwürdiger. Ich hätte einen anderen Vorschlag.«

»Und zwar?«

»Wir begeben uns nun ins Archiv. Dort magst du uns einen Teil des Bündelinhalts zeigen; dann werden wir dir sagen, was wir vom anderen Teil des Inhalts wissen.«

Charinus räusperte sich. »Ehrwürdiger«, sagte er halblaut, »sollte ich vielleicht gehen?«

»Noch nicht. Lukianos aus Samosata – Korinna aus Rhodos – sagt mir, was diese Gegenstände sind. Wenn es stimmt, wollen wir bedenken, ob wir wirklich mehr wissen wollen.«

Lukianos blickte Korinna auffordernd an.

Sie sagte: »Auf dem Fetzen nennt Caesar die Gegenstände nicht, sondern kürzt sie lediglich ab. Mit griechischen Zeichen. Ein Alpha, ein Epsilon, ein Sigma, ein Beta. Dann folgt der Satz: ›Tiberius: die Schriften und die Waffe sind wichtiger als dein Leben.‹ Ich habe die Waffe gesehen, die mit einem Beta gezeichnet ist. Es steht für *basileus,* weil ihr Besitzer, der gegen die Republik kämpfte, als König der Sklaven angesehen wurde. Das Schwert des Spartacus.«

Atilius schloss die Augen. Charinus öffnete die seinen weit. Vel Kuruna nickte kaum merklich.

»Das Schwert des Spartacus«, sagte er. »Wo hast du es gesehen?«

»Das«, sagte Lukianos hart, »sagen wir dir, wenn du uns Caesars Beute aus der Bibliothek von Alexandria zeigst. Und vielleicht noch etwas mehr. Die Beute des Ptolemaios, gegen Korn und Gold den Athenern genommen. Die Schriften. Alpha für Aischylos, Epsilon für Euripides, Sigma für Sophokles.«

Vel Kuruna stützte beide Hände auf die Tischplatte und stemmte sich hoch. »Nun denn«, sagte er, »begeben wir uns ins Archiv. O dieses Treppensteigen!«

Er wandte sich an Charinus, der ebenfalls aufgestanden war und immer noch mit großen, verwunderten Augen Lukianos und Korinna anstarrte. »Ich sollte mich nun eigentlich mit Philippos treffen. Könntest du ihm etwas ausrichten?«

»Ja, Ehrwürdiger. Der Gladiator? Wo finde ich ihn?«

»Kennst du *Das Rasende Wildschwein?* Dort wartet er auf mich. Sag ihm, ich hätte lästige Gäste – um Vergebung, Korinna, Lukianos –, die mich noch ein wenig aufhalten werden.«

Er ging zur Treppe, blieb plötzlich stehen und setzte hinzu: »Ach, sag ihm, er möge mir ein wenig entgegenkommen.«

Die meisten Lampen im Archiv waren erloschen. Vel Kuruna watschelte langsam dorthin, wo der Eingang zu den Nebenräumen lag, während Atilius die Lampen wieder auffüllte, anzündete und dann mit zweien von ihnen seinem Meister folgte.

»Kommt«, sagte der Etrusker über die Schulter, ehe er im Durchgang verschwand.

Lukianos blickte Korinna mit gerunzelter Stirn an.

»Hier sind wir sicher«, sagte sie leise. »Hoffe ich.«

Er knurrte. »Alle wissen, wo wir sind … Nun ja.«

Er ging zum Durchgang; Korinna zögerte einen Atemzug lang, dann hob sie die Schultern und folgte.

Nur einer der Nebenräume war erhellt – jener, in den der Etrusker und Atilius gegangen waren. Korinna schätzte die Maße des Raumes. »Zehn Schritte lang und fünfzehn breit«, dachte sie, »und alles voller Schriften!«

»Was wollt ihr sehen?«, sagte Vel Kuruna.

Lukianos breitete die Arme aus. »Gibt es diese Schriften noch? Und außerdem – da wir nicht wissen, welche Schätze du hier hortest, können wir gar keine Wünsche äußern.«

»Zeig ihnen alles«, sagte Atilius. »Ich fürchte, es ist nun ohnehin gleich.« Er stellte die Lampen auf einen Tisch und streifte Lukianos und Korinna mit einem Blick.

Das Gesicht des *antiquarius* zeigte schieren Hass; falls Korinna sich nicht täuschte.

Während sie noch überlegte, ob dies die Empfindung eines Schatzhüters sei, der jedem, der seine Schätze antasten könnte, den Tod wünscht, schob der Etrusker einen zweiten Tisch neben den mit den Lampen, ging zu einem der Gestelle, kam zurück und ließ einen ganzen Arm voller Tonröhren auf die Tischplatte rollen.

»Die Werke der Unvergleichlichen«, murmelte er, »der Göttlichen. Mit eigener Hand geschrieben und zur Hinterlegung ausgehändigt, sobald die Stücke aufgeführt waren.« Er öffnete die Röhren und zog Papyrus um Papyrus heraus. »Von Athen nach Alexandria, von Alexandria nach Rom. Hierher, wo das Heiligste des Heiligsten aufbewahrt wird. Entblößt für die unwürdigen Augen eines Autors, einer Schauspielerin, eines *antiquarius* und eines fetten Etruskers.« Dann lachte er und wandte sich an Atilius. »Aber wann haben wir diese göttlichen Geschenke zuletzt betrachtet? Müssten wir ihnen nicht dankbar sein, dass sie uns zu dieser … Verzückung zwingen?«

Atilius murmelte etwas Unverständliches.

Scheu, fast ergriffen wie durch die Gegenwart einer Gottheit, entrollte Korinna einen Papyrus. Er war brüchig und fleckig, aber die Schrift war noch gut zu lesen. Die *Antigone* des Sophokles, vor sechshundert Jahren von ihm selbst niedergeschrieben. »Wahrscheinlich zuerst auf Tafeln«, dachte sie, »dann *so* für den Tempel und den Archon und das Volk von Athen und die Ewigkeit. Und für mich.« Plötzlich sah sie nichts mehr; ihre Augen waren voller Tränen, schnell legte sie den Kopf in den Nacken, um diese ungeheure, ungeheuerliche, unbezahlbare, unersetzliche Kostbarkeit nicht durch salzige Absonderungen einer bedeutungslosen Schauspielerin zu schänden. Einer Mimin, die sich in diesem Augenblick schwor, nie wieder etwas zu schreiben, und die wusste, dass sie diesen heiligen Eid, abgelegt vor dem göttlichen Sophokles, bald brechen würde.

Lukianos bewegte lautlos die Lippen, während er eine Rolle nach der anderen aufnahm, zu lesen begann, den Kopf schüttelte, zur nächsten griff. *Die Perser. Die Troerinnen. Oidipous. Herakles. Philoktetes. Hatschepsut. Die Tränen des Priamos. Medea. Iphigeneia. Phaidra. Ariadne. Semiramis. Penthesilea.*

Bekanntes, Unbekanntes, Vergessenes. Und – – –

»Etwas für dich, Herr der Lügengeschichten.« Vel Kuruna schob Lukianos eine andere Rolle zu.

Korinna sah ihm über die Schulter, als er die Schrift entrollte; beide begannen zu lesen.

»Als Herodotos seine *Geschichten* abgeschlossen hatte, gefiel es ihm, aus all den Lügen, die er gehört hatte und nicht verwenden konnte, eine eigene Geschichte zu machen.«

Weitere Rollen, auf einen dritten Tisch getürmt. Fantastische Erzählungen, von Themistokles in Persien, in der Verbannung geschrieben, um die Sehnsucht nach Athen abzutöten. Solons Bericht aus einem ägyptischen Tempel, wo man ihm die Geschichte vom Krieg um Atlantis erzählte, die Stadt der Nachfahren des Atlas, des Dardanos, des Ilos, des Tros – Troja. Die uralte Abschrift einer uralten Übersetzung eines noch älteren Berichts aus Kolchis über die Plünderung des Landes und die Entführung der Königstochter durch Räuber aus dem Westen. Andere Schriften, die es nicht gab, die es nicht geben durfte, von denen niemand je gehört hatte: eine Reihe von Blättern, hauchdünnes Leder, mit seltsamen fremden Bildzeichen – »aus der Heimat der Reisenden Hu und Chi, vor Jahrzehnten in Pergamon abgeschrieben, die Gedanken eines Philosophen, der Kung-tze oder so ähnlich heißt« –, das zweite und dritte Buch des Aristoteles über die Komödie, das fünfte Buch der Oden des Horatius, eine Abschrift der Prophezeiungen der Sibylle – »angefertigt, bevor sie einen Teil der Bücher vernichtete, weil die Römer nicht genug bezahlen wollten« –, die geheime Begründung des Augustus für die Verbannung von Ovidius, Penelopes Tagebuch, Helenas Aufzeichnungen über die unersprießlichen Beischlafgewohnheiten des Menelaos, die Abschrift der Aufzeichnungen eines Trojaners namens Korinnos über Gespräche zwischen Odysseus, ihm und einem assyrischen Händler, die Übersetzung der Bestandsliste einer Bibliothek in Babylon, die eigenhändige Autobiografie des immer nur mündlichen Meisters Sokrates, die Briefe Alexanders an Aristoteles …

Korinna war erschöpft, erschlagen, zermalmt; sie hörte Vel Kurunas Frage erst, als er sie lauter wiederholte. Auch Lukianos schien zunächst nichts wahrgenommen zu haben.

»Was ist nun mit dem Schwert des Spartacus?«

Es war mühsam zu antworten; die Zunge schien gelähmt oder versteinert. Korinna bildete sich ein, in ihrem Mund ein Knirschen zu hören, als sie sagte: »Ein römischer Händler hat es angeblich in Portus gefunden; er ließ es auf einem Tisch liegen, wo ein Centurio der städtischen Kohorten es gefunden hat. Jetzt steckt es im Gürtel eines anderen Centurio.«

Sie hatte erwartet, dass Vel Kuruna nach Namen fragen würde oder vielleicht verlangen, dass sie ihm das Schwert beschaffe. Aber der Etrusker lächelte nur, nickte und sagte: »Dann ist es gut.«

»Warum ist es gut?«, sagte Korinna.

»Und was hat es mit dem Schwert überhaupt auf sich?« Lukianos rieb sich die Augen. »Es scheint dir ja wichtig zu sein.«

Vel Kuruna hob die Schultern. »Es hat keine Bedeutung. Nicht für euch, nicht jetzt. Geht.« Er blies eine Lampe aus.

»Willst du sie nicht schwören lassen, über all das hier zu schweigen?« Atilius' Stimme klang ungläubig; Korinna betrachtete ihn aufmerksam, sah aber keinen Hass mehr.

»Es wäre bedeutungslos«, sagte der Etrusker. Er nahm die zweite Lampe. »Geh, begleite sie; ich werde noch ein wenig aufräumen.«

Korinna sah Lukianos an; sie ahnte, dass er noch etwas sagen wollte, eine Frage stellen, einen Vorwurf machen.

Aber er schwieg, nahm sie bei der Hand und zog sie zum Ausgang, in dem Atilius wartete.

»Wir danken dir für etwas«, sagte Lukianos über die Schulter, »für das es keinen Gegenwert gibt, nicht einmal Worte.«

Vel Kuruna antwortete nicht.

Schweigend stiegen sie hinter Atilius durch die Schwärze des Schachts, der eine Treppe war, durchquerten die ebenso schwarze Strecke zum Ausgang und atmeten beide auf, als sie in der beinahe lichten Nacht unter dem Mond und den Sternen auf den Platz zwischen den beiden Bibliotheken traten.

»Ich muss dorthin«, sagte Atilius; er deutete auf die Basilica Ulpia. Irgendwo dahinter lagen das Forum des Traianus, die Straßen, Rom und die Welt.

»Wir auch.« Lukianos' Stimme klang belegt. »Irren wir also gemeinsam durch die äußere Nacht.«

Sie waren erst wenige Schritte gegangen, als aus den Schatten der großen Markthalle kleinere, schnelle Schatten auftauchten. Ein verirrter Mondstrahl blinkte auf einer Klinge; Korinna hörte mehrere Waffen klirren, die aus Scheiden gezogen wurden.

»Was …«, sagte Atilius.

Lukianos, der immer noch ihre Hand gehalten hatte, ließ sie los, tastete nach seiner Hüfte und stieß einen Fluch aus, als er begriff, dass er unbewaffnet war.

Fünf oder sechs Schatten, Männer, Bewaffnete. Nein, sieben. Korinna sagte sich, mit der seltsamen Klarheit eines Albtraums, dass ein an Lukianos' Hüfte fehlendes Messer keine Bedeutung hatte. Nicht gegen sieben Meuchelmörder. Vermutlich hatte nichts mehr Bedeutung. Es war auch sinnlos, die letzten Kräfte, die nicht im Archiv geblieben waren, zu sammeln, um zu schreien. Wer sollte sie denn hier hören?

Kaum einen Lidschlag dauerte es, bis die Gedanken durch ihren Kopf gerast waren. Die Angreifer hatten erst die halbe Strecke von der Basilica her überwunden, als Gebrüll vom Westteil der Bibliothek drang. Es klang wie: *Halt! Wächter!*

Und von dort kamen noch mehr Schatten, weitere Männer, noch mehr Waffen klirrten. Drei? Nein, vier; sie waren näher, versuchten, den anderen den Weg abzuschneiden.

Im Mondlicht sah sie den Schattentanz, den blitzend blutigen Männerreigen. Lukianos deckte sie mit seinem Körper, schob sie hinter sich; Atilius, nach dem ersten Wort verstummt, schien aus der Starre aufzuwachen und schrie: »Mörder! Hilfe! Mörder!«

Plötzlich weitere Rufe, Schritte: irgendwo hinter Korinna, von der östlichen Bibliothekshälfte – drei Männer, dann noch einer. Die ersten drei stürzten sich ins Gemenge; der Vierte kam zu Korinna, Lukianos und dem zappelnden Atilius, hielt Lukianos ein kurzes Schwert hin und baute sich zwischen ihnen und den Kämpfenden auf.

Klirrende Waffen, das dumpfe, ekelerregende Eindringen harten Stahls in Fleisch, Schmerzensschreie, Verwünschungen, mehrere Todesschreie. Dann endete der Tanz; drei Männer rannten fort, nach Norden, vorbei am Tempel des Traianus, zwei oder drei verfolgten sie, einige lagen auf dem Boden; zwei Männer mit gesenkten Schwertern näherten sich Korinna, Lukianos, Atilius und ihrem Verteidiger, und aus dem tiefen Schatten der Markthalle erschien ein kleinerer Schatten, auf dessen Schulter der unglaubliche Schatten eines Kormorans hockte.

»Seid ihr verletzt?« Es war Alcimus' Stimme.

»Nein«, sagte Korinna. Sie holte tief Luft. »Und du? Deine Männer? Woher … wieso …«

Nun konnte sie Alcimus sehen, und, im Mondlicht, das rote Glühen seines Schwertgriffs – das Schwert des Spartacus. Der Mann, der Lukianos die Waffe gereicht und die Gruppe gesichert hatte, wandte sich bei ihren Worten um und zeigte die Zähne: weiße, junge Zähne im Gesicht des Lucius Septimius Severus. Dann schnappte sie nach Luft, als Alcimus' Begleiter vortrat: Pacuvius.

»Gaius!« Mehr brachte sie nicht heraus.

Atilius murmelte etwas über die Notwendigkeit, den Meister zu warnen; Lukianos trat einen Schritt vor, verbeugte sich und sagte mit beinahe munterer Stimme: »Septimius Severus, kühner Verteidiger mutloser *antiquarii* und unbewaffneter Künstler – Alcimus mit dem Schwert des Spartacus, wenn ich mich nicht irre, und der verschwundene Pacuvius? Selten habe ich den Anblick römischer Krieger so genossen. Von Edelleuten nicht zu reden. Wie kann ich euch danken?«

Pacuvius sagte nichts; er stand vor Korinna und blickte sie an. Sie fühlte sich, als grübe er ihr Gesicht mit den Blicken um, nicht, weil er dahinter, darunter, etwas suchte, sondern weil er sich in den entstehenden Furchen oder Gräben versenken und lange nicht wieder auftauchen wollte.

»Dankt zunächst diesem Händler, Apollodoros, der mich gesucht und gefunden hat«, sagte Alcimus. »Und dann seht, ob ihr einen dieser Schufte kennt.« Er deutete auf die Körper am Boden. »Vier von denen, einer von uns.«

Langsam, fast schleichend, kam Batrax herbei. Ohne ein Wort zu sagen, berührte Korinna Pacuvius' Wange; dann umarmte sie den Jungen.

Vier von denen, einer von uns – offenbar waren Alcimus und Pacuvius mit zwei Wächtern gekommen; der überlebende hatte Feuer geschlagen und eine Fackel entzündet.

Die drei Begleiter von Septimius hatten die Verfolgung der flüchtigen Angreifer aufgegeben und kamen näher: harte Gesichter, kraftvolle Kämpfer; zwei waren verletzt, aber offenbar nur leicht.

»Zu schnell«, sagte einer der Männer, an Septimius gewandt. »Und die Bibliothek ist versperrt. Nicht einmal mit Gewalt zu öffnen.«

»Also kein Gespräch mit Vel Kuruna?«, knurrte Pacuvius. »Dann eben später.«

Korinna warf einen Blick auf die Toten und stieß einen leisen Schrei aus.

»Der Zweite«, sagte sie, »mit dem großen Ohrring. Die Silberschlange … Ich habe ihn in Portus gesehen, und später vor Manlius' Haus, zusammen mit diesem toten Senator, Fabricius Balbus.«

Lukianos wandte sich zu ihr um. »Mir fällt gerade ein«, knurrte er, »dass dieser Etrusker den anderen *antiquarius* weggeschickt hat. Ich möchte wetten, dass der mit dem Ohrring Philippos heißt.«

»Welcher Etrusker?«, sagte Pacuvius.

»Was wolltest du ihn denn noch fragen?«, sagte Korinna.

»Ehrwürdiger. Die Anrede nicht an einen Hüter von Büchern, sondern unter Etruskern an einen *haruspex*. Und die Frage nach dem Pontifex, dem dreizehnten Gast bei Tisch.«

Pacuvius steckte sein Schwert ein. »Ein etruskischer *haruspex,* der vielleicht einen Überfall auf euch anordnet?«

Atilius schrie beinahe: »Das kann nicht sein! Das würde der Meister nie tun!«

Septimius spuckte aus. »Wird man so weltfremd, wenn man zwischen Büchern lebt?« Er nahm das Schwert entgegen, das Lukianos ihm reichte, und gab es einem seiner Männer.

Lukianos schnaubte. »Kennst du diesen Philippos? Ja? Dann sag uns doch, ob es der da mit dem Ohrring ist!«

Atilius tat ein paar zaudernde Schritte, starrte auf die Toten und nickte; seine Wangenmuskeln traten hervor.

Pacuvius und Alcimus wechselten einen Blick; dann winkte Alcimus seinem Untergebenen.

»Du weißt, was zu tun ist, nicht wahr?«

Der Wächter nickte und sagte: »Ich hole Verstärkung, um den Dreck da wegzuräumen, und bis dahin seid ihr alle spurlos verschwunden. So etwa?«

»Genau.«

Septimius gab seinen Männern ein Zeichen. »Das könnt ihr ohne uns erledigen, nehme ich an.«

Pacuvius legte die Rechte auf die Brust. »Wir danken dir, *nobilissimus*. Ohne dich und deine harten Kämpfer hätten wir es wohl nicht geschafft.«

»Wenn ihr mich nicht getroffen hättet«, sagte Severus mit klarer, kalter Stimme, »wärt ihr nicht nur mit zweien von euren Leuten gekommen.« Er wandte sich zum Gehen.

»Auf ein Wort noch«, sagte Pacuvius. »Da du meinen Dank nicht willst – können wir deinen Männern danken?«

Septimius hob die Schultern. »Sie haben, was sie brauchen. Du kannst ihnen demnächst einen Wein oder eine Frau bezahlen. Wenn du willst.«

»Einverstanden, Afer? Augilus? Deinen Namen, Freund, weiß ich leider nicht.«

Der dritte Mann, ein hässlicher, muskelbepackter Riese, grinste flüchtig. »Apollo«, sagte er mit knarrender Stimme. »Einverstanden.«

Septimius schnippte und ging; die drei kampfkräftigen Sklaven folgten ihm.

Alcimus betrachtete Atilius. »Kommst du freiwillig mit, oder muss ich das Schwert benutzen?«

»Wieso mitkommen? Wohin?«

Lukianos kicherte. »Ereignisreiche Nacht nach einem aufregenden Tag. Was habt ihr vor?«

Alcimus steckte sein Schwert ein. »Frag den da.« Mit dem Kinn deutete er auf Pacuvius.

»Dann frage ich dich eben.«

Pacuvius berührte Korinnas Arm. »Du«, sagte er, »und Lukianos und dieser *antiquarius* und Alcimus und Batrax ...«

»... und Epulo«, sagte Batrax.

»... ihr seid jetzt alle meine Gefangenen. Ich habe euch nämlich entführt und werde euch verstecken.«

Abfälle und Zufälle

Wie deine gesamte Persönlichkeit ergänzender Teil eines Gemeinwesens ist, so soll auch jede deiner Handlungen das gemeinschaftliche Handeln dieses Gemeinwesens ergänzen. Wenn sie es nicht tut, wenn sie diesen Absichten mehr oder minder fern ist, so zerstückelt sie dein Leben, behindert seine Harmonie und ist aufrührerisch wie einer, der im Volk seine Partei dem Zusammenwirken mit den anderen entfremdet.

MARCUS AURELIUS IX 23

Zu viele Zufälle«, dachte er. Zufällig hatte Batrax ihn beim Amphitheater gesehen; zufällig hatte der Junge Lust, ihm zu helfen; zufällig hatte Batrax Alcimus gefunden, der ja auch in Trans Tiberim oder woanders hätte sein können; zufällig war Korinna misstrauisch genug gewesen, um Apollodoros eine Bitte zuzuflüstern; zufällig hatte der Händler die Bitte weitergeleitet; zufällig war Alcimus gerade dann von seiner Besprechung mit Pacuvius wieder zum Palast zurückgekommen, und zufällig war Pacuvius, als Alcimus' Bote ihn benachrichtigt hatte, auf dem Weg zur Unterkunft der Wächter Septimius und seinen Männern begegnet.

Gaius Pacuvius mochte Zufälle nicht. Umbricius hatte ihm beigebracht, dass ein guter Offizier ohne glückliche Zufälle nie Erfolg haben würde, dass aber nur ein guter Offizier glückliche Zufälle sinnvoll nutzen konnte. Bis vor wenigen Tagen – bis zu jenem schlimmen Abend – hatte Pacuvius sich für einen guten Offizier gehalten; nun war das Selbstvertrauen dahin, und er wusste nicht einmal, ob er überhaupt noch Offizier war. Dass er sich zwischendurch immer wieder sagte, alles wäre anders gekommen, wenn Rusticus ihn hätte ausreden lassen, half nicht viel. Umbricius mochte längst schriftlich niedergelegt haben, dass Pacuvius den Anforderungen des Sonderdienstes nicht genüge und nur zum Centurio niedrigsten Ranges tauge. Umbricius hätte ihm dies gesagt, wenn er, wie angewiesen, morgens zu ihm gegangen wäre, statt in einem Kerker die Zeit totzuschlagen. Von der toten Zeit zerschlagen zu werden.

Rusticus hatte dem Sonderdienst zweifellos nicht mitgeteilt, dass Pacuvius nicht verfügbar sei. Wenn er ihn tatsächlich schützen wollte, wäre es unsinnig gewesen, dies jenen zu sagen, die möglicherweise zu denen gehörten, vor denen er geschützt werden sollte. Wenn, falls, hätte, wäre, sollte …

Während sie durch die Nacht hasteten, um einen unwilligen Atilius, einen erheiterten Lukianos, einen müden Batrax und eine schweigsame Korinna zu einem Haus in der Subura zu bringen, konnte er sich nicht mit Alcimus beraten; nachmittags hatten sie nicht genug Zeit für gründliche Beratung gehabt. Also nutzte er den Weg, um üble Gedanken zu denken und dafür zu sorgen, dass er sich noch schlechter fühlte. Er hatte versagt, danach wie ein wehleidiger Jüngling die struppige Seele in Wein zu glätten versucht, sich beim Gang durch die Unterwelt, wo er Mörder hätte fangen sollen, an Korinnas Hand und Alcimus' Führung festgehalten, war unentschuldigt und unentschuldbar der Besprechung mit Umbricius (der Beschimpfung, dem Tadel, der Bestrafung durch Umbricius) ferngeblieben. »Ein guter Offizier«, sagte er sich, »wird durch glückliche Zufälle und eigenes Können erhoben; ein schlechter Offizier nutzt unselige Zufälle, um sich zu vernichten.« Korinna war da, wenige Schritte von ihm entfernt, aber am anderen Ende des Imperiums. Keine Hand für ihn, diesmal. Gut so, dachte er; er konnte sich nicht den ganzen Rest seiner Dienstzeit an Korinnas Hand festhalten.

Außerdem – Lukianos. Die Mimin, die auch schrieb, und der bedeutende Autor. Hier ein schlechter oder vielleicht schon entlassener Offizier, dort ein großer Dichter. Viel zu wählen, fürwahr. Bei diesem Überfall war der Mann kühl geblieben, hatte nicht geschrien, sondern versucht, Korinna mit seinem Leib zu schützen. Er hatte das Schwert von Septimius angenommen, als ergriffe er derlei nicht zum ersten Mal.

Und ehe sie Pacuvius gestreichelt und Batrax umarmt, hatte sie Lukianos' Hand gehalten.

Die Leiber und die Hände. Ohne Zweifel hatten die beiden sich miteinander vergnügt. Ohne Zweifel hatten Batrax' Augen deshalb die Leere gesucht, als er beider Namen erwähnte. Zweifellos stand es Pacuvius nicht zu, darüber zu befinden. Er wollte Korinna; ein wenig verblüfft stellte er fest, dass er sich plötzlich kaum an Remas Gesicht erinnern konnte. Er war nicht vorhanden gewesen, nicht zur Vergnügung noch zu anderem. Reden, zum Beispiel. Vielleicht hatte Korinna ihn für tot gehalten, halten müssen, schnell beseitigt, gleich nach der Verhaftung hingerichtet. Er selbst hatte ja nicht gewusst, wohin man ihn brachte; wie hätte Korinna mehr wissen können? Und der bedeutende Autor, Korinnas »Zunftbruder« … alles verständlich, alles abscheulich. Er verspürte Neid, wusste nicht, ob er dieses Gefühl Eifersucht nennen sollte, empfand Abneigung gegen den Mann. Eigentlich wollte er ihn hassen.

Aber er fühlte sich leer, verloren in einem Labyrinth, dessen Ausdehnung er nicht kannte und von dem er weder wusste, ob es überhaupt existierte, noch, wie er hineingelangt war oder ob es einen Minotaurus gab, einen Faden, eine Ariadne. Solange er in diesem Labyrinth steckte, würde er nicht fähig sein, zwischen Lukianos und Korinna zu treten, Korinna darum zu bitten, Ariadne zu spielen, einen Faden von ihrer Tunika zu lösen und das Gewand aufzuriffeln, damit er etwas hätte, woran er sich halten könnte. Aber ohne diesen oder einen anderen Faden käme er nie aus dem Labyrinth; und falls er es doch verlassen könnte – oder falls das Labyrinth nicht existierte –, gäbe es keinen Grund, um den Faden zu bitten.

Wenn es wenigstens möglich gewesen wäre, diesen Etrusker zu

sprechen, zu befragen, notfalls mit vorgehaltener Klinge … Aber das Tor der Bibliothek war versperrt gewesen und zu dick, als dass sie es hätten aufbrechen können. Außerdem war Vel Kuruna vielleicht längst gegangen. Verschwunden. Und der Name war nicht so selten. Es mochte einen anderen Vel Kuruna geben. Oder nicht? Alt, fett, mit Schriften befasst – zu viele Dinge, die mit Tyllus' Auskünften übereinstimmten.

Dabei hatte er, als sie durch die Nacht gingen, das unwirkliche Gefühl, der Lösung aller Rätsel ganz nah zu sein. Wie im Kerker, nach dem Traum von den drei Köpfen, drei Strähnen und einem Zopf. Aber sosehr er sich auch bemühte – er konnte das Schwert und den Kaiser, Fufius und Vel Kuruna, Umbricius und Rema, Manlius und Fabricius Balbus nicht in eine sinnvolle Reihung bringen.

Das Haus in der Subura lag in einem Gewirr kleiner Gassen zwischen dem Hang des Viminalis und der Argiletum. Es war die Gegend der Flickschuster und Lederwerker, und im Herzen des Bezirks gab es Gerbereien, die die Werkstätten mit Leder und die Umgebung mit Gestank versorgten.

»Puh!« Lukianos, ein dunkler Umriss in der Mitte der Gasse, hob die Hände über den Kopf. »Der Schwamm der Nacht ist vollgesogen – Nashornpisse, Schlangengalle, Büffelkotze, aller Eiter des Hades!« Dann kicherte er und sagte:

»Unterließ nicht Homeros, eingedenk seiner Nase,
die er am Randsaum der Nacht von Subura sich stieß,
wohlweislich,
diese Worte zu schreiben, deren Flügel die Mauser
schlimm gerupft hat, die siechen und von Schwären
bedeckt sind:
›Wer ergriffe den Schwamm, wer wränge verwegen die
Nacht aus?
Reicht mir lieber geschwind Pandoras Büchse, damit ich,

wenn ich den Ekel des Kosmos auswürgen muss, ein Gefäß
hab,
das alles aufnimmt und sich vielleicht dabei noch
verbessert.‹

Ist mir einfach so rausgerutscht, aber auch bessere Verse würden diesem Duft nicht gerecht.«

Pacuvius hörte Korinna leise lachen. Er verzog das Gesicht.

Atilius schnaufte. »Gibt es kein besseres Versteck?«

»Immerhin sind wir hier sicher vor Senatoren.« Alcimus deutete auf ein Haus rechts vor ihnen, fast am Ende der Gasse, aus der es keinen Ausweg zu geben schien. »Dort hinein.«

Über eine Schwelle aus tanzenden Ziegeln stolperten sie in einen unebenen Gang. Alcimus' Stimme klang, als hielte er sich die Nase zu. »Geradeaus, ins letzte Zimmer links.«

Pacuvius stöhnte lautlos. Er kannte die Gegend flüchtig, die Gasse kaum, das Haus gar nicht und wäre nicht traurig gewesen, den Mangel nicht beheben zu müssen. Im Gang roch es nach verwesten Hunden, die nach einer Mahlzeit aus Knoblauch und fauligem Fisch in einer Jauchegrube ertrunken waren. Das Zimmer, in das Alcimus sie scheuchte, war dagegen beinahe eine Erholung; es mochte den ältesten Gerbern Roms als Latrine gedient haben, wenn sie an Darmkrankheiten litten.

Es dauerte einige Zeit, bis Alcimus Feuer geschlagen hatte und eine Fackel entzündete. Nie war Pacuvius der Duft harzigen Holzes so köstlich erschienen. Und selten ein Anblick entbehrlicher als der des Zimmers.

Denn es enthielt nichts, außer einigen Schemeln. Nichts, was den Geruch hätte rechtfertigen oder auch nur erklären können. Kein ältlicher Elefantenkadaver, kein Bottich, in dem sich Löwenblut und der Sud von Aftergeschwüren in gärender Vermählung befanden.

»Boden und Wände«, sagte Korinna, »hätten Schauspieler werden sollen. Sie haben gründliche Absonderungen sehr gut auswendig gelernt und geben sie nun vermehrt und vermengt wieder.«

Alcimus lachte. »Ihr solltet eure Gesichter sehen können! Ich preise Epulos treffliche Beherrschung; er lässt sich nichts anmerken.« Er fand ein beinahe passendes Loch in der Wand und steckte die Fackel hinein.

Pacuvius bemühte sich, die gerümpfte Nase zu entspannen. »Vielleicht riechen Kormorane nicht«, sagte er.

Atilius ließ sich auf einen Schemel fallen. »Und jetzt?«

Lukianos nickte. »Gute Frage. Wie lange sollen wir uns der guten Luft hier ergötzen?«

»Setzt euch doch erst einmal«, sagte Pacuvius. »Im Sitzen lässt sich besser beraten.«

Alcimus wartete, bis alle saßen; dann sagte er: »Dies nur zur Erklärung. Wir werden hier nicht lange bleiben; ich hoffe, morgen eine andere Unterkunft zu finden.«

Batrax, mit Epulo auf der Schulter, schob seinen Schemel in eine Ecke, wo er sich anlehnen konnte, und schloss die Augen.

»Auf dem Weg hierher habe ich ein wenig nachgedacht«, sagte Lukianos. »Nicht, dass dieses Unternehmen vieler Gedanken bedürfte. Was versprecht ihr euch davon?«

»Es ist ganz einfach und zugleich schwierig.« Pacuvius wollte tief Luft holen, atmete dann aber lieber flach. »Der schwierige Teil ist, dass wir nicht genau wissen, wer aus welchen Gründen seltsame Dinge tut, Pläne verfolgt, eine Verschwörung angezettelt hat.«

Atilius stieß ein hämisches Lachen aus. »Eigentlich wisst ihr also nichts. Und deshalb habt ihr uns entführt?«

»Nicht *ihr,* sondern *er.*« Alcimus deutete auf Pacuvius.

»Ach«, sagte Atilius, »du bist also ein wehrloses Opfer?«

»Gewissermaßen.«

»Verblüffend.« Atilius blickte auf das Schwert an Alcimus' Gürtel; oder vielleicht auf den roten Stein im Griff.

Lukianos räusperte sich. »Das ist Unsinn«, sagte er. »Ich nehme an, du willst wirre Dinge ordnen und Trübes klären. Da du meinst, dass höhere Stellen entweder verantwortlich sind oder nicht genug unternehmen, nimmst du Geiseln. Mit diesen, also uns, willst du wen auch immer erpressen, zwingen, Finsteres zu erhellen und Unterfangen zu beenden. Ist das so?«

Pacuvius zögerte. Das Wort »entführen« hatte er vor der Bibliothek beinahe im Scherz verwendet. Er wollte erfahren, was geschehen war, wollte verhindern, dass Atilius, der sehr wohl an dem Anschlag (wenn es tatsächlich einer war und von Vel Kuruna ausging) beteiligt sein mochte, an der falschen Stelle große Reden hielt. Vor allem wollte er Korinna in Sicherheit wissen und mit allen sprechen, die etwas beitragen konnten.

Er entschloss sich dazu, Lukianos und die anderen zunächst in dem Glauben zu lassen, dass sie Geiseln seien. Vielleicht käme etwas Verwertbares heraus, wenn man darüber stritt. »Sehr abgehoben ausgedrückt«, sagte er; »aber – ja. Einigermaßen ja.«

»Einigermaßen, ja?« Lukianos lachte. »Darf ich das in einem absurden Dialog verwenden?«

»Wenn es dich erheitert.«

»Mäßig. Dann lass uns die Möglichkeiten bedenken.«

»Welche Möglichkeiten? Deine oder meine?«

»Deine; falls es da einen Unterschied gibt. Also: Deine Gegner sind entweder erfunden oder nicht. Einverstanden?«

Pacuvius nickte. Er drehte sich auf seinem Schemel so, dass er das Gesicht von Korinna, die ein wenig links von ihm saß, ebenso sehen konnte wie das von Atilius, ganz links an der Wand, und das von Lukianos, ihm gegenüber. Atilius' Züge waren zu einer höhnischen Fratze erstarrt; Korinna blickte auf den Boden, und Lukianos schien bemüht, einem unzugänglichen Tölpel etwas zu erklären, ohne herablassend zu klingen.

»Wenn sie erfunden sind, müssten wir aufwendige Erklärungsversuche für einige Vorgänge aushecken – den Überfall eben, einen toten Fischhändler, einen ermordeten Senator, deine Verhaftung, die Gerüchte, die das Schwert des Spartacus betreffen, und noch einiges mehr. Überhaupt: das Schwert des Spartacus. Ist es das?« Er deutete auf Alcimus' Waffe.

Alcimus legte die Hand an den Griff. »Wenn es nicht das Schwert des Spartacus ist, dann jedenfalls eines, das dem Märchen in allen Einzelheiten entspricht.«

Lukianos nickte. »Vorsichtig ausgedrückt. Ich würde es später gern einmal in die Hand nehmen. Aber weiter. Gehen wir davon aus, dass deine Feinde existieren, Pacuvius. Sie können hochgestellt sein oder niedrig. Wenn sie niedrig sind, wirst du sie nicht mit Geiseln erpressen können, an denen ihnen nichts liegt.«

Atilius schnaubte. »Wenn nicht alles Hirngespinst ist, wenn es sie gibt, wenn sie bedeutend sind … Wenn, wenn, wenn.«

Lukianos achtete nicht auf ihn. »Ich nehme an, du gehst davon aus, dass all dies zusammenhängt und nur von Leuten in hohen Ämtern ausgelöst oder angeordnet worden sein kann.«

»Ja.«

Lukianos blickte zu Korinna hinüber. »Sag du es ihm.«

»Was?« Pacuvius hob die Brauen.

Korinna löste die Blicke von Boden, den sie die ganze Zeit betrachtet hatte, als wolle sie sich jede Spalte, jede Fuge, jeden Schmutzfleck einprägen.

»Ich fürchte, Lukianos hat recht«, sagte sie. »Alle, die vielleicht mit dieser Sache befasst sind, wissen, dass Alcimus dein Freund ist. Niemand wird glauben, dass du ihn entführt hast. Batrax?«

Der Junge, der eingeschlummert war, öffnete ein Auge und schloss es wieder.

»Wen willst du mit Batrax erpressen?«

»Batrax hat mir geholfen; mit ihm will ich niemanden erpressen. Und ihr wollt mir das alles ausreden, nicht wahr?«

»Das müssen wir wohl.« Korinna klang beinahe traurig. »Atilius? Sicher ein kundiger und unersetzlicher *antiquarius,* aber bildest du dir ein, jemand, der vielleicht den Kaiser ermorden will, kümmert sich um Atilius?«

Der Mann aus dem Archiv blinzelte schnell. »Den Kaiser ermorden? Vielleicht erklärt mir irgendwann mal jemand, um was es hier eigentlich geht. Aber – nein, mit mir kann man niemanden erpressen. Eigentlich schade.«

»Bleiben Lukianos und ich. Eine unbedeutende Schauspielerin; niemand wird für mich eine Hand rühren. Ein berühmter Schriftsteller … Man wird seinen Tod beklagen und seine Werke, neu abgeschrieben, in Purpur binden.«

Lukianos lächelte. »Bestenfalls.«

Pacuvius beugte sich vor. »Aber er ist *der* Lukianos! Die ganze Oikumene kennt und preist ihn! Sie werden …«

»Sie werden nichts.« Korinna schüttelte den Kopf. »Sie umgeben sich mit Dichtern, Malern, Musikern, Philosophen; vielleicht schätzen sie sie tatsächlich oder bewundern sie sogar, aber vor allem genießen sie es, dass von glänzenden Personen ein wenig Glanz auf sie fällt, wenn sie nah genug danebenstehen. Ansonsten sind auch die größten Künstler entbehrlicher Zierrat.«

»Ist das dein … euer Ernst?«

»Manchmal nicht einmal Zierrat, sondern lediglich … abdingbar«, sagte Lukianos. »Bekundungen von Fürsten und Senatoren über die Größe anderer verschallen und sind schnell verschollen, wenn es die wirklichen Anliegen zu wahren gilt.«

Atilius hob den Zeigefinger. »Als Hüter von Schriften sehe ich das vielleicht nicht richtig; könntest du mich erhellen?«

»Augustus hat Ovidius gepriesen und verbannt«, sagte Lukianos. »Meinst du, Agamemnon hätte ein einziges goldenes Gefäß aus der trojanischen Beute für das Leben von Homeros geopfert? Und wer ist Lukianos, verglichen mit Homeros?«

Pacuvius lachte leise. »Dann wäre Epulos Leben vielleicht das wichtigste in diesem Zimmer?«

Batrax öffnete diesmal beide Augen. »Sowieso«, sagte er.

»Ich bin mir wichtiger«, sagte Atilius.

»Also haltet ihr das alles für sinnlos?«

»Sinnlos; der Gestank hier ist entsetzlich; ich will jetzt gehen.«

Zu seiner Überraschung hörte Pacuvius Lukianos sagen: »Bleib sitzen. Da wir nun hier versammelt sind, können wir vielleicht ein paar andere Fragen drehen und wenden, um zu sehen, ob Antworten in ihnen verborgen sind.«

Atilius schüttelte den Kopf. »Ich will nicht. Ich gehe jetzt.«

Alcimus zog das Schwert. »Setzen.«

Atilius hob die Arme, ließ sie fallen und kehrte zu seinem Schemel zurück.

»Welche Fragen?«, sagte Pacuvius.

Lukianos schlug die Beine übereinander, stützte den rechten Ellenbogen auf das oberste Knie und das Kinn in die Hand.

»Ich weiß zu wenig über Personen und Einrichtungen in Rom«, sagte er versonnen. »Deshalb taste ich im Nebel herum. Außerdem wüsste ich gern mehr Einzelheiten.«

»Welche Einzelheiten?«

»Korinna hat mir einiges erzählt, vielleicht sogar alles; ich würde es aber gern von dir hören, um besser zu verstehen.«

»Warum? Reine Neugier?«

Lukianos warf ihm einen missbilligenden Blick zu. »Findest du nicht, dass ich schon als Entschädigung für die Entführung und diesen Gestank ein paar Worte verdiene? Ich weiß nämlich nicht, ob dieser Geruch nicht schlimmer ist als der Tod, vor dem ihr uns bewahrt habt.«

Pacuvius zögerte.

»Außerdem«, setzte Lukianos hinzu, »kenne ich mich mit Geschichten aus. Ich weiß, wie eine gute Geschichte gebaut sein muss, damit sie nicht zusammenbricht. Und die Wirklichkeit ist nicht viel … bruchsicherer. Erzähl deine Geschichte; vielleicht kann ich dir danach sagen, ob sie in sich stimmig ist. Was nicht unbedingt heißen muss, dass sie stimmt.«

Alcimus hielt noch immer das Schwert in der Hand. Er hob den Griff vor sein linkes Auge, kniff das rechte zu und spähte die Klinge entlang. Die Spitze mochte auf Lukianos deuten, dachte Pacuvius.

»Ist das nicht zu gefährlich?«

»Was meinst du, Alcimus?«, sagte Korinna.

»Ich meine, es ist leichtsinnig, jetzt alle Einzelheiten zu besprechen. Lukianos müssen wir nicht hereinziehen, und Atilius gehört vielleicht zur Gegenseite.«

Atilius gluckste; er setzte wieder sein höhnisches Lächeln auf, sagte aber nichts.

Pacuvius begriff plötzlich, dass er nichts in der Hand hatte, nicht einmal dieses Gespräch. Die Erörterung der angeblichen Entführung hatte ihn keinesfalls weitergebracht. Er fühlte sich, als sei er tiefer gestürzt denn je zuvor. In den Kerker hatten ihn andere gebracht; in dieses Loch der Sinnlosigkeit dagegen hatte er sich selbst gestürzt, das Loch selbst gegraben. Alles, was misslingen konnte, war misslungen.

Dann sagte er sich, dass ein Krieger am besten kämpfte, wenn er mit dem Rücken an einer Felswand lehnte; dass er kaum noch tiefer fallen konnte, und dass es allein deshalb aufwärtsgehen würde; dass keiner der anderen in diesem ekelhaften Stinkloch säße ohne die Hirngespinste oder den begründeten Argwohn von Gaius Pacuvius Lentulus. Es war seine Pflicht, alle wieder ins Freie zu bringen, und zwar so, dass nicht seinetwegen andere, Finsterlinge, sich über sie hermachen würden, weil sie zu viel wussten. Und irgendwie war er sicher – vielleicht zum ersten Mal, seit alles begonnen hatte –, dass es ihm gelingen würde. Er würde die Knoten lösen, die Wirrsal entwirren. Aber dazu brauchte er Hilfe.

Er begann zu lachen. Links von ihm saß Korinna, mit der er, fast besinnungslos vor Wein, eine Nacht in Roms Cloaca verbracht hatte und nun eine zweite in noch übleren Gefilden. Er wollte mit Korinna Nächte verbringen, aber anders. So, wie Lukianos und Korinna vermutlich eine Nacht verbracht hatten. Die Cloaca und das scheußliche Hauptlager allen Gerbereigestanks – welche Orte, um mit einer Frau zusammen zu sein, und ihr Götter: welche Nächte!

»Lass uns an deiner Heiterkeit teilhaben«, sagte Alcimus.

Pacuvius schüttelte den Kopf. »Das ist kaum möglich. Lasst uns lieber ein wenig austauschen, was wir wissen.«

»Was ist mit dem da?« Alcimus wies auf Atilius.

»Er wird zuhören und mitmachen oder …« Pacuvius klopfte auf sein Schwert.

Atilius' höhnische Züge wurden ein wenig ernster; aber nicht viel.

»Vielleicht kann er auch zwei oder drei Dinge beitragen.« Lukianos streifte den *antiquarius* mit einem flüchtigen Blick. »Auskünfte über Roms Archive, zum Beispiel, und die Gepflogenheiten des Vel Kuruna.«

»Ich werde anfangen«, sagte Pacuvius, »weil ich mit diesem Unsinn angefangen habe. Korinna, unterbrich mich bitte, wenn du ergänzen oder verbessern willst.«

Sie nickte. Der Blick, mit dem sie ihn bedachte, schien ihm einige Fragen, aber auch eine wichtige Bestätigung zu enthalten.

Pacuvius bemühte sich, nichts auszulassen. Er begann mit seiner Versetzung nach Portus, den Reden des alten Centurio auf dem Leuchtturm, den bestechlichen Wächtern, den Vorgängen um Fufius und Septimius. Korinna ergänzte hin und wieder, nannte genauere Einzelheiten über die Fahrten mit Manlius und dessen Gespräch mit dem ermordeten Senator Fabricius Balbus. Trans Tiberim, der Tod von Manlius, Überlegungen, Verdächtigungen, die Nacht vor dem Richterstuhl des Präfekten Iunius Rusticus, die Nacht in der Unterwelt, der Kerker, die Befreiung. Alles – nur eines nicht: Rema. Er blieb bei der Fassung, die er auch vor Rusticus erzählt hatte; dabei nahm er sich vor, Alcimus und auch Korinna einzuweihen, bald, demnächst, vielleicht. Dann, notfalls, auch Lukianos, dessen Scharfsinn nicht unbeträchtlich schien. Aber nicht jetzt, nicht vor Publius Atilius, der allem zunächst mit spöttischer Miene, dann immer aufmerksamer lauschte.

Schließlich räumte er ein, die »Entführung« sei nur ein Vorwand gewesen; das schien aber allen längst klar zu sein.

»Ich glaube, Septimius gefällt mir«, sagte Lukianos, als Pacuvius geendet hatte. »Aber – ihr werdet nach Portus geschickt, um einen zu suchen, der hinterher auf einem anderen Weg nach Rom kommt; der Leuchtturm wird mit einem alten Centurio besetzt, der Geschäftsleuten gewisse Gefälligkeiten erweist; dann versetzt man euch nach Trans Tiberim, wo ein Fischhändler Geschäfte mit einem Senator macht und bald darauf stirbt; wie der Senator. Alles ganz merkwürdig.«

»Und sehr wirr.« Atilius rieb sich die Nase; dann lachte er. »Gehört zwar nicht dazu, aber mir fällt auf, dass es gar nicht mehr so stinkt. Man gewöhnt sich. Vielleicht solltet ihr euch einfach daran gewöhnen, dass es immer wirr ist und stinkt, wenn man für das Imperium arbeitet. Wer sich daran gewöhnt hat, bemerkt es nicht mehr.«

»Mag sein«, sagte Alcimus; »aber manches kann man nur gut erledigen, wenn man sich *nicht* an Gestank gewöhnt.«

Batrax setzte sich plötzlich auf; der Kormoran erschrak und stieß einen seltsamen Piepston aus. »Und wenn es wirklich zwei sind?«, sagte der Junge.

»Wen meinst du?« Korinna schien die Ohren zu spitzen; jedenfalls kam es Pacuvius so vor.

»Ich meine: Was, wenn der, den ihr in Portus abfangen solltet, tatsächlich umgebracht worden ist, am Hexagon, und der andere, den euer Meister vor dem Präfekten hat antanzen lassen, nur so ähnlich aussieht und einen ähnlichen Ring hat?«

»Wisst ihr eigentlich, wie der heißt, auf den ihr da gewartet habt?«, sagte Lukianos.

Pacuvius schüttelte den Kopf. »Ich habe nur eine Beschreibung bekommen, und dass er aus Olbia unterwegs wäre.«

»Und der Mann, den Umbricius in den Saal geholt hat?«

Alcimus blickte Batrax an. »Gut, Junge«, sagte er; »zwei, das könnte sein. Nein, Lukianos, auch da kennen wir keinen Namen. Das lässt sich aber vielleicht herauskriegen.«

»Versuch das«, sagte Lukianos. »Es könnte nämlich sein …«

»Verzeih die Unterbrechung.« Korinna beugte sich vor. »Mir kommt gerade ein Gedanke. Atilius, bist du sicher, dass der Mann, der uns überfallen hat, dieser Philippus ist?«

»Philip*pos*«, sagte Atilius mit Nachdruck. »Ein Grieche aus, uh, Smyrna, glaube ich.«

»Kennst du ihn? Was weißt du sonst über ihn?«

Atilius überlegte. »Ein ehemaliger Seemann«, sagte er dann; »ist jetzt Vorarbeiter oder so …« Er unterbrach sich. »*War* Vorarbeiter bei einem Trupp, der Lasten befördert, Umzüge macht, so etwas. Er arbeitet oft auf dem Markt, in der Basilica Ulpia, wenn da zum Beispiel Möbel versteigert werden oder andere schwere Dinge zu bewegen sind.«

Pacuvius runzelte die Stirn. »Woher kennst du ihn?«

»Die Bibliothek ist vor ein paar Monaten mit neuen Gestellen versehen worden; Philippos und seine Leute haben sie gebracht und aufgebaut. Seitdem war er einige Male da; er hat gelesen.« Atilius hob die Schultern. »Soll auch bei ehemaligen Seeleuten schon mal vorkommen.«

Lukianos und Korinna wechselten einen Blick; sie sagte: »Aber Vel Kuruna hat Charinus aufgetragen, einen Philippus zu grüßen, der Gladiator war.«

»Philip*pos*, Philip*pus*, leicht zu verwechseln«, sagte Pacuvius. »Aber ehemaliger Seemann und ehemaliger Gladiator?«

Atilius setzte ein etwas verlegenes Lächeln auf. »Da muss ich wohl unaufmerksam gewesen sein«, murmelte er.

»Aber du warst doch dabei«, sagte Lukianos.

»Anwesend abwesend.« Atilius breitete die Arme aus; dann ließ er sie sinken und legte die rechte Hand auf das Gemächt. »*Der* da hat mich abgelenkt. Er – oder ich, das ist in diesem Fall gleich – war damit beschäftigt, an nette Dinge zu denken. Die Tochter des Ulpius, was man mit ihr machen könnte und so weiter.«

Pacuvius lächelte Batrax an. »Danke, mein Freund«, sagte er; »ich glaube, du hast uns auf einen guten Weg gebracht. Also: vielleicht zwei Männer mit Siegelring, und offenbar ein ehemaliger Seemann und ein ehemaliger Gladiator mit fast gleichen Namen.« Er wandte sich an Atilius. »Kennst du den anderen, den Gladiator?«

Ehe der *antiquarius* antworten konnte, sagte Korinna: »Ich kenne ihn zwar nicht, aber vielleicht weiß ich etwas.«

»Und zwar?«

»Die Agoraphonier, diese Mimentruppe, die ein gewisser Tolmides leitet … Ich weiß nicht, wo sie jetzt gerade sind, aber in Portus habe ich gehört, sie hätten einen ehemaligen Gladiator namens Philippus angeheuert, um falsche Schwertkämpfe aufzuführen.« Sie schloss die Augen, als könne sie sich so besser auf Einzelheiten besinnen. »Philippus, ja – Schwertfuchtler, hieß es. Außerdem hat dieser Tolmides angeblich einen Ägypter in die Truppe aufgenommen, der die Leute in Schlaf versetzt, indem er sie anstarrt, und dann lässt er sie allen möglichen Unsinn machen, an den sie sich später nicht erinnern.«

»Die Agoraphonier?«, sagte Pacuvius. »Die waren doch bei Umbricius, auf dem Fest, als wir da waren, Alcimus, oder?«

Alcimus hob die Schultern; er grinste flüchtig. »Ich habe zuerst mit ein paar Prätorianern Beschimpfungen ausgetauscht und danach mit einer Frau, eh, geredet. Ich weiß nicht, wer da für Zerstreuung oder Trübsal der Gäste gesorgt hat.«

Pacuvius wandte sich wieder an Korinna. »Weißt du, wie viele Mitglieder die Truppe hat?«

»Zuletzt, als ich sie gesehen habe, im frühen Sommer, waren es sieben. Wenn einer gestorben oder gegangen wäre, hätte ich das wahrscheinlich gehört.« Sie schüttelte den Kopf. »Nein, da sind nur einige hinzugekommen. Der Gladiator. Der Ägypter. Ah ja, und Arkesilaos; war vorher bei den Mimystikern von Catulus.«

»Was macht der? Auch Schwertkämpfer?«

Sie lachte. »Nein. Ganz brauchbar als Schauspieler, aber besonders gut als Imitator. Stimme, Gebärden, Gang, und wenn er gut geschminkt ist, macht er dir sogar die Gesichter von Senatoren, Strategen oder Wagenlenkern nach.«

»Also zehn Leute?« Pacuvius überlegte. Neun, hatten die Wächter an der Porta Portuensis verzeichnet, und acht hatte er auf dem kleinen Platz nahe der Prätorianerfestung gesehen. »Und gehört hast du das in Portus? Waren die da?«

»In der Nähe. Auf einem Gut in den Hügeln.«

Pacuvius gelang es, keine Überraschung zu zeigen. Er hatte das Gefühl, nicht allen in der Runde jede Einzelheit verraten zu sollen.

Er überlegte, wie er das Gespräch wieder in eine andere Richtung lenken könnte, als Batrax plötzlich sagte: »Philippus habe ich, glaube ich, schon mal gesehen.«

»Wo?« Alcimus musterte den Jungen aufmerksam. »Und wie sieht er aus?«

»Also, er ist ...« Batrax schien nach Worten zu suchen, dann zuckte er mit den Schultern. »Schön, sagen wir mal so. Er ist einfach schön. Schlank, aber kräftig, sieht gut aus, hat fast so was wie ein Tänzeln im Gang. Und wo? In Portus; vor, uh, zweieinhalb Jahren? Er hat da einen Schaukampf gemacht. Und ich glaube, er hatte was mit Marullus zu klären.« Er lächelte verlegen. »*Das* hab ich aber nur von Weitem gesehen.«

Atilius schob die Unterlippe vor. »Ein schöner Mann? Erinnert mich an was, aber ich bin nicht sicher; wo sollte Charinus den suchen?«

»Irgendwas Rasendes.« Korinna schaute zu Lukianos. »Rasender Stier? Rasender Löwe?«

»Wildschwein«, sagte Lukianos. »Kennt das jemand?«

»Südlich von der Sublicius-Brücke«, sagte Alcimus. »Wo die Cloaca in den Tiber mündet. Ziemlich schäbig. Nicht gerade der Ort für den Herrn der Archive.«

»Ich glaube, da wird scharf gespielt.« Atilius lächelte. »Der Ehrwürdige spielt gern.«

»Aber wenn sie da zum Spielen verabredet sind, warum lässt Kuruna Charinus dann ausrichten, Philippus oder Philippos soll ihm entgegenkommen?«, sagte Lukianos.

»Keine Ahnung. Aber ich weiß jetzt, wer das ist, dieser Philippus. Hat auch einen Ring im Ohr. Er ist mal bei uns gewesen und hat mit dem Ehrwürdigen gesprochen. Wenn es nicht ein anderer schöner Mann war.« Er lächelte.

»Liest er denn?«, sagte Pacuvius.

»Weiß ich nicht.«

»Zwei Leute aus Olbia, jedenfalls angeblich«, dachte Pacuvius; »zwei Muskelmänner; einer davon Gladiator und bei den

Agoraphoniern, und die waren auf einem Gut in den Hügeln und später bei Umbricius?« Er kratzte sich den Kopf. Dann sah er, dass Alcimus endlich das Schwert wieder wegsteckte, und schnipste mit den Fingern.

»Weiß einer von euch« – er blickte Lukianos und Atilius an – »mehr über dieses sogenannte Schwert des Spartacus?«

»Vel Kuruna schien sich dafür zu interessieren«, sagte Lukianos. »Korinna hat ihm etwas dazu gesagt.«

»Was denn?«

»Ich habe ihm gesagt, dass es in Portus aufgetaucht ist, angeblich von Fufius vergessen, und dass ein Offizier es jetzt trägt.«

»Und damit war er zufrieden?«

»Er hat jedenfalls nicht weiter gefragt.«

»Vel Kuruna.« Lukianos faltete die Hände hinter dem Kopf und schloss die Augen. »Dieses Archiv ... Es gibt in Rom doch noch andere Archive, nicht wahr?«

»Mehrere, für verschiedene Dinge.« Atilius gähnte und rieb sich die Augen. »Ich bin müde und habe Durst. Müssen wir dieses Spiel hier noch lange betreiben?«

»Nicht mehr lange«, sagte Pacuvius. »Aber warum fragst du nach Archiven, Lukianos?«

»Ich wüsste gern, warum das Archiv da unter der Bibliothek all diese – nun ja, Kostbarkeiten und ausgefallenen Schriften versammelt. Kannst du mir mehr dazu sagen, Atilius?«

Der *antiquarius* seufzte. »Wenn es sein muss«, sagte er.

»Es muss.« Alcimus grinste. »Je eher du unseren Wissensdurst stillst, desto eher kommst du hier raus, um etwas gegen *deinen* Durst zu unternehmen.«

»Also. Kurz gesagt: Anfangs, das heißt in der frühen Republik, wurden alle für die Öffentlichkeit bestimmten Dinge wie Gesetze und sonstige Urkunden in den Tempeln und an den öffentlichen capitolinischen Gebäuden ausgestellt. Dann kamen die vom Senat erlassenen Gesetze, oder wichtige Verträge, ins Aerarium des Saturnus, unter der Aufsicht der Quästoren. Das wurde irgendwann zu klein dafür und ist heute nur noch eine Art Steuerarchiv. Vor ungefähr zweihundertdreißig Jahren wurde am Capitolium das Tabularium Civitatis eingerichtet, zur Aufbewahrung gesetzlich und rechtlich wichtiger Texte. Natürlich haben alle Behörden eigene Archive, und es gibt im Kaiserpalast, in der Kanzlei, alle Erlasse, Bekanntmachungen und so weiter der Kaiser. Zufrieden?«

»Ja. Und nein.« Lukianos löste die Verschränkung der Hände wieder, öffnete die Augen und sah Atilius an. Pacuvius glaubte, Zweifel in dem Blick zu lesen.

»Ja, weil es ein paar Fragen beantwortet und schließt – und nein, weil es andere offenlässt. Oder öffnet.«

»Was meinst du?«

»In den Bibliotheken sind Abschriften aller Werke, die ganz allgemein für Leser bestimmt sind. In eurem Archiv unter der Bibliothek sind die kostbaren Erstschriften von eigener Hand, und zwar von Dichtern wie von Staatsmännern. Dann gibt es da noch die geheime Sammlung unerhörter Werke …«

»Was ist das?«, sagte Pacuvius. Auch Alcimus, der zuletzt ein wenig gelangweilt auf den Boden geschaut hatte, hob den Kopf.

»Darüber können wir später reden«, sagte Lukianos.

»Muss das sein?« Atilius verzog das Gesicht. »Was meint ihr denn, warum es geheim ist?«

»Wenn es sein muss, wird es wohl sein müssen.« Lukianos grinste. »Aber bleiben wir bei den Fragen – bei der einen großen Frage, die ich habe. Es gibt dort Dramen und Gedichte, Berichte, Briefe, Aufzeichnungen, Prophezeiungen; aber … nichts, was den Kern des Staats betrifft: die Verfassung.«

»Ah«, sagte Atilius. Er schien wirklich überrascht zu sein. »Die Verfassung? Ja, uh, also.« Er verstummte.

»Könntest du ein bisschen ausführlicher werden?«, sagte Korinna. »Ich verstehe nicht, worauf du hinauswillst.«

Lukianos zupfte an seinem Kinn, als wolle er die nachgewachsenen Bartstoppeln ausrupfen. »Ich habe – das gehört zur Ausbildung als Rhetor – einige Zeit auf das Studium der Verfassungen verwandt. Die athenische, die spartanische, die römische, die Kommentare des Aristoteles, die vielen anderen Verfassungen, die im Lauf der Jahrhunderte entstanden sind und über die Aufzeichnungen existieren – Makedonien, Persien, Karthago, Syrakus, das hellenische Ägypten und so weiter. Daher weiß ich natürlich, dass ihr vor sechshundert Jahren all eure Gesetze auf zwölf Tafeln geschrieben habt. Die sollen bei der Eroberung Roms durch die Gallier zerstört worden sein, aber es gab Abschriften, und kluge Leute haben Kommentare geschrieben. Cicero, zum Beispiel, oder der ältere Cato.«

Pacuvius betrachtete aufmerksam das Gesicht des *antiquarius,* war sich aber nicht sicher, ob er dort Ablehnung las – Ablehnung, wichtige Dinge zu erörtern – oder lediglich eine Mischung aus Ratlosigkeit und Überdruss. Unlust und Durst vielleicht.

Lukianos fuhr fort: »Ich kann nicht glauben, dass in eurem Archiv nicht eine der älteren Abschriften aufbewahrt wird. Eine mit den Kommentaren der gelehrten Männer. Ciceros Kommentar, Catos Kommentar. Cicero hat sich, als die Republik unterging, Gedanken über andere Verfassungen gemacht; er hat versucht, die alte Verfassung zu retten oder neu zu beleben, diese Geschichte mit einem abgehobenen Staatslenker – nichts davon im Archiv? Gaius Iulius Caesar, dessen Schriften ihr hütet, einschließlich« – er lächelte boshaft – »bekritzelter Papyrusfetzen, hat in seinen Tagen als *dictator* auf Lebenszeit doch ohne Zweifel darüber nachgedacht, was aus Rom werden sollte. Das Königsdiadem, das Marcus Antonius ihm anbot, hat er abgelehnt – aber hat er nicht wenigstens drei oder vier Gedanken, Bemerkungen, Entwürfe niedergeschrieben? Und die Männer, die ihn ermordet haben: kein Brief, kein Wort von Brutus, Cassius und ihren Freunden über die Republik, die sie sich vorstellten? Was ist mit all den anderen, die noch in der Republik versucht haben, die Verfassung zu ändern oder eine neue zu erarbeiten – Gaius und Tiberius Gracchus und alle, die eine Bodenreform und eine neue Machtverteilung zwischen den Schichten anstrebten? Augustus, heißt es, wollte zurück zu einer veränderten republikanischen Staatsform; angeblich hat die Kaiserin Livia ihn daran gehindert, allzu laut nachzudenken – aber hat er nichts geschrieben? Kaiser Claudius wollte das Kaisertum abschaffen; wo sind seine Arbeiten dazu? Nicht zu reden von all den anderen Arbeiten und Gesetzen – Drakon, Solon, Aristoteles, Platon, und nichts von ihren Staatsschriften in diesem Archiv?«

Lukianos brach plötzlich ab, lächelte breit und schnalzte. »Atilius hat recht – Durst, vor allem bei einer so langen Rede.«

»Du bist aber noch nicht fertig, nicht wahr?« Korinna schien ihn aufmerksam zu betrachten, mit, wie Pacuvius fand, zu viel Bewunderung. Bewunderung wofür? Für den Autor? Den überraschend belesenen Staatskundler? Oder doch den Mann?

»Nicht ganz. Bestimmt haben noch andere außer den Genannten sich Gedanken gemacht. Darüber, dass die alte republikanische Verfassung, für eine Stadt entworfen und vereinbart, lange vor Caesar und Brutus nicht mehr ausreichte, nicht ausreichen konnte, ganz Italien zu leiten, nicht zu reden vom ausgedehnten Imperium. Jährlich wechselnde Leitung, öffentlich von den Bürgern auf dem Marsfeld gewählt; und die römischen Bürger außerhalb der Stadt? Immer schwerer zu bewältigende Aufgaben überall – soll nicht vielleicht eine entlegene Provinz wie Britannien von Beamten geleitet werden, die sich dort auskennen, statt von ehemaligen Konsuln, die am Ende ihrer Amtszeit ein, sagen wir, Ehrenamt in der Ferne erhalten und es nutzen, um die ihnen übergebene Provinz auszubeuten?«

»Aber das haben wir doch alles!«, sagte Atilius. »Die Verwaltung des Imperiums, die umsichtig und umfassend arbeitet, auch wenn in Rom selbst gerade kein Kaiser ist. Oder« – er kicherte – »wenn mehrere Kaiser da sind, deren Hauptanliegen es ist, einander umzubringen.«

»Jetzt habt ihr das.« Lukianos beugte sich vor und richtete den Zeigefinger wie eine Waffe auf Atilius. »*Jetzt* – aber ich kann mir nicht vorstellen, dass die von den Kaisern erschaffene Maschine nicht vorher schon von anderen bedacht, erwogen, erdacht wurde.

Und dass es nicht kluge Männer« – er blickte Korinna an und lächelte – »oder Frauen gegeben hat und sicherlich noch heute gibt, die wissen, dass die Art, wie Kaiser zur Macht gelangen, große Mängel hat. Dass ein Mann – Sohn oder Adoptivsohn eines anderen, oder gestützt auf die Waffen der Legionen – nur dann die beste Lenkung sein kann, wenn er gut ist. Wie Caligula, wie Nero, wie Domitianus? Otho? Galba? Vitellius? Dass ein Senat, in dem nicht nur die Bürger – ach was, die Reichen der Stadt Rom sitzen, sondern Männer, die gewählt wurden in Athen, Antiochia, Alexandria, Karthago, Londinium, Lugdunum, Mediolanum, Colonia oder wo auch immer, meinethalben sogar Samosata, dass solch ein Senat vielleicht besser und dauerhafter geeignet wäre, Ämter zu besetzen, Gesetze zu erlassen und einen Oberbefehlshaber zu bestimmen?« Leiser, fast als müsse er sich dazu zwingen, sagte er dann: »Einen, der kein Kaiser ist … Das Reich ist zu groß, um an einer einzigen Person hängen zu können. Eine Person, die alles in der Hand hält. Und alles muss fallen, wenn diese eine Hand abgeschlagen wird.«

Atilius hielt die Augen geschlossen. Korinna nickte langsam. Pacuvius räusperte sich, um etwas zu sagen, aber Alcimus kam ihm zuvor.

»Für solche Reden, ruhmreicher Lukianos, sind schon viele Männer hingerichtet worden. Am Ende verlangst du noch, dass das römische Bürgerrecht über Italien hinaus ausgedehnt und allen Bewohnern des Imperiums verliehen wird?«

Lukianos presste die Lippen zu einem Strich. »Ich verlange überhaupt nichts«, sagte er. »Ich denke nur – und ich glaube nicht, dass nicht andere das schon gedacht und aufgeschrieben haben. Und ich frage mich, warum nichts Derartiges in diesem Archiv liegt.«

»Das mag ja alles sein«, sagte Pacuvius. »Aber es tut doch gar nichts zur Sache. Wir sollten …«

»Du irrst«, sagte Korinna. »Es tut, fürchte ich, sehr viel zur Sache. Sind wir … bist du nicht überzeugt davon, dass alles, womit du dich plagst, mit einem Anschlag auf den Kaiser zusammenhängt?

Marcus Aurelius ist Stoiker, wie wir nur allzu gut wissen, und ich glaube, die Stoiker haben, wie alle Philosophen, immer wieder über gute und schlechte, mögliche und unmögliche Staatsformen nachgedacht. Angeblich ist doch sogar Marcus Aurelius selbst im Herzen ein Republikaner.«

Pacuvius schwieg ein paar Atemzüge lang; dann sagte er: »Mag sein. Trotzdem: Ich fürchte, es bringt uns nicht weiter. Außer, Lukianos sieht etwas, und du, Korinna, auch, was wir anderen nicht sehen.«

»Nur Fragen«, sagte Lukianos. »Oder Zufälle. Das Fehlen solcher Schriften im Archiv. Nun gut, vielleicht ist derlei im Palast zu finden, aber – unter der Bibliothek nicht einmal Abschriften?«

Atilius räusperte sich; er wirkte beinahe verlegen. »Ich weiß nicht«, murmelte er, »ob ich das sagen darf, aber … Ich glaube, es hat solche Schriften gegeben. Zuständig dafür war aber nur der Meister selbst. In den vergangenen Monaten ist der Kaiser mehrmals in der Bibliothek gewesen; manchmal hat er auch einen seiner Berater geschickt. Und sowohl der Fürst als auch die Berater sind immer mit Rollen oder Tafeln weggegangen.«

»Du meinst«, sagte Pacuvius, »alle Schriften, nach denen Lukianos fragt, hat Marcus Aurelius aus der Bibliothek geholt? Aber wozu?«

Alcimus kicherte. »Vielleicht will er eine neue Verfassung ausarbeiten und dazu alle alten studieren.«

Sie schwiegen ein paar Atemzüge lang; dann sagte Lukianos: »Dieses Gerede über das Schwert des Spartacus, das den Kaiser töten soll – dabei wurde auch ein geheimnisvoller etruskischer *haruspex* erwähnt. Der Einzige, den ich bisher getroffen habe, ist Vel Kuruna, der sich ›Ehrwürdiger‹ oder ›Meister‹ nennen lässt, wie es einem etruskischen *haruspex* zukommt. Vel Kuruna, der seine Gäste mit einer Mahlzeit bewirtet, die vielleicht nur ein Zitat ist, vielleicht aber auch mehr.«

»Was ist mit der Mahlzeit?«, sagte Pacuvius.

»Wir haben gegessen, was vor langer Zeit sechs Priester, sechs

Priesterinnen und der neue Pontifex Maximus zu seiner Amtseinführung aßen. Der Pontifex Gaius Iulius Caesar. Kein Pontifex am Tisch – aber damals waren es mit ihm dreizehn, wir waren zwölf. Fehlte jemand? Hat Vel Kuruna einen Platz frei gehalten? Für wen? Oder ist alles Zufall?«

»*Husili*«, sagte Batrax plötzlich.

»Was?« Atilius starrte den Jungen an; die anderen machten mehr oder minder ratlose Gesichter.

»*Husili*«, wiederholte Batrax. »In Portus habe ich gehört, ein Etrusker wird in Rom *husili* machen.«

»Was ist das?«, sagte Lukianos. »Kennt jemand das Wort?«

Korinna blickte ratlos drein, Alcimus schüttelte den Kopf. Atilius schluckte und hustete.

»Ich nicht.« Er hustete noch einmal. »Klingt – ja, könnte Etruskisch sein. Aber was bedeutet es?«

»Wer hat das gesagt, Batrax?«, sagte Pacuvius.

Der Junge blickte verdrossen. »Weiß ich nicht mehr«, murrte er. »Oder? Ich glaube ... ich glaube, das waren einfach ein paar Männer am Hafen. Am Hexagon. Stauer, oder Matrosen. Oder – ja, vielleicht auch in einer Schenke, oder davor.« Er schüttelte sichtlich unzufrieden den Kopf. »Ich weiß es nicht genau. Aber es war irgendwie ganz gewöhnlich, zwischendurch.«

»Du meinst, ohne Umstände, an die du dich erinnern würdest? Kein Einbeiniger, der das im Kopfstand gesagt hat? Oder vier Gladiatoren im philosophischen Gespräch?«

Batrax lachte. »Nein. Einfach so, irgendwie nebenher.«

»Weißt du, was das bedeutet?«, sagte Korinna.

»Nein.« Die Lüge fiel Pacuvius nicht schwer. »Aber ich dachte, wenn man wüsste, wer es unter welchen Umständen gesagt hat, könnte man daraus vielleicht Schlüsse ziehen.«

Nach kurzem Schweigen seufzte Korinna. »Wir beide« – sie blickte Lukianos an – »sind eigentlich dumme Fremde. Griechen. Ich bin zwar schon lange in Rom, aber irgendwie ...« Sie hob die Schultern. »Bestimmte Dinge, die ihr vermutlich mit der

Muttermilch aufnehmt, fehlen mir einfach. Etrusker ... Ich habe keine Ahnung von Etruskern.«

»Sie haben Rom und große Teile Italiens beherrscht«, sagte Alcimus. »Zusammen mit den Karthagern haben sie vor, ach, ungefähr siebenhundert Jahren die Ausdehnung der Griechen im westlichen Meer beendet. Kurz danach hat Rom sich von den etruskischen Königen befreit und Etrurien erobert. Seitdem ist nichts Wichtiges mehr zu vermelden, abgesehen davon, dass einige bedeutende römische Sippen angeblich von etruskischen Adligen abstammen. Ah ja, und natürlich die etruskischen Wahrsager, die *haruspices*. Reicht das?«

»Diese Opferpriester, zu denen offenbar Vel Kuruna gehört.« Lukianos grinste matt. »Lesen die Zukunft aus den Eingeweiden vergangener Tiere, ja? Seltsame Beschäftigung für einen Archivar. Weiß jemand, ob die Etrusker auch, wie die Babylonier früher, besondere Namen für jeden einzelnen Leberzipfel haben?«

»Weiß ich nicht«, sagte Alcimus. »Vielleicht liest er die Zukunft ja auch aus den Eingeweiden vergangener Schriften.« Er stand auf und musterte Pacuvius. »Mir stinkt's. Was machen wir denn jetzt? Von wegen Entführung und so weiter?«

Publius Atilius war bereit, heilige Eide darauf zu leisten, dass er schweigen würde, unter der Bedingung, dass er später alles erführe. Alcimus versicherte ihn der innigen Eindringlichkeit seines Schwerts für den Fall »unziemlichen Plauderns«.

Als sie das grässliche Haus verließen und auf der Gasse standen, dachte Pacuvius flüchtig daran, wie abhängig Wahrnehmungen von den Umständen sind. Der Gestank des Gerberviertels, der ekelschwangere Schwamm der Nacht, den Lukianos beinahe besungen hatte, erschien ihm nach den Gerüchen des Hauses als köstliche frische Brise. Den anderen ging es offenbar ähnlich.

»Wo werdet ihr denn nun die Nacht verbringen?«, sagte Atilius. »Wenn ich all das Gerede halbwegs verstanden habe, Pacuvius, kannst du dich ja nirgendwo sehen lassen.«

Pacuvius schwankte immer noch. Er glaubte nicht an Eide. Vielleicht wäre es besser, sagte er sich, Atilius zu töten. Aber der *antiquarius* mochte tatsächlich vertrauenswürdig und harmlos sein. Und wenn nicht …

»Du musst nicht alles wissen«, sagte er. »Du weißt ohnehin zu viel. Ich glaube, du solltest dich auf den Heimweg machen.«

Lukianos tippte Atilius mit dem Zeigefinger auf die Brust. »Und dich dabei heftigen Vergessens befleißigen. Manchmal ist die beflissene Anhäufung von Nichtwissen heilsam; sie verlängert das Leben.«

Atilius öffnete den Mund, besann sich, schloss ihn wieder, nickte und verschwand in der Nacht.

»Die andere Unterkunft«, sagte Alcimus, »von der ich gesprochen hatte, wäre sofort verfügbar.«

»Du hast doch gesagt, du hoffst, sie morgen zu finden.«

»Man hätte ein bisschen arbeiten müssen, um uns alle unterzubringen. Aber das ist ja nicht mehr nötig.«

Über dem kleinen Platz, den sie eben erreichten, war noch ein Stückchen des sinkenden Mondes zu sehen; im fahlen Licht sah Pacuvius, wie Lukianos die Zähne bleckte.

»Fürwahr«, sagte er. »Mich bewegen vier Wünsche dazu, möglichst schnell das Gästehaus des Präfekten aufzusuchen.«

Korinna blieb stehen. »Welche vier Wünsche sind es?«

»Erstens: ein großer Becher mit Wasser und Wein und ein ruchloses Bett. Zweitens schlafen. Drittens ein Bad und ein Frühstück, in dieser oder der umgekehrten Reihenfolge.«

Korinna lächelte. »Und viertens?«

»Ah, jetzt wird es schwierig.«

Pacuvius stampfte auf. »Geht das etwas schneller?«

»Das hängt von dir ab.«

»Wieso von mir?«

Lukianos betrachtete Korinna, die von Pacuvius zu ihm und wieder zurück blickte. »Zunftschwester«, sagte er, »gewisse Entscheidungen liegen bei dir. Wer bei dir liegt, zum Beispiel. Andere

Entscheidungen liegen bei Pacuvius – ob er allein weitermachen will oder Rat annimmt oder Vorschläge hat.«

Alcimus kicherte. »Das Leben so kurz, die Lebenskunst so lang zu lernen.«

Batrax gähnte, tätschelte Epulos Kopf und ging zur Platzmitte, wo er sich an die Umrandung des Brunnens lehnte.

»Rat? Vorschläge? Was meinst du?«, sagte Pacuvius.

»Ich will nicht behaupten, dass ich in diese Sache verwickelt wäre. Andererseits … wenn, was wahrscheinlich ist, der Überfall heute Abend kein Zufall war, bin ich doch verwickelt. In jedem Fall finde ich eine gute Geschichte immer reizvoll. Sodass ich überlege, ob ich mich einmischen soll.«

Pacuvius nickte langsam. »Du könntest auf einer anderen Ebene vielleicht etwas erreichen. Wenn du magst.«

Alcimus hob eine Braue.

Korinna schüttelte den Kopf. »Du bist Gast des Präfekten und sollst Vorschläge für die Feiern zum Triumph im nächsten Jahr machen, nicht dich mit Wächtern und Dolchmännern balgen«, sagte sie.

Pacuvius suchte in ihrer Stimme Untertöne, fand aber keine.

»Zunftschwester, du vergisst meine Neugier.«

»Marcus Aurelius«, sagte Pacuvius.

»Daran dachte ich auch.« Lukianos kniff ein Auge zu. »Ist das dein Wunsch für meinen vierten Wunsch?«

»Du bist nicht nur der ruhmreiche Dichter und Gast des Präfekten; du hast ja auch Zugang zum Mitkaiser Lucius Verus gehabt und freundliche Dinge über seine Beischläferin Panthea geschrieben. Vielleicht möchte der Erhabene sich gern von dir mehr über die dortigen Verläufe und, sagen wir, die Nebenschauplätze des Kriegs gegen die Parther erzählen lassen.«

»Und in die Erzählung könnte ich natürlich einige Fragen flechten, nicht wahr? Aber wie? Soll ich Rusticus bitten, mir ein Stückchen von der Zeit des Kaisers zu beschaffen?«

»Nicht nötig«, warf Alcimus ein. »Er hält wenig von Ruhe und viel von Pflicht. Kurz nach Sonnenaufgang empfängt er im Palast jeden, der von ihm gerichtet werden möchte.«

Lukianos schaute Pacuvius an. »Warum bist du nicht längst selbst zu ihm gegangen?«

»Er war nicht da; ich war eingesperrt, und für uns gilt der Dienstweg. Der Kaiser empfängt Bürger; wenn ich etwas will, habe ich mich an Umbricius zu wenden.«

»Wie heißt noch der Berater«, sagte Alcimus, »der die Audienzen verwest? Dem wir hin und wieder im Bad begegnen?«

»Meinst du Quirinus?«

Alcimus nickte. »Genau den.«

»Vielleicht hat Quirinus morgen früh, das heißt heute, keinen Dienst. Aber jeder Schreiber wird Lukianos aus Samosata sofort zum Kaiser vorlassen. Was willst du ihn fragen?«

Lukianos lächelte. »Bis dahin werde ich mir einige hübsche Fragen überlegen. Ist das also mein vierter Wunsch?«

Gegen seinen Willen fand Pacuvius den Schriftsteller plötzlich angenehm. Er überlegte, ob ein kleiner Wächter im Sonderdienst mit einem berühmten Mann befreundet sein könnte; dann sagte er sich, dass der berühmte Mann Rom vermutlich im Frühjahr wieder verlassen würde und dass der kleine Wächter nicht wusste, ob er überhaupt noch Wächter war. Außerdem hatten Empfindungen in dieser Sache keine Bedeutung.

»Dein vierter Wunsch, edler Lukianos, ist genau dies, verbunden mit dem Begehren, kurz zu schlafen und früh geweckt zu werden, damit du früh im Palast sein kannst.«

»Ei«, sagte Lukianos, »das habe ich fast befürchtet. Wie halten wir Verbindung?«

Alcimus räusperte sich. »Ich komme gegen Mittag zu dir ins Gästehaus des Präfekten; einverstanden?«

»Natürlich. So wollen wir denn scheiden.«

»Die Frage ist«, sagte Alcimus mit einem Gluckser, »wer ohne wen, wer mit wem, außerdem wie wohin.«

Pacuvius schaute in Korinnas Gesicht. Sie kaute auf der Unterlippe, schüttelte kaum merklich den Kopf, streifte Batrax, der am Brunnen lehnte, mit einem Blick, sah Lukianos an, lächelte, wandte sich wieder zu Pacuvius und sagte: »Sag was.«

»Er traut sich nicht«, sagte Alcimus. »Er lebt zurzeit ein bisschen gefährlich; da will er keinen hineinziehen.«

»Ich bin doch längst hineingezogen«, sagte Korinna.

Pacuvius war noch immer unschlüssig. Nicht, was seine Wünsche betraf; aber die Gefahr, die Dinge, die er in dieser Nacht erledigen wollte, dazu anderes, was er lieber getan hätte, wozu aber vermutlich keine Zeit bliebe ... Zunftschwester und Zunftbruder. Mimin und Wächter. Wächter ohne Zukunft. Und plötzlich eine heftige Abneigung dagegen, all dies hier mehr oder minder öffentlich auszutragen.

Er holte Luft, streckte die Hand aus und sagte: »Was soll ich sagen?«

»Nichts.« Korinna lächelte und nahm seine Hand.

Philemon Quinctilius Quirinus, Rom, an den Princeps Marcus Aurelius Antoninus Augustus, Alsium –

Heil, Gesundheit, Entspannung, o mein Herr! Da du mich angewiesen hast, in den letzten Tagen deiner Abwesenheit dem Präfekten zur Hand zu gehen, habe ich Baiaes Strände, die schlechte Gesellschaft der Plauderer und die Vorräte an ungenießbaren Speisen und erbärmlichem Falerner mit Wonne verlassen, deinem Geheiß zu genügen.

So wisse denn: Jene, die Kenntnis haben von deinen Plänen, missbilligen diese, werden sie aber folgsam durchführen. Vielleicht könnte man sagen, dass sie gehorchen, um den hinfort auferlegten Ungehorsam vorzubereiten. Andere, die keines Wissens Bürde tragen, denken die gewöhnlichen Gedanken – dieser für etwas, jener gegen etwas anderes. Und alle zunächst für sich. Dies, Erhabener, ist zugleich der wichtigste Einwand.

Denn da jeder Einzelne zunächst mit dem eigenen Wohl oder Befinden sich befasst, erscheint es mir – und ohne ihn hierzu befragt zu haben, glaube ich, dass zumindest Rusticus diese Ansicht teilt – über alle Maßen leichtfertig, auf die Vernunft des einzelnen Bürgers zu setzen und der Summe der Einzelvernünfte aller Bürger des Reichs vernünftigen Umgang mit der Macht zuzutrauen. Wo ist Athen heute, wo Theben? Werden nicht, da doch schon Trans Tiberim nicht viel vom eigentlichen Rom wissen will, entlegene Provinzen abfallen, sobald sie deiner starken Hand ledig sind, und werden sie nicht minder entlegene Teile des Reichs mit der gleichen Seuche anstecken?

Eigennutz, sagtest du, werde stärker sein als alle Vernunft, und vernünftiger Eigennutz werde alle zusammenhalten, da sie einzeln zu schwach sein werden, den Zeiten und Gefahren zu trotzen. Aber ist denn nicht genau dies der Mangel, der Fehler im Plan: auf vernünftigen

Eigennutz zu bauen? Wenn denn Eigennutz stärker ist als Vernunft, Unvernunft gewaltiger als Verstand, muss dann nicht der Kluge befürchten, dass unvernünftiger Eigensinn den Nutzen des morgigen Tages sieht und den des nächsten Monats dafür preisgibt?

Auch Völker, sagtest du, können reifen, wie Einzelwesen erwachsen werden. Bist du denn so sicher, dass die Reife erreicht ist – dass nicht vielmehr tändelnde Knabenhaftigkeit deinem klugen Blick Reife vorspielt? Und das Wohl aller mag besser aufgehoben sein in jenen Händen, in die du es legen willst; aber: Ist denn nicht der Verlust an Gemeinwohl, den falsche Hände bewirken können, ungeheuer viel größer als jeglicher denkbare Gewinn? Ist das Reich nicht zu kostbar, um in dieser Weise damit zu spielen?

Diese Gedanken zu äußern treibt mich die Sorge. Sei jedoch sicher, Erhabener, dass der Gehorsam deines Dieners und Beraters größer ist als alle Besorgnis, die seinen mängelbehafteten Geist bedrücken mag. Die Vorbereitungen schreiten voran, ganz wie du es angeordnet hast …

Marcus Aurelius Antoninus, Alsium, an Philemon Quinctilius Quirinus, Rom –

Gruß und Heil, mein Freund und Berater. Dein Schreiben hat mich in eine kleine Bedrängnis gebracht, die alsbald zu bewältigen sei. Wiewohl ich deine Besorgnisse nicht teile, will ich sie achten; dein Kummer zeigt, welch trefflicher Diener des Gemeinwesens du bist und wie sehr meiner Freundschaft würdig. Aus dem Dienst am Gemeinwesen werde ich dich nicht entlassen, wohl aber eine andere Tätigkeit für dich suchen, die dich ein wenig vom Quell deiner Sorgen entfernt, ohne die Freundschaft zu schädigen. Erwäge die verfügbaren Gebiete, o Quirinus; Britannien und Phrygien wären demnächst neu zu besetzen, aber das dürftest du besser wissen als ich. Bis zum kommenden

Frühjahr bedarf ich jedoch deiner Dienste wie bisher; wolle sorgenfrei und unbekümmert die täglichen Audienzen und die Aufnahme der Pflichten nach meiner Rückkehr vorbereiten. Ave atque vale – M. A.

Blutiger Morgen

Mögen andere ihre Freude haben, woran sie wollen; meine Freude liegt darin, eine gesunde Seele zu haben, ein Herz, das niemandem zürnt und nichts Menschliches von sich fernhält, sondern alles mit freundlichem Blick ansieht und aufnimmt und jedem begegnet, wie es ihm gebührt.
MARCUS AURELIUS VIII 43

Nichts zu wählen«, sagte sie sich, »und nichts zu verlieren. Was hat eine Mimin schon zu verlieren? Das Leben – aber was ist das Leben wert, wenn man nicht bereit ist, es einzusetzen?«

Lukianos. Ein berühmter Mann; ein guter Mann; hübsches Spiel mit einem angenehmen Zunftbruder, nicht mehr. Alcimus hatte eine Nachtstreife aufgetrieben, drei Männer der Stadtkohorten, die ihn, Batrax und Lukianos geleiten sollten. Batrax … Der Junge wäre lieber dageblieben, aber Pacuvius wollte etwas unternehmen, wobei Gefahr drohte. Alcimus würde Batrax für den Rest der Nacht bei sich unterbringen, in den Unterkünften beim Palast, und hatte versprochen, ihn vor »zudringlichen Ermittlungen« anderer Wächter zu schützen. Und Lukianos konnte sich den ersten dreien seiner vier Wünsche hingeben. Der fünfte – oder vielleicht vorerste – Wunsch fände nicht mehr statt.

Die Nacht war längst nicht beendet; im Restlicht des fast untergegangenen Mondes lag die Stadt wie ein geblähtes Untier auf und zwischen den Hügeln. Die Sterne, vom Mond gedämpft, waren weit zahlreicher als die glimmenden Punkte von Fackeln, Lampen oder Feuern in den Teilen Roms, die sie überschauen konnte.

Hand in Hand, eilig, schweigend hatten sie den südlichen Hang des Viminalis hinter sich gelassen, auf winzigen Pfaden zuerst zwischen hohen Mietsbauten am Rand von Subura, dann zwischen den Gärten der besseren Häuser. Im Tal hatten sie den Vicus Longus überquert und den Hang des Quirinalis erklommen. Irgendwo vor ihnen, jenseits der nächsten Häusergruppen, musste die Straße sein, die Alta Semita, die über den Rücken des Quirinalis nach Nordosten verlief, zum Tempel der Fortuna. Dann zur alten, inzwischen innerstädtischen Porta Collina, und dort wurde die Straße zur Via Nomentana. Sie konnten nicht mehr weit von jenem Teil des Quirinalis entfernt sein, wo sie Jahre der Sklaverei verbracht hatte, in einem prächtigen Haus mit weitläufigem Garten.

»Quirinus«, sagte Pacuvius plötzlich, »Berater des Kaisers.«

»Er kann ja sprechen!« Korinna drückte seine Hand. »Wenn auch nur über Berater. Was ist mit ihm?«

Pacuvius lachte. Sie fand, dass es gelöster, entspannter klang als die meisten wortlosen Äußerungen, die sie in den letzten Tagen von ihm gehört hatte. Entspannt ... Entspannt hatte er zuletzt, nein, zuerst gelacht, als sie einander am Fuß des Leuchtturms von Portus begegnet waren. Seitdem war er immer ernster geworden, bedrückt, mit wirren Vorgängen befasst, gehetzt, vielleicht – besessen? Kleine Ausbrüche von Witz, meist schwarzem Witz, die ihr das Herz gewärmt und Hoffnung auf ersprießlichere Stunden genährt hatten. Was mochte nun kommen?

»Der Name«, sagte er, »erinnerte mich an den dritten Hauptgott der Stadt. Iuppiter, Mars, Quirinus – nach dem der Quirinalis benannt ist. Dort wohnt der dritte Mann, mit dem wir uns in dieser Nacht noch nicht beschäftigt haben.«

»Kuruna«, sagte sie, »Rusticus, Marcus Aurelius? Das sind drei. Was ist mit Philippus und Philippos? Das wären fünf.«

»Die beiden sind im Augenblicke nebensächlich, und Marcus Aurelius ist nicht als Mensch, sondern als Kaiser erwähnt worden. Ich meine Umbricius.«

»Was hast du vor?«

»Umbricius' Haus ist nicht weit von hier, am Nordwesthang des Quirinalis. Ich will sehen, ob er da ist. Und seine Frau.«

»Ich nehme an, du wirst mir später erzählen, warum das in dieser Nacht sein muss.«

Er blieb stehen, ließ ihre Hand los und nahm sie bei den Schultern. »Ich werde es dir erzählen; bald. Oder gleich. Es ist aber noch zu früh für den Besuch bei Umbricius.«

Sie hob die Hand und berührte seine Wange. »Stoppeln«, sagte sie, »der Duft des Gerberhauses in den Kleidern, zwei Nächte im Kerker – wann hast du zuletzt gebadet?«

»Jahrzehnte her.« Er lachte wieder, und ihr gefiel der Klang.

»Ist das wichtig?« Er löste die Hand von ihrer rechten Schulter und legte sie auf ihre, an seiner Wange; dabei rieb er das Stoppelfeld in ihrer Handfläche.

»Ich habe eine gute Nase«, sagte sie. »Und unter allem anderen rieche ich …« Sie sprach nicht weiter, lächelte nur.

»Was riechest du, o Feinnasige?«

»Einen Mann, der mir nicht stinkt.«

Pacuvius ächzte leise. »Du weißt nicht«, murmelte er, »wie oft mir schwindlig gewesen ist vor Gier nach dir.«

»Gewesen ist?«

Mit dem Mund streifte er ihre Lippen. »Beim Tempel des Quirinus gibt es einige Schenken«, sagte er heiser, »die die ganze Nacht offen sind. Damit die Priester nicht verdursten, nehme ich an. Und nicht weit von hier liegen ein paar wilde Gärten, mit Resten der Stadtmauer des Tullius Servius.«

»Lass mich den Wein bezahlen.«

Er starrte sie verblüfft an. »Warum, o Einzigartige?«

»Du wirst den Krug tragen und die Gärten finden; etwas will ich aber auch tun.«

Sie fand es schwierig, ihn auf dem Weg zum Tempel nicht dauernd anzufassen; die eine Hand genügte nicht. »Wahrscheinlich geht es ihm auch so«, dachte sie; »hoffentlich geht es ihm auch so. Bestimmt lächle ich die ganze Zeit wie eine Schwachsinnige; aber zum Glück haben die Götter die Nacht geschaffen, in der man nichts sieht, damit kein Unterschied sei zwischen einer Hehren und einer Irren.«

Vor der Schenke an der Südseite der Alta Semita musste sie ihn loslassen, damit er die Münze nehmen konnte, die sie aus dem Beutel am Gürtel zog. Sie kannte Nachtschenken und überließ es gern ihm, hineinzugehen und den Wein zu kaufen.

»Wein und Brot«, sagte er, als er mit einer verstöpselten Amphore und einem gerollten Fladen zurückkam, »ein wilder Garten, die Sterne und du – was brauche ich mehr?«

»Antworten?«, sagte sie. »Vielleicht in der Ferne, hinter den Trümmern der alten Stadtmauer, ein Kitharist? Ein Sonnenaufgang über dem Meer? Eine Flötenspielerin? Schwarze Sklavinnen, die dich mit ihren Zungen befächeln?«

»Für die Auletin und die Sklavinnen sollte ich aber vorher baden.«

Dann schwiegen sie eine Weile, um besser auf den Weg achten zu können. Oder auf die Unwegsamkeit der verwilderten Gärten, in denen Stämme lagen, Schlingpflanzen wuchsen und Gestrüpp dort stand, wo einmal Pfade gewesen waren. Am Fuß eines hohen Mauerstücks fanden sie eine ausreichend große flache Stelle, die von Gräsern gepolstert war.

Pacuvius zog das Schwert, stocherte in den Pflanzen herum, sprang mehrmals hoch und trampelte kräftig. Korinna schloss die Augen, um besser zu hören, aber außer dem fernen Poltern eines Karrens und den Lauten von Nachtvögeln und kleineren Tieren war nichts zu vernehmen.

»Keine Vipern«, sagte Pacuvius. »Hoffe ich jedenfalls.«

»Ich habe kein Zischen gehört.«

»Trotzdem wäre mir ein weiter lederner Umhang ganz lieb.«

»Wo sind wir – ungefähr?«

»Wenn es hell wäre, könnten wir jenseits der Mauer rechts die Gärten des Sallustius sehen.« Er lachte leise. »Oder das, was noch übrig ist. Links, vielleicht, das Dach des Tempels der Flora.« Er zog den Pfropfen aus der Amphore, riss ein Stück Brot ab, hielt es vor die Öffnung und kippte das Gefäß.

Korinna schaute ihm zu, ohne etwas zu sagen. »Wird es schon heller?«, dachte sie. »Oder gewöhnen sich die Augen wirklich so sehr ans Dunkel? Eigentlich sollte ich nichts sehen können. Aber das sehe ich gern.« Sie trat näher zu ihm und legte die Hände an seine Hüften.

»Ah«, sagte er.

»Wieso?« Sie kicherte leise.

»Ich komme mir sehr … dumm vor. Dumm, ungewaschen, hungrig, durstig. Und« – endlich sah er sie an – »sehr gierig.«

»Armer kleiner Gaius.«

»Du hast gut lachen. Du – ihr habt ein Festmahl für den abwesenden Pontifex Maximus zu euch genommen; ich hatte am Nachmittag nur ein bisschen Obst.«

Sie ließ die Hände, wo sie waren; solange er mit der Amphore beschäftigt war, konnte sie ihn nicht an sich ziehen. Sich nicht näher an ihn drängen. »Der abwesende Pontifex?«, sagte sie. »Marcus Aurelius ist Pontifex Maximus. Ob da für ihn ein Platz frei gehalten wurde?«

Pacuvius hielt ihr das weingetränkte Brot an die Lippen. »Vielleicht. Da, nimm; aber beiß mir nicht in die Finger.«

»Warum nicht?«

»Ich will sie mir erst noch mit dem Wein waschen.«

Ein wenig überrascht bemerkte sie, dass sie tatsächlich wieder Hunger hatte. Und Durst. Sie biss vielleicht ein Drittel des Fladenstücks ab und genoss das scharfe Ziehen im Mund, als der Wein auf Zunge und Gaumen traf.

Pacuvius murmelte etwas wie »vergib mir – Hunger« und stopfte sich den Rest in den Mund. Er stöhnte leise; dann hob er die Amphore, damit Korinna trinken konnte.

»Uh«, sagte sie nach einem großen Schluck. »Der Bodensatz aus Veii?«

Pacuvius trank ebenfalls. »Besseres war nicht zu bekommen, aber … ah, es ist köstlich, wenn man Durst hat.« Er bückte sich, um die Amphore abzustellen; dabei sagte er: »Und nach einem langen Tag macht es den Atem ein wenig erträglicher.«

»Wozu brauchst du erträglichen Atem?«

Er richtete sich wieder auf. »Wenn ich dich schon mit meinen Stoppeln zerkratze, will ich dich nicht auch noch mit meinem Atem betäuben.«

»Versuch es doch einfach.« Sie zog ihn zu sich, bis sie seine Lenden spürte. »Wächst da etwas?«

»Wildwuchs«, murmelte er. »Kommt in wilden Gärten vor.«

Und während sie den Wein auf seiner Zunge schmeckte und den wilderen Wuchs spürte, bemerkte sie, dass ihre Knie weich wurden und tief unten in ihr etwas zu glimmen begann; sie sagte sich, dass sie sich fühle, als habe sie seit Monaten keinen Mann gehabt, dabei sei das gründliche Beilager mit Lukianos doch erst einen Tag und eine halbe Nacht her. Aber dann hörte sie auf, an Vergangenes zu denken, dachte nur noch daran, dass die Tunika ein lästiges Kleidungsstück sei, wenn es um schnelles Ausziehen gehe, und dass Männer dabei ungeschickter seien als Frauen, und außerdem seien sie zu bedauern, weil sie sich in diesem Zustand leicht im engen Leibschurz verhakten; ob ihre Hände für seine Haut so prächtig – *»prächtig?«* dachte sie; »ja, oder prachtvoll« – sein mochten wie seine für ihre; dass es dringlich sei, dringend, drängend, hastig, eilig, eindringlich, eindringend, ah, und durchdringend. Danach dachte sie eine lange kurze Zeit gar nichts mehr, außer, dass er genau lange genug durchgehalten hatte und dass sie hier draußen, nicht weit von teuren Häusern, nicht schreien durfte. Also schrie sie nicht, sondern wimmerte und hechelte und seufzte und kam langsam wieder zu Atem. Irgendwann bemerkte sie, dass ein Halm unter ihrem Schulterblatt besonders hart war und Pacuvius – Gaius – das kratzende Kinn auf ihr Schlüsselbein drückte, um sein Keuchen an ihrem Hals zu ersticken.

»Ei«, sagte sie leise; mit den Fingernägeln fuhr sie sein Rückgrat entlang. Dieses Wort oder Geräusch gehörte jedoch eigentlich Lukianos, was Pacuvius nicht wusste; sie beschloss, es nicht mehr zu verwenden. Jedenfalls nicht oft.

Pacuvius stützte sich auf die Ellenbogen, dann stemmte er sich auf die Hände. »O ihr Götter!«, stöhnte er. »Selten hätte ich so gern laut geschrien.« Er blickte auf sie herab, und sie sah die Anspannung aus seinen Augen weichen und einer unendlichen Erleichterung Platz machen. »Wieso rufe ich die Götter an?«, sagte er. »Dich sollte ich Aphrodite nennen.«

Sie legte die Hand in seinen Nacken und zog ihn zu sich. Am Ende eines forschenden, fragenden, bekräftigenden Kusses musste sie nach Luft schnappen, ehe sie sprechen konnte.

»Wir sollten das gelegentlich wiederholen.«

Langsam, widerstrebend löste er sich von ihr. »Mich dürstet, o Herrliche«, sagte er. Seine Hand tastete nach der Amphore. »Wiederholen? Jeden Tag, und nachts immer zweimal.« Er lachte. »Ich wäre nicht mehr tauglich zum Dienst mit der Waffe, aber, Götter!, welch köstliche Untauglichkeit.«

»Im Stehen, Liegen, Sitzen«, sagte sie. »Hände, Mund und Füße? Im Bad? Auf Kissen?«

»Und mit besserem Wein, obwohl ...« Er trank einen langen, durstigen Zug. »Danach ist alles köstlich. Ich glaube, jetzt erschiene mir sogar die Luft in der furchtbaren Hütte wie Ambrosia. Jedenfalls ist dieser Wein Nektar. Und trockenes Brot war nie so verlockend.« Er hielt ihr die Amphore hin und riss ein weiteres Stück vom Fladen.

Sie schwiegen einige Zeit, aßen, tranken und sahen einander an. Korinna setzte sich auf und bat ihn, den Halm, der an ihrem Rücken klebte, zu entfernen.

»Es beginnt, grau zu werden.« Sie deutete zum Osthimmel. »Wann willst du Umbricius besuchen? Und seine Frau?«

Er zog den Leibschurz an. »Bald. Es ist nach dieser Köstlichkeit« – er hob den Zeigefinger an den Mund, befeuchtete ihn mit der Zunge und malte Schlangenlinien auf die Innenseite ihres

Oberschenkels – »nicht der richtige Augenblick, aber …« Er verstummte.

»Sag es mir. Ich weiß nicht, ob ich es wissen muss, aber ich will es wissen.« Dann schüttelte sie den Kopf. »Nein, ich will es *nicht* wissen; aber ich fürchte, ich sollte.«

Pacuvius wartete, bis sie ihren Leibschurz wieder angelegt hatte, und half ihr mit der Tunika.

»Warum meinst du, du solltest es wissen?«

»Man hat uns zusammen gesehen. Du bist in den Kerker gesteckt worden, und mich hätte man beinahe ermordet. Was auch immer in den nächsten Tagen geschieht, ich finde, jeder von uns sollte alles wissen, um auf alles vorbereitet zu sein.«

Er schien zu überlegen, während er die Tunika anzog. Dann begann er zu sprechen. Ein wenig ungläubig, jedenfalls am Anfang, hörte sie die Geschichte von Umbricius und Rema, von ungewöhnlichen Formen der Berichterstattung. Und von dem, was Rema beim letzten Treffen gesagt hatte.

Als er endete, nahm sie sein Gesicht in beide Hände. »Jetzt verstehe ich, warum du so … durcheinander warst. Und auch, dass du Klarheit brauchst.«

Ihre Gedanken liefen davon, schlugen Haken, rannten im Kreis, kehrten zurück. Natürlich wollte sie nicht, dass er zu dieser Frau ging. Dass er wieder zu dieser Frau ging. Sie wollte nicht, dass diese Frau sein Kind trug, um es im kommenden Frühjahr zu gebären. Auch nicht, dass Umbricius ein finsteres Spiel, dessen Umrisse sie zu ahnen begann, zu Ende spielte.

Sie wollte etwas anderes, und es überraschte sie fast bis zum Entsetzen, mit welcher Dringlichkeit sie dies wollte: ihm sagen, ihm ausgerechnet jetzt sagen, was der Arzt und die alte Sklavin, die im Haus ihres Herrn auch Hebamme gewesen war, ihr damals mitgeteilt oder prophezeit hatten. Dass sie kein zweites Kind haben würde, weil mit der Nachgeburt etwas anderes aus ihrem Inneren gekommen war; etwas, das nicht hätte kommen dürfen; etwas, was sie nicht genau hatte wissen wollen.

»Klarheit«, sagte Pacuvius, »hätte ich gern. Ich weiß aber nicht, ob ich sie von Umbricius oder Rema bekomme. Ich weiß ja nicht einmal, ob beide in der Stadt, in dem Haus da drüben sind.«

Korinna riss sich zusammen. »Es ...« Sie schluckte, hustete, setzte neu an. »Es könnte gefährlich sein. Umbricius hat doch sicher Wachen. Und Sklaven, die ihn schützen.«

»Sklaven ja; ob Wachen, das weiß ich nicht. Aber ich muss es versuchen. Wo sonst, wenn nicht bei Umbricius, kann ich etwas erfahren?«

»Und wie stellst du dir das vor? Willst du zu ihm gehen und sagen: ›Guter Meister, erhelle mich‹? Wenn er das wollte, hätte er es längst getan. Und wenn er wirklich Teil des bösen Spiels ist, wird er dich eher umbringen oder von seinen Leuten umbringen lassen, als dir etwas zu sagen.«

Pacuvius legte den Gürtel an; er berührte den Griff seines Schwerts. »Ich habe das hier«, sagte er. »Und ich habe etwas, das ich bisher nicht hatte.«

»Was soll das sein?«

Er reichte ihr die Hand und zog sie hoch. »Der ruhmreiche Lukianos aus Samosata begibt sich in wenigen Stunden zu Marcus Aurelius; er wird Fragen stellen und über Vorgänge berichten, und dabei wird er Namen wie Umbricius und Pacuvius nennen. Es wäre mehr als leichtfertig, wenn Umbricius mich *jetzt* von seinen Leuten umbringen ließe.«

»Und wenn er sich von dir in die Enge getrieben fühlt? Wenn er völlig verzweifelt ist?«

»Umbricius verzweifelt?« Pacuvius schnaubte. »Dem würde noch im Hades ein Ausweg einfallen. Außerdem, wenn es dich beruhigt: Ich will eigentlich nur mit Rema sprechen.«

Das richtige Morgengrauen war noch nicht ganz angebrochen, als sie in den Garten von Umbricius' Haus eindrangen. Irgendwo in der Ferne bellte ein Hund, und in den Bäumen und Sträuchern begannen die Vögel ihr tägliches Geschäft des Zeterns und Zausens.

Der Garten war schwer von herbstlichen Gerüchen und feucht vom Tau.

Nicht weit vor der Fensteröffnung, hinter der Rema schlief, falls sie im Haus war, stand ein dicht belaubter Busch. Korinna hatte darauf bestanden, bis hierhin mitzukommen; hinter diesem Busch verborgen konnte sie kauern, zu lauschen versuchen – oder fliehen, wenn es dazu kommen sollte.

»Sieh dich vor«, flüsterte sie. »Denk an die Kissen, den Wein und die anderen ersprießlichen Dinge, die wir nicht betreiben können, wenn dir etwas zustößt.«

Pacuvius bückte sich, drückte ihr einen Kuss ins Haar und huschte dann geduckt zum Haus. Sie sah, wie er sich vor der Fensteröffnung aufrichtete und hineinspähte. Er wandte sich kurz zu ihr um und nickte; dann zog er das Schwert, hielt mit der Linken die Scheide fest, damit sie nicht klirrte, und stieg über den kaum hüfthohen Sims hinein.

Sie wartete, strengte ihr Gehör an, aber außer den Vögeln hörte sie nichts. Nach einer Weile – vielleicht fünfzig Atemzüge, eine Ewigkeit – kroch sie hinter dem Busch hervor, zum Haus, zum Fenster, und richtete sich vorsichtig auf.

Pacuvius hielt das Schwert in der Hand, zwischen dem Bett und der Tür, die wahrscheinlich auf einen Gang führte. Neben dem Bett stand eine Frau. Die Frau. Korinna hätte am liebsten durch die Zähne gepfiffen. Rema. Ohne jeden Zweifel die schönste Frau, die sie je gesehen hatte. Apelles, dachte sie, hätte sie als Aphrodite – nein, als Helena gemalt, herrliche Fürstin, Anlass für den Tod von zehntausend Kriegern, Gefäß mordender Hitze. Oder war sie eine Skulptur von Praxiteles? Mehr als das, viel mehr als das, denn sie lebte, atmete, konnte sich bewegen, lieben, umschlingen, verschlingen. Kein Wunder, dass –

Aber jetzt sprach sie.

»Armer Gaius. Habe ich dich verwirrt? Du weißt doch, Umbricius wird das Kind als seines annehmen.«

»Wer ist Philippus?«

Sie machte eine wischende Handbewegung. »Wir sprachen vom Kaiser, den du töten wirst. Wen kümmert der Kaiser? Ein anderer, der Richtige, wird seinen Platz einnehmen.«

Eine Stimme, dachte sie, wie räudige Seide; dann hätte sie fast gelacht, als sie überlegte, was Lukianos wohl zu diesem Vergleich sagen würde.

»Der Richtige? Wer? Etwa Umbricius?«

»Du hast ja keine Ahnung. Aber was kümmert es dich?«

»Vielleicht kümmert mich der Kaiser.« Pacuvius' Stimme war belegt. »Aber ganz nebenbei kümmert mich mein Leben.«

Nun klang sie ehrlich erstaunt. »Aber es ist doch die edelste Aufgabe des Kriegers, zu töten und zu sterben!«

»Sprich leiser«, sagte Pacuvius. »Nein, ich will nicht sterben. Noch nicht, und nicht so. So ... sinnlos. Wer hat sich das ausgedacht? Umbricius? Kuruna? Rusticus? Varro? Oder ...« Er brach ab; nicht, als ob ihm die Worte fehlten, fand Korinna, sondern als ob er etwas nicht auszusprechen wagte.

Rema bewegte sich, einen halben Schritt zu ihm hin. Lautlos holte Korinna Luft. Eine Bewegung, wie sie sie auf keiner Bühne je gesehen hatte. »Giftiger Honig«, dachte sie. Und: »Absurd. Aber – giftiger Honig, Cinnamonschlangen, von einer wahnsinnigen Aphrodite zu einem Frauenkörper verflochten.«

»Armer kleiner Gaius! Du wirst nichts dagegen tun können; wenn du leben willst. Denn wenn du es nicht tust, stirbst du auf jeden Fall.«

Noch ein halber Schritt.

Pacuvius hob das Schwert. »Bleib, wo du bist. Und sprich leiser.«

Sie lachte. Ein helles, hartes Lachen; Korinna schauderte.

»Warum soll ich leiser sprechen? Damit Umbricius uns nicht hört? Aber er weiß längst, dass jemand bei mir ist.« Sie drehte sich halb um, deutete auf das Kopfende des Betts. »Eine dünne Schnur. Ich habe an ihr gezogen, als ich aufgestanden bin. In seinem Schlafgemach ist eine Vase umgefallen.« Sie blickte zur Tür. »Tritt ein, mein Gebieter.«

Die schweren Vorhänge bewegten sich. Pacuvius wandte sich der Tür zu, das Schwert bereit zum Stoß.

Ein alter, kräftiger, grauhaariger Mann trat ein, nickte Pacuvius zu, wie man einem alten Bekannten zunickt, den man zufällig auf der Straße trifft, ging zu Rema, legte die rechte Hand auf ihre linke Hinterbacke, bückte sich und berührte die linke Brust mit der Zungenspitze.

Korinna sah Fassungslosigkeit auf Pacuvius' Gesicht. Und den Beginn eines lustvoll niederträchtigen Lächelns bei Rema.

Der Mann – ohne Zweifel Umbricius – richtete sich wieder auf und ging auf die andere Seite der Frau; seine linke Hand berührte Remas Nabel, glitt zwischen die Schenkel, bewegte sich vor und zurück. Dabei blickte er Pacuvius an und sagte: »Du bist nicht erschienen; ich hatte es dir doch befohlen.«

Pacuvius öffnete den Mund. Das Schwert sank.

Drei Männer, einer von ihnen ein massiger Schwarzer, stürmten ins Zimmer und stürzten sich auf Pacuvius, ehe er das Schwert einsetzen konnte. Der Schwarze führte einen schnellen Hieb mit der Handkante aus; das Schwert klirrte zu Boden. Die beiden anderen hielten Pacuvius fest und drehten ihm die Arme auf den Rücken.

»Azumu, gib mir das Schwert.«

Der Schwarze bückte sich, hob es auf und reichte es Umbricius, der es mit der Rechten nahm. Rema hatte die linke Hand des Mannes zwischen den Schenkeln eingeklemmt; mit ihrer Rechten rieb sie die eigene linke Brust, mit sanft kreisenden Bewegungen. Unter der Brust sah Korinna ein großes, halbmondförmiges Mal. Und sie sah, wie Rema Pacuvius musterte. »Wie man ein Tier betrachtet«, dachte sie. »Ein Haustier, über das man noch ein wenig lachen möchte, das aber allen wirklichen Wert verloren hat. Falls es den je hatte.«

»Lukianos aus Samosata«, sagte Pacuvius heiser, »wird gleich mit dem Kaiser sprechen. Er weiß alles, was ich weiß.«

»Du willst sagen, dass es sinnlos wäre, dich jetzt zu töten?«

Umbricius nickte; endlich verließ seine linke Hand Rema. »Aber wer will dich töten? Du hast eine Aufgabe zu erfüllen.«

»Dazu kannst du mich nicht zwingen.« Pacuvius sprach durch die Zähne. »Und Marcus Aurelius ...«

Umbricius unterbrach. »Zwingen? Es gibt Kräuter, Pilze, Gifte, Blickzauber, die jeden dazu bringen, alles zu tun. Und der Kaiser? Wozu soll er sich um einen Mörder kümmern?«

»Mörder?«

»Mörder, ja. Wie meine Sklaven, deren Leben in meiner Hand liegt, bezeugen werden.«

Pacuvius starrte ihn sprachlos an.

Umbricius betrachtete das Schwert, das er in der Hand hielt. »Ach, es ist ein Jammer«, sagte er. Das Schwert stieg plötzlich, die Spitze beschrieb einen Halbkreis, der in Remas Kehle endete. Die Frau stieß ein ersticktes Gurgeln aus; ein roter Springbrunnen benetzte das Bett. Dann stürzte Rema zu Umbricius' Füßen nieder.

»Bringt ihn ins Verlies.«

»Nichts zu gewinnen«, sagte sie sich, »und alles zu verlieren. Was hat eine Mimin schon zu gewinnen, gegen mindestens vier bewaffnete Männer? Das Leben – aber was ist das Leben wert, wenn man es nicht sinnvoller einsetzt?«

Sie hätte nicht sagen können, wie es ihr gelang, den Garten zu verlassen: mit der Amphore, aber ohne Lärm. Auf dem kleinen Pfad, der sich zwischen den Gärten und Landhäusern abwärtsschlängelte, begann sie zu laufen. Sie schleuderte die Amphore in ein Gestrüpp zwischen zwei Grundstücken und rannte, bis sie die Straße unterhalb des Quirinalis erreichte.

Ihr Kopf war leer; oder zu voll. Bilder und Wörter. Pacuvius, das Schwert, Fragen, seine sichtbare Verblüffung. Die nackte Frau, ihr verächtliches Lächeln, ihr Becken und Umbricius' Hand, das Schwert, das blutige Bett. Das Schwert, Umbricius' Hand, die ungerührten Gesichter der beiden Sklaven, die Pacuvius festhielten, die Miene des Schwarzen. Azumu. Gehorsam, Abscheu, Billigung,

Mitleid, Ergebung, Knechtschaft. Das Schwert, der Springbrunnen aus Blut, Pacuvius' Entsetzen, starr, starr, starr. Umbricius und seine Stimme: Eis, Berechnung – oder, nein, nicht Berechnung, sondern kaltes Ergebnis längst vorgenommener Berechnungen. Macht und ihre Verwendung, Verwandlung, Umwandlung, Anwandlung, Anwendung. Macht und Blut.

Am Rand der Straße stand eine Säule, die einen verwitterten, unkenntlichen Männerkopf aus Marmor trug. Keuchend lehnte Korinna sich an die Säule und schloss die Augen. Mit geschlossenen Lidern sah sie die Bilder noch deutlicher, und in dem Maß, in dem ihre Atmung langsamer wurde, tanzten die Bilder schneller. Als sie die Augen fast gewaltsam öffnete, war ihr schwindlig, als sei sie Teil des Tanzes gewesen und herausgeschleudert worden.

»Was kann ich tun? Was soll ich tun? Kann überhaupt jemand etwas tun?« Alcimus – Lukianos – Rusticus – Marcus Aurelius – der junge Septimius, der Pacuvius aus dem Kerker geholt hatte? Andere Namen und immer wieder die gleichen Fragen. Sie bemühte sich, langsamer zu denken; die Innenseite des Kopfs, die Außenseite des Atmens.

Etwas anderes drängte sich zwischen sie und ihre Gedanken: die Wahrnehmung von etwas, das alt und vergessen und verhasst und vertraut war. Sie kannte die Straße, die Häuser, diesen Giebel und jenen Porticus, den kleinen Platz weiter vorn mit dem Brunnen, hinter dem der Weg zum Tempel der Flora begann. Das Haus ihrer Jahre als Sklavin schien unverändert, anders der Garten: Alles war gewachsen, gewuchert, beschnitten, neu geformt.

Langsam ging sie zum Platz. Alles war, als sei sie erst gestern fortgegangen. Der Brunnen mit dem Schöpfeimer, die in den Stein gehauenen Tierköpfe der Umrandung – im offenen Rachen des Löwen fehlte noch ein Zahn mehr –, an der Ecke des Tempelwegs das Haus des alten Seemanns mit dem Fisch am Giebel des Porticus. Nein, kein Seemann, ein Fischer, der einem schiffbrüchigen Reichen das Leben gerettet hatte und von diesem im Testament bedacht worden war; mit dem Geld hatte er das Haus gebaut und lebte davon, dass er alle möglichen Arbeiten und Besorgungen übernahm. Falls er noch lebte. Sie erinnerte sich, dass es bei ihm süßes Gebäck gegeben hatte, eingelegten Fisch, gut abgehangenes Wild, dass er Brennholz besorgt und geliefert hatte, dass man bei ihm, wenn mehr Gäste als vorgesehen zu einem Fest erschienen, auch in der Nacht Öl und Früchte bekommen konnte, und vor allem Kenntnisse, Nachrichten, Namen. Wer im Viertel ein neues Bad, eine neue Latrine, ungewöhnliche Pflanzen, einen guten Schreiner brauchte oder erfahren wollte, wie viel jenes Haus gekostet hatte oder welches Grundstück bald durch einen zu erwartenden Todesfall mit verwickelten Erbschaftsverhältnissen auf den Markt kommen würde, wandte sich an … Aber sie konnte sich nicht mehr auf den Namen besinnen.

Beinahe dankbar stellte sie fest, dass Wahrnehmungen und Erinnerungen, die nichts mit Dankbarkeit zu tun hatten, ihre Gedanken beruhigten. Ein wenig. Sie ging zum Brunnen, ließ den Eimer hinab, zog ihn halb gefüllt wieder herauf und trank; den Rest des kalten Wassers schüttete sie sich über den Kopf.

Sie musste etwas tun. Zunächst denken – und die alten Erinnerungen oder das Wasser, oder beides, hatten offenbar geholfen, die frischen Erinnerungen zurückzudrängen. Der Eimer war leer, nicht voller Blut, und auf der Straße liefen keine Schatten herum, die den Umriss von Umbricius samt Schwert hatten.

Es war noch immer früh; kein Mensch auf dem Platz, auch nicht auf den Straßen und Gassen, soweit sie diese einsehen konnte. Aus einigen nahen Häusern hörte sie die üblichen Morgengeräusche: das Scheppern von Schüsseln, Stimmen, polternde Scheiter, ein zeterndes Huhn, das Futter haben, nicht werden wollte; hier und da wurden Herde angezündet, stieg Rauch auf.

Zu früh für Lukianos und den Kaiser? Sie gab sich einen Ruck. Wenn sie schnell ginge, ohne zu laufen, konnte sie das Gästehaus des Stadtpräfekten vielleicht erreichen, ehe Lukianos aufbrach, oder ihn auf dem Weg zum Palast des Kaisers abfangen. Danach? Alcimus, am besten. Er hatte andere Möglichkeiten, andere Kenntnisse;

er konnte Wege gehen, die ihr versperrt waren. Wie sollte sie, unbekannte Mimin, etwa in die Nähe des Präfekten gelangen – nah genug, um Iunius Rusticus etwas ins Ohr zu flüstern? Oder gar zum Kaiser? Sie wusste auch nicht, wo der junge Mann aus Leptis wohnte, der Pacuvius aus dem Kerker geholt hatte. Lucius Septimius Severus; sie erinnerte sich an seine kurze Rede, den Austausch mit Rusticus. Jung, vielleicht ein wenig streng, passend zum Namen Severus, aber er wollte, wie Pacuvius ihr gesagt hatte, alles tun, um durch kluge Hilfe für den bedrängten, von Mördern bedrohten Kaiser die eigene Laufbahn zu fördern. Wo der Onkel wohnte, in dessen Haus er sich aufhielt, würde Alcimus vermutlich schnell ermitteln können. Und vielleicht fiele Septimius ja etwas ein zu dem, was sie nun zu berichten hatte.

Vielleicht aber auch nicht.

Etwas quälte sie; eine verschüttete Erinnerung – ausgelöst durch etwas, an das sie eben gedacht hatte. Was konnte es sein? Etwas, das mit einem der Namen zu tun hatte?

Der Eingang zum alten Palast des Tiberius, in dem Marcus Aurelius lebte und an fast zweihundert Tagen im Jahr zu Gericht saß, war bereits umlagert. Vor den Stufen warteten Dutzende Bürger, die vom Kaiser Gerechtigkeit begehrten oder andere Anliegen hatten. Zwei Schreiber mit Wachstafeln verzeichneten die Namen und die Reihenfolge des Eintreffens, dazu – vermutlich in Stichworten – die Art des Anliegens.

»Nein, ihr werdet nicht mit dem Augustus allein sein«, sagte einer der Schreiber eben. »Wachen sind dabei; es könnte ja einer von euch trotz aller Vorsichtsmaßnahmen ein Messer mitbringen. Und Schreiber, natürlich. Außerdem Berater für alle möglichen Sonderfälle.«

»Verhandelt Marcus Aurelius alles selbst?«, sagte ein älterer Mann, neben dem ein hochschwangeres Mädchen stand.

»Die meisten Dinge, sofern sie wichtig sind.« Der Schreiber winkte dem nächsten Bittsteller (oder Klienten? Korinna wusste nicht, wie sie die Leute bei sich nennen sollte), um dessen Namen und Anliegen zu notieren. Dabei sagte er über die Schulter: »Viele Anliegen sind ähnlich; dann sagt der Augustus, wie der Fall zu behandeln ist, und übergibt alles Weitere einem seiner Berater. – Dein Name?«

Korinna wartete, bis auch dieser Name notiert war; dann trat sie neben den Schreiber und sagte halblaut, eindringlich: »Eine wichtige Mitteilung des Centurio Gaius Pacuvius Lentulus für den edlen Quirinus.«

Der Schreiber blickte sie an, runzelte die Stirn, schien zu zögern; schließlich nickte er und sagte: »Komm mit.«

Korinna folgte ihm zu den Stufen, vorbei an Leuten, die neidisch oder erbost blickten. Oben, zwischen den mächtigen Säulen des Eingangs, wandte sich der Schreiber an einen der zahlreichen Bewaffneten.

»Bring die Frau hier zu Quirinus«, sagte er.

Der Wächter führte sie durch die Eingangshalle zu einer Seitentür; dahinter lag ein langer, hoher Korridor. Korinna sah die Bilder, die hellen Statuen, die Wandbehänge, aber sie hatte eigentlich keine Augen für die Pracht der Flächen zwischen den Säulen. Ihr Herz klopfte, in ihrem Kopf kehrten die anderen Bilder zurück, und sie wünschte sich, Lukianos wäre schon eingetroffen und könnte ihr einen Teil des Redens abnehmen.

Türen, immer wieder Türen, neben Standbildern und unter Wandteppichen. Sie vergaß zu zählen; vielleicht war es die zehnte oder zwölfte, vor der der Wächter stehen blieb. Er schob einen Ledervorhang beiseite, knallte die rechte Hand auf den Brustpanzer und sagte: »Eine Botschaft für Quirinus.«

»Es ist gut; soll reinkommen.«

Der Krieger blickte sie an, leckte sich die Lippen und deutete mit dem Kopf auf die Tür; dann ging er zurück, Richtung Eingangshalle.

Korinna betrat einen Raum, dessen einziges riesiges Fenster auf einen Garten blickte. Der Duft morgenfrischer Pflanzen und herbstlicher Sträucher füllte die Luft. An den Wänden standen Gestelle mit Tafeln und Rollen, teils versiegelt oder in Röhren, teils nur flüchtig mit Fäden umwickelt.

An dem großen Schreibtisch, dessen Längskante dem Fenster zugewandt war, stand ein grauhaariger Mann und beugte sich über Papyrusstreifen. Er mochte an die vierzig Jahre alt sein und hatte müde Augen. Aber sie waren nicht nur müde; der Mann schien viel gesehen zu haben, keine großen Hoffnungen zu hegen hinsichtlich der Güte des Daseins oder der fesselnden Mitteilungen seiner Besucher. Müde Augen, dachte sie, kluge Augen, und – abwehrende Augen.

Sie beschloss, sich nicht zu leicht abwehren zu lassen. »Korinna aus Rhodos«, sagte sie, »Angehörige der Mimen des Mopsos. Gaius Pacuvius Lentulus entbietet Grüße.«

Quirinus nickte und deutete auf einen Schemel. »Seit wann übergibt er seine Mitteilungen einer Schauspielerin?«

»Seit man ihn an der Arbeit hindert, indem man ihn einkerkert. Und ihm einen Mord unterschiebt, den er, wie ich bezeugen kann, nicht begangen hat.«

Quirinus richtete sich auf und ließ den Papyrus los, den er eben entrollt hatte; mit leisem Schaben rollte die Schrift sich wieder ein. »Was ist das für eine Geschichte?«

Korinna spürte plötzlich, dass ihre Beine zitterten; fast hätte sie es nicht mehr bis zum Schemel geschafft. Als sie saß, atmete sie auf und sagte: »Ehe ich berichte, Herr, eine Frage. Ist der große Lukianos von Samosata schon eingetroffen?«

Quirinus hob die Brauen; er schien verblüfft oder zumindest verwundert. »Lukianos? *Der* Lukianos? Ich wusste gar nicht, dass er in Rom ist. Was hat er denn damit zu tun?«

»Er kennt einen Teil der Geschichte. Er wäre gestern Abend beinahe neben der Basilica Ulpia ermordet worden; auch das ein Teil der Geschichte. Es geht um eine Verschwörung gegen das Leben des Augustus Marcus Aurelius; darüber will er heute Morgen mit dir und dem Kaiser sprechen.«

»Eine Verschwörung gegen das Leben des Kaisers?«

Ungläubig, beinahe empört sah Korinna, dass Quirinus milde lächelte.

»Davon haben wir jeden Monat sechs oder sieben«, sagte er. »Leute, die sich vor dem Kaiser wichtigmachen wollen. Wie soll ich wissen, ob deine Geschichte besser ist? Oder wahrer?«

»Indem du mir und später Lukianos zuhörst. Indem du ihn mit Marcus Aurelius sprechen lässt.«

»Und du? Willst du nicht mit ihm reden?«

Korinna stieß ein spöttisches Gelächter aus. Jedenfalls sollte es spöttisch sein, aber sie hörte eher ein Krächzen.

»Nein«, sagte sie. »Eine übermüdete, betrübte, unbedeutende Mimin mit schmutzigen Gewändern? Das muss man dem Kaiser nicht antun, wenn er stattdessen mit dem großen Lukianos vorliebnehmen mag.«

Quirinus ging an die andere Längsseite des Tischs und ließ sich auf einen Scherenstuhl fallen. »Dass du nicht zum Kaiser willst, spricht für die Ernsthaftigkeit deines Anliegens. Nun gut. Rede. Ich kann dir nichts versprechen, nur, dass ich lauschen werde.«

»Bevor ich berichte, sei doch so gut und weise deine Leute an, dass man Lukianos sofort zu dir bringen soll, sobald er eintrifft.«

Quirinus schnaubte. »Das ist unnötig. Meinst du denn, wenn Lukianos oder Horatius oder Homeros eintreffen, würde jemand zögern?« Dann blinzelte er und stand auf. »Doch, vielleicht würde man sie wegschicken, weil man nicht glaubt, dass sie es wirklich sind. Noch ein Wahnsinniger, der sich für Mars oder Gaius Iulius Caesar hält.«

Er ging zur Tür, schob die Vorhänge beiseite und klatschte in die Hände. Korinna hörte eilige Schritte, dann Gemurmel. Quirinus sagte laut: »Sofort zu mir, mit allen Ehren, hörst du?« Dann kam er zurück und ließ sich am Tisch nieder.

»Magst du nun sprechen?«

Korinna nickte. Bemüht, nichts Wichtiges auszulassen, aber Quirinus auch nicht durch überflüssige Einzelheiten die Zeit zu stehlen, berichtete sie. Quirinus stellte nur wenige Zwischenfragen; ansonsten lauschte er mit unbewegter Miene. Nur ein- oder zweimal zuckte ein Nasenflügel.

Zum Schluss sagte sie: »Die Vorgänge in dieser Nacht kennt Lukianos noch nicht; alles andere wird er dir bestätigen.«

Sie fühlte sich scheußlich; und sie fühlte sich besser. Das Zittern der Beine hatte aufgehört, und obwohl sie ein Bad, einen langen Schlaf und vor allem keine blutigen Träume ersehnte und den kalten Schweiß an ihrem Körper ebenso hasste wie die Flecken auf ihrer Tunika, war sie irgendwie erleichtert. Sie hatte die ganze Geschichte erzählt; sie hatte sie einem Mann erzählt, der Zugang zum Kaiser, zum Ohr des Kaisers hatte; sie war nicht mehr allein verantwortlich.

Quirinus verschränkte die Arme vor der Brust und sah sie ruhig an. Er sprach nicht gleich, nachdem sie geendet hatte, aber sie spürte, dass es kein unfreundliches Schweigen war.

»Ich glaube dir«, sagte er dann. »Nicht, weil deine Geschichte besonders schön oder glaubhaft wäre, sondern weil wir einige … andere Einzelheiten kennen, die alles allzu wahrscheinlich machen.«

Einen Augenblick lang rang Korinna nach Luft; vor Erleichterung hätte sie am liebsten geweint.

»Aber lass mich einige Namen und Orte aufschreiben.« Quirinus beugte sich vor und nahm eine Wachstafel und einen Eisenstift. »Pacuvius«, murmelte er, »im Verlies im Haus des Umbricius. Sieht ihm ähnlich« – er blickte auf und lächelte flüchtig –, »Umbricius, meine ich; dass er in seinem Haus einen eigenen Kerker hat. Ein Jammer um die schöne Rema! Lukianos im Gästehaus des Präfekten, sagst du? Gut. Alcimus … und wie noch? Alcanor Alcimus Albus? Manche Leute haben schwer an ihren Namen zu tragen. Du … in Trans Tiberim? Und dieser Junge, Ba– wie bitte? Batrax; ist bei Alcimus? Gut; nur, dass wir wissen, wer vielleicht wo beschützt werden muss.«

»Septimius«, sagte sie. »Den hätte ich fast vergessen. Er hat Pacuvius aus dem ersten Kerker geholt.«

»Septimius wie weiter?«

»Lucius Septimius Severus, aus Leptis.«

Quirinus ließ Tafel und Stift sinken. »Einer der Severer? Ah; und wohnt bei seinem Onkel?« Er lächelte. »Um den brauchen wir uns nicht zu sorgen, wie ich die Familie kenne.« Er erhob sich. »Willst du warten, bis Lukianos kommt?«

Sie zögerte, schloss die Augen; plötzlich fühlte sie sich randvoll mit Leere, schwerelos von bleierner Müdigkeit. »Nein«, sagte sie. »Sag du ihm, was ... was noch geschehen ist. Ich will zu Alcimus, mit ihm reden, und dann – schlafen. Kannst du etwas für Pacuvius tun?«

Quirinus zwinkerte. »Dir liegt an ihm, ja? Deine Stimme, wenn du seinen Namen nennst ... Das wird der Kaiser entscheiden; aber zweifellos wird er Pacuvius selbst sprechen wollen und Umbricius anweisen, ihn ohne, uh, Beschädigung zu überstellen. Also Umbricius! Gerissener Schurke!« Dann schüttelte er den Kopf. »Wir werden ihn zunächst wohl gewähren lassen müssen und ihn beobachten – bis wir ihn in der Hand haben. Bis zum Fest ...«

»Kann ... soll ich etwas unternehmen?« Mühsam stand sie auf und ging neben ihm zur Tür.

»Überlass es uns.« Quirinus legte ihr kurz eine Hand auf die Schulter. »Ich versichere dir, wir werden uns darum kümmern. – In drei Tagen, nehme ich an, werden wir einige Dinge geklärt haben. Der Augustus erwartet das Eintreffen eines ... umfangreichen Geschenks.« Er grinste. »Dazu wird es ein kleines Fest geben; in den Gärten drüben, unterhalb des Ianiculum. Gar nicht weit von da, wo du wohnst.«

»Die Gärten, von denen man sagt, dass sie Gaius Iulius Caesar gehört haben?«

»Man sagt es nicht nur. Dort hat er gewohnt, in einem kleinen Palast, wenn er in seinen letzten Jahren in Rom war. In seiner Zeit als *dictator*. Und dort hat er auch Kleopatra untergebracht. Falls du die Geschichte kennst.«

»Ich kenne sie – flüchtig.«

»Gut. Dort wird es ein kleines Fest geben, wie gesagt. Du wirst eine Einladung erhalten.«

Sie starrte ihn an, sprachlos. Die Mimin Korinna, eingeladen zum Gartenfest des Kaisers Marcus Aurelius?

»Sieh zu, dass du dann Zeit hast. Wir werden, nehme ich an, alle einladen, die etwas mit dieser ... Verschwörung zu tun haben. Bis dahin bleiben sie ungeschoren. Damit wir alles aufklären können.«

»Also kein Fest? Nicht nur, jedenfalls?«

»Doch. Beides. Die Erhellung und das Fest. Du weißt, der Augustus ist Stoiker, und was wäre die Stoa ohne den Einsatz des Verstandes? Zur Erhellung dessen, was dunkel scheint, und ist das nicht ein Fest für den Geist?«

Sie verließ den Palast und wanderte zum Gästehaus des Stadtpräfekten. Langsam, schlaftrunken, unendlich erleichtert, zugleich aber noch immer entsetzt über das, was sie gesehen hatte, und besorgt um Pacuvius. Das laute, quirlende Treiben der endgültig erwachten Riesenstadt sah und hörte sie wie durch Schleier. Der gleiche Schleier hinderte sie auch daran, den Mann zu erkennen, bis er sie am Arm festhielt.

»Schläfst du im Laufen? Habt ihr euch so erschöpft?«

»Lukianos!« Ein paar Atemzüge lang genoss sie es, von ihm gehalten zu werden. Sie lehnte sich an und schluchzte plötzlich, ohne es zu wollen oder auch nur bemerkt zu haben, dass sie gleich schluchzen würde.

Er nahm sie in die Arme, drückte sie leicht an sich und blies in ihr Haar. »Was ist los, Zunftschwester?«

»Ich ...« Sie brach ab, um das krampfhafte Schluchzen zu unterdrücken. Er wartete geduldig, hielt sie immer noch an sich gedrückt.

»Ich war im Palast«, sagte sie schließlich. »Bei Quirinus. Er hat die Wachen angewiesen, dich sofort zu ihm zu bringen.«

Nun schob er sie von sich und musterte ihr Gesicht – neugierig? Aufmerksam? Zweifelnd?

»Warum?«, sagte er.

Mühsam mit den Tränen kämpfend, erzählte sie ihm, in abgehackten, immer wieder abbrechenden Sätzen, was im Haus des Umbricius geschehen war.

»Das erklärt … vieles«, sagte er, als sie fertig war. »Aber nicht alles. Trotzdem – wichtig ist, dass der Palast die Hand über Pacuvius hält. Was willst du jetzt tun?«

Sie löste sich von ihm und rieb sich die Augen. Dann gähnte sie und versuchte dabei zu lachen. »Ich werde da drüben« – mit dem Kinn wies sie auf einen Stand, an dem es heiße Brühe und Kräuteraufgüsse gab – »etwas trinken, um wieder halbwegs wach zu werden. Dann will ich mit Alcimus reden, Batrax mitnehmen und in Trans Tiberim lange schlafen. Wenn die anderen von der Truppe mich lassen.«

»Gut. Zunftschwester, ich bin zufrieden mit dir.«

»Das wärst du nicht, wenn du wüsstest, womit ich die Stimme der … der ermordeten Frau verglichen habe.« Sie kicherte.

»Ah. Nämlich?«

»Räudige Seide.«

»Ei.« Er lachte; dann, wieder ernst, berührte er ihre Wange. »Ich gehe jetzt zum Palast. Irgendwie … Ich weiß nicht, ob ich mich darauf freue, dem Herrn der Welt zu begegnen. Manche Dinge sind zu groß für einen kleinen Schreiber.«

Nachdem sie einen heißen Aufguss getrunken und ein paar Nüsse gegessen hatte, fühlte sie sich wieder halbwegs wach und fähig, den kurzen Weg zur Rückseite des Palatinus zu bewältigen. Dort lagen die lose mit dem Palast verbundenen Nebengebäude, in denen die Wachen und die Männer des Sonderdiensts lebten und arbeiteten.

Alcimus brütete über Papyri; er blickte von seinem Tisch auf, als der Posten sie hineinführte.

»Dienstpläne«, murrte er. »Immer ist irgendwer krank oder zu gesund. Eigentlich macht Pacuvius das, aber – nun ja. Setz dich. Gibt es etwas Neues?«

Sie schaute sich um. »Kann uns jemand hören?«

»Ganz Rom. Warte.«

Alcimus sprang auf, ging zur Türöffnung und wies den Posten an, sich vor die Tür des nächsten, vorderen Zimmers zu stellen und niemanden durchzulassen.

»So«, sagte er, als er zurückkam. »Was ist geschehen?« Er blieb neben ihr stehen, an die Tischkante gelehnt, und beugte sich zu ihr, damit sie ihm notfalls ins Ohr flüstern konnte.

Sie flüsterte.

Alcimus wurde mehrmals blass, während sie berichtete. Er hatte offenbar tatsächlich nichts von Pacuvius' Sonderdiensten und Sonderberichten bei Rema gewusst. Korinna fragte sich, ob ihn wohl die Hinschlachtung der eigenen Frau durch Umbricius entsetzte oder dessen Verwicklung in eine Verschwörung gegen den Kaiser. Oder vielleicht beides, aber welches mehr? Sie sprach die Frage nicht aus; lieber wollte sie es nicht wissen.

»Immerhin, Quirinus weiß Bescheid; er ist zuverlässig«, murmelte er. »Und Lukianos redet jetzt gerade mit Marcus Aurelius? Also können wir eigentlich nur abwarten. Oder?«

Sie nickte; dann schüttelte sie den Kopf. »Sowohl weder als auch noch.« Sie gluckste. »Ich fürchte, wir wissen immer noch viel zu wenig. Was ist mit Vel Kuruna und seinem Archiv? Warum hat man Manlius und diesen Senator, Balbus, umgebracht? Oder haben die gar nichts damit zu tun? Und wer ist der Mann, den ihr in Portus in Empfang nehmen solltet und der dann angeblich über einen anderen Hafen gekommen ist?«

»Viele Fragen, fürwahr.« Er stieß sich von der Tischkante ab. »Bestimmte Dinge nicht mehr erwähnen, ja? Dann können wir wieder lauter reden. Ehe jemand misstrauisch wird.« Er ging zur Tür und rief: »Entwarnung! Du kannst wieder an diese Tür kommen.«

»Weißt du, wo dieser Severus wohnt?«, sagte Korinna.

»Bei seinem Onkel.« Alcimus lehnte sich wieder an die Tischkante, knurrte, schüttelte den Kopf und setzte sich mit halbem Gesäß auf den Tisch. »Warum?«

»Er hat Pacuvius versprochen, sich in den besseren Kreisen umzuhören; vielleicht weiß er ja inzwischen etwas. Und vielleicht kann er etwas tun.«

»Wenn er will.« Alcimus kniff die Augen zu kleinen Schlitzen. »Ich habe ihn ja nur zweimal kurz gesehen – im Saal bei Rusticus und dann bei dem Überfall. Er und seine Leute sind ziemlich gut; ich hatte aber nicht den Eindruck, dass er etwas tut, wenn er sich nichts davon verspricht.«

Korinna konnte ein gewaltiges Gähnen nicht unterdrücken. »Trotzdem«, sagte sie, als der Mund wieder nutzbar war. »Man sollte es versuchen. Selbst, wenn er nichts tut – er hat ja Beziehungen und hört vielleicht etwas. Über tote Senatoren, zum Beispiel.«

»Du bist müde«, sagte Alcimus; er rutschte vom Tisch und legte die linke Hand auf ihre Schulter. »Willst du hier ein paar Stunden ausruhen? Oder soll ich dich nach drüben bringen lassen? Ach, Unsinn; außer in dringenden Fällen dürfen ja tagsüber keine Wagen fahren. Ist es so dringend?«

Sie lächelte. »Nein; das schaffe ich. Wo ist Batrax?«

»Vorhin hat er noch geschlafen. Ich hole ihn.«

In der ruhigen Schreibstube nickte sie beinahe ein. Ihre Gedanken hielten sich an den Atemzügen des Postens und fernen Geräuschen, Schritten, Stimmen fest, wie die Arme eines Ertrinkenden an Uferried.

Die Laufschritte, mit denen Alcimus zurückkehrte, rissen sie aus dem Dösen; noch ehe er etwas sagte, teilten ihr die Schritte mit, dass etwas nicht so war, wie es sein sollte.

»Er ist weg«, sagte Alcimus.

»Weg?« Korinna wollte aufspringen. Der Kopf war wach, aber die erschöpften Glieder gehorchten nur langsam.

»Vielleicht geht er spazieren.« Alcimus klang nicht sehr überzeugt; er starrte den Schreibtisch an und sagte: »Würde er seinen Kormoran zurücklassen?«

»Niemals.«

Sie durchsuchten alles: Latrinen, Vorratsräume, Speisesaal, Bad. Sie befragten die Posten, aber keiner hatte etwas gesehen. Zu Korinnas Entsetzen stellte sich heraus, dass es mindestens drei Fensteröffnungen und zwei Nebentüren gab, durch die jemand hätte eindringen oder verschwinden können.

»Vielleicht will auch nur keiner etwas gesehen haben«, knurrte Alcimus; er hockte wieder auf der Tischkante und sah zu, wie der Kormoran, durch die dünne Schnur mit Korinnas Handgelenk verbunden, Fischreste aus dem Napf pickte, den ein Küchensklave gebracht hatte.

»Sicher ist das hier ja nicht.« Korinna hielt sich an dem Becher fest. Er enthielt heißes Wasser, heißen Wein und Gewürze. Sie war überzeugt davon, dass der Trank sie endgültig umwerfen würde, aber noch konnte sie die Augen offen halten.

»Es sind Unterkünfte, kein Gefängnis.«

»Was soll das heißen, dass vielleicht keiner etwas gesehen haben will?«

Alcimus kratzte sich im Nacken. »Wer konnte wissen, dass Batrax hier war?«

»Du meinst, jemand könnte ihn geholt haben, bei dem die Wachen wegsehen?«

»Oder den sie gar nicht bemerken – nichts als ungewöhnlich bemerken, weil er berechtigt ist, hier ein und aus zu gehen.«

»Wer?«

»Pacuvius weiß es.« Alcimus klang ein wenig dumpf, als er sagte: »Umbricius könnte ihn gezwungen haben, das zu verraten. Und anderes. Umbricius oder jemand in seinem Auftrag ... Kein Posten würde ihm etwas verweigern, und wenn Umbricius befiehlt, nichts zu sehen, dann sieht keiner etwas.«

»Weißt du, wo er ist? Umbricius?«

»Er war kurz hier und ist dann zum Palast gegangen.«

»Der Palast«, sagte Korinna. »Quirinus. Ihm habe ich gesagt, wer wo ist. Er wollte es wissen, um uns notfalls schützen zu können.«

»Oder zu entführen? Unwahrscheinlich, aber nicht auszuschließen. Umbricius. Quirinus. Wer weiß sonst noch, wo Batrax sich aufhielt? Der *antiquarius* Atilius könnte sich so etwas denken, und …« Er zögerte. »Ich bin nicht sicher, aber als ich diese Nacht mit Lukianos und Batrax und der Streife hergekommen bin, hatte ich das Gefühl … Man könnte uns beobachtet haben.«

»Wer?«

»Jeder.« Er hob die Schultern. »Die Männer von Septimius. Freunde von Atilius, also Leute, die für diesen Etrusker arbeiten, Kuruna. Ein gewöhnlicher Verbrecher, der sich etwas davon verspricht – oder von einem der anderen beauftragt wurde. Du kannst nicht einmal ausschließen, dass Lukianos heute früh, im Gästehaus, nebenher etwas gesagt hat, und jemand hat es gehört und weitergegeben. Iunius Rusticus könnte dann … allerdings weiß ich nicht, wozu das gut sein sollte.«

»Noch jemand?«

Alcimus lachte. »Ah, wenn du willst – Varros Leute. Vielleicht ist der Präfekt der Stadtkohorten erbost, weil Dinge geschehen, ohne dass er etwas davon weiß, und jetzt will er wissen.«

Als sie über die Sublicius-Brücke ging, Epulo auf der Schulter, sagte sie sich, dass sie zu erschöpft sei, um sich wirklich verzweifelt zu fühlen. Und immer wieder, dass sie nichts tun konnte. Alcimus wollte alle amtlichen Möglichkeiten nutzen und einige ungesetzliche dazu; er würde mit Septimius Severus sprechen und versuchen, mit einem Auge Umbricius, mit dem zweiten Varros Leute, mit dem dritten den Palast und mit dem vierten Roms größere Verbrecherbanden zu beobachten. Korinna war müde genug, um die vier Augen eher ungeheuerlich als absurd zu finden, aber nicht zu müde, um sich einen vieräugigen Alcimus vorzustellen, der in alle Winkel Roms glotzte – oder aus allen Winkeln – und vielleicht eines oder zwei der Augen aus dem Kopf nahm, um es oder sie an der Tunika von Umbricius oder Quirinus zu befestigen.

Was blieb zu tun? Nichts; sie konnte nichts tun. Außer hoffen.

Vielleicht fand Alcimus etwas Verwertbares. Hoffen und warten. Epulo füttern. Arbeiten und nicht verzweifeln. Es gab einen hölzernen Esel, der nicht fertig geschnitzt war; es gab halb fertige Entwürfe für die szenische Fassung von Lukianos' Dialog *Der Lügenfreund* und die zweifelhafte Fortschreibung der *Vögel* des Aristophanes. Es gab die Truppe und die Möglichkeit, dass Mopsos wieder einen Auftritt beschafft hatte.

Und es gab das Fest des Kaisers in Caesars Gärten. Drei Tage. Quirinus hatte behauptet, bei diesem Fest werde einiges erhellt oder erklärt. Einiges? Was? Die genaue Todesart des Gaius Pacuvius Lentulus? Die klugen Gedanken, die wen auch immer zum Grab von Batrax geführt hatten?

Ein seltsamer Anblick riss sie aus ihren düsteren Überlegungen. Vor ihr, im Gedränge, tanzte ein Farbklecks, sprang in die Luft, stieß schrille Schreie aus, schlug im Sprung die Fersen aneinander. Die Leute beobachteten ihn grinsend. Manche machten einen Bogen um ihn, andere klatschten, wieder andere deuteten sich an die Schläfe.

Sie ging schneller, um Mopsos einzuholen. Als sie neben ihm war, unterbrach er sein Hüpfen und Johlen kurz.

»Korinna, o Abtrünnige«, sagte er. Mit dem Ärmel seiner Tunika wischte er sich den Schweiß von der Stirn. »Trübe Tochter – mutige Mimin – Herrin des schönen Geschreibes!«

Trotz aller Müdigkeit und Trübsal konnte sie sich ein Lächeln nicht verkneifen. »Was bringt dich zum Tanzen?«

»Reich mir dein Ohr.« Er machte dramatische Gebärden, um sie näher zu sich zu winken. Dann flüsterte er: »Ich tanze, damit mich fünfhundert Denare nicht zu Boden ziehen.«

»So viel? Wofür?«

»Ah.« Er strahlte; dann brachte er den Mund wieder an ihr Ohr und hauchte: »Und weitere fünfhundert demnächst – bald – in drei Tagen. Tausend! Für einen einzigen Auftritt!«

Er machte einen weiteren Satz, mit dem er den Himmel hätte eindellen können, wäre dieser nur ein wenig niedriger angebracht gewesen. »Du wirst schreiben, Kind – etwas Besonderes! Hattest du nicht etwas angefangen?«

»Ja.« Dann stutzte sie. »In drei Tagen? Wo?«

»Ich war doch heute früh, dank deiner Vermittlung, bei Iunius Rusticus geladen.«

»Ah, jetzt fällts mir wieder ein! Ich wusste, etwas …«

Er ließ sie nicht ausreden. »Er hat uns gekauft. Für ein Fest. Vielleicht ist sogar der Kaiser dabei. In Caesars Gärten.«

In Caesars Gärten

Die Frage ist, ob zur Durchführung dessen, was ich mir vorgenommen habe, meine Einsicht ausreicht oder nicht. Wenn sie genügt, so nutze ich sie als ein Werkzeug, das mir die Natur in die Hand gegeben hat. Wenn sie nicht ausreicht, dann überlasse ich entweder das Werk dem, der besser imstande ist, es zu vollbringen – sofern dies für mich nicht geradezu unziemlich ist –, oder ich handle, so gut ich kann, wobei ich den hinzuziehe, dessen meine Einsicht zur Vollendung eines gemeinnützigen Werks eben als Ergänzung bedarf. Denn alles, was ich tue – ob ich es nun aus eigener Kraft oder mit der Hilfe eines anderen zustande bringe –, muss immer dem Wohl des Ganzen dienen.

MARCUS AURELIUS VII 5

Pacuvius schlief. Es war ein guter, langer, fester Schlaf, einmal unterbrochen von Azumu, der Wasser, ein wenig Wein, Brot und kalten gebratenen Fisch brachte. Luft und Tageslicht fielen durch einen schrägen Schacht hoch an der Wand, gleich unter der Decke. Der quadratische Kellerraum – acht Schritte von einer Seite zur anderen – war etwa drei Mannslängen hoch, trocken, glatt und leer bis auf eine Matte und einen Bottich.

Sie hatten ihm einen Mantel gegeben, mit dem er sich zudecken konnte, und offenbar wollten sie ihn nicht aushungern. Aber es gab keine Möglichkeit zu fliehen. Die Tür bestand aus hartem Holz, verstärkt mit eisernen Beschlägen. Der Schacht war zu hoch und zu schmal; als Pacuvius sich an der gegenüberliegenden Wand auf die Zehenspitzen stellte, sah er, dass dicke Eisenstäbe die Öffnung versperrten. Nachmittags schloss er aus der Veränderung des Spiels der Schatten im Schacht, dass die Öffnung – wahrscheinlich unmittelbar über dem Erdboden – nach Südwesten lag, zum Garten hin. Niemand, der nicht zum Haus und damit zu Umbricius gehörte, würde Schreie hören.

Abgesehen von der Unterbrechung durch Azumu, gab es in diesem Schlaf, erbaut aus Erschöpfung, zwei Traumkammern. In einer der Kammern lag er bei Korinna, die Rema war und sowohl von einem gleißenden Schwert getötet wurde als auch eine endlose Straße (die in die Kammer passte und dennoch unendlich war) zu einem Ziel floh, das ein grauer Ball aus versteinertem Nebel schien. In der anderen unterhielt er sich – ohne ein Wort zu verstehen – mit einem Mann, vielleicht einem Ägypter, vielleicht dem von den Agoraphoniern, der einen blutigen Ring an blutiger Kette vor Pacuvius' Augen baumeln ließ, sanft und gleichmäßig, und dazu beruhigende Geräusche machte.

Als er endgültig erwachte, am frühen Nachmittag, standen die Speisen und Getränke, die Azumu gebracht hatte, tatsächlich dort, wo sie stehen sollten; Pacuvius schloss daraus, dass der Schwarze nicht Teil eines Traums gewesen war. Er aß und trank, erleichterte sich auf dem Bottich, ging in seinem Kerker auf und ab, setzte sich zuweilen auf die Matte und dachte nach.

Remas Tod, stellte er fest, berührte ihn kaum. Er versuchte, Gründe dafür zu finden. Die einzelnen Erwägungen, alle für sich stichhaltig, ergaben aber keine Gesamtheit, die ihn überzeugt hätte. Der Anblick von Schwertern und Blut war nicht neu; was er an Fassungslosigkeit empfunden hatte, bezog sich weniger auf bohrendes Entsetzen als darauf, dass alles so unerwartet, nicht erwartbar war. Die Schnelligkeit, der saubere Tod durch das Schwert … wie anders als die in langen Stunden vorbereitete, erzwungene Ohnmacht, mit der er (war das wirklich erst ein paar Tage her?) hatte zusehen müssen, wie der Mann in jenem anderen Kerker langwierig zu Tode gefoltert wurde. Mit dem Schwert töten oder sehen, wie mit dem Schwert getötet wird, ist Alltag des Kriegers, dachte er.

Dass es sich um eine Frau handelte, änderte nicht viel. Er hatte Rema gierig genossen, wie sie ihn, aber abgesehen von ihrer Haut, ihrem Geruch und Geschmack und der Stimme – stöhnen und schmeicheln und befehlen –, kannte er sie nicht. Ihr Tod war die Vergeudung eines schönen Körpers; mehr nicht? Das Kind, von dem sie gesprochen hatte, besaß für ihn keine Gegenwart: eine Erwähnung, Mutmaßung, durch das Schwert widerlegte Annahme. Die Frau, ihre Hitze und Kälte, alles war Teil eines Plans gewesen, an dessen Ende der Tod von Marcus Aurelius stand. Der Tod von Gaius Pacuvius ebenfalls, aber nicht als Ziel, sondern als beiläufige Nebensächlichkeit. Rema hatte an diesem Plan mitgewirkt; ihr Tod, zweifellos nicht vorgesehen, war, wie Pacuvius sich wiederholte, eine Vergeudung. Andererseits machte Remas Tod den seinen nahezu unausweichlich; die Sklaven würden bezeugen, dass er der Mörder war, falls jemand das Wort des angesehenen und mächtigen Umbricius bezweifeln sollte.

»Ein Krieger, der die schöne Frau seines Offiziers tötet, muss wahnsinnig sein«, sagte er sich; »und wenn ein wahnsinniger Mörder den Kaiser tötet, wird niemand einen Grund jenseits des Wahnsinns suchen. Umbricius, der Rema mit ihrem Einverständnis – und ihrer Lust, o welcher Lust! – zur Lenkung minder wichtiger Gestalten in diesem Plan eingesetzt hat, ist schnell und listig gewesen. Oder soll ich tückisch sagen? Vielleicht sollte ich ihn bewundern, weil er so schnell entschlossen die Frau geopfert hat, um den Plan nicht nur zu retten, sondern sicherer zu machen. Ihr Tod, angeblich mein Werk, fesselt mich; ich sterbe entweder als ihr Mörder oder als doppelter Mörder Remas und des Kaisers. Ganz gleich, ob ich Umbricius' Befehlen gehorche oder nicht: Ich bin tot. Der Name des Mörders von Marcus Aurelius wird unsterblich sein. Wenn ich ohnehin tot bin, warum nicht unsterblich? Krieger sind dazu da, Befehlen zu folgen, zu töten und zu sterben. Warum nicht gehorchen, wenn es einfacher ist ... und unsterblicher Lohn lockt? Nicht zu reden von Umbricius' Möglichkeiten, mich durch Gifte willenlos gefügig zu machen.«

Er dachte über all die Gifte nach, die er kannte, und versuchte, sich an Berichte über die Wirkungen jener Gifte zu erinnern, mit denen er nie zu tun gehabt hatte. Rauschmittel, die Männer unermüdlich in der Liebe und unbezwingbar im Kampf machten; Gifte, nach deren Genuss man mit Göttern sprach oder zu fliegen meinte; hatte er nicht selbst schon Gefangene verhört, die nach einem Trunk aus Wein, Kräutern, Honig und Stückchen bestimmter Pilze nicht gefoltert werden mussten, sondern wie im Traum alle Fragen beantworteten? Sicher war es möglich, verschiedene Gifte so zu mischen, dass ein Krieger allen Willen verlor außer dem, einen Befehl auszuführen, dass er für kurze Zeit unbezwingliche Stärke gewann – und dann starb, ehe man ihn befragen konnte.

Als es draußen dunkel wurde, kam Azumu mit Wasser, Wein, Brot und kaltem Braten. Diesmal war Pacuvius wach genug, um zu bemerken, dass ein zweiter Sklave mit einem Schwert in der Hand die Tür bewachte, während Azumu sich im Raum aufhielt, und dass der Schwarze es vermied, Pacuvius in die Augen zu schauen. Außerdem vermieden sie jede Fluchtgefahr, indem sie ihm von der Tür aus befahlen, sich auf die Matte zu legen, sodass er sich nicht auf Azumu stürzen konnte, der die Holzplatte mit den Speisen gleich links neben dem Eingang auf dem Boden ließ.

Pacuvius aß, trank aber zunächst nicht. Im Wasser oder im Wein, oder in beidem, mochten Gifte sein, Pulver oder Tropfen; dann sagte er sich, dass vielleicht schon im vorigen Essen Gift gewesen war, dass es ebenso gut am Braten oder im Brot wie in den Getränken sein konnte. Also trank er. Dass Wein und Wasser ganz gewöhnlich schmeckten, nahm er allerdings nicht als Beweis für ihre Harmlosigkeit.

In der Nacht befasste er sich, sofern er nicht schlief, mit den Unterschieden zwischen dieser und seiner ersten Haft; und mit Umbricius' Plan. In jenem anderen Kerker, sagte er sich, war der

Krieger Pacuvius fast zerbrochen. Ehre, Tugend, Mannhaftigkeit, Härte gegen sich und andere waren bis auf einen kleinen Rest dem Zagen gewichen, es hatte ihn nicht mehr viel getrennt von der Grenze, an welcher der Mensch endete und das winselnde, in die Enge getriebene Opfertier begann. Ein erbärmliches winziges Tier, Maus oder Kröte, keinesfalls Widder und schon gar nicht Stier. Aber sosehr er sich auch bemühte, er fand nichts Überzeugendes, um sich zu erklären, warum er vor Tagen gezittert hatte, während er nun zornig und ohne Hoffnung, aber als tugendhafter römischer Krieger den Tod erwartete. Die Umstände waren verschieden – ein Kerker feucht, einer trocken; einmal Brot und Wasser, dann wieder Wein und Braten –, und die erste Haft erschien ihm als Fortsetzung des Albtraums aus Rausch und Übelkeit und unterirdischen Labyrinthen, während dies hier Folge einer beinahe gewöhnlichen Unternehmung war.

Vielleicht gewöhnte man sich an alles, und deshalb war die Wiederholung nicht erschreckend; vielleicht war aber auch der plötzliche Sturz in Ohnmacht und Ungewissheit, die Bedrohung durch Unbekanntes, Ungesehenes furchtbarer als dies machtlose Warten auf den vertrauten und gewissen Tod.

Azumu, der ihn so oft zur Herrin geleitet hatte, mochte ihm nicht in die Augen sehen. Er gehörte Umbricius, wie ein Tisch oder ein Werkzeug, aber er hatte auch Rema gehört. Ebenso die anderen Sklaven. Sie mussten nicht einverstanden sein mit Umbricius. Dennoch wäre es sinnlos, ihre Hilfe zu erbitten, ihnen Geld, Freiheit, Ruhm und die Herrschaft über den Mond zu versprechen. Umbricius verhieß ihnen qualvollen Tod.

Umbricius, Leiter des Sonderdienstes zum Schutz des Kaisers, Verschwörer gegen das Leben von Marcus Aurelius. Verschworen mit wem? Wozu? Umbricius war angesehen bei denen, die ihn kannten, als Leiter eines geheimen Dienstes im Übrigen aber unbekannt; anzunehmen, er wolle sich zum Kaiser machen, wäre absurd. Es konnte also nur um einen anderen gehen – wen? Und wer, außer Umbricius, gehörte der Verschwörung an? Immer wieder ging er die Namen durch: Umbricius, Rusticus, Varro, Pictor, Fufius, Vel Kuruna, Atilius, Philippos, Philippus, Fabricius Balbus, der Unbekannte mit dem Siegelring, nebensächliche Gestalten wie Manlius, der tot war, oder Marullus und Mucius, die noch lebten. Nichts, was er an fantastischen Netzen spinnen konnte, um einige oder alle Namen zu verbinden, ergab auch nur den geringsten Sinn.

Wieder und wieder verknüpfte er die Namen, in wechselnder Folge. Orte: Portus, das Landgut in den Hügeln, Umbricius' Haus am Quirinalis, den Palast ... Ein Gegenstand – das Schwert – und die Gerüchte oder Sagen. Die Krüppel der Unterwelt. Mimen: die Agoraphonier mit ihren neuen Mitgliedern. Nichts.

Andere Namen: Decimus Cornelius Longus, Fufius' Gastfreund in Portus, der vielleicht das Haus der Mimen des Mopsos und das des Manlius gekauft hatte. Manlius, der nicht verkaufen wollte und dann plötzlich ermordet wurde. Ein Senator, der über Geschäfte eines Verwandten lästerte – konnte es sich um den Senatssprecher handeln, Publius Sempronius Cornelianus Nasica, und war dieser mit Cornelius Longus verwandt?

Neuer Versuch. Lukianos und seine »republikanischen« Reden; die Auskunft des *antiquarius* Atilius über Verfassungsschriften, die Marcus Aurelius in den Palast geholt hatte; Vel Kurunas Gastmahl, Wiederholung des Fests zur Amtseinführung von Gaius Iulius Caesar als Pontifex Maximus. Caesar und das Ende der Republik – aber hatte Caesar vielleicht eine andere Form von Prinzipat erwogen als Augustus?

Vel Kuruna. Etrusker, der sich als »Ehrwürdiger« anreden ließ und geheime Archive hütete. Was hatte Tyllus gesagt? Ein wichtiger *haruspex,* alt und fett, mit Schriften befasst, den die anderen *haruspices* um Rat fragten, wenn sie Rat brauchten? Und ... ein Wahrer Name. Vel Kuruna war, wie die anderen sagten, alt und fett; konnte er der fette Alte sein, der mit Fabricius Balbus gefahren war und sich »Marsyas« genannt hatte? Sicher nicht sein Wahrer Name, aber wer ohnehin mehrere Namen hat, greift vielleicht gern zu einem weiteren. Aber was konnte die Verbindung sein? Der Senator, Verfechter republikanischer Ideen, und der Archivar, der – möglicherweise – Caesar verehrte? Unterwegs wohin? Zu dem von allen Göttern verfluchten Landgut in den Hügeln, das Umbricius …

Ah nein, es gehörte nicht Umbricius; er hatte Abgaben gezahlt, für seine Frau. Das Gut hatte Rema gehört. Ihr und ihrem verschwundenen Bruder. Rema Anaia Ulpia Flavia und Romulus Annaeus Ulpius Flavius. Römisch und etruskisch. Aber Ulpier und Flavier, zwei Kaisersippen, waren sicher nicht republikanisch – keine Übereinstimmung.

Angenommen, »Marsyas« war Vel Kuruna, wozu auch immer; angenommen ferner (»wenn ich schon fantasiere, dann aber gleich gründlich«, sagte Pacuvius sich), der allzu schöne, elegante Philippus, Wagenlenker, Gladiator und neuerdings Mime, angeblich Spross einer edlen Sippe, deren Mitglieder keinesfalls in die Arena, die Rennbahn oder auf die Bühne gehörten – angenommen, Philippus wäre Remas verschwundener Bruder. Führte das irgendwohin? Umbricius, Rema und eine verschleierte Person, unterwegs von Rom zu den Hügeln oder nach Portus … warum sollte sich jemand verschleiern, den keiner kannte? Ein berühmter Gladiator dagegen, den zumindest drei von vier Wächtern kennen und verehren würden, mochte sich verschleiern, wenn er nicht erkannt werden wollte. Aber warum wollte er nicht erkannt werden, neben Rema und Umbricius?

Marcus Umbricius Telon, listiger Hüter des Kaisers, listiger Verschwörer gegen den Kaiser? Warum hatte er, als Pacuvius von Rusticus zum Schweigen gebracht wurde, gesagt, Pacuvius solle weitersprechen? War er sicher, unangreifbar zu sein? »Niemand ist vollkommen; jeder macht Fehler. Wer sicher ist, keinen Fehler gemacht zu haben, hat nichts gemacht?« Aber Umbricius hatte etwas getan: Rema getötet. Unerheblich, dass er den Mord Pacuvius anhängen wollte; jedenfalls gab es einen Grund für den Mord, also hatte Umbricius etwas getan, also hätte er sich nicht sicher fühlen dürfen, also hätte er darauf bestehen müssen, dass Pacuvius schwieg.

Kein Durchkommen. Gab es andere Wege, zu einer Lösung zu gelangen?

Marcus Aurelius, Stoiker. Er wäre gern Philosoph geblieben und hatte nicht Kaiser werden wollen. Er hatte Schriften über Verfassungen gehortet. Wollte er eine neue Verfassung für das Reich erarbeiten? Wollte er, da der Partherkrieg fast beendet war und das Imperium – vielleicht; jedenfalls nach Meinung des Kaisers – keine starke Führung mehr brauchte, zurücktreten? Unvorstellbar, aber: Wollte er das Imperium wieder zu einer Republik machen? Das könnte ein Grund dafür sein, dass der Präfekt der Stadt, Iunius Rusticus, Freund und Vertreter des Kaisers, all die Legaten und Prokuratoren ausgerechnet jetzt, im Herbst, nach Rom geladen hatte. Dann wüsste aber Rusticus Bescheid, und außer ihm wahrscheinlich noch andere. Wenn Marcus Aurelius etwas Derartiges beabsichtigte, gäbe es keinen Grund, ihn umzubringen, da er sich selbst entmachten würde.

Überhaupt – wer auch immer den Kaiser töten wollte, und sei es, um ihn an der Ausrufung der Republik zu hindern, müsste ihn ersetzen. Wer käme als Kaiser infrage? Der Caesar, Mit-Kaiser, Lucius Verus – aber der war nicht in Rom, sondern in Armenien oder Mesopotamien, schied also aus; und viel mehr Macht, als Marcus Aurelius ihm ohnehin übertragen hatte, konnte er gar nicht bekommen. Wer sonst könnte die Nachfolge übernehmen? Umbricius? Unmöglich; er war mächtig und insgeheim angesehen, aber ebendies: geheim. Und alt. Die ulpischen Flavier? Mit Vespasianus, Titus und Traianus verwandt, Rema und Romulus, falls es ihn gab, falls er Philippus war? Aber – warum hätte Umbricius dann Rema umgebracht?

Wieder und wieder ging Pacuvius alle Möglichkeiten durch, bis ihn schwindelte. Es musste, sagte er sich, etwas geben, eine Kleinigkeit, die er übersehen hatte. Etwas, das all den Namen und Orten und Vorgängen Sinn gäbe. Aber sosehr er sich auch mühte, er fand nichts. Und dies ließ ihn mehr als alles andere verzweifeln, mehr als die eigene Ohnmacht und Gefangenschaft: das Gefühl, den Schlüssel, die Lösung in der Hand zu haben, aber nicht sehen zu können.

Ehe er schweißgebadet einschlief, schwindlig vom Denken und zermürbt von den wirbelnden Namen in seinem Kopf, nahm er sich vor, endlich – wenn er denn je wieder freikäme – den alten Waffenmeister Rutilius aufzusuchen. Was er längst hätte tun sollen. Rutilius wusste und kannte alles, was in den letzten zehn Jahren im Amphitheater geschehen war: jeden Flecken im Fell eines Löwen, jedes Amulett eines Kämpfers, jeden bemerkenswerten Tod, alle Familiengeschichten und Preise, die Herkunft jedes Gladiators und Elefanten … Er würde sagen können, wer Philippus wirklich war. Oder wenn er es nicht sicher sagen konnte, würde er glaubwürdige Vermutungen anstellen können. Und vielleicht käme Pacuvius auf diesem Weg weiter.

Die Nacht, der Schlaf, die Träume und die Gedanken: vier Stränge, alle zerstückelt und nicht miteinander zu verbinden. Morgens brachten Azumu und der zweite, bewaffnete Sklave ihm ein Frühstück; Pacuvius versuchte, mit ihnen zu sprechen, aber sie wollten oder durften nicht reden.

An diesem Vormittag konnte er die Gedanken nicht recht bündeln. Versuche, die nächtlichen Gedankenspiele weiterzutreiben, wechselten sich ab mit lustvoller Erinnerung an und Sorge um Korinna, Überlegungen hinsichtlich des Zeitpunkts, für den der Anschlag geplant war, Erörterungen dessen, was sich aus Batrax' Vorschlag ergeben mochte, dass der Unbekannte mit Siegelring tatsächlich zwei Unbekannte gewesen seien, Mutmaßungen darüber, was nach seinem Tod Korinna und Lukianos miteinander tun würden …

Irgendwann bildete er sich ein, im Haus ungewöhnliche Geräusche zu hören. Er sagte sich, dass Mauern und Decken zu dick seien, dass er gar nichts hören könne, und begann eben, seinen Einwänden zu glauben, als die Tür geöffnet wurde. Im lichten Viereck standen zwei Männer. Beide trugen Masken – die verzerrten

Gesichter der Komödie. Beide hielten Schwerter in der Hand, und beide Klingen waren rötlich verfärbt.

»Ah«, sagte der größere, schlankere Mann. »Gut.« Er nahm die Maske ab, ebenso der andere: Septimius Severus und der Hässlichste seiner Leibwächter, Apollo.

»Noch einmal, dann wird es zur Gewohnheit«, sagte Septimius. »Los, steh auf; keine Zeit. Reden können wir später.«

»Wenn ich je zu Geld komme, weihe ich dir einen Tempel«, sagte Pacuvius.

Apollo grinste; Septimius hob lediglich die Schultern. Beide setzten die Masken wieder auf.

Pacuvius folgte ihnen aus dem Verlies, treppauf. Im Haus war es still, nur aus dem Atrium hörte man gedämpftes Wimmern. Dort lagen drei Tote: Azumu, der andere Sklave, der ihn immer in den Keller begleitet hatte, und ein dritter Mann, alle bewaffnet. Andere Sklaven und Sklavinnen drängten sich in einer Ecke, bewacht von zwei weiteren Maskierten.

Pacuvius bückte sich und drehte den dritten Toten auf den Rücken. Es war einer der beiden, die ihn überwältigt und festgehalten hatten. Dieser und Azumu; aber der dritte Zeuge fehlte.

Septimius stieß einen Laut aus; vermutlich war er ungeduldig, wollte aber nicht, dass jemand seine Stimme hörte.

»Sofort.« Pacuvius löste den Gürtel des Toten, nahm ihm Schwert und den sichelartigen Krummdolch ab, richtete sich auf und wandte sich zum Ausgang.

Neben dem Brunnen auf dem kleinen Platz am Ende der Straße warteten vier Männer mit einer Sänfte.

»Wir wussten ja nicht, ob du laufen kannst«, sagte Septimius; die Stimme klang dumpf unter der Maske.

»Ich kann. Aber …«

»Ich weiß.« Septimius deutete auf einen Maskierten; vom Körperbau her musste es sich um Afer handeln. »Man sollte dich nicht sehen, oder jedenfalls nicht erkennen.«

Der Maskierte langte in die Sänfte, holte Tücher und Tiegel heraus und legte alles auf den Brunnenrand. Zwischen Brunnen, Sänfte und dem Halbkreis der Männer fühlte Pacuvius sich für die Welt weitgehend unsichtbar. Er zog die Tunika aus, desgleichen die Sandalen, streifte das durchlöcherte graue Gewand über – ein knöchellanger Arbeitskittel mit aufgenähten Taschen – und stieg in die Lederschuhe. Erzschmelzer trugen so etwas, oder die Vorarbeiter einer Ziegelbrennerei. Da die vorderen Kappen fehlten und seine Zehen herauslugten, störte es nicht, dass die Schuhe ihm ein wenig zu klein waren.

Der Maskierte griff in die Tiegel und machte sich an Pacuvius' Gesicht, Haar und Händen zu schaffen. Als er fertig war, hielt einer der anderen – Augilus? – Pacuvius den gefüllten Eimer hin. Aus dem Wasserspiegel betrachtete ihn ein älterer Mann, grauhaarig, verschmutzt, mit tiefen Falten um Mund und Augen. Auch die Hände waren verfärbt, und Nägel und Nagelbetten mochten einem gehören, der Abfälle verbrannte, Latrinen leerte oder Skulpturen aus Ruß zu verfertigen suchte.

»Zauberhaft«, sagte Pacuvius.

»Die Zehen sind zu sauber«, sagte Septimius.

Als dieser Mangel behoben war, brachen die Träger mit der Sänfte auf, in der Tiegel, Sandalen und Tunika lagen.

»Los!« Septimius deutete nach Südwesten, zur Mitte der Stadt.

In den engen Gassen des Forum Boarium, wo in den frühen Tagen der Republik Roms Viehmarkt gewesen war, gab es zahllose schäbige Schenken. Einige dieser *cauponae* verfügten über Dirnenzimmer; man sagte, die dort an einem Tag vergossenen Körperflüssigkeiten, zum Tiber geleitet, würden den Fluss mit salziger Molke füllen. Pacuvius fragte sich, was den jungen Mann aus Leptis bewogen habe, ausgerechnet dort eine Art Quartier zu suchen, indem er den hinteren Teil der Schankstube und eines der oberen Zimmer mietete.

Aber bevor er Fragen stellen konnte, musste er seinen Bericht beenden, immer wieder von Bemerkungen, Einwürfen und Hypothesen unterbrochen. Der Weg vom Fuß des Quirinalis bis zum Flussufer hatte dazu nicht gereicht.

Den ersten Krug mit Wein, außerdem zwei Krüge mit Wasser und ein paar gerollte und mit gehacktem Fleisch gefüllte Brote, brachte eine Schankdirne. Als Septimius in die Hände klatschte und »Nachschub« rief, tauchte der dunkelhäutige Wirt aus der Küche auf und enthob Pacuvius der Frage.

Der Mann kam offenbar aus Septimius' Heimat Libyen; die Götter mochten wissen, was ihn hierhin verschlagen hatte, ans Forum Boarium – Herzbeutel Roms für manche, Kropf für andere, After für die meisten.

»Wann wird nebenan gespielt, *caupo?*«, sagte Septimius.

»Fast immer, *nobilissimus,* aber dieser fette Etrusker kommt meistens erst nach Sonnenuntergang. Wenn überhaupt.«

»Und Philippus?«

»Auch. Aber selten.«

Septimius hob die Hand, die Innenfläche zum Wirt gedreht; der *caupo* verbeugte sich und verschwand in der Küche.

»Ein Vetter von Afer.« Septimius deutete an die Decke. Afer war mit einem der Mädchen des Wirts nach oben gegangen. Augilus und Apollo saßen weiter vorn an einem Tisch, tranken und redeten leise – wenn überhaupt. Meistens schienen sie die Leute zu beobachten, die draußen vorübergingen.

»Warum wolltest du nicht, dass ich kurz mit Alcimus rede?« Pacuvius unterließ es diesmal, ihn mit *nobilissimus* anzureden; vielleicht hatte der junge Mann Anspruch darauf, aber es kam ihm albern vor, den Titel in jeden Satz zu zwängen.

»Umbricius ist zu nah bei Alcimus.« Septimius drehte seinen Becher so, dass er die fette Frau mit gespreizten Beinen, die ein besonders unbegabter Künstler auf das Gefäß gemalt hatte, nicht sehen musste. »Alcimus wird ohne Zweifel beobachtet. Ah, das weißt du ja noch nicht. Er hatte Batrax bei sich untergebracht, aber jemand hat den Jungen entführt.«

»Aus den Unterkünften der Wächter?« Pacuvius runzelte die Stirn. »Möglich, aber … nicht ganz einfach.«

Septimius klackte mit der Zunge. »Unwichtig. Oder? Weiß der Junge etwas? Etwas, was wir nicht wissen?«

»Vielleicht – aber wenn, dann weiß er es selbst nicht. Er könnte etwas gesehen oder gehört haben, ohne zu ahnen, dass es wichtig ist.« Pacuvius überlegte kurz. »Er hat vorgeschlagen, davon auszugehen, dass tatsächlich zwei Männer erwartet wurden – einer in Portus, der dann vielleicht entführt oder getötet wurde, und der andere in Rom. Der, den Umbricius in den Saal geholt als, als …«

»Ich weiß; du hast davon berichtet. Zwei? Mag sein; aber bringt uns das weiter?«

»Batrax hatte noch etwas. Er hat von irgendwelchen Leuten – Genaueres konnte er nicht sagen – in Portus gehört, dass etwas mit dem Schwert des Spartacus geschehen soll, und dass ein etruskischer *haruspex* eine bestimmte Zeremonie vornehmen wird.«

»Was für eine Zeremonie?«

»Batrax sagte *husili,* wusste aber nicht, was das heißt. Die anderen, die zugehört haben, wussten es auch nicht. Ich habe geschwiegen – vorsichtshalber. Der *antiquarius* Publius Atilius war dabei, deshalb.«

»*Husili?* Nie gehört. Was ist das?«

»Ein etruskisches Wort.« Pacuvius beugte sich und sagte leise: »Ein Jungtieropfer.«

»Was ist daran wichtig?«

»Angeblich haben die Etrusker früher, wenn sie in einer schlimmen Klemme steckten, Menschen geopfert; nicht unbedingt Kinder, aber dafür haben sie dieses Wort verwendet.«

»Das Schwert des Spartacus, ein Mord für die Freiheit, ein Menschenopfer … Noch etwas?«

»Ich weiß es nicht.« Pacuvius seufzte. »Ich sehe nichts. All die Namen und Einzelheiten, aber es ist wie ein Schloss ohne Schlüssel. Ich bin nicht einmal sicher, dass es ein Schloss ist; auch nicht, ob sich dahinter eine Tür öffnen lässt.«

Afer kam die enge, steile Treppe herab. Mit ausdruckslosem Gesicht ging er nach vorn zu den beiden anderen und setzte sich an den Tisch. Apollo und Augilus betrachteten ihn, eher aus den Augenwinkeln; dann stand Augilus auf und ging zur Treppe.

»Beeil dich«, sagte Septimius.

»Ja, Herr.«

Septimius leerte den Becher; mit erhabener Selbstverständlichkeit wartete er darauf, dass Pacuvius ihm nachgoss. Dann lächelte er kalt und sagte: »Morgen.«

»Was ist morgen?«

»Der Tag, an dem du mit dem Schwert des Spartacus den Kaiser ermorden sollst.«

»Bist du sicher?«

»Nein, aber so gut wie. Morgen gibt es ein Fest, in den alten Gärten des Iulius Caesar, am Fuß des Ianiculum. Übrigens wird auch Fronto anwesend sein, der alte Lehrer des Augustus.«

»Ah. Woher weißt du das?«

»Er ist ein Freund meines edlen Onkels. Die beiden haben sich gestern Abend getroffen und über Vergangenes gesprochen, da in ihrem Alter die Zukunft nicht mehr besonders ergiebig ist.«

»Ist bei diesem Gespräch etwas für uns abgefallen?«

»Wenig. Mein Onkel erzählte, Fronto sei unzufrieden mit seinem früheren Schüler. Sie schreiben einander regelmäßig, Fronto und der Kaiser. Marcus Aurelius hat früher von der Republik geträumt; Fronto scheint zu befürchten, dass diese Träume wiederkehren. Er will morgen, auf dem Fest, mit ihm darüber reden.«

»Ob ich in dieser Maske zum Amphitheater gehen kann?«

»Was willst du da?«

»Mit dem alten Waffenmeister Rutilius reden. Ihn nach dem Vorleben des Gladiators Philippus befragen.«

»Da kommst du zu spät.« Apollo, der Leibwächter, drehte den Kopf zu ihm um. »Rutilius hat man gestern gefunden, in seiner Waffenkammer erhängt.«

Pacuvius schloss ein paar Atemzüge lang die Augen; er dachte an die Geschichten des alten Mannes, das zahnlose Grinsen, die klugen Augen, die er nie wieder zwinkern sehen würde. Und er fragte sich, warum Rutilius sich ausgerechnet jetzt hatte umbringen lassen. Von wem. Denn er war sicher, dass sich der Mann, wenn er sich das Leben hätte nehmen wollen, in ein Schwert gestürzt hätte. Ob es einen Zusammenhang … Dann stockte er. Wenn es einen Zusammenhang gab, musste jemand wissen, dass er mit Rutilius reden wollte. Wer?

Septimius hatte ein paar neue Theorien über die Vorgänge; Pacuvius lauschte, widersprach, ergänzte. Sie beredeten wieder und wieder die Namen, die Ereignisse, die Annahmen und Mutmaßungen, kamen aber zu keinem befriedigenden Ende.

Anders als Augilus, der bald die Treppe herabkam und zum vorderen Tisch ging. Apollo stand auf, blickte Septimius an, wartete auf dessen Nicken und zwängte sich in den engen, steilen Treppenschacht.

»Wahrscheinlich werden sie morgen … arbeiten müssen«, sagte Septimius.

»Nett von dir, dass du ihnen vorher noch etwas gönnst.«

Die Brauen des jungen Mannes hoben sich. »Nett? Ich weiß, dass sie besser kämpfen, wenn sie sich erleichtert haben.«

Als Septimius und seine Männer schließlich aufbrachen, wusste Pacuvius, dass er beim Fest in Caesars Gärten alte Bekannte sehen würde und bis dahin weder Alcimus noch Korinna aufsuchen durfte. Wahrscheinlich wurden beide überwacht – vielleicht auch Lukianos und Apuleius; immerhin waren sie alle zusammen bei Vel Kuruna gewesen, und Korinna hatte ebenso wie Lukianos mit dem Berater des Kaisers gesprochen. Pacuvius hielt Quirinus für unbedingt zuverlässig, aber nichts Unerfreuliches auszuschließen, war vermutlich am sinnvollsten.

Bei Sonnenuntergang, als die Schenke sich gefüllt hatte und in den Halterungen an den Wänden Fackeln stanken und blakten, flüsterte ihm der *caupo* ins Ohr: »Der *nobilissimus* hat dafür bezahlt, dass du hier die Nacht verbringen kannst. Mit dem Mädchen, wenn du willst.«

Pacuvius wollte die Zähne blecken, beschied sich aber mit einem Lächeln. »Mit *dem* Mädchen? Hast du nur die eine?«

»Nur die, ja – aber wie!«

»Danke, mein Freund; es ist gut, das zu wissen. Ich habe noch einiges zu erledigen; wahrscheinlich sehen wir uns später.«

»Hüte dich vor den Dolchen. Nachts gibt es davon mehr als genug. Manchmal sehnt man sich nach den guten alten Tagen der Republik, als in Rom niemand Waffen tragen durfte.«

»Das hat damals die *sicarii* nicht bei ihren Geschäften behindert. Ich wünsche dir treffliche Einnahmen.«

Das *Rasende Wildschwein* lag ein paar Häuser weiter links, dort, wo die Gasse in die Uferstraße mündete. Pacuvius schlenderte vorbei; wie beiläufig warf er einen Blick in die Schenke. Nur drei oder vier Gäste – einer der Männer mochte der Wirt sein – hockten auf den hohen Schemeln; die winzigen Tische waren leer. Keines der Gesichter sagte ihm etwas; langsam ging er weiter.

Am Ende eines heißen, fast windstillen Herbsttages nach dem trockenen Sommer war der Wasserstand des Tiber recht niedrig. Nicht weit oberhalb der Stelle, wo Pacuvius an der Ufermauer lehnte und versuchte, unauffällig die Schenke und die Eintretenden zu beobachten, flossen die vielerlei Inhalte der Cloaca Maxima in den Fluss. Das überschüssige Wasser der Aquädukte genügte nicht, den Gestank zu mindern. Pacuvius dachte an die Unterwelt und bezweifelte, dass ein Mundvoll Lethe-Wasser genügen würde, ihn den römischen Abendgeruch vergessen zu lassen. Ein verwegener Fischer, der in einem flachen Kahn kniete und im Licht zweier Fackeln etwas zu fangen hoffte, erfüllte ihn mit Bewunderung. Und Abscheu bei dem Gedanken, die mutmaßliche Beute essen zu müssen. »Eine besonders üble Folter«, dachte er.

Dann befasste er sich mit anderen, dickeren Fischen: Vel Kuruna kam die von Fackeln und Laternen vor jeder zweiten der *cauponae* erhellte Gasse herabgewatschelt und betrat das *Rasende Wildschwein*.

Er war sicher, dass es sich um den Archivar und *haruspex* handelte; Korinna hatte ihn und seinen Gang gut beschrieben.

»Warten«, sagte er sich. Er ließ sich am Fuß der Ufermauer nieder, zusammengekauert wie ein Bettler oder früh Betrunkener. In seinem grauen Gewand würde man ihn nicht wahrnehmen oder nur für abendliches Treibgut halten.

Aber das, was er erhofft hatte, geschah nicht: Publius Atilius, der ehemalige Gladiator Philippus, Umbricius und auch sonst keiner, der etwas mit den Wirrnissen, der »Sache«, zu tun haben konnte, ließ sich blicken.

Plötzlich sah er Alcimus, der offenbar ähnliche Mutmaßungen angestellt hatte. Er kam eher geschlichen als geschlendert, in einem bräunlichen Umhang und ohne Waffen (möglicherweise trug er unter dem Umhang einen Dolch, aber sicher kein Schwert), blieb vor der Schenke stehen, pfiff eine ärmliche Melodie zwischen den Zähnen, schüttelte den Kopf und ging hinein.

Pacuvius widerstand der Versuchung, den Freund anzurufen oder anzuzischen. Wenn Septimius recht hatte und Alcimus überwacht wurde, konnte in den Schatten der Gasse jemand warten und lauern. Er blieb sitzen, wo er war, wartete, überlegte, lauschte dem Lärm, den Stimmen, den Fetzen von Musik. Weiter weg hörte er eine bemerkenswert gut gespielte Kithara, näher ein paar schrille Flöten, die im ebenso schrillen Kreischen einiger Dirnen untergingen.

Männer kamen und gingen, aber niemand war dabei, den er mit irgendetwas verbinden konnte. Außer einem kleinen Messerstecher und Gelegenheitsdieb namens Decius, aber der ging nicht ins *Rasende Wildschwein,* sondern in eine der anderen *cauponae.*

Pacuvius schätzte, dass mindestens eine Stunde vergangen war, seit Alcimus die Schenke betreten hatte. Er stand auf, wartete, bis das taube Gefühl in den Beinen aufhörte, und schlenderte dann die Gasse hinauf. Im Vorbeigehen schaute er in alle Schenken, rechts wie links. Alcimus saß mit Vel Kuruna und einem anderen Mann am Tisch; sie würfelten. »Ungnade der Götter«, dachte Pacuvius;

die Anwesenheit des Dritten würde es Alcimus nahezu unmöglich machen, den Etrusker in ein unverfängliches Gespräch zu verwickeln oder gar auszuhorchen.

Insgesamt schien es ein ruhiger Abend zu sein; in den Schenken war nur mäßiger Betrieb. Leise, immer unauffällig um sich spähend, wanderte Pacuvius Richtung Velabrum, wich einigen Karren aus, die die späte Stunde nutzten, um Waren abzuliefern, hörte den Brei aus zehntausend Stimmen, Instrumenten, klirrenden Bechern und fühlte sich wohl und unwohl zugleich.

Dies, die Nacht, die Gassen der schäbigen Viertel Roms, war Heimat, eine Herberge, in der Erinnerungen und Empfindungen hausten: flüchtige Liebschaften, durchzechte Nächte, die Suche nach Übeltätern, lange Gespräche mit verlausten Philosophen, die im Abfall der Stadt essbare Reste und in den Sternen eine Antwort suchten, Musiker und Tänzerinnen und Gaukler, zwei oder drei Kämpfe mit Männern, die sich nicht wehrlos ergeben mochten … All dies und mehr barg die Herberge, aber nichts von alledem war geborgen, am wenigsten er selbst.

Das war der Grund für sein Unwohlsein. Er kannte die Viertel, die Gassen, die Ecken, an denen *sicarii* mit ihren Krummdolchen lauern mochten, die Nischen, in denen die billigsten Dirnen lehnten, die Fackeln, die das Dunkel ringsum vertieften, die Altäre, deren glühende und wabernde Becken auch nachts zu Opfern luden, die schäbigen und die besseren Gegenden. Aber er kannte sie als Gaius Pacuvius Lentulus, Centurio im Sonderdienst, bewaffnet, mit zwei oder drei verlässlichen Männern der Nachtstreifen oder, wenn er allein war, zumindest mit Helm und Abzeichen, die zufällige Räuber abschreckten und »alte Bekannte« von den zahllosen Banden dazu bewegten, mit ihm ein paar Worte zu wechseln, ehe sie hinter seinem Rücken ihre Pläne ausführten. Er kannte diese Stadt nicht als Labyrinth, in dem einer umherschlich, der sich nicht blicken lassen durfte, der damit rechnen musste, von den eigenen Kameraden aufgegriffen und verschleppt zu werden. Er war immer der Jäger gewesen; nun fühlte er sich gejagt.

Karren. Ein paar schnelle Wagen, mit denen die Söhne der Reichen einander zu zeigen suchten, wer der Bessere, der Kühnere, der Furchtlosere war. Eine Nachtstreife – drei Männer der Stadtkohorten, die er kannte und die ihn nicht erkannten, so grau und verschmutzt, wie er war. In einem Bogengang, hinter dem der Innenhof eines Mietsblocks lag, ein Mann und eine Frau, unbequem, im Stehen, aber zu weit gediehen, um beim Geräusch seiner Schritte noch abzubrechen. Zwei verstohlen schleichende Gestalten, an die Hauswände gedrückt, die schnell weitergingen, als er den Umhang zurückschlug und das Schwert zog. Dickes Dunkel in einer Sackgasse, schweres Dunkel um einen Wasserbehälter, löchriges Dunkel über einem der tausend Altäre mit glimmendem Becken.

Als er sicher war, einen ausreichend weiten Umweg gemacht zu haben, näherte er sich von Nordosten her dem Gästehaus des Stadtpräfekten. Zwei Wächter, Hüter der Nacht, standen im Eingang und unterhielten sich gedämpft. Einen kannte er gut genug, um etwas zu wagen; vom Zweiten konnte er nur hoffen, dass der Mann nichts von ihm wusste.

»Deine Nacht sei angenehm, Tertius.«

Der Posten blinzelte; im kargen Licht der weit heruntergebrannten Fackel konnte er das verschmierte Gesicht kaum sehen, aber offenbar erkannte er Pacuvius' Stimme. Und offenbar wusste er Bescheid, denn er nannte keinen Namen.

»Heil dir, Nachtschleicher. Was treibt dich in diese zu Unrecht verrufene Gegend?«

Pacuvius atmete unhörbar auf. »Keine Gefahr«, sagte er sich; »er wird dich nicht preisgeben.«

»Ich wollte zwei oder drei Worte mit dem ehrenwerten Lukianos wechseln. Falls er noch wach ist.«

»Ich kann dir nicht sagen, ob er schläft oder wacht. Aber er ist nicht hier.«

»Welch ein Jammer. Weißt du, wo ich ihn finden könnte?«

Der Wächter lachte. »Du müsstest weit laufen, Freund. Er und

Apuleius haben sich zusammen mit diesen Fremden, deren Augen wie Schlitze sind, nach Trans Tiberim begeben.«

»Manche Menschen sind von verblüffender Kühnheit; vor allem nachts.«

»Weniger kühn. Morgen sind sie zum Fest des Kaisers geladen und verbringen die Nacht schon drüben. Sie haben sich bereit erklärt, mit einer Mimengruppe aufzutreten, die für ein kleines Stück ein paar zusätzliche Leute braucht.«

»Dabei mag ich nicht stören. Hütet das Haus, ihr Männer!«

Der zweite Besuch, den er machen wollte, brachte ihn in die Subura. Duilius, Haupt einer der Banden, hielt dort Hof in einem äußerlich verfallenen, inwendig mehr als üppig ausgestatteten Haus. Pacuvius fand ihn fast allein – nicht mehr als sieben seiner Leute waren bei ihm, dazu zwei Frauen. Das Gespräch war kurz und beinahe herzlich. Duilius begrüßte ihn als neues Mitglied der nächtlichen Zünfte; offenbar hatte es sich herumgesprochen, dass Pacuvius in Ungnade gefallen war.

»Wer Fabricius Balbus umgebracht hat?« Duilius schüttelte den Kopf. »Keiner von uns, und soweit ich weiß, keiner von denen, die außer uns dafür infrage kämen. Der Mann ist geizig, ah, er *war* geizig, trägt nie viel Geld bei sich, es lohnt sich nicht, ihn zu überfallen.«

»Hast du ihn gekannt?«

»Nein; aber er war einer der wichtigsten Berater des Kaisers und für das nächste Jahr als Konsul vorgesehen. Einer der Konsuln. Der andere soll Marcus Aurelius selbst sein.«

»Noch eine Frage, edler Duilius. Es fiel mir beim Gang durch die Stadt auf, dass die Straßen und Gassen ungewöhnlich ruhig sind.«

»Langweilig, nicht wahr?« Duilius grinste. »Ich habe gehört, dieses Rhinozeros ist auf der Straße aus dem Wanderkäfig ausgebrochen und hat ein paar Bauern, uh, eingeebnet. So still, wie es in der Stadt ist, wünscht man sich beinahe, dass das Tier ein bisschen durch Rom tanzt.«

»Ist die Ruhe Zufall? Oder gibt es einen Grund?«

»Sogar diese schlechten Mimen sind abgezogen«, sagte einer seiner Leute, »diese Agoradingsbums.«

Duilius schnaubte. »Das Fest, morgen, in den Gärten drüben. Bei solchen Gelegenheiten durchkämmen eigentlich die Prätorianer die ganze Stadt, und gewöhnlich marschieren sie abends und nachts zum Schauplatz der Ereignisse, um alles beizeiten zu sichern. Bis jetzt sind sie in ihrer Festung geblieben; angeblich übernehmen die Stadtkohorten die Sicherung – angeblich planen hohe Offiziere der Prätorianer einen Anschlag auf den Kaiser. Alles bloß Gerüchte, aber …«

»Und deshalb die Ruhe?«

»Nein. Die Ruhe kommt daher, dass wir mit den Prätorianern gerechnet haben. Wenn wir gewusst hätten, dass sie diesmal wohl die Stadt nicht durchkämmen – ihr Götter, was hätten wir für Geschäfte machen können! Willst du nicht doch endlich was trinken?«

»Gleich, mein Freund. Zuvor noch eine Bitte.«

»Sprich. Wenn es nichts ist, was die Gesetze fördert …«

»Nicht unmittelbar. Papyrus, Tinte, einen Halm; und danach einen deiner Männer, um eine Botschaft zu überbringen.«

Duilius kniff ein Auge zu. »Wohin?«

»In die Unterwelt. Zu dem Mann mit der Vogelmaske.«

»Ha. Ich hätte mir denken können, dass du ihn kennst – wen kennst du denn nicht? Du kennst ja sogar mich.« Er lachte. »Aber meinst du, da unten kann jemand lesen?«

»Ich hoffe es.«

Pacuvius schrieb schnell, wenige Zeilen; als er das Schreiben versiegelt hatte und der von Duilius bestimmte Mann damit verschwunden war, nahm er einen Becher mit unverdünntem Wein an – Falerner; die Herren der Unterwelt lebten gut – und bemühte sich, eine kleine Weile angeregt zu plaudern. Duilius stellte keine Fragen nach der Ungnade und ihren Gründen; es wäre schlechtes Benehmen gewesen. Pacuvius war sehr dankbar für die Sittenstrenge unter Gaunern; plaudern konnte er, während sein Gehirn mit anderen Dingen beschäftigt war, aber Auskünfte – oder ihre höfliche Verweigerung – hätten ihn von den wichtigeren Gedanken abgelenkt.

Denn plötzlich wusste er. Nicht alles, vielleicht nur einen Teil, aber dieser war ausreichend deutlich. Es gelang ihm, sich bald mit höflichen Wünschen einem weiteren Becher und längeren Reden zu entziehen, um seinen letzten Besuch zu machen, in der Festung der Prätorianer am östlichen Stadtrand.

Sein Freund Sergius lauschte den verwickelten Darlegungen dessen, was Pacuvius gefunden zu haben glaubte. Der Centurio stimmte fast allem zu; außerdem fand er einen unbenutzten Schlafraum für Offiziere, vorher viel Wein und – Septimius Severus, mitten in der Nacht von Prätorianern zur Beratung gebeten. Weniger erfreulich war eine Mitteilung, die Sergius gleich zu Beginn machte: Nur eine kleine Gruppe, nicht einmal eine halbe Kohorte, unter dem unmittelbaren Befehl des Präfekten Glaucus Aemilius Pictor würde sich am Abend in die Gärten des Gaius Iulius Caesar begeben – keine Möglichkeit für Pacuvius, sich auf Sergius' Leute zu stützen.

Pacuvius schlief im Morgengrauen ein, in der angenehmen Gewissheit, dass ihn im Prätorianerlager niemand suchen würde – und wenn doch, dass Sergius seine Anwesenheit leugnen und eine Untersuchung der Räume ablehnen würde.

Neben diesem neuerdings ungewohnten Gefühl von Sicherheit nahm er noch etwas mit in den Schlaf: die Erkenntnis, dass er Hilfe brauchen würde. Und dass er wusste, wo er sie finden konnte.

Nach kurzem, traumlosem Schlummer und eiligem Frühstück brach er auf, wieder in die Subura. Diesmal wollte er nicht zu Duilius, sondern in das Haus des Waffenschmieds. Er stellte ihm eine Frage; mit der lächelnd erteilten Antwort im Kopf stieg Pacuvius in die Unterwelt.

Er fand die Ausgestoßenen dort, wo er ihnen zuerst begegnet war, aber diesmal waren es weit über zweihundert, und alle trugen Waffen.

Der Mann mit der Vogelmaske musterte unter gesenkten Lidern. »Wir sind bereit«, sagte er. »Wenn das Angebot, von dem du geschrieben hast, gut ist.«

»Und wenn nicht?«

»Kommst du hier nicht lebend weg.«

Pacuvius nickte. »Ich habe es fast erwartet. Also: Wenn die Götter mit uns sind, wird der Kaiser nicht undankbar sein; ich werde ihn für euch um Geld bitten, ein Stück Land irgendwo, ein Schiff, das euch hinbringt. Wenn die Götter gegen uns sind, wird keiner von uns überleben, und in diesem Fall …« Er hob die Schultern.

»Wenn die Götter uns gnädig sind, der Kaiser aber nicht?«

»Dann gehört alles, was ich besitze, euch, und ich werde arbeiten, betteln, stehlen, bis ich euch das gegeben habe, was ich sonst von Marcus Aurelius erbitten würde.«

Der Mann mit der Vogelmaske sah ihn lange an. »Das Schwert des Spartacus in der Hand eines Gerechten.« Ein wenig Spott schien in der Stimme zu liegen. »Du scheinst ein Gerechter zu sein; wo ist das Schwert?«

»Es wartet auf uns.«

Die Gärten des Gaius Iulius Caesar lagen am Fuß des Ianiculum, westlich des Stadtteils auf dem »schlechten« Ufer, Trans Tiberim. Nahezu alle *principes* seit Octavianus, der sich »der Erhabene«, Augustus, nennen ließ, hatten etwas zur Veränderung, Verschönerung oder Entstellung des Geländes beigetragen. Das Haus, in dem Caesar gewohnt und Kleopatra ihm beigewohnt hatte, war längst durch einen kleinen Palast ersetzt worden. Säulen aus fleischfarbenem Marmor mit grünlich schillernden Maserungen umgaben Front und Seiten und schufen schattige Gänge und Terrassen, fünf Stufen über dem Garten. Hinter den Säulen hatten die Lieblingsmaler der Kaiser die Jahre genutzt, um die hellen Felder der Außenwände mit mehr oder minder gelungenen Bildern zu schmücken: an der Westseite Szenen aus dem Leben des Iuliers – der junge Mann bei den Piraten, die großen Schlachten von Gergovia und

Alesia, die Überschreitung des Rubicon, Ägypten mit Sphingen und Pyramiden und pharaonisch gewandeten Frauen und Männern von Kleopatras Hofstaat, denen man nicht ansah, dass sie allesamt Makedonen waren; an der östlichen Seite Gestalten und Ereignisse aus der römischen Legende: Aeneas, Tarquinius, die Sibylle in einer Höhle, die zugleich ihr eigenes Geschlecht war, die Abfassung der Zwölf-Tafel-Gesetze, Mucius Scaevola, wie er die Hand ins Feuer hielt. Die Rückwand und die Flächen neben dem Eingang waren Gestalten der jüngeren Geschichte vorbehalten und zeigten die meisten Kaiser als Feldherren oder Denker, mit Ausnahme jener, die der *damnatio memoriae* verfallen waren oder an die sich keiner erinnern mochte. Im Inneren, hieß es, gebe es jedoch Darstellungen auch von Nero und Caligula sowie den Kurzzeitfürsten Otho und Vitellius.

Marcus Aurelius hatte die Anzahl der Altäre in den Gärten vervielfachen lassen. Neben einem riesigen Becken mit nicht zum Verzehr vorgesehenen Fischen standen im Halbkreis Standbilder und Altäre aller römischen Götter, in den Lauben und unter den ausladenden Ästen der alten, zum Teil aus fernen Gegenden herbeigeschafften Bäume fanden sich kleinere Bilder und Weihestätten nahezu aller Gottheiten aller Völker, die zum Imperium gehörten.

Pacuvius war nicht überrascht gewesen, als die Bewohner von Roms Unterwelt ihm einen Weg in die Gärten zeigten: durch Gestrüpp am Hang des Ianiculum zu einer winzigen Lücke in den Mauern, von innen dicht verkleidet mit Schlingpflanzen. Ohne die Ausgestoßenen, sagte er sich, hätte er alles allein versuchen müssen; die Mauern waren nicht unüberwindbar hoch, vor allem nicht im Schutz des beginnenden Zwielichts, aber so war es besser. Verblüfft bemerkte er, wie die Unterweltler mit der Umgebung zu verschmelzen schienen und plötzlich unauffindbar waren. Oder fast – als ein Löwe in einem der Gehege plötzlich unwillig brüllte, nahm er an, dass jemand ihm zu nahe gekommen sei.

Pacuvius verbarg sich eine Weile in den aus Hecken und Säulen bestehenden Irrgärten; das gab ihm die Gelegenheit, die Gäste und

Diener unauffällig zu beobachten. Nach und nach trafen alle ein, mit denen er gerechnet hatte, und einige, deren Anwesenheit ihn verblüffte – was hatten Marullus und Fufius unter den Gästen des Kaisers zu suchen? Ein älterer, aber rüstiger Mann mit einem versilberten Kranz im silbrigen Haar mochte Fronto sein, aber sicher war Pacuvius nicht. Varro war da, der Präfekt der Stadtkohorten, Aemilius Pictor mit kaum hundert Prätorianern, die sich scheinbar zufällig auf dem Gelände verteilten, und Iunius Rusticus erschien mit kleinem Gefolge. Der kaiserliche Berater Quirinus, die Legaten, Prokuratoren, der halbe Senat. Wenig später erblickte er auch Umbricius – und erstarrte ein paar Atemzüge lang, als er neben diesem den Ägypter der Agoraphonier sah, den Mann, der ihn im Traum in einen blutigen Ring an blutiger Kette hatte schauen lassen.

Er war noch damit beschäftigt, eine vernünftige Erklärung zu suchen oder zu erfinden, als die Lustbarkeiten und die Speisung begannen. Auf langen Tischen stellten Diener des kaiserlichen Haushalts Holzkohlenbecken bereit, mit Gittern bedeckt zum Warmhalten der Speisen, die in verschwenderischer Vielzahl aus der Küche des Palasts in den Garten geschafft wurden: Platten mit kleinen und großen Fischen – gekocht, gedünstet, gebraten; ganze Wildschweine, deren Bäuche mit Rebhühnern, Würsten und Krabben gefüllt waren; Hühner, Gänse, Enten; Pasteten aus Krammetsvögeln; Schinken und Hummer aus Iberien; Terrinen mit Muschelsuppe; kalte und heiße Austern in verschiedenen Tunken; gebratene Lämmer und Zicklein; Gazelle und Büffel und Strauß, Bärentatzen, Krebse; Bohnenmus, Linsenmus, Spargel, dunkles Brot, helles Brot, eingelegte Früchte, frische Früchte, Näpfe mit frischem Käse, Räder älteren Käses, Näpfe mit *garum* und Dutzenden anderer Tunken …

Wegen der Menge der Gäste – Pacuvius schätzte, dass sich an die tausend Menschen im Garten und auf den Terrassen tummelten – gab es keine Klinen; die Leute aßen im Gehen und Stehen, setzten sich auf Schemel und Scherenstühle an die Tische oder verzogen sich in kleinen Gruppen in die Lauben des Gartens. Diener und Sklaven in weißen Gewändern huschten umher, schleppten Weinkrüge und Wasserbehälter und Trinkgefäße, brachten einzelnen Gästen Platten mit den gewünschten Speisen und dazu Tücher und Näpfe mit Rosenwasser zum Reinigen der Hände.

Marcus Aurelius ließ sich nicht blicken. Pacuvius nahm an, dass er im Palast zwei Erbsen, eine halbe Muschel und einen Krümel Brot aß und dazu Wasser trank; obwohl ihm sein Leibarzt, der berühmte Galenos, immer wieder gut zuredete, beharrte der Stoiker darauf, seinen Körper, lästiges Anhängsel des Geistes, keinesfalls zu verwöhnen. Man sagte, dass er sich gräme, wenn er beim Versuch, mit seiner Gemahlin Faustina weitere Erben zu zeugen, etwa Lust empfand. Er zeigte sich auch nicht, als Kitharoden, Auleten, Lyraspieler, Sänger und Tänzerinnen in Lauben und zwischen den Tischen, unter Fackeln und an Feuern die Gäste zu unterhalten begannen.

Gegenüber der größten Terrasse, wo mit Löwenfellen in mehreren Schichten belegte Sitze für den Kaiser und erlesene Gäste bereitstanden, hatte man eine Bühne eingerichtet. Es gab dort eine gemauerte Plattform, für Ansprachen an versammelte Kohorten oder für philosophische Vorträge; auf diese war ein erhöhter Halbkreis aus bunt bemalten Hölzern gestellt worden, mit einer Rückwand, an der Eisenfäuste Fackeln hielten. Auf der Bühne unterhalb des Halbkreises ein Tisch, ein paar Klinen und Stühle, dahinter – wie auch oben, auf dem erhöhten Teil – schwarze Vorhänge oder dünne Holzwände, hinter denen die Schauspieler sich umkleiden oder Überraschungen vorbereiten konnten. Zwischen Bühne und Terrasse standen Schemel und Bänke, auf denen ein Teil der Gäste Platz finden würde; die Übrigen mussten stehen oder auf die Darbietung verzichten. Einige würden dies zweifellos vorziehen.

Zwei Dutzend Bläser der Prätorianer zerschnitten die frühe Nacht mit lichten Tönen. Leibwächter, abwechselnd mit vergoldeten Speeren und Fackeln, bildeten zwei Reihen von der Vorhalle des Palasts zum Rand der Terrasse. Dort erschien nun einer der kaiserlichen Herolde, mit goldenen und silbernen Stäben, auf die er sich wie auf Krücken stützte.

Nach weiteren schnellen Bläserstößen versammelten sich die Gäste vor der Terrasse. Der Herold wartete, bis das Scharren der Füße, das Rascheln der Gewänder, das Räuspern und Raunen sich gelegt hatten. Mit den Stäben stieß er auf den dumpf hallenden Boden. Dann begann er zu sprechen. Seine Stimme glich dem Knarren alter Karrenräder auf grobem Kies, und sie drang in die letzten Winkel des Gartens.

Er begrüßte jene, die der Einladung gefolgt waren, und bedauerte all die, welche durch mangelnde Gnade der Götter an diesem Abend ihren Krankheiten den Vorzug vor dem Fest geben mussten. Auch Marcus Aurelius Antoninus Augustus sei von einem herbstlichen Fieber befallen, ebenso die Gemahlin und einige der Kinder; alle befänden sich in der Obhut des hochberühmten und unvergleichlichen Galenos. Das Fest zur Beendigung der sommerlichen Unterbrechung der Regierungsgeschäfte werde also ein wenig anders anlaufen als vorgesehen.

Raunen, Gemurmel, Ausrufe des Bedauerns schnitt der Herold ab, indem er mit dem silbernen Stock auf den Boden schlug und mit dem goldenen in der Luft fuchtelte.

»Der Augustus wird sich aber alsbald zu uns begeben, um den Darbietungen der Mimen des Mopsos beizuwohnen. Da seine Stimme angegriffen ist, wird er keine goldenen Worte an euch richten können, sodass ihr mit dieser Begrüßung durch seine beauftragte Stimme vorliebnehmen müsst. Nach der Aufführung wird er mit einigen seiner Gäste sprechen und sich dann zurückziehen, um nicht durch Überanstrengung die Krankheit zu mehren und durch betrübliche Gegenwart die Freuden des Festes zu mindern.«

Danach sagte er ein paar schmeichelhafte Dinge über die Mimen des Mopsos, »jene hochberühmte Gruppe unvergleichlicher Schauspielkünstler«. Zunächst würden sie eine kurze Neufassung von des göttlichen Aristophanes Stück *Die Vögel* darbieten; danach, zu allgemeiner Bewunderung, den *Lügenfreund* des großen Lukianos aus Samosata. Ebenso wie der nicht minder ruhmreiche Apuleius aus Madaura sei Lukianos nicht nur selbst anwesend, o nein, die Dichter hätten sich dazu verstanden, bei der Aufführung des zweiten Stücks mitzuspielen und seien später gern bereit, mit allen Gästen zu plaudern und die Fackeln ihres Geistes im Gedränge lodern zu lassen.

Der Herold wandte sich zum Palast und hob die beiden Stäbe; die Bläser ließen schmetternde Tonfolgen in den Nachthimmel steigen, und aus dem Tor, geleitet von kostbar herausgeputzten Dienern, kam mit kleinen, schwächlichen Schritten der Kaiser.

Pacuvius war zu weit entfernt, um ihn genau zu sehen. Er ähnelte den Kaiserstatuen und seinem Bild auf Münzen, aber er war in einen mit Gold- und Purpurstreifen gezierten Bärenpelz gehüllt, der ihn fast ganz umgab.

Während Marcus Aurelius die Huldigungen, die Rufe, den Applaus der Gäste über sich ergehen ließ, machte Pacuvius sich daran, im Gedränge, wo er sich sicher fühlen durfte, einige Leute zu suchen. Er sah Umbricius, der langsam zur Westseite des Palasts ging, wo es einen Nebeneingang gab; Alcimus folgte ihm, die Hand am rot glimmenden Griff des Spartacus-Schwerts. An der Ecke des Gebäudes blieben sie stehen, und Pacuvius entnahm der Haltung seines Freundes, dass Umbricius ihm Anweisungen erteilte. Alcimus legte die rechte Hand auf die Brust, dann ging er zu einer Gruppe von Wächtern, die von einer Laube aus, an Statuen gelehnt, alles aufmerksam beobachteten.

Umbricius verschwand an der Seite des Palasts; wahrscheinlich würde er hineingehen, um dort alle Vorkehrungen zu überprüfen – was immer diese Vorkehrungen sein mochten.

Pacuvius atmete scharf durch die Zähne. Er war ziemlich sicher, dass er wusste, was geschehen sollte, aber ein Rest Unsicherheit blieb. Fragen, Möglichkeiten, Unwägbarkeiten. Am Ende Ruhm oder Tod, für ihn und andere. Dann riss er sich zusammen. Er hatte alles mit Sergius besprochen und mit Septimius Severus, dessen scharfe, kluge Fragen mehr als hilfreich gewesen waren. Am Ende hatte der junge Mann zugestimmt, allem zugestimmt, auch dem absurdesten Teil der Hypothesen.

Trotzdem. Es gab noch eine Möglichkeit, sich ein wenig mehr Gewissheit zu verschaffen – oder nein, nicht Gewissheit, sondern die Bestätigung, dass alles glaubwürdig sei.

Der Kaiser hatte sich auf einem der mit Löwenfellen belegten Sessel niedergelassen; auf seinen Wink erteilte der Herold den Gästen die Erlaubnis, dem Augustus nun den Rücken zuzuwenden, um die Darbietungen der Mimen zu verfolgen.

Mopsos stand am vorderen Rand der Bühne; er begrüßte die Zuschauer und gab eine kurze Einführung in das Stück des Aristophanes, wobei er jene Teile zusammenfasste, die man auslassen würde. Hinter ihm verschoben die Mitglieder der Truppe – Pacuvius erkannte Bagoas und Korinna, die anderen waren für ihn im Schatten oder verdeckt – Gegenstände und Trennwände, um die Kulisse vorzubereiten.

Das Stück begann mit dem Eintreffen von Peisthetairos und Euelpides im luftigen Reich der Vögel; Anspielungen in den ersten Dialogen der beiden war jedoch zu entnehmen, dass die beiden Athener einem sehr römischen Athen entflohen waren, in dem raffgierige Rechtsverdreher auf dem Forum Prozesse durchführten und Prätorianer die Straßen unsicher machten.

Pacuvius konnte seine Aufmerksamkeit nicht dem Stück widmen; er bedauerte dies, da Korinna bösartige Wortspiele und boshafte Verweise auf römische Stadtteile, Gepflogenheiten, Politiker und Geschichten eingebaut hatte. Die Schauspieler – alle hatten mehrere Rollen und mussten sich immer wieder neu maskieren – arbeiteten genau, mit hoher Geschwindigkeit, gutem Körpereinsatz, wieder und wieder unterbrochen von brüllendem Gelächter der Zuschauer oder Zwischenapplaus. Mopsos als Peisthetairos und Korinna als Wiedehopf, König der Vögel, trugen einen wilden Schwerterkampf aus, da sich der Wiedehopf – Römer, nicht Athener – keinesfalls Argumenten beugen wollte.

Aber Pacuvius musste Männer suchen, die er im Gedränge nicht schnell genug fand; und er musste leise und vorsichtig sein, um nicht aufzufallen, Aufmerksamkeit auf sich zu ziehen, in die Hände von Umbricius' Leuten – seinen Kameraden – zu fallen. Auf der Bühne wurde das Wolkenkuckucksheim ausgerufen, der Rauch der Brandopfer, von den Vögeln abgefangen, erreichte die Götter nicht mehr, und die ersten Menschen – lauter bekannte Gestalten aus Rom, allerdings eher aus der Vergangenheit, da die Mimen nicht unbedingt Anwesende beleidigen sollten – kamen und wollten teilhaben an der neuen Herrlichkeit. In schnellen, beißend witzigen Dialogen wurden sie abgewiesen, und Lukianos, den Pacuvius endlich neben einem Brunnen fand, war zunächst durchaus grimmig, nicht weiter lauschen zu können.

Dennoch hörte er Pacuvius zu, und als dieser seine Geschichte erzählt hatte, schwieg Lukianos ein paar Atemzüge lang.

»Böse«, sagte er schließlich. »Ausgesprochen heimtückisch, aber … ja, es ist glaubwürdig. Wenn es eine Geschichte wäre, hätte ich sie gern geschrieben. Man könnte stolz darauf sein. Und – wenn es so weit ist, gib mir ein Schwert, hörst du? Ach was, auf der Bühne haben wir genug Waffen.«

»Willst du dein Leben einsetzen?«

Lukianos lachte leise, beugte sich vor, stellte sich auf die Zehen und hauchte ihm einen Kuss auf die Stirn. »Die Götter mögen mit dir sein, Pacuvius. Mein Leben? Was ist es wert, wenn man es nicht einsetzt? Totes Vermögen. Nur Vermögen, das arbeitet, kann Gewinn bringen.«

Als Mopsos/Peisthetairos und seine Gefährten alle hochrangigen Römer erfolgreich niedergeredet und nebenbei die Götter entmachtet hatten, fand Pacuvius endlich Septimius und seine Leibwächter.

»Es gibt noch etwas«, sagte er.

Severus riss sich vom Anblick der leicht bekleideten Myrina los, die als Basileia gleich mit Peisthetairos vermählt würde.

»Was denn?«

Pacuvius berichtete ihm und den drei Afrikanern von seinen Befürchtungen hinsichtlich des Ägypters aus seinem Traum. Septimius knurrte zuerst, nickte dann aber und sagte: »Du wirst wohl recht haben. Zeig ihn uns. Wen willst du?«

»Wähl du.«

Septimius deutete auf Apollo. »Da hier so viel von Göttern geredet wird …« Er grinste. »Und den zweiten Schritt, falls er nötig sein sollte, übernehme ich selbst.«

Pacuvius hatte den Ägypter nicht aus den Augen gelassen; er stand am Rande der Palastterrasse.

»Der da. Viel Wein und ein paar Frauen, Apollo – oder ein glänzender Tod.«

Der Leibwächter verzog keine Miene. »Wer würde sich nicht vordrängen, bei solch einer Wahl? Aber ich weiß, wen du meinst; ich werde ihn nicht verlieren.«

Pacuvius schlug ihm auf die Schulter; dann wandte er sich noch einmal an Septimius. »Willst du den zweiten Schritt wirklich selbst übernehmen? Es wäre vielleicht dein Ende, wenn … wenn wir uns irren.«

Septimius starrte ihn an, mit einem eisigen Ausdruck in den Augen. »Wir irren uns nicht«, sagte er. »Ich irre mich nie.«

Das zweite Stück begann. Alles war vorbereitet; die Dinge konnten nur noch gelingen oder in einer Katastrophe enden. Pacuvius drängte sich nach vorn, in die Nähe der Terrasse. Er wollte – vielleicht – ein wenig von der Aufführung sehen; er wollte den Kaiser beobachten, dem, soweit Pacuvius dies hatte sehen können, auch die witzigsten Dialoge der *Vögel* kein Lächeln wert gewesen waren; und er musste in der Nähe des Kaisers sein, um den Plan – seinen, den der anderen, den von Umbricius – ausführen zu können. Um sich von Umbricius rechtzeitig fangen zu lassen.

Um in der Nähe des Ägypters zu sein.

Auf der Bühne machten sich die Schauspieler bereit. Einige würden mehrere Rollen übernehmen oder zumindest hinter den

Vorhängen verschwinden und auf dem höheren Teil der Bühne herumtollen, wenn sie nicht im Dialog gebraucht wurden.

Lukianos spielte den Tychiades, Mopsos den Eukrates, Apuleius den Kleodemos. Sulpicius übernahm Dinomachos, Markos den Pythagoreer Arignotos, Thesion den Ion, und die beiden letzten Rollen wurden von den weit gereisten Fremden gespielt: der Diener Pyrrhias von Hu, der Arzt Antigonos von Chi. Beide hatten, wie sich herausstellte, gründlich geübt, um ihre Teile nahezu ohne Akzent zu sprechen. Korinna, Bagoas, Myrina und jene, die aus dem Dialog ausschieden, waren mit Schabernack auf dem höheren Teil der Bühne beschäftigt. Auf der Vorderbühne saßen die am Gespräch Beteiligten, aßen, tranken und redeten; auf der Hinterbühne stellten die Übrigen in absurder Verzerrung das dar, was vorn gesprochen wurde.

Den Anfang konnte Pacuvius gut verfolgen. So begann es:

KLEODEMOS: Also, wie gesagt, wenn man eine Spitzmaus tötet und dann mit der linken Hand einen Zahn der Spitzmaus aufhebt, in frisch abgezogene Löwenhaut näht und sich damit die Schenkel umwickelt, hört der Schmerz sofort auf.

DINOMACHOS: Ich habe aber gehört: nicht in Löwenhaut, sondern in die Haut einer Hirschkuh, die noch nicht geworfen hat. Der Hirsch ist ja ein schnelles Tier mit besonders kräftigen Füßen, der Löwe ist zwar stark, und Löwenschmalz und die rechte Tatze und die langen Barthaare der Löwen wirken gewiss, wenn man sie mit dem richtigen Spruch gebraucht, aber eine Heilung der Füße? Nein, kein Löwe, sondern eine Hirschkuh.

KLEODEMOS: Früher habe ich das auch gemeint, weil der Hirsch so schnell ist; aber neulich belehrte mich ein Afrikaner, der sagte, der Löwe sei schneller als der Hirsch – und es ist ja auch klar: der Löwe jagt doch den Hirsch!

(Der Riese Bagoas, mit einem Mäusekopf; die schmächtige Myrina mit einem Löwenfell; Korinna als Herakles mit Keule. Sie steckte Bagoas die Keule in den Mund, zog eine Pfauenfeder und berührte den Riesen, der zusammenbrach. Mit der Linken hob sie die Keule auf, die nun Zahn war, zog mit der Rechten Myrinas Löwenfell ab – darunter kam eine schwangere Hirschkuh zum Vorschein –, wickelte die Keule hinein, hob ihren Fuß und versuchte ungeschickt, ihn mit dem gewaltigen Bündel zu umwickeln.)

TYCHIADES: Glaubt ihr denn, Sprüche oder klobige Anhängsel könnten Krankheiten heilen, die im Körper stecken?

KLEODEMOS: Was denn, Tychiades? Du glaubst nicht, dass solche Mittel bei Krankheiten helfen?

TYCHIADES: Nein! Ich müsste schon an Gehirnverschleimung leiden, um zu glauben, dass äußerliche, den Krankheitsursachen ganz fremde Dinge, unter Sprüchen und sonstigem Gehampel angebunden, eine Heilung bewirken; es ist unmöglich, und wenn man ein Dutzend Bilche in die Haut des nemeischen Löwen einnähte! Ich habe wirklich manchen Löwen vor Schmerz hinken sehen, in seiner eigenen unversehrten Haut.

(Myrina warf das Hirschfell ab, stand einen Augenblick zur Wonne der Zuschauer nackt da, wickelte die Keule aus und hüllte sich ins Löwenfell, nahm dann die Keule als Krücke und hinkte herum.)

DINOMACHOS: Du verstehst doch gar nichts davon und hast dich um so etwas nie gekümmert. Wahrscheinlich hältst du auch nichts von den bekannten Mitteln, Fieber zu bannen, Schlangen zu beschwören, Geschwüre zu heilen und dergleichen, was heutzutage doch jedes alte Weib versteht.

TYCHIADES: Ich bin eben kein altes Weib. Bis du mich überzeugst, wie es in der Natur begründet ist, dass ein Fieber oder ein Geschwür aus Furcht vor einem heiligen Namen oder einem Spruch in einer fremden Sprache Reißaus nimmt – so lange sind mir diese Reden Altweibergeschwätz.

DINOMACHOS: Dann glaubst du vermutlich auch nicht an Götter, wenn du meinst, Heilungen durch heiligen Namen seien unmöglich.

TYCHIADES: Ich verehre die Götter und sehe, wie sie die Kranken wieder gesunden lassen durch echte Heilmittel und sachgemäße Pflege. Asklepios wenigstens und seine Jünger haben ihre Kranken mit lindernder Salbe behandelt; sie haben ihnen jedenfalls keine Löwen und Spitzmäuse an die Beine gebunden, oder Bären auf den Buckel.

ION: Lasst ihn doch! Ich werde euch etwas Wunderbares erzählen. Ich war noch keine vierzehn, da kam an einem Vormittag ein Mann zu meinem Vater gerannt und hat gemeldet, unser Gärtner Midas sei von einer Natter gebissen, sein Schenkel sei bereits verfault, er habe gerade im Weinberg die Reben an Pfähle gebunden, da habe sich das Untier herbeigeschlichen und ihn in die große Zehe gebissen und sei dann wieder in die Höhle geschlüpft, und nun liege er da, jammernd vor Schmerzen. So erzählt der Mann. Da tragen schon die anderen Knechte den Midas auf einer Bahre heran, geschwollen, totenblass und schwach atmend.

(Bagoas als Schlange biss Korinna in den Fuß und lutschte sich das Bein hinauf.)

Mein Vater ist sehr traurig; da sagt ein zufällig anwesender Freund: »Sei ruhig, ich hole dir sofort einen Babylonier, einen der sogenannten Chaldäer, der wird den Mann heilen.« Der Babylonier ist gekommen und hat Midas wieder geheilt: Mit einem Spruch hat er ihm das Gift aus dem Leib getrieben, und ein Stück Stein, das er vom Grabmal einer Jungfrau abgeschlagen hatte, hat er ihm an den Fuß gebunden. Midas nahm die Bahre, auf der man ihn hergebracht hatte, und ging los, hin zu unserem Gutshof. Das haben der Spruch und der Stein vom Grabmal bewirkt!

Aber was der Chaldäer außerdem noch gemacht hat, war wirklich das reinste Wunder! Frühmorgens kommt er auf unseren Acker und weiht ihn, indem er aus einem alten Buch sieben heilige Namen ruft und ihn mit Schwefeldampf und Fackel dreimal umschreitet; da kommen, wie von dem Zauberlied gelockt, viele

Schlangen und Nattern und Vipern, Horn- und Speerottern, Kröten und Unken, aber zurück bleibt eine einzige alte Schlange, die wohl so altersschwach ist, dass sie nicht herauskriechen und gehorchen kann. Aber der Zauberer ruft: »Das sind nicht alle!«, und schickt mit einem Wink seines Fingers eine der jüngsten Schlangen zu der alten, und nach einer Weile kommt auch diese; und als sie alle beisammen sind, bläst der Babylonier sie an, und sogleich zerfallen sie – zu Asche! Wir aber haben gestaunt.

TYCHIADES: Ich staune auch. Sag mal, lieber Ion, hat die junge Schlange die, wie du sagtest, hochbetagte Schlange an der Hand geführt, oder hat die sich auf einen Stock gestützt?

Es ging weiter mit durch die Luft fliegenden Zauberern, die auch verweste Tote auferwecken konnten, mit der Austreibung von Dämonen, mit rachsüchtig herumwandelnden Statuen, mit von Korinna hinzugefügten absurden römischen Orakelgeschichten, und am Ende kam die Anekdote vom Zauberer, der einen Besen zum Wasserholen schickte, und dem Bekannten des Magiers, der dies auch versuchte, den Besen aber nicht mehr zum Aufhören bringen konnte, bis das halbe Land überflutet war. Schließlich sagte Lukianos/Tychiades mit schallendem Lachen: »Bist du sicher, dass du ihn nicht heimlich hast Wein schleppen lassen? Mir ist, als hätte ich viel zu viel getrunken. Hinaus! Ich gehe! Hört auf mit euren Gespenstergeschichten!«

Aber all dies nahm Pacuvius kaum noch wahr. Kurz nach dem Beginn des Stücks berührte jemand ihn an der Schulter, und von da an sah er nicht mehr, was auf dem oberen Teil der Bühne geschah. Er hörte zwischendurch die Zuschauer lachen und klatschen, und er hörte wie durch einen Wasserfall im Ohr die Dialoge, sah aber nur noch eins: die Augen des Ägypters.

Der Mann war neben ihn getreten. Als Pacuvius bei der Berührung den Kopf drehte und ihn anschaute, war ihm, als fiele er in einen tiefen Brunnen. Er war gelähmt, konnte sich nicht mehr bewegen. Seine Gedanken rasten, wurden dann immer langsamer, krochen schließlich nur noch. Er hörte, was auf der Bühne gesprochen wurde, behielt es sogar, dachte aber am Ende nur noch eines, immer wieder: »Bin ich hier, weil er es will? Ist alles, was wir überlegt und vorbereitet haben, das, was er und Umbricius wollen? Ich habe ihn nicht geträumt, im Keller; er war da, hat mich verzaubert, in Schlaf versetzt, mir befohlen, alles für einen Traum zu halten – und jetzt?«

Als das Stück endete, erhoben sich die Zuschauer, brüllten, klatschten und trampelten. Dann bat wieder der Herold um Gehör. In der Hand hielt er eine halb offene Papyrusrolle.

»Der Augustus bittet nun all jene, deren Namen ich verlesen werde, in den Palast; er wird sich aber später noch zu euch in die Gärten begeben, wiewohl kurz.«

Alle Ranghohen wurden genannt, Präfekten, Legaten, Senatoren, aber auch die Schauspieler und die beiden Dichter, die nach dem Auftritt auszuschließen unziemlich gewesen wäre. Durch das Rauschen in seinen Ohren hörte Pacuvius vertraute und unvertraute Namen. Umbricius war natürlich dabei, Fronto, aber auch Fufius und sogar Marullus. Einige Leute, die sich näher an den Rand der Terrasse gedrängt hatten, sprangen beiseite oder liefen schnell tiefer in den Garten, als Diener und Prätorianer einen dicken schwarzen Vorhang bewegten. Er hing mit Ringen an einer Schiene, die am Giebel über der Terrasse angebracht war, und trennte den Palast von den Gärten, in denen die Musik nun lauter wurde.

Halb unbewusst bemerkte Pacuvius, dass Severus und seine Leute diesseits des Vorhangs geblieben waren, auf der Palastseite, und er glaubte, hier und da verschwommene Gestalten aus Winkeln und Schatten des Vorhangs auftauchen zu sehen.

Der Ägypter berührte ihn wieder und sagte: »Schau in den Palast.«

Pacuvius konnte sich bewegen – aber nur, um den Befehl zu befolgen.

Zwischen den Reihen der Männer mit Fackeln und Speeren kamen Wächter aus dem Inneren des Palasts. Sie schauten grimmig drein, hielten blanke Schwerter in den Händen und geleiteten eine kleine Gruppe auf die Terrasse: zwei weitere Wächter, die einen Gefesselten und Geknebelten voranstießen, daneben Umbricius und einen Schritt dahinter Alcimus mit dem Schwert des Spartacus in der Hand.

Umbricius näherte sich Marcus Aurelius, verbeugte sich, kniete nieder, stand wieder auf, verbeugte sich noch einmal und hob den rechten Arm.

»Augustus!« Er sprach so laut, dass ihn alle hören konnten, die diesseits des Vorhangs waren; durch den dicken Stoff würde aber nichts hinausdringen und dort schon gar nicht die Musik übertönen … »Während dein herrliches Fest seinen Verlauf nahm, haben deine unermüdlichen Wächter ein furchtbares Verbrechen vereitelt. Dieser Mann« – er wies auf den Gefesselten, der ganz ruhig dastand, den Kopf hocherhoben – »und seine Helfer haben deine ganze Familie, die Augusta und die Kinder, überwältigt, um sie beiseitezuschaffen und, wie ich annehme, durch andere zu ersetzen, die ihnen ähnlich sehen. Bevor wir fortfahren, sei zuerst versichert, dass die Helfer dieses Ungeheuers in ihrem Blut liegen und nichts mehr anrichten können. Und zweitens, damit alle wissen, dass die Dinge nun ihre rechtmäßige Ordnung haben, bitte ich den Präfekten der Stadt, Iunius Rusticus, und den ehrenwerten Varro, Präfekt der Stadtkohorten, zu mir zu treten und zu bezeugen, dass ich berechtigt bin, für die Sicherheit des Kaisers zu handeln.«

Die beiden Präfekten hatten neben dem Kaiser gesessen und waren aufgesprungen, als Umbricius mit den anderen erschien; sie wechselten Blicke, dann nickte Varro und ließ Rusticus mit einer Handbewegung den Vortritt.

»Ich, Iunius Rusticus, bezeuge, dass der Mann, der dies gesagt hat, zuständig ist für die Sicherheit des Erhabenen«, sagte er. Seine Stimme zitterte ein wenig.

In Pacuvius' trägem Gehirn bildete sich eine neue Frage: »Weiß er wirklich von nichts? Offenbar – aber Varro?«

Umbricius sprach weiter. »Quirinus, oberster Berater des Kaisers – auch du kannst bestätigen, dass ich sprechen darf?«

Quirinus, der bleich an einer Säule lehnte, nickte nur. Sein Gesicht war fahl.

»Dieser Mann«, sagte Umbricius, »den deine treuen Wächter gefesselt haben, sieht dir so ähnlich, dass sogar ich einige Atemzüge lang geglaubt habe, er sei der Augustus. Deine Familie sollte beseitigt werden – und du auch, erhabener Fürst. Seine wichtigsten Helfer sind gefangen, im Palast; es ist ein furchtbarer Tag für die Stadt und den Erdkreis, denn unter ihnen sind viele Große des Reichs. Sie wollten den Kaiser töten, um diesen da, der ihm gleicht, zum Kaiser zu machen. Niemand hätte etwas bemerkt – ohne die Wachsamkeit einiger verzweifelter Männer. Gaius Pacuvius Lentulus, komm zu mir.«

Der Ägypter berührte ihn wieder. Dabei murmelte er: »Du kannst jetzt gehen und den Befehl ausführen, wenn Umbricius es sagt. Wenn du oben bist, schau mich an.«

Willenlos, mit schweren Beinen stieg Pacuvius die Stufen hinauf, kniete vor Marcus Aurelius und erhob sich, als der Kaiser nickte. Hinter sich hörte er eine Stimme, die Stimme eines alten Mannes, der sagte: »Erhabener, mein Herrscher und Freund – wir sollten die Götter preisen und ihnen danken. Und deine Pläne solltest du aufgeben.« Den letzten Satz sagte er kaum hörbar.

Marcus Aurelius hob die Hand, ließ sie aber gleich wieder sinken und sagte mit schwacher, heiserer Stimme: »Es ist recht, mein Fronto; wir reden später darüber.«

Umbricius nickte Pacuvius zu. Leise sagte er: »Ich wusste, dass du pünktlich sein würdest.« Dann, laut: »Er hat ein Verbrechen begangen, über das noch zu reden sein wird, aber er ist der Mann, der die Verschwörung aufgedeckt hat – gegen Widerstände und den Unglauben vieler. Was soll mit dem Mann geschehen, der deine Stelle einnehmen wollte?«

Der Kaiser schien zu zögern; dann seufzte er und sagte: »Tötet ihn. Jetzt, hier, für die Götter.« Er deutete nach links, wo unter den Säulen vor dem Eingang ein kleiner Altar mit einer Iuppiterbüste stand.

»Wer soll das Opfer vornehmen?«, sagte Umbricius.

Marcus Aurelius stand auf. Er blickte in die Gesichter der Schweigenden. Pacuvius, dessen Augen an denen des Ägypters hingen, sah undeutlich, am Rand seines Gesichtskreises, Bewegungen. Neben dem Ägypter erschien plötzlich Vel Kuruna.

»Ist ein *haruspex* unter euch?«, sagte Marcus Aurelius.

Vel Kuruna hob die Hand. »Erhabener!«

»Komm zu uns.« Der Kaiser wandte sich an Pacuvius. »Du sollst die Ehre und die Freude haben, diesen Mann zu töten. Der *haruspex* wird danach die Leber prüfen, um uns zu sagen, ob wir das Richtige getan und die Billigung der Götter erlangt haben.«

Vel Kuruna kniete vor Marcus Aurelius. »Erhabener«, sagte er, »dein Befehl sei mein Begehren!« Er stand wieder auf und ging zum Altar. Dort wandte er sich um, sodass er alles überblicken konnte, und verschränkte die Arme vor der Brust. Ein seltsames Lächeln spielte um seine Mundwinkel.

»Ich will den Mann sehen, der sein wollte, was ich bin«, sagte Marcus Aurelius. »Nehmt ihm den Knebel ab.«

Umbricius nickte den beiden Wächtern zu. Der linke hielt den Gefangenen fest, während der rechte ihm den Knebel aus dem Mund zog.

Ein lautes, ungläubiges Stöhnen kam von den Zuschauern. Der Mann, der gefesselt, mit erhobenem Haupt nur wenige Schritte neben dem Augustus stand, sah aus wie Marcus Aurelius: der Bartkranz, die Stirn, die Nase, die ganze Haltung. Es waren genügend Menschen da, die mit dem Kaiser ausreichend vertraut waren. Hier und da hörte man jemanden »unglaublich« sagen oder »o ihr Götter!«.

Marcus Aurelius trat näher, bis er kaum zwei Schritte von dem anderen entfernt war. »Erstaunlich«, sagte er.

»Kaum«, sagte der Gefangene. »Da ich Marcus Aurelius bin, ist allenfalls deine Ähnlichkeit mit mir erstaunlich.«

Fronto, des Kaisers alter Lehrer, kam näher. Mit zusammengekniffenen Augen betrachtete er beide; dann schüttelte er den Kopf.

»Sogar die Stimme könnte deine sein, Augustus«, sagte er.

Der Gefangene lachte. »Mein alter Freund, deine Augen und Ohren lassen nach. Ist Quirinus hier? Er könnte …«

Umbricius gab den Wächtern ein Zeichen; der Gefangene wurde wieder geknebelt, ehe er den Satz beenden konnte.

»Tötet ihn!«, schrie jemand. Andere nahmen den Ruf auf. »Tötet ihn! Tötet das Ungeheuer! Iuppiter möge ihn strafen!«

Marcus Aurelius trat einen Schritt zurück. Er wartete, bis es still geworden war; dann deutete er auf Pacuvius.

»Töte ihn, mein guter Wächter.«

Plötzlich drängte Alcimus sich an Umbricius vorbei; er hielt die Klinge seines Schwerts in der Hand, kniete nieder und reckte dem Kaiser den Griff entgegen.

»Augustus!«, rief er. »Das Schwert des Spartacus! Sollte er nicht …?«

Marcus Aurelius zögerte; dann nickte er.

»Die Geschichte der Stadt und ihrer Feinde«, sagte er, »geht seltsame Wege. Die Götter haben es so gefügt.« Er hob die Arme und deutete eine Verneigung vor dem Iuppiter-Altar an. »So soll der heutige Feind durch das Schwert des früheren Feindes sterben!«

Alcimus stand auf und hielt Pacuvius den Griff hin. Im Knauf glühte der rote Stein wie das Auge eines ungeheuer bösartigen Dämons.

»Stoß zu, Freund«, sagte Alcimus leise. Sein Gesicht war verzerrt.

Pacuvius nahm das Schwert, das er in Portus und in der Unterwelt Roms in der Hand gehalten hatte. Er streifte den Kaiser mit einem Blick, dann suchte er mit den Augen wieder den Ägypter.

Hinter diesem sah er plötzlich das Gesicht von Apollo, der ein schreckliches Grinsen aufgesetzt hatte. Seine rechte Hand, in der etwas blitzte, fuhr über die Kehle des Ägypters.

Ein Schwall dunkler Flüssigkeit quoll aus der Wunde. Die Augen, die Pacuvius festgehalten hatten, brachen.

Undeutlich, weil er sich auf etwas in seinem Inneren zu besinnen suchte, hörte er die Schreie einiger Leute in der Nähe des Ägypters, die den Körper stürzen sahen und ihre Kleidung mit Blut besudelt fanden. Er stellte fest, dass er sich bewegen konnte, dass die Gedanken wieder schneller flossen.

Gaius Pacuvius hob das Schwert des Spartacus. »Für Rom und den Augustus!«, schrie er. »Septimius – zu mir!«

Dann drehte er sich um und stieß zu. Er sah das Erstaunen in den Augen des Gefesselten, die Verblüffung in denen von Alcimus, den Schrecken auf den Zügen von Umbricius und das Entsetzen im Antlitz des Kaisers. Das Schwert drang tief ein, öffnete den Bauch und beendete das Leben des Marcus Aurelius Antoninus Augustus.

In der Stille der Fassungslosigkeit ringsum bildete er sich ein, die ersten Blutstropfen fallen zu hören, ehe der Körper auch nur zu schwanken begann. Blitzschnell fuhr er herum, um sich gegen Umbricius und dessen Leute, gegen Alcimus, gegen wen auch immer zu wehren. Hier und da stöhnten Männer, ungläubig und von Entsetzen gelähmt; erstarrte Wächter und Prätorianer begannen, sich zu bewegen, zogen die Schwerter, richteten die Lanzen auf Pacuvius.

Umbricius bewegte die Lippen, sagte aber nichts; am Altar ließ Vel Kuruna die Arme sinken, das seltsame Lächeln gefror.

Pacuvius versuchte gar nicht erst, sich gegen die Arme zu wehren, die ihn festhielten, umklammerten, ihm das Schwert entrissen. Es waren zu viele. »Und wenn ich jetzt sterbe«, dachte er, »dann treu, wie das Gesetz es befahl.«

Iunius Rusticus warf sich zwischen die Wächter. »Halt!«, schrie er. »Tötet ihn nicht! Es könnte … er könnte das Richtige getan haben. Wartet!«

Pacuvius sah irgendwo Korinnas bleiches Gesicht; ein halb erhobenes Schwert in der Hand von Lukianos, und plötzlich waren Septimius Severus und seine drei Männer da. Septimius kniete vor dem Gefangenen.

»Heil, Caesar«, schrie er. »Der falsche Augustus ist gerichtet; es lebe Marcus Aurelius!«

Er stand auf; mit fliegenden Händen entfernte er den Knebel des Gefangenen; Afer durchtrennte gleichzeitig die Fesseln, die die Hände des Mannes auf den Rücken banden.

»Wo ist Quirinus?«, sagte der Mann, der vielleicht Marcus Aurelius war. »Wo ist meine Familie?«

Jemand sagte, zögernd, fast fragend: »Die Familie ist in Sicherheit? Glaube ich? Und Quirinus …«

Der Berater stand starr an der Säule, wie gefesselt. Er blickte zwischen dem Lebenden und dem Toten hin und her. »Augustus?«, sagte er kaum hörbar. »Aber wer ist der Augustus?«

Umbricius lachte plötzlich laut auf. »Einer von beiden«, sagte er. »Aber welcher?«

»Ich.« Marcus Aurelius berührte den Kopf des wieder vor ihm knienden Septimius. »Danke, mein Freund«, sagte er. »Wir werden darüber sprechen – später. Lasst ihn los!«

Der Befehl galt den Männern, die Pacuvius hielten.

»Augustus«, sagte einer der Wächter, »bist du sicher? Falls du der Augustus bist …«

»Ich befehle euch, ihn loszulassen.«

Noch ehe er zu Ende gesprochen hatte, rief Lukianos: »Vorsicht!« Er schleuderte sein Schwert. Es flog knapp am Kopf dessen vorbei, der vielleicht Kaiser war, vielleicht Hochstapler; der Knauf traf Vel Kurunas Hinterkopf, ehe der Etrusker unter den Vorhang schlüpfen konnte. Mit einem leisen Wimmern brach der Archivar zusammen. Wächter stürzten sich auf ihn, packten ihn und rissen ihn wieder hoch.

»Später«, sagte Marcus Aurelius, »werden wir uns um diesen da kümmern. Pacuvius, nicht wahr? Komm her. Wieso warst du sicher, wenn selbst alte Freunde wie Fronto und Rusticus gezweifelt haben?«

Pacuvius war versucht, die ganze wahnsinnige Geschichte herauszusprudeln. Die noch nicht beendet war. Er sah Umbricius, der ihn zu belauern schien, sah den leichenfahlen Quirinus, den erschütterten Rusticus, sah Varro den Kopf schütteln und Pictor den Prätorianern Zeichen geben, sah Alcimus, der lächelte, und Korinna, die die Hände vors Gesicht gelegt hatte. Und er sah einen schlanken, unwirklich schönen Mann, der nicht weit vom Kaiser – falls er der Kaiser war – stand und die Hand an den Griff seines Schwerts legte. Ohne es zu ziehen. Mühsam sagte er: »Ich habe ihn beobachtet, Augustus – den anderen. Als Stoiker machst du dir nichts aus Theater. Aber er hat bei Aristophanes nicht gelacht. So ernst kann kein Stoiker sein; nur ein schlechter Schauspieler.«

»Einer wie du?«, sagte Umbricius. »Kühner Wächter – und zugleich wahnsinniger Mörder? Vielleicht hast du den richtigen Augustus getötet, vielleicht einen falschen; aber ganz sicher hast du meine Gemahlin ermordet.«

»Was?!« Es war keine Frage, sondern ein Schrei. Der schöne Schwertträger hatte ihn ausgestoßen. »Er hat Rema getötet?«

Umbricius wartete, bis Philippus das Schwert gezogen hatte; erst dann hob er die Hände in einer Gebärde der Beschwichtigung.

»Langsam, Freund«, sagte er. »Deine Schwester wird gerächt werden. Aber lass uns die Dinge zuerst entwirren.«

»Ich will mit dem Entwirren beginnen.« Marcus Aurelius' Stimme schnitt durch das Gemurmel. »Eigentlich wollte ich euch allen, den Edlen des Reichs, heute meinen Rücktritt als Kaiser und meine Amtsübernahme als bereits gewählter Konsul der neuen Republik verkünden. Aber …« Er schwieg; mit einem fast belustigten Lächeln schien er Verblüffung und Schrecken ringsum zu genießen.

»Und weil«, sagte Pacuvius in die eisige Stille hinein, »alle, die ihre Machtstellung dem Kaiser verdanken, den Verlust ihrer Macht fürchten, haben sich einige zusammengetan, um dafür zu sorgen, dass es auf jeden Fall einen Kaiser gibt, auch wenn er nur Marcus Aurelius zu sein vorgibt.«

»Unsinn«, schrie Vel Kuruna; vergebens versuchte er, sich von den Männern loszureißen, die ihn hielten. »Eine Republik, ja; aber nicht, wie Marcus Aurelius sie wollte, sondern so, wie Caesar sie entwarf! Dafür haben wir geplant und gearbeitet!«

»Wer ist wir?«, sagte Pacuvius. »Du und Rema und Romulus, der sich Philippus nennt?«

»Ja, wir – Römer und Etrusker!«

Der ehemalige Gladiator hielt immer noch das Schwert in der Hand. Der Ausdruck des Hasses, mit dem er Pacuvius angestarrt hatte, wich einer seltsamen Belustigung.

»Römer und Etrusker«, sagte er. »Das stimmt. Aber – auch Ulpier und Flavier, alter Mann, o einfältiger Ehrwürdiger. Ulpische Flavier aus zwei richtigen Kaiserhäusern.«

Iunius Rusticus sah Pacuvius an, Vel Kuruna, den möglichen Marcus Aurelius, Umbricius, die beiden anderen Präfekten. »Das kann nur ein wahnsinniger Traum sein«, sagte er schwach.

»Ich wäre stolz darauf, diese Traumgeschichte geschrieben zu haben«, sagte Lukianos. »Sie ist wunderbar absurd. Aber ... wie geht sie aus?«

Pacuvius schloss einen Atemzug lang die Augen. »Der Kaiser«, dachte er, »der Sonderdienst, die Wächter, die *vigiles,* die Prätorianer. Varro, Umbricius, Pictor, Rusticus. Vel Kuruna. Philippus oder Romulus. Und ich. Und jetzt?« Dann öffnete er die Augen, klatschte in die Hände und rief: »Die Ausgestoßenen zu mir!«

Eine Membran aus dem Archiv (III)

… Einen Sesterz habe ich für den Fetzen bezahlt. Auf der einen Seite hatte jemand Häuser gemalt, ungelenk und ohne das rechte Maß, wahrscheinlich der unbegabteste Schüler eines erbärmlichen Lehrers. Und auf der anderen Seite … Wenn der Mann, der Verkäufer mit dieser grässlichen Vogelmaske gewusst hätte, was – aber wie hätte er wissen können? Wer von denen in der Unterwelt kann denn lesen? Abschaum braucht keine Schriftzeichen.

Ob es Teil des Testaments war, das Marcus Antonius dem Volk verlesen hat? Als er sagte, Brutus sei ein ehrenhafter Mann … Abgerissen, weil es für Marcus Antonius ebenso zu groß, zu schwer, zu feurig war wie für Octavianus? Er, fünfzig Jahre lang Herr der Welt, hat ein Gemeinwesen ersonnen, in dem alle Macht beim Princeps lag, aber Senat, Konsulat, Priester, all die alten ehrwürdigen Einrichtungen erhalten blieben, entmachtete Fortdauer des Herkömmlichen. Princeps, Augustus, Imperator, Dictator, Monarch: alle Macht für ihn und seine Nachkommen.

Gaius Iulius Caesar wollte etwas anderes, und was er wollte, stand auf diesem Fetzen. Konsuln, die nicht auf dem Marsfeld und nur von den Bürgern der Stadt, sondern von allen gewählt würden, durch gewählte und entsandte Vertreter aller Städte und Provinzen: ein Drittel des Senats für die tüchtigen und edlen (nicht unbedingt reichen) Familien, zwei Drittel immer für drei Jahre gewählt, von allen Bürgern des Imperiums! Ein Princeps – Erster unter Gleichen – von diesem Senat einmal gewählt für zehn Jahre, ohne die Möglichkeit der Wiederwahl, aber bei Missbrauch oder Unfähigkeit abzuwählen; unterstützt von drei Konsuln, gewählt für zwei Jahre, und diese können frühestens sechs Jahre später zum zweiten Mal gewählt werden! In jeder Provinz ein dort vom Volk (oder dem örtlichen Senat) gewählter Prokurator neben einem Legaten Roms! Jede Provinz soll eigene Truppen ausheben und ausbilden und sich am Schutz des Imperiums beteiligen! Trennung von Ämtern in Gesetzgebung, Verwaltung und Rechtswesen! Und all dies, hingeworfen, mit Kürzeln – seinen Kürzeln, die ich so gründlich studiert habe, und ohne jeden Zweifel in seiner Handschrift und seinem spröden Tonfall –, bis hinunter zu den Verwaltungen einzelner Ortsteile, erdacht von Gaius Iulius Caesar und … ein Fetzen Papyrus, gekauft um einen Sesterz auf dem Markt der Träume, in der Subura! Wie zuvor jener andere Fetzen, der aus Alexandria, mit dem a, dem b, dem e und dem s.

O ihr Götter – oder Parzen – oder war es Moira, die mir dies in die Hände gab? Und wer bin ich, ein alter fetter Mann, solche Bürde zu tragen? Eine Bürde, die vielleicht sogar den härtesten aller Herren der Welt überfordert hätte, Octavianus Augustus Caesar. Denn es ist ja nicht auszuschließen, dass er es gewusst, gekannt und verworfen hat – weil er Monarch sein wollte, möglicherweise aber auch, weil er voraussah, dass die Entmachtung der Mächtigen, die im neuen Gemeinwesen keine Macht haben würden, ein ähnliches Gemetzel bewirken müsste wie die Jahrzehnte des Bürgerkriegs.

Es wird nicht leicht werden, nach den Jahrzehnten des Friedens und all den Veränderungen jedoch viel leichter als zur Zeit des Augustus Octavianus. Die Mächtigen werden sich wehren, aber heute gibt es in Italien keine Legionen, auf die sie sich stützen könnten. Bald wird es vollbracht sein, das große Werk vollendet. Wenige Tage noch. Ränke zugunsten der Schlichtheit, Pläne für das Ungreifbare, Lügen für die Wahrheit, Lästerungen für die Götter. Wenige Tage; und kaum noch Platz auf diesem Stückchen Haut. Ein paar Striche noch mit dem feinen Pinsel aus Dachsborsten, ein paar Gespräche, einige Fragen – wer hat das Schwert? Kommt der Kaiser pünktlich zurück?

Und die Hoffnung, dass die anderen nur einen Teil der Schliche erfasst, überschaut haben. Warum befällt mich nun, so kurz vor dem Ziel, Unsicherheit? Ich frage mich, ob alle auf dem Spielbrett, das ich bereitet habe, die nötigen Bewegungen vollziehen werden; und zugleich quält mich die wahnsinnige Vorstellung, dass vielleicht auch ich nur Figur auf einem Brett bin, von einem anderen gelenkt. Von den Göttern, ohne Zweifel. Welche Götter jenseits der Götter haben das Spiel begonnen?

Aber – wäre es möglich, dass andere Männer mich benutzen wie ich sie? Dass dieses Spiel einen ganz anderen Verlauf nimmt?

Nein, es ist nicht möglich. Zu sorgfältig, zu gut geplant, zwei Jahre lang. Oder?

Markt der Träume

Es gibt vier Verirrungen des Geistes, vor denen man immer auf der Hut sein muss, und sobald sie als solche erkannt sind, hat man ihnen auszuweichen, indem man sich bewusst macht: Dies ist ein Gedanke, zu dem dich nichts zwingt; dies ist etwas, wodurch die menschliche Gesellschaft aufgelöst wird; dies sagst du nicht aus dir heraus (und es gibt nichts Törichteres, als nicht aus sich selbst heraus zu sprechen); und schließlich: Du fügst dir selbst eine Schmach zu, sooft der göttlichere Teil deines Wesens erniedrigt und herabgewürdigt wird durch den minderen, sterblichen, und dessen grobe Lüste.

MARCUS AURELIUS XI 19

Als die Verstümmelten, Geächteten und Ausgestoßenen unter dem Vorhang, aus Falten und Schatten quollen, hätte Korinna am liebsten gekreischt. Sie presste die Hände vor den Mund und starrte in den Strudel aus Gestalten und blinkenden Waffen. Hier und da klirrten Klingen aufeinander; der Speer eines Prätorianers, von der abgetrennten Hand umklammert, färbte sich rot im Sturzbach aus dem Arm.

Bis Ruhe einkehrte, verging kaum mehr als die Zeit zweier oder dreier Atemzüge. »Zu überraschend«, sagte Korinna sich später, »und zu viele.« Drei Tote – ein Stadtwächter, ein Prätorianer, einer der Geächteten – und mehrere Verwundete kostete es, bis die Befehle der Präfekten, von brüllenden Unteroffizieren wiederholt, dafür sorgten, dass die Männer den sinnlosen Widerstand einstellten. Sinnlos, da sie von einer Übermacht umringt waren und die Geächteten keineswegs angriffen, sondern lediglich sicherten. Und sie schickten sich an, die wichtigsten Leute voneinander zu trennen.

Einige Krieger legten die Waffen beiseite und kümmerten sich um die verwundeten Kameraden.

Rusticus trat ein paar Schritte vor. Er wechselte Blicke mit den anderen Präfekten und dem fraglichen Kaiser; dann wandte er sich an Pacuvius.

»Was soll das? Ist hier nicht genug Wahnsinn und Gewirr?«

Pacuvius war blass, schien aber zu irgendetwas entschlossen. Korinna spürte, wie nach der Erstarrung ihr Blut wieder zu pochen begann; sie drückte die Handflächen gegen die Schläfen, die bersten wollten.

»Ebendarum, Herr«, sagte Pacuvius. »Auf welcher Seite stehen die Stadtkohorten? Auf welcher die *vigiles* und die Prätorianer? Diese hier, die Ausgestoßenen, stehen auf keiner Seite; deshalb sollen sie für Ruhe sorgen, bis wir alles geklärt haben.«

»Im Palast«, sagte Umbricius, »sind noch einige Kämpfer. Ich könnte sie mit einem Pfiff herbeiholen.«

»Bei den Löwengehegen, edler Umbricius, sind noch einige der Ausgestoßenen. Wenn sie das vereinbarte Zeichen erhalten, werden sie die Gitter öffnen.«

Der mutmaßliche Augustus hob die Hände; scheinbar gelassen, mit beherrschter Stimme sagte er: »Diese gegenseitigen Drohungen führen zu nichts. Was hast du vor, Wächter?«

»Ein ordentliches Verfahren.«

Mehrere Männer lachten; jemand – Korinna hielt ihn für einen der angereisten Legaten oder Prokuratoren – sagte mit nicht zu überhörendem Hohn: »Ordentliches Verfahren? Hier? Wie soll das aussehen?«

Pacuvius wies auf einen alten Mann, der die senatorische Toga trug, und deutete eine Verbeugung an. »Der Älteste und Sprecher des Senats, der ehrwürdige Publius Sempronius Cornelianus

Nasica«, sagte er, »ist sicher über jeden Zweifel erhaben. Ich bitte ihn, vorzutreten und mich zu beraten. Er möge die Anmaßung vergeben, die in diesem Ansinnen liegt und für die ich später den Kopf hinhalten werde.«

»Darüber wird zu reden sein.« Der Greis trat neben Pacuvius; er stützte sich auf eine Krücke, deren Griff silbern glitzerte. »Soweit das Recht anwendbar ist in diesem Wahnsinn, will ich es hochhalten. Was willst du?«

»Zuerst, Herr, sollten wir sehen, ob wir einen Princeps haben.«

Cornelianus ließ ein knarrendes Grunzen hören. »Wie?«

Sehr zu ihrer Verblüffung sah Korinna, wie Pacuvius den Arm hob und auf sie deutete.

»Die Mimin Korinna«, sagte er, »könnte uns erhellen.«

»Eine Mimin?« Cornelianus spuckte aus. »Nicht genug, dass sie und die anderen uns mit Unflat belästigt haben?«

»Komm her – bitte.«

Fast gegen ihren Willen ging sie zu ihm, langsam, stolpernd; diese Bühne, von der Welt abgetrennt durch einen dicken schwarzen Vorhang, hatte sie sich ebenso wenig gewünscht wie diese Zuschauer. Und sie wusste nicht, welche Rolle sie nun spielen sollte.

Pacuvius berührte ihren Arm; sie sah die Anspannung auf seinem Gesicht und glaubte, etwas wie Ergebung zu lesen. Ergebung, Ergebenheit, Hingabe? Hatte er sich damit abgefunden, dass am Ende des Irrsinns nur sein Tod stehen konnte?

»Kennst du diesen Mann?«, sagte er; mit dem Fuß deutete er auf den Leichnam des Mannes, der vielleicht Marcus Aurelius gewesen war, vielleicht aber ein dreister Hochstapler.

»Wie sollte ich ihn kennen?«, sagte sie mit brüchiger Stimme. »Ist er der Kaiser? Oder nicht?«

»Sieh ihn dir genauer an.«

Korinna schloss die Augen, holte tief Luft und schluckte mehrmals, um das Würgen in der Kehle zu bekämpfen. Sie kniete neben dem Toten nieder. Neben einem Stück Fleisch, neben blutgetränkten

Kleidern, neben stinkenden Gedärmen, die aus der Bauchwunde wie widerliche, verknäuelte Schlangen gekrochen waren.

»Kennst du ihn?«

Korinna musterte das Gesicht, das bald wie fahles Wachs sein würde, den schütteren Bartkranz, die eine sichtbare Hand – die zweite war von verrutschten Kleidern bedeckt – und den Hals, der gut zu sehen war, da der Mann im Todeskampf den Kopf weit nach hinten gebogen hatte.

Plötzlich begriff sie, und sie fragte sich, wieso sie nicht längst begriffen hatte. Alles war doch so offensichtlich – jetzt, da sie sah.

»Ich kenne ihn«, sagte sie heiser.

»Lauter bitte, Korinna.«

Sie erhob sich. »Ja, ich kenne ihn«, wiederholte sie. »Es ist der Schauspieler Arkesilaos.« Als das Murmeln, die Ausrufe und die Bemerkungen endeten, setzte sie hinzu: »Früher Mimystiker von der Truppe des Catulus, zuletzt, wie ich hörte, bei den Agoraphoniern. Er war einmal fett. Und er war bekannt dafür, bedeutende Männer nachahmen zu können.«

Cornelianus schaute sie nicht an, als er sagte: »Bist du sicher?«

»Ja, Herr. Schau, die Wangen und der Hals. Die Falten eines dicken Mannes, der sehr schnell sehr viel abgenommen hat. Sicher kann einer von euch Herren bezeugen, dass der wahre Augustus nicht solche Falten hat.«

Cornelianus blinzelte schnell. Mit schlurfenden Schritten ging er zum Leichnam, bückte sich und zupfte an der faltigen Haut des Halses. Dann richtete er sich auf, nur um sich sogleich vor dem lebenden Marcus Aurelius zu verneigen.

»Ave Augustus!«, sagte er.

Ein Teil der entsetzlichen Spannung ringsum war gewichen, aber Korinna fühlte sich noch nicht befreit oder gar sicher. Sie sah, dass Pacuvius keineswegs erleichtert wirkte, und sagte sich, dass alles noch immer in einer Katastrophe enden konnte. Umbricius, Vel

Kuruna, Philippus, wahrscheinlich mindestens einer der Präfekten … sie alle konnten durchaus noch etwas in der Hand haben. Während des Gemenges hatten sie nichts tun können, und nun standen sie alle, durch Geächtete getrennt, waffenlos auf der Terrasse oder in der Vorhalle des Palasts. Aber sie schienen allesamt unbekümmert; was konnten sie noch ausrichten?

Korinna seufzte lautlos. Sie würde sich erst sicher fühlen, wenn der Vorhang diese seltsamste aller Bühnen nicht mehr von der Welt trennte; wenn sie mit den anderen durch die Gärten, durch die Stadt gehen, wenn sie Pacuvius an der Hand nehmen konnte. Daran war jetzt nicht zu denken; Pacuvius hatte ihr kurz, fast verzweifelt zugelächelt und sich dann in die unmittelbare Nähe des Kaisers begeben.

Marcus Aurelius, scheinbar oder wirklich gelassen, befahl allen Waffenruhe; als Leute, die er in den Palast geschickt hatte, mit der Nachricht zurückkamen, dass die Familie des Kaisers wohlauf sei, klatschte er einmal in die Hände.

»Ehrwürdiger Cornelianus Nasica – Gaius Pacuvius – ihr habt gut begonnen; so vollendet es denn.«

»Was?«, sagte der Senator. »Diesen Unsinn über Verschwörungen und Gegenverschwörungen? Du weißt, Augustus, wie jene, die mit dem Schwert das Reich geschaffen haben, nur verfahren würden, nicht wahr?«

»Hundert Hinrichtungen.« Marcus Aurelius nickte, die Andeutung eines Lächelns um den Mund. »Ich ziehe es vor, die Wahrheit zu erfahren. Falls es eine eindeutige Wahrheit gibt.«

Genau dies, befürchtete Korinna, würde es nicht geben. Vielleicht eine fast eindeutige Wahrheit, aber an den entscheidenden Stellen keine ausreichenden Beweise. Langsam, mit winzigen Schritten, zog sie sich wieder zu den übrigen Mimen zurück, an den Rand der Ereignisse. Was auch immer geschehen mochte, würde sie von dort ebenso gut verfolgen können, und vielleicht gäben wenige Schritte Abstand ihr später eine Meile mehr Sicherheit. Und während Pacuvius zu sprechen begann, schaute sie sich nach dem Führer der Geächteten um, die noch immer alles unauffällig beaufsichtigten. Aber sie konnte den Mann mit der Vogelmaske nirgendwo sehen.

Pacuvius redete knapp und ohne Abschweifungen: ein militärischer Bericht. Nach und nach wurde das Bild, das Korinna zu sehen begonnen hatte, deutlicher, der Rahmen füllte sich mit Einzelheiten.

Die eigentliche Geschichte, sagte er, habe angefangen, als der Kaiser alle Verfassungsschriften aus den Archiven zusammentragen ließ und an der Ausführung seines alten Wunsches zu arbeiten begann: eine republikanische Verfassung für das Imperium. Es habe vermutlich unter seinen Beratern und Helfern nicht nur Zustimmung, sondern auch Widerspruch gegeben – vor allem von jenen, deren Stellung mit dem Amt des Kaisers verbunden sei. Reiche und mächtige Männer, die befürchten mussten, Macht und Reichtum zu verlieren, wenn der Bau des Staats verändert würde.

Hier und da sah Korinna jemanden nicken; andere blickten empört oder gleichgültig drein. Vielen war anzusehen, dass sie ein schnelles Ende wünschten, um sich endlich irgendwo setzen zu können. Cornelianus schien angewidert, ließ aber Pacuvius weitersprechen. Umbricius zeigte ein verhaltenes Lächeln, Vel Kuruna fasste sich zwischendurch an den schmerzenden Kopf und schnitt Grimassen, der Gladiator Philippus stand reglos, und Marcus Aurelius hatte die Arme verschränkt. Sie konnte nicht sehen, wen er betrachtete oder beobachtete; möglicherweise niemanden oder alle oder stoische Gedanken im eigenen Geist. Lukianos hielt sich in der Nähe von Septimius Severus und seinen Leibwächtern auf, Apuleius war vermutlich hinter ihr, bei den Mimen und den Fremden mit den Schlitzaugen. Der dicke Händler Fufius Ripa, die Fäuste in die Hüften gestemmt, lehnte mit dem Rücken an einer Säule, und Quirinus stand mit Alcimus in einer Gruppe von Wächtern und Ausgestoßenen. Sein Gesichtsausdruck wechselte zwischen Schmerz und – Überdruss?

Korinna musterte Gesichter, Mienen, Haltungen; während

Pacuvius redete, versuchte sie zu erraten, was die Männer, über die er sprach, nun denken oder planen mochten.

Umbricius hob eine Braue, als Pacuvius die ihn betreffenden Teile zusammenfasste: »Marcus Umbricius, besonderer Hüter des Kaisers, wird nichts mehr zu hüten haben, wenn es eine Republik nach den Wünschen des Marcus Aurelius gibt. Er hat die Mimentruppe der Agoraphonier für seine Feste angeheuert. Und er hat dafür gesorgt, dass sie um den Imitator Arkesilaos verstärkt wird. Diesen hat er auf dem Landgut zwischen Rom und Portus auf seine größte Rolle vorbereitet, die des Kaisers. Dafür musste Arkesilaos vor allem eines tun: fasten. Umbricius wusste natürlich, dass heute Abend in Caesars Gärten ein Fest vorgesehen war, und dabei sollte der echte Marcus Aurelius beseitigt und gegen den falschen ausgetauscht werden – wie wir gesehen haben. Ich nehme an, dass nach der Abreise all der edlen und bedeutenden Zuschauer der falsche Kaiser bald krank geworden wäre und ein Testament gemacht hätte. Und zwar hätte er den Gladiator Philippus adoptiert, der tatsächlich Romulus Annaeus Ulpius Flavius heißt. Verwandt mit den Kaisern Vespasianus, Titus und Traianus. Philippus beziehungsweise Ulpius Flavius ist nach dem bedauerlichen Tod des falschen Kaisers nicht nur der neue Princeps, den Umbricius hüten kann, sondern er ist auch Schwager von Marcus Umbricius – der Bruder seiner Frau Rema Ulpia Flavia. Im nächsten Sommer, wenn der Mit-Kaiser Lucius Verus siegreich aus dem Partherkrieg heimkehrt, wird dieser entweder Mit-Kaiser bleiben oder, vielleicht, einen bedauernswerten Unfall erleiden. Es sollen auch schon Schiffe gesunken sein auf dem Weg von Asien nach Rom.«

Als Pacuvius endete, hob Umbricius auch die zweite Braue. »Ein wunderbares Märchen«, sagte er. »Darf ich etwas dazu bemerken?«

Marcus Aurelius nickte flüchtig und blickte Cornelianus an. Der Sprecher der Senatoren räusperte sich.

»Ein Märchen, in dem gewisse Teile unbehaglich echt scheinen. Was hast du dazu zu sagen, Umbricius?«

Umbricius neigte das Haupt vor dem Greis. »Danke, edler Cornelianus Nasica. Wir alle haben gehört, welch tückische Pläne ich angeblich geschmiedet habe. Dumme Zufälle, sage ich. Diese Mimen, die Agoraphonier, habe ich für einige kleine Festlichkeiten gemietet und bezahlt; von diesem – wie heißt er? Arkesilaos? – habe ich nichts gewusst. Ich tadle mich, dass ich mich heute Abend von seiner Ähnlichkeit mit dem Augustus habe täuschen lassen; aber ich war ja nicht der Einzige. Nein, edler Cornelianus, nein, erhabener Fürst – ich habe all die Tage das getan, was ich seit Jahren tue: die Sicherheit des Augustus und seiner Familie gehütet. Daher wusste ich, dass ruchlose Schurken einen Anschlag vorbereitet hatten, und alle Maßnahmen, die ich ergriffen habe, dienten dazu, diese Schufte zu beobachten und im richtigen Augenblick zuzugreifen. Ich fürchte, Pacuvius hat uns ein Märchen erzählt, um zu verschleiern, dass er selbst Teil der Verschwörung ist.«

Korinna hörte draußen, jenseits des dicken Vorhangs, Geräusche wie von einer erregten Menge, die in Bewegung gerät. Sie richtete ihre Aufmerksamkeit wieder auf das seltsame Gerichtsverfahren und sah, dass Pacuvius etwas sagen wollte, aber Umbricius sprach schnell und laut weiter.

»Weil ich genau dies befürchtet hatte, habe ich ihm gewisse Aufgaben zugewiesen – in Portus und Trans Tiberim; und die Weise, in der er es vorzog, die Aufträge nicht auszuführen, hat mein Misstrauen vermehrt und, nun ja, bestätigt.«

Korinna sah Fufius grinsen; mit den Augen suchte sie Alcimus, aber der betrachtete sein Schwert.

Cornelianus starrte Pacuvius an. »Kannst du das entkräften, Mann?«

Pacuvius nickte; aber ehe er sprechen konnte, schrie Philippus Romulus Annaeus, der ehemalige Gladiator: »Warum hast du meine Schwester ermordet, du Dreck?«

»Ist das denn wahr?« Vel Kuruna hörte auf, an seinem Kopf herumzutasten, und starrte von Pacuvius zu Umbricius und zurück. »Hat er sie wirklich getötet?«

»Meine schöne Frau, die edle und kluge Rema Anaia Ulpia Flavia«, sagte Umbricius dumpf. »Deine Schwester, Romulus – und, ja, deine Nichte, Vel Kuruna.« Er seufzte und rieb sich die Augen. »Aber warum? Ich weiß es nicht; vielleicht hatte sie begriffen, welches üble Spiel er spielt.«

Der Lärm in den Gärten nahm zu; man hörte einzelne Schreie, dazwischen fernes Löwengebrüll und ein durchdringendes Schnauben oder Schnaufen. Korinna bemerkte, dass trotz aller Spannung einige der Männer auf der Palastterrasse zum Vorhang blickten. Gleichzeitig krampfte sich eine kalte Faust um ihre Leber. Angst, eisige Angst. Sie wusste, dass sie nun sprechen musste, um Pacuvius zu retten. Sie wusste aber auch, dass ihre Worte für jemanden den Tod bedeuten würden. Wahrscheinlich für sie selbst; was sie zu sagen hatte, würde ihr die tödliche Feindschaft zumindest von Marcus Umbricius eintragen. Und ihm traute sie inzwischen alles zu – auch, dass er sich aus allem herauswinden würde.

Sie fing einen Blick von Lukianos auf; er nickte und wies mit dem Kinn auf Pacuvius. Pacuvius, der schwieg, weil er sich sagen musste, alle würden annehmen, die Behauptung, Umbricius selbst habe Rema getötet, sei nur die verzweifelte Lüge eines Verschwörers.

Korinna hob den Arm, der so schwer war, als hinge ein Elefant daran. »Augustus«, sagte sie, »und ehrwürdiger Cornelianus – Umbricius lügt. Ich war im Garten seines Hauses und habe durchs Fenster gesehen, wie er selbst seiner Frau das Schwert in den Hals gestoßen hat.«

Sie sah Gesichter, die sich zu ihr wandten, ungläubige Mienen. Aus den Augenwinkeln nahm sie eine Bewegung des schweren Vorhangs wahr. Sie hörte die Ausrufe einiger Männer – Zweifel, Verblüffung – und die unter dem angehobenen Vorhang hereinschwappende Woge aus Schreien, Tiergebrüll und den Schritten rennender Menschen. Septimius Severus, kaum fünfzehn Schritte von ihr entfernt, hatte zwei Speere aufgehoben, die Wächtern oder Prätorianern gehörten; sie sah, wie er die handlangen, nadelfeinen Eisenspitzen musterte.

Cornelianus wandte sich zum Vorhang. »Was …«, sagte er.

Umbricius starrte sie an; seine Augen waren Schlitze, und sie bildete sich ein, darin mörderischen Hass zu sehen.

Vel Kuruna rang die Hände; er machte ein paar Schritte hin zu Umbricius und schrie: »So ist es – so ist es – so muss es sein! Was die Mimin sagt, erklärt alles! Mörder! Gattenmörder!«

Philippus stieß den Etrusker beiseite. »Unsinn! Das kann nicht sein! Wozu sollte er meine Schwester umbringen?«

»Wozu? Wozu nicht?«, sagte Fufius mit einer Grimasse.

Dort, wo Korinna die Bewegung gesehen hatte, tauchte aus den Falten des Vorhangs der Mann mit der Vogelmaske auf. Er lief über die Terrasse, bis er zwischen Marcus Aurelius, dem Gladiator, Umbricius, Vel Kuruna und Pacuvius stand.

»Vielleicht hat er seine Frau umgebracht – aber nicht deine Schwester! *Meine* Schwester! *Ich* bin Romulus Anaius Ulpius Flavius.« Er zerriss mit beiden Händen die Tunika vor seiner Brust und drehte sich einmal um sich selbst. Unter der linken Brustwarze war ein halbmondförmiges Mal zu erkennen. Das Mal, das Korinna unter Remas linker Brust gesehen hatte, an jenem frühen furchtbaren Morgen.

»Kennst du das Mal, Onkel?«, rief er. »Und du, Umbricius?«

»Aber … wer ist *er?*« Zum ersten Mal verlor Umbricius die Beherrschung; mit weit aufgerissenen Augen schaute er abwechselnd den Mann mit der Vogelmaske, den Gladiator und Vel Kuruna an.

»Remas Liebhaber, vermutlich.« Der Maskierte verzog die Unterlippe; wahrscheinlich sollte es ein hässliches Grinsen sein, aber die Bronzemaske, die Nase und Oberlippe bedeckte, machte eine scheußliche Grimasse daraus.

»Also deshalb habe ich ihn zuerst nicht als Neffen erkannt!« Vel Kuruna hob die Hände, als ob er den Mann mit der Vogelmaske umarmen wolle. Dann ließ er sie wieder sinken und sagte: »Aber die Schriften …«

Draußen, in der richtigen Welt, sagte sich Korinna, wäre dieser Irrsinn schlimmstenfalls ein Angsttraum, aus dem sie bald erwachen würde. Aber in der richtigen Welt, vor dem Vorhang, nahm der Lärm noch weiter zu. Löwengebrüll, kreischende Menschen, tausend hastige Schritte, ein dumpfes Grollen und Stampfen. Dann schnappte sie nach Luft, als der Fürst der Ausgestoßenen an die Lederbänder griff, die seine Maske hielten.

»Die Schriften?«, sagte er. »Lebensunterhalt – ein Scherz – ein bisschen Rache. Dafür.« Er nahm die Maske ab. Darunter umgab ein grässlich vernarbter Schartenrand eine Höhlung; Nase und Oberlippe fehlten.

Der Vorhang ruckte, beulte sich aus; ein Schnaufen war zu hören, dann schien der schwere dunkle Stoff zu tanzen. Köpfe fuhren herum, richteten sich auf den Vorhang, die Beulungen, die Kante des Giebelvorsprungs, wo ein Knirschen und Ächzen ertönte. Putz und Steinbröckchen rieselten herab. Noch ein Rucken und Schnauben, der Vorhang gab nach, sackte und riss. Führstange und Halteringe kamen mit, stürzten nach außen, die Stufen hinab und auf die Fläche vor der Terrasse. Ein paar weingefüllte Amphoren zerbrachen; Lachen breiteten sich aus.

In den Gärten, im zuckenden Licht der Fackeln näherten sich Gestalten, einige mit blanken Waffen, andere mit Stangen und Seilen.

Unter dem Hügel aus schwarzem Stoff, der Licht zu schlucken und die Blicke aufzusaugen schien, bewegte sich etwas, stieß unheimliche Geräusche aus, wühlte zur Seite und nach vorn. Dann glitt der Stoff endgültig die Stufen hinab.

Das Nashorn schaukelte mit dem Kopf. Beide Vorderfüße waren schon auf der Terrasse des Palasts. Die kleinen Augen wirkten tückisch, bösartig. Es schien zu zögern; Korinna hatte jedoch das Gefühl, das Tier zaudere keineswegs, sondern könne sich nicht entscheiden, wen es angreifen solle. Ein Schnaufen, die Hinterbeine hoben sich, standen auf der Terrasse.

Die Erstarrung fiel von den dicht gedrängten Menschen. Die meisten schrien auf und versuchten zu fliehen: tiefer in den Palast oder am Ungeheuer vorbei in die Gärten. Das Tier schob die spitze

Schnauze in eine halb zerbrochene Amphore und schlürfte Wein. Ein Centurio der Prätorianer bellte Befehle; die Kämpfer griffen zu den Waffen und schickten sich an, eine von Lanzen starrende Wand vor dem Kaiser zu bilden.

Marcus Aurelius stand ruhig da, mit seinem seltsamen Lächeln. Cornelianus Nasica richtete sich auf; sie glaubte, Verachtung auf seinen Zügen zu sehen – Verachtung für die Kreischenden, deren die römischen Ahnen sich geschämt hätten. Sie suchte Pacuvius, sah ihn aber im dem Gedränge nicht; vielleicht versuchte auch er, den Kaiser zu schützen.

Lukianos rief ihr etwas Unverständliches zu. Die Leibwächter von Septimius Severus bauten sich zwischen ihrem Herrn und dem Nashorn auf, das eine weitere Amphore leerte und dabei alles zu beobachten schien. Die beiden Fremden mit den schrägen Augen kletterten auf die erhöhte Bühne.

Remas Bruder, die Vogelmaske in der Hand, zog sich mit anderen Ausgestoßenen weiter in den Palast zurück. Der Gladiator, der nicht Remas Bruder war, hielt ein Schwert in der Rechten und schien zu schwanken, ob er fliehen oder sich auf das Tier, den Kaiser, Vel Kuruna oder sonst jemanden stürzen sollte, vielleicht Pacuvius. Er entschloss sich offenbar zur Flucht, machte ein paar Schritte zur rechten Seite der Terrasse, um hinter den Säulen zum Garten zu laufen.

Umbricius bewegte die Lippen; es mochte ein Befehl sein. Alcimus schnitt Philippus den Weg ab und stieß dem Überraschten das Schwert in den Bauch. Umbricius nickte, wandte sich zur linken Seite der Terrasse; seine Augen suchten und fanden Korinna. Er nickte abermals und zog einen Krummdolch aus dem Gürtel.

Sie hörte Severus laut lachen und sagen: »Nichts da; so kommst du nicht davon!« Als sie die Augen von Umbricius löste, sah sie die Lanze, die Severus' Hand verließ und sich in Umbricius' Hals bohrte.

Das Nashorn hob den Kopf, grunzte und wandte sich halb um,

zu den Tierpflegern und Treibern, die mit ihren Seilen endlich den Palast erreichten. Der Anblick schien ihm zu missfallen; plötzlich warf es sich herum und wollte sich auf die Gruppe stürzen, zu der Korinna gehörte.

Vel Kuruna hatte sich auf den Weg zu den Stufen gemacht, um hinter dem Rhinozeros in die Gärten zu fliehen. Als es herumfuhr, war er kaum zwei Schritte von dem Tier entfernt, blieb wie gelähmt stehen und begann, eine Hand zu heben, zur Wehr. Aber diese Bewegung vollendete er nicht.

Korinna schloss die Augen; sie hörte den Schrei, den dumpfen Fall und etwas wie ein unendlich aufgeblähtes Schmatzen. Dann zerrte eine Hand, die von Bagoas, sie die Stufen hinab. Sie wollte nicht rennen, wollte stehen bleiben und sich nach Pacuvius umschauen; die Masse der Flüchtenden schob sie in die Gärten, wie Brandung Treibholz verspült.

Aber sie flohen nicht weit, nur bis zu den ersten stärkeren Hecken. Als sie in dieser ungewissen Deckung anhielten und zurück zum Palast blickten, sahen sie die Phalanx der Prätorianer auf der Terrasse, vor ihnen das Rhinozeros, das eine weitere Amphore leer soff und seine Möglichkeiten durchzurechnen schien; hinter ihm Tierwärter, die Seile warfen. Einer der Männer hatte einen Schwamm in eine heile Amphore getaucht und wrang ihn ins Maul des Nashorns aus.

Plötzlich bewegten sich die Prätorianer, im Laufschritt; vorbei an denen, die sich zwischen Hecken und Gesträuch aufhielten. Offenbar hatten sie den Auftrag, alles, was noch in den Gärten oder in unmittelbarer Nähe war, zusammenzutreiben und zum Palast zu bringen. Nach kurzem Entsetzen sagte sich Korinna, dass es kaum darum gehen konnte, alle Zeugen der Vorgänge zu töten. Jedenfalls hoffte sie es; nach den wirren Ereignissen war sie nicht mehr in der Lage, zu fliehen oder sich auch nur gegen ein düsteres Schicksal aufzulehnen.

Auf dem Weg zum Palast begegnete sie dem Nashorn. Die Pfleger hatten den rollenden Käfig notdürftig instand gesetzt und das

Tier hineingezerrt; nun waren sie damit beschäftigt, das rülpsende, torkelnde Ungeheuer in eines der großen Gehege zu befördern.

Als alle wieder vor und auf der Terrasse waren, erschien der Kaiser. Marcus Aurelius trug den Umhang des Pontifex Maximus. Er ging zum Altar des Iuppiter, vor dem er beinahe geopfert worden wäre. Dort, neben dem Altar, zwischen den Säulen, die das Vordach trugen, hatte man die Leichen zusammengetragen. Korinna war nicht in der Stimmung, sie zu zählen oder auch nur nachzusehen, ob noch jemand gestorben war, als sie sich schon im Park aufgehalten hatte.

Marcus Aurelius wandte sich an die Versammelten.

»Das Leben des Philosophen«, sagte er, »ist Suche nach der Wahrheit; deshalb steht es ihm nicht zu, sich der Lüge zu bedienen. Auch dann nicht, wenn sie das Leben vorübergehend erleichtern könnte. Manchmal sieht man aber nicht die ganze Wahrheit und muss sich mit einem Teil bescheiden.« Er hielt inne und schaute langsam, eindringlich in die Gesichter. Es waren viele Gesichter.

»Wir wissen, dass heute Abend einige Verwirrte mit Waffen gespielt haben; dabei sind Menschen gestorben. Wir wissen, dass heute Abend ein Rhinozeros seinen Käfig gesprengt und Unheil angerichtet hat. Diese beiden Wahrheiten kennen wir. Weitere Wahrheiten hoffe ich, im Verlauf der Nacht herauszufinden, und allen, die etwas wissen, was dabei helfen könnte, befehle ich, hierzubleiben.«

Wieder blickte er die Versammelten eindringlich an; dann wies er auf einen Kübel und das Feuerbecken des Altars.

»Waffen und ein Rhinozeros, sagte ich. Von anderen Dingen wie Verschwörungen wissen wir nichts, und Gerüchte sind nicht besser als Lügen. Der Kübel enthält Weihrauch. Wir werden nun alle Weihrauch auf das Brandbecken streuen und bei Roms Göttern schwören, über diesen Abend keine Gerüchte oder Lügen zu verbreiten. Den Edlen des Reichs und den Kriegern brauche ich nicht zu sagen, dass Eidbrüchige mit dem Tode bestraft werden. Alle anderen fordere ich auf, dies zu bedenken.«

Im Gedränge vor dem Altar war plötzlich Pacuvius neben ihr. Sie hätte vor Erleichterung am liebsten geweint.

Er musterte ihr Gesicht und fasste nach ihrer Hand. »Sag, dass du dich um mich sorgst«, flüsterte er.

»Ich sorge mich um dich«, sagte sie. »Was geschieht nachher?«

Er lächelte mühsam; Anspannung und Müdigkeit schienen längst noch nicht gewichen. »Der Augustus will der Sache auf den Grund gehen; er hat aber schon gesagt, es sei mehr als genug Blut geflossen. Ihr könnt gleich alle gehen; nur die, die mehr oder minder verwickelt sind, haben hierzubleiben.«

»Wann sehe ich dich? Wo?«

Er runzelte die Stirn. »Morgen? Gegen Mittag, im Gästehaus des Präfekten? Oder lieber in Trans Tiberim?«

Sie legte eine Hand an seine Wange. »Warum im Gästehaus?«

»Ich glaube, Alcimus will dir noch etwas sagen.« Er beugte sich vor, streifte ihren Mund mit den Lippen und murmelte: »Er ist ein guter Mann, Lukianos; aber ... geh nicht zu nah an ihn heran, diese Nacht.«

Ehe sie etwas sagen konnte, tauchte er im Gedränge unter. Sie zerbrach sich den Kopf über das, was Alcimus ihr sagen könnte; und über die Rolle, die er gespielt hatte oder weiter spielen musste.

Als sie Weihrauch auf das Becken gestreut und den Göttern geschworen hatte, keine Lügen oder Gerüchte zu verbreiten, wollte sie den Palast verlassen. Jemand zupfte an ihrer Tunika. Sie wandte den Kopf und schaute in Alcimus' Gesicht. Er schien von den Ereignissen nicht besonders mitgenommen oder beeindruckt und lächelte flüchtig.

»Gehst du?«, sagte er.

Sie nickte.

»Kennst du die Gegend östlich der Festung der städtischen Kohorten? Gut. Pass auf.«

Er beschrieb ihr zwei Straßenzüge und ein bestimmtes Haus. »Im Hinterhof wohnen Freigelassene. Sag ihnen, du kommst von mir. Sie, eh, hüten Batrax.«

»O Alcimus!« Sie schüttelte den Kopf; Empörung und Erleichterung raubten ihr einen Atemzug lang die Sprache. »Warum? Und ... was sollte mit ihm geschehen?«

»Er hat den richtigen Philippus gesehen, als das noch der Kampfname von Romulus Annaeus war. Er hätte zur falschen Zeit etwas sagen können. Ich wollte ihm nichts tun, aber möglicherweise wäre es ...« Er sprach nicht weiter, hob nur die Schultern und wandte sich ab.

Auf dem Weg aus den Gärten fand sie Lukianos, Apuleius und Bagoas, die auf sie gewartet hatten. Sie begleiteten sie durch die nächtliche Stadt, in die Gegend östlich des Marsfelds.

Die Freigelassenen – zwei alte Männer und eine Frau – führten sie wortlos zu einem abgesperrten Raum und öffneten die Tür. Als Batrax den Kopf hob und sie sah, sagte er nur »ah«, blinzelte und wischte sich die Augen; vielleicht, weil das Fackellicht ihn blendete. Zum ersten Mal hatte sie das Gefühl, dass er sich wirklich nicht wehrte, als sie ihn umarmte, sondern die Umarmung erwiderte.

Sie konnte ein trockenes Schluchzen nicht unterdrücken. Lukianos klopfte ihr auf die Schulter.

»Ihr zwei kommt am besten mit ins Gästehaus des Präfekten. Da ist Platz genug, und ich finde, ihr solltet nicht durch die Nacht bis Trans Tiberim wandern.« Dann lachte er, als der Kormoran sich mit klapperndem Schnabel auf Batrax' Schulter niederließ. »Na gut – ihr drei, sollte ich sagen.«

Pacuvius erschien gegen Mittag. Er war ausgehungert und hatte nicht geschlafen. Der Küchensklave des Gästehauses, ein feister Gallier, brachte ihm eine Platte, auf der sich gebratenes Fleisch, Lauch, Bohnenmus und Teigstreifen türmten, dazu einen großen Becher mit heißer Brühe.

Batrax hatte nach den Tagen der Haft Bewegungsdrang verspürt; kurz vor Pacuvius' Eintreffen war er losgezogen, um sich, wie er sagte, »die Steifheit aus den Beinen zu latschen«. Korinna, die in einem der zahlreichen unbenutzten Gasträume geschlafen hatte,

Apuleius und Lukianos sahen Pacuvius beim Essen zu. Einer der fremden Händler, Hu, tauchte auf, als Pacuvius aufseufzend die leere Platte von sich schob.

»Sättigung glückhaft?« Er grinste breit. »Und überlebend?«

»Danke der Nachfrage.« Pacuvius leckte sich die Finger. »Wo ist dein Freund?«

»Gefährte Chi? Nützlich Frau getroffen; erleichternd Schieben vor und rück. Kommen, wenn gekommen.«

»Der Kaiser will euch sehen, morgen Mittag, im Palast. Er möchte mehr über euch und eure Heimat wissen.«

»Ehrung gewaltig.« Hu strahlte und nickte heftig. »Chi suchen und vorbereiten Geschenk etwa. Angemesslichkeit für Kaiser. Später sehen.«

Als er gegangen war, schüttelte Pacuvius den Kopf. »Gestern, bei eurem Auftritt, konnte er doch richtig sprechen.«

»Das hatte er auswendig gelernt.« Lukianos füllte vier Becher mit Wasser und wenig Wein. »Kannst du jetzt richtig sprechen, auswendig oder nicht? Wir möchten wissen, was noch geschehen ist. Und vielleicht gibt es ja jetzt eine vollständige Geschichte.«

Pacuvius blickte zur Türöffnung. »Wir haben etwas geschworen. Kann uns hier jemand belauschen?«

Apuleius hüstelte. »Außer uns und dem fetten Gallier ist niemand hier, jedenfalls nicht in diesem Teil des Hauses. Und wenn einer kommt … da vorne, am Durchgang, knirschen die Fliesen; das hören wir.«

»Nun denn.« Pacuvius lehnte sich im Scherensessel zurück und verschränkte die Hände hinter dem Kopf. »Die ganze Geschichte?«, sagte er. »Ausführlich? Oder nur das Ende?«

»Zuerst das Ende.« Apuleius grinste. »Dienen wir hinfort einem Kaiser oder einer Republik?«

»Dem Kaiser Marcus Aurelius.«

»Gut. Also, was ist geschehen?«

»Wir haben in der Nacht Fäden entwirrt. Nicht alles war zu klären; Umbricius, Kuruna und Philippus konnten wir ja nicht mehr befragen. Andere wie Marullus und seine Leute haben alles Blut und Wissen abgesondert, bevor sie …«

Lukianos beugte sich vor. »Wolle, o edler Mann, zunächst den Knoten schürzen, ehe du uns von einzelnen Fäden redest.«

»Wer gegen wen? Jeder gegen jeden.«

»Inwiefern?«

Pacuvius schnitt eine Grimasse. »Erstens: Marcus Aurelius will eine Republik vorbereiten. Zweitens: Vel Kuruna will eine andere Republik. Drittens: Umbricius will einen anderen Kaiser, den er lenken und schützen kann. Viertens: Rema und Philippus helfen Vel Kuruna, aber sie helfen auch Umbricius, der Vel Kuruna zu helfen scheint. Fünftens: Am Ende wollen alle die jeweiligen Helfer, soweit möglich, beseitigen und ihre eigenen Pläne durchsetzen. Sechstens: Alle halten sich zugleich die Möglichkeit offen, hinterher so zu tun, als seien sie folgsame Bürger gewesen und treffliche Mitarbeiter an dem Plan, der schließlich durchgeführt wird.«

»Oi«, sagte Apuleius. »Nun ja, und zweifellos auch o nein.«

Korinna stöhnte nur.

Lukianos kicherte. »Ei. Und die einzelnen Fäden?«

Pacuvius hob die Hand. »Tut mir einen Gefallen, ja? Lasst mich diese Geschichte am Stück erzählen; schiebt eure Fragen oder Einwürfe auf bis hinterher. Sonst verliere ich den Faden.

Also: Marcus Aurelius beginnt, Schriften zu sammeln, um eine republikanische Verfassung vorzubereiten. Seine engsten Berater wissen Bescheid. Dazu gehört Umbricius, der alles wissen muss, um den Kaiser schützen zu können. Und natürlich sind viele dagegen – die nämlich, deren Amt und Macht und Geld vom Prinzipat abhängen.

Einige der Schriften, die Marcus Aurelius braucht, liefert Vel Kuruna. Die beiden unterhalten sich, und Kuruna errät, was der Kaiser plant. Zufällig ist er in den Besitz einiger Aufzeichnungen von Caesar geraten, die ebenfalls eine republikanische Verfassung für das große Reich vorsehen, nur viel umwälzender und, ja, umstürzlerischer. Er versucht, Caesars Pläne dem Kaiser näherzubringen, aber dem geht das zu weit. Und es ist kaum ohne großes Blutvergießen durchzusetzen.«

Apuleius klatschte in die Hände. »So geht das nicht. Was will der Kaiser? Was ist an Vel Kurunas Ideen so verstörend?«

»Der Kaiser hat sich kaum geäußert«, sagte Pacuvius. »Es gab ja anderes zu bereden. Ich glaube, es lief auf eine neue Fassung der alten Republik hinaus, mit zwei jährlich wechselnden Konsuln. Und Selbstverwaltung der Provinzen.«

»Hm.« Lukianos runzelte die Stirn. »Ist das durchführbar? Ist nicht das Imperium zu groß, um so geleitet zu werden? Glaubt er, die Schwierigkeiten damit beseitigen zu können?«

»Ich weiß es nicht.« Pacuvius knurrte leise. »Jetzt müssen wir doch über Einzelheiten reden; dabei wollte ich zuerst … Na gut. Also, in Vel Kurunas Republik, nach diesem angeblichen Testament Caesars, sollen der Senat und der Fürst gewählt werden, und zwar von den Bewohnern des ganzen Reichs. Der Fürst für zehn Jahre; er darf nicht wiedergewählt werden, aber der Senat kann ihn absetzen, wenn er schlecht ist. Und alles beginnt mit Enteignung der großen Grundherren, Abschaffung der Sklavenwirtschaft, damit die Bauern und Handwerker wieder von ihrer Arbeit leben können.«

»Ha.« Lukianos nickte. »Das wäre vielleicht …«

Apuleius unterbrach. »Lass ihn ausreden, Mann; erörtern können wir das später.«

Pacuvius rieb sich die Augen. »Danke. Es gibt da noch feine Einzelheiten – die Dauer der Ämter, Beteiligung der Provinzen an der Verteidigung des Reichs und derlei, aber dazu später.

Also: Vel Kuruna wendet sich an seine Nichte, Rema, und über sie an Umbricius. Sie hecken einen Plan aus: Der Kaiser wird beseitigt und vorübergehend durch einen Doppelgänger ersetzt. Dieser tritt schnell zurück oder stirbt, und er hinterlässt ein Testament, in dem ein echter Ulpius Flavius, Urgroßneffe mehrerer Kaiser, zum Nachfolger ernannt wird – zusammen mit dem bisherigen Mit-Kaiser Lucius Verus. Vielleicht soll dessen Schiff untergehen, auf der

Rückfahrt vom Partherkrieg, oder sie rechnen damit, dass er mitspielt, solange er tun darf, was er will – zunächst. Dieser ulpisch-flavische Kaiser soll dann den Übergang zur richtigen Republik bewältigen und zurücktreten.«

»Woher wisst ihr das so genau?«, sagte Lukianos.

»Ein paar Dinge hat Kuruna ja mit seinen Ausrufen angedeutet.« Pacuvius blinzelte. »Habt ihr doch gehört. Und wir haben in der Nacht Leute losgeschickt, um seine beiden Helfer aus dem Bett zu holen. Atilius und wie heißt der andere?«

»Charinus«, sagte Korinna. »Und?«

»Sie haben, unter Aufsicht, das Archiv durchgewühlt. Gegen Sonnenaufgang kam Atilius mit zwei Schriftstücken. Auf gegerbter Menschenhaut übrigens – Menschenpergament, angeblich die Haut von Brutus.«

»Sehr geschmackvoll.« Lukianos schnalzte.

»Ja, nicht wahr? Das größere Stück enthält die vorgesehene Verfassung, das kleinere eitle Gedanken von Vel Kuruna.«

»Und weiter?«

»Vel Kurunas Plan ist aber nicht der von Umbricius. Umbricius will keine Republik; er will seine Macht und Stellung behalten und den Ulpier, seinen Schwager, lenken und schützen. Umbricius und Rema werden also irgendwann Vel Kuruna aus dem Boot werfen.

Aber Umbricius hält sich alle Möglichkeiten offen. Für Marcus Aurelius beteiligt er sich an Vorbereitungen; mit Vel Kuruna plant er gegen Marcus Aurelius, mit Rema wahrscheinlich gegen alle. Ganz gleich, wer gewinnt, wessen Plan aufgeht – Umbricius wird oben bleiben.

Dazu ist aber der Ulpier nötig; Remas verschollener Bruder. Rema verkauft ihren Liebhaber Philippus als Bruder – Umbricius hat den echten nie gekannt, Vel Kuruna hat seinen Neffen ewig nicht gesehen. Die beiden, Rema und Philippus, haben vermutlich etwas anderes vor: Sobald Umbricius Vel Kuruna beseitigt hat, werden sie Umbricius erledigen, um nicht von ihm gegängelt zu werden.

Rusticus lädt wichtige Leute aus dem Reich ein, zur Vorbereitung des Triumphs im nächsten Jahr und als Auditorium für die vom Kaiser vorgesehenen Ankündigungen. Umbricius schickt einen Boten, vielleicht mehrere, zu Männern, deren Unterstützung er braucht, die er für geeignete Mitverschwörer hält; der Bote muss natürlich am Schluss schweigen.

Deshalb soll Pacuvius, der Dumme, den heimkehrenden Boten in Portus abfangen, abschirmen und sofort zu Umbricius bringen.

Am besten für den Kaisertausch geeignet ist der Tag, an dem Marcus Aurelius seine Absichten verkünden will. Aber Umbricius denkt an alles; er sorgt dafür, dass Pacuvius, dem er dunkle Andeutungen gemacht hat, die Verschwörung gewissermaßen von außen überprüft – um zu sehen, ob es Lücken gibt. Am Ende wird ein ägyptischer Magier Pacuvius in eine Art Halbschlaf versetzen und ihm befehlen, jede Anweisung auszuführen. Wenn alles gelingt, siegt Umbricius; wenn es fehlschlägt, ist Umbricius der umsichtige Hüter und Pacuvius der blöde Verschwörer.

Rema und Philippus beschließen, Pacuvius eine dritte Rolle zu geben. Rema sagt ihm, er werde den Kaiser töten – falls Pacuvius daraufhin neu ermittelt und etwas findet, wird er Umbricius finden und ausschalten, dann ist Umbricius nicht mehr im Weg; falls Pacuvius ausfällt, wird ein anderer die Sache erledigen – Philippus selbst, auf diese Weise besonders qualifiziert fürs Prinzipat, oder Alcimus oder sonst jemand.

Als Pacuvius vor Rusticus aussagt, jemand habe gesagt, er werde den Kaiser töten, wird Umbricius misstrauisch. Wer außer Rema kann das denn gesagt haben? Also muss sie weg, Philippus jedoch muss leben, da er benötigt wird. Umbricius nutzt Pacuvius' Eindringen aus, um Rema zu töten und Pacuvius den Mord anzuhängen.«

Nach kurzem Schweigen sagte Korinna: »Aber da fehlt etwas. Einiges. Was ist zum Beispiel mit Ulpius?«

»Romulus Anaius Ulpius Flavius Glabro, Remas älterer Bruder«, sagte Pacuvius. »Der verwirrte Vater begeht Selbstmord, sein verwitweter Bruder nimmt sich der Familie an, vermählt sich mit der

Schwägerin und erzieht die Kinder streng altrömisch. Mit fünfzehn ist Romulus geflohen; er hat sich jahrelang in den Provinzen herumgetrieben und kam vor sechs Jahren, mit fünfundzwanzig, unter dem Namen Philippus als ruhmreicher Wagenlenker aus Antiochia zurück. Nach etlichen gewonnenen Rennen langweilt ihn dieses Leben; da er ein guter Schwertkämpfer ist, schließt er sich Freigelassenen an, die Schaukämpfe bestreiten, bei denen gelegentlich Blut fließt. Auch dabei erringt er Ruhm und das, was damit zusammenhängt: Geld und Feinde. Bei einem der Schaukämpfe tun sich zwei seiner vermeintlichen Gefährten zusammen; der Kampf endet, als Philippus nach einem tückischen Angriff mit einem langen Schwert Nase und Oberlippe verliert und einen der Gegner tötet, ehe er zusammenbricht.«

»Familie und Erbe hat er aufgegeben, schafft sich ein neues Leben und verliert schließlich alles?« Korinna schüttelte langsam den Kopf.

»Der Sturz in die Unterwelt«, murmelte Apuleius. »Edle Sippen ... Verliert man nicht sogar das Bürgerrecht, wenn man als Schauspieler oder derlei arbeitet?«

»Man darf Römer unterhalten«, sagte Pacuvius, »solange man unterhaltsam aussieht. Richtige Römer – ich bin ja aus der Provinz und darf das sagen –, richtige Römer wollen in der Arena schöne Menschen sterben sehen. Verstümmelte, die überleben, machen einen schlimmen Fehler.

Alte Freunde pflegen ihn, besorgen ihm die Maske und bringen ihn in die Unterwelt. Dank seiner Kenntnisse und Fertigkeiten ist es ihm bald gelungen, zum Fürsten des Abschaums aufzusteigen.«

»Wovon leben die eigentlich?«, sagte Apuleius.

»Bettelei und Drecksarbeiten«, sagte Pacuvius. »Diebstähle, Überfälle, wobei sie nicht nur die *vigiles,* sondern auch die Räuberbanden gegen sich haben. Aber er hatte ja gute Lehrer gehabt, unter anderem seinen Onkel mütterlicherseits, Vel Kuruna, also hat er einiges ausgeheckt, worauf andere nicht gekommen wären. Da unten gibt es Leute aus allen möglichen Berufen, und er hat zum Beispiel die Handwerker dazu gebracht, Roms Abfälle nachts zu durchwühlen und aus verwendbaren Resten neue Dinge zu machen, die sie dann selbst, in den Dämmerungen, oder mithilfe anderer verkauft haben. Dann kam er auf einen neuen Gedanken.

Vel Kuruna hatte ihn den Umgang mit alten Schriften gelehrt, und er wusste, dass manche Leute viel Geld für beschriebene Fetzen ausgeben, wenn man sie an der richtigen Stelle kitzelt. Wenn einer sich jahrelang mit den Kürzeln und Verschleifungen beschäftigt hat, die für einen bestimmten Autor typisch sind, wird er jeden halbwegs glaubwürdigen Text für echt halten, der diese Eigenarten aufweist. Also hat Philippus, ah, nennen wir ihn Flavius, beschriebenen Papyrus gehortet und Versuche mit Tinten und Schreibhalmen angestellt, bis ihn die Ergebnisse befriedigten. Auf die Weise konnte er Geld für sein Fürstentum verdienen und ›die da oben‹ foppen, die ihn ausgestoßen hatten.«

Korinna schnappte nach Luft. »Dann hat er seinem Onkel, der ihn nicht erkannte, Dinge verkauft, die …«

Pacuvius hob die Schultern. »Er hat nicht viel gesagt, wahrscheinlich, um niemanden zu belasten. Vielleicht war alles nur ein Scherz; vielleicht fand er, dass eine gründlich erarbeitete republikanische Verfassung Probleme lösen und ein neuer Weg sein kann. Aber er kannte ja Vel Kurunas Vorlieben, also lag Caesars als zu fälschender Autor nahe. Und er konnte davon ausgehen, dass Kuruna sich mit Umbricius verständigt.«

»Und die Kostbarkeiten im Archiv?«, sagte Lukianos mit einem schrägen Lächeln.

»Das meiste ist sicher echt. Aber vielleicht hat er Kuruna diesen Fetzen verkauft, dieses Ding aus Alexandria. Er kennt ja das Archiv und weiß, dass Sophokles, Aischylos und Euripides sich darin befinden. Deshalb die griechischen Anfangsbuchstaben.«

»Aber«, sagte Korinna, »wie ist er auf das Beta gekommen, *basileus,* und das Schwert des Spartacus?«

Pacuvius lächelte schwach. »Ich bin, auf dem Weg in die Unterwelt, noch einmal bei diesem Waffenschmied gewesen, in dessen

Hof der Zugang ist. Als wir dort waren, hatte er das Schwert kurz untersucht und ›nette Arbeit‹ gesagt. Ich war ja nicht ganz bei mir, deshalb habe ich nicht eher daran gedacht, ihn zu fragen, was er damit meint. Er sagt, alle guten Waffenschmiede haben ihre eigene Handschrift, und dieses Schwert stammt von einem Meister aus Capua, der die Gladiatorenschulen dort mit Waffen versorgt. Es ist nicht älter als vier oder fünf Jahre.«

»Das weißt du – aber der Kaiser weiß es nicht?«, sagte Korinna.

»So ist es. Ich habe auch einen Verdacht, wie das Schwert nach Rom gekommen ist; aber das wäre, sagen wir mal, die dritte Fassung.«

Lukianos hob die Brauen.

»Die erste«, sagte Pacuvius, »beginnt mit Marcus Aurelius und dem Etrusker. Die zweite beginnt nicht mit Vel Kuruna, sondern mit Ulpius. Die dritte? Mit dem Einzigen, der wirklich etwas gewonnen hat bei diesem Durcheinander.

Aber bleiben wir noch einen Augenblick bei Ulpius. Ich habe« – er räusperte sich – »heute früh noch mit ihm unter vier Augen gesprochen, und da hat er ein paar Andeutungen gemacht. Er konnte sich darauf verlassen, dass Kuruna Umbricius hinzuzieht, des Kaisers Beschützer, Gemahl von Ulpius' Schwester, der Nichte des Kuruna. Erste und beste Wahl. Er wollte seine Schwester einweihen und hat sie nachts einmal aufgesucht, sie hat ihn aber nicht angehört, nur entsetzt angestarrt, verflucht und nach den Dienern gerufen. Seitdem hat sie wohl immer wieder versucht, Umbricius zu einer Art Feldzug gegen die Leute in der Unterwelt zu bringen.«

»Bleib bei der Sache!«, sagte Apuleius.

»Jetzt wird alles wieder ziemlich verschwommen«, sagte Pacuvius. »Der Etrusker und Umbricius sagen nichts mehr, und ein paar andere, die vermutlich verwickelt sind, hüten sich, den Mund aufzumachen.«

»Wen meinst du?«

»Ich habe keine Beweise, aber ich kann mir nicht vorstellen, dass dieser Plan ohne Mitwirkung der Prätorianer und der Stadtkohorten durchführbar gewesen wäre. Umbricius wird die beiden Präfekten zugezogen haben, Varro und Pictor. Marcus Aurelius wird sich seinen Teil denken; vielleicht gibt es demnächst neue Präfekten, und die beiden erhalten ehrenhafte Aufgaben in der Provinz. Vielleicht kümmert sich Varro bald um Weinpanscher in Germanien, und Pictor sucht in Arabien neue Naphthaquellen.«

Sie schwiegen, bis Apuleius irgendwann den Kopf schüttelte und sagte: »Also, Kuruna und Umbricius ersetzen den Kaiser durch einen Schauspieler, dann diesen durch einen ulpischen Flavier. Der soll nach dem Wunsch von Kuruna die neue Verfassung durchsetzen und abtreten. Nach dem Willen von Umbricius soll er das nicht, sondern an der Macht bleiben und damit die Macht von Umbricius sichern. So etwa? Und wie geht es weiter?«

»Eine Mutmaßung. Rema und Philippus beschließen, das Leben sei viel interessanter, wenn sie, statt von Umbricius gesteuert zu werden, selber steuern. Wie soll man es nennen? Verschiedene Wagen auf der gleichen Rennbahn? Ein Wagen mit mehreren Lenkern, die zum gleichen Ziel wollen, sich aber jeweils eine andere Siegesfeier wünschen?«

»Darauf läuft es wohl hinaus.« Apuleius rümpfte die Nase und warf Lukianos einen schrägen Blick zu. »Der da, dieser Verfasser unlesbarer Hohnprosa, könnte es vielleicht schlechter ausdrücken. Philippus … was er will, kann ich verstehen. Aber was hat Rema davon? Außer einem kaiserlichen Liebhaber?«

Pacuvius hob die Schultern. »Vielleicht ist sie die Hohe Priesterin im Hintergrund? Oder sie beseitigt Philippus und wird Kaiserin, eine echte Ulpierin und Flavierin?«

»Es gibt viel zu tun«, knurrte Lukianos; »fangt schon mal an. Ohne mich, bitte.«

»Und Rusticus?«, sagte Korinna. »Und Quirinus?«

»Rusticus steht treu zu Marcus Aurelius, auch wenn er dessen republikanische Träume nicht mitträumen mag. Quirinus? Ich weiß nicht. Vielleicht war er auf beiden Seiten. Nicht aktiv, aber um sich alle Möglichkeiten offenzuhalten.«

»Alcimus hat ihn ›zuverlässig‹ genannt.« Korinna wiegte den Kopf. »Zuverlässig wem gegenüber?«

»Im Zweifel gegenüber sich selbst.«

»Irrsinnig verwickelt«, sagte Lukianos.

»Irrsinnig und verwickelt«, sagte Apuleius. »Oder einfach irrsinnig.«

Korinna hatte das Gefühl, dass ihr Kopf gleich bersten würde. Sie legte die Hände an die Wangen und stützte die Ellenbogen auf den Tisch. »Die wichtigsten Leute können nichts mehr sagen«, murmelte sie; »auch Arkesilaos … Musstest du ihn töten?«

»Tut er dir leid? Er hat gewusst, worauf er sich einlässt; er war schuldig. Er könnte uns vielleicht etwas erzählen, aber ich weiß nicht, was geschehen wäre, wenn ich ihn nicht getötet hätte. Mit *einem* Kaiser, dem richtigen, und seiner Befehlsgewalt war es schwierig genug, die Fäden zu entwirren. Wenn dieser Schauspieler gelebt hätte … Sie hätten Marcus Aurelius und mich umgebracht und den Plan ausgeführt.«

»Du hattest etwas von einer dritten Fassung gesagt.« Lukianos musterte ihn aufmerksam. »Und … das Schwert.«

»Die dritte Fassung. Es gibt einen, der alle Beteiligten kennt und Verbindungen nach überall hat, auch zu den Gladiatorenlagern und Waffenschmieden in Capua. Er handelt mit allem, ist aber kein Großgrundbesitzer. Enteignungen und Abschaffung der Sklavenwirtschaft können ihn nur noch reicher machen; zu seinen Klienten gehören auch verarmte Handwerker, die bisher für ihn gearbeitet haben. Ich nehme an, er hat Geld in die Vorbereitung der Dinge gesteckt. Wenn der Umsturz gelingt, wird er gewinnen. Wenn sie misslingt, ist er nicht unmittelbar beteiligt, bleibt mit allen befreundet und macht weiter.«

»Du sprichst von Fufius Ripa?«, sagte Korinna.

»Fufius hat wahrscheinlich das Schwert beschafft; er hat auf jeden Fall dafür gesorgt, dass ich es in Portus in die Hand bekomme. Mithilfe«, sagte er leise, »von Alcimus.«

Lukianos verschränkte die Arme. »Freundschaft ist eine üppige

Schwelgerei, die man sich fast nie leisten kann. Wie schon Caesar feststellen durfte. Geld dagegen, das lehrt uns Fufius, gewinnt immer. Wenn nicht die Politiker sehr klug sind. Oder sehr dumm.«

»Was geschieht mit Alcimus?«, sagte Korinna.

»Nichts. Keine Beweise.« Pacuvius klang bitter. »Er sollte sich aber ein anderes Bad suchen; eines, wo er nicht so nah an meinem Messer ist.« Einen Atemzug lang schloss er die Augen; dann öffnete er sie wieder und sagte: »Übrigens, der ermordete Senator, Balbus, Republikaner – er gehörte zu denen, die Marcus Aurelius eingeweiht hat. Und er war mit Vel Kuruna befreundet. Er hat wohl zu viel gehört und musste deshalb sterben, aber ... ich glaube nicht, dass wir je alles erfahren.«

Lukianos kniff ein Auge zu. Langsam, beinahe lauernd sagte er: »Und du glaubst, dass dieser Händler, Fufius, irgendwie am Anfang all der Fäden ist?«

»Ich weiß es nicht. Wer könnte auf den Gedanken mit dem Schwert gekommen sein? Flavius? Fufius? Kuruna? Umbricius?«

»Vel Kuruna«, sagte Apuleius. Er schaute niemanden an.

»Bist du sicher?«

»Erinnert ihr euch an unseren Besuch im Archiv? Er hat doch da aus einem Brief zitiert, aus einem meiner Briefe.«

»Ei«, sagte Lukianos. »Irgendwas mit gordischen Knoten, richtig?«

»Ja. Er hat den Satz nicht vollständig wiedergegeben. Ich hatte dem Freund, der die Briefe dem Archiv vermacht hat, einiges über die Machenschaften von Grundherren im Hinterland geschrieben. Und dass vielleicht nur das Schwert eines neuen Spartacus diesen Knoten zerhauen kann.«

Pacuvius starrte den Mann aus Madaura an; ungläubig, wie es Korinna schien. »Deine Feder«, sagte er, »hat also dieses Schwert hervorgebracht?«

Dann unterbrach er sich; die Fliesen im Gang knirschten, und Batrax erschien mit Epulo. Pacuvius stand auf; Korinna fand, dass er beinahe erleichtert aussah, nicht weiter reden zu müssen.

Apuleius pfiff durch die Zähne, und Lukianos schien auf etwas zu kauen – etwas, das er dem Zunftbruder demnächst sagen würde, und etwas wie ein höhnisches Grinsen lag um seinen Mund. Vorfreude?

»Ich habe noch etwas für euch«, sagte Pacuvius.

»Was denn?«

»Ah, lasst euch überraschen.«

Es sah aus wie ein gewöhnlicher Stadtteilmarkt: Stände mit Obst und Gemüse, Geflügel, Hasen, Bilchen; mit den Erzeugnissen der Handwerker, mit allerlei neuen und gebrauchten Gegenständen. Die Verkaufstische bildeten auf dem kleinen Platz eine Art Rechteck mit vielen Querstreben. Am oberen linken Ende stahl sich eine Gasse durch einen Torbogen und endete in einem Labyrinth von Hinterhöfen, miteinander verbunden durch schmale Gänge.

Pacuvius ging voraus; Batrax und Korinna folgten, die beiden Schriftsteller kamen hinterher, wobei sie sich immer wieder umschauten und einander auf besonders hübsche oder besonders scheußliche Waren und Leute hinwiesen.

Der erste und der zweite Hinterhof waren leer. Im dritten standen drei Tische. Sie waren mit Tüchern bedeckt; Korinna rätselte über die vermeintlichen Decken, bis sie sich sagte, dass die Verkäufer diese Tücher notfalls aufraffen und als Bündel benutzen konnten, um sich und ihre Güter in Sicherheit zu bringen. Falls die Wächter auftauchten; falls etwas mit den Waren nicht in der den Wächtern genehmen Ordnung sein sollte.

Pacuvius schien einen der sechs Männer zu kennen, die eher wie Hüter denn wie Verkäufer wirkten. »Ich hoffe, das Befinden des trefflichen Duilius hat seit vorgestern keinen Schaden gelitten«, sagte er.

Der Mann entblößte verfärbte Zähne; es sollte wohl ein Grinsen sein. »Gestern ging es ihm schlecht«, sagte er. »Er hat zu viel getrunken, aus Trauer über deinen frühen Aufbruch.«

Korinna sah, dass die anderen Männer die Arme sinken ließen;

vorher waren sie angewinkelt gewesen, sodass die Hände schneller an die Griffe der krummen Messer gelangen konnten.

»Warum nennt man dies hier den Markt der Träume?«

»Edler Pacuvius, wie soll man es sonst nennen?«

Apuleius räusperte sich. »Den Markt der Hehler vielleicht? Der Schmuggler? Der Diebe?«

Lukianos stieß ihm den Ellenbogen in die Rippen. »Ts, ts, ts. Dann kämen doch die edlen Herren aus den teuren Häusern nicht hierher.«

Korinna betrachtete die Waren. Unterwegs hatte Pacuvius einiges erklärt, sodass sie wussten, was sie hier finden würden: kostbare Gegenstände, aus teuren Häusern entwendet; Dinge, deren Wert für bestimmte Liebhaber so hoch war, dass kein römischer Zöllner sie hatte sehen dürfen, damit sie nicht unerschwinglich wurden; Güter, deren Herstellung und Verkauf das Imperium verboten hatte. Sie stellte sich vor, dass die *vigiles* auf dem richtigen Markt erschienen, dass die Männer vom Markt der Träume blitzschnell die Tücher zu Bündeln machten und mit diesen im Labyrinth der Gänge, Höfe, Treppen und Dachterrassen verschwanden – bis auf einen oder zwei, die sich damit vergnügten, die Tische im Durchgang vom Markt her zu stapeln und auf Befehl der *vigiles* die Stapel langsam und gründlich wieder zu zerlegen.

Und während sie sich dies vorstellte, lauschte sie den halblauten Erläuterungen des Mannes und überlegte, wie es wäre, genug Geld für diese Waren zu haben und, vielleicht, einen ausreichend kranken Geist, um das eine oder andere zu erstehen.

Es gab mehrere kleine Flaschen und winzige, mit Wachs versiegelte Krüge, die Gifte enthielten: »Dies hier tötet schnell und schmerzlos. Die Flüssigkeit in der blauen Flasche? Wer sie trinkt, stirbt langsam unter Qualen, mit Schaum vor dem Mund und platzenden Augen. Das da treibt die Leibesfrucht ab, was Kaiser und Senat missbilligen. In dem Krug mit dem grünen Bändchen ist etwas, das Wahnsinn hervorruft, zum Beispiel bei ungebührlich langlebigen Vätern mit zweifelhaftem Testament …«

Sie sah eine kostbare Vase – »aus dem alten Mykene« –, die ohne Zweifel vor Kurzem noch in einem großen Haus gestanden hatte, vielleicht am Hang des Quirinalis, und die nun darauf wartete, dass der Besitzer sich entschied: viel Geld für eine Vase, für die er schon einmal bezahlt hatte, oder viel Lärm, kein Geld, keine Vase; ein anderer würde sie kaufen, früher oder später. Sie sah kurze krause Haare, mit einem schwarzen Faden umwickelt: »Sie wuchsen zwischen Kleopatras Lenden; die Dienerin, die sie ihr ausgezupft hat, als Marcus Antonius nach langer Abwesenheit erwartet wurde, hat sie aufbewahrt.« Sie sah Steinsplitter – angeblich aus Libyssa, von Hannibals Grab – und den Becher, aus dem Sokrates Schierling getrunken habe, und als sie eben etwas betrachtete, das ein gepökeltes oder balsamiertes Gemächt – Scrotum und Glied, von wem? – sein musste, erschien im Hof ein kleiner Junge.

»Sie kommen«, sagte er.

Der Mann, der die Erläuterungen gegeben hatte, nickte und wandte sich an Pacuvius. »Ich fürchte, ich muss euch bitten zu gehen. Die reichen Kunden mögen keine Zeugen.«

Vor dem Gästehaus des Präfekten der Stadt trennten sie sich. Apuleius klopfte Pacuvius auf die Schulter.

»Ein belehrender Spaziergang«, sagte er, »und vergnügliche Tage, für die wir zu danken haben. Du schuldest uns aber noch eine Auskunft. Werden wir hierbleiben, um den Triumphzug für die Kaiser Marcus Aurelius und Lucius Verus vorzubereiten, oder findet er nicht mehr statt?«

»Er findet statt. Vielleicht wäre aber doppelte Trauer eher angebracht als dieser doppelte Triumph.«

Lukianos musterte ihn; dann legte er ihm beide Hände auf die Schultern. »Mein Freund, sieh dich vor«, sagte er. »Es gibt überall zu wenig gute Männer. Viel Glück und – viel Spaß.« Er wandte sich an Korinna. »Zunftschwester, sehen wir uns? Vielleicht in einem anderen Stück?«

»Wir sehen uns. Ich schulde dir noch einen geschnitzten Esel, als Dank für dies und das. Und was das andere Stück angeht …« Sie lachte. »Lieber unter der Leitung von Mopsos als unter der von Umbricius.« Sie küsste seine Wange und umarmte Apuleius.

Als die beiden Schriftsteller im Gästehaus verschwunden waren, legte sie eine Hand auf Batrax' Kopf, mit der anderen berührte sie Pacuvius' Arm. »Und was tun wir?«

Pacuvius gähnte. »Ich würde gern schlafen«, knurrte er, »aber es gibt noch etwas zu erledigen.«

»Was denn?«

»Portus. Noch ein paar lose Fäden.«

Korinna blickte nach dem Stand der Sonne. »Nachmittag«, sagte sie. »Willst du jetzt noch hinausfahren?«

»Ja.«

Batrax tätschelte den Schnabel des Kormorans. »Ich habe dieses Haus noch immer nicht gefunden«, sagte er. »Ich will nicht nach Portus.«

»Wo wirst du schlafen?«

»Hier oder da.« Batrax hob die Schultern und lächelte. »Sorg dich nicht um mich; morgen Abend bei den Mimen?«

»Das wäre gut.« Sie zögerte, dann setzte sie hinzu: »Wir müssen uns über ein paar Dinge unterhalten. Zukunft, Entscheidungen, so etwas.«

Batrax schaute zur Seite, senkte den Blick, hob ihn wieder und sah sie an. »So etwas … Gern. Und – danke.« Dann grinste er. »Ich weiß nicht, wo ihr beide schlafen wollt, aber viel Vergnügen dabei.«

Diesmal legte Korinna den Weg nach Portus in einem schnellen Wagen zurück statt auf einem langsamen Karren. Und nicht Manlius oder Alcimus, sondern Pacuvius lenkte das Gespann. Sie stand neben ihm, hielt sich am Rand des Wagenkorbes fest und sagte sich, dass er wahrscheinlich einschliefe, wenn er sich setzte oder die Zügel aus der Hand gäbe. Unterwegs erzählte er ihr den Rest der Geschichte, immer wieder von Gähnanfällen unterbrochen.

Marcus Aurelius habe den Ausgestoßenen gedankt und gefragt, ob sie Wünsche hätten hinsichtlich der Form, die sein Dank annehmen solle. »Ich habe ihm gesagt, was ich Flavius versprochen hatte, und der Augustus wird ihnen Geld geben. Wie viel? Ich weiß es noch nicht; es war die Rede von hunderttausend Sesterzen.«

Nach dem Tod von Rema und Umbricius sei es nur gerecht, habe der Kaiser gesagt, wenn das alte Landgut in den Hügeln an Flavius falle, und außerdem sei das sonstige Erbe von Umbricius zu bedenken. »Darauf hat Cornelianus gezetert, weil ein Geächteter nicht erben kann, und Marcus Aurelius hat gesagt, Flavius ist nicht geächtet, sondern in alle Rechte wieder eingesetzt und kann, wenn er will, mit seinen Gefährten aus der Unterwelt in die Hügel ziehen. Oder er soll andere Wünsche äußern.« Pacuvius gähnte und lachte gleichzeitig. »Dann kamen die letzten großen Auftritte. Marcus Aurelius hat offenbar immer noch mit seiner Republik gespielt, in Gedanken. Septimius Severus sagt, in diesem Fall fühlt er sich nicht an den Schwur gebunden, den er geleistet hat, denn dazu ist er vom Kaiser bewegt worden, der auch Pontifex Maximus ist, und wenn Marcus Aurelius beides nicht mehr ist, dann ... Als der Augustus ihn fragt, warum er zuerst sein Leben eingesetzt hat und jetzt ungehorsam ist, sagt Severus: ›Wenn man die Laufbahn der höheren Ämter betritt, wäre es unsinnig, nicht alles zu tun, was einem beim Kaiser und den anderen Großen nützen kann, und wenn man dem Kaiser geholfen hat, ist es albern, seiner Abdankung zuzustimmen. Vielleicht adoptiert mich dein Nachfolger, vielleicht adoptierst du mich, und wer die Hoffnung hat, selbst Augustus zu werden, sollte nicht die Republik einführen.‹ Du kannst dir denken, es gab Gelächter und Empörung, gut gemischt; Marcus Aurelius hat ihm versprochen, ihn bei einer der nächsten Ernennungen von Senatoren zu bedenken.«

»Wieso hat Alcimus ihm eigentlich geholfen, dich zu finden?«, sagte Korinna.

Pacuvius hob die Schultern. »Beim ersten Mal mussten sie mich aus dem Gewahrsam von Rusticus befreien, damit ich tun konnte, was vorgesehen war. Beim zweiten Mal? Vielleicht wollte auch Alcimus sich mehrere Möglichkeiten offenhalten; oder Umbricius hat ihm gesagt, er soll Severus helfen, damit alles echt aussieht, damit ich, ohne es zu wissen, weiter den Plan auf Lücken prüfe. Es hatte ja eigentlich keine Bedeutung mehr, weil der Ägypter mich schon … behandelt hatte.«

Korinna sah, dass Pacuvius an etwas anderes dachte – vielleicht, sagte sie sich, an den Freund, den Vertrauten, den Verräter, oder an Freundschaft allgemein.

»War damit klar, dass es keine Republik gibt?«, sagte sie.

»O nein, und dieses senatorische Versprechen kam erst später. Zuerst musste noch einmal Flavius den Mund aufmachen. Er hat Marcus Aurelius gewissermaßen erpresst oder gezwungen, Kaiser zu bleiben. Weil er vom Kaiser eine Zusage erhalten hat, die nur gilt, wenn der Kaiser weiterhin zuständig ist; Leute wie der alte Cornelianus würden in einer Republik alles sofort widerrufen. Also werden die Geächteten im Palast bleiben und die Waffen nicht einstecken, bis Marcus Aurelius seine Träume aufgibt.«

»Und das hat er sich bieten lassen?«

»Das brauchte er nicht; den letzten Grund hat ihm der alte Senator geliefert. Ausgerechnet der. Er sagt, er sei immer Republikaner gewesen, aber nach dem Durcheinander, das entstanden ist, weil der Augustus nicht mehr Augustus sein will, ist sogar Cornelianus für die Monarchie.«

An der Stelle, wo in den Hügeln der Weg zum Schrein der Minerva und den Landhäusern abzweigte, hielt Pacuvius kurz an.

»Hier hat sich Alcimus erleichtert«, sagte Korinna, »und mit einem Wächter gesprochen.«

Pacuvius schwieg; er presste die Lippen zu einem schmalen Doppelstrich zusammen. Als er endlich redete, klang seine Stimme grimmig. »Hieron«, sagte er. »Mein alter Sklave, schon vor meiner Geburt Mitglied der Familie. Er ist zu Fuß von Portus aufgebrochen und wollte durch die Hügel nach Rom. Er hätte längst ankommen müssen. Ich fürchte, irgendwo hier im Wald gibt es ein Grab. Alcimus wusste, dass Hieron diesen Weg nehmen wollte. Vielleicht näher bei den Landhäusern, und da hätte er vielleicht etwas gesehen, was er mir nicht erzählen sollte.«

Korinna seufzte. »Es tut mir leid … Könnte man – kannst du Alcimus nicht fragen?«

»Nur mit dem Schwert, und nur, um ihn zum Schweigen zu bringen.«

»Was geschieht mit ihm?«

Pacuvius schnaubte und trieb die Pferde wieder an. »Was ohne den Speer des Severus mit Umbricius geschehen wäre. Was mit Varro und Quirinus geschieht. Nichts. Schlimmstenfalls eine Versetzung. Keine Beweise. Alcimus wird sagen, er hätte versucht, die Befehle von Umbricius zu befolgen und zugleich dafür zu sorgen, dass kein ernster Schaden entsteht.«

Nach kurzem Schweigen sagte Korinna: »Du hast mir noch nicht gesagt, was du eigentlich in Portus erledigen willst.«

»In der Wachstube in Trans Tiberim hast du mir etwas erzählt, womit ich zunächst nichts anfangen konnte.«

»Was denn?«

»Wie du am Strand mit den anderen Frauen *garum* vorbereitest«, sagte er. »Die alten Fischer, die Wein mit Meerwasser trinken, dahinter der Schweinekoben. Und der Blutfleck im Wagen von Manlius, bei der Rückfahrt.«

Korinna schüttelte den Kopf. »Ich weiß nicht, worauf du hinauswillst.«

Pacuvius lächelte schwach. »Lass dich überraschen. Ich bin auch gar nicht sicher; aber ich möchte es überprüfen.«

Kurz vor Sonnenuntergang betrat Pacuvius mit drei Wächtern den Schweinepferch hinter der schäbigen Schenke am Strand. Korinna blieb vor dem Gatter stehen und sah zu, wie die Männer mit dem halb mürrischen, halb verängstigten Besitzer in dem großen Geviert herumwühlten, Kot und Abfälle verschoben, mit Stangen und

Schaufeln an mehreren Stellen den Lehm beseitigten. Es war fast dunkel, als sie im Licht der Fackel, die der Besitzer halten musste, fündig wurden.

»Menschenknochen«, sagte Pacuvius. Er gähnte und wollte die Hand vor den Mund halten; im letzten Augenblick verzichtete er darauf und betrachtete die verdreckten Finger mit einer Miene des Ekels. »Schweine fressen alles, und der Besitzer hat grundsätzlich nie etwas gesehen.«

»Du meinst also, Manlius hat diesen Mann, den du eigentlich suchen solltest, hergebracht, damit die Schweine ... Spuren verwischen? Und die Leute, die ich vor dem *Schwertfisch* gesehen habe, und einen später in Trans Tiberim und zuletzt als Leiche neben der Basilica ...?«

»Das meine ich. Wie hieß er? Philippos? Der mit der Silberschlange im Ohr?«

»Aber wozu schickt Umbricius dich nach Portus, wenn seine Leute – seine anderen Leute – den Mann umbringen, den du suchen sollst?«

»Ich sollte ihn abfangen und zu Umbricius bringen, ohne mich mit ihm auf lange Gespräche einzulassen. Ich weiß nicht, wer er war. Vielleicht einer, der wichtige Verbündete besucht hatte und jetzt überflüssig war. Besser tot als geschwätzig? Oder einer, der abspringen wollte? Und der andere, den er bei Rusticus vorgeführt hat, war – irgendwer, der nichts damit zu tun hatte.«

Kurz bevor sie die Unterkunft der Wächter am Kanal erreichten, sagte Korinna: »Also, Manlius war einer von Umbricius' Handlangern. Und damit er nichts mehr sagen konnte, haben sie auch ihn umgebracht?«

»Zu doppeltem Nutzen, ja. Er kann nichts mehr sagen, und ein gewisser reicher Mann, der euer Haus gekauft hat und dem Manlius seines nicht verkaufen wollte, kann jetzt mehrere große Mietshäuser in Trans Tiberim bauen. Ein Verwandter des strengen alten Cornelianus – Fufius' Gastfreund Cornelius Longus.«

Korinna dachte an den fetten Händler, Fufius Ripa, der im Palast gewesen war, der von seiner Reise Steinsplitter von Hannibals Grab mitgebracht hatte, der eigene Gladiatoren unterhielt, die in Capua ausgebildet wurden. In Capua, wo ein bestimmter Waffenschmied ein Schwert gefertigt hatte, das niemals in der Hand des Spartacus gewesen war.

Im Haus der Wächter reinigten sie sich, aßen und tranken etwas. Pacuvius, dem bei Tisch die Augen zufielen, wickelte sich im Nebenraum in eine Decke und schnarchte, noch bevor sein Kopf die unbequeme Pritsche berührte. Korinna zupfte seine Decke zurecht, löschte das Öllicht und legte sich auf einen etwas bequemeren, mit Stroh gefüllten Ledersack.

Sie war überzeugt, dass sie nicht würde schlafen können. Die Ereignisse der letzten Tage turnten und tanzten in ihrem Kopf, setzten sich immer wieder neu zusammen und ergaben wechselnde Bilder: alle stimmig, alle überzeugend, alle irrsinnig. »Geld gewinnt immer«, dachte sie, »auch wenn die Politik längst verloren hat.« Die Verbindungen zwischen Fufius, Flavius und Duilius beschäftigten sie noch im Traum, in dem sie glaubte, wach zu sein.

Falcos Bad war fast leer; es war die Zeit, zu der man Geschäfte abschloss, die man vormittags besprochen hatte, oder die Zeit für ein kleines Mittagsmahl. Gewöhnlich kamen keine Frauen hierher, aber es gab weder Vorschriften noch Abneigungen, wie Falco mit einem breiten Lächeln versicherte, und selbstverständlich stünde seinem teuren Freund Pacuvius nach dem Bad ein abgeschlossener, mit einer geräumigen Liege sowie Wasser und Wein versehener Ruheraum zur Verfügung.

Korinna fand es schwierig, in Anwesenheit der wenigen anderen und der Sklaven mit Pacuvius zu baden. Wie sie sah, hatte er die gleichen Schwierigkeiten – oder sehr ähnliche. Im *sudarium* und bei den Übergängen von einem Becken zum anderen hielt er sich ein Tuch vor den Leib, und in den Becken blieb er immer tief im Wasser.

»Wieso gilt manchen Nacktheit im Zustand der Erregung als

peinlich?«, murmelte sie, als sie im lauwarmen Becken nicht weit voneinander entfernt waren.

»Weiß ich nicht«, knurrte er. »Ich bin eben empfindsam.« Dann grinste er. »Zum Abkühlen könntest du mir was von Lukianos erzählen.«

»Ei«, sagte sie. »Zum Beispiel etwas über Bilche?«

»Was Warmes, Weiches, Haariges? Immer.«

Sie bemühte sich, Lukianos' Ausschweifungen einigermaßen vollständig wiederzugeben; das geübte Gedächtnis der Schauspielerin half. Die anderen Gäste hörten zu; bald füllte Gelächter das Gewölbe.

Im heißen Becken zog Pacuvius sie am Arm zu sich. »Es dauert zu lange«, murmelte er. »Weißt du, was ich mich im Kerker gefragt habe? Ob du unter den Achseln und zwischen den Lenden behaart bist. Jetzt weiß ich. Uh. Ich möchte deinen Bilch beißen.«

Unter Wasser langte sie nach seinem Phallus und rieb ihn ein wenig. »Leider hat Lukianos nicht gesagt, wie die entsprechende Erwiderung lautet.«

»Fällt dir was ein?«

Sie lächelte. »Zu viel.«

»Sags nicht. Und lass mich da los. Ich muss ins Kalte.«

Im letzten Becken, jäh abgekühlt, sagte er plötzlich: »Ob Batrax dieses Haus findet, das er sucht?«

»Hat er dir gesagt, wie es aussieht?«

»Ja.«

»Sags mir nicht.« Sie schloss die Augen. »Da, wo ich Sklavin war, gibt es eins, vor dem man vielleicht ein Kind ausgesetzt hätte.«

»Warum willst du es nicht wissen?«

Korinna zuckte mit den Schultern. »Vielleicht ... ebendarum. Hab ich dir von dem Mal erzählt, das bei uns in der männlichen Linie wiederkehrt?«

Er schüttelte den Kopf; als sie geendet hatte, sagte er: »Und? Hat er es?«

»Ich weiß es nicht; ich habe nie nachgeschaut.«

»Soll ich?«

Sie seufzte. »Nein. Selbst wenn es das Haus ist und er ein Mal hat, kann immer noch alles Zufall sein. Und ... man soll die Götter nicht im Übermaß behelligen; ich finde, ein wichtiges Mal, der Halbmond unter der Brust von Flavius, reicht.«

Pacuvius klackte leise. »Ich hatte eine Frau, in Bononia, und zwei Kinder. Vorbei. Was soll ich jetzt in Rom anfangen, mit einer Schauspielerin, mit der ich nicht vermählt bin, die mit einem Jungen herumzieht, der vielleicht doch nicht ihr Sohn ist?«

Sie lachte. »Anfangen? Zuerst mal anfangen. Und hast du etwas Längeres vor?«

»Kommt drauf an.«

»Worauf?«

Er langte nach ihrer Hand. »Komm, raus, rauf in diesen Ruheraum. Vielleicht ...« Er lachte. »Vielleicht kommts drauf an, ob das, was wir gleich da oben anstellen, nur halb so gut wird wie das, was ich mir in dem heißen Becken vorhin alles überlegt habe.«

»Ei«, sagte Korinna. »Es wird ... unbeschreiblich.«

Als sie zwei Stunden später Falcos Bad verließen und Hand in Hand Richtung Argiletum gingen, um irgendwo etwas zu essen, begegneten sie den Fremden mit den schrägen Augen.

»Wie war es beim Kaiser?«, sagte Pavucius.

Hu breitete die Arme aus. »Umfängliche Länge von Gerede«, sagte er. »Kräftig angenehm.«

»Wollte er etwas Besonderes wissen?«

»Vor allem wie ist bei uns, in Osten.«

»Und? Habt ihr ihm etwas Kluges gesagt?«

»Viel klug, ja.« Chi grinste. »Gesagt: Bei uns genau wie hier, nur anders.«

POSTSCRIPTUM

Die Handlung dieses Romans ist fiktiv; sie hätte sich ereignen können im Herbst des Jahres 165 n. Chr. Der Partherkrieg, auf den angespielt wird, war 165 bereits entschieden, endete jedoch erst 166. In diesem Jahr fand auch der Doppeltriumph für Marcus Aurelius und seinen Mit-Kaiser, den nominellen Feldherrn Lucius Verus, statt. Zugleich endete die lange Periode des relativen Friedens und der Stabilität: Die Legionen brachten aus Vorderasien die Pest mit, die vor allem Italien verwüstete, und an den Donaugrenzen begannen jahrelange Kämpfe gegen einfallende Markomannen, Quaden, Jazygen etc.

Marcus Aurelius starb 180; Nachfolger wurde sein Sohn Commodus. Die Wirren nach dessen Ermordung 192 endeten erst mit der Machtübernahme durch Lucius Septimius Severus (193–211). Die Laufbahn des Septimius (geboren 146 in Leptis Magna) mag ein wenig die Ausdehnung des Imperiums illustrieren: Er kam 165 nach Rom, wurde von Marcus Aurelius in den Senat aufgenommen, war 170 Quästor in Rom, 171/72 in Sardinien, 173/74 Legat in Africa, 178–181 Prätor, dann Richter in Asturien und Galizien, 182/83 *legatus* der IV. Legion in Syrien, 184/85 Studien in Athen, 186–189 Statthalter der Gallia Lugdunensis (in Lyon), 189/90 Prokonsul von Sizilien, 191–193 Statthalter von Oberpannonien, dort Proklamation zum Kaiser.

Neben Marcus Aurelius und Septimius Severus sind historische Personen u. a. Iunius Rusticus und die Autoren Apuleius und Lukianos. Das Verfahren des Rusticus gegen Iustinus (7. Kap.) ist bis auf zwei Zusätze – Argumente des Rusticus – und einige Verknappungen zur Vermeidung von Wiederholungen wörtlich den *Acta Iustini* entnommen. Lukianos, Erfinder der fantastischen Lügengeschichte, der Götter-, Toten- und Hetärengespräche, Verfasser scharfsinniger satirischer Dialoge, wurde von Wieland unter gelegentlicher Wahrung des Witzes wiewohl Auslassung aller Derbheiten übersetzt. Er gehört wie Apuleius, der Autor des *Goldenen Esels,* zu den wichtigsten Autoren der Weltliteratur. Beide wären (wie viele andere) in Deutschland allerdings neu zu entdecken, da unsere Philologen es vorgezogen haben, die antiken Literaturen nur bis zum jeweiligen »Goldenen Zeitalter« zu vermitteln – ein Verfahren, unter dessen Anwendung etwa die französische Literatur mit Racine, die spanische mit Cervantes zu enden hätte.

Die Chronisten des chinesischen Kaisers Huan-ti verzeichnen im Jahr 166 europäischer Rechnung die Ankunft einer Gesandtschaft des römischen Kaisers An-tun (Marcus Aurelius Antoninus) mit allerdings schäbigen Geschenken. Es dürfte sich um eine Händlergruppe gehandelt haben, die Gesandtenstatus behauptete. Die zeitliche Vorverlegung ist hoffentlich verzeihlich, der Gegenbesuch zumindest nicht unmöglich.

Zur Karte von Rom: Die unter Kaiser Aurelianus ab 271 vorgenommene Befestigung der Stadt existiert zur Handlungszeit des Romans natürlich noch nicht; die im 5. Kapitel erwähnte Begrenzung durch Erdwälle und Palisaden ist eine Mutmaßung.

Radscha

Indien in der zweiten Hälfte des 18. Jahrhunderts: eine Zeit mächtiger Fürsten und großer Kriegsherren, Schauplatz dramatischer Kämpfe und ein Land für Abenteurer aus aller Herren Länder. Ein irischer Bauernsohn steigt auf zum Radscha – und lernt die gefährliche Seite der Macht kennen.

Die Rache des Kaisers

Der junge Jakob Spengler muss vom Waldrand aus zusehen, wie Söldner sein Dorf zerstören und alle Bewohner ermorden. Die Gesichter der vier Anführer brennen sich für immer in sein Gedächtnis. Die Suche nach den Mördern führt ihn um die halbe Welt – bis er schließlich seinem letzten Feind gegenübersteht: dem Mann, der einst alles angeordnet hat.

Die Geliebte des Pilatus

Eine pharaonische Schönheit, ein römischer Offizier, ein nubischer Fürstensohn, ein indischer Schankwirt: Sie alle ziehen in der Karawane des Händlers Demetrios von der südarabischen Weihrauchküste in Richtung Mittelmeer. Der gewaltsame Tod zweier Mitreisender ist nur der Anfang einer Kette von Verrat, Überfällen und Intrigen.

Der erste Tod des Marc Aurel

Kaiser Marc Aurel droht im betriebsamen Rom zum Opfer dunkler politischer Machenschaften zu werden. Der jungen Korinna kommen Gerüchte eines Attentats zu Ohren, doch der Offizier Pacuvius wandelt bei seinen Nachforschungen auf Irrwegen. Gemeinsam stoßen sie auf eine Verschwörung, in die die mächtigsten Männer des Kaiserreichs verwickelt scheinen.

Bücher fürs Handgepäck
Ägypten · Argentinien · Australien · Bali · Bayern · Belgien · Brasilien · China · Dänemark · Emirate · Finnland · Himalaya · Hongkong · Indien · Indonesien · Innerschweiz · Island · Japan · Kalifornien · Kambodscha · Kanada · Kapverden · Kolumbien · Korea · Kreta · Kuba · London · Malaysia · Malediven · Marokko · Mexiko · Myanmar · Namibia · Neuseeland · New York · Norwegen · Patagonien und Feuerland · Peru · Provence · Sahara · Schottland · Schweden · Schweiz · Sizilien · Sri Lanka · Südafrika · Tessin · Thailand · Toskana · Vietnam

Petra Ivanov Entführung (UT 909)
Hoeps & Toes Die Cannabis-Connection (UT 908)
Garry Disher Kaltes Licht (UT 907)
Francisco Coloane Der letzte Schiffsjunge der Baquedano (UT 906)
Gisbert Haefs Der erste Tod des Marc Aurel (UT 905)
John E. Wills 1688 (UT 904)
Michèle Maillet Schwarzer Stern (UT 903)
Julia Blackburn Daisy Bates in der Wüste (UT 902)
Karl-Markus Gauß Im Wald der Metropolen (UT 901)
Lennardt Loß Und andere Formen menschlichen Versagens (UT 900)
Jürgen Heimbach Die Rote Hand (UT 899)
Karl-Markus Gauß Abenteuerliche Reise durch mein Zimmer (UT 898)
Willi Wottreng Ein Irokese am Genfersee (UT 896)
Stefan Schomann Das Glück auf Erden (UT 895)
Sarah Moss Zwischen den Meeren (UT 894)
Patrick Deville Taba-Taba (UT 893)
Lu Xun Tagebuch eines Verrückten (UT 891)
Laurie Lee Cider mit Rosie (UT 890)
Jeong Yu-jeong Der gute Sohn (UT 889)
Devi & Ivanov Schockfrost (UT 888)
Leonardo Padura Die Durchlässigkeit der Zeit (UT 887)
John Burdett Der buddhistische Mönch (UT 886)
John Burdett Bangkok Tattoo (UT 885)
Jan Jacobs Mulder Joseph, der schwarze Mozart (UT 884)
Petra Ivanov Alte Feinde (UT 883)
Claudia Piñeiro Der Privatsekretär (UT 882)
Garry Disher Leiser Tod (UT 881)